ハヤカワ文庫SF

〈SF2037〉

世界の誕生日

アーシュラ・K・ル・グィン

小尾芙佐訳

早川書房

7668

THE BIRTHDAY OF THE WORLD
AND OTHER STORIES
by
Ursula K. Le Guin

Translated by
Fusa Obi
First published 2015 in Japan by
HAYAKAWA PUBLISHING, INC.
This book is published in Japan by
arrangement with
CURTIS BROWN LTD.
through JAPAN UNI AGENCY, INC., TOKYO.

目次

世界の誕生日

序文

宇宙を創生するのは骨の折れる仕事である。エホバは安息の日をとった。ヴィシュヌは昼寝をした。サイエンス・フィクションにおける宇宙というものは、言葉の世界のなかではほんの小さな存在だが、それでも、ある程度の考察をめぐらすことは必要だ。そこで作家は、作品ごとに新しい宇宙を創造するより、以前に使った宇宙をふたたび使うことを考える。その宇宙の継ぎ目が少々擦りへって手ざわりがよくなり、古いシャツのようになじんでくるまで。

わたしは、自分が創造した宇宙のなかに、数多くの作品を送りこんだものの、じつをいえば、自分がそれを考案したとはとうてい思えない。わたしはそれをひょっこり見つけて、見つけてからずっと、そのなかでいきあたりばったり、うろうろさまよってきた――ここで千年ばかりとばし、あそこで惑星をひとつ忘れるというふうに。真面目で熱心なひとたちはこれをハイニッシュ・ユニヴァースと呼び、その歴史をひとつの年表に繰り入れようとした。

わたしはその世界をエクーメンと呼び、歴史を年表に繰り入れるなど不可能だといっている。そんな歴史年表は、子猫が編み物籠からひっぱりだした毛糸のようなものだからである。その歴史は、隙間だらけなのだ。

この矛盾には、著者の不注意、忘れっぽさ、性急さなどのほかに、いくつかの理由がある。宇宙とは要するに本質的に隙間なのだ。人間が住んでいる世界は、どれも遠く遠くはなれている。アインシュタインはいった、人間は光より速く移動することはできないと。だからわたしは自分が描くひとびとを、光とほぼ同じ速さで移動させている。これはそのひとびとが宇宙を移動するあいだは、ほとんど年をとらないということだ。アインシュタインが提唱した〝時間の遅れ〟のおかげでだが。けっきょく彼らが地球を出てから目的地に行き着くまでには、何十年あるいは何百年がたってしまうので、そのあいだに自分たちの土地でなにが起こったかを知るには、わたしが考案した簡便な装置、超光速通信機《アンシブル》を使うしかない。（アンシブルが、インターネットより古く、しかも速いという事実はなかなか興味深い——わたしは情報が即時に送られると設定したのだ）。だからわたしの宇宙では、この短篇集でも同じだが、いまここでというのは、当時あそこで、ということになり、その逆もまた然《しか》りということだ。つまり歴史というものが明瞭にしてかつ有用なものにならないようにするよい方法なのだ。

むろん長いあいだそこに滞在していたハイン人たちに訊くことはできる。あそこの歴史家たちは、じっさいに起こったことを知っているばかりでなく、いまも起こりつづけていること、ふたたび起こるであろうことも知っている……彼らはいうなれば伝道の書の筆者のようなものだ。あの太陽のもとで、いやどの太陽でもよいが、そのもとでひとつとして新しい事柄を見ることがなくとも、彼らは伝道の書の筆者よりはるかに朗らかな態度を示している。ほかの世界にいるひとびとは、みなハイン人の子孫だが、老いたひとびとがいうことを信じたくはない。だから彼らは歴史というものを作りはじめる、だからそれがふたたび起こりはじめる。

わたしはこうした世界やひとびとを創造するつもりはなかった。だが物語を書きすすめるうちに、彼らが少しずつ見えてくる。いまも少しずつ見えつづけている。

わたしの最初の三冊のサイエンス・フィクションの長篇に、宇宙連合というものがあり、それは地球をふくめ、われわれのごく近辺の銀河系にある、すでに知られている惑星が漠然と包含されている。これがややとつぜんにエクーメンに変形する、非支配的な、情報を収集する共同体に。それは、非支配的であるために、それ自身の支配にときたま反抗する。わたしは、父の文化人類学の本で、家族を意味するギリシャ語のオイクーメネー（oikumene）、すなわち〝普遍的な〟という言葉に出会い、これがエクーメンの語源となった。そしてあるひとつの文化から広がっていった、さらに広範な人類を意味する言葉が必要になったとき、わたしはこれを思い出し、“Ecumen”という綴《つづ》りをあてた。サイエンス・フィクションを書くなら、ときとして、好きなように綴りをあてることができるのだ。

ここにおさめた八篇の作品のうち、最初の六篇は、舞台をエクーメンの世界にとった、すなわち洋服の肘の部分が擦りきれるほどいつも使っているわたしの仮想の宇宙である。

わたしが一九六九年に書いた『闇の左手』で第一声を発するのは、エクーメンの移動使節《モバイル》、つまり旅人である彼が、ハインに住みついている定着使節《スタバイル》へ報告する言葉だった。スタバイルという用語は、この語り手からわたしに伝えられたものだった。自分は、ゲンリー・アイだと彼は名乗った。彼が物語を語りはじめ、わたしはそれを書きとめた。

徐々に、そして容易ではなかったが、彼とわたしは、自分たちがどこにいるか発見した。彼はゲセンにいままで来たことはなかったが、わたしは短篇「冬の王」でゲセンに行ったことがあった。最初の訪問の際はとても急いでいたので、ゲセン人の性の形態に、ちょっと奇妙なところがあるのにも気づかなかった。観光客のようだった。両性具有者だと？　両性具有などというものがあったのか？

『闇の左手』を書きながら、この物語がいったいどこへ行くのか自分にもわからなかったとき、必要とされる神話と伝説がその都度わたしのもとにやってきた。そしてゲセン人の第二の声が、この物語をしばしば語り継いだ。だがこのエストラーベンなる人物は、きわめて無口だった。しかもプロットが、このふたりの語り手を、たちまちたいへんなトラブルにまきこんでしまったので、多くの疑問に答えてはもらえず、質問することさえできなかった。

この短篇集の冒頭に収録されている「愛がケメルを迎えしとき」を書いたとき、わたしは、二十五年ないしは三十年ぶりにゲセンにたちもどった。今回は、わたしの感覚を混乱させるような、正直だがとほうに暮れている地球人の男性は登場させなかった。エストラーベンとちがって隠すことはなにもない、率直なゲセン人の話に耳をかたむければよかった。今回はいまいましいプロットはなかった。質問することもできた。セックスがどのように機能するのか、よく理解できた。わたしはようやくケメル舎に立ち入ることができた。そこでおおいに愉しむことができた。

「セグリの事情」は、何年にもわたってさまざまな観察者たちによって書かれた、セグリと呼ばれる世界に関する報告の要約である。これらの記録は、リスがクルミをためこむような態度で報告書にのぞむ、ハインの歴史学者の記録保管所のなかにあった。

物語のヒントは、この世界――われわれの世界、つまり地球――の各所の男尊社会で行なわれている堕胎や赤子の間引きによって、男性と女性の人口の不均衡が生じているという記事のなかにあった。そこでは、男性だけが、育てる価値のある存在だと考えられているという。わたしは、ばかげた、そして倦《あ》くことなき好奇心から、この話を成立させているある思考実験を試み、その性の不均衡を逆転させ、増大させ、それを永久的なものとした。セグリで出会ったひとびとは好きだし、彼らのさまざまな声を伝えるのは愉しかったが、実験そのものは愉しいものではなかった。

（わたしは伝えるつもりはほんとうはない。言葉は、わたしのフィクションのなかの登場人物とわたしを結ぶために速記されたものにすぎない。フィクション――だろうか？　ほかの世界の暮らしについて記した手紙を、どうかわたしにくださらぬように。わたしの手に負えぬほどすでにたくさんの手紙をいただいている)。

『内海の漁師』という短篇集の表題作で、わたしは、O《オー》と呼ばれる世界、あちこちに存在する世界のなかではハインにごく近いその世界のひとびとのために、ある社会的なルールを考えだした。この世界は、例によって、わたし自身が発見し、探索しなければならない世界のようだった。だがわたしは、Oのひとびとの結婚と親族関係の慣習に関する誠実な考察、見苦しくない、体系的考察のために時間を費やした。わたしは、男性と女性のシンボルと矢印を使った、とても科学的な図式をいくつも描いた。わたしには、それらの図式が必要だった。わたしは混乱しつづけていた。この話が最初に載った雑誌のあがむべき編集者は、近親相姦よりもひどい恐るべき失態をしでかそうとしていたわたしを救ってくれた。わたしはわたしの半族《モイエティ》を混乱させていた。彼女がそれを指摘してくれ、わたしたちはまちがいを修正した。

こうした複雑な関係を創りだすのに多くの時間を費やしたが、二度にわたりそのOにもどったのは、エネルギーの節約になるからかもしれない。だがわたしは、単にOが好きだからなのだと思う。三人の人間と結婚し、そのうちのふたりとだけしかセックスできない(男女それぞれの性だが、ふたりともほかの半族にかぎる)ということを考えると愉しくなる。爆発寸前のような感情的人間関係を生みだし、焦燥にかられる複雑な社会的関係について考えるのが、わたしは好きなのだ。

この意味では、「求めぬ愛」と「山のしきたり」は、風俗喜劇といえるかもしれない。サイエンス・フィクションとは手にした光線銃について描くものだと思っているひとびとには奇妙に聞こえるかもしれないが。Oの社会は、いまのわれわれの社会とはちがっているが、ジェイン・オースティンの時代の英国ほどにはちがっていない。おそらく、『源氏物語』の時代ともさほどちがっていないのではあるまいか。

「孤独」では、エクーメンの辺境へわたしは出かけていった。そこは、核による人類滅亡やみんなの予測どおりの世界の終末、ピオリアの光を放つ廃墟のなかに立つミュータントなどを信じていたころの六〇年代や七〇年代にわたしがよく書いたあの地球に似ていた。わたしはいまでも核による人類滅亡を信じている、あたりまえでしょ、だがこれについて書くのは、いまではない。しかも、わたしが予測していたとおり、世界はすでに何度も終末を迎えている。

「孤独」における人口の崩壊はなにが原因であったか——おそらくは人口そのものだろう——それは遠い昔の話で、この話の主眼ではない。これは生き残ること、誠実さ、そして内省について書かれたものだ。内省について、いまだかつて適切なことを書いた作家はいない。外向性が世を席捲しているのだ。しかし二十人のうち十九人の作家が内省的であることを考えると、これはむしろ奇妙に感じられるだろう。

われわれは、つねに、〝外向的〟でないことを恥じるように教えられてきた。だが作家の仕事は、内省的であることだ。

この物語に登場するひとびとは、こうした物語のなかのおおかたのひとびとのように生き残るが、ジェンダーと性的志向について特別な仕組みをもっている。しかも彼らは結婚に対しては対処法をまったくもっていない。結婚は、ほんとうに内省的なひとびとにとっては、外向的すぎるということだ。彼らは、ときどき会うだけである。しばらくのあいだだけ。それからたがいにはなれ、それぞれがふたたびひとりになり幸せになる。

「古い音楽と女奴隷たち」は、五番目の車輪だ。

わたしの書いた*Four Ways to Forgiveness*は、四つの関連しあう物語から成り立っている。もう一度わたしは、この小説形式（これは、すくなくとも、エリザベス・ギャスケルの『クランフォード』にまでさかのぼり、ますます頻繁に使われ、ますます面白くなっている）に名前をつけていただき、認知していただきたいと思っている。どのような本かというと、いくつもの物語が舞台や登場人物やテーマや事件の進展などによってつながっており、ひとつの長篇小説をなすのではなく、全体として構成される形式をもっている。イギリス風の軽蔑的な用語で、〝つぎはぎ長篇《フィックス・アップ》〟という言葉がある。これは、短篇集など〝売れない〟とのたまう作家が言葉というダクト・テープでなんの関連もない物語をつぎあわせた本を指している。だがほんものの小説形式とは、でたらめに並べた短篇集ではない。バッハのチェロ組曲と同じように、長篇小説がやらないことをやる。それはほんものの形式で、ほんものの名前に値するものだ。

たぶんこれは小説組曲と呼べるのではないだろうか。わたしは呼べると思う。したがってこの小説組曲、*Four Ways to Forgiveness* は、ウェレルとイェイオーウェイというふたつの世界の最近の史観を示す作品だ。（このウェレルは初期の長篇『辺境の惑星』のウェレルではない。あれとはちがう世界である。すでに述べたように、わたしは、惑星をすべて忘れてしまった）。これらの世界の、奴隷に依存する社会と経済は、革命的な変化の過渡期にある。ある批評家は、奴隷制度をわざわざ書くに値する問題としているわたしを嘲笑した。彼が住んでいるのは、いったいどこの惑星かとわたしは不思議でならない。

〝古い音楽〟とは、ハイン人、エズダードン・アーヤの名前をいいかえたものである。彼は、合わせて五篇から成る組曲の三篇の物語に登場する。年代的には、この新しい物語は、組曲の第五楽章にあたり、ウェレルの内戦での出来事を語っている。だがこれ自身が独立した作品でもあるのだ。もとはといえば、サウスカロライナ州のチャールストンから川上に向かったところにある広大な奴隷農場のひとつをわたしが訪れたことがきっかけである。あの美しくもおぞましい場所を見たことのある読者たちは、あの庭園に、あの邸宅に、あの呪われた大地に見覚えがあるかもしれない。

表題作「世界の誕生日」は、エクーメンの世界に舞台をおいたかもしれないし、おいていないかもしれない。正直いってわたしにもわからない。それが問題になるだろうか？ 地球ではないとはいえる。そこの住人は、われわれとは肉体的に少々ちがっている。だが彼らの社会のモデルとして使ったのは、いくつかの点で明らかにインカ帝国である。エジプトやインドやペルーの偉大な古代社会でもそうであったが、王と神は一体で、神聖なものは、パンや呼吸と同じように日常にありふれたものだった。そして容易に失われるものだった。

これらの七篇の物語は、あるひとつのパターンを共有している。つまりこれらの話はいずれも、われわれとはちがう社会形態をもち、その生理機能さえもわれわれとはちがいながら、われわれと同じように感じるひとびとを、内側から、あるいは外側の観察者（土地の人間に同化しそうな）の目で、さまざまに描出しているということだ。まずそのちがいを創りだすこと――未知のものを確立させることが肝心だ――そしてそのギャップを埋めるために、人間の情熱の炎が弧を描いて飛躍するのだ。この想像というアクロバットは、ほとんどほかのものとくらべようもないほど、わたしを満足させている。

最後の長い物語、「失われた楽園」は、このパターンにあてはまらないし、まったくエクーメンの物語でもない。舞台は別の宇宙で、一般的に共通するサイエンス・フィクションの〝未来〟としてよく使われるものだ。このヴァージョンにおいては、地球は未知の星に向かって宇宙船を送りだす。われわれの現在の知識によれば、ある程度は現実的な、すくなくとも到達する可能性のある速度で。そうした船が、何十年も何百年もかかって目的地に到達する。ワープ9もなし、時間の遅れもない――単に現実的な時間に従って到達するのだ。

いうなれば、これは世代宇宙船の物語だ。二冊のすぐれた作品、ハリー・マーティンソンの『アニアーラ』とモリー・グロスの *The Dazzle of Day*、そして多くの短篇小説がこのテーマを使っている。これらの短篇のほとんどは、乗組員／植民者を、ある種の冷凍保存状態におくので、地球を出発したひとびとは、目的地で目覚めることになっている。わたしは、これらの旅をほんとうに生き延びたひとびと、出発のときも到着のときも知らない中間世代のひとびとのことを書きたいと思っていた。わたしは何度か挑戦してみた。だがどうしてもこの話が書けなかった。宇宙の絶体的な真空のなかで繭のように閉じこめられた宇宙船とその船内にたくさんいる、変態し、変異する目に見えぬ生命体、すなわち、蛹《さなぎ》のような体や羽をもつ魂のアイデアと、宗教的なテーマがからみあうまでは。

アーシュラ・K・ル・グィン

二〇〇一年

愛がケメルを迎えしとき

Coming of Age in Karhide

グレッグ・ベア編 *New Legends*（1995）

惑星ゲセンのカルハイド王国、その都レルの、ソヴ・セイド・テイジ・エム・エレブによる。

わたしはこの世界の最古の都に住んでいる。カルハイドに王があらわれるそのずっと以前からレルは都であり、北東部地方や平原地方、ケルム国のひとたちのための市場や集会場だった。レルの砦《とりで》は一万五千年前に、学問、隠棲《いんせい》、裁きごとの中心だった。カルハイドは、千年にわたって支配してきたゲゲル王たちのもと、ここでひとつの国家となった。千年目に退位王こと、セデルン・ゲゲル王は、王冠を王宮の塔からアレ川に投じて、統治の終焉を宣言した。こうして世のひとがレルの開花、夏の世紀と呼ぶ時代がはじまった。それもハルジ郷《ごう》が権力を得て山の向こうのエルヘンラングに遷都したときにおわった。旧王宮は数世紀にわたり無人だった。だがいまも建ってはいる。レルのものはなにひとつ崩れ落ちない。アレ川が、毎年、大解氷期に氾濫してトンネルのような街路を流れくだり、冬のブリザードが三十フィートの雪を運んでも、都はもちこたえている。居並ぶ館がどれほどの年月を経ているのかだれも知らない。永久に維持されるように建て替えられてきたからだ。それぞれの館は庭園のなかに座しているが、ほかの建物の位置などはまったくおかまいなしに小山のごとく古色蒼然と建っている。屋根つきの街路と運河は建物のあいだをうねうねとめぐっているので、レルは曲がり角だらけだった。ハルジ郷のひとびとは、角を曲がったところになにがひそんでいるかしれぬと恐れたためにこの都を捨てたのだといわれている。

ここの時の数え方はほかとはちがう。わたしは、オルゴタ、エクーメン、それからほかの国のひとびとの年の数え方を学校で学んだ。彼らは、なにか記録すべき驚異にみちた事件があった年を一の年と名づけ、そこから年がはじまるのだという。ここでは毎年が一の年だ。ゲセニ・セルン、新しい年の元日に、一の年は昨一の年となり、翌一の年が一の年となる、というようにつづいていく。それは、あらゆるものがたえず変わっても都はけっして変わらないレルに似ている。

わたしは十四のとき（一の年、または昨五十の年）成年に達した。あのころのことを最近よく考えるようになった。

あれはちがう世界だった。わたしたちはほとんどが異人を見たことがなかった——当時は異人と呼んでいた。移動使節《モバイル》がラジオで話しているのを聞いたことはあったかもしれないし、学校では異人の写真も見ていた——口のまわりに毛をはやしている異人はとても滑稽で野蛮でぞっとした。写真にはたいていがっかりした。彼らはわたしたちにそっくりだった。彼らがいつもケメルの状態だというのもわからない。女性の異人は大きな胸をもっているとされているが、わたしの母きょうだいのドリーは写真の異人より胸は大きい。

信念の擁護者たちが彼らをオルゴレインから追いだしたときも、エムラン王が国境の戦いに突入してエルヘンラングを失ったときも、彼らの世界のモバイルが法律上の保護権を奪われてケルムのエストレに隠れることを余儀なくされたときも、エクーメン連合はなにひとつせずにただ待つだけだった。彼らは二百年ものあいだ待ちつづけた、ハンダラ教徒のように忍耐強く。ただひとつだけ手は打った。策謀の裏をかくためにわれらが若き王を外の世界に連れさり、彼女の腹子の悲惨な治世に終止符を打つため六十年後にふたたび連れもどした。アルガーベン十七世は、後継ぎに受け継がれる前の四年間、そして後継ぎの廃位のあと四十年間統治した唯一の王だった。

わたしが生まれた年は（一の年、もしくは昨六十四の年）、アルガーベンの第二の治世がはじまった年にあたる。わたしが成長して自分の爪先のことがよく見えるようになるころには戦争はおわり、〈西の滝〉はふたたびカルハイドのものとなり、首都はエルヘンラングにもどり、エムランの廃位のあいだにレルにあたえられた損傷はほぼ修復された。古い家々は再建された。旧王宮はあちこち補修が行なわれた。アルガーベン十七世は奇跡的に再度王座に復位した。もろもろのことが昔どおりに、あるべきように、往時のように平常に復した——と世のひとびとはいった。

たしかにそれは平穏な時代であり、かつてわが惑星を去った最初のゲセン人であるアルガーベン王が、われわれをついにエクーメン連合に加盟させる前の、彼らではなくわたしたちが異人となる前の、わたしたちが成年に達する前の、復興期であった。わたしの子供のころは、レルのひとびとが昔から暮らしてきたように暮らしていた。わたしが考えをめぐらし、それを知らないひとたちに伝えようと努めてきたのは、あの生き方、あの時間のない世界、あの曲がり角の向こうの世界だった。しかしこうして書いているあいだにも、なにごともまったく変わらず、成年期に入る子供のひとりひとりにとって、恋におちる若者たちのひとりひとりにとって、いつも時は一の年なのだということがわかってくる。

エレブ郷《ごう》には二千人のひとびとがいて、そのうちの百四十人がわたしの郷、エレブ・ティジに住んでいた。わたしの名前は、ソヴ・セイド・ティイジ・エム・エレブ、レルでいまも用いられている命名の古い慣習に従ってそう呼ばれている。わたしの最初の記憶は、叫び声と影にみちみちた大きな暗い部屋で、わたしが黄金の光のなかを暗闇に向かって上へと落ちていく。戦慄と恐怖に駆られたわたしは悲鳴をあげている。落ちていくとちゅうでわたしは受け止められ、しっかりと抱きしめられる。わたしは泣いている。すぐそばで聞こえる声、わたしの体を通して話しているように思われる声がやさしく、「ソヴ、ソヴ、ソヴ」といっている。それからわたしはなんだかとてもおいしい食べ物、なんだかとても甘くて得もいわれぬ美味なものをあたえられる、これほどの美味は二度と食べられないと思われるようなものを……

想像するに、年上の乱暴な郷のきょうだいたちがわたしを投げあげ、わたしの母がお祭り用のお菓子をちょっぴりくれてわたしをなだめたのだろう。そのわたし自身が乱暴な年上のきょうだいになると、わたしたちはいつも赤ん坊を鞠《まり》がわりに投げっこをしたものだ。赤ん坊は、恐怖からかうれしさからか、あるいはその両方からか、いつも悲鳴をあげた。それはわたしたちの年代の者ならだれでも知っている、飛ぶという経験にもっとも近いものだった。わたしたちの世界には、雪が舞い、降り、滑空し、吹きつけるさまを描写する言葉は何十となくある。雲が動くさま、氷が浮かぶさま、舟が帆走するさまを描写する言葉も。でもあの言葉はなかった。いまだになかった。だからわたしは、〝飛んだ〟という記憶はない。わたしにあるのは黄金の光を突き抜けて上に向かって落ちていく記憶だ。

レルの家族用の住居は、中央の大広間を囲んで建てられている。それぞれの階には、内側の空間をとりかこむバルコニーがついていたので、わたしたちは部屋をふくめたその階全体をバルコニーと呼んだ。わたしの家族は、エレブ・ティジの第二バルコニーをぜんぶ占めていた。家族は大勢いた。わたしのばあちゃんは四人の子供を産み、それぞれの子供も子供を産んだ。それでわたしには、年下や年上の同腹のきょうだいと同じくらい大勢のいとこがいた。「セイドの一族はケメルのときはいつも女で、いつも妊娠する」と近所のひとたちが、うらやましがったり、非難をしたり、褒めそやしたりとさまざまに取り沙汰しているのを耳にした。「それに同じ相手とケメルをつづけない」とだれかがつけくわえる。前者には誇張があるが、後者は真実だ。わたしたち子供はだれひとりとして父親がいない。わたしの種親がだれであるか長いあいだ知らなかったし、考えてもみなかった。排他的なセイド一族は、よそ者を家族に加えるのをいやがった。それが同じ郷の人間であってもだ。若者が恋におち、ケメルの関係をつづけることやケメルの誓いをたてることを話すようになると、ばあちゃんや母親は薄情になる。「ケメルの誓いだと、自分をなんだと思っているのかい、高貴のひとでも気取っているのかい？　それとも変わり種とでも？　わたしはケメル舎でじゅうぶんだった。おまえにだってじゅうぶんのはず」母親たちは恋のとりこになった子供たちにそういって、田舎にある古いエレブ領に追いやってしまう。恋わずらいが癒えるまで畑を耕すようにと。

そんなわけで子供のころのわたしは、群れや学校や大集団の一員であり、迷路のような部屋を出たり入ったり、階段を猛烈な勢いで上ったり下りたり、ともに働き、ともに学び、赤子の守《も》りをし——わたしたちの流儀で——そしておとなしい郷の友たちをわたしたちの数と騒音で脅かした。わたしの知るかぎりでは、実害を及ぼすことはなかった。わたしたちの悪戯《いた》《ずら》は、平穏な古い郷のなかで規律を破らず行なわれた。郷はわたしたちに束縛ではなく庇護を、わたしたちを安全に守る壁を感じさせた。わたしたちが罰せられたのは一度だけだった。いとこのセザーがいいだしっぺで、見つけだした長い縄の一方を二階のバルコニーの手すりに縛りつけ、もう一方に結び目を作り、その結び目につかまって飛び下りたらさぞや面白かろうということになった。「わたしがいちばんにやる」とセザーがいった。またもや心得ちがいの飛行の試み。手すりとセザーの折れた足は手当てを受け、残ったわたしたちは屋外便所を、郷じゅうの屋外便所をひと月のあいだ掃除するよう命じられた。郷のひとびとが、セイド一族の若者もなんらかの規律を守るべきときだと考えたのだろう。

わたしがどんな子供だったかよくはわからないが、もしわたしに選択の余地があったなら、遊び友だちと同様に手に負えぬ子供だとしても、あれほど騒々しく暴れまわりはしなかったと思う。わたしはラジオを聴くのが好きだった。仲間たちが冬のあいだバルコニーや中央の大広間で、夏は通りや庭で騒ぎまくっているあいだ、わたしは母の部屋の寝台のかげに何時間もうずくまり、母の古いセレム・ウッドのラジオを音量を低くしてかけていた。きょうだいたちにそこにいるのを見つからないように。わたしはなんでも聴いた。民謡、芝居、郷《ごう》物語、王宮の情報、穀物の収穫量の分析、詳細な気象情報など。冬のあいだはくる日もくる日も、ペリングの〈嵐の境界〉の昔話に耳をかたむけた。語られるのは雪鬼や不実な叛逆者や血なまぐさい斧の殺人の話だったので、夜になるとうなされ、眠れなくなって、母の寝台にいっしょにもぐりこんで安心するのだった。年下のきょうだいが、その温かく柔らかい呼吸をする暗闇に先にもぐりこんでいることもよくあった。ペスリの巣のようにみんないっしょにからまりあい丸くなって眠った。

わたしの母親、ガイア・セイド・テイジ・エム・エレブは、気短かだが、温かく公平な心の持ち主、わたしたち三人の腹子たちを頭から抑えつけることもなく、ただ見守っていた。セイド一族はエレブにある店で働く商人や職人で、現金はわずか、あるいはまったくもっていなかった。だがわたしが十歳のとき、ガイアは新品のラジオを買ってくれ、きょうだいに聞こえるところでこういった。「これはおまえだけのものだよ」わたしは長年にわたりそれを宝物のように大切にし、ついにはわたし自身の腹子といっしょに聴くことになった。

こうして歳月は過ぎ、わたしは、慣習と行動と仕事と絆を果てるともなくせっせと織りなしていく織機のつむぐ糸として、伝統に深く根ざした家族と郷というぬくもり、緊密さ、確かさのなかで過ごしてきた。そしていまここまで遠くはなれてみると、過ぎ去った年についても、自分自身とほかの子供たちについても判然とした記憶がない。わたしが十四になるまでは。

わたしの郷のおおかたのひとたちがあの年を覚えている理由は、ドリーの〝ソメルよ永遠に〟の祝賀会として知られている大宴会のせいだった。わたしの母きょうだいのドリーはあの冬、ケメルの閉止期に入ったのだった。ケメルが閉止したといってもなにもしないひとたちもいる。儀式をしに砦におもむくひとたちもいる。儀式のおわったあとそのまま砦にとどまる者もいるし、移り住む者さえいる。霊的なものにあまり関心のなかったドリーはこういった。「これ以上子供もてない、セックスもできない、ただ年老いて死ぬだけだというなら、せめて宴会でもやらなくては」

わたしはこの物語を、ソメル期のひとをあらわす代名詞をもたぬ言語で、男、女、中性という三つの代名詞しかもたぬ言語で語っているのだが、これはなかなか骨が折れる。ホルモンのバランスが変化するケメル期の最後の数年は、ほとんどのひとが男としてケメルに入ることが多くなる。ドリーはここ一年以上男性としてケメルに入っていたので、わたしはドリーを〝彼〟と呼ぶことにする。ただし、この彼は二度と、男である彼にも女である彼女にもなりえないのだが。

いずれにしても彼の宴会はすばらしかった。わたしたちの郷と隣りあわせのふたつのエレブの郷のひとたちをすべて招待して、宴は三日もつづいた。長い冬だった、春の来るのが遅く寒かった。みんななにか新しいことはないか、なにか熱くなることが起きないかと待ち焦がれていた。一週間かけて料理を調《ととの》えた。倉庫にはビール樽がぎっしりと詰めこまれた。ケメルの閉止期に近づきつつあるひとたち、すでにそうなってしまったが、なにもやらなかったひとたちが大勢集まってこの儀式に参加した。あの情景はいまでもありありと覚えている。わたしたちの郷の三階分の高さのある大広間はあかあかと火に照らしだされ、三、四十人の、中年ないしは老年のひとたちが円陣を作って、唱《うた》い、踊り、そして太鼓のリズムに乗せて足を踏み鳴らした。そこには凄まじいエネルギーがあった。白髪を振りみだし床も抜けよとばかりに足を踏み鳴らし、力強く朗々とした声で唱い、笑い声をあげた。彼らを眺めている年下のひとびとのほうが影のように生気がなかった。わたしは踊るひとたちを見て、なんであのひとたちは幸福なんだろうと思った。年老いているのではなかったか？　ようやく自由になったといわんばかりのあの振る舞いはいったいどうして？　それならケメルとはいったいどんなものなんだろう？

そう、わたしはそれまでケメルのことはあまり考えたことがなかった。考えたからってなんの役に立つだろう？　わたしたちは成年に達するまでは、ジェンダーや性的志向というものがない。ホルモンは、わたしたちになんの障りもあたえない。都の郷ではケメルに入った成人を見ることはない。彼らはさよならの接吻をして行ってしまう。マバはどこ？　ケメル舎だよ、いい子ちゃん、さあおかゆをお食べ。マバはいつもどってくる？　もうじきだよ、いい子ちゃん。そして二日ほどするとマバはもどってくる。眠そうな顔をして、輝くばかりに元気潑剌《はつらつ》として、それでいて疲れきっている。湯浴《ゆあ》みをするようなものなの、マバ？　まあ、そんなものだ、いい子ちゃん、それでわたしの留守のあいだおまえはなにをしていた？

むろんわたしたちも七つか八つになるとケメルごっこをする。ここがケメル舎、わたしは女になる。ちがう、わたしが女。ちがう、わたしだ、前からそう思っていた！　そしてたがいの体をすりあわせ、転げまわって笑い、それから鞠をシャツの下に詰めこむと妊娠ということになり、それから赤ん坊を産んで、その鞠を投げっこして遊ぶ。子供たちは大人のすることはなんでもまねをする。でもケメルごっこはそれほど面白い遊びではない。たいてい最後はくすぐりごっこになる。でも子供たちは成年に達するまでは、あまりくすぐったがらないものだ。

ドリーの大宴会のあと、春の最後の月、ツワのあいだ、わたしは郷の託児所の仕事をした。夏がくるとわたしははじめて、第三区の家具工房の徒弟になった。朝早く起きて、街路の屋根の上や、おおいのない道の縁石の上を走り抜けるのは大好きだった。大解氷期を過ぎても、ある道はまだ水にたっぷりと浸かっていて、カヤックや棹さし舟をうかべるほどの深さはまだじゅうぶんにあった。大気は清冽《せいれつ》で動かなかった。太陽が旧王宮の古い塔のうしろから血のように赤い色をして昇ってくると、都の水という水、窓という窓は、緋色と黄金色の輝きを放つ。工房では、伐《き》ったばかりの木材のつんとする甘い香りがたちこめ、大人の職人たちが根気よくせっせと働き、わたしを大人扱いして厳しい注文をつける。もう子供ではないのだ、とわたしは自分にいいきかせる。わたしは成人、働く大人なのだ。

でもなぜいつも泣きたいような気分になるのだろう？　なぜいつも眠りたいような気分になるのだろう？　なぜセザーに腹を立てたのだろう？　セザーはなぜ、しょっちゅうわたしにぶつかっては、ばかみたいな嗄《か》れた声で「ああ、ごめん」というのだろう？　なぜわたしは大きな電気旋盤の扱いがこんなに下手で、椅子の脚を六本もだめにしてしまったのだろう？「あの子を旋盤に近づけるな」と老マースがわめく。わたしは屈辱に駆られて、こそこそと逃げだす。大工になんかなるものか、大人になんかなるものか、椅子の脚がなんだっていうんだ、くそ。

「わたしは庭園で働きたいな」わたしは母とばあちゃんにいった。

「大工の修業は最後までおやり、そうすればこんどの夏には庭園で働けるようになる」とばあちゃんがいい、母がうなずいた。この分別ある助言も、わたしには薄情さ、愛情の欠如、絶望の宣告と感じられた。わたしはむくれた。憤慨した。

「家具工房でなにかあったのかい？」と年上の連中が、何日もむくれて怒っているわたしを見て尋ねた。

「あのばかなセザーがなんであそこにいなくてはならないんだ！」わたしはわめいた。セザーの母親のドリーが眉をあげて微笑んだ。

「どうかしたの？」仕事をおえ、背中を丸めてバルコニーにぐったりすわりこむと母がそう訊いた。わたしはうなり声をあげ、「なんでもない」といい捨てると野外の便所にとびこんで、そして吐いた。

気分が悪かった。腰がたえず痛んだ。頭も重く痛くてめまいがした。体のどこにあるともわからないなにかが、わたしの魂のある部分が、鋭く陰鬱な痛みにたえず襲われた。わたしは自分が怖かった。わたしの涙、わたしの怒り、気分の悪さ、ままならぬぶきっちょな肉体が怖かった。自分の体のようではない、わたしのようではなかった。なにかほかのもののよう、着心地の悪い衣類、異臭を放つ重い外套のようだった。それは老人のものだった、死者のものだった、わたしのものではなかった、わたしではなかった。小さな針が刺すような痛みが乳首を走る。火のように熱い。わたしがたじろぎ、両腕で胸を抱えると、だれの目にもなにが起こっているのかわかるのだ。だれでも、わたしの体臭をかぐことができた。血のような獣の生皮のようなすえた強烈な臭い。わたしのクリトペニスは大きくふくらんで陰唇からとびだし、やがてまたほとんど見えないくらいに縮んでしまい小便をするたびに痛んだ。陰唇は忌まわしい虫に刺されたように赤く腫れあがりむず痒かった。腹の底のほうでなにかが動いた。なにかとほうもなく成長したものが。わたしはひどく恥ずかしかった。もう死にそうだった。

「ソヴ」母親が寝台のはしに腰をおろして、好奇心に満ちた、やさしい共謀者の笑みをうかべてこういった。「おまえのケメルの日を選ぼうね？」

「ケメルになんか入っていない」わたしはたかぶった口調でいった。

「ええ、でも来月には入ると思う」ガイアはいった。

「ぜったい入らない！」

母はわたしの髪の毛と顔と腕をなでた。わたしたちは人間になるようにたがいに形を作りあうのだ、と老人たちは、赤ん坊や子供やたがいの体を、こんなふうにゆっくりとやさしく愛撫するように長いことなでながらそういったものだ。

しばらくして母がいった。「セザーもうじき入るわ。でもおまえよりひと月かそこらあとだね。ドリーは、ふたりいっしょのケメルの日にしようといっているけれど、わたしは、おまえが自分にふさわしい日を決めるべきだと思う」

わたしはわっと泣きだし大声をあげた。「そんなものはしたくない。いやだ、したくない、わたしはただ、ただ逃げだしたい……」

「ソヴ、おまえが望むなら、ゲロダ・エレブにあるケメル舎へ行くこともできる。そこならおまえを知っている者はだれもいない。でもわたしはここのほうがいいと思う、ここならみんなおまえのことを知っている。みんなそうするほうがいいと思うだろう。おまえのためにたいそうよろこんでくれるだろう。お祖母さんは、おまえのことをたいそう自慢している。〝わたしの孫のソヴを見たかい、あの美しい孫を見てくれたかい、なんというマハドだ！〟

みんな、おまえのことばかり聞かされてうんざりしている……」

マハドというのは、レルの方言だ。その意味は、強くたくましく、眉目秀麗《びもくしゅうれい》、寛容にして高潔、頼りがいのある人間ということだ。わたしの母の厳しい母親で、命令し感謝はするけれども、けっして褒めることはない、そのひとがわたしをマハドだといった。聞くのも恐ろしい。わたしの涙は乾いてしまった。

「わかった」わたしは沈んだ声でいった。「ここにする。でも来月じゃない！　まだだ。まだ入ってはいない」

「見せてごらん」と母はいった。ひどくきまりが悪かったけれど、母の言葉に従うことでほっとした気持になり、わたしは立ち上がるとズボンを脱いだ。

母はほんのちらりと、やさしい視線を走らせたのち、わたしを抱きしめた。「来月だね、ほんとう、それはたしかだ。あと一日二日もすれば気分がずっとよくなる。そして来月になるとすっかり変わる。ほんとうに」

たしかに、翌日あの頭痛とあのむず痒さは消えてしまった。体はまだだるいし、とても眠くてたまらなかったけれど、わたしはもう仕事でばかばかしいへまもしでかさなかった。それから数日たつと、ほぼ自分をとりもどし、手足も軽くなった。ただ考えてみると、自分の体のどの部分にもあの奇妙な違和感は残っていた。それはときには苦痛となり、ときにはただ奇妙な感じ、もう一度味わってみたいような感じになるのだった。

いとこのセザーとわたしは同じ家具工房で徒弟の修業をしていた。でも仕事に出るときはいっしょではなかった。なぜならセザーは、二年ほど前の例の縄事件のせいでまだわずかに足が不自由だったので、道が水に浸かっているあいだは棹さし舟に乗せてもらっていたからだ。アレ水門が閉ざされ道が乾いてしまうと、セザーは歩かねばならなかった。だからわたしたちはいっしょに歩いた。はじめの二日ほどはあまり言葉も交わさなかった。わたしはまだセザーに腹を立てていた。夜明けの街を走り抜けることがもうできなくなり、不自由な足に合わせて歩かねばならなかったから。それにセザーはいつもそばにいた。いつもいた。身の丈はわたしより高く、旋盤の手さばきは機敏で、おまけにあの長くふさふさした輝く髪。それにしてもどうしてみんな髪の毛をああ長くしたがるのだろう？　セザーの髪の毛はいつもわたしの目の前にあるような感じがした。

夏の最初の月、オスメの暑い夕暮れに、わたしたちは疲れきって家路についていた。セザーが足をひきずりながら、不自由な足を隠そう、無視しようと努めている様子が見えた。顔をしかめ背筋をぴんと伸ばして、わたしの速い歩調に合わせようと努めている様子が。憐憫と賞賛の大きな波がわたしを襲い、あれが、あの成長したものが、あの新しいものが、わたしの臓腑のなかにあるものが、わたしの魂の底にあるものが動きだし、ふたたび、セザーのほうを向いた、切望と憧憬《しょうけい》にさいなまれながら。

「ケメルがはじまるの？」わたしは、いままで自分の口から出たこともないような嗄れた声でいった。

「あとふた月ほどのうちに」セザーはわたしを見ずにもぐもぐといった。相変わらずぎごちなく顔をしかめながら。

「そのなにになるのさ、そのなにをやらなくちゃならないというわけさ、まもなくね」

おわってしまえばいい。

わたしたちはたがいの顔を見なかった。わたしは相手に気づかれぬように、ふたりが楽に肩をならべて歩けるように、ほんの少しずつ自分の歩調を遅くしていった。

「ときどき乳首に火がついたようにかっとすることがある？」わたしは、自分でもなにをいうつもりかわからぬままそう訊いていた。

セザーはうなずいた。

しばらくしてからセザーがいった。「あのね、おまえの外陰部は……」

わたしはうなずいた。

「異人どもはきっとこんな恰好をしてるにちがいない」セザーは吐きすてるようにいった。

「これが、こいつが突きだして、とても大きくなって……邪魔でしかたがないんだ」

わたしたちは一マイルほど歩くあいだたがいの徴候を話しあい比べあった。このことを話せたということ、惨めな思いをしている仲間が見つかったということでほっとしたけれども、おのれの惨めさを他人の口からあらためて聞くのは恐ろしかった。セザーがわめきだした。

「わたしがいやなのは、ほんとうにこれがいやになるのは——こいつが人間性を奪っていくことだ。自分の肉体にこんなふうに翻弄されるのが、抑制を失うのが、ほんとうに耐えられない。性の道具になりさがるのが。そしてみんなが、手軽に性交をするだけのものに変わるのが。ケメルに入っても、同じくケメルに入った人間がそばにいなければ、気が狂って死んでしまうという話は知っているだろう？　ソメル期の人間を襲ったりすることも？　実の母親でさえ？」

「ありえない」わたしは衝撃を受けた。

「いいや、ありうるんだ」サリが話してくれた。カルガヴ峠を登っていたトラックの運転手は、運送隊が雪のなかで立ち往生をしたときに、ケメルに入り男性となったそうだ。たくましく大きな人間だったが、狂ったように仲間に襲いかかった。この仲間はソメル期だったので、激しく抵抗して怪我をした。ほんとうにひどい怪我を負ったそうだ。そしてケメルから脱した運転手は自殺を遂げた」

この凄惨な話は、わたしの胃の腑を突き上げ、わたしはなにもいえなかった。

セザーは話をつづけた。「ケメルに入ったひとびとは、もはや人間ですらない！　それなのにわれわれはあれをしなければならない――ああいうふうにならざるをえないんだ！」

おぞましい恐怖がいまおおっぴらに口にされた。しかし口にされても心は休まらなかった。口に出されて、恐怖はますます大きくふくらみ、いっそう恐ろしいものになった。

「愚かしいよ」とセザーはいった。「種を存続させるということなら、なんという原始的な方法だろうか。文明人たるものがこんなことを耐える必要はない。妊娠したいと思う人間は、注射に頼ればいい。遺伝学的にも健全だ。自分で子供の父親を選ぶことができる。そうすればこんな近親交配はなくなる、動物のようにきょうだいと性交することもなくなるんだ。どうしてわれわれが動物のまねをしなければならないんだ？」

セザーの怒りがわたしの心をかきみだした。怒りが伝染した。それに、これまで聞いたこともない〝性交〟という言葉にも衝撃を受け気持がたかぶった。わたしはもう一度いとこを見た。血色のいい細面《ほそおもて》、長くふさふさとした輝く髪。わたしと同じ歳なのにセザーのほうが年上に見える。砕けた足のための半年の苦しみが、この冒険好きの悪戯っ子を陰気にし大人にし、怒りと自尊心と忍耐を教えたのだ。

「セザー」とわたしはいった。「いいか、そんなことはどうだっていい、あんたは人間だ、たとえあんなことを、性交をしなければならないとしても。あんたはマハドだ」

「クスの月のゲセニの日」とばあちゃんはいった。クスの月の一の日、真夏の日。

「まだ準備ができない」とわたしはいった。

「できるはずだよ」

「わたしはセザーといっしょにケメルに入りたい」

「セザーがケメルに入るのはひと月かふた月先。もうまもなくだよ。どうやらおまえたちは同じ月相のようだ。暗い月同士というわけだね、ええ？　わたしもそうだった。だから、同じ波長の上にとどまるがいい。おまえとセザーは……」ばあちゃんがこんなふうにわたしに笑いかけたことはない、わたしが対等の仲間とでもいうような、意味ありげな笑いだった。

わたしの母の母親は六十歳、筋骨たくましい短軀、大きく張った腰、鋭く澄んだ目、石工の技をもち、押しも押されもせぬ郷の独裁者。わたしが、この傑物と対等だと？　これは、わたしが人間以下になるのではなく、もっと人間らしくなるかもしれないという最初の予兆だった。

「わたしの気持としては」とばあちゃんがいった。「おまえが砦でこの半月を過ごせばいいと思う。でもそれもおまえ次第だよ」

「砦で？」わたしは啞然とした。わたしたちセイドは、みんなハンダラ教徒だったが、とても不熱心な教徒で、派手なお祭り騒ぎをやって、もごもごと祈りの言葉をつぶやくだけ、修行はいっさいしなかった。年上の郷のきょうだいたちで、ケメルの日の前に砦に送られた者はひとりもいない。わたしになにかまずいことでもあるのだろうか？

「おまえはよい頭脳をもっている」とばあちゃんはいった。「おまえとセザーは。おまえたちのどちらかが、いつか大きな影響力をもつ日がくるのを見たいものだ。わたしらセイドは、おのれの郷に腰をすえたきりで、ペスリのように繁殖する。それで満足かい？　おまえたちのどちらかが、苗床から頭をもたげてくれたらうれしいよ」

「砦ではなにをやるのですか？」と訊くと、ばあちゃんは正直に答えた。「わからないね。行って突きとめることだ。教えてくれるだろう。いかにケメルを統御するかその方法を教えてくれるはずだよ」

「わかった」とわたしは即座にいった。砦の住人たちは、ケメルを統御できるのだとセザーに話してやろう。きっとその方法をわたしは学べるだろう。そうしたらもどってきてセザーにそれを教えてやろう。

ばあちゃんはわたしを見てうなずいた。わたしは挑戦を受けてたった。

むろん砦に半月いたばかりでは、ケメルを統御する法を学べるはずもなかった。最初の二日は、自分のホームシックでさえ統御できそうになかった。わたしたちの薄暗く暖かな住居、大勢のひとびとが喋り、眠り、食べ、料理し、洗濯し、レマで遊び、音楽を奏で、子供たちが駈けまわる賑やかな住居、騒音、家族。そういったものをあとにして街を横切り見知らぬひとびとのいる清潔でひえびえとした静かな大きな館にやってきた。彼らは礼儀正しく、わたしを丁重に扱ってくれた。わたしは怖かった。四十にもなる大人が、超人的な精神力を生みだす魔術のような法を知っているひとが、ブリザードのなかを裸足《らそく》で歩くことのできるひとが、予知の能力をもつひとが、これまでに見たこともないような叡知《えいち》と静謐《せいひつ》をたたえる目をもつひとがなにゆえに、ハンダラ教の聖人がなにゆえに、わたしごときに敬意をはらうのか？

「なぜならあなたはとても無知であるからです」聖人のランハレルが、笑みをうかべ、たいそうやさしくいった。

ほんの半月しかいなかったので、彼らはわたしの無知なるものをことさらどうしようともしなかった。わたしは一日に数時間、非催眠の行《ぎょう》をし、それが気に入った。彼らにとってはそれでじゅうぶんだったので、わたしを褒めてくれた。「十四歳の人間がこんなゆっくりとした動きをしていると、たいてい頭がおかしくなるものだ」とわたしの教師はいった。

砦で過ごした最後の六日か七日のあいだに、ある徴候がふたたびあらわれはじめた――頭痛、ふくらみ、体を走る突き刺すような痛み、苛立ち。ある朝のこと、家具ひとつない静かな小部屋にあるわたしの寝台、その敷布に血の染みがついていた。わたしは恐ろしさとおぞましさに襲われながらその染みを見つめた。むず痒い陰唇を眠っているあいだに掻きむしって血が出たのだろうと考えたが、その血がなんであるかほんとうはわかっていた。わたしは泣きだした。ともあれ敷布を洗わねばならない。あらゆるものが清潔で質素で美しいこの場所を汚してしまったのだから。

年老いた砦の住人が、洗濯部屋で敷布をごしごしこすっているわたしを見つけ、なにもいわなかったが、血痕を漂白する石鹸を持ってきてくれた。わたしは自分の部屋にもどった。そこはこれまでほんものの独居というものをまったく知らなかったわたしが、心から愛するようになった部屋だった。わたしは敷布のない寝台の上に惨めな思いでうずくまり、数分ごとにふたたび出血はないかと確かめていた。わたしは非催眠の行に参加できなかった。広大な家はひっそりと静まりかえっている。その静謐がわたしの心にしみこんだ。またもや魂の奥にあるあの異形のものが感じられたが、それはもう痛みではなかった。夕暮れの風のような、澄明《ちょうめい》な冬の大気のなか、はるか西方に聳《そび》えたつカルガヴの峰のような寂寥《せきりょう》だった。それは茫漠とした広がりだった。

聖人ランハレルが扉をたたき、わたしの部屋に入ってくると、しばらくわたしを見つめ、やさしく尋ねた。「どうしたのだね？」

「なにもかも奇妙な感じがするのです」とわたしはいった。

聖人はにこやかに微笑んでいった。「そうだね」

ランハレルが、ハンダラ教徒としてわたしの無知をいかに尊重し敬意をはらってきたかということがわたしにはわかった。そのとき自分がどうにか適切なことをいい、なによりもよろこばせたいと思っている人物をよろこばせたことがわかったのだった。

「これから詠唱がはじまるよ」とランハレルはいった。「よかったら聞きにくるといい」

彼らはじっさい真夏の日の歌を唱っていた。それはクスの月のゲセニの日の前の四日間夜昼なく唱いつづけられるのだった。唱い手と鼓手は随意に出たり入ったりする。彼らの多くは、太鼓と、そして歌の本に記されたきっかけの旋律によって導かれるえんえんと果てしない即興曲のある一節を唱い、独唱者がいればそれと声を合わせる。はじめのうちわたしの耳に聞こえてきたのは、静かで繊細なビートに重なる快い重厚な低音だった。聞いているうちに飽きてきて、これならわたしでも唱えると思った。そこで口をあけて〝ああ〟と唱った。するとほかの声もそろって〝ああ〟と唱った。それはわたしの音程の上、下、同じところを唱い、そのうちに自分の声がわからなくなり、まわりの声だけが聞こえてくるようになり、果ては音楽そのものだけになる。やがて銀鈴を鳴らすようなひとつの声が、織りなす音のあいだを縫い、音の流れに逆らうかと思うと、そのなかに沈み、かききえ、そしてまた浮きあがってくる……ランハレルがわたしの腕に触れた。夕食の時刻だった。わたしは三の刻からずっと唱いつづけていたのだ。夕食のあと、夜食のあと、ふたたび詠唱室にもどった。つづく三日間わたしはそこにいた。許されれば夜もそこで過ごした。もうすこしも眠くなかった。ふいにエネルギーがこんこんと湧きだして、わたしは眠ることができなくなった。自分の小部屋でわたしはひとり唱い、ここであたえられた唯一の書物であるハンダラの風変わりな詩の本を読み、それから非催眠の行をし、暑さと寒さ、体のなかの火と氷を無視しようと努める。と、そのうちに夜明けになり、わたしはまた唱えるようになる。

そしてオトルメンボドの夜、真夏の日の前夜の宵となり、わたしがいよいよ自分の郷へ、ケメル舎へ帰るときがきた。

意外なことに母とばあちゃんと目上のひとたちが打ちそろってわたしを迎えに砦にやってきた。儀式用のヒエブを着て、みんな厳《おごそ》かな顔をしている。ランハレルが彼らにわたしを引きわたし、「ここへまたもどっておいで」とわたしにいった。わたしの家族は、暑い夏の朝、わたしを先頭に市街を練り歩いた。葡萄《ぶどう》の花が満開で、芳香をふりまき、庭園はどこも花盛り、実をつけ、果実がなっていた。「すばらしい季節だね」とばあちゃんが分別くさくいった。「ケメルに入るには」

砦から帰ってきた身には、郷はいかにも暗く狭苦しく見えた。セザーを探したが、きょうは仕事に出る日なので工房に行っていた。おかげでわたしは休日気分になり、それは不快ではなかった。それからバルコニーの居室へあがっていくと、ばあちゃんと郷の長老たちが威儀を正して、新しい衣服と、下は長靴から上は見事な刺繍をしたヒエブにいたるまで、すべて新しい品々をさしだした。衣服を手わたされるときに、ハンダラではないと思われる、わたしたちの郷の伝統である儀式の辞が述べられた。この言葉はすべて聞きなれない昔の言葉、一千年前の言語だった。ばあちゃんはその言葉を、石でも吐きだすようにべらべらと並べたてヒエブをわたしの肩にかけた。一座の者が、「ハヤ！」といった。

長老のすべてと、年下の子供たちが大勢まわりに群がって、わたしが王か赤子でもあるかのように新しい衣服を身につけるのをまめまめしく手伝ってくれた。長老のなかにはわたしに忠告をしてくれるものもあった――「最後の助言」と彼らはいった、なぜならケメルに入るときはシフグレソルを得ることになり、いったんシフグレソルを得たならば、助言は侮辱となるからだ。「さておまえはあの老エベッケには近よらないように」とひとりが甲高い声でいった。わたしの母が怒ってぴしゃりといった。「よけいなおせっかいはしないものだ、タドシュ！」それからわたしに向かって、「老《お》い耄《ぼ》れのいうことに耳を貸してはいけないよ。口のへらないタドシュめ！　さてお聞き、ソヴ」

わたしは耳をかたむけた。ガイアはわたしをみなからはなれたところへひっぱっていき、いささかぎごちなく重々しくいった。「覚えておおき、大事なのはおまえの最初の相手がだれかということだよ」

わたしはうなずいた。「わかっています」

「いいや、わかっていない」母親はぴしゃりといい、ぎごちなさは消えていた。「これだけはしっかり覚えておおき！」

「あのう、そのう」わたしはいいよどんだ。母親は待っていた。「もしわたしが、そのう、女性として入ることになったら」とわたしはいった。「わたしはどうすればいいのですか、どうしなければならないのですか？」

「ああ」とガイアはいった。「心配することはない。妊娠できるようになるまでにはあと一年かそこらはかかる。あるいは種親になるのにも。こんどは心配することはないよ。もしものときにはまわりにいるひとたちがちゃんと取り計らってくれる。彼らはみんな、おまえがはじめてのケメル入りだということを知っている。でもいちばんはじめにだれを相手にするかは、くれぐれも気をつけなさい！　そのう、まわりには、まわりにはね、つまりカリドやエベッケや、あの連中のいるところでは」

「さあ行こう！」ドリーが叫び、そしてわたしたちはぞろぞろと行列を作ってふたたび階下へおりて大広間を横切った。そこではみんなが、「ハヤ、ソヴ！　ハヤ、ソヴ！」と歓声をあげた。料理人は鍋をがんがんと打ち鳴らした。わたしは死にたかった。だがみんなとても陽気で、わたしのことをよろこんでくれ、わたしの幸せを願っているように見えた。それでわたしもこのさき生きたいとも思った。

わたしたちは西の扉から外に出て、太陽の燦々《さんさん》と照りつける庭園を横切り、ケメル舎へやってきた。ティジ・エレブは、ふたつのほかのエレブ郷とケメル舎を共有していた。美しい建物で、全体に古代王朝風の深い浮き彫りの装飾がほどこされ、二千年という年月を風雨にさらされてひどく傷んでいた。赤い石段の上でわたしの家族はみんなわたしに接吻して口々につぶやいた。「暗闇を讃えよ」もしくは「創造の行ないの名のもとに讃えよ」と。それから母がわたしの肩を強く押した。幸運を念じて、あの大槌で打つようなどんというひと押し。
わたしはみんなに背を向けて扉を入っていった。
門番がわたしを待ちかまえていた。気味の悪い顔つきの、肌が青白くざらざらしている、少々前かがみの人物。

彼らが話していた〝エベッケ〟という人物が何者かわかった。それまで会ったことはなかったが、噂は聞いていた。わたしたちのケメル舎の門番で、半死者だ——つまり、異人のように永久にケメルに入っている人物だった。

生まれつきそういう人間はここにも少なからずいる。ある者は治療することができる。治療できない者、あるいは、慣習に従って砦で暮らさず、行を会得しないことを選んだ者たちが門番になる。彼らにとってそれは好都合だし、正常なひとたちにとってもそれは好都合だった。だって、ケメル舎に住みたいなどという人間がどこにいるだろう？　だが不都合なこともある。ケメル第二期《ソルハルメン》に入って、性別を決める準備ができた段階でケメル舎にやってきたとき、最初に出会う人物が完全な男性だと、彼のフェロモンが、その人間をたちまち女性にしてしまうということが起こりがちなのだ。たとえ自分で今月はどちらになるかあらかじめ決めてきたとしても、決めてこなかったとしても。だから責任感のある門番は、そばに寄ることを望まないひとびとにはむろん近づかない。だが永続的なケメル状態は、責任感のある性格というものを形成するとはかぎらない。また半死者とか変質者とか一生涯呼ばれつづけていることも、責任ある性格を形成する役に立つわけではないだろう。どうやらわたしの家族は、エベッケがわたしから手やフェロモンを遠ざけるとは信じられなかったようだ。だがそれは不当というものだ。彼はほかの人間と同じように、はじめてケメルに入る者にも敬意をはらった。わたしの名を呼んで挨拶し、どこで新しい長靴を脱げばよいか教えてくれた。それから古代の歓迎式の式辞を述べながら、わたしの面前から廊下を後ずさりしていくのだった。わたしはのちのち何度も聞くことになったこの言葉を、そのとき生まれてはじめて耳にしたのだ。

汝いま大地を越えたり。
汝いま水を越えたり。
汝いま氷を越えたり……

そして中央の大広間に入ると歓喜の結びとなる。

われらともに氷を越えたり、
われらともに郷に入り、
生命に入り、生命をもたらす！
創造の行ないに栄えあれ！

その荘厳な言葉はわたしを感動させ、ともあれ強烈な自意識をいささか和らげてくれた。些で感じたように、自分よりはるかに古く大きななにかの一部になったというあの安心感を得た。たとえそれがまったく未知の新しいものであっても。わたしはそれに身を託さねばならない。それが変えたままのものにならなければならない。それと同時にわたしの神経は張りつめた。わたしの五感は異常なほど研ぎすまされた。朝からずっとそうであったように。あらゆるものが感じられた。壁の美しい青の色、歩いていく自分の歩調の潑剌として軽やかなこと、裸足に触れる木の感触、儀式の言葉の意味とそのひびき、門番そのひと。彼はわたしを惹きつけた。エベッケは、たしかに魅力ある容姿ではない。とはいえ楽の音《ね》のような朗々とした声、そして青白い肌は案に相違して魅力的だった。彼はあらぬ誹《そし》りを受けているのだと、彼の人生はふつうとはちがうのだとわたしは思った。話しかけたいと思った。だが彼が大広間の戸口でわたしの横に立ち歓迎の言葉を述べおわると、長身の人物がわたしを迎えにつかつかと近づいてきた。

知った顔を見てわたしはうれしかった。わたしの郷の料理頭《がしら》、カリド・アラジだった。料理人のつねで、やや乱暴で怒りっぽい人物だ。わたしを目にとめるたびに、わたしをからかい、そそのかすように馳走を投げてよこす——「よう、お若いの！　その骨にいくらか肉をつけけんとな！」カリドを見ているうちに、わたしはとほうもなく多様な感覚を味わった。カリドは裸だということ、その裸は、郷のひとびとの裸とはわけがちがう、意味深長な裸だ——彼はわたしが前に見たカリドではなく、美しいものに変身していた——そして彼は〝彼〟

だった――わたしの母は彼のことをわたしに警告した――わたしは彼に触れたくなると――わたしは彼を恐れると。

彼はわたしを両腕で抱えあげ、その体にわたしを押しつけた。彼のクリトペニスが股のあいだに拳のように感じられた。

「お手やわらかに、な」門番が彼にいい、そして何人かのひとたちが、部屋のなかからわたしに近づいた。その部屋はただ広く薄暗く、たくさんの影がひしめき靄《もや》がたちこめていた。「心配するな、心配するな」カリドはわたしや彼らにいい、がさつな笑い声をあげた。「わたしは、わが子を傷つけるつもりはない、そうだろう？　わたしはただこの子にケメルをさずける者になりたいだけだよ。まともなセイドのように、女にしてやりたい。わたしはおまえにあの悦《よろこ》びをあたえたいのだよ、かわいいソヴ」彼は喋りながら、わたしのヒエブとシャツを、熱っぽいせっかちな大きい手で脱がせた。門番とほかのひとたちはそばによって見守っていたが、口を出そうとはしない。わたしはまったく自分がなすすべもなく無防備な状態で辱めを受けているような気がした。わたしは必死にもがいて彼の手から逃れ、シャツを拾って着ようとした。がたがたと体が震え、手足から力が抜けて立っていることが難しかった。カリドはぎごちない手つきでわたしを助けてくれ、大きな腕がわたしを支えてくれた。わたしはその腕によりかかり、自分の肌に押しつけられた彼の熱くおののく肌を意識した。すばらしい感触、陽光のような、火明かりのような。わたしはさらに力を抜いて彼によりかかり、両腕を上げたので、ふたりの脇腹が擦《こす》れあった。「おや、おや」と彼はいった。「おお、美しいひと、おお、ソヴよ、さあ、彼女をひきはなせ、こうなってはいけないよ！」そして彼は笑いながら体をはなし、だがほんとうに心配そうだった。彼のクリトペニスは目をみはるほど屹立《きつりつ》していた。わたしは衣服を半分脱がされたままとほうに暮れ、ぐにゃぐにゃになった脚でその場に立っていた。目には靄がかかり、なにひとつはっきりと見えなかった。「おいで」とだれかがいってわたしの手をとった。カリドの火のような肌とはまったくちがう柔らかでひんやりとした感触だった。それはよその郷からやってきたひとで、名前は知らない。彼女は薄暗くぼんやりとかすんだ部屋のなかで黄金のように輝いて見えた。「おやおや、とても早いこと」彼女は笑い、褒めそやし、慰めた。「さあおいで、プールのなかへ、しばらくゆっくりくつろぐといい。カリドはあんなふうにあなたを挑発してはいけないのに！でもあなたは幸運だ、最初のケメルを女として迎えて、これ以上のことはない。わたしは女としてケメルに入るたびに、三回も男としてケメルに入ったのがとても悔しい。ソルハルメンに入るたびに、わたしのいまいましい友だちはみんな女になっているのだもの。わたしのことは心配しないで——見たところカリドの影響ははっきり効果をあらわしたようそこでまた笑った。「ああ、なんて美しいこと！」彼女はうつむくと、あっというまもなくわたしの乳首をなめた。

心地よかった。乳首のあのひりひりと痛いような火、なにものも冷やすことのできない火を冷やしてくれた。衣服を脱ぐわたしに手を貸してくれ、部屋の中心を占めている大きな浅いプールのなまあたたかい水のなかへいっしょに足を踏みいれた。部屋に靄がたちこめていたのはそのせいだった、反響が奇妙だったのはそのせいだった。水はわたしの腿《もも》にひたひたとよせ、わたしの性器を、わたしの腹をひたした。わたしは友だちのほうに向きなおり、体をかがめて彼女に接吻した。それはまったく自然な行為だった。それは彼女が望んでいることと、わたしが望んだことだった。わたしはもう一度乳首をなめて吸ってほしいと思い、彼女はそれに応えてくれた。長いことわたしたちは浅い水に体を横たえ戯《たわむ》れていた。そのまま永久に戯れつづけることができそうだった。だがそのときだれかがやってきて、わたしの友だちを背後から抱え、彼女は跳びあがる黄金の魚のように水中で体を弓なりにそらせ、頭を振りあげ、彼と戯れはじめた。

わたしは水からあがって体を拭いた。悲しいような恥ずかしいようなわびしい気持になったものの、自分の体になにが起きたのか興味をそそられた。体は快いほど生き生きと、張りつめた感じで、タオルのざらざらした肌ざわりがわななくような快感をよんだ。だれかがわたしのそばにいた、わたしと友だちの戯れるさまをじっと眺めていただれかが。その彼がいまわたしの横にすわった。

それはわたしよりいくつか年上の郷の友、アラド・テヘミだった。去年の夏はずっとアラドといっしょに庭園で働いていた。わたしは彼が好きだった。彼はセザーに似ていると、わたしは思った。ふさふさとした黒い髪、細長い顔、だが彼には、ここにいるみなが――ケメルに入ったひとたちがみんな、女も男もみんな――もっているあの輝き、あの華があった――わたしがこれまでどの人間にも見ることのなかった躍動的な美が。「ソヴ」と彼はいった。

「わたしはぜひ――おまえの最初の――いいね――」彼の両手はすでにわたしの上におかれ、わたしの手は彼の上にのっていた。「おいで」と彼はいった。わたしは彼についていった。美しい小部屋に導かれた。そこには暖炉の燃える火と広い寝台があるだけだった。そこでアラドはわたしを両腕に抱き、わたしはアラドを両腕に抱き、そして脚のあいだに抱えこみ、黄金の光のなかを上へ上へと落ちていった。

アラドとわたしは、最初の夜をともに過ごし、たくさん性交をしては、たくさん食べた。ケメル舎に食べ物があるとは考えもしなかった。性交のほかにはなにもしてはいけないのだと思っていた。食べ物はたくさんあった。とてもおいしい食べ物が用意され並べてあるので、食べたいときにはいつでも食べることができた。飲み物は制限されていた。飲み物係りの年老いた女の半死者は、注意深く目を配り、乱暴なまねや愚かしいまねをしそうなきざしが見えると、それ以上ビールをあたえなかった。わたしはビールはもうよかった。性交ももうよかった。わたしは満たされていた。わたしはこのさき一生、未来永劫アラドを愛していく。

だがアラドは（わたしより一日早くケメルに入っていた）ぐっすり眠りこんでいて目を覚まさなかった。そこにハマという名の目をみはるようなすばらしい人物があらわれ、わたしの横に腰をおろして話しかけてきた。そしてわたしの背中をその手でさすり、得もいわれぬ快感をよびさまし、ほどなくわたしたちはさらに体をからみあわせ、性交をはじめた。ハマとのそれは、アラドのとはまったくちがっていた。そこでわたしは自分がハマに恋をしていることに気づいた、ゲハルダーが加わるまでは。そのあとでわたしは、彼らみんなを愛していたのだと、そして彼らはみんなわたしを愛していたのだと、それがケメル舎の秘儀なのだということを理解したと思う。

あれからもう五十年近くがたっている。わたしの最初のケメルにかかわったすべてのひとたちを、ひとりひとり覚えてはいない。ただカリドとアラド、ハマとゲハルダー、そして老ツバニ——わたしの知っている男性としてこれほど技に長《た》けたひとはいなかった、のちのケメルでもしばしば彼に会った——それからベレ、わたしの黄金の魚、彼女とは、大きな炉の前で物憂く穏やかな至福の愛の営みをおえて、そのあとはふたりとも眠りこんでしまった。そして目が覚めたときは、もうふたりとも女ではなかった。男でもなかった。ふたりともケメルではなかった。疲労困憊した若い大人だった。

「おまえはまだ美しい」とわたしはベレにいった。

「おまえも」ベレはいった。「どこで働いているの？」

「家具の工房、第三区の」

わたしはベレの乳首をなめたが、反応はなかった。ベレがわずかにたじろいだので、わたしは「ごめん」といった。そしてふたりして笑った。

「わたしはラジオの仕事をしている」とベレがいった。「あの仕事をやろうと思ったことはないの？」

「ラジオを作る仕事？」

「いいや。放送。わたしは四の刻のニュースと天気予報をやっている」

「あれはおまえなの？」わたしは畏敬の念に打たれた。

「いつかタワーにおいで、案内してあげる」とベレがいった。

こうしてわたしは生涯の仕事と生涯の友を見つけた。郷にもどったときセザーに話して聞かせたように、ケメルはわたしたちが考えていたよりも、はるかに複雑なものだ。

セザーの最初のケメルは、ゴルの月のゲセニの日、秋の最初の月の一の日、月が影となるときだった。家族のうちのひとりがセザーを女としてケメルに入るようしむけた。そしてセザーはわたしを呼びいれた。わたしが男としてケメルに入ったのはそれがはじめてだった。そしてわたしは、ばあちゃんがいったように、同じ波長の上にとどまった。わたしたちはいとこ同士であり、今様の逡巡する心があったので、ふたりのあいだでは妊娠することはなかったが、月が影になるたび、多年にわたってあらゆるやり方で愛の営みを交わした。そしてセザーは、わたしの子供、タモールを最初のケメルに導いてくれた――まともなセイドらしく女として。

のちにセザーはハンダラ教徒となり、古い砦の住人となり、いまでは聖人である。わたしもあそこへちょくちょく出かけていき、詠唱や非催眠の行に加わった。ただ目的もなく訪《おとな》うこともある。セザーは数日ごとに郷にもどってくる。そしてふたりして語りあう。過ぎ去った日々にしろ新しい時代にしろ、ソメル期にしろケメル期にしろ、愛は愛なのだ。

セグリの事情

The Matter of Seggri

クランク！誌　1994年春号

セグリとの記録に残る最初の接触は、ハイン・サイクル93の242年であった。イアオ（4－トーラス）を出てから六世代を経た放浪船が、この惑星に着陸し、船長がこの報告書を船の運航記録に入力した。

アオラオ－オラオ船長の報告書

われわれは、彼らがセーリあるいはイェーハーリと呼んでいるこの世界に四十日近く滞在し、厚くもてなされた。そして原住民についてはよい評価を得てここを立ち去る。その評価とは彼らの変革を好まない立場と調和するものである。彼らは、城と呼ばれるいくつかの壮麗な建物に住んでいる。城の周囲には広い庭園がある。庭園を囲む城壁の外には、よく耕された畑と豊かな果樹園が広がっている。これらは、この陸地の大部分を占める乾ききった石ころだらけの不毛の荒野を、たゆみない努力によって開墾したものである。この世界の女性は、城壁の外に密集する村や町に住んでいる。農場や製粉所における通常の作業のすべては女性がこなしているが、ここの女性の数ははなはだしく過剰である。彼女たちは、単調な仕事に従事するふつうの労役者であり、城主たちの所有する町で生活している。家畜や種々雑多な獣たちに囲まれて暮らしているが、獣たちは家に自由に出入りし、なかにはかなり大型な獣もいる。こうした女たちは泥色の衣服を身にまとい、いつも数人ないしは群れをなして歩いている。庭園を囲む城壁の内に入ることはけっして許されず、女たちが男たちに供給する食料や日用品は、城壁の外側にある門の前に置くことになっている。女たちは、われわれに対して著しい恐怖と不信を示した。数人のわたしの部下が、道を歩いている娘たちのあとをつけていくと、娘たちは野獣の群れのようなものすごい勢いで町から逃げだしていったので、部下たちは、すぐさま城にもどるのがよいと判断した。われわれの世話役たちが、町には近づかぬがいちばんと忠告してくれたのに、われわれは近づいてしまったのである。

男たちは、広い庭園のなかを自由に歩きまわり、いろいろなスポーツに興じている。夜になると、彼らが町に所有する家に出かけていき、そこにいる女のなかから気に入った女を選び、気のおもむくままに性欲を満足させる。女たちは、一夜の愉しみの対価として、男たちに銅貨をはらうのだそうだ。もしその男たちによって子が得られれば、さらに多くの金を支払うのだという。男たちの夜は、このように望むままにしばしば肉欲を満たすことに費やされ、そして昼は、さまざまなスポーツや競技に興じるが、なかでも一種のレスリングに人気がある。彼らはたがいに相手を投げとばすが、だれも怪我ひとつせず起き上がり、手足を敏《びん》捷《しょう》に動かして闘いを再開するさまには驚嘆させられる。彼らはまた刃の鈍い剣を使って闘い、長い発光スティックを交えて闘う。また彼らは、広い競技場でボールを使うゲームをする。両手でボールを捕らえて投げ、脚でボールを蹴り、相手チームの男たちを転がしたりつかんだり蹴ったりする。このように男たちの多くが熱狂するあまり、怪我をしたり、足を痛めたりするが、その光景は見ていても痛快である。それぞれのチームがそれぞれに鮮やかな色の服を着こみ、相手とのちがいをきわだたせているが、その多くは黄金や美しい装飾品で飾りたてられている。そうしたものが、ここかしこと動きまわり、群れとなって広場を縦横に駈けめぐり、そのなかからボールが高々と投げあげられ、揉みあう群れから逃れだしてそのボールを捕らえた走者は、猛然と追跡する一団を従えて、相手のゴールへと突進する。このゲームの競技場なるものは、城の庭園を囲む城壁の外の、町の近くにあるので、女性たちもこれを見物し、声援を送ることができる。女性たちは熱心に応援し、好きなプレイヤーの名前を連呼し、喚声をあげ、がんばれがんばれと大声をあげる。

少年たちは十一歳になると女性からひきはなされ、男性にふさわしい教育を受けるために城に連れていかれる。そうした子供たちが、よろこびに満ちたさまざまな儀式とともに城に連れこまれるのを見たことがある。女性たちは、男子の受胎期間を出産予定日まで満了するのが難しいのだそうだ。ぶじ出生した男の子たちも、その多くが、手厚い保護を受けているにもかかわらず、幼児のうちに死ぬといわれており、それゆえにここでは男性より女性の数が圧倒的に多い。これを見るに、神の呪いが、神そのひとを認めない者たち、真の説話に耳をかさず、光に目をふさぐ者たちに降りかかるのと同様に、この種族にも降りかかったのだということがわかる。

これらの男たちは、芸術をほとんど知らず、跳びはねる踊りのようなものしか知らない。彼らの科学は、野蛮人を少々超える程度のものである。わたしが話をした、城のお偉方のひとりは、黄金と真紅の衣をまとい、ひとびとの尊敬と服従を集めて、王子とか大雄親と呼ばれていたが、その人物はたいそう無知であった。星というものは人間や獣がいっぱいいる世界だと信じており、どの星からやってきたのかとわれわれに尋ねた。彼らには、陸地と水面を蒸気で走る乗り物しかない。空中や宇宙を飛ぶという発想がなく、そうしたものに対する好奇心もなく、軽蔑したように、「それは女たちの仕事だから」というのである。そしてたしかに、そうしたお偉方に、機械の運転法とか、布の織り方とか、ホロヴィジョンの送信法とか尋ねると、彼らは、そんな女のするようなことに興味をもつわたしをすぐさま非難し、男にふさわしい話をしろと迫った。

庭園のなかで獰猛な家畜を飼育することについてはじゅうぶんな知識があり、同様に、女たちの工場で織られた布を使って衣服を縫うことについてもよく知っていた。男たちは、装飾品や衣服の壮麗さを競いあう。もし彼らがこのような立派な男性でなければ、いかなる競技にもスポーツにも長《た》けた強靭な男性でなければ、プライドを有し、きわめて繊細で激しい自尊心をもつ男性でなければ、それはとうてい男らしいとは思えなかった。

アオラオ‐オラオ船長の記述をふくむこの航海日誌は（十二世代にわたる旅の末に）イアオにある宇宙公文書保管所にもどってきた。この日誌は〈激動〉と呼ばれる時代に散逸し、けっきょく断片的な形でハインに保管されてきた。セグリとのさらなる接触の記録は、93／1333にエクーメンによって最初の観察隊員がセグリに送られるまではない。アルテラの男性とハインの女性、カザ・アガドとG・メリメントである。一年間軌道上にあって、地図作成、写真撮影、放送の録音と研究、主要な地域言語の分析と習得に努めたのち、観察隊員たちは着陸した。この惑星の文化は傷つきやすいものだという強力な意見にしたがい、彼らは、遠い島からやってきて、航路を大きくはずれてしまった難破漁船の生き残りだと名乗った。ふたりは、予想したとおりすぐさまひきはなされてしまった。カザ・アガドは城に、メリメントは町に。カザはその名を通した。原住民のあいだで通用するものだったからである。メリメントはユデと名乗った。われわれの手もとには彼女の報告書しかないが、それから三篇の抄録を抜粋してここに載せる。

移動使節《モバイル》、ゲリンデュウタハユデトウェメンレイド・メリメントの、エクーメンへの報告のためのメモ、93／1334。

３４／２２３。彼らの商いと情報のネットワークは、彼らが自分たちの世界のほかのところで、なにが起きているかということをつねに自覚しているがゆえに、わたしにとってあまりにも洗練されすぎているので、もはやわたしが異国の愚鈍な難民を演じることは不可能だ。エクハウがきょうわたしを呼びつけてこういった。「もしここに買う価値のある雄親がいたとする、あるいは、わたしたちのチームが彼らの競技に勝つとする。そうしたらわたしは、あんたが密偵だと思うわね。ともあれあんたはいったい何者？」

わたしはいった。「わたしをハグカにある大学へ行かせてくれませんか？」

彼女がいった。「なぜ？」

「あそこには科学者がいると思いますが？　彼らと話す必要があります」

この意味は彼女にもわかった。彼女は「むー」という同意の音を発した。

「わたしの友人もいっしょに行けますか？」

「シャスク、ということね？」

わたしたちはふたりとも一瞬とほうに暮れた。彼女は、女が男を〝友だち〟と呼ぶとは思っていなかったし、わたしはシャスクを友だちだとは思っていなかった。彼女はとても若く、わたしは彼女のことを一人前の女として見たことはない。

「カザですよ、わたしがいっしょに来た男です」

「男が――大学へ？」彼女は怪しむようにいった。わたしを見つめてこういった。「いったいあんたはどこから来たの？」

それは当たり前の質問だった。敵意や非難がこめられていたわけではない。わたしはそれに答えられればと思ったが、われわれがこのひとたちに多大のダメージをあたえうるということが徐々にわかっていた。われわれはここで〝レセハヴァナーの選択〟に直面しているのではないかとわたしは恐れている。

エクハウはハグカまでの旅費をはらってくれ、シャスクがわたしに同行した。よくよく考えてみると、むろんシャスクはわたしの友だちだった。わたしを母家《マザーハウス》に連れてきてくれたのは彼女だった。わたしたちを温かく迎えるのが義務だとエクハウとアズマンを説得してくれた。わたしの世話をずっとしてくれたのも彼女だった。彼女だけが、なにをしても、なにをいっても、すべて型どおりだったので、彼女の心遣いがたいそう徹底していたものだったとは気づかなかった。われわれの乗った小型バスがハグカへの道を軽い音をたてながら走っているとき、彼女に礼をいおうとすると、彼女はいつもいうようなことをいった──「あら、あたしたちはみんな同じ家族です」そして、「ひとはみんな助けあわなければなりません」そして「だれもひとりでは生きていけません」

「女性はどんなときもひとりで暮らしてはいないわよね？」とわたしは彼女に訊いた。なぜなら、わたしが会った女性たちはだれしも母家か娘家《ドーターハウス》に属していたからだ。カップルであろうとエクハウの家族のように大家族であろうと。エクハウの家族は三世代にわたっている。年輩の五人の女性、まだ母家に住んでいる娘たちが三人、子供が四人──彼女たちみんながたいそう甘やかしている男の子、それに三人の女の子が。

「ああ、そうです」とシャスクはいった。「妻を望まなければ、独身の女でいられます。年老いた女は、妻が死ぬと、そのあとは死ぬまでひとりで暮らすこともあります。ふつうは、娘家に行って暮らします。大学には、ヴェヴがいつもひとりでいられる場所があります」型にはまっているとはいえ、シャスクはいつも質問に対して真面目に完璧に答えようとする。自分の返答をじっくり考える。彼女は非常に貴重な情報提供者である。そしてまた彼女は、わたしに、どこから来たのかという質問をしないので、わたしはとても気が楽である。わたしはこれを、質問をしない生き方のなかに定着した無関心、若者の自己中心性によるものだと思っていた。いまになるとそれはこまやかな心遣いだったとわかる。

「ヴェヴは教師なの？」

「むー」

「そして大学の教師たちはたいそう尊敬されているの？」

「ヴェヴとはそういう意味です。だからあたしたちは、エクハウの母親をヴェヴ・カカウと呼びます。彼女は大学には行きませんでしたが、とても思慮深いひとです。彼女は人生から学びました、あたしたちに教えてくれることがたくさんあります」

するとと尊敬と教えることは同じものなのだ。そして女たちが女たちに使う尊敬という用語だけが、教師を意味している。すると若いシャスクは、わたしに教えることによって、自分自身を尊敬しているのか？　そして／あるいは、わたしの尊敬を受けているのか？　このことは、社会において富が重要だと考える見方に異なる光をあてることになる。レハのいまの町長、ザデドルは、その所有物をこれみよがしにみせびらかすがゆえに、たしかに賞賛されてはいるが、ひとびとは彼女をヴェヴとは呼ばない。

わたしはシャスクにいった。「あなたはとてもたくさんのことをわたしに教えてくれたから、あなたをヴェヴ・シャスクと呼んでもいいかしら？」

彼女は当惑しながらもよろこび、もじもじしながらこういった。「ああ、そんな、そんな、とんでもない」それから彼女はこういった。「もしあなたがレハにもどってくるなら、あたしは、あなたと愛しあいたいと心から願います、ユデ」

「あなたは雄親ザドルを恋していると思ったわ！」とわたしはうっかり口走った。

「ああ、そうです」と彼女は、うっとりとした目をし、雄親のことを話すとき彼女たちが見せるあのとろけるような表情をうかべながら、そういった。「あなたもでしょ？　彼があなたと性交することを考えてみて、ああ！　ああ、そのことを考えると変になりそう！」彼女は微笑をうかべ、身もだえした。こんどはわたしがまごつく番だった。おそらくそれが顔にあらわれたのだろう。「彼のことが好きではないのですか？」彼女は、わたしが耐えられないほどの率直さでそう尋ねた。彼女はまるで愚かな若者のように振る舞っているが、彼女が愚かな若者ではないことはわかっている。「だってあたしは、彼を受け入れる余裕がまったくないんです」と彼女はいって溜め息をついた。

それでわたしですまそうと思ったのね、とわたしは意地悪く考えた。

「あたし、お金を貯めるつもりです」と彼女はやおら明言した。「来年は赤ん坊がほしくなると思います。もちろん雄親ザドルはむりです、あたしたちの性交処で、ほんとうによい雄親、たぶんマスター・ロスラを買えるだけのお金は貯められますよ。愚かしいことだと思いますが、とにかくいいます、あたしはずっと、あなたが愛母になってくれればと思ってきました。あなたがなれないことはわかっています、大学に行かなければなりませんものね。ただあなたにいっておきたかったのです。あたしはあなたを愛しています」そういうと彼女はわたしの両手をとって自分の顔に近づけ、わたしの手のひらをほんの一瞬、自分の目に押しあてて、それからわたしの手をはなした。彼女は微笑んでいたが、その涙がわたしの両の手に残っていた。

「ああ、シャスク」わたしは驚いていった。

「いいんです！」と彼女はいった。「ちょっと泣きたいのです」そうして彼女は泣いた。はばかることなく泣いた。かがみこんで両手をもみしだき、そしてしずかに泣いた。わたしは彼女の腕を軽くたたき、いいようのない恥ずかしさを覚えた。ほかの乗客たちがふりかえって、同情するように小さな声をあげた。ひとりの老女がいった。「いいんだよ、それでいいんだ、娘さん！」数分してシャスクは泣きやみ、服の袖で鼻や顔を拭いて深い溜め息をつくと、こういった。「だいじょうぶ」彼女はわたしに微笑みかけると「運転手さん」と呼びかけ、「あたし、おしっこがしたいの、停まってもらえますか？」

運転手は神経質そうな女で、ぶつぶついったものの、雑草の生えた広い道端にバスを停めた。シャスクともうひとりの女がバスをおり、草むらに小便をした。ふだんの生活にひとつの性しか存在しない社会では、さまざまな行為にうらやましいほどの無邪気さがある。そしてたぶん——よくはわからないが、そのとき頭にうかんだのは、自分は恥ずかしいと思ったけれど——この社会には恥ずかしいという感情は存在しないのではないかと。

３４／２４５。（口述記録）カザからなにも連絡がない。彼に超光速通信機《アンシブル》をもたせたのは正解だったと思う。彼がだれかに連絡してくれるよう願う。連絡するのはどうかわたしであってほしい。城でどのようなことが進行しているのか知る必要がある。

ともあれ、わたしがレハの競技で見たものについては、いまはよく理解していると思う。成人の男性ひとりにつき十六人の成人女性がいる。六人ほどの胎児につきひとりは男子であるが、多くの胎児は生育不能で、欠陥のある男子もたくさん生まれるため、思春期に達したときには、女性十六人につきひとりの男性という割合になる。わたしの先祖たちは、この地のひとびとの染色体を弄《もてあそ》んで楽しんでいたのだろう。たとえそれが百万年前のことであろうと、わたしは罪悪感をおぼえる。わたしは恥じることなくやることを学ばねばならないが、罪悪感のただひとつよい使い道を忘れないようにしよう。いずれにせよ。レハのようなかなり小さな町は、その城をほかの町と共有している。ここに到着してから十日目に連れていかれて目にしたのは、アワガ城が、北の城を相手にした本試合でその座を守れず敗れるという異様な光景である。ここで破れたということは、アワガのチームは今年いっぱい、南に位置するファドルガで行なわれる大競技会に出場できないということだ。ファドルガの勝者たちは、ザスクにおけるさらに大きな大競技会でふたたび争う。そこには大陸のいたるところからひとびとがやってくる――何百という出場者と何千という観客たちが。昨年ザスクで行なわれた本試合のホロヴィジョンを見た。出場者は千二百八十人、競技に使われたボールの数は四十であると、解説者がいっていた。武装していないふたつの軍隊がぶつかりあう戦闘についで抱いているわたしの概念からすれば、それは混乱のきわみとしか映らなかったが、どうやら、そこではすばらしい技術や戦略が使われていたらしい。勝利チームの全員が、この年の特別タイトルおよび終身タイトルを獲得し、彼らを支えてくれた多くの城や町にその栄光をもちかえったのである。

わたしは、このシステムを外から見て、それがどのような働きをするかわかったような気がする。なぜならば大学は城を支えてはいないのだ。ここの連中は、レハの若い女性や年輩の一部の女性たちのように、スポーツやスポーツ選手や性的魅力のある雄親に夢中になることはない。あれは一種の必要不可欠な強迫観念である。チームを声援せよ、勇敢なる男性を支えよ、地元のヒーローを賞賛せよ。それはよくわかる。彼女たちのおかれた情況を考えると、自分たちの性交処には強靭で健康な男性が必要なのだ。それは自然淘汰を強化する社会選択である。わたしとすれば、熱狂的ファンだの、失神だの、もりあがった筋肉や巨大なペニスや煽情的な目をもつ男性のポスターなどから逃れることができてうれしい。

わたしは〝レセハヴァナーの選択〟をした。わたしはその選択肢をとった。選んだとはとてもいえないが。ショグラドやスコドルや、その他の教師たち、われわれが教授と呼ぶ彼らは、知的で賢く、宇宙旅行の概念等々を完全に理解することができ、技術革新等々について決定することができる。彼らの質問に対するわたしの答えは、テクノロジーのみに限定している。われわれの社会が彼らの社会とほとんど変わらないということを、たいていのひとびとが、ことに単一文化をもつひとびとが自然に受け入れるように、彼らにも徐々に受け入れさせている。われわれの社会がじつは異なるものだということを彼らが発見したら、その影響ははかりしれないものになるだろう。セグリにそのような革命をもたらせという指令を、わたしは受けてはいないし、そうする理由も願望もない。

彼らの性の不均衡が、わたしの知るかぎりにおいては、男性があらゆる免除特権をもち、女性が権力をにぎるという社会を生みだしたのだ。それは明らかに安定した構図になっている。彼らの歴史を見ると、その構図はすくなくとも二千年はつづいており、おそらく別の形でもっと以前からめんめんとつづいていたのだろう。だがそれも、われわれとの接触によって彼らが人間の標準的な形態というものを知れば、急速に破滅的な動揺をあたえる可能性はある。男性たちが、その特権的地位にしがみつくかどうか、あるいは自由を要求するかどうかはわからないが。女性たちは権力を放擲《ほうてき》することには断固抵抗するだろうし、彼女たちの性行為の方式と愛情関係は破綻するだろう。彼らが、自分たちを苦しめている遺伝子問題を解決する方法をたとえ学ぶにせよ、正常な性の配分をとりもどすには数世代はかかるだろう。

わたしはそのような大雪崩をひきおこすささやき声の主にはなれない。

34／266。（口述記録）スコドルは、アワガ城の男性たちについては、なんの結論も得ていない。彼女は、きわめて用心深く質問をしている。もし彼女がカザを異星人であると、あるいはいずれにしても独自の存在であると、彼らに明かせば、カザを危険におとしいれることになる。彼らはその事実を優位に立つ者の言い分と見なすだろう。そうなったら彼は、力と技の試練に立ち向かわなければならないだろう。城のなかの階級制度《ヒエラルキー》は堅固な構造をもち、そのなかで男は、義務的で選択自由な競技に挑戦し、勝つか負けるかして、その地位を上げたり下げたりしているのだと思う。女性が見物するスポーツと競技は、城のなかで進行している絶え間ない競争のいくつかの見本にすぎない。なんの訓練も受けていない成人男子のカザは、そのような競争のなかではまったく不利であろう。カザが彼らから逃げだせる唯一の方法は、病気か、知的障害者を装うしかないと彼女はいった。カザはそうしたにちがいないと彼女は思っている。なぜなら、彼はすくなくとも生きてはいるから。だが彼女がつかんだのはそこまでだ――「タハーレハに流された男は生きている」

女性たちは、城主たちに食料や家屋や衣服を供給しているが、彼女たちは、城主たちの非協力をどうやら当然のことと考えている。スコドルは、そんな断片的な情報を手に入れただけでよろこんでいるらしい。わたしのように。

だがわれわれは、カザをここから連れださなくてはならない。スコドルの話を聞けば聞くほど、それはますます危険なものに思えてくる。わたしは〝甘やかされたがきども!〟のことを考えつづけているが、じっさいはあの連中は、軍国主義者が作った訓練所の兵士のようなものだろう。ただし訓練は永久におわらないが。彼らは競技に勝てば、あらゆる種類の称号や、〝将軍〟といいかえられる位や、軍国主義者どもが権力の等級を示すものなどが得られる。何人かの〝将軍〟や、城主やマスターやその他もろもろは、スポーツにおけるアイドルで、かわいそうなシャスクが崇拝していたような、性交処のいとしい男たちだ。だが彼らも老いてくると、女性の栄華と、男性の力とを交換することがある。そしておのれの城のなかの暴君《タイラント》となり、城外に放逐されるときがくるまで、弱き者たちを虐待する。年老いた雄親は、城から遠くはなれた小さな家にひとりで住む者もあるらしいが、彼らは頭のおかしな危険な者――群れからはなれた狂暴な男性と見なされる。

それは惨めな生活のように思われる。彼らが十一歳をすぎて許されることは、城のなかで行なわれる競技やスポーツで競いあうこと、十五歳をすぎると、性交処で、金と多くの性交などのために競いあうことだ。それ以外にはなにも許されない。選択肢はなにもなし。仕事もなし。ものを作る技もない。大きな試合に出ないかぎりは、旅することもない。心のなんらかの自由を得るために大学に入ることも許されない。わたしはスコドルに訊いた、なぜ聡明な男性が、せめて大学で学ぶことを許されないのかと。すると彼女はこう答えた。学ぶことは男性にはよくないことだ。それは男の名誉心を弱め、筋肉をたるませ、性的不能者にしてしまうと。「脳にいくものは、睾丸から引きだされていく」と彼女はいった。「男性を守るためには教育を受けさせないようにしなければならない」

わたしは教えられたとおり、〝水のように〟なろうとしたが、嫌悪感をおぼえた。おそらく彼女はそれを感じたのだろう。しばらくすると、〝秘密の大学〟のことを話してくれた。大学にいる女性たちのなかには、城にいる男性たちにこっそり情報をもちこむものがいるそうだ。哀れな者たちがひそかに会って教えあうのだという。城では、十五歳以下の少年たちに同性愛が奨励されているが、成人男子のあいだでは公式には許されていない。〝秘密の大学〟はしばしば、同性愛者の男子によって管理されている。これは秘密にしなければならない。さまざまな考えについて読んだり話したりしている現場を見つかると、城主やマスターたちに罰せられるからである。〝秘密の大学〟から興味深い研究が生まれたとスコドルはいったが、例をあげようとすると、よくよく考えねばならなかった。その一例は、興味深い数学理論をこっそり持ちだした男の話、もう一例は画家の話で、彼の描いた風景画が、技術は未熟であるものの、美術の専門家に褒められたという話。その男の名前をスコドルはどうしても思い出せなかった。

芸術、科学、あらゆる学問、あらゆる専門的な技術は、ハギアド、つまり熟練を要する仕事なのだ。これらはすべて大学で教えられるが、それぞれに明確な区分はなく、専門職は少ない。教師も学生もつねにさまざまな分野を渉猟《しょうりょう》する。ひとつの分野の専門家になるということは、別の分野の学生になれないということである。スコドルは生理学のヴェヴであり、戯曲も書き、最近は、歴史のヴェヴのひとりとともに歴史を研究している。彼女の考察は、知識に基づいており、鋭く、恐れを知らない。ハインの学校もこの大学から学ぶことはある。ここは自由な精神に満ちあふれたすばらしい場所だ。だが一方の性の精神だけが障壁で囲まれている自由だ。

カザが、秘密の大学のようなものを、城に適合できるようななんらかの方法を見つけてくれればよいがと思う。彼は強靭だが、城の男性たちは、競技のために何年も訓練をつづけてきた。しかもその競技の多くは暴力的なものである。女たちは、心配するなという。わたしたちは男たちに殺しあいはさせない、わたしたちが男たちを守る、男たちはわたしたちの宝だという。だが男たちが脳震盪《のうしんとう》を起こして運び去られる光景を、わたしは格闘技試合のホロヴィジョンで見ている。そこでは男たちが派手に投げあいをしている。「経験の浅い闘士だけが怪我をするのよ」心強いお言葉だ。雄牛と取っ組みあいもする。そして彼らが本試合と呼ぶ乱闘では、相手の脚や踵の骨をわざと折る。「足をひきずっていないヒーローなんて」と女たちはいう。たぶん脚の骨を折るほうが安全なのだろう、そうすれば自分はヒーローだと証明する必要はもうないからだ。だがカザはいったいなにを証明すればよいのだろう？

わたしはシャスクに、カザがレハの性交処にあらわれたと聞いたら知らせてくれるようたのんだ。アワガ城は、四つの町に種つけ（これが彼らの用語だ、彼らが雄牛に使う用語と同じ）をしているので、そのひとつに送られているかもしれない。だがおそらくそれはないだろう。さまざまな競技で勝者になれない男は、性交処に行くことは許されないからである。

行けるのはチャンピオンたちだけだ。それから十五歳から十九歳のあいだの少年たち、年輩の女たちがディピダ（動物の赤ん坊）と呼ぶ者たち（子犬ちゃん、子猫ちゃん、子羊ちゃん）。女たちは、ディピダをお慰みの相手にする。彼女たちがチャンピオンにお金をはらうのは、受胎するために性交処におもむくときだけだ。カザは三十六歳、子犬ちゃんでも子猫ちゃんでも子羊ちゃんでもない。彼は男性である、男性にとって、ここは恐るべきところだ。

カザ・アガドは殺されていた。アワガ城の主たちがとうとうその事実を明らかにしたが、殺されたときの情況についてはなにも語られなかった。一年後、メリメントが着陸船に無線を送り、セグリを去ってハインへ向かった。彼女の勧告は、観察し、近よらずというものだった。しかし定着使節《スタバイル》は、さらに一組の観察隊を送ることを決めた。このふたりは女性だった。移動使節《モバイル》のアリー・イヨオーとゼリン・ウー。彼女たちは最初のモバイルとして三年目を迎えたのち、セグリに八年間滞在した。イヨオーは大使としてさらに十五年セグリにとどまった。彼女たちは、〝すべての真実を徐々に知らせる〟というかたちのレセハヴァナーの選択をした。外の世界から訪れる者は二百人に限定するという法が定められた。つづく数世代のあいだに、セグリのひとびとは、外の世界から来たひとの存在にも慣れ、エクーメンに加盟することを選択肢のひとつと考えた。遺伝子の改造を問う全惑星の住民投票という提案は断念せざるをえなかった。女性票の数にハンディキャップがつけられなければ、男性票はないも同然になるからである。この報告書執筆の時点では、セグリはまだ遺伝子のおおがかりな改造に着手してはいないが、彼らは遺伝子のさまざまな修復技術を学び、それを適用しており、その結果、正常妊娠期間満了の男子の比率が高まっている。両性の比率はいまや十二対一になった。

次に掲げるのは、93／1569に、セグリのウシュに住むある女性によって、大使エリソ・テ・ヴェスに寄せられた手記である。

あなたはわたしに尋ねましたね、わが友よ、ほかの世界に住むひとびとに、わたしの生活とわたしの世界について知ってもらいたいと思うことがあれば、なんでも話してくださいと。それは容易なことではありませんね！　外の世界のひとびとに、わたしの生活を知ってもらいたいと、わたしは願うでしょうか？　ほかの世界のひとびとにとって、男女の比率が半々であるというひとびとにとって、わたしたちがいかに奇妙に見えるかということは、よくわかります。彼らは、わたしたちが退歩していると、粗野だと、倒錯していると思うはずです。おそらく数十年後には、わたしたち自身を改造すべきだということになるでしょう。そんなときまで生きているつもりはありません。生きていたいとも思いません。わたしはこのひとたちが好きです。わたしは、荒々しく、誇り高く、美しい男たちが好きです。彼らが女のようになるのを見たくはありません。わたしは、ひとを信じて疑わず、力があり、思いやりもある女性が好きです。女性には、男性のようになってもらいたくはありません。とはいうものの、あなたがた、ひとりひとりの男性のなかには、それぞれの個性があり人間性があり、ひとりひとりの女性のなかにも、それぞれの個性と人間性があるのでしょう。わたしたちが失うと思っているものが、なんなのか、いまのわたしにはよくわからないのです。子供のころ、わたしには一歳半年下の弟がいました。彼の名前はイッ。わたしの母は、町へ行き、わたしの雄親であるダンスのマスター・チャンピオンに五年分の蓄えを支払いました。イッの雄親は、わたしの村の性交処にいた老人でした。みなが彼を〝最後の手段の親方〟と呼んでいました。彼はいかなる競技であろうとチャンピオンになったこともなく、この数年は子供の雄親になったこともないので、おおよろこびで無料で性交をしたのです。わたしの母はそのことを話すたびに大笑いしていました——母はそのとき、まだわたしに乳を飲ませており、避妊薬も用いず、彼にはチップとして銅貨二枚をあたえたにすぎません！　妊娠したことを知ると、母は怒り狂いました。検査をして、その胎児が男子であることが判明し、流産を待たねばならないといわれると、ますます怒り狂いました。だがイッが五体満足で生まれると、母は年老いた雄親に、手もとにあった現金のすべて、つまり銅貨二百枚をあたえました。

イッは、ほかの多くの男の赤子のように虚弱ではありませんでしたが、少年は大事に守って育てねばなりません。小さな弟がなにをしなければならないか、なにをしてはならないかということや、彼があってはならないあらゆる危険を頭に刻みこんで、たえずイッから目をはなしませんでした。わたしは、自分の責任に誇りをもち、自慢にも思っていました。なぜならわたしには面倒をみなければならない弟がいたからです。村では、生きている息子をもつ母家《マザーハウス》はひとつとしてありませんでした。わたしの村ではよく見かけるふわふわした柔らかな髪の毛をもっていました。そして大きな目も。性格はやさしく朗らかで、とても賢かったのです。ほかの子供たちもイッが大好きで、いつもいっしょに遊びたがりましたが、イッとわたしは、手のこんだゲームやらごっこ遊びやら、ふたりで遊ぶのが大好きでした。村の老女は、イッのために果実の殻で十二頭の牛を彫ってくれました――みんなが彼にいろいろなものをくれるのです――その牛たちは、わたしたちの大好きなゲームでいろいろな役を演じてくれました。牛たちはシュ・シュと呼ばれる国に住んでいて、そこで大冒険をしたり、山に登ったり、新しい土地を発見したり、舟で川下りをしたり、いろいろなことをします。よその家畜と同じように、わたしたちの村の家畜と同じように、年老いた牛が頭《かしら》でした。去勢されていない雄牛ははなれて暮らしていました。ほかの雄たちは去勢されていました。若い雌牛たちは冒険家でした。われらが雄牛は、雌牛に種つけをするために正式な訪問をします。それからシュシュ城にいる男たちとも闘わねばなりません。わたしたちは、粘土で城を、棒切れで人間をこしらえました。雄牛のほうがいつも勝って、棒きれの人間を粉々にしてしまいます。ときには城も粉々にこわしてしまいます。でもこのお話のさわりは、二頭の雌牛についてのものです。わたしの雌牛は、オプという名で、弟の雌牛は、ウチという名です。わたしたちのヒーローである雌牛たちは、村を流れる川で大冒険をします。彼らは舟に乗って、わたしたちから逃げだしていきます。そして遠くはなれた下流で丸太にひっかかってしまうのです。川は深く、流れはとても急でした。わたしの雌牛はまだ舟のなかです。わたしたちは何度も何度も川に飛びこんで探しましたが、ウチはどうしても見つかりません。ウチは溺れてしまったのです。シュシュの牛どもは、ウチのために立派なお葬式をしてやりました。

イツは悲痛な声で泣きました。

イツは、勇敢な小さなおもちゃの牛の死を長いあいだ悲しんでいたので、わたしは、牧場の番人、ジェルジのもとにおもむいて、なにか仕事をさせてくださいとたのみました。なぜなら、ほんものの牛のそばにいれば、イツも元気がでるのではないかと思ったからです。彼女は、ふたりの牧夫を無料で雇えるとあっておおよろこびでした（わたしたちがほんとうに働いているのを母が知ると、一日に四分の一銅貨をわたしたちに支払うようジェルジにかけあってくれました）。わたしたちは、おとなしい二頭の老いた牛に乗りました。鞍はとても大きくて、イツがその上に寝られるほどです。わたしたちは、二歳の子牛の群れを、毎日荒れ野に連れていきました。ちょうど食べごろに伸びたエドタを食べさせるためです。その子牛たちがさまよいださないように、川岸を踏み荒らさないように注意しなければなりません。子牛たちがすわりこんで、食い戻しをくちゃくちゃしたいときには、子牛の落とす糞が、食用植物のこやしになるような場所に集めます。わたしたちの年老いた牛たちが子牛をかりあつめる仕事をほとんどやってくれました。母がやってきて、わたしたちの仕事ぶりを見てまわって、ちゃんとやっているねと認めてくれました。野原に一日じゅう出ていると、健康にもいいし、体の調子もよいのです。

わたしたちは、牛を乗りまわすことが大好きでしたが、牛たちは真面目で責任感がありました。わたしたちの母家の大人たちのように。子牛たちはちがいました。子牛はみんな乗用の品種で、むろん美しい獣ではなく、ただの村育ちです。でもエドタを食べて育ったので、よく肥えていて、元気いっぱいです。イツとわたしは手綱だけつけ、鞍はおかずにその背に乗りました。はじめのうちは、子牛の背から仰むけに転がりおちて、子牛の後ろ足や尻尾が跳びまわるのを眺めるという始末でした。その年がおわるころには、上手に乗りこなせるようになり、牛たちにさまざまな芸を仕込んだり、全速力で走る牛から牛へと跳びうつったり、角跳躍《つのちょうやく》をしたりしました。イツはすぐれた角跳躍者でした。竪琴《たてごと》の形をした角をもつ大きな葦毛《あしげ》の三歳牛を仕込み、イツと牛は、ホロヴィジョンで見るような、大きな城のすぐれた角跳躍者のような技を披露しました。荒れ野に出ると、自分たちのすぐれた芸を内緒にはしておけません。〈塩の泉〉まで出かけてくるように、そしてわたしたちの大曲乗りショウを見るようにと、ほかの子供たちを誘いました。それにむろん大人たちもその噂を聞きつけました。

母は勇気あるひとでしたが、その母でさえ、これには耐えられなかった。怒りをむきだしにしてわたしにいいました。「おまえに、イツの世話をまかせたのに。おまえにはがっかりだ」

ほかのひとたちはみんな、ひとりの少年の貴重な命を、希望の小さな器を、生命の宝庫を危険にさらそうとしていましたが、それこそわたしの母が恐れていたことでした。

「わたしはイツの面倒をみる、イツはわたしの面倒をみてくれる」とわたしは母にいいました。子供たちが知る正義と、めったに尊重したこともない生得権というものに突き動かされて。「わたしたちはふたりとも、なにが危険か知っているし、愚かしいことはぜったいしない。わたしたちの牛のことはよく知っているし、なにもかもふたりでやっている。お城に行かねばならないときがきたら、イツはあそこでもっと危険なことをしなければならないわ。でもイツはそのなかのひとつは、どうやればいいか知っているわ。そしてあそこではイツはなにもかもひとりでやらなければならないけれど、わたしたちはなんでもいっしょにやってきたわ。けっしてあなたを失望させなかった」

母はわたしたちを見つめました。わたしはもうじき十二歳、イツは十歳でした。母はわっと泣きだすと、地面にしゃがみこんで大声で泣きつづけました。イツとわたしは、母のそばによって母を抱きしめて泣きました。イツがいいました。「ぼくは行かない、あんなばかばかしい城なんかには行かない。ぼくに無理じいなんかできるもんか」

わたしはイツを信じ、イツは自分を信じました。そして母には分別がありました。

いつの日かきっと、男の子が自分の人生を選べるときがくるのでしょうね。あなたがたのあいだでは、男性の体が運命を決めるのではないのですね？　きっといつの日かここもそうなるのでしょうね。

「わたしたちの城、ヒジェガは、イツが生まれてからずっと、彼に目を注いでいました。一年に一度、母はイツに関する医者の報告書を城に送り、イツが五歳になると母と母の妻たちは、イツを城の認証式に連れていきました。イツは当惑しうんざりし、うぬぼれました。イツはこっそりと教えてくれました。「年寄りの男たちがいてね、変なにおいがするんだよ。みんなでぼくの服を脱がせて、測るものをもってきてね、ぼくのオチンチンを測ったんだよ！　これはいい、とみんながいったよ。これはよいものだといったんだ。きみが〝伝える〟ときは、どうなるんだろう？」それはわたしに答えられない最初の質問というわけではありませんでした。だからいつものように答えをこしらえました。「伝えるというのは、赤ん坊をもつということよ」とわたしはいいました。ある意味ではこれはけっして的はずれな答えではなかったのです。

ある城では、九歳と十歳の男の子を断絶させる準備として、年上の男子をやって彼らをなだめすかし、競技会の切符をあたえたり、庭園や城の建物の見学をさせるので、彼らが十一歳になるころには、みずから城に行きたがるようになるそうです。でもわたしたち〝かなたにいる者たち〟、荒れ野のへりに住む者たちは、古くさい厳しいおきてを守っています。認証式は例外として、男の子は十一歳の誕生日を迎えるまで、成人男子とはけっして接触しません。誕生日には、それまで彼が知っていたすべてのひとびとが、彼を門《ゲート》まで連れていき、その先ずっといっしょに暮らすことになるよそびとに引きあわせるのです。男も女も同じように、この完全無欠な断絶が男を作るのだと信じていたし、いまだに信じています。

息子をひとり産み、孫をひとりもち、五、六度市長になり、金持だったことはないものの、たいそうな尊敬をあつめていたヴェヴ・ウシギは、イツがあの忌まわしい城には行きたくないといっていることを聞きました。彼女は、翌日わたしたちの母家にやってきて、イッと話したいといいました。ウシギのいったことをイッは話してくれました。ウシギはイッをなだめすかすようなことはしなかった。おまえは、ひとびとに種つけをするために生まれ、成人になったとき子供を作る責任がある。そして義務のひとつは、強くなること、勇敢な男になること、ほかの男たちより強く勇敢な男になること。そうすれば女たちが、子供を作るためにおまえを選ぶだろうと。おまえは城に住まなければならない、なぜなら、男は女のあいだで生きていくことはできないのだからと。この言葉を聞いたイッは彼女にこう尋ねました。

「なぜ生きてはいけないのですか？」

「ほんとにそう訊いたの？」とわたしは、イッの勇気に恐れをなして尋ねました。なぜならヴェヴ・ウシギは、たいそう畏れおおい老女だったからです。

「うん。でも彼女は答えなかった。長いこと黙りこんでいた。ぼくを見て、それからよそを見て、それから、ぼくを長いこと見つめて、とうとうこういった。〝だってわたしたちは男をだめにするだろうから〟」

「それはおかしいわ」とわたしはいいました。「男はわたしたちの宝だもの。なんでそんなことをいったのかしらねえ？」

イッにはむろんわかりませんでした。でもウシギのいったことをいっしょうけんめい考えました。彼女のこの言葉ほど、イッを深く考えさせた言葉はないでしょう。

村の長老たちと母と母の妻たちが話しあった末に、イッは、角跳躍の稽古に行くのがいいッということになりました。イッが城に行ったときに、役立つ技能だったからです。でもイッはもう牛の群れを追うことはできなかった。わたしが追うときについてもこられないし、村の子供たちがやる仕事にも遊びにも加われなかったのです。「おまえはなんでもポウとやってきたけど」と大人たちはイッにいいます。「でもポウは、なんでもほかの女の子たちといっしょにしなきゃいけないんだ、おまえは、男たちがやるように、ひとりでなんでもやらなくちゃいけない」

大人たちはいつもイッには親切でしたが、わたしたち女の子には容赦しませんでした。わたしたちがイッとお喋りをしているのを見かけると、仕事をやれと、その子をほうっておけというのです。それに従わないと――イッとわたしはこっそり抜けだし〈塩の泉〉で待ちあわせをして牛に乗ったり、川べりの涸れ谷の昔の遊び場に隠れてお喋りをしたりした――イッは、みんなから冷たい沈黙で辱めをうけ、わたしは罰を受けました。わたしの村で牢屋として使われている古い繊維処理場の地下室に一日閉じこめられます。次のときは二日間でした。そして三度目、わたしたちがふたりでいるところを捕まったときは、あの地下室にわたしは十日のあいだ閉じこめられました。フェルスクという若い女が、一日に一度食べ物を運んでくれ、水はたっぷりあるか、気分が悪くなっていないか確かめていきますが、ひとことも口はききません。村ではいつもこんなふうにしてひとを罰します。夕方になると通りを子供たちが歩いていく足音が聞こえます。あたりが暗くなると、わたしはようやく眠れます。一日じゅうなにもせず、仕事もなく、ただ頭にうかぶのは、みなの信頼を裏切ったわたしに対する軽蔑や侮辱、そしてイッは罰せられずわたしだけが罰せられるという不公平さだけでした。

牢を出ると、いままでとはちがう気分がしました。地下室に閉じこめられていたあいだに、わたしのなかのなにかが閉ざされてしまった、そんな気分でした。

母家で食事をするときは、みながイッとわたしをはなすようにします。しばらくはふたりとも口もききませんでした。わたしは学校と仕事にもどりました。イッが一日じゅうなにをしていたかわたしは知りません。イッの誕生日まであとわずか五十日となりました。

ある晩、床に入ると、わたしの陶製の枕の下に紙切れを見つけました。〝枯れだにでこんばん〟と書いてありました。イッは単語を綴《つづ》れません。綴れるのは、わたしがこっそり教えた単語だけです。わたしは恐怖をおぼえ、腹が立ちましたが、みなが眠るまで一時間待って、それから起き上がると、風が吹きわたる星明かりの夜に這いだして、涸れ谷に向かって走ったのです。乾季もおわりに近く、川の水がかろうじて流れていました。イッはそこで膝を抱えてしゃがみこみ、川べりの青白いひび割れた泥土の上に小さな影がおちていました。

わたしはまずこういいました。「わたしをまた牢屋に入れたいの？　こんどは三十日だっていわれたのに！」

「みんなはぼくを四十年も閉じこめるつもりなんだ」とイッはわたしを見ずにいいました。

「わたしになにができるというの？　そうなるきまりなのよ！　あんたは男だもの。男がやることをしなければならないの。どっちにしても、みんなはあんたを閉じこめはしない。あんたは試合をしたり、町へきて種つけをしたりするのよ。牢に閉じこめられるということがどんなことか、あんたになんかわかりゃしない！」

「ぼくはセラダに行きたい」と早口でいい、顔をあげてわたしを見たイッの目は輝いていました。「レダングにあるバスの停車場まで牛に乗っていこう。お金を貯めてあるんだ、銅貨が二十三枚あるから、セラダまでバスで行ける。牛たちは、はなしてやれば帰っていくよ」

「セラダでいったいなにをやるつもり？」わたしはあきれたように、でも好奇心に逆らえずそう訊きました。わたしたちの村から首都に行ったひとはだれもいなかったのです。

「エッカメンのひとたちがあそこにいるんだ」とイッはいいました。

「エクーメン」とわたしは訂正してやりました。

「彼らはぼくを連れていってくれる」とイッがいいました。「それで？」

彼がそういったとき、とても奇妙な感じがしました。わたしはまだ腹を立ててもいたし、あきれてもいましたが、悲しみが、黒い水のように胸のうちに湧いてきたのです。「彼らがなんでそんなことをしてくれるというの？　彼らがなんのために、どこかの小さな男の子と話をするというの？　どうやって彼らを見つけるの？　とにかく銅貨二十三枚じゃたりない。セラダはうんと遠いのよ。まったくばかばかしい考えだね。そんなこと、できっこないわよ」

「きみがいっしょに来てくれると思った」とイッはいいました。その声は穏やかでしたが、震えてはいませんでした。

「そんな愚かなことはしない」とわたしは怒っていいました。

「わかったよ」とイッはいいました。「でもひとにはいわないで。いいね？」

「ええ、いわない」とわたしはいいました。「でも逃げられやしないよ、イッ。ぜったいに。それは――それは不名誉なことだから」

答えたときの声は震えていました。「かまわないさ」とイッはいいました。「名誉なんてどうでもいい。ぼくは自由になりたいんだ！」

ふたりとも泣いていました。わたしはイッのかたわらに腰をおろし、ふだんのように体を寄せあい、そうしてしばらく泣きました。そう長くはありません、わたしたちはいつも泣くことはなかったのです。

「そんなことはできないよ」とわたしはイッに小声でいいました。「うまくいきっこない、イッ」

イッはうなずいて、わたしの分別を受け入れました。

「城もそんなに悪くはないはずだよ」とわたしはいいました。

一分ほどして、イッはそっと体を引きました。

「いつかまた会えるわよ」とわたしはいいました。

彼はぽつりといいました。「いつ？」

「試合のときに。あんたを見ることができるわ。あんたはきっと上手な乗り手に、角跳躍者になるだろうから。あんたは賞品をもらって、チャンピオンになる」

イッはうやうやしくうなずいた。彼にもわたしにもわかっていたのです、わたしがふたりの愛を裏切り、正義という生得権を裏切ったことを。希望がないことを彼はわかっていたのです。

わたしたちがふたりきりで話をしたのはこれが最後で、言葉を交わしたのもほとんど最後でした。

それから十日後に、イッは逃げだしたのです。乗用の牛を盗み、レダングに向かいました。彼らは容易にイッのあとを追い、夕暮れには彼を村に連れてもどりました。彼の行く先をわたしが喋ったと彼が思っていたかどうかは知りません。彼といっしょに行かなかったことを心から恥じていたので、彼の顔を見ることができませんでした。彼からはなれているようにしていましたが、彼らは、わたしを遠ざけておく必要はありませんでした。彼はわたしに話しかけようとはしませんでしたから。

わたしは思春期がはじまっていて、初潮は、イッの誕生日の前の晩にありました。月経期間の女たちは、わたしたちのところにあるような伝統的な城の門に近づくことは許されません。だからイッが成人男子の式を迎えたとき、わたしはほかの娘たちや女たちにまじってうしろのほうに立っていたので、儀式を見ることはできませんでした。彼らが歌うあいだ、わたしは静かに立ち、地面と、わたしの新しいサンダルと、サンダルをはいた足を見おろして、子宮ののたうつ痛みと、ひそやかな血の動きを感じながら、悲嘆にくれました。この悲しみは、一生つきまとうのだということを、わたしはその当時から知っていました。

イツは城のなかに入っていき、門は閉じられました。

彼は角跳躍者の若きチャンピオンになり、十八歳と十九歳の二年間、種つけをするために わたしたちの村に何度かやってきましたが、わたしは一度も彼に会いませんでした。わたし の友だちのひとりが、彼と性交し、わたしが聞きたいと思ったのか、彼がどんなにすばらし かったか話そうとしたので、わたしは彼女をさえぎり、ふたりのどちらにも理解できないよ うなやみくもな怒りに駆られて、その場を立ち去りました。

イツは二十歳になると、東海岸にある城に売られていきました。わたしに娘が生まれると、 わたしは彼に手紙を書きました。それから何度か手紙を書きましたが、返事は来ませんでし た。

わたしの生活について、わたしの世界について、なにをお話ししたか、よくわかりません。 これがあなたに知ってもらいたいことなのかどうか、わたしにはわかりません。ただこれは わたしが話さねばならないことです。

次に掲げるのは、93／1586に、アドル市に住む大衆作家セム・グリジによって書かれた短篇小説である。セグリの古典文学は、物語詩であり戯曲である。古典詩と戯曲は、初稿においても、次世代の改訂者によっても、共同で書かれており、おおむね匿名である。原本を残すことにさほどの価値は認められていない。作品は現在進行中のものとして受け止められているからである。おそらくエクーメンの影響であろうが、十六世紀後期には、作家たちは、史実に基づく物語、あるいは虚構《フィクション》の短篇小説を書きはじめる。このジャンルは、ことに都市部においては人気を博したが、偉大な古典の叙事詩や戯曲のような膨大な数の読者を得ることはなかった。じっさいその筋立てや、叙事詩や戯曲の引用句の大部分は、だれしも書物やホロヴィジョンによって知っており、おおかたの成人女性は、これらの作品が舞台化されたものを見たり、あるいはその舞台に参加したりしている。これらはセグリの単一文化がもたらす主たる強固な影響のひとつであった。散文体の物語は黙々と読まれ、文化が自問しうるデバイスとして、そして個人の道徳的自省のツールとしての役目を果たしてきた。保守的なセグリの女性たちは、このジャンルを、確固たる協調と結束によって成立する社会構造に相反するものとして非難してきた。虚構は、大学の文学部のカリキュラムにふくまれてはおらず、しばしば蔑視され無視されている。〝フィクションは男性のためのものである〟。

セム・グリジは、三冊の物語を出版した。彼女の赤裸々で率直な表現は、セグリの短篇小説の特性である。

場違いな恋

セム・グリジ著

アザクは川下《かわしも》の織物工場に近い母家《マザーハウス》で育った。たいそう賢く、家族も近隣のひとびとも、彼女を大学に入れるための金を集めるのが誇らしかった。大学を出た彼女は、ある製粉所のマネジャー見習いとして街にもどってきた。アザクはほかのひとたちとせっせと働き、成功をおさめた。これから数年のあいだになにをしたいかというはっきりした考えが、彼女にはあった。娘家《ドーターハウス》を建てて商売をはじめるためのパートナーを二人か三人見つけること。

花の盛りの美しい女であるアザクは、セックスをおおいに愉しみ、なかでも男性との性交が好きだった。起業する計画があったので、金を貯めてはいたが、性交のためにもふんだんに金を費やし、性交処をしばしば訪れ、ときには、一度にふたりの男性を指名した。ふたりの男性が刺激しあい、ひとりのときより激しく興奮するのを見るのが、そしてうまくいかなかったふたりが恥じ入るさまを見るのが好きだった。ふにゃふにゃのペニスなど見るのもいや、一晩に三度か四度、膣に挿入もできない男はさっさと追い返した。

彼女の地域にある城が、南東の城で催されたダンス競技会で勝ちぬいた若いチャンピオンを買って、すぐさま性交処に送りこんだ。決勝戦の彼のダンスをホロヴィジョンで見たアザクは、その流麗なスタイルと美しさのとりことなり、ぜひとも彼に種つけをさせたいと思った。彼の値段はほかの男の二倍だったが、彼女はためらわずそれを支払った。彼は美男子で、気立てもよく、激しくてやさしく、技巧にも長け、さらに従順だった。はじめての夜は、ふたりがともに五回もオルガスムに達した。立ち去るとき、彼女はチップをたっぷりはずんだ。一週間もしないうちに、彼女は引き返してトドラを指名した。彼がアザクにあたえた快感は強烈で、彼女はすぐさま彼のとりこになってしまった。

「おまえをぜんぶ、あたしのものにしたい」ある晩アザクは彼にそういった。まだ結合したまま、けだるく満たされた気分で横たわっていた。

「それはぼくの心からの願いです」と彼はいった。「あなたのしもべになりたい。ここにくる女性はだれひとりぼくをふるいたたせてはくれない。あの女たちをほしいとは思わない。あなただけがほしい」

彼がほんとうのことをいっているのかどうかわからなかった。次に行ったとき、管理人になにげなく訊いてみた、トドラには、あんたたちがお望みのような人気があるのかどうかと。

「いいや」と管理人はいった。「だれもがふるいたたせるのに苦労するといってますよ、それにいつも無愛想で、ぞんざいだと」

「おかしいわねえ」とアザクはいった。

「いっこうに」と管理人はいった。「彼はあなたに恋しているからね」

「女に恋する男？」アザクは笑った。

「よくあるんですよ」と管理人はいった。

「女だけが恋をするものだと思っていた」とアザクはいった。

「女たちは男に恋をする、ときどきね。これもまずいね」と管理人はいった。「警告しておきましょうかね、アザク？　恋は女同士でするべきものですよ。ここでは場違いだ。ろくな結末を迎えない。金はほしいが、どうかほかの男とも性交してください、トドラだけではなく。あなたは彼をそそのかしている、あれでは彼は傷つきますよ」

「だけど彼もあんたも、あたしからお金をたくさんまきあげているでしょ！」とアザクは、あくまでも冗談めかしていった。

「彼があんたに恋していなければ、ほかの女たちからもっとたくさん金を稼いでいますがね」と管理人はいった。アザクにとって、それは自分がトドラから得る快楽をあきらめるほどの説得力はなかった。そこで彼女はいった。「じゃあ、あたしが彼と手を切れば、彼はほかの女と性交できるわけね。でもいまは、あたしが彼をほしい」

その夜、性交のあとで、彼女はトドラにいった。「ここの管理人が、あなたはあたしに恋をしているといったわ」

「そうだときみにいったはずだ」とトドラがいった。「きみのものになりたいと、きみと性交したい、きみとだけ性交したいといったはずだ。きみのためなら死んでもいい、アザク」

「ばかばかしい」と彼女はいった。

「ぼくが好きじゃあないのか？　ぼくはきみを悦《よろこ》ばせてはいないのか？」

「これまでのどんな男ともくらべものにならない」と彼女はいって、トドラにキスをした。

「あなたは美しい、ほんとうに申し分のないひと、あたしのかわいいトドラ」

「ここにいるほかの男たちをほしくはないのか？」と彼は訊いた。

「ええ。どれも醜くて不器用よ、あたしの美しい踊り手にくらべたら」

「じゃあ、聞いてくれ」と彼はいい、半身を起こすと真剣に話しだした。彼は二十二歳、滑らかな筋肉におおわれた長い四肢、はなれた目、薄い唇、繊細な口もとをもつ瘦身の男。アザクは横たわったまま、彼の腿《もも》をなで、なんと美しいひとだろう、なんと愛らしい男だろうと思う。「ぼくに計画があるんだ」と彼はいった。「ストーリー・ダンスを踊るときは、ぼくはむろん女を演じる。十二のときからそうしているんだ。ぼくが男だなんて信じられないと、ひとはいつもいう。ぼくはとても上手に女を演じる。もしぼくが逃げるなら――ここから、城から――女として――きみの家に召使として入ることができるよ――」

「なんですって？」アザクは仰天して叫んだ。

「ぼくはあそこで暮らせるよ」と彼はしつこくいい、アザクにおおいかぶさる。「きみといっしょに。ぼくはいつでもあそこにいられる。きみは毎晩ぼくと寝ることができる。しかも金はかからない、ぼくの食い扶持《ぶち》があればいい。ぼくはきみに種つけをする、性交する。きみの家の掃除もするし、なんでも、ほんとうになんでもする。アザク、おねがいだ、ぼくのいとしいひと、ぼくの恋人、ぼくをきみのものにしてくれ！」彼女がまだ疑い深い目をしているのを見ると、大急ぎでつけくわえた。「ぼくに飽きたら、いつでも追い返してくれればいい――」

「そんなふうに逃げだしてきて、城にもどろうといっても、鞭で打たれて殺されるのがおちよ、この馬鹿が！」

「ぼくには金銭的な価値があるんだよ」と彼はいった。「やつらはぼくを罰するだろうが、ぼくの体を痛めつけはしないよ」

「あんたはまちがっている。あんたはもうずっと踊ってもいない。あんたの価値は下落している。なぜなら、あたしのほかのだれともうまくいっていないから。管理人がそういっていた」

トドラの目に涙がうかんだ。アザクは彼に苦痛をあたえるのはいやだったが、彼のとほうもない計画には大きなショックを受けていた。「それにもし発見されたら、ねえ、あんた」と彼女はもっとやさしくいった。「あたしの名誉も傷つけられる。それはとても子供じみた計画よ、トドラ。どうか二度とそんな夢みたいなことは考えないでちょうだい。でもあたしは、心から、心から、あんたが好きなの。あんたが大好き、あんたのほかに男なんかいらない。あたしを信じてくれる、トドラ？」

彼はうなずいた。涙を抑えながら彼はいった。「いまはね」

「いまも、これからもずっと、ずっと、ずっとよ！　あたしのかわいい、いとしい、美しい踊り手、あたしとあんたがほしいと思うかぎり、ずっとずっとおたがいのもの、何年も何年も！　でもここにやってくるほかの女たちには、ちゃんと務めを果たしなさい、城から売りにだされないように、おねがい！　あんたを失うなんて耐えられない、トドラ」そして彼女はトドラをぎゅっと抱きしめ、たちまち彼をふるいたたせ、アザクは体を開き、すぐさまふたりは歓喜の頂きに達して絶叫した。

アザクは彼の愛情をとうてい真剣には受け止められなかった。このような見当違いな感情が生みだすものといえば、彼のいうような愚かしい計画のほかになにがあるだろう？——とはいうものの彼はアザクの心を動かし、アザクは彼への愛情をひしひしと感じ、それはふたりの交わりの愉悦をいっそう強めた。そんなわけでアザクは彼は、一年以上ものあいだ、週に二晩か三晩、性交処で彼とともに過ごしたが、アザクにはそれが精一杯だった。管理人は、いまも彼の恋心を冷まそうと躍起になっているが、いくら性交処のほかの客たちのあいだで人気がないといっても、彼の料金を下げるつもりはなかったから、アザクは彼に膨大な金をつぎこむことになった。もっとも彼は、最初の夜以来、彼女からチップを受け取ろうとはしなかったが。

やがて、性交処のどんな雄親を相手にしても子を孕《はら》むことができなかった女が、トドラをためした末にすぐさま妊娠し、検査をすると胎児は男であるとわかった。もうひとり別の女が彼によって子を孕み、またも胎児は男だと判明した。トドラはたちまち、雄親としてもてはやされるようになった。ほうぼうからぞくぞくと女たちがやってきて、彼に種つけを求めた。そうなるとそうした女たちの排卵期のあいだ、彼は体を空けておかなければならない。したがってアザクと会えない日が多くなったが、管理人には賄賂がきかなかった。トドラは自分の人気を憎んだが、アザクは、彼を慰め、力づけてやった。彼を誇りに思うと、彼の仕事は自分たちの愛情の妨げにはならないと彼にいった。じつをいえば、トドラのこれほどの人気も、アザクにとってまったく不本意だったわけではない。なぜかというと、アザクは夜をともにしたい別の人間を見つけたからだ。

それはゼドルという若い女性で、機械修理の専門工として製粉所で働いていた。彼女は背が高く目鼻だちも整っていた。自由闊達に歩くその姿に、堂々と立っているその姿にアザクはまず目をとめた。彼女と知りあいになる口実を探した。この女性ゼドルは自分を崇拝しているように見えた。だが長いあいだ友だちとしてつきあい、性的な接近はなかった。ふたりはしばしばともに過ごし、競技やダンスにもいっしょに行った。そしてアザクは、性交処でトドラとふたりきりで過ごすよりも、こうした自由で和やかなつきあいのほうが楽しいことに気がついた。ふたりは、機械修理サービス業を共同で立ち上げることを話しあった。そのうちにアザクは、ゼドルの美しい体をたえず考えている自分に気づいた。とうとうある晩、独身女性用の彼女の共同住居で、アザクは友に愛していると打ち明けたものの、ふたりの友情を、求められない欲望で束縛するのはいやだといった。

ゼドルが答えた。「わたしは、はじめて見たときから、あなたがほしかった。でもわたしの欲望であなたを悩ませたくはなかった。あなたは男のほうが好きだと思ったから」

「いままではそうだった。でもいまはあなたと愛しあいたい」とアザクはいった。

はじめはおそるおそるだったが、ゼドルはたいそう巧みで、アザクのオルガスムを、夢想だにしないような絶頂に達するまで引き延ばしてくれた。彼女はゼドルにいった。「あなたは、あたしを女にしてくれた」

「じゃあ、おたがいに妻になりましょうよ」とゼドルがうれしそうにいった。

ふたりは結婚し、街の西にある家に移り、製粉所を辞めて、いっしょに事業をはじめた。

アザクは、この新しい恋人についてトドラにはいっさい話していなかったし、トドラに会うのもしだいに間遠《まどお》になっていた。自分の小心さを恥じながら、おそらくトドラは雄親の役目を果たすのに忙しく、わたしを恋しいと思ってはいるまいと自分にいいきかせていた。つまるところ、あのロマンティックな愛の告白をしたところで、彼はしょせん男性であり、男性にとっては性交こそがもっとも重要なことであっても、女性にとっての性交は愛情や生活の一要素でしかないのだった。

ゼドルと結婚すると、彼女はトドラに手紙を送った。ふたりの生活はいつしかはなればなれになってしまった、いまはすっかり彼からはなれ、もう二度と会うことはないだろうが、彼のことはいつもいとしく思っていると、その手紙に書いた。

トドラからすぐに返事がきた。どうかこちらにきて話をしてくれという手紙で、変わらぬ愛の告白が、誤字だらけの判読しがたい文章で綴られていた。その手紙は、彼女を感動させ、困惑させ、恥ずかしい思いにもさせたが、返事はださなかった。

彼はくりかえし手紙をよこし、彼女の新しい事業のホロネットを通じて彼女と連絡をとろうとした。ゼドルは、「彼に気をもたせるのは残酷よ」といい、ぜったい返事はするなと迫った。

彼女たちの事業は最初から好調だった。ある日の夕方、ふたりが帰宅して、夕食用の野菜を刻んでいると、扉をたたく音がした。「お入り」とゼドルは声をかけた。三人目のパートナーにしたいと考えている友人のチョチだと思ったからである。見知らぬひとが入ってきた。髪をスカーフでおおった美しい長身の女性だった。見知らぬひとは、まっすぐにアザクに近づき、締めつけられたような声でいった。「アザク、アザク、どうか、どうか、ぼくをここにおいてください」スカーフがはらりと落ち、長い髪の毛があらわれた。アザクは、すぐにトドラだとわかった。

彼女は仰天し、少々怖くもあったが、なにしろトドラとは長いつきあいだし、かつては彼を溺愛していた。そうした昔の愛情に突きうごかされ、彼女は両手をひろげて彼を迎えた。彼の顔に恐怖と絶望を認め、彼がかわいそうになった。

だが彼がだれであるか悟ったゼドルは、驚き、かつ怒った。包丁をずっと握りしめていた。部屋を脱けだして街の警察に通報した。

部屋にもどってみると、男は、「この家にかくまってくれ、召使として使ってくれとアザクに哀願している。「なんでもやる」と彼はいった。「おねがいだ、アザク、ぼくのただひとりの恋人、おねがいだ！　きみがいなくては生きていけない。ただ妊娠を願うだけのあの女たち、見知らぬ者たちに種つけするのは耐えられない。ぼくはもう踊ることができない。きみのことだけを考えている、きみはぼくの唯一の希望だ。ぼくは女になる、だれにもわかりはしない。髪を切れば、だれにもわかりはしない！」彼は話しつづけ、その情熱は恐ろしいほどだったが、同時に哀れでもあった。ゼドルは冷ややかに聞いており、彼は頭がおかしいのだと思った。アザクは苦痛と恥ずかしさに襲われながら、耳をかたむけていた。「だめ、だめ、そんなことは不可能だわ」彼女はくりかえしそういったが、彼は聞きいれようとしない。

警察が戸口にやってくると、彼はその正体に気づき、逃げ道を探すために家の裏手に向かって走りだした。女警官たちが、寝室で彼を捕らえた。彼は必死に抵抗したが、彼女たちは容赦なく彼を押さえつけた。アザクは、彼を痛めつけないでと叫んだが、女警官たちは耳をかさない。トドラの腕をねじりあげ、彼が抵抗をやめるまで頭を殴りつづけた。それから彼を外にひきずりだした。警察署長は証言をとるためにその場にとどまった。アザクはトドラを擁護しようとしたが、ゼドルは事実を述べ、彼は頭がおかしくなっていて危険だと思うとつけくわえた。

数日たってから、アザクが警察署に問いあわせると、トドラは彼の城に帰され、一年、あるいは、彼が責任ある行動をとれると城主たちが見きわめるまでは、性交処に出すことはまかりならぬという警告があたえられたという。彼がどんな罰を受けるだろうかと考えるとアザクは不安でならなかった。ゼドルはいった、「彼を痛めつけるようなことはないよ、たいそう貴重なものだもの」トドラもたしかそういっていた。アザクはよろこんでその言葉を信じた。じつをいえば、もう彼の邪魔が入らぬとわかって、ほっとしたのである。

彼女とゼドルは、チョチをまず自分たちの事業に参加させ、それから自分たちの家族に加えた。チョチは、波止場近くの地区からやってきた女性だ。タフで面白い人物、勤勉で、過度な要求はせず、性行為も快かった。三人はそれぞれに幸せで、うまくいっていた。

一年がすぎ、そしてまた一年がすぎた。あるときアザクは、最初に働いていた製粉所のふたりの女性と修理事業の契約を結ぶため、むかし住んでいた地区におもむいた。彼女はそこでトドラのことを訊いた。彼はときどき性交処にあらわれるという話だった。その年の城の雄親のチャンピオンになり、客も多く、代金も高くなったそうである。というのも、大勢の女性を妊娠させ、その多くが男児だったからだ。彼に愉しみを求める客はいないという評判だった。なにしろ乱暴で、ときには残酷な行為にも及ぶという噂がたっていた。女性は、妊娠を望むときに限って彼を求めた。自分に対してはやさしかった彼を思うと、女性を乱暴に扱うとは想像もできなかった。城であたえられた苛酷な罰が彼を変えてしまったのだろうと、アザクは思った。だが彼がほんとうに変わってしまったとはとうてい信じられなかった。

さらに一年がたった。事業のほうも好調で、アザクとチョチは、子供をもつことを真剣に話しあうようになった。ゼドルは、母親になるのはうれしいが、妊娠には興味がなかった。チョチは、愉しむためにこの地区の性交処にときどき出かけていくが、そこに好きな男がいた。彼は雄親としても評判がよかったので、彼女は排卵期に彼のもとを訪れるようになった。

アザクはゼドルと結婚してからは、性交処に行ったことはない。彼女は貞節をたいそう重んじていたので、ゼドルとチョチのほかには愛を交わすことはなかった。受胎することを考えたとき、男と交わることについては、すっかり興味が失せており、嫌悪すら感じることに気づいた。かといって精子バンクから精子をとりよせ、自己受胎するというのもいやだったが、見知らぬ男に挿入されることを考えると、胸が悪くなった。どうすればよいかと考えた末に、トドラのことを思いついた。かつては心から愛しあい、ともに愉しんだ相手である。彼は、いまふたたび雄親のチャンピオンになり、信頼にたる精子提供者として名を馳せている。アザクが愉しみを得ることのできる相手はほかにはいない。それに彼は自分の人生と命を危険にさらすことも辞さないほどアザクを愛し、彼女のそばにいたいと願っていた。彼のあの無謀な行為は、厳しく罰せられた。あれから二度と彼女に手紙はよこさなかったし、城主や性交処の管理人たちは、彼の頭がおかしく、信頼できないと考えているかぎり、ぜったい女性に種つけさせないだろう。こんどこそ彼のもとにおもむき、彼があれほど望んだ快楽をあたえてやろうと、アザクは思った。

アザクは性交処に、自分の次の排卵期を告げてトドラを求めた。だが彼は、その期間はすでに予約ずみだったので、性交処は、アザクに別の雄親をすすめた。そこで彼女は翌月まで待つことにした。

チョチは受胎して有頂天になっていた。「早く、早く!」と彼女はアザクにいった。「双子がいいな!」

アザクは、トドラと会うのを待ちわびている自分に気づいた。最後に会ったときの暴力沙汰と、彼にあたえた苦痛とを悔やみながら、彼女は次のような手紙を書いた。

「いとしいひと、長いあいだの別離と、最後の出会いの苦痛が、このたびの再会のよろこびのうちに忘れさられるように願います。そしてわたしがあなたをまだ愛しているように、あなたもわたしをまだ愛していてくれるようにと祈ります。あなたの子を宿すことをとても誇りに思っています。どうかその子が男子でありますように!　あなたにふたたび会える日が待ち遠しい、わたしの美しい踊り手。あなたのアザク」

この手紙に彼が返事を書くいとまもないうちに、彼女は排卵期に入ってしまった。彼女はいちばん上等の服を着た。ゼドルはいまだにトドラを信用せず、アザクが彼のもとへ行くのをなんとか思いとどまらせようとしていた。それでも、ゼドルはやや不機嫌そうに「幸運を！」と声をかけた。チョチに母守り《マザーチャーム》の札を首にかけてもらうと、アザクは出かけた。

性交処にいたのは新しい管理人だった。卑しい顔の若い女で、アザクにこういった。「彼が乱暴を働いたら、大声をあげなさい。チャンピオンかもしれないけど、乱暴でね。彼が女に怪我を負わせたら、そのままにしておくわけにはいかないの」

「わたしに乱暴はしないわ」とアザクは微笑んでいい、トドラとしばしば愉しんだあの部屋へさっさと入っていった。昔と同じように、彼は窓辺に立って待っていた。ふりむいた彼は、アザクが覚えていたとおりの姿だった。四肢は長く、絹のような光沢のある頭髪が水のように背中を流れ、ややはなれた目が彼女を見つめていた。

「トドラ！」と彼女はいうと、両手をひろげて彼に近づいた。

彼はその両手をとると、彼女の名を呼んだ。

「あたしの手紙は受け取った？　あなたは幸せ？」

「ああ」と彼はいい、微笑した。

「そして、愛情にまつわるあの不幸、あの愚かさは、もう消えたのね？　ごめんなさい、あなたは傷ついたのね、トドラ、もう二度とあんなことはいや。あたしたち、ふたりきりで、昔と同じように幸せになれないかしら？」

「ああ、すべてはおわった」と彼はいった。「きみに会えてうれしい」彼はやさしくアザクを引き寄せた。やさしくその服を脱がせていき、その体を愛撫した、昔のように、どうすれば彼女を悦ばせられるか心得ていた。そして彼女もどうすればトドラを悦ばせることができるか思い出していた。ふたりはともに裸身で横たわった。アザクは、彼の屹立《きつりつ》したペニスを愛撫しつつ興奮をおぼえたものの、ほんとうに久しぶりに膣に挿入されるのをちょっとためらっていると、彼が居心地悪そうに腕を動かした。アザクがわずかに身を引くと、彼の手のナイフが見えた。ベッドに隠しておいたちがいない。彼はそれを背中に隠しもっていたのだ。

彼女の子宮はすっと冷たくなったが、それでも彼女は言葉を発することも、身動きすることもできず、ただペニスと睾丸をなでまわすだけだった。トドラがもう一方の手で彼女の体をしっかりと引き寄せていたからだ。

ふいにトドラはアザクにのしかかると、ペニスを彼女の膣に突き入れた。一瞬ナイフで突き刺されたような激烈な痛みが襲った。彼はたちまち射精した。トドラの体が弓なりになると、アザクは身をよじりながら彼の体の下からのがれでて、扉のほうに這いずっていき、そして大声で助けを呼びながら、部屋から走りでた。

彼はナイフをふりまわしながらアザクを追いかけ、彼女の肩胛骨にナイフを突きたてた。そのときようやく管理人やほかの女や男たちがなだれこんできて彼を取り押さえた。男たちは怒り狂って彼を手荒く扱い、管理人の抗議にあっても、その手をゆるめようとはしなかった。裸のまま血まみれになり、意識をなかば失ったまま彼は縛りあげられ、すぐに城へと連れさられた。

だれも彼もがアザクをとりかこんだが、その傷は浅く、すぐに洗われて包帯が巻かれた。アザクは動揺し混乱し、ただこう尋ねるばかりだった。「彼をどうするつもりなの？」

「殺意をもった強姦者を、彼らがどうすると思う？　賞品をやるかね？」と管理人がいった。「睾丸を抜くだろうよ」

「でもあれはわたしの過ちです」とアザクはいった。

管理人は彼女を凝視し、こういった。「頭がおかしくなったのか？　家に帰りなさい」

彼女は部屋にもどると、無意識のうちに服を着た。ふたりが横たわっていたベッドを彼女は見た。トドラが立っていた窓辺に彼女は立った。その昔、彼が最初のチャンピオンになったあの競技会、あそこで踊る彼を見たときのことが思い出された。彼女は思った、「わたしの人生はまちがっている」だがどうすればそれを正すことができるのか、彼女にはわからなかった。

セグリにおける社会的文化的制度の改変は、メリメントが恐れていたような悲惨な経過をたどることはなかった。変化は緩慢であり、方向も定まってはいない。93／1602には、テルハダ大学は、隣接するふたつの城にいる男性が学生として出願することを許可し、三人の男性が入学した。それから数十年のあいだに、ほとんどの大学が男性に門戸を開放した。男子学生は、大学を卒業すると、この惑星を去らぬかぎりは、各自の城に帰らねばならない。土着の男子は、大学の学生でいるか、あるいは城に住むことしか許されなかった。門戸開放法が93／162に成立するまでは。

法律が通過したあとも、城は女性には門戸を閉ざしていた。そして城から脱出する男性の数は、あの法案の反対者たちが恐れていたよりもはるかに少なく、数の変化は緩慢だった。門戸開放法に対する社会の適応も緩慢だった。いくつかの地域ではじめられた、男性に農業や建設業などの基本的な技術を身につけさせるプログラムは、まずまずの成果をおさめている。男性たちは、女性の集団から独立しながらも、その集団の管理下にある競合チームのなかで仕事をした。多くのセグリ人が、ここ数年、勉学のためにハインに来ている――男女の比率にはいまだ大きな不均衡が存在するものの、ハインに来る者の数は女性より男性のほうが多い。

それらの男性のひとりが記した次なる自叙伝風スケッチは、まことに興味深い。彼は、門戸開放法の成立を早めた事件に直接かかわっていた者だからである。

モバイルのアルダグル・デズによる自叙伝風スケッチ

わたしは、ハイン・サイクル93、エクーメン暦1641年に、セグリのラケドルで生まれた。ラケドルは、静かで豊かな、そして保守的な町だった。旧風に従い、大きな母家《マザーハウス》の甘やかされた男の子としてかわいがられて育てられた。そこにはぜんぶで十七人が住んでいた、厨房で働く者はこの数に入っていない——曾祖母がひとり、祖母がふたり、母親が四人、娘が九人、そしてわたし。わたしたちは裕福だった。女性たちはみな、町の主産業であるラケドル陶器製造所の経営者か、熟練の技術者、あるいは過去においてそうだった者たちだった。休日といえば、すべてに華やかで活気ある趣向をこらしたものだ——ヒラリの日には家を屋根から土台まで旗でおおい、収穫祭にはすばらしい衣装を調《ととの》え、数週間おきにあるだれかの誕生日には、贈り物をそこらじゅうに配って祝った。先に述べたように、わたしはかわいがられていたが、過度に甘やかされていたわけではないと思う。わたしの誕生日は、姉妹より立派だというわけではなかったし、女の子と同じように、姉妹と走りまわって遊ぶことは許されていた。それでも姉妹たちと同じようにわたしにはわかっていた——これまでもそうだったが、母親たちの目がわたしに注がれるときは、いつもちがう表情を見せていることに。思い悩んでいるようなよそよそしい表情、そしてわたしが成長するにつれ、ときにうかべる陰鬱そうな表情にも気づいていた。

わたしの認証式がおわると、わたしの生みの親、あるいはその母親が、わたしを、毎春、訪問日にラケドル城に連れていった。認証式にわたしひとり(怯えている)を入れるために開かれていた庭園の門は、もう閉められたままだが、らせん階段が庭園を囲む城壁におかれていた。それらの階段を、わたしと町からやってきた少年たちがのぼっていき、庭園の城壁の上にたどりつく。日除けの下におかれたクッションにのんびりとすわって、城壁の内側の巨大な競技場で行なわれるダンスの模範演技や、雄牛ダンスや、レスリングや、そのほかの競技を見物する。わたしたちの母親たちは、下の公共広場の野外席で待っている。城からやってきた男性や若者たちが、わたしたちといっしょにすわり、競技のルールを説明してくれたり、ダンサーやレスラーのすぐれた技を指さして教えてくれたりして、わたしたちを真面目に扱ってくれるので、自分が偉くなったような気になってしまう。わたしはそれがとてもうれしかったが、城壁をおりて家路につくと、そうした気持も衣装を脱ぐように、芝居で演じた役のように消えてしまう。そしてわたしは、自分の仕事に精をだし、母家で家族といっしょに現実の生活を演じる。

十歳になるとわたしは下町の少年学級に行った。この学級は、母家と城との架け橋として、四、五十年前に設立されたものだが、城は、近来とみに反動的になった管理方式のもとで、最近はこのプロジェクトから撤退してしまった。城主のファサウは、城の男たちが、城壁の外に出ることをいっさい禁じていた。ただし有蓋自動車で性交処へ直行し、明け方に帰ってくることは許していた。それゆえ男性は少年学級で教えることはできなかった。わたしが城に行ったとき、どのようなことが待ちうけているか教えようと試みる町の女性たちは、じっさいにはわたし以上には知らなかった。彼女たちがいかに善意のひとびとであろうとも、たいていわたしを怯えさせるか、混乱させるかのどちらかだった。だが恐怖と混乱というのは、適切な下準備だった。

断絶式について、わたしは説明することができない。ほんとうに説明できないのだ。あのころのセグリの男たちには、このような利点があった。つまり彼らは、死がなんであるかということを知っていた。彼らはみな、肉体の死の前に、一度は死ぬのである。彼らはこれまでの全人生を、愛してきたあらゆる場所と顔をふりかえって見るのだ、そして門が閉じられるとき、そこから顔をそむける。

わたしの断絶式のときには、わが小さな城の内部は、大学出身者派と因習派とに分裂しており、自由派は、城主イショグの統治体制派や、もっと若い超保守的な党派のもとを去っていた。わたしが城に来たときには、その亀裂はすでに破滅的に広がっていた。ファサウ城主が作る規則は、しだいに苛酷で理不尽なものになっていた。彼は腐敗と蛮行と虐待によって統治していた。そこに住むわれわれもまたもちろんそれに感化されており、イショグ城主の子分であったラガズとコハドラトを中心とした強靭な道義的抵抗がつづいていなかったならば、われわれは破滅させられていただろう。このふたりの男性は、公認のパートナーだった。彼らを信奉する者は、城の同性愛者のすべてと、かなりの数のその他の男性と年かさの少年たちだった。

スクルブスの寮における最初の日々は、めまぐるしい変化に見舞われた。数カ月ないしは数年前に入寮した少年たちは、おまえを一人前の男にするのだと称して、新入りたちを辱めたり虐待するようそそのかしてきて、恐怖と憎悪と恥辱をあたえた——そして大学出身者派の影響下にある少年たちは、わたしに秘密の友情と庇護の手をさしのべてくれ、慰めと感謝と愛情をあたえた。ゲームや競技では助けてくれ、夜には自分たちのベッドに誘ってくれた。セックスをするためではなく、性行為を強要する連中からわたしを守るためだった。ファサウ城主は、成人の同性愛を忌み嫌っており、町議会がそれを許すようなことがあれば、死刑をふたたび課していただろう。もっとも彼はラガズとコハドラトをあえて処罰しようとはしなかったが、年長の少年たちの合意による性行為は、四肢の切断というおぞましい刑を課した――耳はぎざぎざに切り裂かれ、指は赤く熱した鉄の指輪をはめさせられ焼き印をつけられた。とはいうものの彼は、年長の少年たちが十一歳から十二歳の子供たちをレイプすることは、男らしいならわしだとして奨励した。わたしたちはだれひとり、それから逃れることはできなかった。わたしがあそこに行ったときは、十七歳から十八歳の四人の青年がとりわけ恐れられていた。彼らは、城主の従者《ロードマン》と自称していた。数日おきに、彼らは獲物を求めてスクルブスの寮を襲撃した。犠牲となった者は、集団でレイプされた。大学出身者は、わたしたちに自分たちのベッドに来るようにといい、できるかぎり守ってくれた。わたしたちはそこで泣きわめき大声で抗議するふりをし、彼らは大声で笑い、嘲《あざけ》りながら、わたしたちを辱めるふりをする。そのあとは、暗闇と静寂のなかで、キャンディーをくれてわたしたちを慰めてくれる。わたしたちがさらに成長すると、ときどき、この上なく甘美なやさしいセックスでひそかにわたしたちを慰めてくれた。

城にはまったくプライバシーはなかった。城での生活を話してくれという女性たちに、わたしはそういった。彼女たちはわたしの言葉を理解したと思っている。「そうね、母家でもみんながなにもかも共有しているものね」と彼女たちはいう。「みんなが、いつも部屋を出たり入ったりしているし。独身女性の住居でもなければ、ひとりではぜったいいられないものね」母家のくつろいだ温かな集団生活は、四十のベッドがこれみよがしに並び、あかあかと照らされた城の寮の、作為的な衆人環視のもとにある厳格な集団生活とはまったくちがうのだとは、わたしにはいえなかった。ラケドルにはなにひとつ自分のものはない。秘密のみ、沈黙のみ。わたしたちは自分の涙を食べている。

わたしは成長した。それを可能にしてくれた少年や青年たちに深い感謝を捧げつつ、わたしはそれに誇りをもっている。何人かの少年がこの数年のあいだに自殺したが、わたしはしなかったし、自分の心も魂も殺しはしなかった。何人かの少年は、肉体は生き延びたのに、心と魂を殺してしまった。大学出身者たちの——わたしたちは抵抗組織《レジスタンス》と呼ぶようになった——母親らしい思いやりのおかげでわたしは成長できた。

わたしはなぜ父親らしいといわずに、母親らしいというのか？　なぜなら、わたしたちの世界に父親はいないからだ。いるのは雄親だけである。わたしは、父親とか父方とかいう言葉を知らない。わたしは、ラガズとコハドラトを自分の母親だと思っていた。いまでもそう思っている。

ファサウは、歳月とともにますます頭がおかしくなり、城への締めつけは、極度に激しくなった。ロードマンたちがいまはわたしたちを仕切っていた。われわれがいまだに強い本試合のチームを、ファサウの心の誇りをもっていたことは彼らにとって幸運だった。そのおかげでわれわれは第一リーグに入っていることができ、チャンピオンとなったふたりの雄親も、町の性交処でいまだに求められている。レジスタンスが町議会に提出しようとした抗議は、典型的な男性の愚痴として斥《しりぞ》けられるか、あるいは、異星人たちの堕落せる影響と見なされるかだった。外から見るかぎり、ラケドル城は安泰だった。われわれの偉大なチームを見よ！　われわれのチャンピオンの雄親を見よ！　女性たちはその先は見なかった。

どうして彼女たちはわたしたちを捨てることができるのだ？——セグリの少年たちは胸のうちで叫んでいるだろう。どうして彼女たちはわたしをここに置いていくことができたのだ？　ここがどういうところか、彼女たちは知らないのか？　なぜ知らないのだ？　知ることを望まないのか？

「もちろん望まないのだ」町議会がわたしたちの嘆願に耳をかそうとせず、正義の怒りに燃えたわたしが彼のもとに行ったとき、ラガズはそういったのだ。「むろん彼女たちは、われわれがどんな暮らしをしているか、知りたいとは思わない。彼女たちはなぜ城に入ったことがないのか？　ああ、たしかにわれわれは彼女たちを閉めだしているが、もし彼女たちがなかに入ることを望んだら、われわれは彼女たちを閉めだすことができると思うか？　いいか、われわれは彼女たちと、そして彼女たちはわれわれとひそかに共謀し、われわれの文明が依ってたつところの無知と虚偽という大きな礎《いしずえ》を保持しているのだよ」

「ぼくら自身の母親がぼくらを捨てるんです」とわたしはいった。

「ぼくらを捨てるだと？　だれがぼくらに食べ物をあたえてくれる、衣服を着せてくれる、家に住まわせてくれる、給金をはらってくれる？　われわれは彼女たちにすべて依存しているのだ。これまでにもし、われわれが独立していたら、おそらくわれわれは、真実という礎のもとに社会を建てなおすことができていただろう」

独立というのが、彼のヴィジョンの行き着けるところだった。それでも彼の心はさらに、見えないものを、肉体の相互依存という曖昧な、つねに変わらぬ夢を探りつづけていた。

われわれの実情を町議会で聞いてもらおうという努力は、城のなかを除いてはなんの結果ももたらさなかった。ファサウ城主は、おのれの権力が脅かされていることに気づいた。数日もたたぬうちに、ラガズは、ロードマンと乱暴な手下どもによって捕らえられ、度重なる同性愛の行為と叛逆計画を糾弾され、城主によって刑を宣告された。この処刑に立ち会うよう、あらゆるひとびとが招集された。心臓の病をもつ五十歳の男――二十代のころは、本試合の出場者で、過度の訓練により体をこわしていた――ラガズは、裸のまま台に縛りつけられ、〝ロード・ロング〟、つまり鉛のおもりがぎっしり詰まった重い革のチューブで打ち据えられた。ロードマンのベルヘドは、それを振りまわし、ラガズの頭や腎臓や性器を何度も何度も打ち据えた。ラガズは病院に運ばれ、一、二時間後に死んだ。

その夜、ラケドルの叛乱が起きた。ラガズより年上のコハドラトは、ラガズを失って心がくじけ、もはや自分を抑えることも、われわれを導くこともできなかった。彼の夢は、非暴力の、えんえんとつづく真の抵抗だった。それによってロードマンたちは自滅していく。われわれはそうした夢《ヴィジョン》に従ってきた。だがわれわれはそのヴィジョンを捨てさった。われわれは真理を捨てて武器をとった。「どんな戦い方をするかが、どんな勝利を得るかを決める」とコハドラトがいったものだが、わたしたちは、そうした古い諺《ことわざ》のたぐいはもう聞き飽きた。もはや忍耐試合をやるつもりはない。われわれはいま、なんとしても勝ちたい。

そしてわれわれはやった。われわれは勝った。勝利をおさめた。ファサウ城主、ロードマン、その手下どもは、警察が城の門に到着するまでに皆殺しにされていた。

あのタフな女性たちがわれわれのあいだを歩きまわり、いままで見たこともなかった城内の部屋を見てまわり、切り刻まれた死体、内臓を抜かれ、睾丸を抜かれ、頭を切り落とされた死体を凝視した――釘で床に打ちつけられ、〝ロード・ロング〟を喉につっこまれたロードマンのベルヘドを見つめ、血まみれの手と反抗的な顔をもつわれわれを、叛逆者を、勝利者を凝視した――われわれの指導者として、スポークスマンとしてわれわれが押したてたコハドラトを見つめた。

彼は黙って立っていた。流れる涙を食べていた。

女たちは銃を握りしめ、身を寄せあい、あたりを見まわした。彼女たちは肝をつぶしていた。われわれがみな狂気に襲われたのだと思っていたのだ。彼女たちがまったく理解していない様子を見て、われわれのひとりがとうとう口を開いた――若者のタルスク、赤く熱した鉄の指輪をその指にはめさせられた男だ。「やつらはラガズを殺した」と彼はいった。「やつらはみんな狂っている。見てくれ」彼は焼けただれた指をさしだした。

女軍の隊長が、しばらくしてからいった。「この調査がおわるまでは、だれも外に出てはならない」そして彼女の部下たちは整然と城から出ていき、庭園を抜けて城外に出ると、城門に錠をおろし、勝利を味わうわれわれを残して立ち去った。

ラケドルの叛乱に関する審問と判決は、むろんすべて放送され、この出来事は、いまにいたるも調査、審議中である。この叛乱におけるわたしの役割は、ロードマンのタティディの殺害だった。三人の仲間とともに彼を襲い、彼を競技場に追いつめてそこにあった練習用の棍棒で彼が死ぬまで殴りつづけた。

われわれがどんな戦い方をしたかが、われわれの勝利のかたちをきめた。

われわれは罰を受けなかった。ラケドル城を管理する行政組織を作るために、いくつかの城から男たちが送られてきた。彼らは、われわれの叛逆の原因を突きとめるために、ファサウの所業をすっかり調べあげたはずだが、もっとも寛大な者たちでさえ、われわれに対する蔑視は徹底していた。われわれを男として扱おうとせず、理性を失った無責任な生き物、飼いならすことのできない家畜と見なした。わたしたちが彼らに話しかけても、彼らは返事をしなかった。

このような冷酷な管理体制にいつまで耐えられたかはわからない。世界協議会が、門戸開放法を制定したのは、叛乱後わずか二カ月だった。これこそわれわれの勝利だ、われわれが、その糸口を作ったのだと口々に語りあった。だれひとりそれを信じてはいなかった。われわれは自由になったのだと話しあった。史上はじめて、城を去りたい者は、城門を出ていくことができる。われわれは自由になったのだ！

城門の外に出た自由な男たちはどうなるのか？　だれもそれは考えていなかった。

わたしは、法律が成立した日の朝、城門を出ていった者のひとりだった。十一人がともに町へ入っていった。

そのうちの数人、ラケドルから来た者ではない男たちは、それぞれがほうぼうにある性交処に入っていった、そこに滞在することを許されるよう願いながら。ほかに行くところはなかった。ホテルや旅館は、男たちを受け入れないだろう。この町で幼年時代を過ごした者たちは、それぞれの母家へ行った。

死者が甦るというのはどういうものか？　単純なことではない。甦った者にとっても、その家族にとっても。彼らの世界で彼が占めていた場所は閉ざされて存在をやめ、積み上げられた変化や習慣や、ほかの者たちの活動や要求で満たされていた。すでに穴埋めがされていた。彼はそこにもどってきたのだ。死者から甦ったものは亡霊だ。そんな者の居場所はなかった。

わたしもわたしの家族も、はじめはそれがわからなかった。わたしは、彼らのもとを去ったときの十一歳の子供として、安心して二十一歳の身を、彼らのもとに運んだ。彼らは両手をひろげて、自分たちの子供を迎えた。だが彼は存在していなかった。わたしはいったい何者なのだ？

長いあいだ、数カ月ものあいだ、城からの逃亡者であるわたしたちは、母家に隠れていた。

ほかの町からきた男たちはみんな、それぞれの母家に向かった。たいていが旅の連中の車に乗せてもらった。ラケドルの出身者は七、八人いたが、ほとんど会うことはなかった。町の通りに、男がいる場所はなかった。何百年ものあいだ、男が町の通りにひとりでいるところを見つかれば、即座に逮捕されたのだ。われわれが外に出ようものなら、女たちは逃げまどい、あるいは警察に通報し、あるいはとりかこんで脅してきた——「城に帰れ、そこがおまえたちの居場所だ！　性交処に帰れ、そこがおまえたちの居場所だ！　わたしたちの町から出ていけ！」彼女たちはわたしたちをごくつぶしと呼んだ。じっさいわれわれには仕事がなく、この社会ではなんの役割もなかった。性交処も種つけのためにわれわれを受け入れようとはしなかった。われわれが健康で礼儀正しいという城の保証がなかったからだ。

これが、われわれが勝ちとった自由だった。われわれはみな幽霊だった。無能で怯えきった、ぞっとするような侵入者、暮らしの片隅にたたずむ影法師。わたしたちは、周囲で営まれる生活を見守っていた——仕事、愛、妊娠、育児、稼ぐこと、消費すること、作ること、工夫すること、管理すること、冒険すること——女性の世界、満ち足りていて輝かしい、実在の世界——そこにわれわれの居場所はなかった。われわれがこれまで学んだことは、競技をし、殺しあうことだ。

わたしの母親たちと姉妹たちは、自分たちの活気ある生産的な家庭のなかにわたしを使える場所はないかと頭をしぼって考えてくれた。ふたりの年老いた住みこみの料理人が、わたしが生まれる前から、ここの厨房をとりしきっていた。それゆえ、わたしが城で教えられた唯一の実用的な技能である料理も、ここでは必要とされなかった。わたしのために家庭のなかの仕事をなんとか見つけてくれたものの、どれも不要不急の仕事ばかり、彼らにもわたしにもそれはよくわかっていた。わたしは赤ん坊の世話に意欲を燃やしたものの、祖母のひとりが、その役に嫉妬し、わたしの姉妹の妻たちも、男が自分たちの赤ん坊に触れるのは不安だった。妹のパドは、土焼きの徒弟になるようにすすめてくれ、わたしはその話にとびついた。だが製陶所の管理人たちは、長い論議の末に、雇い人として男を受け入れることに同意はできないという結論を出した。彼らのホルモンによって、男の職人の仕事がおろそかになるのではないか、女の職人は、不快感をおぼえるのではないかなどなど。

ホロニュースは、そのような申し出や議論をしきりに報じた。門戸開放法の予期せぬ結果、男たちのいるべき場所、男性の能力や限界、宿命としてのジェンダーなどについても論じられた。門戸開放法に反対する感情はきわめて強く、ホロニュースを見るたびに、男性の生来の暴力性や無責任さ、社会的政治的な意志決定に参加するには生物学的に不適格であることなどを語る女性が必ず登場しているようだった。ときには、男性が同じことをいっていることもある。新法に対する反対派は、城の保守層の熱烈な支持を得ていた。彼らは、城門は閉じられるべきであり、男性は自分たちの本来の持ち場にもどり、真理を、競技や性交処の男性としての栄光を追求すべきであると、とうとうと弁じたてた。

その栄光は、ラケドル城で過ごした年月を思えば、わたしの心をそそりはしなかった。その言葉自体が、わたしにとって不名誉を意味するようになっていた。わたしは競技や競いあいに猛烈に反対し、わたしの家族のほとんどを困惑させた。彼女たちは、本試合やレスリングを見物するのが大好きで、城門開放以来ほとんどのチームのレベルが下がったと文句をいっていた。それにわたしは、性交処を断固糾弾した。あそこでは男性は、人間ではなく、家畜、種牛として使われているのだ。わたしはもう二度とあそこには行かない。

「でもねえ、ぼうや」とわたしの母が、ある晩、ふたりきりになったとき、とうとう口にした。「おまえは、このさきずっと独身者として生きていくのかい？」

「それはいやだ」とわたしはいった。

「それじゃあ……？」

「結婚したい」

母の目が丸くなった。ちょっと考えていたが、やおら口を切った。「男とだね」

「いいや。女とだ。ぼくはノーマルな、ふつうの結婚がしたい。妻をもちたい、妻になりたい」

その考えは衝撃的だったが、母はなんとか理解しようとした。眉をひそめて考えこんでいる。

「それはどういうことかというとね」とわたしはいった。長い長いあいだ、わたしはただ考えこんでいるしかなかったからだ。「ぼくたちは、結婚したほかのペアと同じようにいっしょに暮らすということだよ。自分たちの娘家を作って、おたがいに貞節を守り、もし彼女が子供を産めば、彼女といっしょにその子の愛母になるんだ。それがうまくいかないという理由はなにもない」

「でもねえ、わからない——どうしてもわからない」とわたしの母はいった。やさしく、ものわかりのよい母は、わたしにノウというのはいやなのだった。「だけど、相手の女を見つけなければならないねえ」

「わかっている」とわたしはむっつりといった。

「あんたがいろいろなひとに出会うのは難しいよ」と母がいった。「性交処に行ったらどうかねえ……？　あんたの母家が、城のようにあんたの保証をすることができないのはなぜだろうね。なんとかやってみようか——？」

だがわたしは、激しく拒絶した。ファサウにへつらうようなことはしなかったので、わたしはめったに性交処に行かせてもらえなかった。そしてあそこでの数少ない経験は、惨めなものだった。若く、無経験で、推薦状もないわたしは、慰みを求める中年の女性に指名された。わたしをふるいたたせる彼女たちの熟練の技に、わたしは屈辱と怒りをおぼえた。彼女たちは帰りぎわにわたしの頭をぽんとたたいて、チップをくれた。あの念のいった機械的な刺激と彼女たちの恩きせがましい冷たさは、わたしに嫌悪の情をもよおさせた、城におけるわたしの恋人であり保護者であったひとのやさしさを思うと。それでも女性は、男性ではけっして感じられなかった肉体的な魅力を感じさせた。わたしの姉妹たちやその妻たちの美しい肉体が、いまではいつもわたしのまわりにある。衣服におおわれた、あるいは裸の、純潔で肉感的な肉体。女性の肉体のすばらしい重みと力強さと柔らかさは、わたしをたえずふるいたせた。毎晩わたしは自慰をし、わたしの姉妹をわが腕に抱くさまを想像した。それは耐えがたいことだった。わたしはふたたび幽霊となった。触れることのできない現実のただなかで、怒り、焦がれる性的不能者だった。

わたしは、城に帰るべきなのだろうと思うようになった。わたしは、深い鬱、無気力、心の冷たい闇に沈んだ。

心配症で、愛情深く、多忙なわたしの家族は、わたしのためになにをすればよいかわからなかった。彼女たちの大半は、わたしが城門をくぐって帰るのが最善だと心のなかでは思っていただろう。

ある日の午後、妹のパドが、子供のころからもっとも近しかったパドが、わたしの部屋にやってきた――彼女たちが、屋根窓のある屋根裏部屋をわたしのために空けてくれたので、すくなくとも文字どおりの意味で、わたしには自分の部屋があった。わたしがいつものように無気力で、まったくなにもせずにベッドに横たわっているのを見ると、彼女は勢いよく入ってきて、感情をむきだしにする無頓着な女性さながらに、ベッドの足元にどしんとすわりこんでこういった。「ねえ、あなたは、エクーメンからここに来ているあの男のことをなにか知っているの？」

わたしは肩をすくめ、目を閉じた。ちかごろのわたしは、強姦の夢想にふけっている。わたしは彼女が怖かった。

「彼女は外の世界から来たひとのことをいっているのだ。今回の叛乱の調査のためにラケドルに滞在している人物だ。「彼は、抵抗組織《レジスタンス》と話をしたいそうよ」と彼女はいった。「あなたみたいなひとたちと。城門を開けたひとたちと。ヒーローになることを恥じているかのように、彼らは前に出てこないと、彼はいっているわ」

「ヒーロー！」とわたしはいった。わたしの言語においては、この言葉は女性の名詞である。ヒーローとは、神に準ずる、叙事詩における準歴史的主役である。

「それはあなたでしょ」とパドはいった。彼女の熱気が、装われた快活さを突き破る。「あなたは重大な行為の責任者なのよ。あなたは誤ったのかもしれないね。サスメは、エモの設立で過ちを犯したんじゃないかしらね、ファラドルを殺させたもの。だけど彼女はまだヒーローよ。彼女は責任をとっている。あなたもそう。あなたは、この異星人と話をすべきだね。叛乱の真相を彼に話しなさい。城でなにが起こったのか、だれもほんとうのことは知らない。あなたはわたしたちに真相を話すべきよ」

ひとびとのあいだでは、これは効き目のある言葉だった。「語られぬ言葉は嘘を生む」という諺があった。注目に値する行為の実行者は、それについて地域社会に文字どおり説明する義務があるのだ。

「だけど、なぜぼくが異星人に話さなくてはならないのか」とわたしは、おのれの無力さを弁護するようにいった。

「なぜなら彼は耳をかたむけるからよ」とわたしの妹はそっけなくいった。「わたしたちはみんなとても忙しいからね」

それはたしかにほんとうだった。パドは、わたしのために城門を見にいってくれ、そのあと門を開けてくれ、わたしはそこを通った。そうするだけのわずかな力と正気がわたしには残っていた。

モバイルのノエムは四十代の男性で、地球《テラ》で数世紀前に生まれ、ハインで訓練を受け、ほうぼうを旅している。小柄で黄褐色の、目の動きが敏捷な、とても話しやすい人物だった。はじめのうちはどうしても男性とは思えなかった。彼は女だとわたしは思いつづけていた。なぜなら女のように振る舞ったからだ。単刀直入に、本題に入った。それも、自分の権威をひけらかしたり、われわれの社会の男性なら、他人との関係において、義務としてなすべきと思うような振る舞いをすることもなかった。わたしは日ごろから、用心深く、まわりくどく、競争心が旺盛な男に慣れていた。ノエムは、女性のように率直で包容力があった。また、わたしが知っているどんな男や女にも、あのラガズにも劣らないぐらい鋭敏で強勒だった。彼の権威はじっさいは大きなものなのに、けっしてそれに固執しなかった。彼は泰然とそこに座し、ともにそこに座せと誘うのだった。

わたしは、ラケドルの叛徒としてまっさきに名乗りを上げ、われわれの話を彼に聞かせた。彼はわたしの許可を得てそれを録音した。われわれの社会の状態を〝セグリの事情〟と題してスタバイルに報告するため、録音を使いたいといった。叛乱についてわたしが最初にした説明は、一時間たらずでおわった。それですんだのだとわたしは思った。そのときのわたしは知る由《よし》もなかった。エクーメンのモバイルを特徴づける欲求について、学ぼうという、理解しようという、あらゆる話を聞こうという倦《あ》くことなき欲求については。ノエムはさまざまな質問をし、わたしはそれに答えた。彼は考察し、推量し、わたしが訂正をくわえた。彼は詳細を知りたいといい、わたしがそれを提供した――叛乱について、それ以前の年月について、城にいる男たちについて、町にいる女たちについて、わたしの家族について、わたしの生活について、わたしは語った――ぽつりぽつりと少しずつ、すべては断片であり、混乱だった。ひと月にわたって毎日わたしはノエムに語りつづけた。話というものには、はじまりもなくおわりもないということをわたしは学んだ。話というものは、すべてが支離滅裂で、すべてが中間にあるものだった。話というものはけっして真実ではないが、嘘はたしかに沈黙の子だった。

その月がおわるころ、わたしはノエムが好きになり、信頼もするようになった。そしてむろん彼に頼るようになった。彼に話をすることが、自分が存在する理由になっていた。わたしは彼がラケドルにそう長くは滞在しないという事実にまともに向きあおうとした。わたしは、彼なしでやっていくことを学ばねばならなかった。なにを？　男がなすべきことは、男が生きていく方法はいくらでもある。彼は、ただそこに存在することでそれを示してみせた。だがわたしにそれが見つけられるのか？

彼はわたしの立場を敏感に察知しており、わたしが、すでにきざしは見えていたのだが、ふたたび無気力な恐怖におちいらないように気を配ってくれた。彼はわたしを沈黙させてはおかなかった。難しい質問をつぎつぎに放った。「きみは、なにかになれるとしたら、なにになりたいか？」と彼は訊いた。子供たちがたがいに問いかけるような質問だ。

わたしは気負いこんで即座に答えた——「妻！」

彼の顔をよぎったゆらめきがなんであったか、いまはわたしにもわかっている。彼の敏捷な親切な目がわたしを見つめ、そしてそらされ、ふたたび見つめた。

「わたしは自分の家族がほしい」とわたしはいった。「自分がいつも子供である母家に住むのはいやです。仕事がほしい。妻、妻たち——子供たち——母親になること。わたしは、競技ではなく、ふつうの生活がしたい！」

「きみは子供を産むことはできないよ」と彼はやさしくいった。

「ええ、でも子供の母親にはなれますよ！」

「それは女性のための言葉だ」と彼はいった。「わたしは、きみたちのやり方のほうが好きだ……しかしね、アルダル、きみが結婚するチャンスというものは——男と結婚しようという女性に出会うチャンスはあるだろうか？ここでは、いまだかつてなかったのでは？」

わたしは、ないと、わたしの知るかぎりではなかったといわざるをえなかった。

「たしかに、そういうことも起こりうる、とは思う」と彼はいった（彼の確信は、つねに不確かだった）。「だが個人がはらう代償は、はじめは高くつくだろうね。社会の否定的な圧力に逆らって築かれる関係というものは、たいへんな緊張を伴うものだよ。彼らはときとして守勢になり、過度に感情的になり、つねに心安らかではいられない。彼らには成長する余地がない」

「余地！」とわたしはいった。そこでわたしは、この世界にはわたしの生きる余地がない、呼吸する空気がないと感じていることを彼に伝えた。

彼はわたしを見つめ、鼻を掻いた。彼は笑った。「銀河系には余地はたくさんあるじゃないか」と彼はいった。

「つまり……わたしにも可能だと……あのエクーメンに」わたしは、自分が尋ねたい質問がなんであるかさえわかっていなかった。ノエムはわかっていた。彼はその質問に、慎重かつ詳細に答えはじめた。わたしがこれまで受けた教育は、われらが同胞の文化に関してだけでも非常に限られたものであり、ハインにあるエクーメンの学校など、外の世界の教育機関に出願するためには、わたしはすくなくとも二、三年は大学に通わなくてはならないのだと。むろん、と彼は言葉をついだ。わたしがどこに行きたいか、どんな種類の訓練を受けたいかということは、わたしの興味がどこにあるかによるものだから、その興味なるものを発見するために大学に行く必要があるのだと彼はいった。幼児のころ受けた学校教育も、城における訓練も、なにに興味をもつべきかということは教えてくれなかった。これまでわたしにあたえられた選択肢は信じられないほど限られたものであり、ふつうの知的な人間の要求にも、わたしの社会の要求にも応えられるものではない。だからこそ、門戸開放法は、わたしに自由をあたえるかわりに、〝呼吸するための空気もない真空の宇宙〟にわたしをおいたのだと、ノエムはどこかの惑星のある詩人の言葉を引用してみせた。頭がくらくらして、星でいっぱいになった。「ハグカ大学は、ラケドルのごく近くにある」とノエムはいった。「出願することを考えたことはないのか？　きみの忌まわしい城から逃れるためにも？」

わたしはかぶりを振った。「城主のファサウは、オフィスに送られてくる出願書類はつねに破棄していましたからね。だれかが出願しようものなら……」

「罰せられる。拷問を受けるのだろうね。なるほど。まあ、きみたちの大学についてわたしが知っているわずかな知識から判断するに、あちらでのきみの生活は、ここよりはましなものになるだろう。だがすべてが楽しいというものでもない。やらなければならない仕事と、生活するための場所はある。だがきみは、自分が取るに足らぬ、劣ったものだと感じさせられるだろう。たとえ高度の教育を受け、啓発された女性であっても、男性を自分たちと同等の知的な人間として受け入れることは難しいのだよ。いいかね、わたし自身もそれを体験しているんだ！　それにきみは城において、競うこと、他《た》をしのぎたいという競争心をたたきこまれているから、きみという人間が、傑出することは不可能だと信じているひとびと、そして競争という概念、勝ち負けという概念が無価値なものだと信じているひとびとのあいだでは、それが難しいということがわかるだろう。だがあそこは、きみが呼吸するための空気を見いだせる場所だからね」

ノエムは、ハグカ大学の教職員である知りあいの女性たちにわたしを推薦してくれ、わたしは仮入学を許された。わたしの家族は、よろこんで授業料をはらってくれた。わたしは家族のうちで大学に入学する最初の人間となり、彼女たちは心からわたしを誇りと思ってくれた。

ノエムが前もって話してくれたように、大学生活は必ずしも楽ではなかったが、そこには友人となれる男性も大勢いたので、母家でのあの身の竦《すく》むような孤独感に襲われることはなかった。それにわたしは勇気を奮い起こして、女性の学生たちのあいだにも友人を作った。彼女たちの多くは偏見をもたず、友人としてつきあうことができたからだ。三年目に、彼女たちのひとりとわたしは、試験的に、かつ慎重に恋におちることができた。とてもうまくいったとはいえず、また長続きもしなかったが、わたしたちふたりにとっては大いなる解放であり、われわれのコミュニケーションや共通の属性は性的な関係においてのみ成立しうるという信念からの解放、成人の男性と女性とは生殖器以外につながるものはないという信念からの解放だった。エマドルは、わたしと同じように、性交処の職業的なものを忌み嫌っていた。わたしたちのセックスは、いつも神妙で、短いものだった。その真の意味は、欲望の達成ではなく、わたしたちがたがいに信じあえるという証を得ることだった。わたしたちの真の情熱が解放されるのは、わたしたちがともに横たわってそれぞれの生活がどんなものであったかを語るとき、男性や女性について、おたがいについて、われわれ自身について、われわれの悪夢がどんなものであったか、われわれの夢がなんであったかということについて語るときだった。わたしたちはえんえんと語りあった。永遠に慈しみ、重んじようと思う心の交わりを感じつつ、若いふたつの魂は、それぞれに翼を見いだし、ともに飛翔する。長くはないにしても、高く高く。最初の飛翔は最高の高みに達した。

エマドルが死んで二百年になる。彼女はセグリにとどまり、母家で結婚し、ふたりの子供を産み、ハグカで教え、七十代で死んだ。わたしは、ハインのエクーメンの学校へ行き、モバイルのスタッフの一員として、後年、ウェレルとイェイオーウェイに行った。わたしの記録はここでおわる。このわたしの人生のスケッチは、エクーメンのモバイルとしてセグリにもどるための申請の一部として書いた。わたしは、自分が何者であるかということをすくなくとも不確かな確信をもって知ったがゆえに、わたしの同胞が何者であるかを学ぶために、彼らとともに暮らしたいと切に願っている。

求めぬ愛

Unchosen Love

アメージング・ストーリーズ誌　1994年秋号

前書き

惑星O《オー》のオーケット地方ブドラン川の南西の流域に位置するタグ村のイナナン農場に住むヘオカドッド・アルへによる。

セックスというものは、どこの世界のだれにとっても複雑な問題だが、わが同胞の結婚ほど複雑きわまるものはないらしい。われわれにとっては、むろんそれは単純できわめて自然なことなので、あらためて説明するのは愚かしい。われわれの歩き方とか、呼吸の仕方を説明するようなものだから。まあご存じのように、だれもがまず一方の足で立ち、それからもう一方の足を前にだして……だれもが肺のなかに空気を吸いこみ、それから外に吐きだし……だれもが別の半族《モイエティ》の男性と女性と結婚し……

半族とはなにか？　あるゲセン人がわたしにこう尋ねた。そこでわたしは気づいた。ゲセン人のように明日の朝起きるまでどちらの性であるかわからない、と想像するのは、自分が〈朝〉のひと《モーニング・パースン》か〈宵〉のひと《イヴニング・パースン》かわからない、と想像するよりわたしにとってはたやすいことだと。人類の配分として、これほど完璧で普遍的なものはない――半族なくして社会が存在しうるのか？　相手が何者であるか、どうやって知ればいいのか？　尋ねる相手と答える相手がいないとしたら、注ぐ相手と飲む相手がいないとしたら、どのように敬愛を捧げることができるのか？　近親相姦に留意せず無差別にふたりを結びあわせるというのか？　わたしの後脳に残された、掃き清められもせず、教化されてもいない基底では、わたしは大伯父ガムバトの言葉を肯定していることを認めねばならない。大伯父はこういった。「外の世界から来たひとたち、彼らはみんな片足で立とうとしている。二本の足、ふたつの性、ふたつの半族――これだけが道理にかなうものだ！」

　半族は、人口の半分である。われわれは、人口を二等分し、それぞれの集団を〈朝〉と〈宵〉と呼ぶ。もしあなたの母親が〈朝〉の女《モーニング・ウーマン》なら、あなたは、〈朝〉のひとだ。〈朝〉のひとびと《モーニング・ピープル》はすべてである点においては、あなたの兄弟姉妹だ。あなたは、〈宵〉のひとびと《イヴニング・ピープル》だけとセックスをし、結婚し、子供をもつ。

　わたしが、ハインの学生仲間に、われわれの近親相姦の概念を説明すると、彼女はショックを受けて、こういった。「そうするとあなたたちは、人口の半分とはセックスできないということね！」こんどはわたしがショックを受けて、こういった。「きみは、人口の半分とセックスしたいのか？」

エクーメンにおいては、半族は特異な社会構造ではない。わたしは、いくつかの、ふたつの部分からなる社会から来たひとびとと、心地よい会話をかわした。そのうちのひとり、イトシュのウムナのナディルという女性は、わたしが大伯父の意見について話すと、うなずいて笑った。「だけど、あなたがた、キオーのひとたちは」と彼女はいった。「四人で結婚するんでしょ」

ほかの世界から来たひとたちのなかで、われわれの結婚の形態がうまくいくだろうと信じているひとは少ない。彼らは、われわれがそれに耐えていると思いたいようだ。彼らは、人間というものが、簡素な生活をひたすら求める一方で、複雑なものを懸命に求めるということを忘れている。

わたしが結婚するときは――愛情を求め、安定を求め、子供を求めて――三人の人間と結婚する。わたしは〈朝〉の男《モーニング・マン》だ。わたしは〈宵〉の女《イヴニング・ウーマン》と〈宵〉の男《イヴニング・マン》のふたりと結婚する。わたしはそのふたりと性的な関係をもち、そして〈朝〉の女とは、性的な関係はもたない。彼女が性的関係をもつ相手は、〈宵〉の男と〈宵〉の女だ。このすべての結婚が、セドレッと呼ばれる。そのなかに、四組の副結婚がふくまれる。二組の異性愛のペアは、女性方の半族社会のしきたりに従い、〈朝〉と〈宵〉の結婚《モーニング・アンド・イヴニング・マリッジ》と呼ばれる。男性の同性愛のペアは、〈夜〉の結婚《ナイト・マリッジ》と呼ばれ、女性の同性愛のペアは、〈昼〉の結婚《ディ・マリッジ》と呼ばれる。

四人の主要人物の兄弟姉妹は、セドレッに加わることができるので、この結婚にかかわるひとの数は、ときによって六人から七人になる。子供たちは、兄弟姉妹、近親者、いとことしてさまざまな関係を築く。

もちろん、セドレッツにはある程度の調整が必要である。その調整のためにわれわれの時間の多くが費やされている。結婚がどの程度、愛情の上に成り立っているか、どのカップルの愛情がもっとも強いか、そのうちのどれだけが、便宜、習慣、収益、友情の上に成り立っているか、地域の伝統、個々の性格、などなどに頼ることになるのか。それは複雑きわまりないものだが、外の世界から来たひとびとが、この多数の関係を、禁断のもの、道徳的に認められないものとして見ることに、わたしはいつも驚かされる。「三人の人間と結婚しながら、そのうちのひとりとはけっしてセックスをしないなどということが、どうしてできるのか?」と彼らは訊く。

この質問をされると、わたしは不愉快になる。性的志向は、きわめて大きな力をもつから、それを押しとどめることはできないし、ほかのいかなる関係によっても形づくることはできない。社会の大半は、父娘あるいは兄弟姉妹に、性的でない家族関係を期待する。だが近親相姦禁止令は、場合によって、年齢と性別などによって、能力のあるひとびとにしばしば無視されているようだ。明らかにこうした社会は、人間を二種類に分けられるものと考える。区分の基礎となるものは権力であり、あるひとつの性に、並はずれた権力を付与している。われわれにとって基本的な区分は半族であり、性は重要だが、副次的なちがいにすぎない。したがって権力を求めるとき、だれも、生得の特権をもつ地位から出発することはない。この点が確実に、われわれの物の見方を異なる方向へ導く。

事実、O《オー》のひとびとは、だれも同じように単純な生活を尊ぶ。そしてそれを達成するためのわれわれ独自の方法を発見した。われわれは保守的で、因習的で、独善的で、そして鈍感である。われわれは変化に気づくと、やみくもにそれに抵抗する。Oにある多くの家、農場、聖堂は、五十世紀から六十世紀、あるものは数百世紀にわたって同じ場所にあり、同じ名前で呼ばれている。われわれは、それよりも長いあいだ、同じことを同じやり方でやってきた。たしかに、われわれは慎重にものごとを運んでいる。われわれは克己心というものを尊重しており、しばしばそれは、悪魔を心にかくまうほどの段階にまで達することもあり、ひとびとはおのれのプライバシーを守ることに必死である。われわれは目立つことを忌み嫌う。賢い者たちは、山の頂上に独居するようなことはしない。農場にある家に住み、たくさんの親類をもち、慎重な家計管理を行なう。われわれに都市はなく、あるのは散在する村落であり、村落は、農場の土地、コミュニティ・センターなどの集まりから形成されている。教育施設と技術施設は、それぞれの地域が運営する。われわれに神はいない。長いあいだ、戦争もない。異星人がわれわれにしばしば発する質問は、〝あなたがたのような結婚の形では、みながいっしょにベッドに入るのか？〟というものだが、われわれの答えは、〝ノウ〟だ。

じっさい、異星人のいかなる質問に対しても、われわれは単に〝いいえ〟と答えることが多い。われわれがエクーメンに加盟したというのは驚くべきことである。われわれは、ハインに近い──星座観測によれば、四・二光年の距離──そしてハイン人たちは、われわれが彼らに慣れ親しみ、イエスといえるまで、何世紀にもわたってとにかくここにやってきてはわれわれと話しあってきた。ハイン人はむろん、われわれの先祖にあたる種族だが、われわれのえんえんと受け継がれているさまざまな習慣に出会って、自分たちが若く、根なし草で、はやりたっていると感じているのだろう。おそらくそれだから、彼らはわれわれが好きなのだ。

求めぬ愛

サドゥーン川の河口近くに砦《とりで》がある。それは、川と海が合《がっ》するところの南に広がる広大な干潟にそそりたつ岩山の上に築かれている。海水がたえず押しよせて島の周囲で渦をまいていたのだが、サドゥーン川が何世紀もかかって三角州を築きあげると、そこに達するのは大潮だけとなり、ついで暴風潮だけとなり、そしてついには、海はもうそこまでとどくことはなく、西の縁に沿って輝きを放っているばかりとなった。

メルオは、農場砦ではなかった。塩性湿地の岩山の上に築かれた海の砦で、漁業で生業《なりわい》をたてていた。海が退いてしまうと、ひとびとは、岩床の裾から満潮線まで水路を掘った。長い年月がたち、海がさらに遠くへと退くと、水路はさらに長く長く延び、ついには、全長五キロにおよぶ広い運河となった。漁船や商船がその運河を通って島の岩盤の上に不規則に広がるメルオの埠頭まで往来した。埠頭と網置き場と乾燥工場と冷凍工場のすぐわきから、塩草の草原が広がり、そこではヤマの群れや、飛べないバロの群れが草を食《は》んでいる。メルオはそれらの草原を、海岸ぞいにあるサダフン村の農場砦に貸し出していた。そうした生き物の群れはメルオのものではなく、メルオのひとびとは、ただ海を眺め、海を耕し、舟の行けるところはけっして歩かなかった。漁業以上に、彼らを豊かにしてくれるのは大草原だが、彼らはその富を、船や、大運河の掘鑿《くっさく》や浚渫《しゅんせつ》に費やしていた。われわれは金を海に投げこんでいるのさ、と彼らはいった。

彼らは頑固一徹な連中で、村とははなれたところに砦を構えていた。メルオは大きな砦で、百人ほどのひとたちが住んでいた。それゆえ、彼らが村人たちとセドレッを組むことはほとんどなく、仲間同士で結婚していた。メルオではみな近親だと、村人たちはいった。

東のオーケットからきた〈朝〉の男はサダフン村に滞在して、別の海ぞいにある農場砦に放牧をするために塩性湿地の放牧法を学んでいた。彼はスオルドという名のメルオの〈宵〉の男と、町で開かれた村の集会でたまたま出会った。その翌日スオルドがふたたび彼に会いにきた。そしてその翌日も。そして四日目の晩、スオルドは、彼とセックスをし、まるで暴風波のように彼を興奮させた。東部の男の名はハドリといい、温和な、経験に乏しい若者で、この旅も、この見知らぬ土地も、この旅で出会った見知らぬひとびとも、彼にとってはとてつもない冒険だった。さて、そうした見知らぬひとびとのひとりが、自分に恋い焦がれたたえに、メルオまで来てくれ、そこにとどまってくれ、メルオで暮らしてくれと懇願したのだ

「おれたちはセドレッを組む」とスオルドはいった。「〈宵〉の娘は半ダースはいる。だれでもいい、〈朝〉の女のだれでもいい、おれはおまえを養うために、彼女たちのだれかと結婚しよう。来てくれ、おれといっしょに来てくれ、〈岩《ロック》〉まで来てくれ！」メルオのひとびとは、自分たちの砦をそう呼んでいた。

ハドリは、自分には彼の求めに応じる義務があると考えた。なぜならスオルドは彼をこれほど激しく愛しているのだから。彼は勇気をふるいおこし、バッグに身のまわりのものを詰めると、広い平坦な草原を横切り、これまではるかかなたの空に黒々と見えていたもの、メルオの高い頂きに向かって出発した。その頂きは岩山の上に弓なりに盛りあがり、埠頭や倉庫や係船ドックを見おろし、それらの窓は陸地から目をそらし、陸地を見捨てた海に向かって延びる長い運河をいつも見つめている。

スオルドは彼を家に連れていき家族に紹介したが、ハドリは怯えた。彼らはみんなスオルドのように黒いひとたちだった。堂々として荒々しく無愛想で頑固だった――みんなよく似ているので、だれも見分けがつかず、娘を母親と、弟をいとこと、〈宵〉を〈朝〉と取りちがえたりした。彼らは、ハドリをまず丁重には扱わなかった。彼は侵入者だった。スオルドが彼を永久にここにおきたいと考えているのではないかと恐れていた。スオルドはたしかにそう考えていた。

スオルドの情熱は激しかったが、温和な性格のハドリは、そんな情熱はいずれは燃えつきるものと思っていた。「激しい火は燃えつきる」と彼は自分にいいきかせ、その格言に慰めを得ていた。「いずれはぼくに飽きるだろう、そうしたら出ていける」と彼は胸のうちで考えた。だがメルオに滞在して十日がたち、そして一カ月がたっても、スオルドはますます熱く燃えるばかりだった。ハドリが見るに、この家族のセドレッにも、情熱的な組みあわせが多く見られ、その性的な緊張が、アースのない電線がはりめぐらされているように彼らのあいだを走り、パチパチと音をたてながら光る電気の火花のように空気を満たしていた。そうした結婚のいくつかは、長い年月を重ねていた。

ハドリは、自分のようなきわめて平々凡々な人間に、スオルドが飽くことなき切ない想いを、賛美にも似た欲望を寄せることに驚きもし、うれしくも思っていた。このような情熱に対して、自分はじゅうぶんに応えてはいないと感じていた。スオルドの黒々とした美しさは彼の心を満たしたが、心は顔をそむけ、空所を、独りになれる空間を求めた。スオルドが、セックスのあと、ベッドに手足を伸ばして横たわり深い眠りにおちると、ハドリは裸のまま、ひっそりと起き上がる。部屋を横切り、窓の下にとりつけた腰掛けにすわり、星空のもと、長く延びる運河の輝きをじっと見おろす。ときどき声をしのばせて泣くこともある。痛みがあるので泣くのだが、それがなんの痛みなのか、彼にはわからなかった。

初冬のある晩、罠に捕まった獣のように、生傷を擦《こす》られるような、あらゆる神経の末端がむきだしになっているような、ひりひりした痛みに襲われ、彼はもう耐えられなかった。スオルドを目覚めさせぬようそっと服を着ると、裸足《らそく》のまま部屋から外に出た——屋根の下から脱けだせるなら、どこでもいいと彼は思った。いまにも息がつまりそうだった。

広大な家の暗闇のなかで、彼はとほうに暮れていた。ここに住んでいる七組のセドレッツは、おのおのの翼棟を、おのおのの階を、いずれも広いおのおのの続き部屋をもっていた。遠くはなれた南の翼棟にある第一セドレッツと第二セドレッツの区域には足を踏みいれたことがなく、この家の古ぼけた中央部ではいつも迷子になっていたが、北の翼棟の各階のことはよくわかっているつもりだった。この廊下は、たしか陸に向かう階段に通じているはずだ。それは上に行くせまい階段に通じているだけだ。それを上っていくと、薄暗い大きな屋根裏部屋にたどりつき、そこで屋根に出られる扉を見つけた。

屋根の南側の縁には手すりのついた長い歩廊が延びている。それを歩いていくと、左には屋根の尖頭が黒い山のようにそそりたち、さらに草原や湿地が広がり、西側にまわると大運河が星空の下に茫漠と横たわるのが一望された。大気は穏やかで湿気をふくみ、いまにも雨が降りそうなにおいがした。低い霧が湿地から立ちのぼってくる。両腕を手すりにおいて見ているうちに、霧はいよいよ濃く白くなり、湿地や運河をおおいかくしてしまった。ゆっくりと、あらゆるものをぼんやりと包みこみ、心を癒してくれる霧を、彼はよろこんで迎えた。わずかな平和と慰めが彼の心にしのびこんでくる。彼は深呼吸をして考えた。「なぜ、なぜぼくは、これほど悲しいのか？　なぜぼくは、スオルドがぼくを愛してくれるほど彼を愛せないのか？　彼はなぜぼくを愛しているのか？」

近くにひとの気配を感じて、あたりを見まわした。女がひとり、屋根の上に出ていて、ほんの数メートルほどはなれたところに立っていた。彼と同じように両腕を手すりにのせ、彼のように裸足で、長い化粧着を着ていた。頭をめぐらすと、彼女も頭をめぐらして彼を見つめた。

彼女は〈岩〉の女性だった――その黒い肌、まっすぐに伸びる黒い髪、きれいにととのえられた眉、頰骨、顎は見まちがえようがない。だがだれなのかは彼にはよくわからなかった。北の翼棟の食堂では、大勢の〈宵〉の女たちに会った。二十代の、姉妹の、いとこの、近親の、みな未婚の女たちだった。彼は彼女たちのすべてを恐れた。なぜなら、スオルドが、セドレッツを組む妻として、彼女たちのひとりにプロポーズするかもしれないからだ。ハドリは、性的なことにはいささかひっこみ思案で、性の相違は越えがたいのだった。彼の愉しみと慰めは大部分を、ほかの若い男たちから得ていた。もっともある女たちは彼を強く惹きつけた。メルオの女たちは、強烈な魅力をもっていたが、自分が彼女たちに触れることは想像もできなかった。ここでこうむった痛みのいくばくかは、彼をつねによそ者扱いする〈宵〉の女たちの猜疑心に満ちた冷ややかさによって生じたものだった。彼女たちは彼を冷笑し、彼を避けた。だからどの女がサスニか、どれがラマテオかサヴァルかエスブアイか、彼にはなかなか見分けがつかなかった。

目の前にいるこの女は、背が高いのでエスブアイだと思ったが、確信はなかった。暗闇が口実になるかもしれない、なにしろ面立ちを見分けることができないのだから。彼はつぶやいた。「こんばんは」そして名前はいわなかった。

長い沈黙があった。メルオの女は、こんな夜更けの屋根の上でも、こちらを無視するのかと彼は落胆した。

だが女はいった。「こんばんは」和やかに、その声に笑いをふくませて。それはとてもやさしい声で、霧のように、柔らかくひんやりと彼の心にとどいた。「だれかしら？」と彼女はいった。

「ハドリ」と彼はいい、またもや落胆した。こちらが何者かこの女は知って、きっと鼻であしらうだろう。

「ハドリ？　あなたはこの土地の者ではないのね」

ではこの女はだれなのだ？

彼は農場砦の名をいった。「ぼくは東から、ファダンの流域からやってきた。訪問者です」

「わたしはずっとここをはなれていたの」と女はいった。「ちょうどもどってきたところ。今夜。気持のよい夜ね？　わたしはこういう夜が大好きなの、霧が上がってきて、まるでそれが海のように……」

たしかに濃い霧がむくむくと湧きあがり、岩山の上にのっているメルオは、かすかに光る空間をおおう暗闇に浮かんでいるように見えた。

「ぼくも好きなんですよ」と彼はいった。「いま考えていたんだけど……」彼は口をつぐんだ。

「なにを？」と女は、ややあっていった。とてもやさしい声だったので、彼は勇気をふるって言葉をついだ。

「部屋のなかで不幸なのは、家の外で不幸であるより惨めだと」と彼はいい、はにかんだような、惨めそうな笑い声をあげた。

「わかっていたわ」と女はいった。「なぜなんでしょうね」

はいったい……あなたを幸せにするためには、なにが必要なのかしら？」ハドリははじめ、彼女が自分より年上だと思っていたが、いまの話し方は、まるで若い娘のようだ。恥じらいと大胆さをあわせもち、そこにぎごちない甘さが加わっている。ふたりを大胆に、奔放にしたのは暗闇と霧だった。そのおかげで、ふたりは本心をさらけだすことができた。

「わからない」と彼はいった。「ぼくには恋の仕方がわからないんです」

「どうしてそう思うの？」

「なぜかというとぼくは――スオルドなんですよ、ぼくをここに連れてきたのは」と彼はいった。ほんとうのことを話そうと思った。「ぼくは彼をとても愛しています、でもとても――彼が愛してくれるほどには――」

「スオルドね」と女は考えこむようにいった。

「彼は強い。そして寛大だ。彼のすべてをぼくに与えてくれる、彼の人生のすべてを。でもぼくはちがう、ぼくにはとてもそんなことは……」

「なぜここにとどまっているの？」と女が尋ねた。咎めているのではなく、答えを求めている。

「ぼくは彼を愛している」とハドリはいった。「彼を傷つけたくはない。もし逃げればぼくは卑怯者だ。彼に値するような人間になりたい」その四つの答えは、それぞれに別の意味をもつ答えだった。それぞれに、ひとつずつ、苦しそうに述べられた答えだった。

「求めぬ愛ね」女はそっけない、荒っぽいやさしさでいった。「ああ、それはつらいわね」

女はもう娘のような話し方はせず、恋がなんであるか知っている女のように話した。話しながらふたりとも、霧のたちこめる西の方《かた》を眺めやっていた。そうするほうが話しやすいからだった。彼女はまたふりかえって彼を見た。暗闇のなかで自分をじっと見つめる静かな視線を彼は感じた。大きな星が、屋根と彼女の頭のあいだで明るく輝いている。彼女がふたたび身動きをし、丸く黒い頭が星をおおいかくす。すると星の光は、彼女の髪の毛ともつれあうように輝き、まるで彼女が星を頭に飾っているようだった。それはすばらしい眺めだった。

「愛は自分から選びたいといつも思っていたんです」と彼はついに口をひらいた。彼女の言葉が彼の心を動かしたのだ。「セドレッツを組み、いつか自分の農場の近くに腰を落ち着ける。そのほかのことは考えたこともない。それなのにぼくは、こんなところに、世界の果てに来てしまった……どうしたらいいのだろう。ぼくは選ばれた。ぼくは選ぶことはできない……」

その声にはかすかに自嘲のひびきがあった。

「ここは変わった場所ですね」と彼はいった。

「でもね」と女はいった。「あなたがあの大潮を見たら……」

　彼は一度それを見たことがある。スオルドが、南の氾濫原にそそりたつ岬に連れていってくれたのだ。その岬はメルオから南西にわずか数キロのところにあるのに、内陸をぐるりとまわりこんで、それからまた西へもどらなければならなかったので、ハドリは訊いた。「なぜ海岸ぞいをいかないのだろう？」

「なぜだかわかるよ」とスオルドはいった。ふたりは岩だらけの岬に腰をおろして軽い食事をとっていたのだが、スオルドはたえず、西の水平線のかなたに広がる茶灰色の泥土の平原に目をやっていた。それは、這うように進む沈泥の水路のいくつかによって分断されている果てしない荒涼とした平原だった。「ほら、くるぞ」と彼はいって立ち上がる。ハドリも立ち上がった。ちらちら光るものを見るために、遠雷の音を聞くために、こちらに向かって進んでくる光り輝く線を見るために。十キロにわたる広大な平原を信じられない速さで押しよせてくる潮流を、それが彼らの眼下にある岩に砕けちり、岬をとりかこんでしまうのを見るために。

「きみが走るよりずっと速いぞ」とスオルドがいった。彼の黒い顔は鋭く引き締まっている。

「ああやって大潮は、われわれの〈岩〉のまわりに押しよせてくるんだ」

「ぼくたちはここで孤立してしまうのかな？」とハドリが訊くと、スオルドは答えた。「いいや、しかし、そうあってほしいね」

　あのときのことをいま思い返しながら、ハドリは、メルオをすっぽり包む霧の下に横たわる広い海が、外壁の下にある岩にひたひたと押しよせるさまを想像した。大昔からそうであったように。

「あの大潮がメルオを本土から切りはなしてしまうんですね」と彼はいい、そして彼女がいった。「日に二度ね」

「奇妙ですね」と彼はつぶやき、彼女がすっと息を吸いながら笑うのを聞いた。

「すこしも奇妙じゃないわ」と女はいった。「あなたがここで生まれていれば、そうは思わない……凪《なぎ》と呼ばれるときに、赤子は生まれ、死にゆく者は死ぬことを、あなたは知っているかしら？ 朝の引潮のいちばん潮のひいたときに」

女の声と言葉がハドリの心をしめつけた。その声はとても穏やかで、とても奇妙なひびきをもっていたのだ。「ぼくは内陸から、丘の上からやってきたので、海というものをいままで見たことがなかった」と彼はいった。「潮のことなどなにも知りません」

「ああ」と女はいった。「あちらにはあちらなりのまことの愛があるのね」彼女はハドリの背後を見ている。彼がふりかえってみると、霧の海の上に欠けた月が見えた。黒々とした大きな傷跡を見せる三日月が。彼はなにもいえずに、ただそれを凝視した。

「ハドリ」と女がいった。「悲しむことはないのよ。ただの月ですもの。でも、そんなに悲しいのなら、またここへ上がっていらっしゃい。あなたと話したいから。ここには話す相手がだれもいないの……おやすみ」彼女はささやいた。そして歩廊を歩いて彼からはなれていき、影のなかに消えた。

ハドリはその場にとどまって、下にあった霧がのぼり、月がのぼるのを見ていた。霧が、緩慢な競走に勝って、月をおおいかくし、そしてついには、冷たい薄闇がすべてをおおった。震えてはいたが、もはや張りつめた気持もなく、苦悩もなく、彼はスオルドの部屋にもどる道を探しだし、そして温かく広いベッドにすべりこんだ。眠ろうと手足を伸ばしながら、彼は思った、ぼくは彼女の名前を知らないと。

スオルドは憂鬱そうな様子で目を覚ました。帆船で側設運河の閘門《ロック》の点検に行くからいっしょにくるようにとハドリにいった。だがほんとうは、帆船に乗せてハドリをひとりにしたかったのだ。帆船の上なら、彼はなんの役にも立たないばかりか、いささか不安にもなり、逃げ道もないのだ。ふたりは穏やかな陽光を浴びながら、水面が鏡のような側設運河を漂っていた。「おまえはここを出ていきたいんだね」とスオルドはいった。その言葉がナイフで、それを口にすれば舌が切られるとでもいうような話し方だった。

「いや」とハドリは、それが本心かどうかもわからずにいったが、ほかの言葉は出てこなかった。

「おまえは、ここで結婚したくはないんだね？」

「わからない、スオルド」

「わからないとは、どういう意味か？」

「〈宵〉の女たちのなかに、ぼくと結婚を望む者がいるはずはない」と彼はいい、真実を話そうとした。「彼女たちは望んでいないんだ。あなたに、ここのだれかを探してもらいたいと思っている。ぼくはよそ者だから」

「あの女たちはおまえを知らない」スオルドは、とつぜん哀願するようなやさしい口調になる。「ここの連中は、他人を知るのに長い時間をかける。おれたちは、この〈岩〉で長い長いあいだ暮らしてきた。おれたちの血管に流れているのは、血ではなく海水なんだ。だがあの女たちにもいずれはわかる——おまえのことがわかるようになる。もし——もしおまえがここにとどまるなら——」彼は船腹の向こうを眺め、しばらくすると、ほとんど聞きとれない声でこういった。「おまえがここを出ていくなら、おれはついていけるだろうか？」

「ぼくは出ていきませんよ」とハドリはいった。そしてスオルドに近づき、その髪や顔をなで、キスをした。スオルドがついてこられないこと、オーケットに、内陸に住むことはできないことはわかっている。そんなことをしても無駄だろう。うまくいくはずがない。ということは、自分がここに、スオルドのもとにとどまらねばならないということだ。彼の心臓の下に感覚を麻痺させるような冷たさが広がっていた。

「サスニとドゥーンは近親関係だ」とスオルドはやがてそういった。ふたたび彼らしさをとりもどし、抑制のきいた真剣な口調になった。「あのふたりは、十三のときからずっと恋人同士だった。サスニは、おれが望めば、おれと結婚するだろう。〈昼〉の結婚でドゥーンを自分のものにできるなら。おれたちは、あのふたりとセドレッツを組むことができるよ、ハドリ」

感覚が麻痺しているために、ハドリはしばらくこの言葉に答えることができなかった。自分がなにを感じているのか、なにを考えているのかわからなかったのだ。ようやく彼はいった。「ドゥーンってだれ？」その女性は、ゆうべ屋根の上で——別の世界で、霧と闇と真実の領域で——話をした女性だという漠とした希望があったのだ。

「ドゥーンなら知っているじゃないか」

「彼女はよそからもどってきたばかりですか？」

「いいや」とスオルドはいった。話に気をとられていたので、ハドリのばかげた質問も不思議に思わなかった。「サスニの近親で、第四セドレッツのラスドゥの娘。背が低く、とても痩せていて、口数は多くない」

「知らないな」ハドリは落胆した。「ひとりひとり見分けられないんだ、ぼくに話しかけてこないから」そして彼は唇を嚙み、船尾のほうにゆっくりと歩いていくと、ポケットに両手をつっこみ、前かがみになってそこに立っていた。

スオルドの気分はすっかり変わっていた。閘門《ロック》にたどりつくと、楽しそうに泥水のなかにばしゃばしゃと入っていき、機械装置が正常に作動しているのを確認すると、追い風にのって船をふたたび大運河にもどす。「そろそろ船酔いに慣れてもいいころだぞ！」とハドリに向かって大声で叫ぶと、船を西に向け運河を下って外海に出た。靄《もや》にかすむ陽光、塩からいしぶきをふくんだ風、深みへの恐怖、スオルドのてきぱきとした指示のもとに船を操る困難な作業、日没とともに船を運河にもどすときの達成感、波間に漂う赤みがかった黄金色の光、セイタカシギの大群、鳴きかわしながら頭上を旋回するヌマムクドリモドキ——けっきょくハドリにとってはすばらしい日となった。

だがその至福も、メルオの屋根の下に入り、暗い通路や、すべて西向きの、天井の低いだだっぴろい暗い部屋に足を踏みいれると、たちまち消えてしまった。第四セドレッツと第五セドレッツといっしょに食事をした。ハドリの農場砦なら、予告もなしに仕事をほうりだし、一日じゅう出かけていて、夕食ぎりぎりにもどったら、みんなからさんざんからかわれるだろう。ここではだれもからかいもしなければ、冗談もいわなかった。怒りがあったとしても、隠されていた。たぶん怒りはないのだろう。たぶん彼らはたがいを知りぬいており、よく似ているので、まるで自分の両手を信じるように、疑いもなく信頼しあえるのだ。子供たちでさえ、冗談をいいあったり、喧嘩をしたりすることはハドリより少ない。長いテーブルでの会話はいつも静かで、たいていの者が、ひとことも喋らない。

自分で食べ物を運びながら、ハドリはゆうべの女性はいないかとあたりを見まわした。あれはほんとうにエスブアイだったのか？　ちがうと彼は思った。背丈は似ているが、エスブアイはとても痩せているし、それに態度がかくべつ傲慢だ。あの女性はここにはいなかった。たぶん第一セドレッツなのだろう。あそこにいる女たちのなかのどれがドゥーンなのか？

あのひと、サスニといっしょにいるあの小柄なひと。ハドリはいまドゥーンを思い出した。彼女はいつもサスニといっしょにいた。話しかけたことは一度もない、なぜなら女たちのなかでサスニがいちばん憎々しげに彼を無視したからだ。そしてドゥーンは彼女の影だった。

「さあ、さあ」とスオルドはそういってテーブルをまわってくると、サスニのとなりに腰をおろし、ドゥーンの横にすわるよう、ハドリに身振りで示した。彼はそうした。ぼくはスオルドの影だ、と彼は思った。

「ハドリは、きみに話しかけたことがないという」とスオルドはドゥーンにいった。娘はちょっと背中を丸め、ぶつぶつとなにかつぶやいた。スオルドをまっすぐに見たサスニの顔に怒りが一瞬ひらめくのをハドリは見たが、そこには挑むような笑みがふくまれていた。ふたりはとてもよく似ていた。似合いのふたりだった。

スオルドとサスニが話している――釣りのこと、閘門《ロック》のこと――そのあいだハドリは夕食をとった。一日、海に出ていたので、がつがつとむさぼるように食べた。ドゥーンは、食事をおえても黙ったまますわっている。ここのひとたちは、ひっそりと身じろぎもせずにいる能力がある。食肉獣のように、魚を獲る鳥のように。夕食はむろん魚だった。いつも魚だった。メルオはかつては富裕だったし、富を築く方法はいまもあるが、その方法はかぎられていた。海が容赦なく三角州から後退していくので、毎年の収入の大半は大運河の浚渫につぎこまれている。漁業船団は大きいが、船は古く、しばしば手直しされている。なぜ新しい船を造らないのかとハドリは訊いたことがある。大きな造船所が、乾ドックの上にそそりたっていたからだ。材料の木材の価格だけでも莫大なものだとスオルドは説明した。たったひとつの収獲物は魚介類だから、そのほかの食料、衣類、木材、それに水まで買う必要がある。メルオの周辺数キロにある井戸は塩水だった。水道は、丘の上にある村から海の砦まで引いてこなければならない。

しかしながら彼らは高価な水を銀のコップで飲み、相も変わらぬ魚を古代の透明な青いエディア焼きの鉢に盛って食べている。ハドリはこの鉢を洗うとき、割りはしないかといつもひやひやしている。

サスニとスオルドは話しつづけている。ハドリは、黙りこんでいる娘にひとことも話しかけもせず、すわっている自分が阿呆らしく思われて憂鬱だった。

「ぼくはきょうはじめて海に出た」と彼は、顔に血がのぼるのを感じながら、そういった。

彼女は、うーんというような声をだし、からになった鉢を見つめている。

「スープをとってきてあげようか？」とハドリは訊いた。食事の最後はスープで、ここではむろん魚のスープだった。

「いらない」と彼女はしかめ面でいった。

「ぼくの農場砦では」と彼はいった。「たがいに料理を運びあうんだ。ささやかな礼儀だけど。気分を害したのならすまない」彼は立ち上がると、食器台のほうにつかつかと歩いていき、震える手で、スープを鉢に注いだ。席にもどると、スオルドが、かすかな笑みをうかべ、探るような目で彼を見たので腹が立った。いったい彼らは、ぼくをなんだと思っているんだ？　しきたりもなく、同胞もなく、住む家もない人間だと思っているのか？　やつらはやつら同士で結婚すればいい、自分にはかかわりのないことだ。スープをがぶりとのみ、スオルドを待たずに立ち上がり、厨房に行って洗い場の係の者たちといっしょに一時間ほど洗い物をした。調理係の仕事をさぼってしまった埋めあわせだった。きっと彼らには、しきたりなどあるまいが、彼にはあった。

スオルドは彼らの部屋で――スオルドの部屋で――彼を待っていた――ここにはハドリの部屋はない。そのこと自体が屈辱的であり、不自然だった。しかるべき砦では、客はつねに部屋をあたえられるものだ。

スオルドがいったことは――なんといったのか、もう思い出せないが――黒色火薬が発する火花だった。「こんな扱いをされてたまるか！」ハドリは絶叫した。たちまちいきりたったスオルドが、それはどういう意味かと問いつめた。怒りと欲求不満の爆発と非難の応酬の末、ふたりとも顔は灰色となり、度を失って見つめあった。「ハドリ」とスオルドはいったが、泣き声と変わらなかった。スオルドは震えていた、全身が震えていた。ふたりは歩みよりひしと抱きあった。スオルドの小さな、ごつごつした、たくましい両手がハドリを抱きしめた。スオルドの肌は、海水のようにしょっぱかった。ハドリは沈んで、沈んで、そして溺れた。

だが朝になると、なにも変わってはいなかった。自分の部屋がほしいともいいだせなかった、それがスオルドを傷つけることを知っていたからだ。もしふたりが、セドレッを組むことになれば、すくなくとも部屋はもらえるだろうと、頭のなかの小さな卑しい声がいった。でもそれはまちがっている、まちがっている……

彼は屋根で会った女を探した。そして彼女かもしれない女に六人ほど会ったものの、だれひとり、それがあのひとだという確信はもてなかった。あのひとはハドリに会いたくはないのか、ハドリに話しかけたくはないのか？　昼間はだめなのか、ひとのいる前ではだめなののか、か？　それなら、ひとまずあのひとのことはあきらめよう。たったいま気づいたことだが、あのひとが、〈朝〉の女か〈宵〉の女か彼は知らなかった。だがそれがなんだというのだ？

その晩、霧がわいた。夜更けにとつぜん目が覚めて窓の外を見ると、一面に灰色が広がり、この家の別の翼棟のどこかの窓から漏れる光で、それがぼうっと光っていた。スォルドは眠っている。いつものように、手足を伸ばし、夜の浜辺にほうりだされた投荷のように、正体もなく眠りこけている。ハドリはしばらくうずくようなやさしい気持で彼を見つめた。それから起き上がると、身支度をして、屋根への階段に通じる廊下を探した。

霧は、屋根の尖端まで隠していた。手すりの向こうはまったくなにも見えない。手すりに触れながら手さぐりで進まねばならなかった。板張りの通路は、足の裏に湿っぽく冷たく感じられた。それでも、屋根裏の階段を上っていくうちに、幸福感のようなものが胸に沸き上がり、霧のたちこめた空気を吸いこむと、そして家の西側の角をまがると、それはますます大きくなった。しばらくじっとそこにたたずみ、それからささやくように話しかけた。「そこにいるんですね？」と彼はいった。

しばし間《ま》があった、ハドリが彼女に話しかけたのははじめてだったから。やがて彼女が答えたその声には、笑いがふくまれていた。「ええ、ここにいますよ。あなたもそこにいるのね？」

次の瞬間、ふたりにたがいの姿が見えた。もっともそれは霧のなかのぼうっとした影でしかなかったが。

「ぼくはここにいますよ」と彼はいった。おかしなほど幸福な気分だった。一歩彼女に近づくと、彼女の黒い髪と、やや明るい色の卵形の顔と、黒い目が見えた。「もう一度あなたと話がしたかったんです」と彼はいった。

「わたしももう一度あなたと話がしたかった」と彼女はいった。

「あなたが見つからなかった。あなたのほうから話しかけてくれるのを待っていたんですよ」

「あそこではそういうわけにいかないの」と彼女はいった。その声が軽く冷たくなった。

「あなたは第一セドレツなんですか？」

「ええ」と彼女はいった。「メルオの第一セドレツの〈朝《モーニング・ワイフ》〉の妻。わたしの名はアンナド。あなたがまだ不幸せなのかどうか知りたかったの」

「ええ」と彼はいった、「いや——」ハドリは彼女の顔をもっとはっきり見ようとしたが、光が足りなかった。「あなたがぼくに話しかけたのはなぜですか、それにぼくがあなたに話すことができたのはなぜですか、この家族のだれとも話せなかったのに？」と彼はいった。

「なぜあなただけが親切なのですか？」

「あの——スオルドは不親切なの？」と彼女が訊いたが、その名をいうときかすかなためらいがあった。

「彼にそのつもりはないんです。ぜったいに。ただ彼はぼくを引っぱる、ぼくを押しやる。

彼は……彼はぼくより強いんだ」

「たぶんそうじゃないわ」とアンナドがいった。「たぶん、彼流のやり方を通すことに慣れているということかもしれない」

「それとも愛が強いのかもしれない」ハドリは恥ずかしそうに低い声でいった。

「あなたは彼を愛してはいないの？」

「ああ、愛していますとも！」

彼女は笑った。

「彼のようなひとはほかに知らない──彼はずっと──彼の気持はとても深くて、彼は──ぼくの手には負えない」ハドリは口ごもった。「でも彼を愛しています──とても深く──」

「じゃあなにがいけないの？」

「彼は結婚を望んでいます」とハドリはいってから、はっと口をつぐんだ。自分は彼女の家族のことを話している、おそらく親族のことを。第一セドレッツの妻として、彼女は、メルオの親族のあらゆる組織の一部なのだ。彼はなににずかずかと踏みこもうとしていたのだ？

「彼はだれと結婚したいの？」と彼女が訊いた。「心配しないで。邪魔するつもりはないから。あなたが、彼との結婚を望まないというのが、問題なの？」

「いや、いや」とハドリはいった。「ただ──ぼくはここにとどまるつもりはなかったんです、故郷に帰ろうと思っていた……スオルドと結婚することは、どうやら──ぼくの身にあまることで——でもそれは驚くべきことかもしれない、すばらしいことかもしれない！　しかし……この結婚は、セドレッツは、正しいことじゃない。彼がいうには、サスニが彼と結婚して、ドゥーンがぼくと結婚する、そうすれば彼女とドゥーンは結婚することができるんだと」

「スオルドとサスニは」スオルドという名をいうとき、ふたたびわずかな間があった。「おたがいに愛しあってはいないのね？」

「ええ」と彼はためらいがちにいった、ふたりのあいだの、火花が散るようなやりとりを思い出したからだ。

「そしてあなたとドゥーンは？」

「彼女を知りもしない」

「ああ、それは、不誠実だわ」とアンナドはいった。「愛は求めるべきもので、それではだめ……それはだれの案なの？　スオルドとサスニは？　彼ら三人の？」

「そうだと思います。スオルドとサスニはそれについて話しあいました。あの娘は、ドゥーンは、なにもいいません」

「彼女に話しかけなさい」とやさしい声がいった。「彼女に話しかけなさい、ハドリ」彼女はハドリを見つめている。ふたりはすぐそばに立っている。触れてもいないのに、彼女の腕のぬくもりが、ハドリの腕に感じられるくらい近くだった。

「ぼくはあなたと話がしたいんです」とハドリはいい、彼女のほうを向いた。彼女はうしろに下がり、そんなわずかな動きでも、実体のない感じが増すように思われた。霧は濃く黒々としていた。彼女は片手をさしのべたが、こんども彼に触れるわけではなかった。彼女が微笑んでいるのが、ハドリにはわかった。

「じゃあ、ここにいてわたしと話しなさい」と彼女はいうと、ふたたび手すりによりかかる。「話して……ああ、なんでもいいから話してちょうだい。あなたたちはなにをしているの、あなたとスオルドは、セックスをしていないときは?」

「帆走に出ました」と彼はいった。そしていつしか、生まれてはじめて外海に出た気分はどうだったかを、自分が感じた恐怖と歓喜を彼女に話した。「泳げるの?」と彼女は訊いた。ハドリは笑ってこういった。「故郷の湖では。でもあれと同じじゃないな」すると彼女は笑ってこういった。「ええ、そうでしょうね」ふたりは長いあいだ語りあった。そしてハドリは、あなたは昼のあいだはなにをしているのですかと訊いた――「あそこではあなたをまだ見かけたことがないのだけれど」

「そうね」と彼女はいった。「わたしはなにをしているか? ああ、メルオのことを心配しているのだと思うわ。わたしの子供たちのことを心配している……いまはそんなことは考えたくないの。どのようにしてあなたはスオルドと出会ったの?」

話しおえる前に、月の出とともに霧がうすれていった。あたりは肌を突き刺すような寒さになった。ハドリは震えていた。「お行きなさい」と彼女はいった。「わたしは慣れているの。ベッドにお行き」

「霜がおりている」と彼はいった。「ほら」といって、銀色に輝く木製の手すりに触れた。

「あなたも下におりたほうがいい」

「そうするわ。おやすみ、ハドリ」彼女は背を向けながら、こういった。あるいはそういったと彼が思っただけかもしれない。「わたしは満ち潮を待ちますよ」

「おやすみ、アンナド」彼はかすれた声でやさしく彼女の名前をいった。ほかの女たちも彼女のようならいいのに……

彼はスオルドの心地よいぬくもりに体をよせて、眠りにおちた。

翌日、スオルドは、記録室で仕事をしなければならなかった。ハドリはそこではまったく役に立たず、邪魔になるだけだった。ハドリは思いきって、むっつりとしてぶっきらぼうな女たちに尋ねて、ドゥーンの居場所――魚類乾燥工場――を見つけた。埠頭におりると、さいわい、さいわいといえるならだが、彼女が見つかった。係船ドックのへりで、靄にかすんだような日射しを浴びて昼食をとっているところだった。

「きみと話がしたい」と彼はいった。

「なんのために？」と彼女はいった。彼を見ようともしない。

「きみが愛しているひとと結婚するために、好きでもない人間と結婚するのは正しいことだろうか？」

「いいえ」と彼女は荒々しくいった。うつむいたままだ。昼食をいれてきた袋をたたもうとしているが、手がひどく震えている。

「じゃあなぜきみは、自分からそんなことをしようというのか？」

「じゃあなぜあんたは、自分からそんなことをしようというの？」

「ぼくじゃない」と彼はいった。「それはスオルドだ。そしてサスニだ」

彼女はうなずいた。

「きみじゃないのか？」

彼女は烈《はげ》しく首をふった。痩せこけた黒い顔が、幼いことにハドリは気づいた。

「でもきみはサスニを愛しているんだね？」彼はおぼつかなげにいった。

「そうよ！　あたしはサスニを愛している！　いつも愛していた、これからもずっと愛していく！　だからといって、あたしが、あたしが、あたしが、彼女のいうことに、彼女が望むことにぜんぶ従わなくてはならないということにはならない。あたしは、どうしても、あたしはどうしても――」彼女はいまは彼を見つめている、まっすぐに、その顔は燃えている石炭のように赤く、その声は割れて震えている。「あたしはサスニのものじゃない！」

「そう」と彼はいった。「ぼくもスオルドのものじゃないんだ」

「あたしは男たちのことはなにも知らない」とドゥーンは、相変わらず彼を睨みつけながらいった。「それにほかの女たちのことも。なんにも知らない。あたしが、生まれてからずっといっしょにいるのはサスニだけ！　あのひとはあたしを所有していると思っている」

「スオルドとサスニはとてもよく似ている」ハドリは用心深くいった。

沈黙があった。まるで子供のように、涙がその目からどっとあふれだしたが、ドゥーンはそれを拭こうともしない。メルオの女の威厳を身にまとい、背筋をぴんと伸ばしてすわり、昼食の袋をたたもうとしている。

「ぼくも女のひとたちのことはあまりよく知らない」とハドリはいった。彼が身につけている威厳はもっとわかりやすい。「男のことも知らない。ぼくがスオルドを愛しているのはわかる。だがぼくは……ぼくは自由がほしい」

「自由！」と彼女はいった。はじめは自分を嘲《あざけ》っているのかとハドリは思ったが、まったく逆だった——彼女はすぐにわっと泣きだし、膝に頭をうずめて大声で泣きじゃくった。「あたしも」と彼女は叫んだ。「あたしだって」

ハドリはおずおずと手を伸ばし彼女の肩をさすった。「きみを泣かせるつもりはなかった」と彼はいった。「泣かないで、ドゥーン。ほら。ぼくたちがもし、ぼくたちがもし同じように感じているのだとしたら、なにかうまい方法があるかもしれない。ぼくたちが結婚する必要はないんだ。ぼくたちは友だちになれるよ」

彼女はうなずいたものの、まだ泣きつづけた。とうとう腫れぼったい顔をあげ、涙のあふれた光る目で彼を見た。「あたしは友だちがほしかった」と彼女はいった。「これまでひとりもいなかった」

「ここでは、ひとりだけいるんだ」と彼はいいながら、ドゥーンと話しなさいといったアンナドは正しかったのだと思った。「アンナド」

彼女はハドリを凝視した。「だれ？」

「アンナド。第一セドレッツの〈朝〉の女」

「いったいどういうこと？」彼女は咎めているのではなく、ほんとうに驚いているのだ。

「それはテヘオよ」

「じゃあ、アンナドはだれ？」

「アンナドは、四百年前の第一セドレッツの〈朝〉の女よ」と彼女はいった。澄んだその目はなおも怪訝そうにハドリを見つめている。

「話してくれ」と彼はいった。

「彼女は溺れたの――ここで、〈岩〉のふもとで。彼女のセドレッツはみんな、子供たちもいっしょにあの砂浜におりた。あのころ潮はまだ、メルオまではやってこなかったの。みんな、砂浜に出て、運河の計画を話しあっていた。彼女は家にいたの。そこで西のほうに嵐が近づくのを見た。風が大潮を運んでくるかもしれない。彼女はみんなに警告するために砂浜に走っていった。そして潮は、いつものように〈岩〉のまわりをめぐって寄せてきた。みんなは潮の先まわりをした、アンナドのほかは。彼女だけが溺れたの……」

ハドリはそのとき、アンナドのことを、ドゥーンのことを考えずにいられなかったので、なぜドゥーンが彼の質問に答え、なにも彼に訊かなかったのか怪しまなかった。

それからだいぶあとで、ほぼ半年後に、彼はいった。「ぼくがアンナドに会ったといったときのことを覚えているかい――ぼくたちがはじめて話をしたとき――係船ドックのへりで？」

「覚えている」と彼女はいった。

　ふたりはハドリの部屋にいた。天井の高い、美しい部屋。窓は東を向き、伝統に従って第八セドレッツのメンバーがそこを占めている。夏の朝の陽光が、彼らのベッドを温め、土のにおいのする穏やかな陸風が窓から吹きこんでくる。

「奇妙な感じがしなかったかい？」と彼は訊いた。その頭は、彼女の肩にのせられている。彼女が口を開くと、温かな息が彼の髪の毛にかかるのを感じる。

「あのときは、なにもかも奇妙だった……よくわからないけど。とにかく、あの大潮の音を聞いたら……」

「大潮？」

「冬の夜。家の上のほうの屋根裏にあがると、大潮が押しよせてくる音が聞こえるの。〈岩〉のまわりに押しよせて内陸の丘まで駈け上ってくる。いちばんの高潮のときに。でも海は何キロも向こうなのに……」

　スオルドが扉をたたき、彼らの許しを待ち、それから入ってくる。もうすっかり着替えをしている。「きみたちは、まだベッドなのか？　町へ行くのか行かないのか？」彼が訊く。白い夏のコートを颯爽と着こんで、尊大な口調でいう。「サスニはもう中庭におりていったぞ」

「はい、はい、いま起きるところですよ」とふたりはいいながら、ひそかに体をからめあっている。

「はやく！」と彼はいい、出ていった。

ハドリが半身を起こすと、ドゥーンが彼をひきもどした。「あなたは彼女を見たのね？ 彼女と話したのね？」

「二度。彼女が何者か、きみから聞いてからは会っていない。怖かったんだ……彼女がじゃない。彼女があそこにいないかもしれないと考えると」

「彼女はなにをしたの」ドゥーンが静かに訊いた。

「ぼくたちが溺れるのを救ってくれたんだよ」とハドリはいった。

山のしきたり

Mountain Ways

アシモフスＳＦ誌　1996年８月号

惑星O《オー》をよく知らない読者のためのノート――

キオーの社会はふたつに、すなわち、半族《モイエティ》に分かれている。そのふたつは（古代の宗教的な理由から）〈朝〉と〈宵〉と呼ばれている。各人は、母親の半族に属し、自分の属する半族のだれともセックスをすることはできない。

Oにおける結婚は四人からなる。つまりセドレッである――〈朝〉の男と女、そして〈宵〉の男と女。それぞれは、別の半族に属するその配偶者たちとセックスをし、自分の属する半族の配偶者とセックスしてはならない。それゆえ、おのおののセドレッは、想定内の異性愛の関係が二組と、想定内の同性愛の関係が二組と、そして想定外の禁じられた異性愛の関係二組から成り立つ。

それぞれのセドレッ内で想定される関係とは次のごとし。

〈朝〉の女と〈宵〉の男――〈朝〉の結婚。

〈宵〉の女と〈朝〉の男——〈宵〉の結婚。
〈朝〉の女と〈宵〉の女——〈昼〉の結婚。
〈朝〉の男と〈宵〉の男——〈夜〉の結婚。
　禁じられているのは〈朝〉の女と〈朝〉の男の関係、そして〈宵〉の女と〈宵〉の男の関係で、それらの関係を呼ぶ名はない。神聖冒瀆と呼ばれるのみだ。
　以上のようにまことに複雑きわまりないが、結婚というものは概してこういうものではあるまいか？

デカ山岳地帯の石ころだらけの台地に農場砦は少なく、砦と砦の間隔もはなれている。農夫たちは、その冷たい大地のうち雨風の厳しくない南向きの斜面に作物を植え、生活の糧《かて》をかきあつめる。ヤマの毛を刈り、梳《す》いた毛を梳毛機《そもうき》にかけて紡いで極上の反物を織り、毛皮は絨毯工場に売る。アリウと呼ばれる高地のヤマは、痩せた強靭な小型種だ。吹きさらしのところで走りまわり、囲われることもない。彼らは、太古からの目に見えない群れの縄張りをけっして越えないからだ。どこの農場砦も、じっさい群れの縄張りのなかにある。獣たちこそ農場砦の真の担い手だ。彼らは超然として、農夫たちに自分の厚い毛を刈らせることを許し、難産を手伝うことを許し、死んだときに毛皮を剝ぐことを許している。農夫たちはアリウに頼っているが、アリウは農夫たちに頼ってはいない。所有主の問題は存在しない。ダンロの農場砦では、「われわれは九百頭のアリウを飼っている」とはいわない、「群れは九百頭いる」という。

ダンロは、惑星O《オー》のオニアスウ地方を流れるマネ川の高地流域に位置するオロ村の、もっともはずれにある農場だ。山岳地帯に住むひとびとは、文明化されているとはいっても、高度に文明化されているわけではない。キオーの多くのひとびとと同じように、彼らも、自分たちがやってきたことに誇りをもっているが、じっさいは依怙地《いこじ》で強情で、規則は勝手に変え、〝下の連中〟は規則というものを知らない、古いしきたりを、山のしきたりを尊重しないという。

数年前に、ファレンの山崩れで〈朝〉の女とその夫が死んだために、ダンロの第一セドレツが崩壊した。やもめとなった〈宵〉の夫婦は、ほかの農場砦の者同士で結婚したのだが、喪のつねとして、はやばやと老けていき、〈朝〉の娘に、農場やそれにかかわる仕事をまかせるようになった。

娘の名前はシャヘスという。三十歳になった彼女は、ぴんと背筋の伸びた強靭で小柄な女、赤い頬はかさつき、山の住人特有の大股歩き、山の住人特有の深く呼吸できる肺をもっていた。三十キロ近くの毛皮の包みを背負って深い雪のなかを村まで歩いていき、毛皮を売り、税金を払い、村の中心地に立ち寄り、そしてまた、日暮れ前に、ジグザグの急峻《きゅうしゅん》を歩いて帰るのだが、往復で四十キロ、行きも帰りも高度は六百メートルの難路。ダンロに住む人間が、新しい顔に出会いたいと思うなら、山を下って、ほかの農場か村の中心地まで行かねばならない。ダンロにはよその人間がそこまでの険しい道を登ってくるほどの魅力はない。シャヘスはめったに雇い人は使わず、家族はひとづきあいが得手ではない。旅のひとをもてなす慣習も、彼らの道路のように、長年使わないうちにだんだん廃れてきた。

だが低地からマネ川を遡ってオロまでやってきた巡回学者は、ほとんど垂直に切り立つ、石ころだらけのでこぼこの斜面にも怖じけづかなかった。ほかの農場をいくつか訪れたあと、学者は、ケディンからファレンをまわり、ダンロまで登ってくると、そこで伝統に従い立派な申し出をした。農場主たちが、わたしの宿泊と滞在を願うのであれば、家族の聖堂でともに祈ろう、講話に関する話しあいを先導しよう、農場砦の子供たちに魂の問題について教えよう、と。

この学者は〈宵〉の女、四十をすぎて、背は高く四肢は長く、ヤマの毛のようにカールした細い黒褐色の髪の毛を短く刈りこんでいる。恐れというものを知らず、贅沢にも快適なものにもまったく関心がなく、くだらないお喋りはしなかった。大センターにいるような巧みで雄弁な解説者のたぐいではなかった。学校に通った農場の女だった。彼女は講話を読んで聞かせ、聴衆のためにやさしい言葉で解説をし、捧げ物の歌や、もっとも古いメロディに合わせて賛美歌を歌ったりした。ダンロのたったひとりの子供、十歳になる〈朝〉の義理の甥にも、やさしい簡単な授業をした。そうでなければ、彼女の宿主たちと同じように黙りこんで、せっせと働いた。宿主たちは夜明けとともに起きた。彼女は夜明け前に起きて、座して瞑想にふけった。数冊の書物をじっくり読み、それから一時間か二時間書き物をした。そのあとは、どんな仕事をあたえられようと、農場のひとびとといっしょに働いた。

おりしも毛を刈る真夏の季節で、ひとびとはみな毎日外に出ていた。アリウたちの広大な山の縄張りへ登っていき、あちこちに散らばっている群れのあとを追い、寝そべって反芻《はんすう》をしている獣たちの毛を梳いてやる。

老いたアリゥは、毛を梳いてもらうのが好きだった。脚を体の下でたたんで横になるか、あるいはじっと立ったまま、梳いてくれる手にそっと身をまかせ、ときどき悦《よろこ》びのあまり震えるようなかすかな咳をする。一年子の毛は極上もので、そのままでも、織ったものでも、最高の値がつくが、彼らは神経質でよく跳ねまわり、横歩きをしたり、噛みついたり、急にあばれたりしてたいへんだ。一年子の毛を梳くのは、強靭な忍耐力が必要とされる。若いアリゥも、しまいには梳き手のいうことをきいておとなしくなり、梳き櫛の目の細かい長い歯がくりかえし梳くうちに、梳き手の快い単調な「フナ、フナ、ナ、ナ……」という声に、うつらうつらと眠ってしまうこともある。

巡回学者、その宗教上の名前はエノだが、彼女が生まれたばかりのアリゥを扱うこつを心得ているのを見たシャヘスは、彼女を連れだし、一年子の毛を梳く仕事をあたえてみた。エノは、赤子と同じように、一年子も上手に扱うことがわかったので、やがて彼女と、オロでいちばん上手な細毛の刈り手であるシャヘスは、毎日並んで仕事をするようになった。エノは瞑想と読書のあと外に出ると、一年子が母親や赤子たちといっしょに駈けまわっている広い斜面にシャヘスを見つける。ふたりの女は助けあい、ふんわりとした絹のような光沢のある乳白色の梳き毛を、十八キロ入りの袋に詰めこむ。ふたりはしばしば、双子を見つけだす。こんな温暖な年には、めったにない数だ。シャヘスが双子の片われを連れだすと、もう一頭のほうもあとをついてくる。ヤマの双子はそうやって一生はなれることはない。そこで女たちも肩を並べ、黙ったまま、仕事に熱中する。彼女たちは獣たちにだけ話しかける。「このまぬけな脚を動かしなさい」とシャヘスは、梳いている一年子に向かって話しかける。すると相手は、あの大きな黒い、夢みるような目で彼女をじっと見つめる。エノはいつも、「フナ、フナ、フナ、ナ」とつぶやくか、捧げ物の歌の一部をハミングして、尊大で優雅な頭を振りたて、腹をなでてくれと歯をむきだす相手をなだめる。それから半時間は、梳き櫛のしゅっしゅっという音、岩の上をたえず吹きわたる風の音、幼いアリウのメエメエという鳴き声、近くにいるアリウが、細く乾いた草を嚙むリズミカルなかすかな音が聞こえるだけだ。年老いた雌が一頭、いつも見張り番をしている。長い首の上にのっている用心深い頭と大きな目が、数キロ下を流れる川から、その上に連なる何キロもの氷河まで、広大な山の斜面をしっかりと見張っている。岩石と雪におおわれた峰は、太陽の燦々《さんさん》と輝く紺青の空を背景にくっきりとそびえ、雲やうずまく霧のなかに入るとぼうっとかすみ、やがて大気の深淵を横切って、ふたたび輝く。

エノは、梳いていた乳白色の毛の大きなかたまりを取り上げ、シャヘスは、編み目の粗い、両端が同じ形をした長い袋の口を開ける。

エノは梳いた毛をその袋に詰めこむ。シャヘスが彼女の両手をとった。

梳き毛が半分ほど入った袋によりかかり、ふたりは両手を取りあい、そしてシャヘスがいった。「わたしは欲しい——」そしてエノがいった、「ええ、ええ！」

ふたりとも愛情が深いわけではなく、ふたりともセックスに悦びを感じているわけでもなかった。エノは、アカルという名の粗野な農場の娘だったときに、愉しみは暴力だという男にいいより、いいよられるという不幸な目にあっていた。とうとう、男の仕打ちに耐えていることはないとわかったとき、彼女はやみくもに逃げた。彼から逃れるにはほかにどうすればよいかわからなかったのだ。アスタの学校に身をひそめ、精神修行をしながら、そこで自分の好きな仕事と学問を見つけ、のちに放浪の旅に出た。彼女には家族も、愛情を注ぐ近しい者もおらず、二十年間、巡回学者だった。いまやシャヘスの情熱が、彼女に肉体の精神性を目覚めさせた。それは世界を一変させ、自分がこれまで一度もその世界に住んでいたことはないと感じさせるような啓示をあたえた。

シャヘスのほうは、愛するということはもちろん、セックスをするということについてはさらに考えたこともなかったが、それが結婚の問題ということになるとそうもいかなかった。結婚は緊急に果たさなければならない務めだった。彼女はもう三十歳だった。ダンロには条件にかなったセドレッツは存在していなかったし、出産した女性もいないし、子供はたったひとりしかいなかった。彼女の義務は明らかだった。彼女は、近隣の〈宵〉の男性がいるふたつばかりの農場にいき、渋《しぶ》っ面《つら》でいやいや求婚をした。ベハ農場の男には間に合わなかった。彼は低地の者と逃げてしまったのだ。ケドドの奥地のやもめは承諾してくれたものの、なにしろもう六十近く、尿のようなにおいがした。彼女は、川の下流のオクバ農場にいるマイカおじの異父いとこの求愛を受け入れようとしたものの、シャヘスが欲しいというほんとうの意味は、ダンロの取り分をわがものにしたいということであるのは明らかだった。そのうえ彼は、マイカおじよりも怠け者で、はるかに無能だった。

ふたりが娘だったころから、シャヘスは、ときどきテムリと会っていた。テムリは、ファレンを越えたところにあるケディンという
いちばん近い農場の〈宵〉の娘だった。テムリとシャヘスは性的な友情を結んでいた。それはふたりにとってほんものであり、確かな悦びだった。ふたりともこれが永久のものにできればよいと思っていた。ふたりは、ダンロのシャヘスのベッドに、ときにはケディンのテムリのベッドに横たわりながら、結婚すること、セドレッツを組むことをしばしば話しあった。村の仲介人のところに行く必要はなかった。ふたりとも、仲介人の知っている人間ならぜんぶ知っていたからだ。ふたりは、ひとりずつオロの男性の名前をあげていった、オロ谷の外の男性はほとんど知らなかった。そして、ありえない、あるいは受け入れがたいと思う男性の名をひとりまたひとりと消していった。いつもリストに最後に残る唯一の名前は、オトッラだった。村の中心地にある梳き毛小屋で働いている〈朝〉の男だ。シャヘスは、実直な働き手という評判が気に入っていた。テムリはオトッラの容貌と彼との会話が好きだった。彼も明らかにテムリの容貌と彼女との会話が好きだった。ケディンで結婚できるなら、彼女に求婚するのは確実だと思われたが、ケディンは貧しい農場砦であり、ダンロ砦でもそれは同じだった。ダンロには、望ましい〈宵〉の男がいなかった。セドレッツを組むには、シャヘスとテムリとオトッラが、オクバの無能な恥知らず

の男か、ケドドのいやなにおいのする老いたやもめと結婚しなければならない。シャヘスにとっては、そのふたりのどちらかと、ベッドと農場を共有するなど耐えがたいことだった。

「わたしにふさわしい男がいればいいのに！」と彼女は、悲痛な声で叫んだ。

「いたとしても、その男が好きになれるかどうか」

「わからないねえ」

「次の秋には、マネボで……」

シャヘスは吐息をついた。毎年秋になると彼女は、ヤマの一隊に毛皮と毛を積みこんで、マネボの市までの六十キロを歩いて下り、男を探すのだが、彼女が目をつけた男たちは、彼女を見むきもしなかった。ダンロ砦は、安定した収入を保証してくれるものの、あんな高いところで、彼らがいうところの屋上で暮らしたいという者はだれもいないのだ。シャヘスは美しくもなく、男を惹きつける愛嬌があるわけでもない。重労働、厳しい天候、ひとに命令する習慣といったものが、彼女をたくましくしてしまった。孤独が、彼女を内気にしてしまった。陽気で気楽な売り手や買い手のなかに立つと、さながら野獣だった。去年の秋、シャヘスはふたたび市に行き、またも腹立たしそうなむっつり顔で山にもどってくると、テムリにいった。「あいつらにはだれひとり触れたくない」

エノは山の夜の森《しん》とした静寂のなかで目を覚ました。窓の小さな四角が星の光で燦然と輝いているのが見え、かたわらにいるシャヘスがすすり泣いており、温かな体が震えているのがわかった。

「どうしたの？　いったいどうしたの、かわいいひと？」

「あんたは行ってしまう。あんたは行ってしまうつもりだね！」

「でもいまじゃない——いますぐでは——」

「あんたはここにとどまることはできない。あんたには召命《しょうめい》がある。せき——」その言葉は喘ぎとすすり泣きのために途切れてしまった——「責任がある、あんたの学校に、仕事に。あんたをここに引き止めておくわけにはいかない。あんたにこの農場をあたえることはできない。あんたにあたえるものは、ここにはなにひとつないんだ！」

エノ、あるいはアカル——彼女はシャヘスに、ふたりきりのときは、あきらめていた娘の名にもどって、アカルと呼んでとたのんでいた——アカルには、シャヘスのいうことがわかりすぎるほどわかっていた。連続する関係を作りつづけるのが農場主の義務なのだった。シャヘスの生命は、先祖から授かったものであり、それを、子孫に受けわたす義務があるのだ。アカルはこれに疑問をもったことはない。彼女も農場砦で育ったのだから。学校では魂の悦びと義務について学び、シャヘスからは、愛というものの悦びと義務を学んだ。ふたりとも、どんなことがあっても、農場砦の人間としての義務を放擲《ほうてき》するわけにはいかなかった。シャヘスは自分の子供を産む必要はないが、ダンロ砦に、子供が生まれるように取り計らわなければならない。もしテムリとオトッラが〈宵〉の結婚をすれば、テムリはダンロの子供を産むだろう。だがセドレツには、〈朝〉の結婚が必要だ。シャヘスは〈宵〉の男を探さなければならない。シャヘスは、ダンロ砦にアカルを自由に引き止めてはおけなかったし、アカルには、ここにとどまっている正当な理由がない。なにしろ彼女は、ここにふさわしくない完全な邪魔者、妨害者なのだ。彼女がシャヘスの恋人としてここにとどまるなら、農場砦に対するシャヘスの義務をあやうくし、ひいては自分の宗教的な義務を果たしていないことになる。シャヘスは真実を述べていたのだ。アカルはどうしても行かねばならない。

アカルはベッドから起き上がり、窓辺に寄った。寒かったが、裸のまま星明かりのもとに立ち、かなたの灰色の斜面から天頂までまばゆく輝く星々を見つめた。自分は行かねばならぬ、しかし行くことはできない。生命はここにある。生命は、シャヘスの肉体、その胸、その口、その息にある。彼女は生命を見つけたから、死に向かうことはできない。彼女は行くことはできない、だが行かねばならぬ。

シャヘスが暗い部屋の向こうから声をかけた。「わたしと結婚して」

アカルはベッドにもどった。裸足《らそく》が、むきだしの床を音もなく踏む。ベッドの柔らかな毛布の下にもぐりこんで震えながらシャヘスのぬくもりをさぐり、彼女のほうに向きなおって抱こうとする。だがシャヘスは彼女の手をぎゅっと握りしめてもう一度いった。「わたしと結婚して」

「ああ、そうできるなら！」

「できる」

一瞬の間《ま》をおいて、アカルは吐息をつき、体を伸ばし、枕にのせた頭の下に両手を入れた。

「ここには〈宵〉の男がいない。あなたが自分でそういった。だとしたらどうしてあたしたちが結婚できるの？　あたしになにができるの？　あたしは低地まで夫を釣りにいくのかしらね。農場砦を餌にして。それでいったいどんな男が釣れると思う？　あたしは相手がだれであっても、一瞬でもあなたを共有するなんて、ぜったいいやよ」

シャヘスは自分の考えをたどっていた。「わたしはテムリをつらい目にあわせるわけにはいかない」と彼女はいった。

「それがもうひとつの障害ね」とアカルはいった。「テムリに対して公平じゃない。あたしたちが〈宵〉の男を見つければ、彼女は浮いた存在になる」

「いいえ、そうはならない」

「〈昼〉の結婚が一組、〈朝〉の結婚はなし？　一組のセドレッツに〈宵〉の女がふたり？　すてきな話ねえ！」

「聞いて」相変わらずこちらの話には耳もかさずにシャヘスはいった。ベッドに起き上がり、毛布を肩に巻いて低い声で早口にいう。「あんたは行きなさい。低地へ下るがいい。冬が過ぎる。晩春には、ひとは夏の仕事を探しにマネ川を遡ってくる。ひとりの男がオロにやってきてこういう、優秀な細毛の刈り手を探している者はいないかね？　小屋にいる連中が、いるとも、と答える、ダンロ砦のシャヘスが刈り手を探しているよ。そこでその男はここにやってくる、ここの扉をたたく。おれの名はアカル、と彼はいう、刈り手を探しているそうだね。そう、とわたしは答える、そう、探しているとも。お入り。ああ、お入り、入って、ずっとここにいておくれ！」

彼女の手がはがねのようにアカルの手首をつかみ、彼女の声は、歓喜に打ち震える。アカルは、このお伽話に耳をかたむけた。

「だれにわかるというの、アカル？　だれがあんたのことを知っているというの？　あんたはここにいるたいていの男より背が高い——髪の毛は伸ばせばいい、そして男のような服を着る——男の服が好きだといったじゃないか。だれにもわかりゃしない。いったいだれがこんなところに来るというの？」

「ああ、やめて、シャヘス！　ここのひとたちが、マゲルやマデュが——シェストが——」

「老人たちになにがわかるというの。マイカの息子シェストはうすのろだ。あの子にわかりっこない。テムリは、ケディンから年老いたバレスを連れてきて、わたしたちと結婚させればいい。彼は乳首と足の指の見分けもつかないんだから。でも結婚の誓約はいえる」

「それでテムリは？」とアカルはいった。笑っているが、動揺している。あまりにも荒唐無稽な考えだが、シャヘスは真剣だった。

「テムリのことは心配ない。彼女は、ケディンから出ていくためならなんだってする。彼女はここに来たいんだから。彼女とわたしは、ずっと結婚を望んできたんだもの。いまならできる。わたしたちに必要なのは、彼女にあてがう〈朝〉の男だ。テムリはオトッラのことは気に入っている。彼だって、ダンロでセドレッツを組みたいはずだ」

「そのとおりよね、でも彼はそれによってあたしとも結婚するわけでしょ！　〈夜〉の結婚で女とよ」

「ばかなことを、もちろん彼は知ることになるのよ！」

「ただしわたしたちが結婚したあとにね」

アカルは言葉を失い、暗闇をすかしてシャヘスを凝視した。とうとう彼女はいった。「あなたの提案とはこういうことね、あたしはいまここを出ていき、半年後に、男の服を着てもどってくる。そしてあなたとテムリと、会ったこともない男と結婚するというのね。そしてそのさきずっと男のふりをしているのね。そしてだれもあたしが何者か推測する者は、あたしの正体を見抜く者はいない、それに異議を唱える者もいないというわけね。とりわけあたしの夫は」

「彼なんかどうでもいいの」

「いいえ、どうでもよくはない」とアカルはいった。「無茶よ、卑劣よ。結婚の誓約を汚すものだわ。それにどうせうまくいくはずがない。みんなを騙すなんて、あたしにはできない！　このさき一生、騙しつづけるなんて、できるわけがない！」

「わたしたちが結婚するために、ほかにどんな方法があるというの？」

「〈宵〉の夫を探しなさい――どこかで――」

「でもわたしはあんたが欲しい！　あんたを、わたしの夫に、わたしの妻にしたい。男なんて欲しくない。あんたが欲しいのよ、あんただけが。人生のおわるときまで、だれもわたしたちのあいだには入れない、だれもわたしたちを分かつことはできない。アカル、考えて、ようく考えて。これは信仰に反するかもしれない、でもだれを傷つけるというの？　なぜこれが卑劣なの？　テムリは男が好きなの、オトッラを受け入れる。彼もテムリを、ダンロを受け入れる。そしてダンロはその子たちを手に入れる。そしてわたしはあんたを手に入れる、永久にわたしのものにする、わたしの魂、わたしの命と魂を」

「ああ、やめて、ああ、やめて」アカルはすすり泣きながらいった。

シャヘスは彼女を抱きしめた。

「あたしは、女としてうまくやってこられなかった」とアカルはいった。「あなたに会うまでは。いまさら男なんかになれない！　あたしがうまくやりこなせるわけがない、ぜったいだめ！」

「あんたは、男になるんじゃない、あんたはわたしのアカルになる、わたしの恋人に。わたしたちのあいだには、何者も、だれひとり立ち入ることはない」

ふたりは抱きあいながら体を前後に揺らし、笑って、泣いた。毛布が体を包み、星々がふたりに向かってぎらぎら輝いた。「わたしたちはやる、ぜったいやる！」シャヘスはいった、アカルもいった、「ふたりとも気が狂ってる、ふたりとも気が狂ってる！」

オロで噂がたった。あの学者の女は山の農場砦で冬を過ごすということだったが、いまどこにいるのか、ダンロか、それともケディンか——そのとき彼女はあのジグザグの道を下っていた。彼女は市長の家族とともに一夜を過ごし、捧げ物の歌を歌い、それから毎日出航している貨物船でデルマネにある太陽列車《サントレイン》の駅まで行った。その秋の最初のブリザードが、山頂から彼女のあとを追った。

シャヘスとアカルは冬のあいだずっと連絡をしなかった。早春、アカルは農場に電話をかけた。「いったいいつ来る？」とシャヘスが訊くと、遠い声が答えた。「毛を刈る時期に」

シャヘスの冬は、アカルの夢をえんえんと見るうちに過ぎていった。アカルの声がひとけのないとなりの部屋でうつろにひびいた。アカルの長身の体が、風や雪にさらされながら、シャヘスのかたわらで動いた。シャヘスの眠りは、知りつくしている愛と、来《きた》るべき愛にしっかりと支えられて平和だった。

低地でふたたびエノとなったアカルにとって、冬は、罪悪感と逡巡とに苛まれつづける苦しみの季節だった。結婚とは誓約だ、それなのに自分たちが企んでいることはその誓約に対する侮辱だった。それでもなおそれは愛の結婚だった。そしてシャヘスがいったように、だれに害をあたえるわけでもない——だれかを欺くことが、害をあたえることでないかぎりは。あの男、オトッラを欺いて結婚させ、結婚したあかつきに、〈夜〉の結婚の相手が女性だとわかるというのは、正しいこととはいえないだろう。だがこの企みを事前に知った男が、同意するはずはない。男を欺くことが、いま手にしている唯一の手段なのだ。シャヘスとアカルはオトッラを欺かなければならない。

キオーの宗教では、民衆にその義務を教える僧侶や賢者はいない。民衆は、みずからその道徳を定め、魂の選択をしなければならない。彼らが多くの時間を講話の議論に費やすのはそのためだ。講話の学者であるエノは、たいていのひとより多くの問題を知っていたが、知っている答えは少なかった。

彼女は、暗い冬の朝のあいだずっと座して自分の魂と闘っていた。シャヘスに電話をしたのは、行けないことを彼女に告げるためだった。シャヘスの声を聞いたとき、彼女の苦しみと罪悪感がふっと消えた、目を覚ませば夢が消えるように。彼女はいった。「毛を刈る時期には行く」

春になり、アスタの古い学校の校舎を改築し、塗装をしなおす作業員たちといっしょに働きながら、彼女は髪の毛を伸ばしはじめた。じゅうぶん長くなると、男たちがするように首のうしろで棒のように束ねた。夏になると、学校で働いて得た蓄えで、男の服を買った。それを着た姿を店の鏡に映してみた。アカルが見えた。アカルは背が高く痩身で、顔は細面《ほそおもて》、骨ばった鼻、そしておっとりとした輝くような微笑。彼女はアカルが好きだった。

アカルは、終点のオロの港でハイ・デカの貨物船をおり、村の中心地に行き、だれか刈り手を探してはいないかと尋ねた。

「ダンロ」——「ダンロから、農場主がもう二度もおりてきた」——「細毛の刈り手を探している」——「いや、粗毛の刈り手じゃなかったかね？」——決着をつけるのにしばらくかかったが、長老たちと噂が、ついに決着をつけてくれた。細毛の刈り手がダンロで求められている。

「ダンロというのはどこかね？」と長身の男は尋ねる。

「山だ」と長老が簡潔にいった。「アリウの一年子を扱ったことがあるのかね？」

「ええ」と長身の男はいった。「西の山ですか、東の山ですか？」

彼らはダンロへの道を彼に教えた。彼は歌いなれた賛美歌を口笛で吹きながら、ジグザグの道を登っていった。

アカルはしばらく行くと口笛を吹くのをやめ、男のふりをすることもやめた。村のだれひとり知らぬというふりがどれだけできるだろうかと思った。村のひとたちは自分をだれだかわからないとどれだけ思いこんでいられるだろうかと思った。水の儀式と賛美歌を教えたシェストという子供をどれだけ騙せるだろうかと思った。シェストが旅のひとたちを迎えるゲートに走ってくるのを見たとき、恐怖と不安と恥ずかしさが彼女をゆさぶった。

アカルは言葉少なに、声も胸にひびくように低くして、子供と目を合わせぬようにした。この子はきっと気づくと思った。だが彼の目は、村ではめったに見かけることのない、だからだれもみんな同じように見えるよそ者を見たときの子供の目だった。子供は駈けだして、長老のマゲルとマデュを呼びにいった。ふたりはやってくると、アカルに慣例のもてなしと宗教的な義務を申し入れ、アカルはそれを受け入れた。古くさくけちくさいやり方ながらいつも自分に親切だったひとたちを欺く自分の卑劣さと下劣さをひしひしと感じたが、同時に、してやったと大声で笑いだしたい狂暴な衝動も感じた。彼らは、彼女のなかにエノを見いださなかった、彼女を知らなかった。ということは、彼女はアカルなのだ、そしてアカルは自由なのだ。

厨房にすわり、夏野菜の酸味のあるうすいスープを飲んでいると、そこにシャヘスが入ってきた——むっつりとした硬い表情、日に灼けて、体が濡れている。アカルが農場についたすぐあとに夏の雷雨が襲ったのだ。「そこにいるのはだれ？」とシャヘスが、濡れた外套を脱ぎながらいった。

「下の村からやってきた」とマゲル老が声をひそめてシャヘスに告げた。「あんたが一年子の刈り手を探していると下の連中がいったとやつはいっておるよ」

「どこで働いていた？」シャヘスは、背を向けたまま、自分でスープを鉢に注ぎいれながら訊いた。

アカルには語るべき経歴がない、すくなくとも最近の経歴については語れない。だから長いあいだ考えこんでいた。それでもだれも気にしなかった。すぐ返ってくる返答や、やつぎばやのやりとりなどは、このあたりでは珍しいので、山岳地帯ではかえって怪しい振る舞いと見なされるのだ。ようやく彼女は、二十年前に逃げだしてきた農場の名前をいった。「オリソ地方にあるアバ村のブレッデ砦」

「それで細毛の刈り手だったの？　一年子の扱いを知っているの？　アリウの一年子を？」

アカルは黙ったままうなずいた。シャヘスが自分に気づかぬということがあるだろうか？シャヘスの声は単調で、よそよそしかった。アカルに放った一瞥《いちべつ》はそっけない。彼女はスープの鉢をもって腰をおろすと、がつがつと食べた。

「きょうの午後、わたしといっしょに行こう、そうすればあんたの仕事ぶりが見られるからね」とシャヘスはいった。「ところで、あんたの名前は？」

「アカル」

シャヘスはうなり声をあげて食べつづけた。テーブル越しにアカルをちらりと見た。鋭い一瞥は、光で突き刺されたようだった。

高い丘に出て、雨水と雪解け水のぬかるみに足を踏みいれ、突き刺すような風に吹かれ、まばゆい陽光を浴びながら、ふたりは息もつけないほどしっかりと抱きあった。ふたりは笑い、泣き、話し、接吻し、岩穴で結ばれ、泥まみれになってもどってきた。かついできた袋に入っていた梳き毛ときたら申しわけないほどちょっぴりだったので、マゲル老がマデュにこういった。いったいシャヘスは、下からやってきてこんな仕事しかしないあの背の高い男をなんで雇ったのだろうと。するとマデュはこういった、おまけに六人分のめしを食ったよと。

だがひと月かそこらすると、シャヘスとアカルは、自分たちがいっしょに寝ているという事実を隠さないようになった。シャヘスがセドレッツを組みたいといいだすと、年老いたふたりも不承不承賛成した。ぶつくさいいながら賛成せざるをえなかった。たぶんアカルは無知で、ハッセルビットと冷タガネの区別もつかない。だが下の連中はみんな似たようなものだ。去年ここに滞在した巡回学者エノを覚えているだろう、あれがまったく同じようだった、女にしては背が高すぎて無知だったが、アカルのように学ぶということに意欲的だった。アカルは獣を扱うには一級の腕前というか、とにかくその素質があった。シャヘスは先を見る目があるし、ひどいこともやる。つまり、彼女とテムリはセドレッの〈昼〉の結婚ができるということだ。彼女たちは長いことそれを願っていた、もしこの農場砦に誘い入れるのにふさわしい男性がいるならの話だが。この世代はいったいどうしたことか、わしらの若いころは、いい男はたくさんいたのに。

シャヘスは、オロにいる村の仲介人たちに相談にいった。彼らは、梳き毛小屋の監督のオトッラにさっそく話をもっていった。彼はダンロへの正式な招待を受け入れた。このような招待は、こういう遠隔の土地であれば、三度の食事と一夜の宿泊がつきものだが、このたびの招待の趣旨は、農場の家族の聖堂で、家族とともに祈ってくれということだった。これが意味するところは、だれでも知っていた。

それで彼らはみんな家族の聖堂に集まった。聖堂というのは、ダンロでは、石の壁に囲まれた天井の低い寒い部屋で、床は石ころだらけの地面、すなわち山の斜面だった。部屋の上《かみ》手《て》に湧いている小さな泉が、花崗岩《かこうがん》をけずってこしらえた溝をちょろちょろと流れている。この聖堂がここに建っているのはそのためで、もう六百年ものあいだここにある。彼らはたがいに水のやりとりをする年老いた〈宵〉のふたり、マイカおじ、その息子シェスト、ダンロで三十年も働いている役畜《えきちく》の訓練師であり雑用係であるアスビ、新しい働き手のアカル、農場主のシャヘス、そして客人たち——オロから来たオトッラとケディンから来たテムリ。テムリは、泉の向こうにいるオトッラに微笑を送ったが、彼は目を合わそうとはしなかった、ほかのだれとも。

テムリは背の低いたくましい女で、シャヘスと同じタイプだが、肌の色はずっと白く、軽やかな体つきをしており、がっちりした体軀ではない。驚くほど冴えた声をもち、賛美歌を歌うときには高々とひびく。オトッラも同様に背は低く、肩はがっしりとしており、目鼻だちも整っていて、ほどほどの容姿の男だったが、いまはひどく落ち着きがない。まるで聖堂で盗みをしたか、市長を殺したとでもいうような顔つきだ、とアカルは、当然ながら彼をじっくり観察しながらそう思った。なんだかこそこそしているように見える。なにか疚《やま》しいことでもあるのだろうか。

アカルは好奇心と冷静な目をもって彼を観察した。彼女はオトッラと水を汲みかわしたが、うしろめたさはなかった。それからシャヘスを見、シャヘスに触れると、逡巡も道徳に背くという不安もきれいに消えてしまった。まるでこんな山の上では逡巡や不安感は呼吸ができないとでもいうようだった。アカルはシャヘスのために生まれてきたのだ、そしてシャヘスもアカルのために生まれてきた。それだけのことなのだ。ふたりがともに生きるためにしなければならないことは、すべて正しい。

一度か二度、彼女は自分に問うた。もし自分が、〈宵〉の半族ではなく〈朝〉の半族に生まれていたとしたら？——邪《よこしま》な、恐ろしい考えだ。だが邪なことも神聖を冒瀆することも、彼女には求められてはいない。彼女がやらねばならぬことは、性を変えることだ。それも人前で外見を変えるだけだ。シャヘスにとって彼女は女、これまでの人生ではじめてほんとうに女らしい自分だった。ほかのひとたちにとって彼女はアカルだ、だれもが男だと思っている。それにはなんの問題もなかった。彼女はアカルだ、彼女はアカルでいることが好きだ。男の役を演じているのとはちがう。ひとびとの前では、いつもほんとうの自分であったためしはない。彼らとの関係は偽りのものだといつも感じていた。そもそも自分が何者なのか、彼女にはまったくわからなかった。ただ、ときどき、瞑想のあいだのほんの一瞬、自分自身ではなくなり、ものとなって星々を呼吸するときは別だった。だがシャヘスといっしょにいるときは、まったく本来の自分自身であり、時と肉体のなかにいるアカルとして、魂は愛情に焼きつくされ、親密さによって祝福されるのだ。

それゆえ彼女は、オトッラにはなにもいうべきではない、テムリにもなにもいうべきではないというシャヘスの言葉に同意した。「テムリがあなたをどう感じるか見てみよう」とシャヘスがいい、アカルは同意した。

テムリは去年、学者エノを自分の農場に一夜泊め、教えと祈りを乞うた。そして、ダンロでも二、三回彼女に会っていた。きょう祈りをともにするためにやってきて、彼女はアカルとはじめて会った。彼女は、アカルにエノを見たのか？　それらしい気配は見せなかった。ぶっきらぼうな好意を見せてアカルに挨拶をし、アリウの飼育について話しあった。彼女はあからさまに、新顔を観察し、品定めをしていた。だが結婚するかもしれないよそびとに会う女性としてはごく自然なことだった。「山岳地帯の農業のことはあまり知らないでしょう？」と彼女は、しばらく話しあったのちに、やさしくいった。「下とはちがうから。あなたは、なにを飼育していたの？　あの大きな平地のヤマ？」アカルは、自分の育った農場のことを話した。そこでは一年に三回も作物が収穫できるというと、テムリは驚いたようにうなずいた。

オトッラに関していえば、シャヘスとアカルは、彼を欺くことについては暗黙のうちに承知し諒解していた。アカルの心は、その問題に触れまいとしていた。婚約期間のあいだに、たがいを知ることになるだろうと、アカルは漠然と思っていた。最後には彼に打ち明けねばならないだろう、自分は彼とセックスすることを望んでいないのだと。彼を辱めず自尊心を傷つけぬようそのことを伝えるには、彼女、つまりアカルは、ほかの男性とセックスすることがいやなのだと、どうか自分を許してもらいたいと思っているというほかはないのだ。だがシャヘスは、ふたりが結婚するまでは、彼にそれをいってはならぬと、はっきりといった。彼が事前にそれを知ったら、セドレッを組むことを拒否するだろう。さらにまずいのは、彼が仕返しにそのことをいいふらし、アカルが女であると暴露するかもしれない。そうなればふたりはぜったいに結婚できなくなる。シャヘスにそう聞かされると、アカルは動揺し、追いつめられ、不安と罪悪感に苛まれた。だがシャヘスは自信たっぷりで、まったく心配していなかった。アカルの罪悪感もうすらいでいき、やがてはすっかり消えてしまった。もうそのことを思い悩んだりしなかった。いまやオトッラを同情と好奇の目で見守っていたが、彼がどうしてあんなふうにおどおどして見えるのかと不思議に思った。彼はなにかを恐れているように見えた。

水が注がれ、祈りの言葉が述べられ、シャヘスは講話第四集の一節を読んだ。読みおえるとその古い箱本をおもむろに閉じ専用の棚において専用の布をかけ、しきたりどおり、ダンロの第一セドレッに最後に残された者、マゲルとマデュにこういった、「わたしの異母と異父よ、わたしは、この家に新しいセドレッを組むことを提案いたします」

マデュはマゲルを肘でそっとつついた。マゲルはそわそわと身じろぎをし顔をしかめ、聞きとれぬほどの声でなにかつぶやいた。とうとうマデュがあきらめたように弱々しい声でいった。

「〈朝〉の娘よ、その結婚について説明しなさい」

「すべて順調に異議なしとあれば、〈朝〉の結婚はシャヘスとアカル、〈宵〉の結婚はテムリとオトッラ、〈昼〉の結婚はシャヘスとテムリ、そして〈夜〉の結婚はアカルとオトッラ」

長い間《ま》があった。マゲルは上体をかがめた。マデュが、いささか不満そうに口を開いた。

「では、みなの者はそれでよいのだな？」——これは荘厳ではないにしても、同意を求める正式な要請の言葉だった。本来は古めかしい飾りたてた詞《ことば》が使われるのだが。

「はい」とシャヘスがはっきりといった。

「はい」とアカルがきっぱりといった。

「はい」とテムリがうきうきといった。

間《ま》。

みながいっせいにオトッラを見た。彼の顔は赤紫色だったが、みるみるうちに灰色に変じた。
「よろこんで」と彼はなんとか絞りだすようにいって咳ばらいをした。「ただし――」とい
ったまま黙りこむ。
だれも一言も発しない。
沈黙はたいそうな苦痛だった。
アカルがとうとう口を開いた。「いまここで決める必要はありません。話しあえばよい。
そうしてまた聖堂にもどってくればよい、もし……」
「ええ」とオトッラはいい、アカルのほうをちらりと見たが、その表情には、アカルに読み
とれぬような多くの感情がこめられていた――恐怖、憎悪、感謝、それに絶望？――「ぜひ
――話しあう必要があります――アカルと」
「わたしも、〈宵〉の兄弟のことを知りたいと思います」とテムリがはっきりといった。
「そう、そのとおりです、はい、そのとおり――」オトッラはまた口ごもり、また顔を赤ら
めた。彼は強い不安に悩まされているように見えたので、アカルはこういった。「ひとまず
外へ出ましょう」そしてオトッラを前庭に連れだした。ほかの者は厨房に引きあげた。
オトッラは自分の欺瞞をすでに見抜いているのだとアカルは思った。彼女はうろたえ、オ
トッラがなにをいいだすかと恐ろしかった。だがオトッラは騒ぎたてはしなかった、アカル
をみなの前で辱めるようなこともしなかった、それだけでもありがたいとアカルは思った。
「こういうことなんだ」とオトッラはこわばった、絞りだすような声でいい、ゲートのとこ

ろで立ち止まった。「これは〈夜〉の結婚だ」そこでまた口をつぐむ。

アカルはうなずいた。彼女はしぶしぶと、オトッラがいわねばならぬことを、かわりにいった。「あなたは、そうする必要は――」彼女がいいかけると、オトッラがまた話しはじめた。

「〈夜〉の結婚。われわれふたり。あんたとおれ。その、おれは――ある理由が――その、男とは、おれは――」

自分の思いちがいや疑心がざわざわとアカルの胸にうずまいて、オトッラがいおうとしていることを聞く余裕がなかった。アカルが耳をかたむける前に、オトッラはよけい苦しそうに口ごもった。彼の言葉がはっきりとわかってくると、アカルはその言葉が信じられなかったが、信じなければならなかった。オトッラはそれきり黙りこんでいる。

おずおずと彼女はいった。「ええ、わたしも……あなたに話そうと思っていたことが……わたしがセックスをしたただひとりの男は、それは……それはよくなかった。彼はわたしにやらせた――彼はいろいろなことをした――なにがいけなかったのか、わたしにはわからない。でももう二度とわたしは――男とセックスをしたことはない、あのあとは。わたしにはできない。したいとは思わない」

「おれもなんだ」とオトッラはいった。

ふたりは肩を並べ、ゲートによりかかり、この奇跡について、単純きわまりない真実について思いをめぐらした。

「おれは女しか欲しいと思ったことがない」とオトッラは震える声でいった。

「そういうひとは大勢いる」とアカルはいった。

「そうなのか？」

アカルは彼の謙虚な言葉にうたれ、心が痛んだ。オトッラに、この無知、この屈辱感を負わせたのは、男たちに対する男の高慢のゆえか、あるいは山の民の厳しさのゆえか？

「そう」とアカルはいった。「わたしの住んでいたところではどこでも。女とだけセックスするのを望む男は大勢いる。そして男とだけセックスするのを望む女たちも。そしてその逆も。ほとんどのひとは両方を望んでいるが、そうではないひとたちも必ずいる。それは両端のような」彼女は連続体《スペクトラム》のといいかけたが、それは、刈り手のアカルが使う言葉でも、梳き手のオトッラが使う言葉でもなかった。老練の教師らしく、アカルは〝袋〟という言葉をかわりに用いた。「袋にきちんと詰めれば、梳き毛の大部分はまんなかに集まる。でも袋の両端を縛ったときに、どちらの端にも少しばかりの梳き毛が残る。それがわたしたちだ。けっして多くはないが。でもそれはまちがったことではないんですよ」この最後の言葉をいったとき、それは、男が男にいうような言い方ではなかった。でも、いってしまったし、オトッラはそれを奇異に感じてはいないようだった。とはいえ、納得した顔もしていなかったが。彼は考えこんでいる。気立てのよさそうな、無愛想で実直そうな顔をしている。自分の不幸な秘密が明らかになったというのに。歳は三十そこそこ、アカルが思っていたより若い。

「しかし結婚となると」と彼はいった。「それはちょっとちがうのでは……結婚というものは――そう、もしおれがだめで――それであんたがだめで――」

「結婚はセックスだけのものではありませんよ」そういったアカルの声はエノの声、倫理の問題を論じる学者エノの声だったので、アカルはひるんだ。

「おおかたはそれだけのものだ」とオトッラは当然のようにいった。

「わかった」とアカルは意識してゆっくりとした低い声でいった。「だが、わたしはあなたとセックスをしたくない、あなたもわたしとセックスをしたくないというなら、ふたりにとってよい結婚だとはいえないだろうか？」それはおよそありえないことのように、同時にしごくふつうのことのように聞こえたので、彼女はもう少しで笑いの発作に襲われそうになった。それを抑えながら、彼女は、オトッラが自分を笑っていると思い、ショックを受けたが、じつは彼は泣いているのだった。

「だれにも話せなかったんだ」と彼はいった。

「わたしたちは話す必要はない」とアカルはいった。彼女はまったくなにも考えずに、彼の肩に腕をまわした。彼は子供のように拳で目を拭い、咳ばらいをして、じっと考えこんでいる。明らかに、彼女がたったいまいったことを考えていた。

「考えて」と彼女もそれについて考えながらいった。「わたしたちはなんと幸運なのだろう！」

「そうだ、そうだ、おれたちは幸運だ」彼はいいよどんだ。「しかし……しかしそれは宗教上は……おたがいにわかっていながら結婚し……ほんとうはそのつもりがないのに……」彼はまた口ごもった。

しばらくしてから、アカルは、穏やかな、オトッラと同じような低い声でこういった。

「わたしにはわからない」

彼女は、慰めるように守るように彼の肩にまわしていた手をひっこめた。そしてこんどはその両手をゲートの上においた。そして自分の両手を見た。長くたくましく、農作業のために硬くなって泥のしみこんだ手。だが刈りとった毛の油分のおかげでしなやかだった。農夫の手。彼女は、信仰生活を愛情のためになげうち、けっしてうしろはふりかえらなかった。だがいまはそれを恥ずかしいと思った。

この正直な男に真実を話したいと思った、彼の誠実さに応えるために。

だがそんなことをしてもいいことはなにもない。このセドレッを成立させないことが、ただひとつの善行だというのでなければ。

「わからない」と彼女はまたいった。「問題は、わたしたちがたがいに愛情と敬意をいだけるかどうかだ。そうするとしても、どのような形でそれをするかだ。わたしたちはどのような形の結婚をするのか。結婚は――信仰は、愛情のうちに、たがいを尊重しあうことにある」

「だれかに訊いてみたいものだが」オトッラはまだ納得がいかないようだった。「去年の夏、ここにいたあの巡回学者のようなひとが。宗教について知っている人物が」

アカルは黙っていた。

「自分の最善をつくせということだな」とオトッラはしばらくしてからいった。なんだかもったいぶった言い種《ぐさ》のように聞こえたが、彼は簡単にこうつけくわえた。「おれはやる」

「わたしもやる」とアカルはいった。

ダンロのような山岳地帯の農家は、住居としては暗く湿っぽく、がらんとしていて、快適とはいえない。ほとんど家具らしいものもなく、広い厨房と毛布のすばらしいぬくもりが唯一の贅沢だった。だがその家にはプライバシーがあり、それはなによりの贅沢といえよう。キオーのひとびとも、それは必要不可欠なものだと思っている。〝三つ部屋のセドレッツ〟というのは、オーケットではよく使われる表現で、いずれは行き詰まる企てという意味だった。

ダンロでは、だれもが自分の部屋とバスルームをもっていた。第一セドレッツのふたりの古参と、マイカおじとその子供は、中央と西の棟に部屋をもっている。アスビは、山で野営をしないときは、厨房の裏に居心地のよい汚い隠れ場所があった。新たな第二のセドレッツは、家の東の棟すべてをもっていた。テムリは、小さな屋根裏部屋を選んだ。ほかの部屋から階段を半階分あがった、眺めのよい部屋だった。シャヘスは以前から自分の部屋をもっており、アカルもそのとなりに自分の部屋をもっていた。そしてオトッラは南東の角部屋を選んだ、この家のなかでもっとも日当たりのよい部屋だ。

新しいセドレッツの生活は、あるところまでは賢明に慣習に従い、宗教にものっとっていた。結婚の誓約のあとの最初の夜は、〈朝〉と〈宵〉のカップルのものだ。次の夜は、〈昼〉と

〈夜〉のカップルのものだ。それ以後は四人の配偶者たちは、それぞれ好きなときに集まってよいが、つねに招かれ、それを受けるという形でなければならない。その組みあわせは四人すべてに知らせなければならない。四つの魂と肉体と、そしておのおの四人の人生がたどる歳月は、それぞれの決定や招待のあいだでバランスが保たれている。消極的な情熱と積極的な情熱は、その発露を見いださねばならず、信頼が築かれねばならない。さもなければ土台そのものが、堅固さが失われるか、自己主張と嫉妬心と悲嘆のうちに自滅してしまうかだ。

アカルはあらゆる慣習と処罰を知っていた。彼女は、字義に従うべきだと主張した。彼女とシャヘスの結婚の夜は、穏やかで、緊張はあまりしていなかった。オトッラと彼女の結婚の夜も穏やかだった。ふたりは彼の部屋にすわりこんで、穏やかに、はにかみながら話をしたが、たがいに感謝していた。それからオトッラは、アカルにベッドを使うようにすすめ、自分は奥行きのある窓下のベンチで眠った。

数週間とたたぬうちに、アカルにはわかった。シャヘスは、性的なバランスを保つこと、あるいは保っているふりをすることより、自分のやり方を通すこと、アカルを配偶者として扱うことに熱心なのだ。シャヘスに関するかぎり、オトッラとテムリは、たがいに相手の世話をやくことができ、それでよかった。アカルは、配偶者のひとり、あるいはふたりが、情熱や自己主張によって残るひとたちを完全に支配しているセドレッツがたくさんあることをむろん知っていた。四組すべての関係で完全なバランスをとることは理想だが、それはめったに実現することはない。だがすでに欺瞞とごまかしのもとに組まれているこのセドレッツは、たいていのものよりこわれやすかった。シャヘスが、自分の望むことを望んだ結果は、忌まわしいものとなった。アカルは、山の頂きまで彼女に従ったが、崖っぷちを越えてまで従うつもりはなかった。

澄みきった秋の夜だった。窓には星が満ち、シャヘスが、「わたしと結婚して」といった去年の夜のようだった。

「あすの晩は、テムリにあたえなければだめ」とアカルはくりかえした。

「あの子にはオトッラがいる」とシャヘスはくりかえした。

「彼女はあなたを欲しがっている。彼女があなたと結婚したのはどうしてだと思うの？」

「あの子は欲しいものを手に入れた。もうじき妊娠するように願っている」とシャヘスはいい、心地よさそうに手足を伸ばし、アカルの胸と腹に自分の手を走らせた。アカルはその手をとめてつかんだ。

「それは公平ではないわ、シャヘス。正しくない」

「よくそんなことがいえたもんだ！」

「だってオトッラはあたしを望んでいない、それは知っているわね。だけどテムリはあなたを望んでいる。あたしたちは彼女にそうする義務がある」

「なんの義務が？」

「愛情と敬意の」

「あの子は欲しいものは手に入れた」とシャヘスはいい、アカルの手から自分の手をもぎはなした。「説教はごめんよ」

「あたしは、自分の部屋にもどる」とアカルはいい、ベッドからするりと脱けだすと、裸のまま、星明かりの夜のなかをゆっくりと歩いていった。「おやすみ」

彼女は古い染色部屋にテムリといた。この部屋は、熟練の染色師であるテムリがこの農場にやってくるまでは何年も使われていなかった。センターの織物師たちは、ほんもののデカの赤に染めた毛には大金をはらうだろう。テムリの技は、天賦の才能だった。アカルは彼女の手伝いをし、いまでは見習いだった。

「十八分。タイマーはセットした？」

「セットした」

テムリはうなずき、大きな染色用ボイラーの通風口をチェックし、目盛りをもう一度チェックした。それから朝の陽光を浴びに外に出た。アカルは、石造りの戸口のそばにおかれた石造りのベンチに彼女と並んで腰をおろした。植物の染料は甘酸っぱい刺激性のにおいを放ち、ふたりの体にも染みついていた。服や手や腕は、ピンクや深紅に染まっている。

アカルはテムリがすぐに好きになり、その落ち着いた穏やかさや、意外なほどの思慮深さに気がついた——いずれもダンロにはあまり見られない性質だった。アカルは、知らず知らずのうちに、山の民に対する印象をシャヘスに代表させていた——強靭で、意志堅固、一途で素朴。テムリはたくましく自制心があるが、なにごとにも感じやすいところは、シャヘスにはなかった。半族のなかの人間関係をシャヘスはあまり重要視していなかった。シャヘスがオトッラを弟と呼ぶのは、それが慣習だからで、オトッラを弟とは思っていなかった。テムリはアカルを弟と呼び、ほんとうに弟だと思っていた。そしてアカルは、長いあいだ家族というものをもっていなかったため、この関係をうれしく思い、テムリの温かさに報いた。ふたりは気安く話をしたが、アカルは、あまり気安くなりすぎて、女性である自分が表に出てしまわぬようたえず用心していた。アカルでいることはほとんどなんの苦労もなく、あまり意識したことはなかったが、テムリといるときは、ときどきこうした欺瞞をつづけるのがつらくなり、女性がその姉にいうようなことをいわぬよう用心した。男でいることの主な欠点は、だいたい会話があまり面白くないということだった。

彼らは、染色の工程の次の段階について話をしていた。テムリは、前庭の低い石塀の向こうに広がるファレンの広大な紫色の斜面を眺めながらこういった。「あんた、エノを知っているのね?」

これは無心な質問のように思われたので、アカルは、ごまかすために思わずこう答えそうになった——「ここにいたあの学者のことか……?」

だが刈り手のアカルが学者のエノを知っているはずがなかった。そしてテムリは、エノを覚えているかとも、エノを知っていたのかとも訊いたのではなく、「エノを知っているのね?」と訊いたのだ。テムリは答えを知っていた。

「ああ」

テムリはうなずき、ちょっと微笑んだ。それきりなにもいわなかった。

アカルは、彼女の鋭敏さと、その自制心に感嘆した。これほど立派な女性なら尊敬して不思議はない。

「わたしは長いことひとりで暮らしてきた」とアカルはいった。「わたしが育った農場でさえ、わたしはほとんどひとりぼっちだった。姉というものをもったことがない。とうとう姉かできてうれしい」

「わたしも」とテムリはいった。

ふたりの目が束《つか》の間《ま》あった。相手を認めた一瞬、木の根っこのように深く静かに、信頼を植えつける一瞥。

「彼女はあたしが何者か知っているわ、シャヘス」

シャヘスは無言のまま、急な斜面をゆっくりと歩いていく。

「いまとなると、彼女ははじめから知っていたんじゃないかと思う。最初に水を汲みかわしたときから……」

「訊いてみればいいじゃないか」とシャヘスはそっけなくいった。

「それはできない。欺いた者に、真実を尋ねる権利はないわ」「くだらない！」とシャヘスがいってふりむいたので、アカルは立ち止まった。ふたりは、群れからいなくなったと、アスビが報告してきた年老いたヤマを探しに、ファレンを登っていたのだ。肌を刺すような秋の風が吹きつけてシャヘスの頬を赤く染めた。彼女は、アカルを見上げるようにして立ち、涙のたまった目を細めたので、目がナイフの刃のように光った。

「お説教はおやめ！　あんたは何者なんだ？　詐欺師かい？　あんたはわたしの妻だと思っていたけどね！」

「そうですよ、それにオトッラの妻でもある。そしてあんたはテムリの妻――あのひとたちを除《の》けるわけにはいかないのよ、シャヘス！」

「あのふたりが文句をいっているの？」

「あのふたりに文句をいわせたいの？」アカルはかっとなって叫んだ。「これはあんたが望んだ結婚の形じゃないの？――ほら、あそこにいる」彼女はふいに静かな声になり、岩だらけの山腹を指さした。遠目の利く彼女は、輪を描く鳥に導かれ、ごろごろ転がっている丸石の近くにヤマの頭が動くのを見つけた。口論はお預けとなった。ふたりは丸石のほうに向かって、用心深く走りだした。

年老いたヤマは、岩から滑りおちて足の骨を折っていた。きちんと足をたたんですわっていたが、折れた前足だけは、白い胸の下でたたまれているわけではなく、前方に突きだされている。全身が一方にかしいでいる。その尊大な頭は、長い首の上に直立し、ふたりの女を見つめ、自分の死が近づいてくるのを、澄明《ちょうめい》な、測りがたい、無関心な目で見つめている。

「苦しんでいるのかしら？」とアカルはそのあまりにも落ち着きはらった様子に怖じけづいて、そう訊いた。

「もちろん」シャヘスはそういって、ヤマから数歩はなれたところにすわりこみ、ナイフを研磨石で研ぎはじめた。「あんたもつらくなりそうかい？」

シャヘスは長い時間をかけてナイフをできるだけ鋭く研ぎすまし、辛抱強く何度も切れ味を試し、何度も研ぎなおした。とうとう最後にもう一度切れ味を試し、それからぴたりとすわった。静かに立ち上がるとヤマに近づき、その頭を自分の胸に押しつけ、一閃のもとに喉頸を切り裂いた。血が見事な弧を描いてほとばしった。シャヘスは、凝視する目をもつヤマの頭をゆっくりと地面においた。

アカルは知らず知らず、死者を弔うための言葉を唱えていた。〝借りていたものはすべて返され、所有されていたものはすべてもどされた。見失われていたものはすべて見いだされ、束縛されていたものはすべて解き放たれた〟シャヘスは立ったまま、しまいまで黙然《もくねん》と聞いていた。

それから毛皮を剝ぐ作業がはじまった。毛皮を剝ぎとられた胴体は、腐肉を食らう山の動物たちに残される。アカルの目が最初に捉えたのは、ヤマの上を旋回している、腐肉をあさる鳥だった。いまは三羽になり、風にのって舞っている。毛皮を剝ぐのは細かい神経を使う汚れ仕事で、肉と血のにおいが鼻をついた。アカルはこの仕事には不慣れで、毛皮を一度ならず切り裂いてしまった。償いのしるしとして、彼女は、毛皮をできるだけ丁寧に巻くと、自分たちのベルトで縛るようにと主張した。まるで墓泥棒になったような気分で白と灰褐色の毛皮をかつぎ、ばらばらになった細い骸《むくろ》は、哀れにもむきだしのまま岩のあいだに晒《さら》されていた。それでも重い毛皮を運んでいく彼女の脳裏には、すっくと立ったシャヘスがヤマの美しい頭部を胸にしっかりと押さえつけ、刃《やいば》の一閃とともにその首を切り裂くさまが、彼女と動物とがまったく一体となったあの光景がうかんでいた。

必要が必要を生みだすとアカルは思った、疑問が疑問を生みだすように。毛皮は死と糞のにおいがした。彼女は血がこびりつき、ずきずきと痛む両手で硬いベルトをつかみながら、険しい岩の小道を家に向かって歩いていくシャヘスのあとを追った。

「おれは村に行く」とオトッラが、朝食のテーブルから立ち上がり、そういった。

「四袋もあるあの毛をいつ梳毛機にかけるつもり？」とシャヘスがいった。

彼はシャヘスに答えず、皿を洗い桶に運んだ。「なにか用事はないか？」と彼はみんなに訊いた。

「みんなすんだのだね？」とマデュが訊いて、チーズを食料庫にもどした。

「梳いた毛をもっていけなければ、町におりてもしょうがない」とシャヘスはいった。

オトッラは彼女のほうを向き、彼女を睨みつけながらいった。「おれは好きなときに毛を梳くし、好きなときに町にもっていく。おれの仕事につべこべいわないでくれ、わかったか？」

やめて、もうやめて！　アカルは胸のうちで叫んだ。シャヘスは、ふだんは従順な人間の反発に呆然としながら、彼の言葉を聞いている。だが彼は、ますますいきりたち、憤然として非難を浴びせた。「あんたが、なにもかも命令するわけにはいかないんだ、おれたちはセドレッなんだよ。おれたちはあんたの家族なんだ、雇い人じゃない。たしかに、ここはあんたの農場だが、おれたちの農場でもあるんだ。あんたはおれたちと結婚した、あんたがなにもかも決定するわけにはいかない、なにもかもあんたの思うままにはやれないんだ」ここまで聞くとシャヘスは悠然と部屋を出ていった。

「シャヘス！」とアカルは大声で、命令するように彼女に呼びかけた。オトッラの感情の爆発は、見苦しいものだったが、言い分はまったく正しく、その怒りは真剣で危険だった。彼は、使われてきた者だ。それは彼にもわかっている。いままで思うままに使われ、その誤りを黙認してきたとあれば、彼の怒りはまさに、破壊を意味していた。シャヘスはそれから逃れることはできない。

彼女はもどってこなかった。マデュは賢明にも姿を消した。アカルはシェストに、外に出て家畜に餌と水をやるようにといった。

厨房に残っていた三人は、立っている者もすわっている者も一様に押し黙っている。テムリはオトッラを見た。彼はアカルを見た。

「あなたのいうとおりだ」とアカルは彼にいった。

彼は満足そうなうなりに似た声を発した。顔を赤くして力みかえっている彼は堂々として見えた。「おれはぜったい正しいんだ。あまりにも長いあいだ、見過ごしてきてしまった。あのひとがこの農場を所有しているという、ただそれだけで――」

「あのひとは十四のときからずっとここを経営してきた」とアカルが割って入る。「そう簡単に経営から手を引くことができると思うのか？　あのひとはつねにここをとりしきってきた。そうしなければならなかった。これまでその権限を分かちあう人間がいなかった。結婚をどのようにしていくか、みんなが学ばなければならないんだ」

「そのとおりだ」とオトッラがきっと睨みかえす。「だが結婚は二組のペアではない。四組のペアだ！」

その言葉でアカルはぐっとつまった。彼女は本能的にテムリに助けを求めた。テムリは、いつものように静かにすわっている。両肘をテーブルにつき、片手でパンくずをかきあつめ、それで小さな山をこしらえている。

「テムリとおれ、あんたとシャヘス、〈宵〉と〈朝〉、けっこうだ」とオトッラがいった。「テムリとシャヘスはどうだ？　あんたとおれはどうだ？」

アカルはいまやまったく言葉を失っていた。「思うに……わたしたちが話しあったとき……」

「おれは男とセックスするのはいやだといった」とオトッラはいった。

アカルは顔をあげ、彼の目に光るものを見た。恨み？　勝利？　笑い？

「そう。そういった」長い間《ま》をおいて、アカルはいった。「わたしも同じことをいった」

ふたたび間。

「これは宗教的な義務だ」とオトッラはいった。

エノが、アカルの声でふいに叫んだ。「あなたの宗教的な義務について、わたしに議論を吹きかけないで！　わたしは二十年間、宗教的な義務について学んだのに、それがわたしをどこへ導いたか？　ここに！　あなたのもとに！　この混乱に！」

　この言葉に、テムリが奇妙な声をあげて両手で顔をおおった。泣きだしたのだとアカルは思ったが、じつはげらげら笑っているのだった。笑うことに慣れていない人間のような、苦しげで抑えようのない哄笑だった。

「笑うようなことじゃない」とオトッラは荒々しくいったが、それきりなにもいうことがなかった。怒りが爆発したあとには、煙しか残っていなかった。彼はしばらく言葉を探していた。そしてテムリを見た。テムリは涙に、笑いの涙にくれている。オトッラは絶望的な身振りをした。テムリの横に腰をおろすと、こういった。「あんたから見たら、さぞおかしいだろうね。おれはただ、自分が阿呆みたいに思えたんだ」彼は悲しそうに笑った。それからアカルを見あげ、こんどはほんとうに笑った。「いちばんの阿呆はだれだ？」と彼はアカルに訊いた。

「あなたじゃない」とアカルはいった。「いったいどれだけのあいだ……」

「いったいどれだけのあいだだと思う？」

　通路に立っていたシャヘスが聞いたのは、彼らの笑い声だった。三人が笑っている。彼女はその笑い声を、落胆と恐怖と恥ずかしさと、そして凄まじい羨望をおぼえながら聞いた。笑っている彼らを憎悪した。彼らといっしょにいたい、彼らといっしょに笑いたい、彼らを黙らせたい。アカル、アカルがわたしを笑っている。彼女は外に出て作業場に行き、扉の陰の暗闇に立って泣こうとしたが、泣き方を知らなかった。両親が死んだときも泣かなかった。そのときはしなければならないことがあまりにもたくさんあった。ふたりは、わたしがアカルを愛していることを、彼女を欲していることを、彼女を必要としていることを笑っているのだろうと思った。アカルは、愚か者とわたしを笑っているのだろうと、彼女を愛していることを笑っているのだろうと思った。アカルは男と寝るだろうし、ふたりしてわたしをあざわらうのだろうと思った。彼女はナイフを引き抜き、刃に触ってみた。昨日ファレンで、ヤマを殺すために一心に研いだ。彼女は家に、厨房にもどった。

彼らはみなそこにいた。シェストがもどってきていて、オトッラに町へ連れていってくれとせがんでいる。オトッラは、「そのうちに、そのうちに」とあの穏やかな物憂そうな声で答えている。

テムリが顔をあげ、アカルがふりむいてシャヘスを見た——優美な首の上にのった小さな頭、澄んだ目が見つめている。

だれも口を開かない。

「それなら、わたしはあんたといっしょに歩いていこう」とシャヘスはオトッラにいい、そしてナイフを鞘におさめた。彼女は女たちと子供を見た。「みんないっしょに行けばいい」と彼女は不機嫌そうにいった。「もし行きたければね」

孤　独

Solitude

F & S F誌　1994年12月号

移動使節《モバイル》エンツェレネテマリオノートレギス・リーフによる『貧困――ソロ第十一惑星についての第二報告書』の補足報告書、同氏の息女セレニティによる。

わたしの母は文化人類学者、ソロ第十一惑星の住民についてなにごとであれ知ろうという困難な仕事にみずから雄々しく立ち向かっていた。目標に到達するためにわが子たちを利用したという事実は、自己本位とも自己犠牲とも見られるかもしれない。母の報告書を読んでみると、けっきょく母は過ちを犯したと思っていることがわかった。母がどのような犠牲をはらったかわかってみると、ひとりのひととしてわたしが成長することを許してくれた母への感謝の念を知ってもらいたかったと思う。

自動探査機の報告によって、ソロ星系の第十一惑星上にハイン人の子孫が存在することが判明した直後に、母は、惑星に着陸した三名の第一期観察隊のバックアップとして軌道上の母船のクルーに合流した。それまではハトー近くの森の街で四年間を過ごしていた。わたしの兄のイン・ジョイ・ボーンはそのとき八歳、わたしは五歳だった。母は、わたしたちがハイン・スタイルの学校にしばらく通えるようにと、一、二年ほどの船上勤務を望んだ。兄は、ハトーの多雨林をおおいに楽しみ、両腕を使って枝から枝へとわたりあるくことはうまかったが、読み書きはろくにできなかったし、ふたりとも皮膚の菌状腫で全身が鮮やかな青に変じていた。ボーニィが読み書きを学び、わたしが服を着ることを学び、ふたりとも抗菌処置がすむころに、母は、観察隊のひとびとが第十一惑星でストレスに見舞われたのとは逆にこの惑星に惹かれるようになった。

　これはすべて母の報告書に述べられているが、わたしは母から直接聞いたままに語ろうと思う。そうすることによって記憶を甦らせ理解を深めることができるからである。言語は自動探査機によって記録されており、観察隊員は一年かけてその言語を学んだ。方言に数多くのバリエーションがあるために、アクセントやさまざまなまちがいは許容された。彼らは言語はなんら問題ないと報告している。とはいえコミュニケーションの問題はあった。隊員のうちふたりの男性は、孤立し、疑惑や敵意にさらされ、原住民の男性といかなる関係も作りだすことができなかった。原住民の男性はみな人里はなれた家に隠者として、あるいはふたりペアになって暮らしていた。男性隊員たちは青年期の男性のコミュニティを発見したが、彼らとの接触をはかるためにそうした集団のテリトリーに入ろうとすると、青年たちは逃げだすか、彼らに猛然と襲いかかって殺そうとした。女性は、彼らのいう〈散在する村落〉に住み、男性隊員が家のそばに近よろうものなら、石の一斉攻撃で彼らを追いはらった。「思うに」と彼らのひとりはこう報告している。「ソロ人の唯一の集団行動は男性に石を投げることである」

彼らのいずれも、男性と三度ほど言葉を交わしたのみで、それ以上の会話はできなかった。彼らのひとりは、野営地のそばを通りかかった女性と交わった。その女性は、たしかにまちがいなく執拗な誘いをかけてきたのだが、話をしようという彼の試みにうろたえ、質問には答えることを拒み、彼の言葉によれば「目的の事がすむやいなや」すぐに立ち去ったという。女性の観察隊員が、七戸からなる村〈おば郷《ごう》〉にある空き家に住むことを許された。彼女は日常生活について、それが見聞できる範囲においてはすぐれた観察を行ない、成人の女性と多少の会話をし、子供たちとは数多くの会話を交わした。だがほかの女性の家にはけっして招きいれられることはなく、いかなる仕事にせよ、手伝ってほしいとたのまれることもなかった。日常の活動に関する会話を、ここの女性たちは歓迎しなかった。唯一の情報提供者である子供たちは彼女を頭のおかしいぺちゃくちゃおばさんと呼んでいた。彼女の常軌を逸した振る舞いは、ここの女性たちのあいだに不信と嫌悪をかきたて、子供たちを彼女に近づけさせないようになった。彼女は去った。「成人がなにかを学ぶ方法はまったくありません」と彼女はわたしの母に語った。「女たちは質問をしない、質問に答えない。学ぶべきことは、子供のあいだに学んでしまうのです」

へえ！　とわたしの母は、ボーニィとわたしを見ながらつぶやいた。そして家族を観察隊員の資格でソロ第十一惑星へ移送してほしいと要請した。定着使節《スタバイル》たちは、超光速通信機《アンシブル》を通じて詳細にわたって母に質疑を行ない、ボーニィと、そしてわたしとも話しあった上で——わたしは覚えていないが、母によればわたしはスタバイルに新しい靴下のことばかり喋ったそうだ——母の要請に同意した。母船は、前の観察隊員をクルーとして残し、近くの軌道にとどまることになり、母は、できうるかぎり毎日無線連絡をすることを義務づけられた。

森の街の記憶ははっきりしていない、子猫か、子猫に似たゴオルの子にちがいないものと船上で遊んだ記憶もあるが、わたしの最初の鮮明な記憶は、おば郷のわたしたちの家のことである。家は半地下式で、壁は細い枝と漆喰《しっくい》でできていた。母とわたしは暖かな日光を浴びながらその外に立っている。わたしたちのあいだには大きな泥水の水たまりがあり、ボーニィは籠《かご》の水をそれに注いでいる。さらに水を汲んでくるために小川のほうに駈けだしていく。わたしは嬉々として両手で泥をかきまぜる、どろどろになるまで。わたしは手にいっぱい泥をすくいとって、編んだ小枝がすけて見えている壁にその泥をたたきつける。母が、わたしたちが学んだ新しい言語で、「よくできた！　それでいい！」という。わたしは、これが仕事というもので、わたしはそれをしているんだということに気づく。わたしは家を修理しているのだ。それをちゃんとやってのけている、立派にやっている。わたしは有能なひとなのだ。

あそこに住んでいるあいだ、わたしはそれに疑いをもったことはなかった。

夜になると家のなかに入り、ボーニィは無線で船と話をする。なぜなら彼は、古い言語を喋りたくてしかたがないからだ。どのみち報告することが彼の役目だった。母は籠を編みながら、裂けている葦に毒づいている。わたしは、ボーニィの声をかき消すために歌《うた》を唱う。そうすればおば郷のだれにも、彼が妙な言葉を喋っているのを聞かれないですむし、どのみちわたしは唱うのが好きだった。この歌はきょうの午後ハイアルーの家で習ってきた。わたしは毎日ハイアルーといっしょに遊んでいる。「心せよ、耳をかたむけよ、聴け、心せよ」とわたしは唱う。母は毒づくのをやめて耳をかたむけ、やがてレコーダーをまわす。夕食を調理した残り火がまだ燃えている。燃えているのは美しいピギの根っこで、ピギは見あきることがない。それは黒く温かで、ピギの香り、燃えているダハールの香りがする。その香りは強い聖なる香りで、魔法や悪い感情を追いはらう。「聴け、心せよ」と唱ううちに、わたしはしだいに眠くなって、母によりかかる。母は黒く温かで、母親らしいにおいがする。強い聖なるにおいで、よい感情があふれている。

おば郷でのわたしたちの日常生活は、同じことのくりかえしだった。後に船上で、人工的に複雑化された環境のもとで生活しているひとびとは、わたしたちの送ってきたこういう生活を〈単調〉と呼ぶのだということをわたしは学んだ。これまで行ったどこであれ、自分たちの生活が単調だと思っているひとには会ったことがない。細かいことを省くと、生活や時間は単調に見えるのだと思う。軌道から見る惑星がのっぺりと見えるように。

たしかにおば郷でのわたしたちの生活は、必要なものが容易に手に入るという意味では楽だった。食料はたくさんあった。自然に育っているものを集めてきたり自分で育てたものを料理すればよかった。たくさんあるテマを摘んできて水に浸けて柔らかくして紡いで織って衣服や寝具を作ればよい、籠や屋根を葺《ふ》く材料になる葦はたくさんあった。わたしたち子供には、遊び相手になる子供がたくさんいたし、わたしたちの面倒をみてくれる母親は大勢いたし、学ぶことはいくらでもあった。これが単調といえようか、やり方を知っていて、細かいところに心していれば、どれも楽にできることだったにしても。

わたしの母にとっては容易ではなかった。つらい仕事、面倒な仕事だった。母はそれらを学んでいるあいだは、細かいところは知っているふりをしなければならず、一方では、それが理解できない別の場所にいるひとびとに、こういう生活様式をどのように報告し説明したらよいか考えなければならなかった。ボーニィにとっては楽なものだったが、男の子だったので、それはやがて難しくなった。わたしにとってはすべて楽だった。仕事を学び、子供たちと遊び、母親たちの歌に耳をかたむけた。

第一期観察隊員はまったく正しかった。成人の女性が魂を育《はぐく》む方法を学ぶことは不可能なのだ。母は、よその母親の歌を聞きにいくことはできなかった。それはきわめて常軌を逸した行為だからである。おばたちはみんな、わたしの母がまともな教育をしてもらえなかったということを知っていて、そのうちの何人かは、母が気づかぬうちにさまざまなことを母に教えていた。わたしの母の母は、きっと責任能力のない人間で、おば郷に腰を落ち着けずに男探しをしていたために、娘がちゃんと教育を受けなかったのだと、おばたちはきめつけていた。そんなわけでおばのなかでもいちばん冷淡なおばでさえ、自分の子供たちといっしょに話を聞くようわたしにしむけたので、わたしは教養ある人間になれた。でもむろん、おばたちは成人の女性を自分の家に招きいれることはできなかった。ボーニィとわたしが、外で習ってきた歌や物語を母に話して聞かせなければならなかった。すると母は無線で船のみんなにそれを伝えた。さもなければわたしたちが、母の聞いているところで無線に向かって話すのだった。でもじつをいえば母にははっきり理解できなかった。成人したのち、しかも魔法使いのようなひとたちとずっといっしょに暮らしてきたあとで学ぼうとしてもそれはむりというものだった。

「心せよ！」と母は、わたしのもったいぶった声色《こわいろ》を、おばや年上の娘たちをまねた、おそらくはいらだたしいわたしの物言いをまねするのだった。「心せよ！　一日にいったい何度、あのひとたちはそういうのかしら？　なにを心せよというの？　あのひとたちはあの廃墟には目もくれない、あのひとたち自身の歴史には――おたがいのことについてもまったく気にかけない！　おたがい話しもしない！　心せよ、とはね！」

サドニおばやノイトおばが、娘たちとわたしに聞かせてくれた〈時の始まる前〉の話をわたしが母にすると、母はしばしばその話を曲解した。あのひとびとの話をすると母はこういった。「それはいまここにいるひとびとの祖先ですよ」わたしが「いまここにひとびとはいないわ」というと、母には理解できないのだった。「ここにいるのはひとなの」といっても、それでも母には理解できないのだった。

ボーニィは、『女たちと暮らしていた男の話』が気に入っていた。男が食用にするために囲いのなかでねずみを飼うように、女たちを囲いのなかで養っていた。女たちはみんな妊娠して、それぞれ百人の赤ん坊を産み、赤ん坊たちは成長して恐ろしいモンスターになり、その男や母親たちを食べ、共食いまでしたという話。わたしの母は、それは何千年も昔この惑星が人口過剰になったときのたとえ話だとわたしたちに説明した。「いいえ、ちがうわ」とわたしはいった。「これは教えよ」――「いいえ、ちがうわ」と母はいった。「その教えとは、あまりたくさん赤ん坊を産んではいけないということよ」――「いいえ、ちがうわ」とわたしはいった。「いくら欲しいといっても百人の赤ん坊を産むことはできないでしょう？その男は魔術師だったのよ。魔法をかけたの。女たちも彼に魔法をかけたのよ。だからもちろん彼らの子供たちはモンスターなのよ」

鍵はむろん、〈テケル〉という言葉だ。これはハイン語の〈魔法〉という言葉に訳せばぴったりする。自然の法則を破る技や力。あるひとたちがほんとうに、およそ人間関係なるものを不自然だと考えているという事実は、母には理解しがたいことだった。たとえば、結婚とか、政府とかいうものは、魔術師によってかけられた邪悪な呪いだと見ることもできる。母が属する民にとって、魔法は信じがたいものなのだ。

母船からは、わたしたちが無事かどうかたえず尋ねてきた。そしてときどきスタバイルはわたしたちの無線機とアンシブルを接続し、母とわたしたちきょうだいを厳しく訊問した。母はいつもここにとどまっていたいといって彼らを納得させた。ストレスはあったけれども、第一期観察隊員ができなかった仕事をやっていた。ボーニィとわたしは最初の数年は泥魚みたいに幸せだった。母もさまざまなことを学ぶ際のゆったりとしたペースや間接的な方法などに慣れてしまうと、わたしたちと同じように幸せだったのではないかと思う。母は孤独で、成人の話し相手もなく、もしわたしたちがいなかったらきっと頭がおかしくなっていただろうといった。セックスを恋しく思ったとしても表にはけっして出さなかった。母の報告書は、セックスに関しては完璧とはいえない。おそらくセックスについては理解不能で不安を感じていたせいだろう。わたしたちがはじめておば郷で暮らすようになったとき、ふたりのおば、ヘディミとベイユーは、交わるためによく会っていたし、ベイユーはわたしの母にも求愛した。でも母には理解できなかった。なぜならベイユーは母が話をしたいようには話をしなかったからだ。そのひとの家に入ることもできないのに、そのひととセックスをするということは母には理解できなかった。

わたしが九歳かそこらになって、年上の娘たちがわたしたちの話を聞くようになったとき、わたしは母になぜ男探しの旅に出ないのかと訊いた。「わたしたちの面倒はサドニおばがみてくれるわ」とわたしは期待をこめていった。無教育な女の娘でいることにうんざりしていたのだ。わたしはサドニおばの家で暮らしたかった、ただただほかの子供たちのようになりたかった。

「母親は男探しはしないものよ」と母は、まるでおばのようにわたしをなじった。

「いいえ、母親だってときどきやるわ」わたしはいいはった。「そうしなければならないのよ、さもなければどうやってひとり以上の赤ん坊を産めるかしら?」

「おば郷の近くにある定住地の男たちのところへ行くのよ。ベイユーはふたりめの赤ん坊が欲しいときは、赤い瘤ケ丘《こぶがおか》の男のところへ行ったわ。サドニはセックスがしたいときは川下の足萎え男のところへ行くの。あのひとたちはこの辺の男を知っているわ。母親たちは男探しには行かないのよ」

この場合は母が正しく、わたしがまちがっていることはわかっていたが、わたしは頑としていいはった。「じゃあどうして母さんは、川下の足萎え男に会いにいかないの？　セックスをしたいと思ったことはないの？　ミギはいつもしたいそうよ」

「ミギは十七歳よ」母はそっけなくいった。「よけいなおせっかいだわ」ほかの母親みたいな口ぶりだった。

子供のころのわたしにとって、男は面白くもない謎だった。彼らは〈時の始まる前〉の物語のなかによく登場した。〈歌の集《つど》い〉の娘たちは男のことをよく話した。でもわたしはめったに男を見たことがなかった。食料を集めているときに、ときどき姿をちらっと見かけたことはあるが、彼らはけっしておば郷の近くにはやってこなかった。夏になると川下の足萎え男はサドニおばを待ちこがれ、待ちくたびれると、おば郷からさほど遠くないあたりまでうろうろと出かけてきた——むろん藪《やぶ》のなかでも川のほとりでもない、そんなことをしたら、ならず者とまちがえられて石を投げられるかもしれない——野原とか丘の斜面とか、わたしたちに彼が何者かわかるところだ。サドニおばの娘たち、ハイアルーとディズウの話だと、わたしサドニははじめて男探しに出かけたときに彼とセックスした。いつもセックスの相手は彼で、定住地のほかの男とは一度もセックスしようとしたことはないそうだ。

サドニはまた、身ごもった最初の子供が男の子だったので溺死させたとみなに語った。男の子を育てて遠くへやってしまうのがいやだったからだ。みんなはそれを聞いて奇妙に思ったし、わたしもそう思ったが、これはかくべつ珍しいことではなかった。わたしたちが聞かされた話のなかにこういう話がある。溺死させられた男の子が水中で育ち、水浴びにきた母親を捕らえて水中に引きずりこみ溺死させようとしたが、母親は逃げてしまったという話。いずれにしても、川下の足萎え男が丘の斜面にすわって、長い歌を唱い、日光を浴びて黒々と輝く長い髪の毛を編んだりほどいたりして数日を過ごすと、サドニおばはいつも一晩か二晩、彼のもとに出かけていき、体裁をつくろうように不機嫌な顔をしてもどってくる。ノイトおばが説明してくれたところによると、川下の足萎え男の歌は魔法だそうだ。ふつうの悪い魔法ではなく、とてもよい魔法だという。サドニおばは彼の魔力に逆らうことができない。「でも彼はわたしが知っている男たちの半分の魔力ももっていないね」とノイトおばは思い出し笑いをした。

わたしたちの食事はすばらしいけれど、脂肪が非常に少ない。思春期の訪れがやや遅いのはそのためかもしれないと母は考えている。娘たちは、十五になるまではほとんど初潮を見ない。男の子は、さらに年長になるまで成熟しないことが多い。だが女たちは、男の子が思春期の徴候を少しでも示すと、たちまち非難がましくじろじろ見るようになる。まずいつも不機嫌なヘディミおばが、それからノイトおば、そしてサドニおばまでが、ボーニィに背を向けるようになり、彼を除《の》け者にして、彼が話しかけても返事もしない。「あの子たちと遊ぶとは、いったいどういうつもりだい？」老ドネミおばがとてもきつい調子でなじったので、ボーニィは泣きながら帰ってきた。まだ十四になっていなかった。

サドニの下の娘のハイアルーは、わたしの心の友、いちばんの親友だといっていいだろう。姉のディズウは、〈歌の集い〉に入っているが、ある日わたしのところにやってきて真面目な顔でこういった。「ボーニィはとても美男子ね」わたしは誇らしげに相槌をうった。「とても大きくて、とても力がある」と彼女はいった。「わたしより力がある」わたしはまた誇らしげに相槌をうった。それからわたしはふいに怖くなって後ずさりをしはじめた。

「魔法をかけているわけじゃないわ、レン」と彼女はいった。

「いいえ、かけているわ」とわたしはいった。「あなたのお母さんにいいつけてやる！」ディズウはかぶりを振った。「わたしはほんとうのことをいおうとしているの。わたしの恐れがあなたの恐れをかきたてるとしても、それはどうしようもない。それは、そうあるべきなの。わたしたちは、このことを〈歌の集い〉で話しあったの。わたしはいやだけど」と彼女はいった。彼女が本気でそういっているのがわかった。顔はふっくらとして、目は穏やかで、わたしたち子供のなかではいつもいちばんやさしかった。「ボーニィが子供のままでいればいいのに」と彼女はいった。「わたしも子供でいたい。でもそうはいかないの」

「じゃあ、ばかな大人の女になればいいじゃない」とわたしはいって、彼女から逃げだした。それから川のほとりの秘密の場所に行って泣いた。お守り袋からお守りをいくつも取りだして、それらを並べた。そのひとつは――話してもかまわないだろう――ボーニィがくれた水晶で、上のほうが透明で、根元は不透明の紫色だった。長いことそれを握っていて、それからもとの位置にもどした。石の下に穴を掘り、ダハールの葉でそのお守りを包んで、キルトから切り取った四角い布でさらにくるんだ。その布はハイアルーがわたしのために紡いで縫ってくれた美しい上等の布だった。四角いその布をわたしは人目につく前身頃から切り取った。水晶をもどし、それから長いことそばにすわっていた。家に帰っても、ディズウがいったことはなにも話さなかった。でもボーニィはすっかり黙りこんでいて、母は心配そうな顔をしていた。「あなたのキルトをどうしたの、レン？」と母は訊いた。わたしはちょっと頭をあげ、返事をしなかった。母は口を開きかけ、そしてまた閉じた。母はようやく、沈黙を選んだひとに話しかけてはいけないということを学んだのだ。

ボーニィに心の友はいないが、年の近いふたりの男の子とちょくちょく遊んでいた。エドニードは、ひとつかふたつ年上で、痩せたおとなしい子、ビットはまだ十一だけれど、乱暴で騒々しい子だった。三人はしじゅうどこかに行っていた。わたしはあまり注意をはらわなかった。ひとつにはビットを追いはらえるのがうれしかったから。ハイアルーとわたしは、心せよの行《ぎょう》をおこなっていた。でもわめいたり跳びはねたりするビットに心を向けるのはうんざりだった。ビットはひとを静かにさせておくことができなかった。まるで静寂が、自分からなにかを奪ってしまうと思っているようだった。母親のヘディミは、彼に教育はしていたが、サドニやノイトのようなよい唱《うた》い手でも語り手でもなかった。ビットはほんとうに落ち着きがなくて、彼女たちの話さえ聞いていられなかった。ビットはわたしとハイアルーが、遅き歩みを試みたり、心せよの行をしたりしているのを見るたびに、そばにやってきて騒《さわ》ぎたてて、わたしたちが怒りだしてあっちへ行けというと、「ばかなあまっこども！」と嘲《あざけ》った。

ボーニィに、ビットとエドニードといったいなにをしているのかと訊くと、彼はこういった。「男同士のやることとさ」

「どんなこと？」

「行」

「心せよの？」

しばらくして彼は、「ちがう」といった。

「じゃあなんの行をしているの？」

「格闘の行。強くなるため。男子団のために」彼は憂鬱そうな顔をしていたが、しばらくして、「ほら」といって、マットレスの下に隠してあったナイフをわたしに見せた。「エドニードがいうのさ、おまえはナイフを持っているほうがいいって。そうすればおまえに挑戦する者はいないだろうって。美しいだろう？」それは金属で、あのひとびとから伝わった古い金属で作られており、葦のような形をしていて、両側がたたきのばされて鋭い刃になっており、切っ先も鋭かった。磨かれた燧石樹《すいせきじゅ》の木材にうがたれた穴に、手を守るための柄がぴったりとはめこまれている。「空っぽ男の家でこれを見つけたんだ」とボーニィはいった。

「木の部分はぼくがこしらえた」ボーニィはそれをいとおしげに見つめていた。それでもお守り袋には入れていなかった。

「それでなにをするの？」とわたしは訊いた。なぜ両側が鋭い刃になっているのか、使うときに手を切ってしまうのではないかと思ったのだ。

「攻撃してくる者を追いはらうため」とボーニィはいった。

「その空っぽ男の家というのはどこにあったの？」

「〈岩山〉の向こう側」

「わたしもいっしょに行ってもいい？」

「だめだ」とボーニィはいった。意地悪ではなく、きっぱりといいきった。

「その男はどうしたのかしら？　死んだの？」

「小川に頭蓋骨があった。きっと足を滑らせて溺れたんだと思う」

ボーニィらしくない口調だった。大人のような物言い、憂愁に満ちた、もの静かな物言いだった。わたしは自分を安心させるために彼を問いつめたのに、よけい心配になった。母のところに行って尋ねた。「男子団の連中はいったいなにをするの？」

「自然淘汰を実行しているのよ」と母はいった。わたしの言語ではなく母の言語で、緊張した口調だった。わたしはもうハイン語がよく理解できなかったので、母のいう意味がわからなかったが、母の声の調子がわたしの心を乱した。さらに恐ろしいことに母が声をしのばせて泣きだしたのだ。「移らなければならないわね、セレニティ」と母はいった——無意識にまだハイン語を喋っている。「家族が移ってはいけないという理由はないでしょう？　女たちは好きなように移ってきて、また出ていく。だれがなにをやろうがだれも気にしない。なにがあってもだれも平気。男の子たちを町から追いだすのを別にすれば！」

母のいっていることはだいたい意味がつかめたが、わたしの言語で話すようにたのんだ。それからわたしはいった。「でもわたしたちがどこに行こうと、ボーニィの年齢は変わらないわ、体の大きさもなにもかも」

「じゃあ、ここを去りましょう」母は荒々しくいった。「母船に帰りましょう」

わたしは母から身をひいた。母が怖いと思ったことはこれまで一度もない。母はわたしに魔法は使わなかった。母親というものは強い力を持っている。でもそれはけっして不自然なものではない、子供の心に逆らって使いさえしなければ。

ボーニィは母を恐れてはいなかった。彼は自分の魔法をもっていた。ここを去ろうと母がいうと、ボーニィは思いなおすように母を説得した。男子団に加わりたいと彼はいった。いままで一年近くそう思いつづけてきたのだ。もうおば郷には縁がない、女や娘や小さな子供たちとは縁がない。ほかの男の子たちといっしょに暮らしていきたい。ビットの兄のイトは四ツ川領の男子団のメンバーで、同じおば郷出身の男の子の面倒をみてくれる。それにエドニードはもう出かける準備をしている。ボーニィとエドニードとビットはちかごろ、ある男たちと話しあった。母が考えているように、男たちはみんな無知で頭がおかしいわけではなかった。彼らはあまり喋らないが、いろいろなことを知っている。

「なにを知っているの？」と母は怖い顔をして訊いた。

「どうやって男になるか、知っている」とボーニィはいった。「それこそぼくがなりたいものだ」

「そんな男になんかなってもらいたくない――そうはさせない！　イン・ジョイ・ボーン、あなたは、母船の男たちを覚えているはずよ、真の男たち――ここにいるような哀れな、汚らしい隠者とはまったくちがう。あなたがああいうものにならなくてはならないと考えながら育っていくなんて、わたしには耐えられない！」

「あのひとたちは、そんなものじゃない」ボーニィはいった。「あのひとたちのところへ行って話してみるべきなんだ、母さん」

「まったく世間知らずね」母はあざわらった。「女は話だけをするために男のところに行ったりはしないものなのよ」

母はまちがっている。おば郷にいる女たちはみんな、三日歩けばたどりつけるところに定住地の男たちがいるのを知っている。女は男と話をする、食料探しに出かけたときには。ただ信用していない男には近づかないだけだ。ふつうそういう男たちはすぐに姿を消してしまう。ノイトが話してくれたことがある。「男たちの魔法が彼らにかけられる」つまり、ほかの男たちが、信用できない輩《やから》を追いだすか、殺してしまうのだという。でもわたしはそのことはいわなかった。ボーニィがこういっただけだ。「崖の洞窟男はとてもいいやつだ。ある場所に連れていってもらったけど、ぼくはそこであのひとびとが残していった遺物を見つけたんだよ」——古代の文化遺物で、母もそれを見たときとても興奮していた。「男は女の知らないことを知っている」ボーニィは言葉をついだ。「せめてしばらくのあいだ男子団に入っていたい。入らなくてはいけないんだ。いろいろなことが学べるんだから！　彼らについてはまだ確実な情報がないじゃないか。ぼくたちが知っていることといえば、このおば郷のことだけだ。ぼくは報告書に書けるような材料を手に入れられるまでいるつもりだ。いったんここを出てしまえば、二度とおば郷にも男子団にももどることができなくなる。ぼくもいずれは母船に帰らなければならない、さもなければ、男になるように努力するか。だから試しにやらせてみてよ、おねがいだ、母さん？」

「あなたがなぜ、どうやって男になれるか学ばなければならないと考えるのか、わたしにはわからない」と母はしばらくしてからいった。「そのことならもう知っているはずよ」

ボーニィがそのときにっこり笑ったので、母は彼を抱きしめた。

わたしはどうなの、とそのときわたしは思った。母船がどんなものかわたしは知りもしない。わたしはここにいたい、わたしの魂があるところに。この世界に住むためにもっといろいろなことを学びたいと思う。

でもわたしは母とボーニィが怖かった、ふたりとも魔法を使うからだ。だからわたしは、教えられたとおりに、なにもいわずじっとしていた。

エドニードとボーニィはいっしょに出かけた。エドニードの母ノイトは、ふたりが連れ立って出かけたことを、わたしの母と同じようによろこんでいた。母はなにもいわなかったが。

ボーニィたちが出ていく前の夜、ふたりの男の子は、おば郷の家をぜんぶまわって歩いた。とても長い時間がかかった。どの家もたがいにほかの一、二軒の家から見えたり聞こえたりする位置にあり、あいだには藪や畑や灌漑《かんがい》用の溝や小道などがあった。どの家でも母と子供たちがさよならをいうために待っていた。ただだれもそれを口に出してはいわない。わたしたちの言語には、こんにちはや、さようならという言葉はなかった。家のひとは男の子たちになかに入るようにすすめ、食べるものをあたえ、領までの旅にもっていけるものをあたえた。ボーニィたちが戸口に出ると、家にいるひとたちがみんな出てきてふたりの手や頬に触った。イトが以前こんなふうにおば郷の家をまわったことを覚えている。わたしはそのとき泣いた。なぜ泣いたかというと、わたしはイトをそれほど好きではなかったけれど、だれかが、まるで死んでしまうように永久にいなくなるということが、とても不思議に思われたからだった。こんどは泣きはしなかった。でも夜じゅう何度も目が覚めてしまい、けっきょくボーニィが夜明け前に起きだして、荷物をかついで静かに出ていく物音を聞いていた。母も目を覚ましていたと思うが、習慣にしたがって彼が出ていくあいだも、そのあともずうっと静かに横になっていた。

わたしは母が『思春期の男子はおば郷を去る——儀式の名残り』と記した記述を読んだことがある。

母は無線機をお守り袋に入れていくように、そしてときどきでいいから連絡をしてほしいといっていた。彼はいやがった。「ぼくはこれをまともにやりたいんだよ、母さん。まともにやらないなら、やる意味がないんだ」

「あなたと連絡がとれないなんて耐えられないわ、ボーニィ」母はハイン語でいった。「でもし無線機がこわれるとか、取り上げられるとかしたら、よけい心配しなくちゃならないよ、まったく理由もなしにさ」

母はとうとう半年待つことに、最初の雨まで待つことに同意した。そうしたら陸標のところ、領の南端を示す川の近くの大きな遺跡のところに行っているから、そこまで会いにくるようにとボーニィと約束をした。「でも待つのは十日だけだよ」とボーニィはいった。「行かれないときは、行かれないんだから」母は承知した。小さな赤ん坊に話をしている母親のようだ、とわたしは思った。なんでもうんうんと返事をしている。それはまちがっているようにわたしには思えた。でもボーニィは正しいと思った。男子団から母親のところにもどってくる者はいないのだ。

でもボーニィはもどってきた。

夏は長く、空気は澄んで美しかった。わたしは星見を学んでいた。乾季の夜、野原に寝ころんで、東の空にある星を見つけ、それが空を横切って沈むまで眺めている。むろん目を休めるために、視線をそらし、まどろむことはできるけれども、その星に、その星のまわりの星々にまた目を向けつづける。大地が回っているのを感じるまで、星々と世界と魂がいっしょになって動いているのが感じられるまで。その星が沈んでしまうと、曙《あけぼの》の光に目を覚まされるまで眠る。それからいつものように心する沈黙で、昇った太陽に挨拶をする。暖かなすばらしい夜に、澄みきった夜明けにあの丘にいられるのはとても幸せだ。はじめのうちは二度ほど、ハイアルーといっしょに星見に出かけたが、そのあとは別々に出かけた。ひとりのほうがよかった。

そんな夜のあと、日の出とともに〈岩山〉と〈郷の上の丘〉のあいだにある狭い谷をくだってくると、男がひとり藪を踏みしだいて山道にあらわれ、わたしの前に立った。「怖がらなくていい」と男はいった。「聴け！」がっしりした体格で、上半身ははだかだった。ひどい臭いがした。わたしは棒のように突っ立っていた。男は「耳をかたむけよ！」とおばたちのようにいったので、わたしは耳をかたむけた。「おまえの兄と友だちはみんな無事でいる。おまえの母親はあそこに行ってはならない。男子のなかに悪い徒党に入っている者がいる。やつらに犯されるかもしれない。おれはほかのやつらと組んで、その徒党の首領どもを殺してまわっている。これはしばらくかかる。おまえの兄はほかの徒党に入っている。彼は無事だ。母親に伝えろ。おれがいったとおりくりかえしていってみろ」

わたしは一語一語くりかえした。いつも聴いたことはそうするように学んでいたからだ。

「そうだ。よし」と男はいうと、短く力強い脚で険しい斜面をよじのぼり姿を消した。

母はすぐにでも領に出かけたかっただろう。でもわたしは男の伝言をノイトにも話したので、ノイトはわたしたちの家のポーチのところまでやってきて母に話しかけた。わたしはノイトの言葉に耳をかたむけた。なぜならば、ノイトはわたしがよく知らないこと、母がまったく知らないことを話していたからだ。ノイトは小柄の穏やかな女で、息子のエドニードにとてもよく似ていた。教えること、唱うことが好きだったから、子供たちはいつもその家のまわりに集まってきた。母が旅の支度をしているのをノイトは見た。そしていった。「地平線の上の家の男が、あの子たちは無事だといっているの」母が耳をかそうとしないのを見ると、ノイトは言葉をついだ。彼女はわたしに話しかけているようなふりをした。なぜなら一人前の女はほかの女には教えないものだから。「男たちのなかに、悪い徒党を解散させようとしている者がいる、と彼はいっているの。男子団が悪いことをするようになると、男たちはそうするの。ときには、そのなかに魔法使いがいる。首領もいれば、年かさの男の子も、悪い徒党を組もうとする男たちもいる。定住地の男たちは、魔法使いを殺し、男の子たちに怪我をさせないようにしてくれる。悪い徒党が領の外に出てくれれば、みなに危険が及ぶ。定住地の男たちはそれを望まない。彼らはおば郷が安全なように守ってくれるの。だからあたの兄もだいじょうぶ」

母は、ピギの根を網のなかに入れる手を休めない。

「女が犯されることは、定住地の男たちにとってとても耐えられないことなの」ノイトはわたしにいった。「つまり女たちが彼らのところに行かなくなるから。もし男の子たちが女をむりやり犯すようなことがあれば、定住地の男たちはきっと男の子を皆殺しにするわ」

わたしの母はついに耳をかたむけた。

母はボーニィに会いにはいかなかったが、雨季のあいだずうっと沈みこんでいた。病気になり、老ドネミおばはディズウをわたしたちの家によこして、ギャグベリーの果汁を母に飲ませた。母は病気のあいだもマットレスに横たわってノートを書きつづけた。さまざまな病気のこと、薬のこと、そして成人の女はほかの家に入ることができないので、年かさの娘たちが病気の女たちの世話をしなければならないことなど。母はかたときも仕事を休むことなく、ボーニィのことも休むことなく心配しつづけていた。

雨季のおわりごろ、暖かな風が吹きはじめ、黄色の蜜花が丘じゅうに花を開き、黄金色の季節がやってくると、ノイトが、畑仕事をしている母のもとにやってきた。「地平線の上の家の男の話では、男子団はみな無事だそうよ」とノイトはいって立ち去った。

母はしだいに理解するようになった。成人の女は他人の家に入らず、たがいに話をしあうこともなく、男と女はほんの短い気まぐれな関係をしばしば結ぶだけで、男は生涯孤独な生活を送るのだが、それでもある種のコミュニティは存在するということ、繊細で確かな意図と抑制、つまり社会的な規律をもつ薄く広いきめこまかなネットワークが存在することを。母船に伝える母の報告は、この新たな発見で占められていた。だがそれでも母はソロ人の生活を貧しいものだと考え、これらのひとびとを単なる生き残り、偉大な文明の残滓《ざんし》だと考えていた。

「マイ・ディア」と母はいった——ハイン語で。わたしの言語には〈マイ・ディア〉にあたる言葉はない。家のなかでわたしと話をするときはハイン語なので、わたしもハイン語をすっかり忘れてしまうわけにはいかない。「マイ・ディア、理解不能のテクノロジーを魔法と解するのは原始的な観念よ。これは批判ではなく、単なる説明だけど」

「でもテクノロジーは魔法じゃないわ」とわたしはいった。

「いいえ、魔法よ、彼らの頭のなかでは。あなたがたったいま記録した話を考えてごらん。〈時の始まる前〉の魔術師は、魔法の箱に入って空を飛び、海底や地下を走っている」

「金属の箱に入って」とわたしは訂正した。

「いいかえれば、飛行機、トンネル、潜水艦よ。失われたテクノロジーが超自然的なものとして説明されている」

「ああいう箱は魔法ではないわ」とわたしはいった。「あのひとたちこそが魔法よ。あのひとたちは魔術師よ。彼らはほかのひとたちを支配するためにその力を使ってきた。まともに生きるためには、ひとは、魔法に近づいてはいけないのよ」

「それは文化的必然だわ、なぜなら数千年前、テクノロジーの野放しの発展が、破滅へと向かった。まさにそうよ。その不条理なタブーには完全に条理にかなった理由があるのよ」

〈条理にかなった〉とか〈不条理な〉とかいう言葉が、わたしの言語ではどういう意味になるのかわからなかった。それにあてはまる言葉は見つからなかった。〈タブー〉というのは〈有害な〉という言葉と同じ意味だ。わたしは母の言葉に耳をかたむけた、なぜなら娘は母親から学ぶべきものだから。それにわたしの母は、ほかのひとが知らないことをたくさん知っている。でも教えを受けることはときとしてとても難しい。母の教えにもっと物語や歌がふくまれていればいいと思う。そして言葉がもっと少なければいいのに。だって言葉は網で水をすくうようにわたしの耳からどんどんこぼれていってしまうのだ！

黄金色の季節がおわり美しい夏になり、銀の季節がまいもどって、雨が降りだすまで、丘と丘のあいだの谷間に霧がたちこめる。やがて雨が降りはじめ、くる日もくる日もえんえんとなまぬるい雨を降らす。ボーニィとエドニードの消息は一年以上も聞いていない。するとある晩のこと、葦の屋根をたたく雨の単調な音が、扉をひっかく音とささやき声に変わった。

「しぃーっ——だいじょぶ——だいじょぶ」

わたしたちは火をかきたて、話をするために暗闇のなか、火のそばにうずくまった。ボーニィは背丈が伸びてとても痩せてしまった、乾いた皮膚がはりついた骸骨といったところだ。上くちびるの切り傷がひきつって、歯をむきだしそうなりだしそうな顔つきになり、まともな発音ができないことがあった。声はもう一人前の男の声だった。凍えた骨を温めるために火のそばにうずくまった。着ているものは濡れそぼったぼろだった。ナイフは首のまわりに紐で吊り下げられていた。「だいじょぶだった」彼はそういいつづけた。「でももうあそこへはもどりたくない」

彼は男子団での一年半の生活については多くを語らず、船にもどったら詳細な記録を作るからといいはった。彼がわたしたちに語ったのは、もしソロに残るとすれば、自分はなにをしなければならないか、ということだった。領にもどって年上の男の子のあいだで、わが身を守らねばならない、恐怖と魔術によってつねに自分の力を示さねばならない。男子団を去るほどの歳になるまで——つまり、領を去り、ひとりさすらい、男たちが彼を定住させてくれる場所を探しだす歳になるまで。エドニードはもうひとりの男子とペアを組んでいて、雨がやむとふたりして出ていった。ペアは、その結びつきが性的なものなら、そのほうが生き延びるのに楽だ、と彼はいった。彼らが女を張りあわないかぎり、定住地の男たちは彼らに挑戦はしない。だがおば郷から徒歩で三日以内の地域に入った新顔は、定住地の男たちに対して自分の実力を示してみせなければならない。「同じことが三年も四年もつづくんだ」と彼はいった。「挑戦し、闘争し、たえず他人を監視し、警戒し、自分がいかに強いかを示し、昼も夜も、しっかり見張っていなければならない。そして一生をたったひとりで暮らさなければならないなんてね。おれにはできない」彼はわたしを見た。「おれはシトじゃない」と彼はいった。「おれはコキョに帰りたいんだ」

「すぐに無線で船に知らせる」と母は心からほっとしたように落ち着いた声でいった。

「だめよ」とわたしはいった。

ボーニィは母を見つめている。母がわたしのほうをふりかえって喋ろうとしたとき彼は片手を上げた。

「おれは帰る」と彼はいった。「彼女は帰る必要はない。なぜ帰る必要がある？」わたしのように理由がなければ名前を使わないことを、彼は学んできたようだ。

母は彼からわたしに視線を移し、最後に笑うような声をあげた。「この子をここに置いていくわけにはいかないわ、ボーニィ」

「なぜあんたが帰らなければならないんだ？」

「わたしが帰りたいからよ」と母はいった。「もうじゅうぶん学んだ。じゅうぶんどころじゃない。七年以上にわたって女性について膨大な情報を集めた。そしていまあなたは、男性側の情報の欠如を埋めることができる。それでもうじゅうぶん。いまはその時期、いえその時期はとっくに過ぎている、わたしたちみんなが、わたしたち人類のもとに帰るときは。わたしたちみんなが」

「わたしに同胞はいない」とわたしはいった。「わたしは人類には属していないの。わたしはひとになる努力をしている。なぜわたしを、わたしの魂からひきはなそうとするの？　あなたはわたしが魔法を使うのを望んでいるのね！　わたしはいや。わたしは魔法は使わない。あなたの言葉は喋らない。あなたといっしょには行かない！」

母はどうしても耳をかたむけようとしなかった。怒ったように話しだした。ボーニィはまた片手を上げた、女が歌を唄いはじめるときのように。母は彼を見つめた。

「あとで話しあおう」と彼はいった。「あとで決めればいい。おれはいま眠りたいんだ」

わたしたちがどうするか、どうやってそれを実現するか決めているあいだ、彼はわたしたちの家で二日のあいだ隠れていた。それは惨めな時間だった。わたしは病気にかかったふりをして家に閉じこもった。そうすればほかのひとたちに嘘をつかずにすむからだった。ボーニィと母とわたしは何度も話しあった。ボーニィは、わたしといっしょにここに残るように母を説得した。わたしは、サドニかノイトのもとに置いていってくれるように母にたのんだ。ふたりのどちらもきっとわたしを家に招きいれてくれるはずだ。母は拒否した。彼女は母親で、わたしは子供、母の力は聖なるものだ。母は船と交信し、着陸船の手配をし、おば郷から徒歩で二日の不毛地帯にわたしたちを迎えにきてもらうことになった。わたしたちは夜こっそりと出発した。わたしはお守り袋だけをもった。次の日は一日じゅう歩き、雨がやむと少し眠り、そしてまた歩きつづけようやく荒れ地にたどりついた。地面は瘤だらけで穴や洞窟がたくさんあった。〈時の始まる前〉の遺跡。土壌は、ガラスの小さな粒やら硬い砂利のような小さなかけらだった。まさに砂漠としかいいようのない不毛の地。そこではなにも育たない。わたしたちはそこで待った。

空が裂け、光るものが落ちてきて、わたしたちの目の前の岩の上に着陸した。〈時の始まる前〉の廃墟ほど大きくはないが、どんな家よりもそれは大きかった。母はわたしにあてつけるような奇妙な微笑をうかべた。「これが魔法？」と母はいった。わたしにはそれが魔法ではないと考えるほうがずっと難しかった。でもそれはただの物で、魔法は物にはなく、心のなかにだけあるものだ。わたしはなにもいわなかった。わたしの故郷を出てからわたしはひとことも口をきいていなかった。

ふたたび故郷にもどるまでだれにも口をきくまいと決心した。でもわたしはしょせん子供、耳をかたむけ従う習慣がついていた。船の上はまったく奇妙な新しい世界で、わたしの決心もほんの数時間しかつづかなかった。そのあとわたしは泣きだし、おうちに帰ろうとせがんだ。おねがい、おねがい、どうかおうちに帰して。

船のひとたちはみんなわたしにとても親切だった。

そのときもわたしはボーニィが耐え忍んで経験してきたこと、わたしがこれから耐え忍ばなければならないことについて考え、わたしたちの試練を比較した。そのちがいは歴然としているように思われた。ひとりぼっちで食料もなく、雨風をしのぐ場所もない。怯えた男の子が、同じように怯えた競争相手のなかで、年上の若者たち――男らしさの象徴と見なしている権力を握りそれを維持していこうとしている年上の若者たち――の野蛮な行為と闘って生き延びようとしてきた。一方いまのわたしは大事に面倒をみてもらい、衣服もあたえられ、吐き気をもよおすほど栄養たっぷりの食事をあたえられ、熱が出たんじゃないかと思うほど温かくしてもらい、導かれ、説いて聞かされ、賞賛を受け、とても大きな都市の市民から友情をもらい、彼らが人間愛だと見なしている力を分かちあたえてもらっている。彼もわたしも魔術師たちの手中におちてしまったのだ。彼もわたしも、わたしたちのまわりにいる同胞のよいところは理解できたが、彼もわたしも、彼らを受け入れることはできなかった。

ボーニィはわたしに話してくれた。領では何日も孤独な夜を過ごし、火の気もない小屋にうずくまり、頭のなかで、おばたちから聞かされた話をくりかえし、歌を唱ったのだという。わたしも船の上で毎晩同じことをした。でもあのひとたちに話を聞かせたり、歌を唱ってやることは拒否した。わたしはわたしの言語も話さなかった。沈黙を守るためのそれが唯一の方法だった。

母はとても怒って長いあいだ許そうとはしなかった。「あなたの知識は、わたしたちの同胞のおかげよ」と母はいった。わたしは返事をしなかった、なぜなら、わたしにいえるのは、彼らはわたしの同胞ではなく、わたしに同胞はいないということだったから。わたしはひとりのひとだ。わたしには喋らない言語がある。沈黙がある。ほかにはなにもない。

わたしは学校へ行った。おば郷のように、船にも年齢のちがう子供たちがいた。大勢の大人がわたしたちに教えてくれた。エクーメンの歴史や地理が主だった。母は、ソロ第十一惑星の歴史、わたしの言語で〈時の始まる前〉と呼んでいる時代のことを学ぶよう、わたしにある報告書をくれた。その報告書を読んでわかったことは、わたしの世界にあった都市は、これまで建設された都市のなかでももっとも大きい都市で、ふたつの大陸を擁しており、その一部が農耕地として使われていた。その都市に住んでいた市民は千二百億だったが、生物や海や大気や大地が死んでいき、やがてひとびとも死にはじめた。恐ろしい物語だった。わたしは恥ずかしく思い、船にいるほかのひとびと、エクーメンに属しているひとびとがだれもこの事実を知らないようにと願った。それにしても、もし彼らがわたしの知っている〈時の始まる前〉の物語を知れば、魔法というものがいかにして自滅の道をたどるようになったのか、そうならざるをえなかったかをきっと理解するだろう。

一年もしないうちに、母は、わたしたちがハインに行くことになったと告げた。船のドクターと彼の賢いマシンがボーニィの唇を修復してくれた。彼と母は、自分たちが手に入れたあらゆる情報を記録に加えた。ボーニィはエクーメンの学校で教育を受ける年齢に達していて、彼はそうすることを望んだ。わたしのほうは体調がよいとはいえなかった。ドクターのマシンもわたしを修復することはできなかった。体重が減り、よく眠れず、ひどい頭痛がした。乗船するとほとんどすぐにわたしは初潮を迎えた。そのたびに烈《はげ》しい腹痛に見舞われた。「ここがいけないのね、この船の生活が」と母はいった。「戸外に出る必要があるわ。惑星で。文明の発達した惑星で」

「もしハインへ行ったら」とわたしはいった。「もどってきたときには、わたしの知っていたひとたちはみんな何百年も前に死んでいることになるわ」

「セレニティ」と母はいった。「ソロの言語で物事を考えるのはやめなさい。もうソロは去ったのよ。自分を欺いたり、自分を苦しめるのはやめなさい。前を見て、うしろをふりかえらない。人生があなたの行く手に広がっている。ハインは、あなたが生きることを学ぶところですよ」

わたしは勇気をふるいおこして、わたし自身の言語で話した。「わたしはもう子供じゃない。あなたの力はもうわたしには及ばないわ。わたしは行かない。わたしを置いていって。あなたの力はもうわたしには及ばない！」

これは、魔法使いや魔術師にいうようにと教えられた言葉だった。母がこの言葉をすべて理解したかどうかはわからないが、わたしが母をひどく恐れていることは理解した。それが母を沈黙に追いこんだ。

しばらくしてから母はハイン語でいった。「いいわ。あなたに及ぼす力はない。でも権利はいくつかあるわ。誠実である権利、愛する権利」

「あなたが力ずくでわたしにやらせることは、どれも正しくない」わたしは相変わらず自分の言語でいった。

母はまじまじとわたしを見つめた。「あなたは、あのひとたちみたいね。あなたは彼らの仲間よ。あなたは愛というものを知らない。あなたは石のように自分のなかに閉じこもっている。あそこへ連れていかなければよかった。文明社会の廃墟にうずくまっているようなひとたちのもとへ――野蛮、頑迷、無知、迷信深いひとびとのもとへ――だれもが恐ろしい孤独のなかに生きている――あの連中があなたを仲間にひきずりこむのを、わたしは黙って見ていた！」

「あなたがわたしを教育してくれたわ」とわたしはいった。わたしの声は震えはじめ、わたしの口はわななきながら言葉を吐きだした。「それにここの学校も。でもわたしのおばたちもわたしを教育してくれたわ、その教育を最後まで受けたいの」わたしは泣いていたが、両手を握りしめてしっかりと立っていた。「わたしはまだ一人前の女じゃない。わたしは一人前の女になりたいの」

「でも、レン、あなたは女になる！――ソロでなんかより十倍も立派な女になるのよ――わかってちょうだい、わたしを信じて――」

「わたしに及ぼす力はあなたにはない」とわたしはいい、目を閉じ両手で耳をふさいだ。母はそばによってきてわたしを抱いたが、わたしは身を硬くしたまま、母がわたしをはなしてくれるまでその手の感触に耐えていた。

船のクルーは、わたしたちが惑星上にいるあいだに一新されていた。第一期観察隊員はほかの世界に行ってしまった。いまのわたしたちのバックアップは、ゲセン人の考古学者で、名前をアレムといい、若くはなく穏やかで用心深い人物だった。アレムはふたつの砂漠の大陸だけにしか滞在したことはないので、彼《かれ》‐女《じょ》の言によれば〈土着の生き物のあいだで生活をしていた〉わたしたちと話のできる機会を歓迎した。アレムといるときは心がやすらいだ。ほかのだれともまるでちがっていたから。アレムは男ではない――わたしはいつもまわりに男がいるのにはどうしても慣れなかった――かといって女でもない。それに正確にいえば成人でもなく、かといって子供でもない。ひとりのひと、わたしのように。彼‐女はわたしの言語をよく知らないが、わたしと話すときはいつもわたしの言語を使おうと努力した。このたびの危機が生じたとき、アレムは母のところにやってきて、母の相談にのり、わたしをもとの惑星に降ろすようにと進言した。ボーニィはこの話しあいに加わっていて、そのときの様子を話してくれた。

「もしおまえがハインに行けばきっと死ぬだろうとアレムはいった」とボーニィはいった。「おまえの心は死ぬとね。彼‐女がいうには、われわれが学んだもののなかのあるものは、彼‐女らがゲセンにおいて彼‐女らの宗教から学ぶものと似ているというんだ。それを聞いて母さんは原始的な迷信だときめつけることを思いとどまったようだ……アレムがいうには、おまえはエクーメンにとって有用になるかもしれない。もしおまえがソロにとどまっておまえの教育をまっとうするならば。おまえははかりしれぬ資源になるだろうってさ」ボーニィは嘲るようにくすくす笑った。わたしもしばらくして同じように笑った。

「彼らはおまえを

小惑星みたいに掘りつくすだろうね」と彼はいった。「ねえ、おまえがとどまり、おれが行けば、おれたちは死に別れになるんだね」

それは船に乗っている若いひとびとがよくいうことだ。ひとりが何光年ものかなたへ飛び、もうひとりがとどまろうとするときに。さよなら、死に別れだね。それは真実だった。

「そうね」とわたしはいった。喉がきゅんと詰まり、怖くなった。わたしの故郷で大人が泣くのを見たことがない。見たとすればスットの赤ん坊が死んだときだけだ。スットは一晩大声で吠《ほ》えた。犬みたいに吠えるのね、と母はいったが、わたしは犬というものを見たことも聞いたこともなかった。女が大声で泣きさけぶのは聞いたことがある。ああいう声はとても恐ろしい。「もし故郷に帰ることができるなら、わたしが自分の魂を育ておわったとき、ハインへしばらく行ってもいいわ」とわたしはハイン語でいった。

「男探しに？」ボーニィがわたしの言語でいって笑ったので、わたしもまた笑いだしてしまった。

だれも兄弟をいつまでも身近に置いておくことはできない。それはわかっている。でもわたしにとっては死んでしまったボーニィがもどってきた。だから、彼にとって死んでしまったわたしももどるかもしれない。すくなくとももどるふりができるかもしれない。

わたしの母は決断した。母とわたしはもう一年船に残り、ボーニィはハインへ行く。わたしは船の学校に通いつづける。そしてもしその年のおわりに、あの惑星にもどるわたしの決心がまだ変わらなければ、わたしはもどってよろしい。わたしがいっしょでも、いっしょでなくても、母はハインのボーニィのもとへ行く。わたしが彼らともう一度会うことを望むならば、彼らのあとを追うこともできる。それはだれをも満足させることのない妥協案だったが、それがわたしたちにできる最善のことだったので、みんな同意した。

ボーニィは出発するとき、ナイフをくれた。

彼が行ってしまったあと、わたしは気分が悪くならぬよう努めた。船の学校で教えてくれることはすべて吸収しようと一生懸命勉強し、またアレムには、いかにして心するか、魔術をいかに避けるか、その方法を教えた。わたしたちは船内の庭園で遅き歩みをともにして、ゲセンのカルハイド王国に伝わるハンダラ教の非催眠の行《ぎょう》を一時間だけ体験した。その両者が似ているということでわたしたちの意見は一致した。

船は、ソロ星系の軌道上にとどまっていたが、それはわたしたち家族のためばかりではなく、クルーのほとんどが、ソロ第十一惑星のある海棲動物を研究しにやってきた動物学者だったからだ。その海棲動物とは一種の頭足動物で、高度の知能を発達させつつあった、あるいはすでに高度の知能をもっているのかもしれない。ただしコミュニケーションに問題があった。「土着の人間と同じくらいひどいものよ」と動物学者のステディネスがいった。わたしたちの先生で、容赦なくわたしたちをからかうのだ。二度ばかり着陸船で、彼女の基地がある北半球の無人島へ連れていってくれた。わたしの世界へ、それもわたしのおばや姉妹や心の友のいるところからとほうもなくはなれた世界へ降りるのはとても奇妙な感じがした。でもわたしはなにもいわなかった。

青白い巨大な恥ずかしがりやの生き物が深い海からゆっくりとあがってきた。螺旋状の長い触肢にさざ波のように色彩をうごめかせ、ちりちりと音をゆらめかせるが、それらはとても速いので、色彩の動きにも音にもなかなかついていけない。動物学者のマシンは、ピンクの輝きと、早送りのテープのような囀《さえず》り、果てしない大海のなかの甲高くかぼそい囀りを伝えてくる。頭足動物は美しい銀色の幻のような言語で根気よく応える。「CP」とステディネスはわたしたちに皮肉な口調でいう——意思疎通の問題《コミュニケーションプロブレム》。「なにを喋っているのかわからないのよ」

わたしはいった。「ここで受けた教育でわたしはあることを学びました。歌のひとつにこういうのがあります」わたしはおずおずとそれをハイン語に翻訳した。「それはこう唱っています。考えることは、行動のひとつの方法、言葉は、考えるひとつの方法」

ステディネスはわたしを凝視した。納得できないのかな、とわたしは思ったが、たぶんわたしがこれまで「はい」という言葉以外なにも喋らなかったから驚いたのだろう。ようやく彼女がいった。「あれは言葉で喋っているのではないというの？」

「たぶんなにも喋ってはいないと思います。たぶん考えているんです」

ステディネスはしばらくわたしを見つめていたが、やがてまたいった。「ありがとう」彼女も考えているような顔だった。わたしは水の底に沈んでしまいたいと思った。あの頭足動物のように。

船にいるほかの若いひとびとは、とても親切で礼儀正しかった。これはわたしの言語には翻訳できない言葉である。わたしは不親切で不躾《ぶしつけ》だったが、みんな素知らぬ顔をしていた。ありがたかった。でも船のなかではひとりになれるところはない。狭いながらもむろんひとりひとり自分の部屋はある。ヘイホ号はハイン製の探査船で、何年もつづけてひとつの太陽系をうろついているあいだ、乗員に部屋とプライバシーと快適さと目先の変化と美しさをあたえるように設計されている。だが所詮は計画的に作られたものだ。すべて人為的に作られたものだ――すべて人類特有のものだ。一部屋しかない故郷のわが家よりはるかにしっかりとプライバシーは守られている。でもわたしはあそこでは自由だった。ここでは罠のなかに囚われている。まわりにいるひとびとの圧力を感じる、たえず。わたしのまわりにいるひとびと、わたしといっしょに過ごすひとびと、わたしに圧力をかけるひとびと、彼らのひとりになるようにと、ひとびとのひとりになれとわたしに強いるひとびと。そんななかでどうして魂を育んでいくことができよう？　魂にしがみついていることさえできない。わたしは魂を失ってしまうのではないかという恐怖に駆られた。

お守り袋のなかの石のひとつ、銀の季節に川ぞいの丘のある場所で、ある日拾ったあの灰色の醜い小石、わたしの世界のほんのひとかけら、それがわたしの世界になった。毎晩ベッドに横たわって眠りを待っているあいだそれを取りだして握りしめ、川ぞいの丘の陽光を思い出す。機械じかけの海のような、船のシステムがたてるしゅうしゅうというかすかな音に耳をかたむけながら。

ドクターは効果を期待してわたしにいろいろな強壮薬をあたえた。わたしは母といっしょに毎朝食事をした。母はずっと仕事をつづけ、ソロ第十一惑星で過ごした歳月に記したすべてのメモをもとにエクーメンに提出する報告書を作成しているが、その仕事が順調にすすんでいないことは知っていた。彼女の魂も、わたしの魂と同じように危機に瀕していた。

「あなたはけっしてあきらめないのね、レン」ある朝、母は朝食の沈黙を破ってそうわたしに訊いた。わたしは沈黙にメッセージをこめたつもりはなかった。ただ沈黙のうちにやすらぎを見いだしていたにすぎない。

「母さん、わたしは故郷に帰りたい。あなたも故郷に帰りたいのね」とわたしはいった。

「だめかしら?」

彼女はしばらく奇妙な表情をしていた、わたしのいうことを誤解して。やがてその誤解はとけて、悲しみと敗北と安堵の表情に変わった。

「死に別れね?」と母は口を歪めて訊いた。

「わからない。わたしは魂を育む必要があるの。そのときになって行けるかどうかがわかると思うわ」

「わたしがもどれないことはわかっているわね。みんなあなた次第なのよ」

「わかっているわ。ボーニィに会いにいきなさい」とわたしはいった。「故郷へ帰りなさい。ここにいたのではふたりとも死んでいくばかり」やがてわたしの口から騒音が発せられた、すすり泣き、咆哮。母も泣いていた。わたしに近づくとわたしを抱きしめた。わたしも母を抱きしめることができた。しがみついて、いっしょに泣くことができた、なぜなら母の呪縛が解けたからだ。

近づいていく着陸船から、わたしはソロ第十一惑星の大洋を見た。深い歓喜にひたりながらわたしは思った。いまに成長してひとりで出かけるようになったら、海辺へ行って、海の生き物たちの色の輝きを見、音の調べに耳をかたむけよう、彼らがなにを考えているのかわかるまで。耳をかたむけよう、学びとろう、わたしの魂が、陽光あふれるこの世界のように大きくなるまで。傷だらけの荒れ地が眼下で渦を巻いている、大陸ほどもある広漠とした廃墟、果てしない荒涼の地。わたしたちは着陸した。わたしはお守り袋をもち、ボーニィのナイフを紐で首に吊るした。発信機は右の耳たぶに埋めこんである。それから母がわたしのために用意した薬箱。「指に黴菌《ばいきん》が入って死んだりしたらつまらないわ」と母はいったのだ。着陸船のひとびとがさよならといったが、わたしはいうのを忘れてしまった。わたしは砂漠から抜けだし故郷に向かった。

夏だった。夜は短く暑かった。夜もほとんど歩いた。二日目の昼ごろにおば郷にたどりついた。用心しながらわたしの家に行ってみた。わたしの留守のあいだにだれかが移り住んでいるかもしれない。でも家はわたしたちが出ていったときのままだった。マットレスには黴《かび》が生えていたので、それやら布団やらを日に干し、それから畑に出て、なにが自然に生えているか見にいった。ピギは小さくみすぼらしかったけれど、よい根が何本かあった。小さな男の子がよってきてわたしをじっと見つめた。ミギの赤ん坊にちがいない。しばらくしてハイアルーが通りかかった。彼女は、陽光の降りそそぐ畑にいるわたしの近くにしゃがみこんだ。わたしは彼女を見て笑った、彼女も笑った。でもなにかを話すまでにはしばらくかかった。

「お母さんはもどってこなかった」と彼女はいった。

「あのひとは死んだの」とわたしはいった。

「それは気の毒だったね」とハイアルーはいった。

彼女はわたしがもう一本根っこを掘り上げるのを眺めている。

「〈歌の集い〉にくるかい？」と彼女がいった。

わたしはうなずいた。

彼女はまた笑った。赤茶色の肌と大きくはなれた目をもったハイアルーはとても美しくなったが、その笑みは、わたしたちが小さな女の子だったころとちっとも変わっていない。

「そうかあ！」彼女は深い満足の吐息をつき、土の上に腹ばいになり、両手にあごをのせた。

「よかったあ！」

わたしは幸せを噛みしめながら掘りつづけた。

その年と次の年と、わたしはハイアルーとほかのふたりの娘といっしょに〈歌の集い〉に参加した。ディズウもちょくちょくやってきたし、ひとりめの赤ん坊を産むためにわたしたちのおば郷に身を落ち着けた女、ハンも加わった。〈歌の集い〉では、年上の娘たちは、物語や歌や、彼女たちが母親から学んだ知識を口伝《くちづ》てに語った。そしてほかのおば郷に住んでいた若い女たちは、よそで学んだものを教えた。そうやって女たちはたがいに魂を育み、子供たちの魂を育んでいく方法を学ぶのだ。

ハンは老ドネミおばが死んだ家に住んでいる。わたしたち家族があの惑星に住んでいるあいだに、スットの赤ん坊が死んだほかはおば郷で死んだ者はだれもいなかった。わたしの母は、死や葬式に関する資料が手に入らないといって愚痴をこぼしていた。スットは死んだ赤ん坊といっしょに出ていったまま二度ともどらなかったし、それについてはだれひとり口を開かなかった。思うにそれがほかのなによりも、わたしの母がみなに反感をいだく原因になったのではあるまいか。スットのところへ行って慰めようにもそれができない、ほかのだれもそうする者がいないと母は怒り、それを恥じた。「人間の情がないのね」と母はいった。「完全な動物的行動よ。破滅した文明だという、これほど明らかな証拠はないわね——社会ではなく、文化の廃墟よ。見るに堪えない恐るべき文明の貧困」

ドネミの死が彼女の心を変えたかどうかはわからない。ドネミは、腎臓が悪いらしく、長いこと重態がつづいていた。肌は黒ずんだオレンジ色になった、黄疸《おうだん》だった。動きまわれるあいだはだれひとり手を貸さなかった。一日二日家から出てこないようなことがあると、女たちは子供に水と少しの食べ物と薪《まき》をもたせて彼女のもとにやった。冬のあいだそんなことがつづいた。そしてある朝、小さなラシが母親に、ドネミおばが、「じっと見つめている」といった。数人の女がドネミの家に行き、なかへ入った。あとにも先にもただ一度のことだ。彼女たちは、〈歌の集い〉の娘たちをぜんぶ呼び集めたので、わたしたちはなすべきことを学ぶことができた。死体のそばに、あるいは家のポーチに、かわるがわるすわって、静かな歌を、子供の歌を唱った。魂が肉体から、家から出ていくまで、一昼夜の猶予をあたえるためだ。それから老いた女たちが死体を敷布で包み、輿《こし》のようなものにくくりつけ、荒れ地に向かってかついでいった。そこで死体は、石塚の下か、古代の都市の廃墟のなかに帰される。「ここは死者の地」とサドニがいった。「死んだ者はここにとどまる」

ハンは一年後にその家に腰を落ち着けた。赤ん坊が産まれそうになると、ディズウに手伝ってもらいたいとたのんだ。ハイアルーとわたしは、ポーチからそれを見守った。そうやってわたしたちは学ぶことができた。見守るのはすばらしいことだった。わたしの考え方をすっかり変えてしまった。ハイアルーも同じだった。ハイアルーは「わたしも産んでみたい！」といった。わたしはなにもいわなかった。でも心のなかでは、わたしも産んでみたい、と思ったが、いつまでもそう考えていたわけではない。なぜなら、子供をもってしまうと、二度とひとりにはなれないからだ。

わたしが書いているのは、ほかのひとのこと、ほかのひととのつながりのことだが、わたしの生活の中心は、ひとりでいることだった。

ひとりでいることについてどう書けばよいのかわからない。書くということは、なにかをだれかに伝えること、他人と心を通わせることだ。「ＣＰ」とステディネスならいうだろう。孤独とはほかとの交流を絶つこと、他人がいないこと、それ自体で満ち足りている自我のことだ。

おば郷で女が孤独でいることには、わずかな距離を置いて他人が存在することが肝要であることはいうまでもない。したがってそれは依存的なものであり、人間的な孤独である。定住地の男たちはたがいにかかわりはもたないにしても、厳しい規則に従って女たちとは関係を保っている。男たちの居住地は、おば郷には遠い存在だが、ぜったい必要なものだった。男探しをする女たちも、定住した部分とかかわりをもちながら移動する、社会の一部だった。定住地の外で暮らすことを選んだ女や男の孤立だけが完璧なものである。彼らはまったくネットワークの外にいる。こうしたひとたちが聖人とか聖なるひとびとと呼ばれる世界はいくつもある。孤立は、魔法を防ぐ確実な方法だ。わたしの世界の仮説では、彼らは他人から追放されたか、または自分の意志や良心によって社会から孤立した魔術師だと考えられている。わたしが魔法に強いことはわかっている。それはしかたのないことでは？　でもそれから逃れたいと願うようになった。ひとりでいるほうがはるかに気楽で安全だった。だがそれと同時に、しだいに害のない大いなる魔法、男と女のあいだに投げかけられる呪文について知りたいと思うようになった。

わたしは畑で作物を育てるより、野山で食料探しをするほうが好きなので、丘にはよく出かける。近ごろは、男の家を避けるようなことはせずに、そのそばをうろついたり眺めたり、男が外にいるときは彼らを見つめたりした。男たちは見つめかえした。川下の足萎え男の長いつやつやした髪の毛はちょっぴり白くなったが、彼がすわりこんで長い長い歌を唱うときは、わたしもいつのまにかすわりこんで聴いている。まるで脚の骨がなくなってしまったような感じだった。彼はとてもハンサムだった。わたしが小さいころ、おば郷にいたトレットという名の男の子は、ベイユーの息子で、彼もハンサムだった。彼は男子団からも、放浪の旅からも帰ってきて、赤石渓谷に家を建て、立派な畑をこしらえた。大きな鼻と大きな目、長い腕と脚、細長い大きな手をもっていた。非催眠の行をしているアレムのようにとても静かに動きまわる。わたしは赤石渓谷にロウベリーの実をよく摘みにいった。彼は小道を歩いてきて話しかけた。「きみはボーニィの妹だね」と彼はいった。その声は低く静かだった。

「彼は死んだわ」とわたしはいった。

赤石の男はうなずいた。「それは彼のナイフだ」

わたしの世界で、わたしが男と話をしたのはこれがはじめてだった。とても奇妙な感じがした。わたしは実を摘みつづけた。

「青い実ばかり摘んでいるね」と赤石の男はいった。

やさしい笑みをふくんだような声は、またしてもわたしの脚から骨をなくしてしまった。

「いままできみに触れた者はいないんだね」と彼はいった。「ぼくはきみにそっと触れたい。夏のはじめにきみがここにやってきてから、ぼくはずっとそのことを考えていた。きみのことを考えていた。ほら、この藪のなかに熟した実がたくさんあるよ。そこにあるのはみんな青い。こっちにおいで」

わたしは彼に、熟した実のある藪に近づいた。

船にいたときアレムが話してくれた。さまざまな言語があるけれども、性的な欲望、母と子の絆、心の友との絆、故郷を思う気持、聖なるものへの信仰などに対する言葉はただひとつ。それはみんな愛と呼ばれる。それほど偉大な言葉はわたしの言語には存在しない。おそらく母は正しいのかもしれない。人間としての偉大さは、わたしの世界では〈時の始まる前〉のあのひとびととともに消滅してしまい、残されたのは、小さなものや貧しいもの、壊れたものや思いだけなのかもしれない。わたしの言語では、愛は、さまざまなちがう言葉であらわされている。わたしはそのひとつを赤石の男とともに学んだ。わたしたちはそれをたがいに唱いあった。

わたしたちは川べりに茅葺《かやぶ》きの家を建て、畑の手入れは怠ったものの、甘い木の実をたくさんたくさん集めた。

母は一生分の避妊薬を小さな薬箱に入れてくれた。彼女はソロ人の薬草は信用していなかった。わたしは信用していた。効用もあった。

でも一年ほどたった黄金色の季節に、わたしは男探しの旅に出かけることにした。これから行くところにはきっとまっとうな薬草はあまり生えていないだろうと思った。そこで、小さな避妊宝石を左の耳たぶのうしろに突き刺した。そうしてそんなことはしなければよかったと後悔した。だってそれはまるで魔術のように思えたから。でもそのあとでわれながら迷信深くなっているなと思った。避妊薬は薬草と同じように魔術ではない、薬草より長く効くというだけだ。わたしは心のなかで母に約束した、もう二度と迷信を信じませんと。避妊宝石に皮膚がかぶさると、わたしはお守り袋とボーニィのナイフと薬箱をもって放浪の旅に出た。

出かけることはハイアルーと赤石の男には話してあった。ハイアルーとわたしは、川べりで一晩唄い、語りあかした。赤石の男はあのやさしい声でいった。「なぜ行きたいのか？」わたしは答えた。「あなたの魔法から逃げるため、魔術師さん」それはある意味では真実だった。もし彼のもとに通いつづけたら、ずっと通うことになるだろう。わたしは自分の魂と体にもっと大きな世界をあたえたかったのだ。

さて、わたしの男探しの年月を語るのは、なによりも難しい。CP！女の男探しの旅はまったくのひとりぼっちだ。定住地の男にセックスの相手をたのまないかぎり、〈歌の集い〉にまじってしばらく歌を唄ったり話を聞くためにおば郷に野営をしないかぎりは。男子団の領に近よれば、危険が待ちかまえている。ならずものの群れに遭遇すれば、危険にさらされる。怪我をしたり、汚染された土地に入ったりすれば、危険にさらされる。自分以外に頼るものはなく、ありあまる自由というものはとても危険だった。

わたしの右の耳たぶには小さな発信機が埋めこまれている。四十日ごとに、約束どおり、〈無事〉というシグナルを船に送った。もしここを立ち去りたくなったら、別のシグナルを送ればいい。着陸船を呼べば、どんな窮境からも救ってもらえる。二度ほど窮地におちいったが、シグナルを送ろうとは思わなかった。わたしのシグナルは、単に母や母の同胞たちとの約束を果たすにすぎない。わたしはもはやそのネットワークの一部ではない、意味のない通信である。おば郷の生活、または定住地の男との生活は、前にも述べたように同じことのくりかえしだ。だから退屈にもなる。新しいことはなにも起こらない。心はいつも新しい出来事を望んでいる。だから放浪、男探し、旅、危険、変化というものが若者の魂のためにあるのだ。だがむろん旅も危険も変化も、それ自体退屈な面もある。所詮はいつも同じようなほかのもの、ほかの丘、ほかの川、ほかの男、ほかの一日。足はひとつの円を描きながら長い長い軌跡を描きはじめる。体は故郷で学んだことを思い出すようになる、じっとしているすべを学んだときのことを。心せよ。足の踵《かかと》の下にもぐりこんだ砂粒に心せよ。そして心せよ、足裏の皮膚に、頬をなぶる空気の感触と匂いに、大気をよぎる光の傾斜と動きに、川向こうの高い丘に生える草の色に、体の、魂の考えることに、深淵の透明な闇のなかにさざ波のように光る色彩と音に、たえず動き、たえず変わり、たえず新しく生まれかわるものに。

そこでついにわたしは故郷にもどった。四年のあいだ家を空けていたのである。

ハイアルーは、母親の家を出てわたしの古い家に移っていた。彼女は男探しの旅には出なかったが、赤石渓谷へ行くのが習慣になっていた。そして彼女は妊娠した。彼女がそこに住んでいてくれたのを見てわたしはうれしかった。たった一軒の空き家は、なかば崩れかかった古い家で、ヘディミのところに近すぎた。それで新しい家を作ることにした。わたしの胸くらいの深さの円形の穴を掘った。掘るのにほとんど夏じゅうかかった。切った小枝をしっかりと編んで枠を組んだ。そしてその枠の両面を泥でかためた。はるかな昔、母といっしょにこの仕事をやったときのこと、母が「よくできた。それでいい」といってくれたことを思い出した。屋根の部分は開いたままにしておいたので、晩夏の熱い日光が泥をあぶって粘土にした。雨が降りだす前に、葦で屋根を葺いた。冬のあいださんざん雨もりに悩まされた経験があるので、葦は三重にして葺いた。

わたしのおば郷は、環状というよりは紐状に、川の北側の土手を約三キロばかり長く伸びていた。わたしの家が、ほかの家より川上に向かってその紐をちょっとばかり長くした。ハイアルーの竈《かまど》からたちのぼる煙が見えた。その家はわたしが日当たりもよく水はけもいい斜面に掘ったものだった。あれはまだ住みやすい家だ。

わたしは腰を落ち着けた。わたしの時間のいくばくかは、木の実を集め、畑の手入れをし、繕いものをし、というような原始生活の退屈なくりかえしの仕事に費やされ、そしてあとの時間は、歌を唱い、そしてわたしがここで学んだ、あるいは男探しの旅のあいだに学んだ歌や物語について考え、そして船で学んできたことについても考えた。女たちが、歌や物語を聞きにくる子供たちをよろこんで受け入れる理由がすぐにわかった。なぜなら歌や物語は、聞かせるため、耳をかたむけさせるために作られたものだからだ。「聴きなさい！」とわたしは子供たちにいうのだった。おば郷の子供たちは、川で泳いでいる魚のように、一人、二人、五人と、小さいのやら大きいのやら、寄ってきては散っていく。子供たちがやってくるとわたしは物語を唱ったり話したりして聞かせる。みんな帰ってしまうと、わたしは沈黙をつづける。ときどき旅のあいだに学んだことを年上の娘たちに聞かせるために〈歌の集い〉

に加わることもある。そしてそれがわたしのやっているすべてだった。そのほかにしたことといえば、わたしは自分のしていることすべてを心するようにつねに努力したということ。孤独を守ることによって、魂は魔法をかけたり、魔法をかけられることをまぬがれる。心することによって沈滞や退屈から逃れる。心していれば、退屈することはありえない。苛立ちを感じることはあっても、退屈ではない。それが快いものであれば、心しているかぎり、その快感はけっして失われない。心することは、魂にとってもっとも難しい仕事だとわたしは思う。

ハイアルーの出産を手伝った。生まれたのは女の子で、わたしは赤ん坊といっしょに遊んだ。二年後に、わたしは左の耳たぶから避妊宝石を取りだした。あとに小さなくぼみができたので、焼いた針でそのくぼみを突き通して穴を開けた。傷が癒えるとその穴に、男探しの旅のあいだに遺跡で見つけた小さな宝石をぶらさげた。船にいた男がこんなふうに耳たぶに宝石をぶらさげているのを見たことがあったのだ。食料集めに出かけるとき宝石を耳にぶらさげた。赤石渓谷には近づかなかった。あそこにいる男は、まるでわたしを要求する資格や権利があるように振る舞った。彼のことはまだ好きだったが、彼にまとわりついている魔法のにおいが、わたしを支配できると彼が想像しているのがいやだった。わたしは北方の丘をのぼっていった。

わたしが故郷にもどったころ、ペアになった若い男たちが、古い〈北の家〉に住みついていた。彼らはペアになることによって男子団の生活を生き延びることがしばしばある。彼らは領を出ていくときもペアのままでいることが多かった。生き延びるのにそれが役立つからである。性的な関係をもつペアも、もたないペアもいた。ある者はペアのままでいて、ある者はペアを解いた。こうしたペアのひとりに、去年の夏ほかの男と逃げた者がいた。残ったほうはハンサムではなかったが、わたしはこの男に目をつけていた。屈強なところが気に入った。体と手がずんぐりとして強靭だった。わたしは彼にちょっといいよってみたが、彼はたいそうはにかみやだった。この日、霧が川面《かわも》にたれこめている銀の季節のある日、彼はわたしの耳で揺れている宝石を見た。その目が丸くなった。

「きれいでしょう？」とわたしはいった。

彼はうなずいた。

「あなたにわたしを見てもらおうと思ってつけたの」とわたしはいった。

彼はとてもはにかみやなので、わたしのほうからいった。「あなたが男とだけセックスしたいひとなら、そういって」ほんとうのところわたしにはわからなかった。

「いや、そんな」と彼はいった。「いや。ちがう」彼は口ごもると、小道を駈けおりていった。でもうしろをふりかえった。わたしはゆっくりと彼のあとについていった。彼がわたしを欲しがっているのか、追いはらいたがっているのかまだよくわからなかった。

彼は赤根の木立のなかにある小さな家の前でわたしを待っていた。美しい小さなあずまや、家の外側は葉むらでおおわれていたので、すぐそばまで歩いていっても家は見えなかった。なかは、よく乾いてふかふかと柔らかい甘香草が敷きつめられて夏のにおいを放っていた。

家のなかに入るときは、扉がとても低いので這うようにして入った。そして夏のにおいのする草の上にすわった。彼は家の外に立っていた。「お入り」というと彼はそろそろと入ってきた。

「きみのためにこしらえたんだ」と彼はいった。

「じゃあわたしのために赤ん坊をこしらえて」とわたしはいった。

そしてわたしたちはそうした。たぶんその日に、次の日だったかもしれない。

さていよいよ、わたしがこうした年月のあと、なぜ船に連絡したのか、船がいまも惑星と惑星のあいだの宇宙にいるかどうかも知らぬまま、荒れ地に着陸船でわたしを迎えにきてとなぜたのんだかを話そうと思う。

娘が生まれたとき、それはわたしの心からの願いだったので、わたしの魂は満たされた。去年息子が生まれたとき、魂は満たされなかった。彼は一人前の男に成長すれば、おば郷を去り、闘い、耐え、そして男としてあるべきように生きるか死ぬかするだろう。わたしの娘、名はイエドネーケ、わたしの母と同じように姓はリーフ、彼女は一人前の女として成長したならば、おば郷を去るかとどまるかどちらかを自分で選ぶだろう。わたしはひとりで生きていくつもりだ。それが自然の掟なのだし、わたしの望むところでもある。でもわたしはふたつの世界に属する者だ。この世界のひとであり、わたしの母の同胞のなかの女でもある。わたしには母の同胞の子供たちに、わたしの知識をあたえる義務がある。だから着陸船に迎えにきてもらうようにたのみ、それに乗ってきたひとびとと話をした。彼らは母の報告書をもってきてわたしに読むようにといった。わたしは彼らのマシンでわたしの物語を記し、魂を育む方法のひとつを学びたいと思うひとびとのために記録を残した。彼らに、そして子供たちにわたしはいおう。耳をかたむけよ！　魔法を遠ざけよ！　心せよ！

古い音楽と女奴隷たち

Old Music and the Slave Women

ロバート・シルヴァーバーグ編
『ＳＦの殿堂　遙かなる地平１』*Far Horizons*（1994）

ウェレル駐在のエクーメン大使館の情報部長官、母国ではソーヒケルウェニアンムルケレス・エスダンという名をもち、ヴォエ・ディオでは、通称エスダードン・アーヤすなわち、〝古い音楽《オールド・ミュージック》〟として知られているその人物は退屈していた。彼を退屈させるにはひとつの内戦と三年にわたる年月を要したが、ともあれ、ハインの定着使節《スタバイル》への超光速通信機《アンシブル》の報告に、つい大使館の愚鈍長官と名乗ってしまうほどだった。

しかしながら、合法政府《ジット》が大使館を封鎖し、いかなる人物、いかなる情報の出入りも許さなくなったあとも、自由市《フリー・シティ》にいる少数の友人たちとは内密の接触をはかることができた。内戦がはじまって三度目の夏、彼はある要請をもって大使のもとを訪れた。大使館との確実な意思の疎通を断たれた解放軍司令官から彼に要請があったのである（どのような手段によって、と大使は訊いた。食料配達人のひとりを通じて、と彼は説明した）。つまり大使館の館員をひとりかふたり、封鎖線をすり抜けさせて、わが方と話しあいをもたないか、わが方と会ってはくれまいかというのである。宣伝や偽情報が乱れとぶなか大使館は合法政府市《ジット・シティ》に閉じこめられているが、館員は合法政府には協力せず、むしろ中立的な立場で双方の正式機関と話しあう用意があるという証拠を示してほしいというのだ。

「ジット・シティだと?」と大使はいった。「まあいいさ。しかしどうやってあちらまでたどりつくつもりかね?」

「ユートピアにはいつも問題がつきまとうものですよ」とエスダンはいった。「ええまあ、コンタクト・レンズでも使ってすり抜けますよ、間近に寄って見る者がいなければだいじょうぶ。〈分断地帯〉を越えるのは少々骨が折れましょうが」

この巨大都市の大部分はまだ物理的には存在していた。政府の建物、工場、倉庫、大学、観光客向けの目玉である、チュアルの大礼拝堂、劇場街。興味深い展示室と天井の高い競売用ホールをそなえたオールド・マーケットは、財産の売買や貸借が電子市場に移行してからは使われていない。さらには、無数の道路、街路、大通り、紫色の花をつけたベヤ《ごや》の木立が陰をつくる埃っぽい公園、何マイルもえんえんと続く店舗、家畜小舎、製粉所、線路、駅、アパート、住宅、柵で囲まれた居住地、住宅街、郊外、準郊外。その大部分はまだ建っており、千五百万人の住民の大半はまだそこに住んでいるが、複雑な機構をもつ集合体は消失した。接続は断たれた。相互作用は生じなくなった。脳卒中に見舞われた脳髄。

もっとも大きな断絶は野蛮きわまりなく、延髄と中脳のあいだの脳橋が斧の一撃で断ち切られたようだった。一キロ四方にわたる爆発によって建物が破壊された無人地帯と、封鎖された道路、無惨な残骸と瓦礫の山。〈分断地帯〉の東は、合法政府の領分――繁華街、政府の建物、大使館、銀行、通信塔、大学、大きな公園、富裕層の住宅地、兵器庫や兵舎や空港や宇宙港《スペースポート》に通ずる道路。〈分断地帯〉の西はフリー・シティ、土色村《ダスティヴィル》、解放地区――工場、組合地域、貸借人地区、古いギャレオットの居住地区、無数の小さな通りはしだいに細くなってついには平原に至る。広い東西高速道路が走っているものの、車の影はない。

解放軍の連中は、彼を大使館からこっそり連れだし、〈分断地帯〉もまんまと突破した。彼も連中も、その昔、逃亡した奴隷《アセット》たちをイェイオーウェイへ、そして自由へと導く手助けをしたものだ。ひそかに逃亡を助ける側にまわるより、ひそかに連れだされるほうが彼には面白く、恐怖ははるかに大きいが緊張はさほどではなかった。というのも彼は郵便配達人ではなく荷物であり、したがって自分に責任はないからだった。だが連絡のどこかに、手ちがいがあった。

徒歩で〈分断地帯〉を突破し、しばらく歩いて、略奪されたアパートの横に遺棄されたホイールだけの小さなトラックの前で止まった。ひびわれたフロントガラスの向こうのハンドルの前に運転手がひとりすわっており、彼に向かってにやりと笑った。案内人が身振りで彼にうしろに乗れといった。トラックはチーターのようにむちゃくちゃに走りだし、廃墟のなかをジグザグに進んだ。〈分断地帯〉をほぼ通過し、街路か市場だったらしい瓦礫の原をがたがたと揺られながら横切っていくと、トラックがとつぜん方向を変えて停止した。怒声やら発砲の音が聞こえたかと思うとトラックの後部扉がぱっと開いて、男たちが彼に飛びかかってきた。「落ち着け」と彼はいった。「落ち着くんだ」と。連中は彼を手荒に扱い、腕を背中のうしろにまわしてねじりあげた。トラックから引きずりおろし、コートを脱がせ、武器はないかと体じゅうをたたき、それからうつぶせにして四人がかりで手足をもち、トラックの横に駐まっている車に運びこんだ。彼は車に押しこまれる前に、トラックの運転手が死んだかどうか確かめようとしたが、かなわなかった。

車は古い政府の公用車で、ダークレッド、車幅は広く、車体は長く、パレードに使ったり、大地主を議会に運んだり、大使をスペースポートに迎えにいくために使われていた。後部座席には、男性と女性の乗客を隔てるためのカーテンがあり、運転席は密閉されており、乗客が奴隷の吐きだした息を吸わずにすむようになっていた。

男のひとりが彼の腕を背中のうしろでねじりあげたまま、車のなかに頭からほうりこんだ。自分がふたりの男にはさまれてすわっており、向かいには三人の男がいるのに気づき、車が発車するまでに彼が考えたのは、わたしはもう年をとりすぎていてこういうのはごめんだなということだった。

彼は身じろぎもせず、恐怖や苦痛が鎮まるのを待った。ずきずき痛む肩を揉むことも、連中の顔をのぞきこむことも、街路をあからさまに眺めることもできなかった。二度ほどちらりと外を見たところでは、車はいまレイ通りをすぎ、市を出て東へ向かっているようだった。この連中は自分を大使館に連れもどしてくれるのだと、自分は期待していたのだ。なんと愚かしいことよ。

道路には、勢いよく通りすぎていく車を驚いて見つめる歩行者を除けば彼らしかいなかった。いまは広い大通りに出て、猛烈な速度でなお東に向かっている。自分がきわめて憂慮すべき事態におかれているにもかかわらず、大使館の外へ、大気のなかへ、外界へと出て、しかも速い速度で移動しているだけで気分はまったく高揚していた。

そろそろと手を上げて肩をさすった。用心しながら、横にいる男たちや真向かいにいる男たちをちらりと見た。みんな黒い肌で、ふたりだけ青黒い肌をしていた。向かいにいる男たちのうちふたりは若い男だった。血色のいい、無表情な顔。三人目は第三階級《オウガ》のヴェイオットだった。その顔はまったく無表情だ。この階級の者は日頃からそう訓練されている。エスダンは彼をじっと見つめてその目を捕らえた。両方が即座に目をそらせた。

エスダンはヴェイオットが好きだった。兵士として奴隷所有者として、古きヴォエ・ディオの一部、悲運の定めを負う種族の一員としての彼らが。事業家や役人たちは、解放闘争のなかでも生き延びていくだろう。そういう彼らのために闘う兵士がかならずやいるにちがいない。しかし軍人階級はそうはいかないだろう。彼らの忠誠の掟、名誉、質実剛健さは、奴隷たちの掟と共通しており、彼らはみな、剣士であり奴隷であるカーミィェーを崇拝していた。あの苦難を神秘化したものが、いったいいつまで解放闘争のなかで生きながらえるだろうか。ヴェイオットたちは、耐えがたい社会秩序のなかの非妥協的産物の名残だった。彼はヴェイオットを信頼していたが、信頼が裏切られることはめったになかった。

このオウガはとても黒くとてもハンサムで、エスダンがことに好きだったヴェイオット、テーイェイオに似ていた。テーイェイオは戦争になるずっと以前にウェレルを去り、妻とともに地球《テラ》とハインへ去っていった。いつの日か、エクーメンの移動使節《モバイル》になるだろう。数世紀のうちに。戦争がおわったずっとあとに、エスダンが死んだずっとあとに。もし彼がみなに従って故郷にもどる選択をしていなければ。

むなしい考えだ。革命の最中には、選択などできない。おまえは、瀑布のなかのひとつぶの泡のように、焚き火から舞いあがる一片の火の粉のように、猛烈な速さで運ばれている。七人の武装した男たちに囲まれ車に乗せられた非武装者として、平坦な広い東幹線道路を……車は市街を出ようとしていた。〈東〉州に向かって。いまヴォエ・デイオの合法政府は、首都の半分とふたつの州にすぎない。そこでは八人のうち七人までが、八人目の人物、つまり彼らの所有者に財産《アセット》と呼ばれていた。

前の座席にいるふたりの男が、なにやら話しているが、所有者のすわる後部座席のなかまでその話し声は聞こえてこない。エスダンの右にいる丸い頭の男が向かいにいるオウガに低い声でなにか訊ね、相手はうなずいた。

「オウガ」とエスダンはいった。

オウガの無表情な目が彼の目を捕らえた。

「小便をしたい」

男はなにもいわず目をそらせた。しばらくのあいだだれも口をきかなかった。いま走っている道路はひどい悪路で、〈叛乱〉の最初の夏の戦いで破壊されたまま修復されていなかった。がたんと突き上げるような振動は、エスダンの膀胱にはつらかった。

「くそ白目野郎にゃションベンちびらせりゃいいんだ」とエスダンの向かいにいる若い男がかたわらの男にいい、相手は硬い笑みをもらした。

エスダンは、攻撃的でも挑発的でもない、気さくな冗談まじりの返答をいくつか思いついたが口は閉じていた。このふたりはただ口実がほしいだけ。彼は目を閉じて体を楽にすることに努め、もうほとんど感じられなくなった肩の痛みや膀胱の痛みだけを意識するようにした。

はっきりとは姿の見えない、左にいる男がこういった。「運転手。あそこで止めろ」男は送話器を使った。運転手はうなずいた。車は速度を落として道路をはずれ、がたがたと激しく揺れた。みんな車からおりた。エスダンの左にいた男もヴェイオットで、第二階級《ザディョー》だった。若い男がエスダンの腕をつかんで外に出し、もうひとりが銃の先で脇腹をこづいた。ほかの連中はみんな埃っぽい道ばたにならんで、地面に、砂利の上に、みすぼらしい並木の根もとに、おもいおもいに小便をした。エスダンはズボンの前を開けようとしたが、脚がこむらがえりを起こしてがくがく震え、立っているのが難しかった。銃をもった若い男がやってきてエスダンの真ん前に立つと銃口をペニスに向けた。膀胱とペニスのあいだにしこりのような痛みがあった。「もうちょっとはなれてくれ」とエスダンは苛立ちまじりの情けない声でいった。「きみの靴を濡らしたくない」若い男はなおさら前に詰めよって、エスダンの鼠蹊部《そけいぶ》を銃の先でぐりぐりと押した。

ザディョーが小さな身振りをした。若い男は一歩さがった。エスダンはぶるっと身震いするなり勢いよく放尿した。苦しい放尿のさなかだが、若い男がさらに二歩飛びさがるのを見て、いい気味だと思った。

「人間のと似たようなものだな」と若い男はいった。

エスダンは褐色の異人のペニスを慎重にすばやくしまいこみ、ズボンの前をさっと閉じた。彼はまだ白い目を隠すためのレンズをはめ、都市の奴隷に許されている唯一の色であるくすんだ黄色のだぶだぶした粗末な服を着ていた。解放軍の旗もこれと同じ色のくすんだ黄色だった。ここではよくない色だった。服のなかの体の色もよくない色だった。

ウェレルに三十三年間暮らしてきたエスダンは、恐れられたり憎まれたりすることには慣れていたが、自分を恐れたり憎んだりする人間のいいなりになったことは一度もなかった。エクーメンが彼を庇護してくれた。なんという愚かしさよ、大使館を出るとは。あそこならすくなくとも無傷でいられたのに、成功の見込みもない大義をかかげた自暴自棄の輩《やから》の手中に落ちてしまうとは。彼らは、こちらの身に危害を加えるばかりか、こちらを囮《おとり》としてさまざまなものに危害を加えるかもしれないのだ。どれほどの抵抗が、どれほどの忍耐が、彼にできるだろう？　さいわい、彼をいかに拷問しようと解放軍の計画についての情報を引きだすのは不可能だ。なにしろ友人たちがしていることについては彼はなにひとつ知らないのだから。だがそれにしてもなんと愚かだったことよ。

車にもどると、またもや座席に押しこめられたが、若い男のしかめ面と見張りのオウガの無表情な顔のほかはなにも見えないので、彼はふたたび目を閉じた。ここの道路は平坦だ。沈黙のなかで体を揺られ、緊張のとけたあとのまどろみにいつしか落ちていた。

ぱっちりと目が覚めたとき、空は黄金色、雲ひとつない落日の空に小さな月がふたつ輝いていた。車は脇道にそれ、農場や果樹園や人工林や建設用材である人工竹林や、農奴用の広い囲い地を過ぎ、そしてまた農場をいくつか過ぎて、さらに別の囲い地を過ぎた。武装した男がひとり警護にあたっている検問所で停車し、簡単な検問が行なわれ、男は手を振って通れと合図した。道路は、なだらかな起伏を見せる広大な公園のなかを走っている。その見覚えのある風景が彼を不安にさせた。空に描かれた樹木のレース模様、木立のあいだや林間の草地を曲がりくねって走る道。あの長く連なる丘の向こうに川があるのを彼は知っていた。

「ここはヤラメラだ」と彼は声に出していった。

だれひとり口を開くものはいなかった。

何年も前、いや何十年も前、ウェレルに来て一年ほどたったとき、ウェレル人は大使館の一行をヤラメラに、ヴォエ・ディオでもっとも広い荘園に招待してくれた。〃〈東〉州の宝石〃。効率的奴隷制のモデル。何千という奴隷が、荘園の農場や製粉所や工場で働き、広大な囲い地、塀をめぐらした小さな町のなかに住んでいた。なにもかもが清潔で、きちんと整備され、生産的で平和だった。そして川の上の丘に建つ邸《やしき》は宮殿だった。三百の部屋があり、貴重な家具調度、絵画、彫像、楽器などがあった――金で裏打ちをしたガラスのモザイクで作られた壁をめぐらした、私有のコンサート・ホールを彼は覚えている。香木を彫りあげた、それ自体が大きな花の形をしたチュアルの礼拝室。

いま彼らはその邸に向かって走っている。車が道路を折れた。空を背景に、真っ黒でぎざぎざになった建物の上部がちらりと目に入った。

ふたりの若い男は、ふたたび彼を車の外へ引きずりだし、腕を背後にねじりあげ、体をこづきまわしながら階段を上らせた。抵抗しないように、彼らの仕打ちを感じないように、彼は周囲を見わたした。広大な邸宅の中央部分と南の翼棟は、屋根もなく荒れはてていた。窓の黒い縁を通して、なにひとつさえぎるもののない透明な黄色の光が見えた。法の中核地帯にあるここでさえ、奴隷たちは蜂起したのだ。いまから三年前、あの最初の恐ろしい夏、何千という家が、囲い地が、町が、都市が炎上した。四百万人が死んだ。〈叛乱〉がこのヤラメラにまで及んでいるとは彼も知らなかった。情報は川ぞいに伝わってはこなかった。あの炎上の夜、〝宝石〟の地の奴隷たちの死傷者は何人だったのだろう？　所有者たちは殺戮されたのか、それとも、懲罰を下すべく生き延びたのだろうか？　情報は川ぞいに伝わってはこなかった。

こうした想念が、不自然な速さと鮮明さで彼の頭を駆けめぐるあいだ、彼らは銃を構えながら、奥行きのない階段をエスダンにむりやり上らせて北の翼棟へ向かっていた。何時間も動けずにすわっていたため脚にひどいこむらがえりを起こしている六十二歳の男が、彼らの領地の三百キロも奥のこんなところから隙を見て逃げだすとでも思っているのだろうか？

彼はすばやく考えをめぐらし、あらゆるものに注意を向けた。

長いアーケードによって邸の中央部分につながっているこの区画は焼け落ちてはいなかった。壁はいまも屋根を支えてはいるものの、玄関の広間に入ると、壁はむきだしの石のまま、彫刻をほどこした鏡板は焼失していた。寄木細工や彩色したタイルの床のかわりに汚れた薄板が敷いてあった。家具調度のたぐいはなにひとつなかった。このような埃まみれの荒廃のなかにあっても、天井の高いがらんとした広間は美しく、透明な夕べの光に満ちていた。ふたりのヴェイオットは、彼らをそこに残し、かつては接見の間であった部屋の入口に立つ男たちに報告をしにいった。ヴェイオットは彼にとって安全装置のように思われ、もどってきてくれよと願ったが、彼らはもどってはこなかった。若い男たちのひとりが彼の腕を背中にまわしてねじりあげつづけていた。たくましい体格の男が近づいてきて彼をじっと見つめた。

「あんたは古い音楽《オールド・ミュージック》と呼ばれる異人だね？」

「わたしはハイン人、ここではその名前を使っている」

「古い音楽さん《ミスタ・オールド・ミュージック》、あんたは、そちらの大使とヴォエ・ディオ政府のあいだに取り交わされた庇護条令に違反して大使館をはなれたために、あんたの外交特権は剝奪されたと理解してもらいたい。あんたは拘禁され、訊問を受け、民法違反、あるいは、あんたが肩入れしたと見なされる叛乱軍、すなわち国家の敵と共謀した罪で軽い懲罰を受けることになるだろう」

「それはわたしの立場についてのあなたがたの見解だと理解します」とエスダンはいった。

「しかしご承知おきねがいたいが、エクーメン大使とスタバイルは、わたしが、外交特権とエクーメンの法律によって庇護されていると考えるでしょう」

一応そういってみても損はあるまいが、彼がまくしたてた嘘は聞いてもらえなかった。長たらしい言葉を彼が唱えおわると男は背を向け、若い男がふたたびエスダンの腕をつかんだ。彼は引きたてられて、ひどい苦痛のせいでろくに見ていられないたくさんの出入口や廊下を通り、石の階段をおり、丸石を敷きつめた広い庭を通ってようやくある部屋にたどりつくと、最後に腕を思いきり強くねじりあげられ脚をはらわれ彼は床に這いつくばった。彼らは扉をたたきつけるように閉め、彼を暗闇に包まれた石床の上に腹ばいのまま置きざりにした。

彼は額を腕のなかに埋めがたがたと震えながら、息をするたびにもれるすすり泣きの声を聞いていた。

あとになって彼はあの晩のことを思い出した。それにつづく日々にあったことなども。そのときも、そのあとも、自白させるために自分が拷問を受けているのか、それともただ漫然と残忍性や遺恨の手ごろなはけ口にされているのか、いうなれば子供たちの苛めのようなものなのか、彼にはわからなかった。殴る蹴るといった非常な苦痛を伴う暴行の数々、だがしゃがみこんだ姿勢のまま押しこめられるあの蹲踞檻《そんきょおり》をのぞいては、はっきりとした記憶はなかった。

その檻のことは噂にも聞き、書物でも読んで知っていた。だがこの目で見たことはなかった。囲い地のなかに入ったことも一度もなかった。外国人や訪問者は、ヴォエ・ディオの領内にある奴隷地区に足を踏みいれることは許されなかった。訪問者たちは、所有者の邸にいる家つき奴隷の世話を受けた。

そこは小さな囲い地で、女側には二十たらずの小舎《こや》があり、入口のほうに、三棟の長屋があった。それは、このヤラメラの邸宅と広大な庭園を維持していくのに必要な二百人の奴隷を収容するものだった。彼らは、畑仕事をする農奴にくらべれば特権階級ともいえるだろう。だが彼らとて懲罰を免れるわけにはいかない。鞭打ちの柱はいまも、高い壁のあいだにかしいだまま開いている大門の近くに立っていた。

「あそこか？」と彼の腕をいつもねじりあげる男、ネメオがいったが、もうひとりのアラチュアルはこういった。「いいや、こっちだ」と興奮したように走りだし、壁の内側の高いところにある中央の監視塔の下に吊り下がっている例の蹲踞檻をウインチでおろしにかかった。

それは錆びた鋼鉄の網でできている筒で、一方の口は閉じられ、もう一方の口は開閉ができるようになっていた。鎖の先の一本のフックにひっかけられて空中に吊り下げられている。地面におろされた檻は、獣、それもさほど大きくない獣を捕らえる罠のように見えた。ふたりの若い男は、彼の衣服をはぎとってから棒でつついて這いつくばらせ頭から先にその檻に追いこんだ。彼らの使っている棒は、怠けている農奴を追いたてるための電気棒で、最後の二日ばかりは、それで彼を責めさいなんでよろこんでいた。げらげら笑いながら彼を押したおし、尻の穴や陰嚢《いんのう》をその電気棒で突つきまわした。彼は身を縮めて檻のなかに入ると、頭を垂れてしゃがみこみ、腕と脚を折り曲げて体にぎゅっと押しつけた。彼らは檻の戸をぴしやりと閉めた。そのとき彼の素足の片方が針金のあいだにはさまって、目も眩《くら》むほどの痛みが走ったが、彼らはかまわず檻をもとの位置まで巻きあげた。檻は激しく揺れ、彼は痙攣《けいれん》する手で針金にしがみついた。目を開けてみると、地面が七、八メートル下で揺れているのが見えた。しばらくすると、急にかしいだり、ぐるぐる回ったりする動きが止まった。頭を動かすことはまったくできない。檻の下にあるものは見えた。目を凝らしてかろうじてまわりを見ると、囲い地の内側がほとんど見えた。

その昔、あそこにはこの教訓的光景を、つまり蹲踞檻に入れられた奴隷を見るひとたちが大勢いたのだ。仕事を忌避した女中、刈りこみを怠った庭師、監督に口答えをした農奴たちがどういうことになるかという教訓を学ぶ子供たちがいたのだ。いまはひとっこひとり見あたらない。埃っぽい地面がむきだしのままだ。乾ききった庭地、女側のずうっと向こうはしにある小さな墓地、男側と女側とのあいだにある溝、通路、彼の真下には輪郭のはっきりしない円形の芝生が見えるが、あらゆるものが荒廃していた。彼を拷問する連中は、しばらくまわりに立って笑い興じていたが、やがてそれにも飽きたらしく立ち去った。

体の位置を楽にしようとしたが、ほんのわずかしか体を動かせなかった。どんな動きも檻をゆらゆらと揺らすことになり、気分は悪くなるし、檻が落ちそうな気がして怖くなった。たった一本のフックに吊り下げられているこの檻が、いったいどれほど安定を保っていられるのか見当もつかない。檻の戸にはさまった足はずきずき痛み、いっそ気を失ってしまいたいと思ったが、頭はぼうっとしているくせに意識ははっきりしていた。ずっと昔ほかの世界で教わった呼吸法を使って呼吸してみた。静かに、気持を楽にして。この世界のこの檻のなかではそれができなかった。肺が肋骨で圧迫されているので息をするのがとても難しかった。窒息しないようにがんばった。パニックを起こさないように努力した。意識を保つよう努力した、ひたすら意識を保つことだけを。だが意識は耐えてはくれなかった。

太陽が囲い地のあちら側にまわりこんでまともに照りつけるようになると、めまいどころか、胸がむかむかしてきた。それからときどき意識がなくなった。

夜と寒気がやってきて、水を想像しようにも、水はなかった。

あとになって考えてみると、あの蹲踞檻のなかに二日はいたことになる。檻から引きずりだされるとき、日灼けした素肌を針金がこすったことと、面白半分にホースでかけられた冷たい水のショックを覚えている。そのときは一瞬完全に意識をとりもどした。自分自身が、ちっぽけな人形のように土の上にぐったりと横たわっていることに気づいた。そのあいだ上のほうに見える男たちは、なにか話したり怒鳴ったりしていた。それから、前にほうりこまれていた独房だか厩舎《きゅうしゃ》だかに連れもどされた。そこには暗闇と静寂しかなかった。だが彼はまだ檻に入れられて吊るされたまま、凍てついた太陽の炎で炙られ、燃える肉体のなかで凍りつき、苦痛という金網にいよいよかたく締めつけられていた。

ある時点で、窓のある部屋のベッドに連れていかれたが、それでもまだ彼は檻のなかに入ったまま、汚い地面、土色人の土地の、円形の芝生の上方で揺れているのだった。

ザディョーとたくましい体格の男が、ここにいたかと思うと、もういなかった。青白い顔の奴隷の女が、うずくまり震えながら、彼の日灼けした腕や脚や背中に軟膏を塗ろうとして彼を痛めつけた。女はここにいたかと思うと、もういなかった。太陽が窓の向こうで照り輝いていた。針金が何度も何度も彼の足をびしびしと打つのを感じた。

暗闇のおかげで気持がやすらいだ。ほとんど眠っていた。二日ほどすると起き上がることができ、怯えた奴隷の女が運んでくるものを食べることもできた。日灼けはうすらいで、痛みや苦痛もやわらいできた。足はものすごく腫れていた。骨がほうぼう折れていた。立ち上がらねばならないときがくるまでそれはどうでもよかった。うとうととまどろみ、眠りに漂っていく。レイアイが部屋に入ってきたときは、すぐにわかった。

〈叛乱〉の前に何度も会ったことがあった。レイアイはオヨ大統領のもとで外務大臣を務めていた。いま合法政府のもとではどういう位置にいるのか、エスダンは知らなかった。レイアイはウェレル人にしては背が低いが肩幅は広く体はたくましい。青黒く磨きあげたような顔、髪の毛は半白のきわだった人物、政治家だ。

「レイアイ大臣」とエスダンはいった。

「ミスタ・オールド・ミュージック。わたしを覚えていてくださったとは、ありがたい！　お加減が悪いようで心配だ。ここの人間は、じゅうぶんにお世話をしているだろうか？」

「おかげさまで」

「あなたの加減が悪いと聞いて、医者を呼ぶようにいったのだが、ここには獣医しかいないのでね。職員がひとりもいない。昔とは大ちがいだ！　なんという変わりようだ！　栄華をきわめたヤラメラをごらんになっていただきたかった」

「わたしは見ましたよ」その声は弱々しかったが、ごく自然に聞こえた。「三十二、三年前に。アネオ卿ご夫妻がわれわれ大使館の一行をもてなしてくださいました」

「そう？ それではここがどうだったか知っているわけだ」とレイアイはいいながら、椅子に、片方の腕木がとれてしまった見事な細工の古い椅子に腰をおろした。「こんな姿を見るにはしのびない！ 破壊がもっとも凄まじいのはこの邸のなかです。婦人棟と大広間はすべて焼失した。だが庭園は惨禍を免れた。ありがたや、聖女さま。四百年前に、メネヤご自身の手で設計されたものです。それに農場のほうはまだ機能していますよ。この荘園に属する奴隷がまだ三千人ちかくいると聞いています。紛争が解決したあかつきには、ほかの多くの大荘園よりヤラメラを復旧するのは、はるかに容易でしょう」彼は窓の外を眺めた。「美しい、美しい。ご存じでしょうが、アネオ夫妻の召使たちはその美しさで名高かった。それによく訓練されていた。あれだけの水準のものをふたたび作りあげるには長い時間がかかるでしょうな」

「たしかに」

ウェレル人は穏やかな気配りを見せた。「どうしてご自分がここにいるのか不思議に思っているでしょうね」

「べつに」とエスダンは愉快そうにいった。

「ほう？」

「許可なく大使館を出たときから、政府は、わたしを監視したかったのだと思いますね」

「われわれのなかのある者たちは、あなたが大使館を出たと知ってよろこんでいました。あそこに閉じこめられているのは——あなたの才能の浪費だ」

「ほう、わたしの才能」エスダンは肩をすくめて否定を示したが、おかげで肩が痛んだ。痛がるのはあとでいい。いまは楽しんでいる。相手と打々発止《ちょうちょうはっし》とやりあうのは面白い。

「あなたはたいへんな才能をお持ちだ、ミスタ・オールド・ミュージック。ウェレルでもっとも賢明でもっとも先見の明をもつ異人だと、かつてメハオ卿はあなたのことをそういった。あなたはわれわれと手をたずさえて仕事をした——たしかにわれわれの敵にまわったこともあるが——外の世界から来ただれよりも効果的な仕事をした。われわれは理解しあえる。話しあいができる。あなたはほんとうに誠実な心でわれわれ人民の成功を祈っておられる。もしわたしが、あなたに役立っていただく方法を——つまりこのおぞましい争いをおわらせるという望みを——提示すれば、あなたはそれを受け入れるだろうと信じていますよ」

「そうできることを願っています」

「この争いのどちら側の支持者であるかを明確にすることがあなたにとっては重要なことだろうか、それとも中立のままでいることを望まれるのか？」

「いかなる行動も、行動を起こせば中立性に問題が生じるものです」

「大使館から叛乱軍の手によって拉致されたということは、あなたが彼らに共感しているという証拠にはならない」

「そのようですね」

「むしろ反対だ」

「そう理解されるかもしれない」

「されますよ。ほんとうに」

「わたしがどう思うかということは重要ではないでしょう、大臣」

「きわめて重要なことですよ、ミスタ・オールド・ミュージック。さてさて。病気のあなたを疲れさせてしまう。あすまた話しあいましょう？　よろしければ」

「いいですとも、大臣」とエスダンは従順とも見える慇懃《いんぎん》さでいった。このような人間にふさわしいと知っている口調、対等な者のなかにいるよりも奴隷たちにちやほやされることに慣れている輩にふさわしいと知っている口調。自分の同胞たちと同じように、かつて一度たりとも、無作法であることを誇り高いことと同一視したことのないエスダンは、事態の許すかぎりつねに礼儀を守ることをよしとし、それが許されない事態を嫌悪した。単なる偽善なら平気だった。彼自身がそれに長《た》けていた。もしレイアイの手下が彼を拷問にかけたのであれば、そしてレイアイがその事実を知らぬふりをしているのだとしたら、エスダンが、その問題に固執してみたところでなんら得るものはなかった。

　彼はたしかに、それについて触れずにすんだことをよろこばしく思い、できるならそれについて考えずにすむようにと願った。彼の肉体がかわりに考えてくれる。あらゆる関節が、筋肉がそれを正確に思い出してくれる。この痛み以外のことについては、このさき命あるかぎり考えるだろう。彼は知らなかったことをいろいろと学んだ。心細いということはどういうものか理解していると思っていた。理解していたとはいえないことがいまようやくわかった。

あの怯えた女が入ってくると、獣医を呼んできてほしいとたのんだ。「足にギプスが必要だ」と彼はいった。

「獣医は、農奴、奴隷たちの手当てをいたします、ご主人さま」と女は身を縮めて小声でいった。ここの奴隷たちは、古風な方言を使うので聞きとりにくい。

「獣医は、邸のなかに入ることはできるのか？」

女はかぶりを振った。

「足の手当てのできる者はここにはいないのか？」

「尋ねてまいります、ご主人さま」女は小声でいった。

その夜、年寄りの女奴隷がやってきた。皺だらけの萎《しな》びたいかつい顔の女で、ほかの奴隷のようにぺこぺこしなかった。はじめて彼を見たとき女は小声でいった。「これはこれは！」だがぎごちなくうやうやしい態度をとり、医者にありがちな淡々とした態度で腫れあがった彼の足をしらべた。そしていった。「包帯をさせてくだされば癒えるでしょう、ご主人さま」

「どこが折れたのだ？」

「両足の指先です。ほうら。ここにもたぶん細い骨があるのでしょう。足の骨がたんとたんと」

「では包帯をしてください」

女はそうしてくれた。布をぐるぐるとかたく巻きつけ、彼の足がしっかりと固定され動かぬようになるまで分厚く巻いた。女はいった。「歩きなさい、それから杖をお使いなさい。この踵《かかと》だけを地面につくのです」

彼は女の名前を尋ねた。

「ガナ」と女はいった。名前をいうと、彼の顔をまっすぐに見つめた。奴隷にしては大胆な振る舞いだ。彼のほかの部分が色は奇妙だけれどべつだん変わったところもなく、足の骨もみんな同じようなので、こんどは異人の目をよくよく見ようと思ったのかもしれない。

「ありがとう、ガナ。きみの技術と親切に感謝する」

女は敬礼はせず、ちょこんとお辞儀をして部屋を出ていった。女自身、足が不自由だったが、背筋はぴんと伸ばしていた。「お祖母さんたちはみんな叛逆者だ」とずっと昔、〈叛乱〉の起こる前にだれかが彼にそういった。

翌日になると彼は立ち上がることができ、腕木のこわれた椅子のところまで片足でぴょんぴょん跳んでいった。しばらくそこにすわって窓の外を眺めた。

二階のこの部屋から、ヤラメラの庭園が臨まれた。段々にしつらえた斜面、花壇、小道、芝生、いくつもの装飾的な人工湖と池が少しずつ低くなって川辺に至る。曲線や平面、植木や小道や地面や静かな水が描く巨大な図形が、流れる川の大きな曲線に囲まれている。すべての芝生や小道や段庭《テラス》が絶妙に配置され、川べりの一本の巨木を中心にした優美な幾何学模様を形作っていた。あの木は、この庭園が四百年前に作られたとき、すでに大木であったにちがいない。川べりからだいぶはなれたところに立ってはいるものの、その枝は川面《かわも》までとどいていて、ひとつの村がその木陰にすっぽりおさまってしまうだろう。テラスの草花は干からびて柔らかい金色を呈している。川と湖と池はすべて、夏空のかすんだような青だ。花壇や灌木《かんぼく》の茂みは手入れがされず伸びすぎているが、まだすっかり野生にかえったわけではない。ヤラメラの庭園は、その荒廃の姿もまたたいそう美しかった。荒廃、悲惨、荒涼、こうした非現実的な言葉がそれらにはふさわしいとはいうものの、いまもなお整然として品格があり静けさに包まれていた。これらは奴隷たちの労力によって築かれたものだ。これらの尊厳も静謐も、苛酷さと悲惨さと苦痛の上に築かれたものだ。エスダンはハイン人、非常に古い種族、ヤラメラを何千となく築いては破壊してきた種族の出。彼の頭には、その美しさと悲惨さの記憶が閉じこめられており、美しいものの存在《た》が、破壊の悲惨さを正当化することもなく、あるものを破壊したからといって他を破壊することにはならないということを確信している。彼は両者に気づいている。ただ気づいている。

そうしてようやく肉体にやすらぎを得て腰をおろしながら、ヤラメラの美しい悲哀に満ちたテラスもまた、ハインのダランダのテラスをそのうちに秘めていることに彼は気づいたのだった。赤い屋根の下の屋根、緑の庭園の下の庭園、それは光り輝く港に、遊歩道に、桟橋に、帆船に向かって急角度に落ちていく。港を過ぎると海が立ち上がり、彼の家ほどの、彼の目ほどの高さになる。海は横たわっていると書物には書いてあることをエシは知っている。〝こよい海は静かに横たわる〟と詩はうたうが、彼のほうがもっとよく知っている。海は立っている。壁、世界の果ての青灰色の壁。海上に舟を出せば、海は平らに見えるかもしれない。しかしまっとうに見れば、海はダランダの丘のように高い。そしてじっさいに海の上を帆走すれば、その壁をくぐってあちら側に、世界の果てを越えていくことになる。

空はあの壁が支えている屋根。夜になれば、星が空気ガラスの屋根の向こうにきらめく。あそこへ航海していくことだってできる、世界のその向こうの世界に。

「エシ」とだれかが家のなかから呼んでいる。彼は海と空に背を向け、バルコニーを去り、客人に会うためになかに入る、あるいは音楽のレッスンのために、あるいは家族と昼食をとるために。エシは気立てのいい少年だった。従順で陽気で、無口なのに人づきあいはよく、人間に興味をもっていた。むろん行儀は抜群。ともあれ彼はケルウェン人、古い世代は家族である子供に無作法な振る舞いを許すはずはなく、彼も礼儀作法をきちんと守るのにべつだん努力はいらなかった。どだい行儀の悪い人間というものに会ったことがなかったからだろう。夢みる子供でもない。敏捷《びんしょう》で油断なくあらゆるものに目を配っている。だが思慮深く、海の壁や空気の屋根のようなものについて自分自身を納得させたがる傾向があった。エシはもう以前のように、エスダンにそっくりとはいえない。エシははるか昔の、はるかかなたにいる小さな子供、あとに残してきた、家においてきた子供だった。ただ、いまでもたまにエスダンは彼の目を通してものを見、ダランダの邸の繊細なすばらしいにおいを吸いこむことがある——木材、木材を磨くために用いる樹脂、甘香草のマット、切りたての花、厨房の香草、潮風——あるいは彼の母親の声も聞こえる。「エシ？　すぐいらっしゃいな。ドラセドのいとこたちがきましたよ！」

エシはいとこたちを迎えるために走っていく。へんてこな眉毛に、鼻毛まで生えている年上のイリアワドは、糊つきのテープがちょっぴりあれば手品ができる。チュイチュイはエシより年下なのにキャッチボールは彼女のほうがうまい。そしてエスダンは窓辺のこわれた椅子にすわって、恐ろしいまでに美しい庭園を眺めながら眠りにおちる。

レイアイとの次の話しあいは延期された。ザディョーが彼の詫びを伝えにきた。大臣は、大統領と話しあうために呼びもどされ、三、四日したらもどってくるということだった。そういえばエスダンは、その朝早くに、飛行機が、さほど遠くないところで飛び立つ音を聞いた。これは一時的な救済だった。打々発止の言葉のやりとりを楽しんでいたとはいえ、まだとても疲れていたし気持も動揺していたので、休息はありがたかった。あの怯えた女へオのほかにはだれひとり部屋に入ってくる者もなく、ザディョーは一日に一度やってきてなにかご用はありませんかと尋ねた。

体力が回復すると、部屋を出ることを許され、望めば戸外に出ることも許された。杖にすがり、ガナがもってきてくれた硬く古いサンダルに包帯を巻いた足を紐でくくりつけると歩くことができた。だから庭に出て腰をおろし日光を浴びた。日光は、夏が老いるにつれ日々柔らかになっていた。ふたりのヴェイオットは彼の護衛というよりも、むしろ保護者といったほうがいいかもしれない。自分を拷問にかけたふたりの若い男の姿も見かけた。彼らは距離を保ち、彼に近づかぬよう命令されているらしい。ヴェイオットのひとりがいつも彼の視野にあったが、けっして近づいてはこなかった。

遠くへは行けなかった。ときどき自分が浜辺にいる虫けらのような気がした。邸のまだ使用可能な部分だけでも広大で、庭も広いのに、人間はとても少なかった。エスダンを連れてきた六人のほかに、ここには五、六人がいて、たくましい体格のチュアレネムという男が指揮をとっていた。この邸宅と敷地にいた本来の奴隷たちのなかから残ったのは十二人ほど、料理人、料理人助手、洗濯女、客室女中、夫人付侍女、従者、靴磨き係、窓拭き係、庭師、道掃除係、給仕、従僕、お使い係の少年、厩舎係、運転手、その昔所有者や客の要求に応えた使い女《つかいめ》や使い童《つかいわらべ》など。これら少数の奴隷たちは、昔のように蹲踞檻のある奴隷用の囲い地に夜閉じこめられることはなく、彼が最初にほうりこまれた中庭の馬や人間を入れる小舎《こや》か、厨房のまわりに並ぶ部屋で寝起きしていた。残っている連中のほとんどは女で、そのなかには若い女がふたり、それから年老いて弱々しそうな男が二、三人いた。

彼らを面倒にまきこまないために、エスダンはなるべく話しかけないようにしていたが、彼を捕らえた連中は、命令をあたえるときのほかはまったく彼らを無視しており、明らかに信頼するのが当然と見なしていた。もめごとを起こす人間、つまり囲い地を逃げだしてこの大邸宅を焼きはらい、監督や所有者たちを殺した奴隷どもがここにいたのは、もう昔のことだ。あの連中は死んだり、逃げだしたりした。両方の頬に十字の焼印をしっかりと押されてふたたび奴隷になった者たちもいた。それらはよい土色人だった。彼らはずっと忠実だったのかもしれない。多くの奴隷、ことに個人が所有していた奴隷たちは、所有者と同様に〈叛乱〉に怯えて、所有者を守ろうとしたり、所有者とともに逃げたりした。こうした連中は、財産である奴隷を解放して解放軍側で闘った所有者と同様に裏切り者とはいえない。彼らと同等、それ以上ではない。

農奴の若い娘たちが、男たちの使い女《め》としてひとりずつ連れていかれた。毎日、あるいは一日おきに、彼を拷問にかけたふたりの若い男たちが、朝、用ずみの少女を車で運びだし、帰りにはまた新しい娘を運んできた。

年若いふたりの女奴隷のうち、カムサと呼ばれる女はいつも小さな赤ん坊を連れていた。男たちは彼女には目もくれない。もうひとり、ヘオと呼ばれる女は、彼の世話をしてくれる怯えた女だ。チュアレネムが毎晩彼女を使った。ほかの男たちは、彼女に手を触れなかった。

彼女たちにしろほかの奴隷たちにしろ、家で、あるいは戸外でエスダンに会うと、両手をわきに垂らし、顎をひいて、下を見つめたままじっと立っている。所有者と向きあったときの私有奴隷《パーソナル・アセット》に要求される正式な敬意の表し方だった。

「おはよう、カムサ」

相手の応えは、敬礼だった。

　何代もつづいた奴隷の最終製品と接するのはずいぶん久しぶりだった。売りに出されるとき〝完璧な躾《しつけ》、従順、無私無欲、忠実、理想的な私有財産《パーソナル・アセット》〟という謳《うた》い文句がつけられる種類の奴隷。彼が知っている奴隷の大半、つまり友人や同僚たちは、みな都市の賃貸奴隷で、所有者たちによって会社に貸し出され、工場や店や、手腕を要する商いなどの仕事に従事していた。彼はまた多くの優秀な農奴も知っていた。農奴は、所有者とはほとんど接触がなかった。彼らはギャレオットの監督のもとで働いていた。その囲い地は、切られ男、つまり去勢された奴隷たちが監督をしていた。彼の知りあいの奴隷たちはおおかた地下組織ハメによって保護された、イェイオーウェイにおける独立解放に向かうとちゅうの逃亡者たちだった。彼らの教育、選択権、自由への空想などは、ここの奴隷たちと同じようにまったく奪われるということはなかった。よい土色人がどういうものか彼は忘れていた。個人的な生活というものをもたぬ人間の徹底的な鈍感さ、まったく無防備な人間の無傷な状態というものを、彼はすっかり忘れていた。

　カムサの顔は穏やかで平静、感情というものをまるであらわさなかったが、ときどき赤ん坊にそれはやさしげに話しかけたり歌をうたってやったり、陽気で明るい小さな声をたてているのを聞くこともあった。彼はその声に惹きつけられた。ある日の午後、広いテラスの笠石の上にすわって、赤ん坊を紐で背負いながら仕事をしている彼女を見た。彼はよたよたと歩いていき、そのそばにすわった。近づく彼を見たカムサがナイフと板をわきにおき、立ち上がってうやうやしく頭を垂れ両手を垂れ目を伏せるのをやめさせることはできなかった。

「すわって、仕事をつづけておくれ」と彼はいった。カムサは従った。「なにを切っているの？」

「デュエリです、ご主人さま」と彼女は小声でいった。

彼がしばしば食べてその味を楽しんでいる野菜だった。彼はその作業をじっと見守っていた。木の皮のような大きな莢《さや》の接《つ》ぎ目にそって裂いていくのだが、これは容易な仕事ではない。まずナイフを入れる場所を見つけるのがひと苦労で、それから莢を開くためにナイフの刃先をそこに何度もこじいれる。それからふっくらとした食べられる種をひとつひとつ取りだすと、すじっぽいねばねばした基質をこそげとる。

「そこの部分はまずいのかい？」と彼は訊いた。

「はい、ご主人さま」

それは骨の折れる手作業で、力と技術と忍耐が要求される。彼は恥じいった。「生のデュエリをいままで見たことがなかった」と彼はいった。

「はい、ご主人さま」

「かわいい赤ちゃんだねえ」と彼はさりげなくいった。紐で背負われた小さな生き物、その頭は女の肩におかれており、青みがかった黒い目を開けて、ぼんやりと世界を見つめている。赤ん坊が泣いているのを聞いたことがない。なんだかこの世のものとは思われないが、そもそも彼は赤ん坊とあまりかかわりをもったことがなかった。

女は微笑した。

「男の子か？」

「はい、ご主人さま」

「たのむよ、カムサ、ぼくの名前はエスダンだ。ぼくはきみの主人ではない。囚人なんだ。きみの主人は、ぼくの主人でもある。どうか名前で呼んでくれないか？」

彼女は答えない。

「われわれのご主人は反対するだろうね」

女はうなずいた。ウェレル人のうなずき方は、頭をこくりと前に下げるのではなく、ちょっとうしろにかしげるのだった。彼は長い年月のあいだに、それにもすっかり慣れていた。それは自分と同じうなずき方だった。それに気づいた自分にいま気づいたというわけだ。ここでの囚われの情況、ここでの扱われ方のせいで、土地鑑と方向感覚が失われてしまった。ここ数日は、過去何年となく、何十年となくハインのことを考えたより、もっともっとハインのことを考えている。彼はウェレルで母星にいるようにくつろいでいたが、いまはちがう。不適切な比較、無関係な記憶。疎外されたという感覚。

「あの連中はぼくをあれにいれた」彼は女のように低い声でいい、それを言葉にすることをためらった。蹲踞檻という言葉がいえなかった。

ふたたびこくり。こんどははじめて、女は彼を見あげた。ほんのちらりと。かぼそい声で女はいった。「知っています」そして仕事をつづけた。

彼はそれ以上なにもいうことがなかった。

「わたしは奴隷《パプ》の子でした。大きくなってからはあそこに住んでいました」と女は、蹲踞檻のある囲い地のほうをちらりと見た。つぶやくような小さな声は、しっかりと落ち着いていた。その身振りや手の動きと同じように。「お邸が焼ける前。ご主人さまたちがここに住んでおられたころ。あのひとたちは、よく檻を吊るしました。あるときは、男があそこで死にました。あのなかで。わたしは見ました」

ふたりのあいだに沈黙がおちた。

「わたしたちパプはあれの下にはぜったい行かなかった。あそこへ走っていかなかった」

「ぼくが見たのは……地面が変わっていた、下の地面が」とエスダンは静かにいったが、口のなかがからからになり、息づかいが荒くなった。「ぼくは見た、下を見た。草。だから思った、たぶん……連中が……」声がかすれた。

「あるお祖母さんが長い棒をもってきた。その先に布をつけて、それを濡らして、棒の先を男のところにさしあげた。切られ男は顔をそむけた。でも死にました。そのうち体が腐って」

「彼はなにをしたのかね？」

「エナ」と女はいった。奴隷がよく使う否定のひとことだった——わたしは知りません、わたしはやっていません、わたしはそこにはいませんでした、わたしのせいじゃありません、どうしたのやら……

「エナ」といった所有者の娘が頬を打たれたのを彼は見たことがある。その子が割った茶碗のせいではなく、奴隷の言葉を使ったからだった。

「役に立つ教訓だ」と彼はいった。女が理解したことがわかった。弱者は、空気や水を知っているようにアイロニーを知っているものだ。

「あなたをあそこに入れたので、わたしは恐ろしかった」と彼女はいった。

「教訓はわたしのため、きみのためではないよ、こんどは」と彼はいった。

女は注意深く、絶え間なく手を動かした。彼はその様子を見守った。伏せられた顔、青みがかった陰のある土色の顔は平静で安らかだった。赤ん坊は女より黒い肌をしていた。奴隷として育てられたのではなく、所有者が彼女を使ったのだ。彼らは強姦のことを〝使う〟という。赤ん坊の目はゆっくりと閉じられ、半透明の青みがかった目蓋《まぶた》は小さな貝殻のようだった。小さくてほっそりしていて、おそらく生後一カ月か二カ月だろう。その頭は女のかがんだ肩にいつまでも忍耐強くのせられていた。

テラスにはだれもいなかった。かすかな風が、背後にある花をつけた木の枝をそよがせ、遠くの川面を銀色に波だたせている。

「おまえの赤ん坊だが、カムサ、この子は自由になるだろう」とエスダンはいった。

女は顔をあげたが、それは彼に向けられたのではなく、川とそのかなたに向けられたのだった。女はいった。「はい。この子は自由になるでしょう」彼女は手を動かしつづけた。

それは彼を元気づけた、女がそう自分にいったことが。女に信頼されたとわかって安堵した。彼には自分を信頼してくれる人間が必要だった。あの檻以来、彼は自分自身すら信じられなくなった。相手がレイアイならいい、まだ言葉の応酬ができる。それはべつに問題はない。ただ、ひとりになり、考えるとき、眠りにおちるときがだめだった。彼はほとんどの時間ひとりぼっちだった。心のうちのなにか、深いところにあるなにかが傷つけられこわされ、それがまだ癒されていなかったので、自分の重みを支えるほどの自信がとりもどせなかった。

その朝飛行機が着陸する音を聞いた。その晩レイアイが彼を夕食に招いた。チュアレネムとふたりのヴェイオットが、彼らとともに夕食をとったのちすぐに立ち去り、彼とレイアイは、階下のもっとも被害の少なかった部屋のひとつに、仮ごしらえのテーブルの上におかれた飲みかけの葡萄酒とともにとり残された。この部屋は、かつては狩りの用具室か、狩猟記念室だったのだろう。アゼイド、すなわち男性側の翼棟にあり、ここには女はけっして立ち入ることはできない。女奴隷、召使、使い女《め》は、女のうちには入らない。大きな群犬《パックドッグ》の首が、マントルピースの上で牙をむきだしている。その毛は焼けこげ埃まみれで、ガラスの眼は曇っていた。石弓が向かいの壁にかかっている。黒ずんだ板壁におぼろな影を投げている。シャンデリアの電気がほとほととまたたいて暗くなった。発電機が不調なのだ。昔からいる奴隷のひとりが、しじゅうそれをいじくりまわしている。

「使い女《め》のところへ行くんですよ」とレイアイはいい、大臣がいい夜を過ごされるようにとひたすら願いながらたったいまチュアレネムが閉めた扉に向かってうなずいてみせた。「白いやつをやるとは。糞とやるようなもの。ぞっとするな。男根を奴隷の性器につっこむとは。戦争がおわったら、そのようなことはもうないでしょうな。混血野郎が、こんどの革命の原因なんだ。人種は分けておくべきですよ。支配者の血は純潔であるべきだ。それが唯一の答えですな」彼は、完全な同意を期待しているかのようだったが、同意の気配を待ってはいなかった。エスダンのグラスを満たし、政治家らしい朗々たる声で、親切な主人、館の主として話をつづけた。「さてミスタ・オールド・ミュージック、あなたが、ヤラメラで快適に過ごしておられると願っています。そしてあなたの健康も回復されたと」

慇懃なつぶやき。

「オヨ大統領は、あなたのお加減が悪いことを聞いて心を痛めておられ、回復を祈るといっておられます。叛乱軍による不当な扱いがこれ以上なく、あなたが無事でおられることを聞いたら、大統領もおよろこびでしょう。お好きなだけ、ここで安全に滞在していただきましょう。しかし潮時をみて、大統領と閣僚たちは、あなたをベレンにお迎えするでしょう」

慇懃なつぶやき。

長年にわたる習慣として、エスダンは、おのれの無知をさらけだすような質問は控えていた。レイアイもおおかたの政治家のように自分なりの見識をもっていた。彼が話しているあいだ、エスダンはその話から最近の情勢のおおまかなスケッチを自分なりに描いてみた。どうやら合法政府は、あの都から、ヤラメラの北東、東の海岸に近いベレンという街に移ったようだ。司令部のある種の機関は都に残された。それについて言及したレイアイの口ぶりからエスダンが察するところでは、都はじっさいにはオヨ政府から半分独立した形で、ある党派、おそらく軍の党派によって支配されているのではないかと思った。

〈叛乱〉が勃発すると、オヨはただちに特別な権力をあたえられた。だがヴォエ・ディオの合法軍は、西部における惨敗によって、彼の指揮下では統制がつかなくなり、戦場においてはより自律性が求められるようになった。文民政府は、報復と攻撃と勝利を求めた。軍隊は叛乱を阻止することを望んだ。将軍アイダンは、市街に〈分断地帯〉を設置し、新しい自由国家と合法州とのあいだに境界を設け、それを保持しようとした。奴隷軍とともに〈叛乱〉に参加したヴェイオットは、解放軍司令部に境界地域の休戦をうながした。軍隊は休戦を求め、戦士たちは平和を求めた。だが「奴隷がひとりでもいるかぎり、わたしは自由ではない」と自由国家の指導者、ネーカム・アナが叫び、オヨ大統領は、「国を分割してはならぬ！　われわれは血の最後の一滴が尽きるまで、合法な所有物を守るだろう！」と豪語した。将軍《レイガ》は、突如として新しい最高司令官によって左遷された。それからすぐに大使館は封鎖され、情報の入手は不可能になった。

　エスダンは、この半年に起こったことを推測するしかなかった。レイアイは、あたかも合法軍が攻勢に出ていて、自由国家をデヴァン川の向こう、市街の南まで撃退したかのように、「南におけるわが方の勝利」について語った。もしそうなら、もし彼らがあの領地をとりもどしたのであれば、政府はなぜ都からベレンに撤退することになったのだろう？　数々の勝利についてのレイアイの話をいいかえるなら、解放軍は、南において川をわたろうと試み、合法政府は、その攻撃を阻止することに成功しているということだろうか。彼らがそれを勝利と呼ぶつもりなら、革命をくつがえして、国全土を奪回する夢をついに放擲《ほうてき》し、損害を最小限に食いとめることにしたのだろうか？

「分割された国というのは選択肢のひとつではない」とレイアイはいい、その希望をつぶした。「おわかりと思うが」

慇懃な同意。

レイアイは葡萄酒の残りをすべて注いだ。「だが平和こそ、われわれの目指すものですよ。われわれの、きわめて強固なさしせまった目標です。わが不運なる国はたっぷり痛めつけられてきた」

きっぱりとした同意。

「あなたが平和の使徒だということはわかっていますよ、ミスタ・オールド・ミュージック。エクーメンが、連盟国家間の、またその内部での調和というものを育《はぐ》んできたことは知っている。平和こそ、われわれすべてが心から望んでいるものですよ」

同意、加えてかすかな疑念の気配。

「知ってのとおり、ヴォエ・ディオの政府はつねに、叛乱を鎮圧する力をもっていた。ただちに、完璧に終息させる手段をね」

応答なきものの、油断なき関心。

「ご存じだと思うが、あの手段をわれわれが用いないでいるのは、わが政府が加盟しているエクーメンの政策に敬意をはらっているからこそですよ」

肯定も否定もなし、完全なる無反応。

「それはご存じですね、ミスタ・オールド・ミュージック」

「あなたがたは、生存しようとする本能的願望はもっていたと思いますが」

「レイアイは、うるさい虫を追いはらうようにかぶりを振った。「われわれがエクーメンに加盟してからは――そして加盟するずっと前からですが、ミスタ・オールド・ミュージック――われわれはその政策に忠実に従う意志をもち、その説に敬服していました。だからこそわれわれはイェイオーウェイを失ったのです！　それだからこそ西部を失った！　四百万人が死んだのです、ミスタ・オールド・ミュージック。最初の〈叛乱〉で四百万。それから何百万も。何百万も。あのときわれわれが阻止していたら、死んだ人間はもっと少なくてすんだでしょう。奴隷もその所有者も」

「自殺行為だ」とエスダンは静かな穏やかな声で、奴隷の話し方をまねた。

「反戦論者はあらゆる兵器を悪であると、災害をもたらすもの、自滅的なものと見なします。あなたがたのような熟した知恵をもつひとびとでさえ、ミスタ・オールド・ミュージック、こと戦争については、われわれのようなより若くより未熟な者たちが否《いや》が応でも抱かざるをえない、経験からくる展望はおもちではない。ほんとうですよ、われわれは自滅的な種族ではありません。われわれだって、わが人民、わが国家が永続していくことを望んでいます。そうなるように堅い決意をもっています。われわれがエクーメンに加盟するずっと以前に、バイボはじゅうぶんにテストされている。あれは制御可能、目標の設定や、敵を牽制《けんせい》することが可能なんです。あれは精密な兵器で、まさに戦争にふさわしい兵器だ。噂と恐怖が、その能力と性質を極端に誇張している。われわれはその使い方を、その効果をいかに限定するかを知っています。叛乱の起こった最初の夏、われわれが特別な戦闘態勢に入るのを阻止したのは、あなたがたの大使を通じて送られてきたスタバイルの返答にほかならなかった」

「ヴォエ・ディオの軍隊の最高司令部もあの兵器の採用には反対だったという印象をもっていましたが」

「将軍たちのなかには反対する連中もいました。ヴェイオットの多くは、頭が硬いですからね」

「その決定が変更されたのですね？」

「オヨ大統領が、西側からこの地域に侵攻しようと集結している軍隊に対してバイボの使用態勢に入ることを許可したのだ」

〈バイボ〉とはなんともかわいらしい名前だ。エスダンはしばし目を閉じた。

「その破壊力は凄まじいものですよ」レイアイはいった。

同意。

「予想されるのは」とレイアイは、身を乗りだした。黒い顔の黒い目は、チーターのように鋭い。「もし叛乱軍があらかじめ警告をあたえられていれば、彼らは撤退するでしょう。こちらはよろこんで交渉に応じる用意がある。もし彼らが撤退すれば、われわれは攻撃はしない。彼らが話しあいを求めればわれわれは応じる用意がある。大虐殺は阻止できるはずです。彼らはエクーメンを尊重している。あなたを個人的に尊敬している、ミスタ・オールド・ミュージック。彼らはあなたを信頼している。もしあなたがホロネットで彼らに話しかけてくれるなら、あるいはもし彼らの指揮官が会談に同意するなら、彼らはあなたに耳をかたむけるはずだ。彼らの敵や圧政者としてではなく、慈悲深い平和を愛する中立者の声、知恵の声として、彼ら自身を救うべく説得する声として、手遅れにならぬうちに、あなたの声に耳をかたむけるはずです。これが、あなたに、エクーメンに提供しようという機会です。叛乱軍のなかにいるあなたの友人を救うために、この世界を甚大な災害から救うために。恒久平和への道をひらくために」

「わたしは、エクーメンを代表して話をする権限をあたえられてはいない。大使は——」

「そのつもりはない。できない。する立場にない。だがあなたはその立場にある。あなたは自由に行動できるひとだ、ミスタ・オールド・ミュージック。ウェレルでのあなたの地位は唯一無二だ。両陣営があなたを尊敬している。信頼している。あなたの声は、白人のあいだでは大使よりも重いひびきをもっているのです。大使がここへやってきたのは、叛乱のわずか一年前ですよ。あなたは、いうなれば、われわれの一員だ」

「わたしはあなたがたの一員ではない。わたしは所有していないし、所有されてもいない。わたしを味方にしたいのなら、あなたがた自身を定義しなおしたらいかがか」

レイアイはしばらくのあいだ無言だった。レイアイは不意打ちをくらって、きっと憤慨するだろう。愚か者め、とエスダンは思った。年老いた愚か者め、このわたしが道徳的優位に立ってなんになる！　だがどんな立場に立てばいいのか、彼にはわからなかった。

彼の言葉が大使の言葉より重みをもつのは確かだ。レイアイがいったそのほかのことは筋が通らない。もしオヨ大統領が、あの兵器の使用についてエクーメンの同意を得たいと願っているのだとしたら、そしてエスダンからそれを得られると本気で思っているとしたら、なぜ大統領はレイアイを通して働きかけるのか、そしてエスダンをヤラメラに隠しておくのか？　はたしてレイアイはオヨの味方か、それともオヨがいまだに拒否しているバイボを使うことをよしとする党派の味方なのか？

この話がすべてはったりだということは、おおいにありうる。兵器などはじめからない。たとえ、はったりが失敗してオヨが地位を追われたとしても、エスダンの懇願はバイボの存在に信憑性をあたえることになる。

バイオボム、すなわちバイボは、何十年、何百年ものあいだヴォエ・ディオにかかった呪いだった。エクーメンがほぼ四百年前に彼らとはじめて遭遇したのち、異人の侵略の恐怖に駆られたウェレル人は、あらゆる資源をつぎこんで、宇宙飛行と兵器製造を達成した。この特殊兵器を発明した科学者は、政府に対して、この兵器が抑制不能であることを通告してその使用を拒否した。広範囲にわたって人間と動物のすべての生命を破壊し、水や大気を汚染し甚大かつ永久的な遺伝子的被害を世界規模で引き起こすだろう。政府はこの兵器をけっして使わなかったが、破壊する意志もなかった。その存在は、通商禁止令が実施されているかぎり、ウェレルのエクーメンへの加盟を妨げていた。ヴォエ・ディオは、それが、外宇宙からの侵略を防ぐ保証であり、革命を阻止するものと信じていた。とはいうものの、彼らの奴隷惑星イェイオーウェイが叛乱を起こしたときも、それを使用しはしなかった。エクーメンが通商禁止令を解除したのちは、彼らは備蓄されていたその兵器を破壊したと公表した。ウェレルはエクーメンに加盟した。ヴォエ・ディオは、兵器貯蔵庫の査察を申し出た。大使は、信頼というエクーメン流政策を引きあいに出しそれを丁重に辞退した。さて、バイボはいまふたたび存在している。ほんとうに？　それともレイアイの頭のなかに？　彼は死に物狂いなのだろうか？　でっちあげか、侵略を阻止するために、実在しない幻の脅威の裏づけとしてエクーメンを利用しようというくわだてか。もっともありそうなシナリオ、とはいってもあまり説得力はない。

「この戦争はおわらせねばならない」とレイアイはいった。

「賛成です」

「われわれはけっして降伏はしない。それは理解しておいてもらいたい」レイアイは、懐柔するような穏やかな口調は捨てていた。「この世界の聖なる秩序をとりもどしたい」と彼はいった。その口調はいまや確信に満ちている。その目、白目の部分がないウェレル人の黒い目は、ほのぐらい光のもとで底知れぬものに見えた。彼は葡萄酒を飲みほした。「われわれがおのれの資産のために戦っていると思っているのだろう。われわれが所有しているものを守るために。だがそうではない、われわれは、われわれの聖女さまを守るために戦っている。そのような戦いに降伏はない。妥協もない」

「あなたがたの聖女さまは慈悲深い」

「法律があの方の慈悲だ」

エスダンは沈黙した。

「あしたまたベレンに行かねばならない」レイアイはしばらくしていった。威厳のある落ち着いた口調がもどっていた。「南部戦線に出動するわれわれの作戦は全面的に整合がとれていなければならない。わたしがもどってくるまでに、いまお願いした助力をあなたがしてくれるかどうか知る必要がある。われわれの対応は、ほとんどそれにかかっている。あなたの声に。あなたがこの〈東〉州にいることは知られている――つまり叛乱軍にも、わが方にも――ただし正確な場所は、あなたの安全のためにむろん秘密にされている。この内戦のやり方に対して、エクーメンが態度を変えるという声明をあなたが用意しているかもしれないということも、みな知っている。何百万という命を救うことができる変化、われわれの国土に平和をもたらす変化。あなたが、ここにいるあいだにそれを決めていただきたい」

彼は分裂派だな、とエスダンは思った。彼はベレンへは行かないだろう。たとえ行ったにせよ、オヨ政府のところではあるまい。これは彼自身の計画なのだ。ばかげている。うまくいくわけがない。彼はバイボをもっていない。だが銃がある。わたしを撃つかもしれない。

「愉快な夕食をありがとう、大臣」とエスダンはいった。

次の日、夜明け前に飛行機が飛び立つ音を聞いた。朝食のあと、よろよろしながら朝の陽射しのもとに出ていった。ヴェイオットの護衛が窓から彼を見守り、そして背を向けた。南のテラスの手すりの下にあるあずまやに、甘い香りを放つ大きなぼってりした白い花をつけて立ちならぶ灌木のすぐそばに、カムサとその赤ん坊とヘオがいた。彼はよたよたしながらそちらのほうに近づいていった。ヤラメラはどこも広く、たとえ邸内であろうと、足の悪い人間は気力をくじかれる。ようやくそばまでたどりつくと彼はいった。「わたしはひとりぼっちだ。ここにすわってもいいかな?」

女たちはむろん頭を垂れながら立ち上がった。もっともカムサの敬礼はかなりいいかげんだった。落ちた花に点々と彩られている曲線状のベンチに彼はすわった。女たちは、赤ん坊といっしょに石を敷いた小道に腰をおろした。赤ん坊を裸にし、穏やかな陽光にさらしていた。ずいぶん痩せた子だなとエスダンは思った。青みがかった黒い腕や脚の関節は、花の茎の付け根のよう、半透明のこぶのようだった。赤ん坊はいつになくさかんに動き、腕を伸ばし、頭をまわし、大気の感触を楽しんでいるようだった。頭は細い首のわりに大きく、これもまた細すぎる茎の先の大きすぎる花のようだった。カムサがほんものの花を赤ん坊のうえにゆらゆらとかざした。赤ん坊の黒い目がそれをじっと見あげる。その目蓋と眉はかぎりなく繊細だ。日光が赤ん坊の指のあいだに射しこむ。赤ん坊が笑う。エスダンは息をのんだ。花に向けた赤ん坊の笑みは、花の美しさ、この世の美しさだった。

「名前はなんというの?」

「レカム」

カーミイェーの孫。カーミイェーは、所有者にして奴隷、狩人にして農夫、戦士にして調停者。

「美しい名前だね。いくつなの？」

彼らが使う言葉ではこうだ。「この子はどれだけ生きてきたのか？」カムサの答えは奇妙だった。「この子の命のあるかぎり」と彼女はいった。ささやくような声とその方言は、そう受けとれた。子供の歳を尋ねるのは礼を失することなのか、あるいは不吉なことなのかもしれない。

エスダンはベンチに深くすわった。「とても年をとったような気がする。百年ぐらい赤ん坊を見たことがなかったからねえ」

ヘオは背中を向けて前かがみになってすわっていた。彼女が耳をふさぎたいと思っているのが彼にも感じられた。彼を、異人を怖がっていた。人生は恐怖のほかはヘオにたいしたものを残してはくれなかったのだ、と彼は察した。歳は二十か、二十五か？　四十ぐらいに見える。たぶん十七歳ぐらい。使い女《め》は乱暴に扱われて、はやばやと老けこんでしまう。カムサは二十をさほど越えてはいまい。痩せていて飾り気がないが、ヘオにはないような輝きと活力がある。

「ご主人さまは、子供がいましたか？」とカムサが尋ね、自分の赤ん坊をその胸に抱いた。慎み深い誇りとともに、おずおずと見せびらかすように。

「いいや」

「ア・イェラ」と彼女はつぶやいた。都市の囲い地でよく聞いた奴隷の言葉。ああ、かわいそう、かわいそう。

と見て微笑んだ。歯は汚かったが、かわいらしい笑みだった。赤ん坊は乳を吸ってはいないな、と彼は思った。カムサの腕におとなしく抱かれている。ヘオはというと緊張したまま、彼が口を開くたびに飛びあがるので、彼はもうなにもいわなかった。女たちから目をそらし、林の向こう、歩いても腰をおろしていても、完璧な均衡を保った眺望をくりひろげるすばらしい風景へと目をやった。平らに並ぶ敷石、灰褐色の草、青い水面、くねくねと曲がりくねっている大通り、灌木の茂みやその輪郭、古い巨木、霧のたちこめる川面、向こう岸の緑色の土手の連なり。やがて女たちがまた静かに話しだした。彼は女たちの言葉を聴いていたわけではない。ただ女たちの声に、陽光に、平和に身をひたしていた。

老女のガナが、上のほうのテラスをどしどしと彼のほうに向かっておりてきて、ちょこんと彼にお辞儀をすると、カムサとヘオにいった。「チョヨが呼んでいる。その赤ん坊をわたしにおよこし」カムサは赤ん坊を温かな石の上にまたおろした。そしてヘオといっしょにぱっと立ち上がって歩きだした。痩せた身の軽い女たちは、飛ぶように動いていく。老女はよっこらしょとばかり顔をしかめながら体をぼきぼきと折るようにしてレカムの横にすわりこんだ。老女はさっそくおくるみの布を赤ん坊にかけてやり、愚かな母親だよと、眉をよせてぶつぶつと文句をいった。エスダンは老女の動作を注意深く見守った。子供を抱き上げ、重い頭と小さな手足を支えてやるそのやさしい手つき、赤ん坊をあやし、自分の体をゆすって赤ん坊をゆするやさしいしぐさを見守った。

老女は顔をあげてエスダンを見た。そして微笑んだ。その顔は、無数の皺でくしゃくしゃになった。「この子はわたしの大事な授かりもの」と老女はいった。

彼はささやいた。「おまえの孫か？」

頭をこくりとうしろにかたむける。老女はやさしくゆすりつづけた。赤ん坊の目は閉じられ、頭は老女の干上がったうすっぺらな胸にそっとのせられている。「もうじきこの子は死ぬと思う」

しばらくしてエスダンはいった。「死ぬ？」

頭をこくりとうしろにかたむける。微笑みを絶やさずに。やさしくやさしくゆすっている。

「年はふたつです、ご主人さま」

「この夏に生まれたのかと思った」とエスダンは小声でいった。

老女はいった。「この子はわたしたちのもとにほんのちょっとといるためにやってきた」

「どこか悪いのか？」

「おとろえ」

エスダンはこの言葉に聞きおぼえがある。彼はいった。「アヴォ？」彼はこの病名を聞いていた。ウェレル人の子供たちがよくかかる全身性ウィルス感染症、市街の奴隷の囲い地でしばしば流行する病気なのだ。

老女はうなずく。

「しかし、これは治せる病気だよ！」

老女はなにもいわない。

は完全に治療が可能だ。医者がいるところであれば。薬があるところならば。アヴォは田舎ではない市街なら治療可能奴隷の住居ではなく邸ならば。戦時ではなく平和なァだ。愚か者めが！

老女は、これが治せるものだと知っているかもしれないし、知らないかもしれない。たぶん、この言葉の意味がわからないのだろう。老女は赤ん坊をゆすり、小声で歌いながら、愚か者には無関心だった。だが彼の声は聞こえていたので、とうとう彼を見ずに眠っている赤ん坊の顔を見つめながら答えた。

「わたしは生まれながら所有されていた」と老女はいった。「わたしの娘たちも。だがこの子はちがう。この子は授かりもの。だれもこの子を所有することはできない。カーミィェーさまからの授かりもの。わたしたちにとって。だれがその授かりものを、所有できるかね？」

エスダンは頭を垂れた。

彼は母親に、「この子は自由になるだろう」といった。そして母親は、「はい」と答えたのだ。

エスダンはようやく口を開いた。「わたしに抱かせてはくれまいか？」

祖母は、体をゆするのをやめ、しばらくじっとしていた。「はい」と老女はいった。腰をあげると、眠っている赤ん坊をエスダンの腕のなかに、そして膝の上にそろそろと移した。

「わたしの悦《よろこ》びをおわたしします」と老女はいった。

子供は羽のように軽かった——六、七ポンドだろうか。温かい花、小さな動物、鳥を抱いているようだった。体に巻きついている布が石の上に垂れさがっている。ガナはそれをつまみあげると、赤ん坊の体にそっと巻きつけその顔をおおった。緊張し不安に駆られながら、妬《ねた》みと誇りをもって老女はそこにひざまずいている。やがて赤ん坊をとりもどすと、自分の心臓にあてた。「ほれほれ」と老女はいった。その顔が幸せそうにほころんだ。

その晩、エスダンは、ヤラメラのテラスを臨む部屋で眠り、いつもポーチに入れて持ち歩いていた平らで丸い小さな石をなくした夢を見た。プエブロから持ってきた石だ。それは手のひらに包んで温めてやると、口をきき、彼に話しかけた。だが、久しいあいだ石と話をしていなかった。自分がいまそれを持っていないことに彼は気づいた。どこかに置き忘れてきたのだ。きっと大使館の地下室だろうと思った。地下室に入ろうとしたが扉に鍵がかかっていて、ほかの扉を見つけることができなかった。

目が覚めた。早朝。起きる必要はない。レイアイがもどってきたとき、なにをすればいいか、なにをいえばいいか考えねばならない。考えられなかった。夢のこと、話をする石のことを考えた。それがなにをいうか、聞けたらよかったのにと思った。プエブロのことを考えた。彼の父親の弟の家族は、極南高地にあるアルカナン・プエブロに住んでいた。エシは少年のころ、毎年北の冬の真っ盛りにそこへ飛んでいき、四十日間の夏を過ごした。最初は両親とともに、そのあとはひとりで行った。彼の叔父と叔母は、ダランダで育ち、プエブロ生まれではなかった。彼らの子供たちはプエブロ生まれだった。アルカナンで育ち、一生そこで暮らした。いちばん上のスーハン、エスダンより十四も年上のいとこは、不治の脳神経系統の障害を生まれながら背負っていた。彼の両親がプエブロに定着したのもそのためだった。あそこには彼がいる場所があった。彼は牧夫になった。ヤマとともに山に登った。ヤマは南ハイン人が、千年ぐらい前に惑星O《オー》から運んできたものだ。彼はその動物の世話をした。冬だけプエブロにもどってきた。エシは、めったに彼に会うことはないので助かった。スーハンは恐ろしげな姿をしていたのだ——大男でよたよた歩いていやなにおいがして、わけのわからない言葉をわめきちらした。なぜスーハンの両親や妹たちが彼を愛しているのか、エシには理解できなかった。愛しているふりをしているのだろうと思った。彼を愛せる人間がいるだろうか。

思春期のエスダンにとってそれは相変わらず頭を悩ませる問題だった。いとこのノイ、スーハンの妹は、アルカナンの水司になっていたが、これは悩む問題ではなく謎だといった。「スーハンがどうやってわたしたちを導いたかわかる?」とノイはいった。「考えてもごらんなさい。あのひとは、わたしの両親がここに住むように導いたのよ。だからわたしの妹もわたしもここで生まれた。だからあなたがここにやってきてわたしたちといっしょに暮らした。だからあなたは、プエブロでの生き方を学んだ。あなたはけっして単なる都会人にはならないわね。なぜならスーハンがあなたをここに導いたから。わたしたちみんなを導いたから。この山のなかに」

「彼がじっさい導いたわけじゃない」と十四歳のエスダンは反論した。

「いいえ、彼が導いたのよ。わたしたちは彼の弱さに従った。彼の不完全さに。欠陥はさらけだされている。水をごらん、エシ。水は、岩の弱いところを見つけて流れこむ、穴や空洞や隙間へと。水に従ってわたしたちは、わたしたちがいるべきところにやってきた」そういうと彼女は、町はずれの灌漑《かんがい》施設の使用権争いを仲裁するために出かけていった。山の東側は極度の乾燥地帯で、おまけにアルカナンのひとびとは、もてなしを好むと同時に争い好きでもあるから、水司はいつも多忙だった。

だがスーハンの障害は、治療が不可能だった。彼の欠陥は、ハインの驚異的な医術をもってしても手がつけられなかった。でもこの赤ん坊は、一連の注射で回復するはずの病気で死にかかっている。この子の病気、この子の死を甘受するのは誤りだ。周囲の情況や不運や不公平な社会や、宿命論的な宗教に欺かれてこの子の命が奪われるのを見過ごすのはまちがっている。奴隷たちの恐るべき忍耐心を育み助長する宗教、女たちになにもするなと教える宗教、この子をいたずらに死なせてしまう宗教に。

自分は干渉すべきだ、なにかすべきだ。ではいったいなにができるのか？

「この子はどれだけ生きてきたのか？」

「この子の命のあるかぎり」

彼らにできることはなにもない。行くべきところもない。だれひとり頼る者もいない。アヴォの治療手段は存在する、どこかの場所に、どこかの子供たちのために。この場所ではない、この子供のためにではない。怒りも希望もなんの役にも立たない。悲しみさえも。まだ悲しむのは早い。レカムはここに女たちとともにいる。この子がここにいるかぎり女たちはこの子によろこびを見いだしている。この子の命のあるかぎり。この子はわたしの大事な授かりもの。わたしの悦びをおわたしします。

ここは、よろこびの本質を学ぶには不思議な場所だ。水がわたしの案内人だ、と彼は思った。彼の手には、まだあの子を抱いている感触が、羽のような軽さが、束《つか》の間《ま》のぬくもりが残っていた。

翌朝遅くテラスに出て、いつものようにカムサと赤ん坊がやってくるのを待っていると、かわりに年配のヴェイオットがやってきた。「オールド・ミュージックさま、しばらく屋内にとどまるようお願いいたします」と彼はいった。

「ザディョー、ぼくは逃げはしないよ」とエスダンはいって、包帯をした足を突きだしてみせた。

「申しわけありません」

ヴェイオットのあとについて不機嫌そうに重い足どりで屋内に入っていくと、階下の部屋、厨房のうしろの窓のない貯蔵室に連れこまれて鍵をかけられた。そこにはすでに粗末な寝台、テーブルと椅子一脚、小便壺と、ほとんど毎日のように発生する発電機の故障にそなえてバッテリー・ランプが用意してあった。「すると襲撃にそなえているんだね？」と彼は、それらの準備を見るとそういったが、ヴェイオットの答えは扉に鍵をかけることだった。エスダンは、寝台に腰をかけて瞑想にふけった。アルカナン・プエブロにいたときに学んだように。呪文のように同じ言葉をひたすらくりかえすことによって苦悩と怒りを頭から追いはらう。健康、功徳《くどく》、勇気、忍耐、安息を自分のために。健康、功徳、勇気、忍耐、安息をザディョーのために……カムサのために、赤ん坊のレカムのために、レイアイのために、ヘオのために、チュアレネムのために、第三階級《オウガ》のために、自分を蹲踞檻に入れたネメオのために、自分を檻に入れたアラチュアルのために、足に包帯をしてくれ自分のために祈ってくれたガナのために、大使館の、都の知人たちのために、健康、功徳、勇気、忍耐、安息を……。言葉でくりかえすことはうまくいったが、瞑想そのものは失敗だった。考えることをやめることができなかった。そこで考えた。自分ができることを考えた。なにも見つからなかった。彼は水のように弱く、赤ん坊のように無力だった。彼は、ホロネットで原稿を読み上げている自分を想像した。エクーメンは不本意ながら、内戦を終息させるべく生物兵器の限定的使用を認めるという原稿を。その原稿を落とし、エクーメンはいかなる理由があれ生物兵器の使用には同意できないといっている自分を想像した。どちらの想像も幻想にすぎない。レイアイの計画は幻想でしかない。彼を人質にとることが無益だとわかれば、レイアイは彼を射殺するだろう。自分はどれだけ生きてきたのか？　六十二年という年月。レカムの時間の取り分よりかなり多い取り分だ。彼の頭はそこから先はもう考えられなかった。

ザディョーが扉を開け、出てもよいといった。

「解放軍はどれほど近づいたのかね」ザディョー？」と彼は訊いた。答えは期待していなかった。テラスに出ていった。夕方近かった。カムサが、赤ん坊を胸に抱いてそこにいた。乳首が赤ん坊の口に入っているのに赤ん坊は吸ってはいない。カムサは胸をおおった。女の顔は、はじめて悲しみをうかべているように見えた。

「眠っているのか？　抱かせてはもらえまいか？」エスダンは女のそばに腰をおろしていった。

カムサは小さな包みを彼の膝に移した。その顔は憂色をうかべている。子供の呼吸が前にもまして苦しそうだとエスダンは思った。だが目は覚めていて、大きな目でエスダンの顔を見つめた。エスダンは顔をしかめ、すぼめた唇を突きだして、ぱちぱちとまばたきをしてみせた。かすかな笑みがひきだせた。

「農奴たちがいっています、軍隊がくると」カムサはとても静かな声でいった。

「解放軍？」

「エナ。どこかの軍隊」

「川の向こうから？」

「そう思います」

「彼らは奴隷だ――解放されたひとたちだ。きみの味方だ。きみを傷つけはしないよ」おそらく。

カムサは怯えている。自制心は立派なものだが、それでも怯えが見える。彼女はここで

〈叛乱〉を見ているのだ。そして報復も。

「隠れておいで、できるなら。どこかに隠れ場所があるはずだ」爆撃や戦闘があるかもしれないからね」と彼はいった。「地下に。どこかに隠れ場所があるはずだ」

カムサは考えてから、「はい」と答えた。

ヤラメラの庭は平和だった。葉ずれの音、発電機のかすかなうなり。焼けただれた邸の廃墟ですら、時を超越した魅力を宿していた。最悪のことが起きた、と廃墟はいっていた。彼らにとって。カムサやヘオ、ガナやエスダンにとってはおそらく最悪のことではないのかもしれない。だが夏の大気に、暴虐の気配はなかった。赤ん坊は、エスダンの腕にすっぽりおさまってかすかな笑みをまたうかべた。彼は、夢のなかでなくした石のことを思い出した。

その夜は、窓のない部屋に閉じこめられた。物音で目を覚ましたのが何時だったか知るすべもないが、そのあとにつづく銃声と、手榴弾か大砲かさだかではない爆発音ですっかり目が覚めた。それから静寂がおち、そしてまた、どんどん、ぱちぱちという音がつづき、それがしだいにかすかになっていった。ふたたび静寂、それがいつまでもつづいた。やがて、邸の真上で旋回しているような飛行機の爆音がして、それから邸のなかで物音がした。叫び声、走りまわる足音。彼はランプをつけ、むりやりズボンに足をつっこんだが、包帯を巻いた足の上からひっぱりあげるのには苦労した。飛行機が舞いもどってきて、爆発音が聞こえると、彼はパニックに駆られて扉に飛びついた。死の罠であるこの部屋からとにかく逃げださねばならないのだ。彼は火事が、焼死するのが怖かった。扉は硬い木で、頑丈な枠にがっちりと閂《かんぬき》がかけられていた。パニックに襲われながらも、その扉を破れる望みは抱いていなかった。破れないと最初からわかっていた。一度だけ、「ここから出してくれ！」と叫んだが、すぐに自分をとりもどし寝台にもどり、それから壁と寝台のあいだの床に、この部屋が提供できる唯一の避難所にすわりこんで、いったい外でなにが起こっているのか想像をめぐらした。解放軍の急襲があり、レイアイの手下が、飛行機を撃墜しようと銃撃した、というのが彼の想像だった。

完全な静寂。それがいつまでもいつまでもつづいた。

ランプがちかちかとまたたいた。

立ち上がり、扉の前に立った。

「出してくれ！」

物音ひとつしない。

銃声一発。ふたたび人声、ふたたび走る足音、叫び声、呼びかける声。そしてまた長い静寂、遠くの人声、部屋の外の廊下を走ってくる足音。男の声がした。「連中をさしあたりそこに閉じこめておけ」抑揚のない嗄《しゃが》れた声。エスダンはためらっていたがおもいきって叫んだ。「わたしは囚人だ！　ここにいる！」

沈黙。

「そこにいるのはだれだ？」

それは聞いたことのない声だった。彼には、人の声や顔や名前を覚える特技、そしてその意図などを汲みとる特技があった。

「エクーメン大使館のエズダードン・アーヤだ」

「なんてこった！」とその声はいった。

「ここから出してくれないか？」

返事はなかったが、蝶番《ちょうつがい》がむなしい音をたて、どしんどしんとぶつかる音がした。外の人声がさらにふえ、どしんどしんという音が何度も聞こえた。「斧だ」とだれかがいった。「鍵を探せ」ほかのだれかがいった。彼らは立ち去った。エスダンは待った。ヒステリーの発作を恐れ、笑いだしたくなる衝動をむりやり抑えつけた。だがおかしい、ばかばかしくなるほどおかしい、扉の隙間から聞こえてくる叫び声、鍵を探し斧を探しているひとの声、戦いのさなかの茶番。なんの戦い？

彼は事態を逆の立場から考えていたのだ。解放軍が邸に突如侵入し、レイアイの手下の寝込みを襲って殺した。レイアイの飛行機がもどってくるのを待っていた。農奴、情報屋、案内役たちと連絡をとりあっていたにちがいない。部屋に閉じこめられたまま、彼はその作戦の最終段階の騒音だけを聞いていたのだ。ようやく外に出してもらうと、彼らは死体をひきずっていた。若者のひとり、アラチュアルかネメオか、手足を無惨に切断された死体が、ひきずられていくうちにばらばらになり、ねばねばした血とはらわたが床にべったりとはりつき、両脚があとに残された。死体をひきずっている男は、とほうに暮れ、胴体の肩をもってそこに突っ立っている。「ちくしょうめ」とその男はいった。エスダンは、息をのみ、ふたたび笑うまいと、吐くまいとこらえた。

「来い」と彼を連れた男たちがいい、彼は従った。

早朝の光が、こわれた窓からななめに射しこんでいる。エスダンは、きょろきょろとあたりを見たが、邸の者はだれも見あたらなかった。男たちは彼を、群犬の首がマントルピースの上に飾ってある部屋へ連れこんだ。六、七人の男たちがテーブルのまわりに集まっていた。彼らは制服は着ていなかったが、ある者は、解放軍を示す黄色の飾り結びかリボンのようなものを帽子か袖につけていた。よれよれに疲れていても容赦ない連中だった。ある者は肌が黒く、ある者は薄茶色、または粘土色、または青みがかった肌の色をしていた。だれもかれも苛立っていて、危険な表情をうかべている。彼を連れてきたうちのひとり、痩せて長身の男、さっき扉の外で「なんてこった」といったあの嗄れ声がこういった。「これはあいつだ」

「わたしはエクーメン大使館のエズダードン・アーヤ、古い音楽《オールド・ミュージック》だ」と彼はできるだけさりげなくいった。「ここに囚われていた。わたしを解放してくれてありがとう」

連中のうち数人は、異人を見たことのない人間が見つめるような目つきで彼を見つめ、彼の赤茶色の肌や白目がすみのほうにあるおちくぼんだ目や頭蓋の形と顔だちのわずかな相違などに目をとめた。そのなかのふたりほどは、さらに大胆に彼を凝視した。彼の主張を疑い、証拠を見せなければおまえのいうことは信じないぞといっているようだった。肩幅の広い大柄な男、白い肌と茶色の髪の毛の、純粋な土色人、他の血がまざっていない純血の奴隷種族がエスダンを長いこと見つめていた。「そのためにやってきたのです」と男はいった。

男は静かな奴隷の声で話をした。声を大きくすること、遠慮なく話すことを学ぶには一世代、あるいはもっと年月がかかるかもしれない。

「わたしがここにいることがなんでわかったのかね？　フィールドネットか？」

口から耳へと、農場から囲い地へ街へ、そしてその逆へと伝わっていく情報の秘密組織を彼らはそう呼んでいた。それはホロネットができるずっと以前のことだ。ハメはこのフィールドネットを使い、これが〈叛乱〉の主な手段となった。

背の低い黒い肌の男は笑みをうかべ、かすかにうなずいたものの、ほかの連中がなにひとつ情報を伝えていないのに気づくと、とちゅうで凍りついた。

「それではだれがわたしをここに連れてきたか知っているね——レイアイだ。彼がだれのために行動していたのかわたしは知らない。わたしが話せることは、話そう」安堵が彼を愚かにし、口を軽くした。相手はタフガイを演じているのに、彼はお手々つないで仲よくしようという調子の役割を演じていた。「この地に友人がいるんだ」と彼は、さらにひかえめな口調になり、彼らの顔をこもごもに、まっすぐ、しかし礼儀正しく見つめた。「奴隷の女、召使たち。みんな無事だろうね」

「事情によりけりだ」と半白の髪の、疲れた顔の痩せた男がいった。

「赤ん坊を連れた女、カムサ。老女のガナ」

ふたりばかりが、知らぬのか無関心なのか、かぶりを振った。ほとんどの人間が応答なしだった。彼はふたたびみなを見まわし、その尊大さに対して、この口のかたい連中に対してこみあげる怒りと苛立ちを抑えつけた。

「あなたがここでなにをしていたか知る必要がある」と茶色の髪の男がいった。

「都にいる解放軍の関係者がわたしを、大使館から解放軍司令部へ連行した。十五日ほど前のことだ。われわれはレイアイの手下たちによって〈分断地帯〉で拉致された。連中がわたしをここに連れてきた。わたしは蹲踞檻のなかでしばらく過ごした」エスダンは、相変わらずひかえめな口調でいった。「足が腫れあがってよく歩けない。レイアイと二度話をした。これ以上なにか話す前に、わたしが話をしている相手が何者か知る必要があるということを理解してほしい」

鍵のかかった部屋から彼を解放した長身の痩せた男がテーブルをまわり、半白の髪の男としばらく協議をした。茶色の髪の男は耳をかたむけ、同意を示した。長身の痩せた男が、エスダンに、嗄れた抑揚のない声でいった。「われわれは世界解放軍の先遣隊の特別任務を負った者だ。わたしは、メトイ参謀総長」ほかの全員が名乗りをあげた。大柄な茶色の髪の男はバナルカミィー将軍、疲れた顔の年配の男はツエヨ将軍。彼らは名前とともにその階級をいったが、たがいを呼ぶときはその称号は使わなかったし、彼をさん《ミスタ》とも呼ばなかった。解放前の奴隷たちはたがいに、血統の名称、すなわち、父親、姉妹、伯母とかいう家族の名称以外は使わなかった。称号は、奴隷所有者の名前の前につくものだった。ロード、マスター、ミスタ、ボスといったぐあいに。どうやら解放軍は、称号なしで呼びあうことに決めたらしい。踵をかちりと合わせて、サー！　と大声で叫ばない軍隊に出会って、彼はうれしかった。しかし彼が出会ったのが、どこの軍隊なのかよくわからなかった。

「やつらはあなたをあの部屋に閉じこめたのか？」とメトイが訊いた。奇妙な男だった。抑揚のない冷ややかな声、青白い冷ややかな顔、だがほかの連中のようにびくびくしてはいなかった。自信がある様子で、統率力を発揮することに慣れているというふうだった。

「彼らはゆうべあそこにわたしを閉じこめた。ある種の紛争が起きることを警告されていたのではないか。ふだんは階上の部屋をあてがわれていた」

「その部屋へ行ってよろしい」とメトイはいった。「屋内にとどまるように」

「そうしよう。ほんとうに助かった」彼は全員に向かっていった。「カムサとガナの消息がわかったときは、どうか――？」彼は冷たくあしらわれるのを待たずに、背を向け部屋を出た。

若手のうちのひとりがついてきた。みずからザディョーのテマと名乗った。すると解放軍は、昔ながらのヴェイオットの階級を使っているのか。彼らのなかにヴェイオットがいるのをエスダンは知っていたが、テマはヴェイオットではなかった。明るい色の肌、都の土色人の訛《なま》り、低くそっけない早口な口調。エスダンは彼に話しかけようとはしなかった。テマは、ひどく落ち着きがなく、おそらく昨夜の間近での殺戮、あるいはなにかほかに理由があってひどく不安になり、怯えているのではあるまいか。肩や腕や手にたえず震えが走り、青白い顔は、苦痛に歪んでいる。年上の異人、文民の囚人と無駄話をするような気分ではないのだろう。

戦争ではあらゆる者が囚人だ、と歴史家のヘネンネモレスは書いている。エスダンは、自分を解放してくれた新しい捕獲者に感謝をしたが、いま現在自分がどこにいるのか知っていた。ここはまだヤラメラだった。

だがふたたび自分の部屋にもどり、窓辺におかれた片方しか腕木のない椅子に腰かけ、早暁の陽光を、芝生やテラスに伸びる樹木の長い影を見たとき、深い安堵が訪れた。

召使はだれひとりあらわれず、いつものようにまめまめしく働いたり休息をとったりする姿も見かけない。部屋にやってくる者もいなかった。午前の時間はのろのろと過ぎていった。いまの自分の足でできるかぎりのタナイの練習をやった。しゃんと腰をすえていたのにうとしてしまい、目が覚めるとまたしゃんと腰をすえたが、なにか不安で落ち着かず、さっき聞いた言葉をあらためてよく考えてみた。世界解放軍の先遣隊の特別任務。

ホロニュースでは、合法政府は、敵軍を〈叛乱軍〉ないしは〈暴徒の群れ〉と呼んでいる。はじめは解放軍と自称し、世界解放についてはひとことも触れなかった。だが〈叛乱〉以来、自由戦士たちとの通信は途絶していたし、大使館が封鎖されてからは、いかなる種類の情報も途絶していた——むろん何光年もかなたの別の世界からの情報はべつである。それはアンシブルから際限なく入ってくるが、通りをふたつ隔てたところの情報はなにひとつ、ひとことたりと入ってはこなかった。大使館における彼はなにひとつ知らず、無能で頼りなく受け身一方の人物だった。ここにいるのとまったく同じだった。戦争がはじまって以来、彼はへネンネモレスがいったごとく、囚人であった。ウェレルのほかのすべてのひとびとと同じように。自由のための囚人。

彼は、自分の無力を受け入れてしまうことを恐れた。それが自分の魂を納得させてしまうことを恐れた。この戦争がなんのための戦争か心に銘記しておかなければならない。だがとにかく解放軍に一刻も早く来てほしい、そして自分を自由の身にしてほしいと思った！

午《ひる》すぎに若いザディョーが、厨房で見つけた残りものとおぼしい冷えた食べ物の皿と、ビールを一本運んできた。彼はそれをありがたく食べかつ飲んだ。だが、彼らが、召使たちを解放しなかったのは明らかだった。あるいは殺してしまったのか。そのことは考えないようにした。

日没後にザディョーがやってきて、階下の群犬の首のある部屋へ彼を連れていった。むろん発電機は止まっていた。どうやってみても発電機を動かしつづけることはできず、年老いたサカがたえずいじくりまわしていた。連中は電気松明《たいまつ》をもっていた。群犬の首の部屋では、大きなオイル・ランプがふたつテーブルの上で燃えていて、テーブルを囲む顔にロマンチックな黄金の光を投げかけ、その背後に深い影を落としていた。

「すわって」と茶色の髪の将軍、バナルカミィーがいった——彼の名前を翻訳すれば、〝聖書を読む〟とでもいうのだろうか。「あんたに訊きたいことがある」

沈黙、ただし慇懃な同意。

いかにして大使館を抜けだしたか、解放軍の連絡係はだれであったか、あんたはどこへ行こうとしていたのか、なぜ行こうとしていたのか、拉致のあいだになにがあったか、だれがあんたをここに連れてきたか、彼らになにを訊かれたか、彼らはあんたになにを望んでいたのか。午後のあいだに、率直に答えることが自分にとってはもっとも有利に働くにちがいないと腹を決めていたので、すべての質問に率直かつ手短かに答えた。

「わたしは個人的には、この戦争ではあなたがたの味方ですよ」と彼はいった。「しかしエクーメンは是が非でも中立を守らなければならない。当時わたしはウェレルで自由に話すことのできる唯一の異人だったので、わたしのいうことは、大使館あるいはスタバイルの言葉として受けとられたか、あるいは誤って受けとられたかもしれない。レイアイにとってわたしが価値ありとすればそれだった。あなたがたにとってもそれがわたしの存在価値かもしれない。だが、それは誤った考えですな。わたしはエクーメンの代表として話をすることはできない。わたしにはなんの権限もない」

「彼らはきっと、あんたにエクーメンは合法政府《ジット》を支持するといってもらいたかったんだ」疲れた顔の男、ツエヨはいった。

エスダンはうなずいた。

「彼らは、なにか特別な戦略を、兵器を使うことについて話さなかったか？」そう訊いたのはいかめしい顔をしたバナルカミィーで、質問はさりげなく持ちだされた。

「その質問の答えは、将軍、あなたがたの前線の後方にいったときに、解放軍司令部のわたしの知人たちに話したい」

「あんたは世界解放軍司令部と話をしているのだ。返答を拒否することは、敵と共犯であることの証拠と受けとられるだろう」これはメトイ、流暢《りゅうちょう》で厳しい耳ざわりな声の持ち主。

「それはわかっている、参謀総長」

彼らはちらりと視線を交わした。あからさまな脅迫の言葉にもかかわらず、メトイは信頼していい人物だとエスダンは感じた。彼は頼りになる。ほかの連中は、びくびくしていて頼りにならない。彼らは分裂派であると、いまや彼は確信した。彼らの党派がどれほど大きいか、解放軍司令部とどれほど不和なのか、彼らがもらす言葉のはしばしで推量するよりほかはない。

「いいかね、古い音楽さん《ミスタ・オールド・ミュージック》」とツエヨがいった。相手を〝さん《ミスタ》〟づけで呼ぶ、古い習慣は容易にほろびない。「あんたがハメのために働いていたことは知っている。ひとびとをイエイオーウェイへ送るのに手を貸してくれた。あのときわれわれを支援してくれた」エスダンはうなずいた。「これからもわれわれを支援してくれなければいけない。われわれはいま率直に話をしている。ジットが、反撃を計画しているという情報を手に入れた。それはなにを意味するか、それはバイボを使うつもりだということだ。それ以外には考えられない。それは起こってはならないことだ。そんなことはさせられない。ぜったい阻止すべきだ」

「エクーメンは中立だとあんたはいう」とバナルカミィーがいった。「それは嘘だ。百年間も、エクーメンはこの世界を加盟させようとはしなかった。なぜならわれわれがバイボをもっているからだ。もっていたが使いはしなかった。ただもっているだけでじゅうぶんだった。

ところが彼らは、中立だという。いまこそそれが大問題となるこのときに！　この世界が彼らの一部となったときに！　エクーメンは行動すべきだ。あの兵器を排除すべく行動すべきだ。ジットがあれを使うことを阻止すべきだ」

「もし合法政府がそれをもっており、それを使うことを計画していたなら、そしてエクーメンにわたしがそれを伝えることができるとして――いったいエクーメンになにができるというのか？」

「あんたが話すのだ。ジットの大統領にあんたが話す。エクーメンが、やめろといっている。エクーメンは船団を、軍隊を送るだろうと。あんたはわれわれを支援する！　われわれに協力しないというなら、あんたはジットの味方だ！」

「将軍、もっとも近くの宇宙船も数光年はなれた場所にいるのですぞ。合法政府だってそれは知っている」

「しかしあんたがエクーメンに呼びかけることはできる。送信機があるだろう」

「大使館のアンシブル？」

「ジットにもひとつある」

「外務省にあったアンシブルは、〈叛乱〉のさいに破壊された。政府の建物が最初に攻撃を受けたときに。彼らは区画全体を爆破した」

「それがほんとうかどうかどうしてわかる？」

「あなたがたの軍隊がやったことではないか。将軍、合法政府が、あなたがたがもっていないアンシブルというエクーメン直結の連絡手段をもっていると思いますか？　彼らはもっていない。彼らは大使館を占拠しアンシブルを没収したかもしれないが、彼らはその行為によって、エクーメンとの信頼関係を失ってしまった。それで、どんな利点が得られたというのですか？　エクーメンには送るべき軍隊がない」彼はバナルカミィーがそのことを知っているかどうかふいに確信がなくなってこういった。「ご存じのとおり。連絡がついたとしても、彼らがここにくるには数年かかる。そういう理由、あるいはその他もろもろの理由によってエクーメンには軍隊がなく、したがって戦争にも加わらない」

彼は、連中の無知に、その素人くささに、その恐怖にひどく驚かされた。自分の声に驚きや苛立ちをあらわさぬように努め、理解と同意を得られるものと期待していると思わせるように静かな声で話し、なんの心配もないような顔をしてみせた。そういう自信たっぷりの外見だけでも、ときには目的を果たせるものだ。残念ながら、彼らの顔にうかんだ表情を見ると、自分はふたりの将軍には、あんたたちはまちがっていると伝え、メトイには、あんたは正しいといっているようだった。エスダンは論争の一方に荷担したことになる。

バナルカミィーがいった。「まあそれはさておいて」といって最初の訊問を続行し、ふたたびいくつも質問を浴びせ、さらなる詳細を求め、その返答を無表情に聞いていた。面目を保つということだ。自分はこの人質を信頼していないと示すつもりなのだ。彼は、レイアイが、南における反撃、ないしは侵略についてなんといっていたかしつこく聞きだそうとした。オヨ大統領は解放軍がこの州のここから河口付近に向かって侵略することを期待していると話していた、というレイアイの言葉を、エスダンはしつこくくりかえした。そのたびに彼はこうつけくわえた。「レイアイが話したことはどれも真実かどうかわたしにはわからない」四度目か五度目になったとき、エスダンはいった。「申しわけないが、将軍。ここにいたひとたちについての情報を知りたい――」

「あんたは、ここに来る前にここにいるだれかを知っていたのか？」と若い男が語気鋭く訊いた。

「いいや。わたしは召使の者たちのことを訊いているのだ。わたしに親切にしてくれたのでね。カムサの赤ん坊は病気で手当てが必要だ。彼らがちゃんと面倒をみてもらっているかどうか知りたい」

将軍たちは、協議に没頭しており、脇道にそれたこの話題に関心を示す者はいなかった。

「〈叛乱〉のあとでここにいた者、このような場所にいた者は、だれにしろ協力者だ」とザディョーのテマがいった。

「彼らがどこに行けたというのですか？」とエスダンはさりげなく反論した。「ここは解放地区ではない。監督たちは、あの農場で奴隷たちとともに働いている。彼らはまだ蹲踞檻を使っている」蹲踞という言葉をいうとき声がかすかにわななないたので彼はおのれを呪った。

バナルカミィーとツエヨは、彼の質問を無視したまま協議をつづけている。メトイが立ち上がった。「今夜はもうじゅうぶんだ。わたしといっしょに来るがいい」

エスダンはよたよたしながら、彼のあとについて広間を横切り階段を上った。若いザディヨーが急いでついてきた。バナルカミィーの命令でよこされたのは明らかだ。個人的な会話は許されなかった。しかしメトイは、エスダンの部屋の前で立ち止まると彼を見おろしてこういった。

「召使の者たちは、ちゃんと面倒をみる」

「ありがとう」エスダンはほっとしていった。そしてつけくわえた。「ガナは、この傷の手当てをしてくれていた。ガナに会う必要がある」連中が自分を無事に生かしておきたいのなら、この怪我を目的遂行の手段として使ったとしてもさしつかえはあるまい。もしそうでないのなら、なにをやっても無駄ではあるが。

夜はあまり眠れず、眠りも浅かった。彼はいつも情報を手に入れ行動を起こすことを生きがいとしてきた。なにも知らされず、手も足も出ない、精神的にも肉体的にも無能な自分にすっかり参っていた。それに空腹でもあった。

夜が明けるとすぐに扉を開けようとしたが鍵がかかっていた。扉をどんどんたたいてしばらく怒鳴っていると、ようやくだれかやってきた。怯えた顔の若い男、おそらく歩哨なのだろう。それから眠そうなしかめ面のテマが鍵をもってやってきた。

「ガナに会いたい」とエスダンは、かなり断固とした口調でいった。「あのひとがこれの手当てをしてくれる」と彼は包帯をした足を指さしてみせた。テマはなにもいわずに扉を閉めた。一時間ほどたったころ、ふたたび鍵のがちゃがちゃいう音がしてガナが入ってきた。メトイがあとからついてきた。テマがそのあとにつづいた。

ガナはエスダンに対しうやうやしい姿勢で立っている。彼はすばやく近づいて両手を老女の腕にのせ、その頬に自分の頬をよせた。「カーミイェーの神に感謝しよう、あんたが無事でよかった」と彼はいった。それはガナのようなひとびとから自分がよくいわれた言葉だった。「カムサと赤ん坊は、どうしている？」

老女はぶるぶると震えて怯えている。髪の毛はぼさぼさで目蓋は赤いけれども、おもいもよらぬ彼の親密な挨拶にかなり元気がでたようだ。「いまは厨房におります」と老女はいった。「兵隊さんが、あなたの足が痛いといっていました」

「わたしが彼らにそういったのだ。包帯を巻きなおしてくれるだろうね」

彼が寝台に腰をおろすと、老女は包帯をとく仕事にとりかかった。

「ほかの連中は無事か？　ヘオは？　チョヨは？」

彼女は一度だけかぶりを振った。

「気の毒に」と彼はいった。それ以上は訊けなかった。

ガナは、前と同じようには手ぎわよく包帯を巻けなかった。包帯をぎゅっと締めあげる両手にほとんど力が入らず、見知らぬ者に監視され、びくびくしながら大急ぎで仕事をかたづけた。

「チョヨが厨房にもどってくるといいね」と彼はいった。半分はガナに、半分は彼らに向かって。「だれかがここで料理をしてくれないとね」

「はい、だんなさま」とガナは小声でいった。

かった。メトイを見あげ、彼の反応を見きわめようとしたがかなわなかった。

ガナは仕事をおえた。メトイはひとことで老女を退け、ザディヨーにそのあとを追わせた。ガナはよろこんで出ていき、テマは躊躇《ちゅうちょ》した。「バナルカミィー将軍が――」とテマは口を切った。メトイは彼を見つめた。若い男はいよどみ顔をしかめ、メトイに従った。

「あの連中の面倒はみるつもりだ」とメトイはいった。「わたしはずっとそうしてきた。わたしは囲い地の監督だった」彼は冷ややかな黒い目でエスダンを見つめた。「わたしは去勢された男だ。わたしみたいな者はそう多くは残っていない、いまでは」

エスダンはしばらくしていった。「ありがとう、メトイ。彼らには助けが必要だ。彼らにはわからない」

メトイはうなずいた。

「わたしにもわからない」とエスダンはいった。「解放軍は侵略を計画しているのだろうか？　それともレイアイは、バイボを配備することについて話しあいをするための口実としてそんな話をでっちあげたのか？　オヨはそれを信じるのか？　あんたはそれを信じるのか？　解放軍は、あの川の向こう岸にいるのか？　あんたは、そこから来たのか？　あんたは何者だ？　答えは期待していないが」

「答えるつもりはない」と去勢された男、メトイはいった。

もし彼が二重スパイだとしたら、きっと解放軍司令部のために働いているのだろうと、彼が去ったあとエスダンは考えた。あるいは、そう願った。メトイは、自分の味方につけたい人物だった。

だがわたし自身どちらの味方なのか自分にもわからない、と彼は考えながら、窓ぎわの椅子にもどった。解放軍だ、もちろん、そうとも、しかし解放軍とはいったいなんだ？　奴隷解放という理想ではない。いまとなっては。ふたたびそうはならないだろう。〈叛乱〉以来、解放とは、軍隊、政治体を意味するものだ。それは膨大な数の人間、指導者、えせ指導者、希望と力を妨げている野心や貪欲、ますます複雑化して二度とふたたびあの美しく単純な理想、自由という純粋な理想を知ることもなく、暴力から妥協へと、よろめきながら歩みをつづけるぶざまな素人の半政府のことを指しているのだ。そしてそれが、この長きにわたる年月、わたしが望んでいたもの、わたしがそのために働いていたものなのか。階級性というまさしく単純な社会構造を正義感に汚染させて混乱におとしいれるために。そしてさらに人類みな平等を唱える理想という、まさしく単純な社会構造を現実化する試みによって混乱におとしいれるために。一枚岩に刻まれた虚偽は、何千もの矛盾した真実のかけらとなってぼろぼろにくずれていく。それがわたしの望むものだったのだ。しかしわたしは、この出来事の狂気、愚かさ、無意味な残虐さのただなかに囚われてどうにもならない。

連中はみんなわたしを利用したがっているが、わたしはもうなんの役にも立たない、と彼は思った。そしてその思いは、澄んだ光の矢のように彼の身内を貫いた。自分になにかできることがあるのではないかと彼は考えつづけた。だがなかった。

それはある種の自由ともいえる。

彼とメトイが言葉を用いずともすぐさま理解しあったのも当然だった。

ザディョーのテマがやってきて彼を階下に案内した。群犬の首のある部屋へ。指導者型の人間はみなあの部屋に引き寄せられる、その陰気くさい男らしさに。今回そこにいたのは五名だけ、メトイ、将軍が二名、それからレイガという階級を使っている二名。バナルカミィーがその一座の長だった。いくつもの質問をおえ、いまは命令口調になっていた。「われわれはあす、ここを立ち去る」と彼はエスダンにいった。「あんたはわれわれに同行する。われわれは解放軍のホロネットに接続するつもりだ。われわれにかわって合法政府に話をしてほしい。エクーメンは、ジットの禁止兵器使用の計画を知っていると、もしその計画を実行に移すなら、即刻恐るべき報復が行なわれるだろうと警告を発してほしい」

エスダンは空腹と睡眠不足のために頭がくらくらしていた。彼はその場にじっと立っていた――すわれとはいわれなかった――そして手を両脇に垂らしてじっと床を見つめた。かすかに聞こえる声でつぶやいた。「はい、ご主人さま」

バナルカミィーの頭がぱっと上がり、その目が光った。「いまなんといった？」

「エナ」

「いったい自分をなんだと思っているんだ？」

「捕虜」

「下がれ」

エスダンはその場を立ち去った。テマがついてきたが、彼を止めようとも案内しようともしなかった。彼はまっすぐに厨房に行った。鍋のがちゃがちゃいう音が聞こえたからだ。

「チョヨ、たのむ、なにか食べるものをくれ!」老人は怯え、体を震わせながら弁解の言葉をつぶやき、心配そうな様子だったが、いくばくかの果物と、黴《かび》くさいパンをさしだした。エスダンは調理台の前にすわってがつがつとそれを食べた。テマにも少しすすめたが、彼はかたくなに辞退した。エスダンはぜんぶ平らげた。食べおわると、よたよたした足どりで厨房を抜け、広いテラスに通じている通用扉に近づいた。カムサに会えるかもしれないと期待していたが、召使連中はだれひとり外には出ていなかった。彼は手すりのそばにより、光を反射する長方形の浅い池を見おろすベンチにすわった。テマはかたわらに立って見張りをつづけた。

「きみはいったね、こういう場所にいる奴隷たちは、もし〈叛乱〉に加わっていなければ、敵に通じている協力者だと」エスダンはいった。

テマは身じろぎもしなかったが、耳はかたむけていた。

「彼らはだれも、起こったことについて理解していなかっただけかもしれない、ときみは思わないか? そしていまも理解していないのだと? ここは暗愚の場所なのだよ、ザディョー。ここでは自由を想像することすら難しい」

若い男は、しばらくのあいだ返答を拒否していたが、エスダンは話しつづけた。彼と心を通いあわせようと、彼に理解させようとひたすら努めた。とつぜん彼の言葉のなにかが、その蓋をぽんとはじけさせた。

「使い女《め》たちは」とテマはいった。「黒いひとたちにやられた、毎晩。みんなみんな、やられる。ジットの娼婦。黒いぼろをまとって、はいご主人さま、はいご主人さま。まったくだよ、あいつらは自由とはなにか知らない。ぜったいわからない。黒いやつにやられるような連中のだれが解放なんかできるか。あいつらは醜い。汚い、どうやってもきれいにはならない。やつらは黒い精液をずっとずっと浴びてるんだ、ジットの精液を！」彼はテラスにぺっと痰《たん》を吐き、口を拭った。

エスダンはじっとすわったまま、池の動かぬ水面の向こう、低いほうのテラスを、あの巨木を、霧のかかった川面を、緑の対岸を眺めた。どうかわが身に健康を、功徳を、忍耐を、憐欄を、安息をあたえたまえ。いったいわたしはなんの役に立ってきたというのか？　わたしのしたことすべて。それはなんの役にも立たなかったではないか。忍耐、憐欄、安息。彼らは自分の同胞ではないか……テラスの黄色い砂岩に吐きだされた痰のぼってりとしたかたまりを彼は見つめた。愚か者めが、わが世界の同胞をはるかかなたに置きざりにして、よその世界におせっかいをしにくるとは。愚か者めが、ひとびとに自由をあたえることができると考えるとは。自由とは死が目指すものだ。われらを蹲踞檻から解き放つために。

彼は立ち上がり、無言のままよたよたと邸の建物のほうに歩いていった。若い男は彼についてきた。

薄闇がせまるころ明かりがついた。どうやら年老いたサカを、修理作業にもどしたらしい。

薄暮が好きなエスダンは部屋の明かりを消した。寝台に横たわったとき、カムサが扉をたたき、盆を手に部屋に入ってきた。「カムサ！」彼は懸命に起き上がり、カムサを抱きしめてやりたかったが、盆が邪魔になった。「レカムは——？」

「母のそばに」カムサは小声でいった。

「無事か？」

うしろにそりかえるうなずき。テーブルがないので、盆は寝台の上においた。

「きみもだいじょうぶか？　用心するように、カムサ。わたしは、できれば——連中はあすにはここを出ていくといっている。できるなら、連中には近づかないように」

「そうします。あなたもご無事で」とカムサは静かな声でいった。それは質問なのか祈りなのか、彼にはわからなかった。微笑をうかべ、ちょっと哀れっぽい身振りをしてみせた。カムサは背を向けて部屋を出ていこうとした。

「カムサ、ヘオは——？」

「ヘオは、あのひとのところです。あのひとの寝台に」

ひといき間《ま》をおいて彼はいった。「どこか隠れるところはないのか？」バナルカミィーの手下どもが、ここを立ち去るとき、このひとたちを〈協力者〉として、あるいは自分たちの足跡を消し去るために、処刑するかもしれないと恐れたのだ。

「あなたがいったとおり、穴があります」とカムサはいった。

「よかった。そこへ行きなさい、できるなら。姿を隠せ！　見つからぬように」

カムサはいった。「がんばります」

カムサが扉を閉めようとしたとき、飛行機の轟音が窓を震わせた。ふたりはその場に立ちつくした、カムサは戸口で、彼は窓のそばで。階下で、外で、叫び声がし、男たちが走りまわる音がした。南東から近づいてくる飛行機は一機だけではなかった。「明かりを消せ！」だれかが怒鳴った。芝生やテラスに着陸した飛行機のところへ、連中がばたばたと走りよった。窓が閃光で燃えあがり、大気が爆発音で震えた。

「いっしょに来て」とカムサはいうなり彼の手をとって扉の外にひっぱりだし、廊下を走り、見たこともない裏口をくぐり抜けた。彼はよたよたしながらできるだけ早くカムサについて、梯子《はしご》のような石の階段を下り、裏の小道を通り、厩舎のある区画に出た。ふたりが外に出たとたん、一連の爆発音が周囲のあらゆるものを震動させた。ふたりは耳を圧する轟音と噴きだす炎のなか、中庭を急いで横切り、カムサは行き先を知っている確かな足どりで彼をひっぱっていき、とうとう厩舎の奥にある貯蔵室のひとつにもぐりこんだ。ガナがそこにいた。そして年老いた奴隷のひとりが、床の落とし戸を開けてくれた。みんなでそこにおりた。カムサは跳びおり、ほかの者たちはゆっくりとぎごちなく木製の梯子をおりた。エスダンはもっとも苦労し、骨折した足でなんとか地面におりたった。老人が最後におりて落とし戸を閉めた。ガナはバッテリー・ランプをもっていたが、ほんの一瞬点《つ》けただけ、それでも天井の低い広々した土の床の地下室、たくさんの棚、別の部屋につづくアーチ型の入口、木枠の山、そして五人の顔が見えた。赤ん坊は目を覚ましていて、いつものようにガナの肩から吊るした紐のなかで、おとなしくこちらを見つめていた。そして暗闇。しばしの静寂。

みんな手さぐりで木枠を引き寄せ、暗闇のなかでそれをおもいおもいに並べて腰をおろした。

そしてまた新たな爆発音。どうやらだいぶ遠くのようだが、地面も暗闇も震えた。彼らもそのなかで震えた。「ああ、カーミィェーさま」とだれかがささやいた。

エスダンはぐらぐらする木枠に腰をおろし、足を突き刺す激痛が燃えるようなうずきに変わっていくのを耐えていた。

爆発音。三度、四度。

暗闇の実体は、どろりとした水のようなものだった。

「カムサ」と彼は小声で呼んだ。

彼女が身じろぎをしたので、そばにいることがわかった。

「ありがとう」

「あなたが隠れろといいました。だからわたしたちは、この場所のことを思いつきました」と彼女は小声でいった。

老人はぜいぜいと苦しい息づかいをして、たえず咳ばらいをした。赤ん坊の呼吸も聞こえた。小さな不規則な音は、喘いでいるようだった。

「その子をこちらに」それはガナの声だった。赤ん坊を母親にわたしていたのだろう。

カムサはささやいた。「いまはだめ」

老人がふいに大声で話しだしてみんなを驚かせた。「ここには水がない！」

カムサはしっといい、ガナがかすれた声でいった。「大声を出すんじゃない、ばかものが！」

「耳が聞こえないのです」とカムサがエスダンに、笑いをふくんだ声でささやいた。

水がなければ、隠れていられる時間も限られるというものだ。今晩、そして明日。赤ん坊に乳をやる女にとってはそれでも長すぎる時間だろう。カムサの頭は、エスダンと同じことを考えていた。そしていった。「いつ出ていけばいいのか、どうやってわかるのでしょう？」

「出なければならなくなったときは、運にまかせるんだ」

長い静寂があった。人間の目が暗闇に慣れないなんて信じがたい、どれほど待ってもなにも見えないなどということがあるのだろうか。ここは洞窟のようにひんやりしている。エスダンはシャツがもっと温かければよいと思った。

「この子を温かにしておかないとね」とガナがいった。

「そうしている」とカムサはつぶやいた。

「あの男たちは、奴隷でしたか？」彼にそうささやいているのはカムサだった。彼の左手のすぐそばにいた。

「そうだ。解放された奴隷だ。北からやってきた」

カムサはいった。「たんといろんなちがったひとたちがここにくる、昔の主《あるじ》が死んでから。

軍隊の兵士が何人か。でも奴隷はいなかった。あのひとたちは、ヘオを撃った。ヴェイもセネオじいさんも撃った。じいさんは死ななかったけれど、撃たれました」

「農場の囲い地のだれかが、手引きをして、番人が立っている場所を教えたのだ。しかし彼らに奴隷と兵隊の区別はつかない。彼らがやってきたとき、あなたはどこにいた？」

「眠っていました、厨房の奥で。召使の者たちはみんな。六人。あの男が、生き返った死人のようにあそこに立っていた。男はいった、『そこに伏せろ！　髪の毛一本も動かすな！』だからそうしました。あのひとたちが撃つ音や叫んだりする声が邸じゅうにひびいて。ああ、恐ろしい！　わたしは怖かった！　それから撃つ音がやんで、あの男がまたもどってきて、わたしたちに銃を突きつけるとこの邸の古い囲い地に連れだしました。そしてあの古い門を閉めてわたしたちを閉じこめたのです。昔のように」

「やつらが奴隷なら、なんでそんなことをしたのです？」ガナの声が暗闇から聞こえた。

「自由になろうとしてだよ」エスダンはうやうやしく答えた。

「なにが自由だ？　撃ったり殺したりして？　寝ている女を殺すのが？」

「あのひとたちは、ほかのみんなと戦ったんだよ、母さん」とカムサはいった。

「そんなことはもうすっかりすんだと思っていたよ、三年前に」と老女はいった。声の調子が変だった。老女は泣いていた。「あのときはあれが自由だと思っていた」

「やつらは、寝ていたご主人さまを殺したんだよう！」老人が声をかぎりに叫んだ、甲高い金切り声だった。「それでどうなるというんだ！」

暗闇のなかで揉みあう気配がした。ガナが老人をゆさぶり、嗄れ声でだまれといった。老人は叫んだ。「はなせったら！」だがぜいぜいいいながら鎮まった。

「やれやれ」カムサが、無気力な笑いをふくんだ声でつぶやいた。

木枠に腰かけているのがだんだんつらくなってきた。エスダンは痛む足を上げるか、せめて水平にしたいと思った。だから土の床におりた。床は手でさわると冷たくざらざらとして気持悪かった。寄りかかるものはなにもなかった。「ほんのちょっと明かりをつけてくれないか、ガナ」と彼はいった。「袋かなにか、下に敷いて横になれるものが見つかるかもしれない」

地下室という世界が、一閃の光で彼らのまわりに現出した、おどろくほど精密な細部まで。使いものになりそうなものは棚板しかなかった。それを何枚かはずして、台のようなものを作りその上に這いあがった。ガナが明かりを消すと形のないただの夜がもどった。みんな寒かった。たがいに背中を肩を寄せあった。

長い時間がたった。一時間かそこらだろうか、そのあいだ地下室の静寂はなんの音にも破られなかった。ガナがまんしきれずにささやいた。「上のみんなは死んだと思う」

「そうなれば、われわれにとって、ことは単純になるだろう」とエスダンがつぶやいた。

「でもわたしたちは地下に埋められている」とカムサがいった。

話し声で赤ん坊が目を覚ましてむずかった。エスダンがはじめて聞いた不満の声。とても小さくて弱々しいむずかりの声、泣き声ではなかった。そのために息づかいが荒くなり、むずかりながら赤ん坊は喘いだ。「ああ、坊や、坊や、しいっ、だめよ、しいっ」と母親が小声でいった。カムサが赤ん坊を抱きしめて温めながら自分の体をゆすっているのがエスダンにも感じられた。カムサはほとんど聞こえぬほどの声で歌をうたった。「スナ、メヤ、スナ、ナ……スラ、レナ、スラ、ナ……」単調でリズミカルな眠気をもよおすような気持のよい声。その声はぬくもりを生み快さを生んだ。

彼はきっとうとうとしたにちがいない。板の上で体を丸めて横たわっていた。いったいどのくらいのあいだ地下室にいたのか、彼にはわからなかった。

わたしは自由を求めてここで三十年以上も暮らしてきた、彼の心がそういった。その願望がわたしをここまで運んできた。だからそれがわたしをここから連れだしてくれるだろう。しっかりがんばろう。

爆撃のあとでなにか物音を聞かなかったかと、彼はみんなに尋ねた。みんな、いいえと声をひそめていった。

彼は頭をこすった。「あんたはどう思う、ガナ?」と彼はいった。

「冷たい空気は、赤ん坊の体に障《さわ》ると思う」と彼女はほぼふだんの声でいった。その声はいつも低かった。

「喋ったな? なにをいってるんだ?」老人が叫んだ。そのとなりにいたカムサが、彼を軽くたたいて黙らせた。

「行って見てくる」とガナがいった。

「わたしも行く」

「あんたは片足だ」老女は吐き捨てるようにいった。そしてうめき声をあげエスダンに体重をあずけながら立ち上がった。「静かにしているんだよ」彼女は明かりをつけず、手さぐりで梯子に近づきそれを上っていったが、一歩上るごとにふうっと息を吐いた。そして落とし戸を押し上げた。一条の光がさしこんできた。明かりのなかに、地下室とたがいの姿と、黒いかたまりのようなガナの頭がぼんやりと見えた。ガナは長いことそこに立っていたが、やがてまた落とし戸を閉めた。「だれもいない」とガナは梯子の上からささやいた。「音もしない。早朝のようだ」

「待ったほうがいい」とエスダンはいった。

ガナはおりてくると、またみんなのあいだに腰をすえた。しばらくしてガナはいった。

「わたしたちは外に出る、邸のなかには見知らぬ者が、どこかの軍隊の兵隊たちがいる。それではどこへ行く？」

「農場の囲い地へ行けるか？」とエスダンは提案した。

「とても遠い」

しばらくして彼はいった。「上にいるのが何者かわかるまでは、どうすればいいかわからない。ようし。わたしを外へ出してくれ、ガナ」

「なんのために？」

「わたしなら彼らが何者かわかるから」と彼は、自分が正しいことを願いながら、そういった。

「そしてあのひとたちにもわかる」とカムサがいった。奇妙なふくみ笑いがその声に感じられた。「あなたなら見まちがえることはないでしょう」とカムサはいった。

「そうとも」と彼はいった。どうにか立ち上がり、手さぐりで梯子に近づき、苦労してそれを上った。〝こんなことをするには、わたしは年をとりすぎている〟と彼はまた思った。落とし戸を押し上げて外を見た。長いあいだ耳をすませた。そしてようやく下の暗闇にいる者たちに小声でいった。「できるだけ早くここにもどってくる」いうことをきかぬ足でなんとか外に這いだした。そこでひと息ついた。あたりには、きなくさいにおいが漂っている。奇妙な、ぼうっとした明るさだった。壁をつたって厩舎の戸口から向こうがのぞける場所にたどりついた。

古い邸で残ったものといえば、ほかの部分とまったく同じだった。吹き飛ばされ、くすぶっていやなにおいを放つ煙におおわれていた。真っ黒な燃えさしやガラスの破片が小石を敷きつめた中庭をおおっている。煙のほかに動くものはなかった。黄色の煙、灰色の煙。それらの上をどこまでも澄みきった青い曙光がおおっていた。

彼はテラスのほうにまわっていった、よろよろとよろめきながら。目も眩む激痛が足に走った。手すりのところまでくると、二機の飛行機の黒い残骸が見えた。上のテラスの半分は、ぽっかりと口を開けた穴だった。その下にヤラメラの庭園のいつもながら美しくのどかな眺望が、一段、また一段と、あの巨木と川に向かって広がっていた。男がひとり、低いほうのテラスに通じる階段に横たわっている。その男は、両腕を投げだしてのんびりと休んでいるように見えた。這っていく煙と、白い花をつけた灌木の茂みが、風の吐息にうなずいているだけで、ほかになにひとつ動くものはなかった。

背後から見られている感覚、かろうじて建っている邸の残骸のぽっかり開いた窓から見られているという感覚は、耐えがたいものだった。「だれかいるのか？」エスダンはふいに大声をあげた。

静寂。

もう一度、さらに大声をあげた。

返事があった。遠い呼び声が邸の正面のほうから聞こえてきた。彼はよたよたと小道を歩き、体を隠そうという気持もなく広い場所に出ていった。いまさら身を隠してなんの役に立つ？　邸の正面のほうから男たちがあらわれた、三人の男、そして四人目は——女だった。粗末な服を着た奴隷、おそらく囲い地からやってきた農奴だろう。「召使の連中といっしょだ」そういうと彼らが十メートルほど向こうで立ち止まったので彼も止まった。「地下室に隠れている。ほかにだれかいるのか？」

「おまえはだれだ？」とひとりがいって近づいてくると彼の顔をのぞきこみ、ここにない肌の色、ちがう種類の目の色に気づいた。

「それはあとで話す。それよりも、われわれがいまここに出てきても安全だろうか？　老人と、赤ん坊がひとりいる。兵士たちはいなくなったのか？」

「みんな死んだ」と女がいった。長身で青白い肌の、やせこけた顔の女だった。

「怪我をしているのをひとり見つけた」と男のひとりがいった。「召使はみんな死んだ。だれがこの爆弾を投げたのか？どこの軍隊だ？」

「わからない」とエスダンはいった。「おねがいだ、わたしといっしょにいるひとたちのところへいって、上にあがってもだいじょうぶだといってくれ。あそこだ、厩舎のなかだ。大声で呼んでくれ。あんたが何者かいってやってくれ。わたしは歩けない」足に巻いた包帯がほどけてきて、骨折した部分がずれてしまったのだ。その痛みたるや息が詰まるほどだった。小道にしゃがみこんで彼は喘いだ。頭がくらくらした。ヤラメラの庭園がしだいに明るさをまし、とても小さくなり、自分からだんだんはなれていき、故郷の家よりはるかかなたにいってしまった。

意識を完全に失ったわけではないが、しばらく頭のなかは混乱していた。まわりに大勢の人間がいた。みんな戸外にいた。なにもかも肉の焼けたにおいがした。口蓋にへばりついたにおいは、吐き気をもよおさせた。カムサがいた。肩には、赤ん坊の青みがかったちっぽけな影のような眠っている顔がのっていた。ガナがいて、ほかのみんなにいっている。「このひとはわたしたちを助けてくれた」大きな手をした若い男が彼に話しかけ、足の手当てをしてくれ、包帯をしっかり巻きなおしてくれたのでひどい痛みが襲ったが、やがてその痛みもうすらぎはじめた。

彼は草の上に仰むけに寝ていた。その横に男がひとり同じように草の上に仰むけに寝ていた。それはメトイだった。去勢された男。メトイの頭は血まみれで、黒髪は焼かれて短くなり、褐色になっていた。顔の土色の肌は、カムサの赤ん坊の肌のように青白かった。静かに横たわり、ときどきまばたきをした。

太陽が照りつけている。ひとびとが喋っている。たくさんのひとたちが、すぐそばで喋っている。だが彼とメトイは草の上に寝たまま、だれもふたりをかまうものはいなかった。

「あの飛行機はベレンから来たのか、メトイ？」とエスダンはいった。

「東から来た」メトイのかすれた声は弱々しく嗄れていた。「そうだと思う」しばらくして彼はいった。「やつらは川をわたりたいのだ」

エスダンはしばらくそのことを考えた。頭はまだちゃんと働いてくれない。「だれが？」と彼はようやくいった。

「あの連中。農奴たち。ヤラメラの奴隷。やつらは、軍隊と合流したい」

「侵略？」

「解放」

エスダンは肘を突いて起き上がった。頭を上げると、なんだか頭がはっきりするような気がした。彼は半身を起こした。メトイのほうを見た。「彼らは、見つけるだろうか？」

「神のおぼしめしならば」と去勢された男はいった。

やがてメトイもエスダンのように半身を起こそうとしたが失敗した。「わたしは吹き飛ばされたのだ」と彼は喘ぎながらいった。「なにかが頭にあたった。なにもかも二重に見える」

「たぶん脳震盪《のうしんとう》だ。静かに寝ていなさい。目を覚ましているんだ。バナルカミィーといっしょだったのか、動静を観察していたのか？」

「わたしはあんたと同じ種類の仕事をしている」

エスダンはうなずいた。頭をうしろにかしげて。

「内紛はわたしたちの死だ」とメトイが弱々しくいった。

カムサがやってきてエスダンの横にしゃがみこんだ。

「川をわたるようにと、あのひとたちがいっています」カムサは低い声でいった。「人民軍がわたしたちの安全を守ってくれるところへ。どうすればよいのやら」

「それはだれにもわからないよ、カムサ」

「レカムを連れて川をわたることはできません」カムサは小声でささやいた。顔は歪み、唇はひきむすばれ、眉はさがった。カムサは泣いた、涙も出さずひそやかに。「水が冷たい」

「舟があるだろう、カムサ。彼らがきみとレカムの面倒はみてくれる。心配するな。だいじょうぶだ」自分の言葉が無意味であることはわかっていた。

「わたしは行けない」カムサはささやいた。

「ではここにいるがいい」メトイがいった。

「ほかの軍隊がここにくるとあのひとたちはいっています」

「かもしれない。われわれの味方がたぶんやってくるだろう」

カムサはメトイを見つめた。「あなたは、切られ男」とカムサはいった。「あのひとたちもみんな」カムサはエスダンのほうを見た。「チョヨは殺されました。厨房は粉々になって燃えてしまった」カムサは腕のなかに顔を埋めた。

エスダンは半身を起こし、手を伸ばして彼女の肩や腕をさすってやった。ぱさぱさした細い髪の毛が生えている、いまにもこわれそうな赤ん坊の頭にも手を触れた。

ガナがやってきて彼らの前に立った。「農奴たちはみんな川をわたっている」とガナはいった。「安全になるために」

「あんたたちはここにいるほうが安全だ。食べ物も、雨露をしのぐところもある」メトイは目を閉じたままとぎれとぎれにいった。「侵略者に会うために川をわたるよりは」

「わたしはこの子を連れてはいけない、母さん」カムサはささやいた。「この子は温かにしてやらないと。わたしにはできない、この子を連れてはいけない」

ガナはかがみこんで赤ん坊の顔をのぞきこみ、一本の指でそうっとその顔に触った。皺だらけの顔が握り拳のようにぎゅっと歪んだ。ガナは体を起こしたが、いつものようにまっすぐには立てなかった。背中をかがめたまま立っていた。「わかった」とガナはいった。「わたしたちはここにいよう」

ガナはカムサの横の草の上にすわった。ひとびとはそのまわりで動きまわっていた。エスダンがテラスのところで見かけた女は、ガナの横で立ち止まりこういった。「いらっしゃい、お祖母ちゃん。行きましょう。舟が待っている」

「ここにいるよ」とガナはいった。

「なぜ？　働いていた古い邸を去ることができないの？」女は嘲《あざけ》るように、からかうようにいった。「みんな焼けてしまったんだよ、お祖母ちゃん！　さあ行こう。娘も赤ん坊もいっしょに連れて」女はエスダンとメトイを見た、ちらりと。このふたりに関心はなかった。

「おいで」と女はくりかえした。「さあ立ちなさい」

「ここにいる」とガナはいった。

「頭のおかしい召使」と女はいって向こうをむいたが、またふりかえり、肩をすくめるとあきらめて歩きだした。

何人かが足を止めたが、だれもひとこと尋ねるだけ、ほんのいっとき足を止めるだけだった。みんなぞろぞろとテラスを下り、静かな池の端《はた》の、太陽の照りつける小道を下り、巨木の向こうにある舟小舎《ごや》へ歩いていった。しばらくするとみんな姿を消した。

陽射しはだんだん強くなってくる。もう正午に近いだろう。メトイの顔はさらに白くなったが、半身を起こして、ものがだいたいひとつに見えるようになったといった。

「木陰に入ったほうがいい、ガナ」とエスダンはいった。「メトイ、起き上がれるかね？」

彼はよろよろとしていたが、助けがなくても歩けた。みんな庭園にめぐらされた塀の陰に入った。ガナは水を探しにいった。カムサはレカムを両腕に抱き、しっかり胸に押しつけて陽射しから守っていた。長いあいだひとことも喋らなかった。みんなが落ち着いたころカムサはなかば問いかけるように、あたりをぼんやりと見まわしながらいった。「ここにいるのはわたしたちだけです」

「ほかにも残った者がいるだろう。囲い地に」とメトイがいった。「いまにあらわれるよ」

ガナがもどってきた。水を運ぶ容器はなかったが、そのかわりスカーフを水に浸してその冷たい布をメトイの頭にのせた。彼はぶるっと震えた。「うまく歩けるようになるよ、そうすればみんな邸の囲い地に行けるさ、切られ男」とガナはいった。「あそこならみんなで暮らせるよ」

「邸の囲い地はわたしが育ったところだ、お祖母ちゃん」と彼はいった。

ほどなくメトイがもう歩けるといったので、みんなよたよたしながら、ときどき立ち止まっては、エスダンがぼんやりと覚えている道、檻にたどりつく道を歩きはじめた。それは長い道のように思われた。囲い地の高い壁のところにたどりつくと、門は開いていた。エスダンはうしろをふりかえり、大きな邸の廃墟をしばらく眺めていた。ガナが彼の横に来た。

「レカムが死んだ」ガナが声をひそめていった。

彼は息をのんだ。「いつ？」

ガナは首を振った。「わからない。娘があの子を抱きたがった。心ゆくまで抱きおえたとき、娘はあの子を行かせた」ガナは開いている門の向こうをのぞきこみ、並んでいる小舎《こや》や長屋や、ひからびた庭や、埃っぽい地面などを見た。「小さな赤ん坊がたんとあそこにいるよ」とガナはいった。「あの地面の下に。わたしの子供もふたり。娘の姉たちも」ガナはなかへ入っていった。カムサのあとに従って。エスダンは、さらにしばらく門のところに立っていたが、やがてなすべきことを果たすためになかへ入っていった。子供のために墓穴を掘り、みんなといっしょに解放軍を待つのだ。

世界の誕生日

The Birthday of the World

Ｆ＆ＳＦ誌　2000年６月号

タズは癇癪《かんしゃく》を起こしていた、なぜなら彼は三歳だったから。世界の誕生日である明日、彼は四歳になるからもう癇癪は起こさないだろう。

彼はわめき声をあげるのも、足をばたばたするのもやめていた。息をつめていたので顔が青くなっている。死体のように地面にじっと横たわっているが、ハグハグが、素知らぬ顔でその上をまたぐと、タズは彼女の足に嚙みつこうとした。

「これは獣か、それとも赤ん坊か」とハグハグがいった、「人間ではないね」ハグハグが、話しても‐いい‐かしらと目顔で訊いたので、わたしは、ええと目顔で答えた。「神の娘は、どっちだと思いますか?」と彼女が訊いた。「獣か、それとも赤ん坊か?」

「獣。赤ん坊は吸うけれど、獣は嚙みつくから」とわたしはいった。神の召使たちはみんなそろってげらげら笑い、くすくす笑った。けっして笑わない新顔の野蛮人ルアウェイを除いては。ハグハグがいった。「神の娘のいうことは正しいはずです。あの獣は外に出したほうがよいでしょう。聖なる館に獣はいてはならない」

「ぼくは獣じゃない！」とタズは叫ぶと立ち上がった。拳をかため、その目はルビーのように赤かった。「ぼくは神の息子だ！」

「そうかもしれませんね」とハグハグは、彼のほうを見ていった。「もう獣には見えないもの。これは神の息子ですか？」と彼女は聖なる女たちや聖なる男たちに尋ねた。彼らはみんな体でうなずいた、あの野蛮なルアウェイを除いては。彼女はじっと目を据えたまま無言だった。

「ぼくは、ぼくは神の息子だ！」とタズが叫ぶ。「赤ん坊じゃない！　赤ん坊はアルジだ！」それからわっと泣きだすと、わたしのところに駈けよってきた。わたしは彼を抱きしめてわっと泣きだした、なぜなら彼が泣いているから。ハグハグがわたしたちふたりを膝にのせ、もう泣くのはおやめなさいといった、なぜなら女神がおいでになったからと。それでわたしたちは泣きやみ、従者が涙と鼻汁を拭いてくれ、髪の毛も梳《と》かしつけてくれた。淑女《レディ・》雲々《クラウズ》がわたしたちの黄金の帽子をもってきてくれたので、女神に会うためにそれをかぶった。

　女神は母上とともにおいでになった。その母上もはるか昔は女神だった。生まれたばかりの赤ん坊アルジは、大きなクッションにのせられて、うすのろが運んでくる。うすのろも、神の息子だった。わたしたち神の子供はぜんぶで七人いる。オミモは十四歳で、軍隊に入っている。うすのろは十二歳、大きな頭は丸く目は小さく、タズや赤ん坊と遊ぶのが大好きだ。それからゴイッ、そしてもうひとりのゴイッ。彼らがこう呼ばれるのは、彼らはもう死んでいて、灰の館で魂の糧《かて》を食べているからだった。それからわたしとタズ、ふたりはいまに結婚して神になる。それから第七卿《ロード・セヴン》のババム・アルジ。わたしは重要な存在だった、なぜなら神のひとり娘だったから。もしタズが死んでも、わたしはアルジと結婚できるが、もしわたしが死ねば、なにもかも悪いほうに向かい、厄介なことになる、とハグハグがいった。レディ・クラウズの娘の淑女《レディ》甘美《スウィートネス》が神の娘で、タズと結婚するのは彼女だと、みなはそう思っているふりをしなければならないが、世界はそのちがいをわかっているだろう。そこで女神であるわたしの母はまずわたしに挨拶をし、次にタズに挨拶をした。わたしたちはひざまずき、両手をぴたりと合わせ、それぞれの額をそれぞれの親指に当てた。それからわたしたちは立ち上がり、そして女神はわたしに、きょうはなにを学んだのかと問われた。

　わたしは女神に、読み書きするために学んだ言葉をお伝えした。

「よろしい」と女神はいわれた。「それでなにを訊こうというのか、娘よ？」

「お訊きすることはなにもありません。感謝いたします、母上」とわたしはいった。それから、質問がひとつあることを思い出したが、もう遅かった。

「それで、タズは？　きょうはなにを学んだのか？」

「ハグハグに嚙みつこうとした」

「それはよいことだと教わったのか、それとも悪いことだと？」

「悪い」とタズはいったが、微笑んでいるので、女神も微笑まれ、ハグハグは声をたてて笑った。

「それでなにを訊こうというのか、息子よ?」

「新しい浴室女《め》に代えてもらえますか、キグはぼくの頭をごしごし洗うので」

「新しい浴室女に代えたら、キグはどこに行く?」

「遠くへ」

「ここはあの娘の家だ。キグに、もう少しやさしく頭を洗ってくれとたのんではどうか?」タズは不満そうな顔をしたが、女神はいわれた。「キグにたのんでごらん、息子よ」タズはなにやらもぐもぐとキグにいった、するとキグは膝をついて額を親指に当てた。だが彼女はずっとにやにや笑っていた。その恐れを知らぬ性格はうらやましかった。わたしはハグハグにささやいた。「わたしは尋ねるべき質問を忘れていたけれど、いま尋ねることができるだろうか?」

「たぶん」とハグハグはいい、女神の前で額を親指に当て、話す許しを乞うた。女神がうなずくと、ハグハグはいった。「神の娘が質問してもよろしいかと尋ねております」

「ものごとはしかるべきときにするほうがよいが」と女神はいわれた。「だが尋ねなさい、娘よ」

わたしは女神に感謝するのも忘れて、勢いよく質問をした。「わたしはなぜタズとオミモの両方と結婚できないのか知りたいのです。なぜならふたりともわたしの兄弟ですから」

みなが女神を見た、そして女神がわずかに笑みをうかべられるのを見て、みなが笑った。なかには大声で笑う者もいた。わたしの耳はかっと熱くなり、胸がどくどくと鳴った。

「おまえは、兄弟たちみなと結婚したいのか、娘よ？」

「いいえ、タズとオミモだけです」

「タズだけでは足りないのか？」

ふたたびみんながげらげらと笑った、とくに男たちが。ルアウェイが、みなが狂ったと思っているかのように、わたしたちをじっと見つめていた。

「いいえ、母上、でもオミモのほうが年上で体も大きいのです」

笑い声はいっそう大きくなったが、わたしは気にしなかった。なぜなら女神は機嫌を損ねてはおられなかったから。女神はわたしをじっとご覧になってこういわれた。「わかった、娘よ。わたしたちのいちばん年上の息子は兵士になるだろう。それが彼の道だ。彼は野蛮人や叛逆者たちと戦って神に仕える。彼が生まれた日、大波が、外海に面した多くの町を破壊した。だから彼の名前はババム・オミモ、溺水卿《ロード・ドラウニング》なのだよ。破壊は神の役にたつが、神そのものではない」

　これで答えはおわりだと知っていたので、わたしは額を親指に当てた。女神が去られたあともわたしはそのことを考えつづけた。それは多くのことを説明していた。それでも、たとえ不吉な兆しをもって生まれようと、オミモは凛々《りり》しかった。そろそろ一人前の男だし、タズは癇癪を起こす赤ん坊だった。結婚するまでまだ長い時間がかかるだろうからありがたかった。

　わたしは、あの質問のおかげで、あの誕生日を覚えている。ルアウェイのおかげで、もうひとつの誕生日も覚えている。それは一年か二年後のことだったはずだ。わたしは、放尿するために水部屋に駈けこむと、彼女が隠れるようにして水桶の陰にうずくまっているのが見えた。

「そこでなにをしている？」とわたしは大声で烈《はげ》しくいった。びっくりしたからだ。ルアウェイは身を縮めてなにもいわなかった。彼女の服は裂かれ、髪の毛に乾いた血がこびりついていた。

「服を破いたの？」とわたしはいった。

彼女が答えないので、わたしは我慢しきれずに叫んだ。「答えて！　なんで口をきかないの？」

「お慈悲を」ルアウェイは声をひそめてささやいたので、なにをいったのか推しはかるだけだった。

「おまえはいつもおかしな話し方をする。いったいどうしたの？　おまえがいたところでは、みんな獣なの？　おまえは獣のように話す、ブルル-グルル、グルル-グラ！　おまえはうすのろなのか？」

ルアウェイがなにもいわないので、わたしは足で彼女を押しやった。すると彼女は顔をあげた。わたしは彼女の目に恐怖ではなく殺意を見た。それでわたしは彼女が好きになった。わたしを恐れる人間は嫌いだ。「話しなさい！」とわたしはいった。「だれもおまえを傷つけることはできない。父なる神が、おまえの国を征服したとき、そのペニスをおまえのなかに入れた、だからおまえは聖なる女だ。レディ・クラウズがそうわたしに話してくれた。それで、いったいなにから隠れているのか？」ルアウェイは歯を見せて、こういった。「わたしは傷つけられる」彼女は乾いた血や新しい血がついている頭のあちこちをわたしに見せた。両の腕は、傷跡で黒ずんでいる。

「だれがおまえを傷つけた？」

「聖なる女たち」彼女はうなるようにいった。

「キグ？　オメリ？　レディ・スウィートネス？」

彼女は名前ごとに、体でうなずいた。

「あいつらはくそだ」とわたしはいった。「女神に話そう」

「話すだめ」ルアウェイは声をひそめていった。「どく」

わたしはそれについて考え、理解した。あの娘たちは、彼女が野蛮人だから、無力だから傷つけた。でももし彼女があの者たちを困らせるようなことをしたら、あの者たちは彼女を痛めつけるか、殺すかするだろう。わたしたちの館にいる野蛮人の聖なる女たちはたいてい足をひきずっているか、目が見えないか、食べ物のなかに毒のある根っこを入れられて、肌に紫色のかさぶたを作るかだ。

「どうしてちゃんとした話し方をしないの、ルアウェイ？」

彼女は無言だ。

「話し方がまだわからないの？」

彼女は顔をあげてわたしを見ると、とつぜんわたしには理解できない言葉でかなり長い話をした。「これがわたしの話し方」と彼女は最後にいった。まだわたしを見ながら、わたしの目をまっすぐ見ながら。すばらしいことだった。わたしはうれしかった。いつもはたいてい目蓋《まぶた》しか見えなかった。ルアウェイの目は澄んでいて美しかった、顔は汚れていて血があちこちについていたが。

「でもまったく意味がわからない」とわたしはいった。

「ここでは」

「どこかに行けばその意味がわかるの？」

ルアウェイはさらにグラ－グラをいい、そしてこういった。「わたしの仲間たち」

「おまえの仲間はテフでしょ。彼らは神と戦って敗れた」

「たぶん」とルアウェイはいい、ハグハグのような声をだした。その目がふたたびわたしの目をのぞきこんだ。その目に殺意はなく恐怖もなかった。だれもわたしをまともに見る者はいない、ハグハグとタズとむろん神を除いては。ほかのひとたちはみな額を両の親指に当てるので、わたしは、みながなにを考えているかわからない。わたしはルアウェイをそばにおいておきたいと思ったが、もしわたしが彼女に目をかければ、キグやほかの者たちは彼女を苛めて痛めつけるだろう。わたしは思い出した、祝祭卿《ロード・フェスティヴァル》が淑女針《レディ・ピン》と寝るようになると、レディ・ピンに無礼を働いていた男たちが、言葉巧みなお世辞をいうようになり、小間使いは、彼女の耳飾りを盗むのをやめたことを。「今晩わたしといっしょに寝て」とわたしはルアウェイにいった。

彼女はぽかんとしている。

「でもまず体を洗ってね」とわたしはいった。

彼女はまだぽかんとしている。

「わたしにはペニスはない！」わたしはじれったくなった。「もしおまえがわたしといっしょに寝たら、キグはおまえに触れるのを恐れるようになる」

しばらくするとルアウェイは手を伸ばしてわたしの手をとり、その甲に自分の額を当てた。それは額を親指に当てるのと似ていたが、いまのようにするにはふたりの人間が必要だった。わたしはこのほうが好きだった。ルアウェイの手は温かく、わたしの手に、彼女の羽のような睫毛《まつげ》が触れた。

「今夜」とわたしはいった。「わかった？」ルアウェイがいつも理解するわけではないことは知っている。ルアウェイは体でうなずき、わたしはその場を走り去った。

神のひとり娘であるわたしがなにをしようが、だれも止めることはできない。わたしはなすべきことをするだけ、ほかにできることはない。なぜなら神の館にいる者たちはだれでも、わたしがやることをすべて知っているからだ。ルアウェイと寝ることが、わたしのなすべきことでないならば、わたしにそれはできない。ハグハグが教えてくれるだろう。わたしは彼女のところにいって尋ねた。

ハグハグは顔をしかめた。「あなたはなぜあの女を自分のベッドに入れたいのですか？

あの娘は汚い野蛮人です。虱《しらみ》がたかっているし。話すことさえできませんよ」

ハグハグはよいといっている。彼女は嫉妬しているのだ。わたしは彼女に近づき、彼女の手をなでてこういった。「わたしが神になったときには、おまえに黄金と宝石と竜のたてがみでいっぱいの部屋をあげよう」

「あなたがわたしの黄金で宝石なのです、かわいい聖なる娘よ」とハグハグはいった。

ハグハグはたったひとりの平民だが、神の館に仕える聖なる男も聖なる女も、神の親族も、神に触れられた者たちも、ハグハグのいうことはきかねばならない。神の子供たちの乳母は、いつも平民で、女神がお選びになる。ハグハグは、自分の子供たちが成長するとオミモの乳母に選ばれた。だから、わたしの最初の記憶にあるハグハグはもう年老いていた。彼女はいつも変わらず頑丈な手をもち、穏やかな声でこういう。「たぶん」彼女は笑うことと食べることが好きだった。わたしたちは、ハグハグの心のなかにいた、そしてハグハグはわたしの心のなかにいた。わたしは彼女のお気に入りだと思っていたのでそういうと、彼女はこういった。「ディディの次に」あのうすのろは自分のことをディディと呼んでいる。「なぜならあのうすのろがおまえの心のいちばん深いところにいるのかと訊いてみた。なぜあの方は愚かですから。あなたは賢い方ですし」ハグハグは、わたしがうすのろ卿に嫉妬しているといってわたしを笑った。

だからいまわたしはこういった。「おまえは、わたしの心を満たしてくれる」するとそれを聞いたハグハグはふーんといった。

あの年わたしは八歳だったと思う。父なる神が、ルアウェイの一族と戦い、彼女の父親と母親を殺し、そのあとで彼女のなかにペニスを入れたとき、ルアウェイは十三歳だった。それで彼女は清められ、神の館に住むことになった。もし彼女が子を宿せば、その子を産んだあと僧たちは彼女を絞め殺し、赤子は、二年のあいだ平民の女に乳を飲まされ、それから神の館にもどされて、聖なる女、神の召使になるための躾《しつけ》を受ける。従者はたいてい、神の私生児だ。そういう者たちは、聖なる者だが称号はない。ロードやレディは、神の親族、神の先祖の子孫たちだ。神の御子《みこ》たちも、ロードやレディと呼ばれる、婚約したふたりを除いては。わたしたちは、神になるまでは、ただタズとゼと呼ばれる。わたしの名前は、聖なる母につけられるもの、神の人民にあたえられる神聖な植物の名前だ。タズというのは、〝大いなる根〟という意味だ。その子が生まれるとき、われらが父は、出産の儀式で煙を吸いこみ、大風にゆさぶられる大きな木を見たのだ。その根はその指に、何千という宝石をにぎっていたのだという。

神は宮のなかにいるとき、または眠っているときに、頭のうしろの目でなにかを見る。神はそれについて夢ノ僧たちに話す。僧たちは、これらの夢について考え、そのお告げが、これから起こることを予言しているのか、あるいは、しなければならないこと、あるいはしてはならないことを予言しているのか判断する。だが僧たちは、神が見たものを神とともに見たことはなかった。世界の誕生日に、わたしが十四歳になり、タズが十一歳になるまでは。

さて、近ごろ、太陽がカナハドワ山の上でじっとしているときを、ひとびとはいまだに世界の誕生日と呼び、その日、自分たちの歳にひとつを加えるが、彼らはもはや、儀式や祭典や踊りや歌や感謝の祈りも知らず、それを行なうこともしない。そしていまでは街で宴が催されることもない。

わたしの生活は、儀式や祭典や踊りや歌や感謝の祈りや日課や宴会や規則の毎日だった。わたしは知っていた、そしていまも知っている、神の年のどの日に、最初の完璧なゼの実が、神がゼの最初の種を蒔いたワダナの近くの古い畑から、天使によって運ばれてくるか。わたしは知っていた、そしていまも知っている、だれの手がそれを殻竿《からざお》で打ち、だれの手がその穀粒をすりつぶし、だれの唇がその食べ物を味わうことになるか。それは僧たちの手によって、どの時間に、神の館のどの部屋で行なわれるのかということを。何千という規則があったが、それらは、いまここに書いてみると、ただ複雑に見えるだけのものだ。わたしたちは規則を知っており、規則に従っているが、規則を学ぶときと規則が破られるときだけ、規則について考える。

わたしはいままでの年月、ルアウェイとともに寝てきた。彼女は温かく快かった。彼女がいっしょに寝るようになってから、これまでのように夜、恐ろしい光景を見ることはなくなった。暗闇のなかに大きな白い雲がうずまき、歯をむきだした獣たちの口や、形をつぎつぎに変える奇妙な顔を見ることもなくなった。キグや、意地の悪い聖なる者たちは、ルアウェイが毎晩わたしの寝室にいることを知ってからは、彼女に指も触れず、息も吐きかけようとはしなかった。わたしの家族とハグハグと従者たちのほかに、わたしが命じないかぎりは、わたしに触れることは許されなかった。わたしが十歳になると、わたしに触れたためにあたえられる罰は、死だった。規則にはそれぞれ使い途《みち》があるものだ。

世界の誕生日のあとの宴は、いつも四日四晩つづいた。あらゆる倉庫が扉を開き、ひとびとは欲しいものをもっていくことができた。神の召使が、神の街の街路や広場や、神の国のあらゆる町や村で食べ物やビールを振る舞い、平民たちも聖なる者たちもいっしょになって食べた。ロードやレディや神の息子たちは、街路にくりだして宴に参加した。神とわたしだけはそうしなかった。神は館のバルコニーに出ていき、物語を聞き、踊りを見た、わたしは彼らとともにいた。歌舞ノ僧たちは光輝の広場にいるひとたちを愉しませた。太鼓ノ僧たち、物語ノ僧たち、そして歴史ノ僧たちがいた。僧たちは平民だが、彼らがなすことは、聖なることだった。

だが宴の前には、何日も儀式がつづき、当日、太陽がカナハドワの右肩で静止すると、神がその年を巻きもどすよう、反転の舞をまう。

黄金の帯をしめ、黄金の太陽のマスクをかぶり、光輝の広場にあるわたしたちの館の前で舞う。広場は、陽光を浴びてまばゆく輝く雲母がたくさん入った石で舗装されている。わたしたち子供は、南側の横に長いバルコニーに出て、神の舞を見た。

舞がおわると、すぐさま一片の雲が、山の右肩に静止している太陽の面をよぎる、夏の澄みきった青い空にうかぶ一片の雲が。光がうすれていくと、ひとびとはいっせいに空をふりあおぐ。石のまばゆい光も消える。街にいるあらゆるひとたちがいっせいに息を吸いこみ、

「おお」と声をあげる。神は上を見ないが、その足がふらつく。

神は舞の最後の回転をすませると、灰の館に入っていく。そこではすべてのゴィッが壁のなかにいる。それぞれ手に鉢をもち、目の前で焼かれた彼らの食べ物の灰がその鉢にあふれている。

夢ノ僧たちが神を待っている。女神は吸わせる煙をこしらえるために香草に火をつけていた。誕生日のお告げは、一年のうちでもっとも重要なものだ。広場や街路にいるひとびと、バルコニーにいるひとびとは、僧たちが外に出てきて、神が肩ごしになにを見られたかについて語り、新しい年を迎えたわたしたちを導くためのお告げについて解き明かしてくれるのを待っている。そのあとに宴がはじまる。

神が吸う煙がお告げをもたらし、神がそれを僧に伝え、僧が解釈し、わたしたちに語ってくれるまでに、ふつうは夕方か夜までかかる。ひとびとは屋内や木陰に腰をおろして待っている、あの雲が空をよぎると、とても暑くなるからだ。タズとアルジとうすのろとわたしは、ハグハグやほかのロードやレディたちや、誕生日のために軍隊からもどってきたオミモといっしょに、横に長いバルコニーに出て待っていた。

オミモはもう成人になり、背も高く、たくましかった。誕生日のあとは、テフとチャシのひとびとと戦っている軍勢を率いるために東へ行く。兵士たちにならって体の皮膚を硬くひきしめていた。兵士たちは、肌が地竜の皮のように厚く硬くなり黒ずんで鈍い光を放つまで、石や香草でこするのだ。彼は美男子だが、わたしは、自分の結婚の相手が彼ではなくタズなのがうれしかった。彼の目には醜い男が顔をのぞかせていた。

オミモはナイフで自分の腕を切り、その厚い皮膚はどれだけ深く切っても血も出ないのだと、わざわざわたしたちに見せた。タズの腕を切れば、すぐに血が出る、それを見せてやろうとしつこくいった。彼は将軍になり、野蛮人たちを虐殺するのだと自慢した。彼は、「おれはやつらの死体で埋まった川面《かわも》を歩いてわたる。おれはやつらを密林に追いこんで、その密林を焼きはらうんだ」というようなことを喋った。彼がいうには、テフのやつらはとても愚かで、トビトカゲを神と呼ぶ。やつらはその戦いで女たちを戦わせる。それは邪悪なことだ。だからそういう女を捕らえたら、彼はその女たちの腹を切り裂き、その子宮を踏みつけるつもりだ。わたしはなにもいわなかった。ルアウェイの母親が、父親といっしょに戦い、殺されたことは知っていた。彼らは、神が容易に破ることのできる小さな軍隊を率いていた。神が戦ったのは、野蛮人を殺すためではなく、神の国にいるあらゆるひとびとと同じように、神に仕え、分かちあう神の民にするためだった。戦争してよいという理由をわたしはほかに知らない。オミモの理由はまちがいなくよいものではなかった。

ルアウェイはわたしといっしょに寝るようになってから、上手な話し方を学んだ。そしてわたしも彼女の話す言葉を少し覚えた。そうした言葉のうちのひとつに、テチェグという言葉があった。それに似た言葉は、仲間、われとともに戦え、農夫、農婦、望まれるもの、愛人、旧知。わたしたちの言葉のなかで、もっともテチェグに近い言葉は、心のなかにいる、という言葉だ。彼らのテフという名称は、テチェグと同じ意味だ。彼らはみなたがいの心のなかにいるという意味だった。ルアウェイとわたしは、たがいの心のなかにいた。わたしたちはテチェグだった。

オミモが「テフは汚らわしい虫けらだ。踏みつぶしてやる」といったとき、ルアウェイとわたしは黙っていた。

「オッガ！　オッガ！　オッガ！」とうすのろが、オミモの自慢げな声をまねしていった。

わたしはげらげら笑いだした。わたしが兄を笑ったその瞬間、灰の館の扉がぱっと開き、僧たちがばたばたと出てきた。音楽に合わせた行列ではなく、どやどやと列を乱して、口々に大声で叫びながら——

「館が燃えて崩れおちる！」

「世界が死ぬ！」

「神はめしいだ！」

街のなかは一瞬恐ろしいほど静まりかえり、それからひとびとが嘆き悲しみ、街路やバルコニーで大声で叫んだ。

神が灰の館から出てきた。女神が先に、あとから神がついてきた、ひとびとが酒を飲み煙を吸って歩くときのように、酔って、太陽に目が眩《くら》んだときのような歩き方をしている。神は、よろめきながら泣きさけぶ僧たちのあいだに入り、彼らを黙らせた。それから女神はいった。「うしろからやってくるなにをわたしが見たか聞け、わが民よ！」

静まりかえるなかで、神は弱々しい声で話しはじめた。その言葉のすべては聞こえなかったが、女神が神のあとから、はっきりした声でもう一度いった。「神の館は地上に崩れおちて燃えてしまうが、燃えつきるわけではない。それは川のほとりに建っている。神は雪のように白い。神の顔の中央に目がひとつある。広い石の道は破壊される。戦争は東と北にある。飢餓は西と南にある。世界は死ぬ」

神は両手で顔をおおい、大声で泣いた。女神は僧たちにいった。「神が見たものをのべよ！」

彼らは神がいった言葉をくりかえす。

女神はいった。「それらの言葉を街の住居地で伝えあうように、そして神の天使にも伝え、天使たちを国じゅうにさしむけ、神が見たものをすべての者たちに伝えさせよ」

僧たちは額を親指に当ててそれに従った。

うすのろ卿は、神が泣くのを見てひどく悲しみ怯えたため尿を漏らしてバルコニーに水たまりをこしらえた。ハグハグは狼狽し彼を叱りつけてその頬をたたいた。彼は吠《ほ》え、すすり泣いた。オミモは、神の息子を殴った汚らわしい女に死をあたえよとわめいた。ハグハグは、うすのろ卿の尿だまりの上に顔から突っ伏して慈悲を乞うた。わたしは、彼女に立ち上がるようにといい、おまえは許されるといった。「わたしは神の娘、わたしがおまえを許す」とわたしはいい、そしてもうなにもいうなと目顔でオミモに伝えた。彼はなにもいわなかった。

あの日のことを、世界が死に臨んだあの日のことを思い出すとき、尿で濡れそぼちながら震えて立っていた老女のことを思い出す。広場にいたひとびとは、わたしたちを見あげていた。

レディ・クラウズが、湯浴《ゆあ》みをしておいでとうすのろ卿をハグハグといっしょに追いはらい、ほかのロードたちは、街の通りではじまる宴を先導するようタズとアルジを連れだした。アルジは泣きさけんだが、タズは泣くのをじっとがまんしていた。オミモとわたしは、聖なるひとびとといっしょにバルコニーに残り、光輝の広場で起きている光景を見守った。神はふたたび灰の館にもどり、天使たちは神のメッセージを復唱するために寄り集まっていた。彼らは一言一句たがえず、次から次へと神の国のあらゆる町と村と農場へ伝えるために、広い石の道を夜も昼も走りつづけた。すべてはなすべきようになされたが、天使たちが運んだメッセージは伝えられるべきようには伝わらなかった。

ときおり煙が濃さを増し勢いを増すと、僧たちも神が見たように、肩ごしにあるものを見た。それらはより力の弱いお告げだった。だが彼らはこれまで神が見たものと同じものを見たことはなく、神が語った言葉と同じ言葉を発したことはなかった。

そして彼らはその言葉を解釈もせず、説明もしなかった。それらの言葉のなかにひとびとを導くものはなかった。それらに意味はなく、あるのは恐怖だけだった。

だがオミモは興奮した。「東と北に戦いありか」と彼はいった。「おれの戦いだ！」彼はわたしを見た。もはや嘲笑するでもなく、不機嫌でもなく、わたしの目をまっすぐに見た、ルアウェイがわたしを見るときのように。彼は微笑んだ。「たぶんうすのろたちや弱虫どもは死ぬだろう」と彼はいった。「たぶんおまえとおれは神になるだろう」彼はわたしのそばに立って低い声で話したので、ほかのだれにも聞こえなかった。わたしの心臓は大きく跳びあがった。わたしはなにもいわなかった。

誕生日のすぐあと、オミモは東の国境にいる軍隊を指揮するためにもどっていった。

その年はずっと、ひとびとは、わたしたちの館が、街の中心にある神の館が、崩れおちることなく、雷に打たれるときを待っていた。話をしたり考えたりする余裕がひとびとに生まれたとき、僧たちがあのお告げを解釈してくれたからだった。季節が進み、落雷もなく火災もないと、ひとびとは、あのお告げは、金と銅で作られた屋根の樋《とい》を照らす太陽が、焼きつくすことのない火であることを示し、そしてたとえ地震があろうとも館は無事に建っていることを告げているのだと口々にいった。

神が白くなり、目はひとつであるという言葉を、神は太陽であり、光と生命をあたえ、すべてを見通すものとして崇められるのだと、ひとびとは解釈した。これまでずっとそうだった。

たしかに東に戦争があった。東ではいつも戦争が起き、不毛の地からやってきたひとびとは、われわれの穀物を奪おうとし、われわれは彼らを征服し、彼らに穀物の育て方を教えた。将軍である溺水卿は、五ノ川までのすべてを制圧したという知らせを天使から伝えさせた。西に飢饉はなかった。神の国に飢饉があったことはない。神の子たちは、穀物の種をきちんと蒔き、育て、蓄え、分かちあうように取り計らった。だが西方の地でゼの苗《なえ》が不作になると、われわれの荷馬車の御者《ぎょしゃ》たちは、穀物を積んだ二輪の荷馬車を中心の地から山を越えて広い石の道へと進めた。北で穀物が不作になれば、荷馬車は〈四本川〉の地から北へと行く。西から東へと、荷馬車は燻製の魚を運んだ。〈日の出〉半島から西へは、果物や海藻を運んだ。神の穀物倉や貯蔵庫にはいつも蓄えがあり、必要とするひとびとに開放されていた。貯蔵庫の管理人にたのむだけでよかった。必要なものはつねにあたえられた。だれも飢える者はいなかった。飢餓というのは、われわれが自分の土地に連れてきたテフやチャシや〈北の丘〉の住民たちの言葉だった。飢えたひとびとと、わたしたちは彼らをそう呼んだ。

世界の誕生日がふたたびめぐってきた。そしてお告げのもっとも恐ろしい言葉――世界は死ぬ――という言葉が思い出された。僧たちは人前では、神のご慈悲が世界を救うといい、平民たちをよろこばせ慰めた。わたしたちの館では、神の慰めになるものはなかった。神が病であることをわたしたちはみんな知っていた。神はその年はしだいに館にひきこもるようになり、儀式の多くは、神のお出ましがないまま行なわれるか、女神だけがお出ましになった。女神はいつも静かに、なにごともないように振る舞われた。わたしの課業は、いまではほとんど女神がお相手だった。女神のおそばにいると、わたしはいつも、なにごとも変わらなかった、さきゆき変わることはありえない、すべてうまくいくというふうに感じた。

太陽が神聖な山の肩に静止すると、神は反転の舞をまった。神はのろのろと舞い、足の運びを何度もまちがえた。それから灰の館にお入りになった。わたしたちは待った、街じゅうのひとびとが、国じゅうのひとびとが待った。太陽がカナハドワの陰に沈んだ。北から南にかけての山々、カイワ、コロシ、アヘト、エンニ、アジザ、カナハドワなどの雪をいただいた峰々が、黄金に、そして火のような紅に、そして紫にと輝いた。光が山々をのぼっていき、そして消え、山々を灰のように白くした。上空に星があらわれた。そしてついに太鼓が鳴りひびき、音楽が光輝の広場にひびきわたり、松明《たいまつ》が歩道に光をあかあかとふりまいた。僧たちが灰の館の狭い扉から、整然と列をなしてあらわれた。彼らは止まった。静寂のうちに、最長老の夢ノ僧が細く通る声でいった。「神の肩の向こうに見えたものはなかった」静寂のなかに、ひとびとのぶつぶつつぶやく声、ひそひそとささやく声が走った。砂の上を走りまわる小さな虫のように。そして静かになった。

僧が向こうをむき、沈黙のうちに、正式の列を組んで灰の館にもどっていった。

お告げの言葉を地方の民のもとに運ぶべく待ちかまえている天使たちは、身じろぎもせずに立ち、それぞれの長《おさ》たちが、寄り集まってなにやら話している。やがて天使たちはみな、ひとかたまりずつ、光輝の広場から発して五本の広い石の道に通じる五本の街路を歩きだした。いつのときも同じように、天使たちは街路に入ると、神の言葉をひとびとに速やかに伝えるために走りだす。だが彼らには伝えるべき言葉がなかった。

タズがバルコニーのわたしのかたわらに立った。彼はあのとき十二歳、わたしは十五歳だった。

彼はいった。「ゼ、おまえに触れてもいいか?」

わたしがよいと目顔で伝えると、彼は手をわたしの手においた。それは快かった。タズは真面目で無口なひとだった。彼はすぐに疲れた、そしてしばしば頭も目もひどく疲れるので見ることが難しくなるのだが、儀式や神聖な行事は忠実に行ない、歴史や地理やアーチェリーや舞踊や書写の教師といっしょに勉強もした。わたしの母には、神聖な学問を学び、神になるのはどういうことかを学んでいた。いっしょに受ける課業では、たがいに教えあった。彼は親切な弟で、わたしたちはたがいの心のなかにいた。

彼はわたしの手をとってこういった。「ゼ、ぼくたちはもうすぐ結婚するんだと思う」

彼の考えていることがわたしにはわかった。われらが父である神は世界を反転させるための舞の足の運びをたくさんまちがえた。肩ごしに、来《きた》るべき時をのぞいても、なにも見えなかった。

だがその瞬間、わたしが考えたことは、一年前、同じ場所で同じ日に、わたしたちは結婚すべきだといったのがオミモで、その次の年がタズだったのは、とても奇妙だということだった。

「たぶんね」とわたしは答えた。タズが神になることを恐れているのはわかっていたので、わたしは彼の手をしっかりと握った。わたしも同じだった。だが恐れるのは無駄なこと。時が来れば、わたしたちは神になるのだ。

もしその時が来たら。たぶん太陽は静止せず、カナハドワの頂きで反転するだろう。もしかすると神は年を反転させなかったのだろう。

たぶんもう時というものはないのだ——わたしたちのうしろに時は来ない、それはただわたしたちの前にあるもの、人間の目に見えるものにすぎない。わたしたちの人生にすぎず、それ以外のなにものでもない。

それはとても恐ろしい考えだったので息が止まり、わたしは目を閉じ、タズのか細い手を握りしめて彼にすがりついた。そのうちに恐れるのは無駄なことだと、ようやく心を落ち着かせることができた。

年は過ぎゆき、うすのろ卿の睾丸はついに熟《う》れ、彼は娘たちを手ごめにしようとしはじめた。聖なる若い娘を傷つけ、さらにほかの娘たちを襲うと、神は彼の睾丸を取りさった。それからはおとなしくなったが、ただとても悲しそうに寂しそうに見えた。タズとわたしが手を取りあっているのを見ると、彼はアルジの手をつかみ、タズとわたしのように、そのかたわらに立った。「神よ、神よ!」と彼はいい、誇り高く微笑んだ。だが九歳だったアルジは、手をひっこめてこういった。「おまえは神にはぜったいならない、なれないんだ、おまえはうすのろだ、なにも知らないくせに!」年老いたハグハグはうんざりしたようにアルジをきつく叱った。アルジは泣かないのに、うすのろ卿は泣き、ハグハグは目に涙をためていた。

太陽はいつもの年と変わらず北へ向かった。神が舞の足の運びを正しく踏んだとでもいうように。そしてその年の暗闇の日、いつもの年のように、太陽は、巨大なエンニ山の頂きの背後で南へと反転した。その日、神は死にかけていた。タズとわたしは、神に拝謁し、その祝福を受けることになった。神は、腐臭と燃やされた香草が放つ甘いにおいに包まれ、痩せさらばえて横たわっていた。わたしの母なる女神がその手をもちあげてわたしの頭にのせ、それからタズの頭にのせた。そのあいだわたしたちは革と青銅の大きな寝台のかたわらで額を親指に当ててひざまずいていた。母なる女神が祝福の言葉をとなえた。父なる神は無言だったが、やがてかすれた声でささやいた。「ゼ、ゼ！」神はわたしを呼んでいるのではなかった。女神の名はつねにゼなのだ。死に瀕した神は妹である妻の名を呼んだのだ。

二夜がすぎ、わたしは暗闇のなかで目覚めた。太鼓の低い音が館じゅうに鳴りひびいている。礼拝堂や街のそこここにある広場やさらに遠くにある広場でも太鼓が打ち鳴らされる。星空の下の村々でもその太鼓の音を聞くと、それぞれの太鼓を打ち鳴らしはじめる。丘でも、山道でも、山を越えた西の海までも、畑を東へと越え、四つの大きな川を越え、町から町を越えて荒野にたどりつくところまで太鼓は鳴った。その夜わたしは、〈北の丘〉のふもとの野営地にいる兄のオミモも、神の死を知らせるあの太鼓の音を聞いたことだろうと思った。

神の息子と娘が結婚して神となる。この結婚は神が亡くなるまで果たされることはないが、神が亡くなれば数時間のうちに執り行なわれるのがしきたりなので、世界には神の長い不在はなかった。このことは前に教えられて知っていた。わたしの母である女神が、わたしとタズとの結婚を遅らせたのは不運だった。もしわたしたちがあのときすぐに結婚していれば、オミモの主張は無益だったろう。彼の兵士たちでさえ、彼に従う勇気はなかっただろう。わたしの母は悲しみのあまり心を乱していた。そしてオミモの野望が、彼を暴力と神聖冒瀆にまで突き進ませるとは思いもよらず、想像さえできなかった。

われらが父の病のことを天使から知らされたとき、オミモは数日かけて、忠実な兵士からなる小隊を率いて西へと驀進《ばくしん》していた。太鼓が鳴ったとき、彼がそれを聞いたのは、遠い〈北の丘〉ではなく、都も神の館も谷を隔てて北に見えるガリと呼ばれる丘に立つ砦《とりで》のなかだった。

神であった男の亡骸《なきがら》を焼く準備は着々と整っていった。灰ノ僧がそれをとりしきっていた。わたしたちの結婚の準備も同時に進められなければならないのに、それをとりしきるはずのわたしたちの母は部屋から出てこなかった。

母の妹、レディ・クラウズと、一族のロードたちやレディたちは、結婚式の帽子や花冠や、演奏に参ずる楽ノ僧たちのこと、街や村々で催されなければならない宴のことなどを心配していた。婚儀ノ僧は心配そうな顔をしてロードたちのところにやってきたが、わたしの母の許しが出るまでは、ロードたちも勝手に進める勇気はなく、僧たちにもその勇気はなかった。レディ・クラウズがわたしの母の部屋の扉をたたいたが、返事はなかった。だれもが不安になり、いらいらしながら、母が出てくるのを一日じゅう待ちわびていたし、わたしもそんなひとたちといっしょにいると気が狂いそうになった。中庭に出て、少し歩こうと思った。

わたしは、バルコニーに出るほかは、館の壁の外に出たことがない。光輝の広場から街の街路に足を踏みいれたこともない。畑も川も見たことがなかった。土の上を歩いたこともなかった。

神の息子たちは、輿《こし》に乗せられて街路に出て、礼拝堂へ行った。世界の誕生日のあとの夏の日は、息子たちはいつもチムルの山中に連れていかれた。そこは源ノ川の源流、世界のはじまりの場所だった。毎年そこからもどってくると、タズはチムルの話をしてくれた。古い館を囲むように山々が連なっていること、野生の竜が峰から峰へと飛びまわっていること。そこで神の息子たちは竜を狩り、星空の下で眠るのだ。だが神の娘は、館を守らなければならなかった。

中庭はわたしの心のなかにいる。空の下を歩ける場所だった。そこにはやすらぎの噴水が五つあり、大きな鉢に花をつけた木が植わっていた。神聖なぜの苗木が銅と銀の容器に植えられ、いちばん日当たりのいい壁ぎわで育っていた。わたしはいつも、儀式や課業のないときには、そこへ行った。幼いときは、そこにいる虫を竜に見立てて、それを狩った。あとになると、ルアウェイといっしょに骨投げをしたり、そこにすわりこんで、噴水の水が、昇っては落ち、昇っては落ちるさまを、壁の上の空に星がまたたくまで眺めていた。

この日もいつものように、ルアウェイがいっしょだった。連れがなければ、ひとりではどこにも行けないので、わたしは女神に、ルアウェイをわたしのいちばんの連れにしてくださいとお願いした。

わたしは中央の噴水のそばに腰をおろした。ルアウェイはわたしが静寂を望んでいるのを知っているので、庭のすみの果樹の木立の下で待っていた。彼女はいつでもどこでも眠ることができた。わたしはすわったまま考えた。ルアウェイではなく、タズが夜も昼もわたしのそばでいつも連れとしていてくれるというのはなんと奇妙なことだろうと。だがその考えを現実のものとして考えることはできなかった。

中庭には、街路に面した扉がひとつある。ときどき庭師たちがそれを開けてたがいを出入りさせている。館の外の世界を見るためにわたしは、そこから外をのぞいたものだった。扉はいつも内と外の両方から鍵がかかっているので、それを開けるにはふたりの人間が必要だった。噴水のかたわらにすわっていると、庭師とおぼしい男がひとり、中庭を横切り、あの扉の錠前を開けるのが見えた。何人かの男がなかに入ってきた。そのひとりは兄のオミモだった。

あの扉は、彼が館にひそかに入ってくるための唯一の道だったと思う。タズとアルジを殺せば、わたしは彼と結婚せざるをえないという彼のもくろみだったのだと思う。まるで彼を待っていたかのように中庭にいるわたしを彼が発見したのは、偶然の巡りあわせ、わたしたちの運命だったのだ。

「ゼ！」彼はわたしがすわっている噴水のかたわらを通りすぎながらいった。彼の声は、わたしの母を呼ぶ父の声にそっくりだった。

「溺水卿」とわたしはいいながら立ち上がった。わたしはとほうに暮れていた。「あなたはここにはいないはず！」彼が怪我を負っているのが見えた。右目が閉じられ、傷跡があった。彼は身動きもせず、片目でわたしを凝視し、無言のまま、驚きから立ちなおった。そして彼は笑った。

「いいや、妹よ」と彼はいうと、手下の者たちをふりかえりなにごとか命じた。手下は五人で、兵士だと思うが、体じゅうの皮膚が硬そうに見えた。足には天使の靴をはき、刀剣や短剣やペニスの鞘をつけるために腰と首のまわりにベルトを巻いている。オミモも彼らと同じように見えたが、鞘は黄金で、将軍の銀の帽子をかぶっていた。彼が手下たちになんといったのかわからなかった。手下たちがわたしに近づいてきた。オミモも近づいてきたので、わたしは「わたしに触れるな」と、その危険を警告した。わたしに触れた平民は、法ノ僧によって焚殺《ふんさつ》に処せられるからだ。オミモでさえ、わたしの許しなくわたしに触れれば、一年間懺悔《ざんげ》と断食の苦行をしなければならない。だが彼はまた笑った。わたしが身を引くと、彼はいきなりわたしの腕をつかみ、片手をわたしの口に当てた。わたしは彼の手をがぶりと嚙んだ。すると彼はその手を引き抜くなりわたしの口と鼻を烈しくたたいたので、わたしの頭はのけぞり、息ができなかった。わたしは必死にもがいて抵抗したものの、目には暗黒と閃光が見えるばかりだった。硬い手がわたしを押さえつけ、両腕をねじあげ、宙にもちあげたわたしの体をそのまま担いでいく。わたしの口と鼻を押さえる手は、息ができないほどしっかり押しつけられていた。

ルアウェイは、木立の下でうたた寝をしており、大きな鉢のあいだの石畳の上に横たわっていた。彼らはルアウェイを見なかったが、彼女は彼らを見た。見られたらきっと殺されるととっさに彼女は悟った。だからじっと横たわっていた。わたしが扉から街路へ連れだされるのを見とどけると、すぐさま館に駈けこみ、わたしの母の部屋へ行き、勢いよく扉を開けた。これは神聖を冒瀆する行為だが、この館のなかでオミモの味方をする者がだれなのかわからなかったルアウェイが信頼できるのは、わたしの母だけだった。

「溺水卿がゼを連れさりました」とルアウェイはいった。あとになって彼女が話してくれたことだが、わたしの母は暗い部屋のなかで、いつまでも黙ったまま、寂しげにすわっているばかりだったので、きっと聞こえなかったのだとルアウェイは思った。もう一度口を開きかけたとき、わたしの母が立ち上がった。悲しみはもう消えていた。わたしの母はいった、「軍隊を信用することはできない」母の心は、なすべきことをたちまち悟っていた。なにしろ母は神だったひとだから。「タズをここへ連れてきなさい」と母はルアウェイにいった。

ルアウェイは、タズを聖なるひとびとのあいだで見つけ、目顔でそばに来るように伝え、すぐに彼の母のもとに行くようにたのんだ。それから中庭の扉を抜けて館の外に出た。扉は見張りもなく、鍵もかかっていなかった。そのあと光輝の広場にいるひとびとに、ふらふらした娘を連れた兵士たちを見かけなかったか尋ねた。わたしたちを見たひとびとが、北東の道へ行ったとルアウェイに教えた。それほど時はたっていなかったので、街の北の門を出ると、オミモとその部下たちが、わたしを古い砦まで担ぎあげるためにガリへ通じる丘の道を登っていくのが見えた。ルアウェイは駈けもどって、このことをわたしの母に知らせた。

わたしの母は、タズやレディ・クラウズやもっとも信頼しているひとびとに相談し、数人の年老いた治安ノ将軍を呼んだ。彼らの配下の兵士たちは、前線で戦うのではなく、地方で治安を守っている者たちだった。わたしの母は彼らの服従を求め、彼らは服従を約束した。母は過去において神であり、いまは神ではないにしても、神の娘であり母親だったから。彼らのほかに母に従う者はいなかった。

母は次に夢ノ僧と話しあい、天使がひとびとに伝えるメッセージについて相談した。オミモが、わたしと結婚して自分が神になろうと、わたしを連れさったことは疑いなかった。もしわたしの母が最初に天使の声で、彼のしたことは婚儀ノ僧が成立させた結婚ではなく、強姦であると宣言したなら、ひとびとは、彼とわたしが神だと信じなかったかもしれない。

そこでこの知らせは、速い足で、街や地方にくまなくもたらされた。

できるだけ早く西に向かって行軍しているオミモの軍隊は、彼に忠実だった。ほかの兵士たちも、道々彼の軍隊に合流した。中心の地の治安ノ兵士たちは、わたしの母を支持した。母はタズを将軍に指名した。彼と母とは、雄々しくも確固とした前線を築いたが、望みはほとんどなかった。なぜなら、神は存在していないのだし、わたしを強姦するも殺すもオミモの自由であるかぎり、神は存在しえないのだから。

こうしたことはすべてあとになって聞かされた。わたしがこの目で見、知ったことはこうだった。わたしは古い砦の、窓もない天井の低い部屋に押しこめられていた。扉には外から鍵がかかっていた。わたしのそばにはだれもいなかったし、戸口には見張りもいなかった。この砦にはオミモの兵士のほかにだれもいなかったのだ。わたしは、昼か夜かもわからずに、ただそこで待っていた。時が止まってしまったのだと思った、時が止まるだろうとわたしは恐れていたのだ。部屋に明かりはなかった。そこは砦の床下の古い貯蔵室だった。生き物が汚い土の床でうごめいている。わたしは土の上を歩いた。土の上にすわり、そこに横たわった。

扉の閂《かんぬき》がはずされた。戸口でゆらゆらと燃える松明の火がわたしの目を眩ませた。男たちが入ってきて、松明が壁の燭台に突きたてられた。オミモが彼らのあいだからあらわれ、わたしに向かってきた。彼のペニスは直立していて、彼はわたしを強姦しようと近づいてきた。わたしは、なかばめしいの彼の顔に唾を吐きかけ、こういった。「わたしに触れれば、おまえのペニスはあの松明のように燃えるだろう！」歯をむきだした彼は笑っているかのように見えた。わたしを押したおし、わたしの脚を開いたが、彼は、わたしという神聖な存在に怯えて震えていた。手をそえてペニスをわたしのなかに押しこもうとしたが、それは萎えていた。わたしを強姦することはできなかった。わたしはいった。「あんたにはできない、ほらね、わたしを強姦することはできない！」

彼の兵士たちは、すべてを見とどけ、聞いていた。恥をかかされたオミモは、わたしを殺そうと黄金の鞘から剣を抜いたが、兵士たちが彼の手を押さえて、それをおしとどめ、こういった。「殿よ、殿よ、この方を殺してはなりません、殿とともに神になるべきお方です！」オミモはわめきながら兵士たちと揉みあい、わたしは彼と揉みあった。叫んだり、揉みあったりしながら、オミモと兵士たちは全員が外に出ていった。ひとりの兵士が松明をつかんだ。扉が大きな音をたてて閉まった。しばらくしてわたしは手さぐりで扉に近づいた。

彼らが門をかけるのを忘れたかもしれないと思って扉を押してみたが、門はかかっていた。わたしはまたすみのほうに這いずっていき、暗闇のなか、土《ダート》の床に横たわった。

じつをいえば、わたしたちはみんな暗闇のなか、汚濁《ダート》にまみれていた。神はいなかった。神とは、婚儀ノ僧によって結ばれる神の息子と娘なのだ。ほかに神はいない。ほかにたどる道はない。オミモはたどるべき道を、なすべきことを知らなかった。婚儀ノ僧の言葉がなければ、彼はわたしと結婚することはできない。わたしを強姦すればわたしの夫になれると彼は思っていた、そしてたぶんそうなっていただろう。ただ彼はわたしを強姦できなかった。わたしは彼を不能にした。

彼がやろうと思いついたことはただひとつ、街を攻撃し、神の館をのっとり、僧たちを捕らえ、神にするための言葉を婚儀ノ僧にむりやりいわせることだった。それは、いま率いている小隊でできることではなかったので、東からやってくる軍勢を待っていた。

タズと将軍たちとわたしの母は、中心の地から街へと兵士を集めた。彼らはガリの砦を攻撃はしなかった。あれは守るに易く、攻撃するには手ごわい堅固な砦だったので、もしあそこを攻めれば、砦と東からやってくるオミモの大軍勢との挟み撃ちにあうだろうと恐れたのだ。

オミモに従ってきた兵士たち約二百は砦の守備についた。数日後、オミモは兵士たちに女をあたえた。軍隊の宿営地や駐屯地にいる兵士と性交した村の女たちには、穀物や道具や畑などの報奨を特別にあたえるのが神の方策だった。兵士たちにすすんで恵みをたれ報奨をもらう女はいくらでもいた。そしてもし女が妊娠すれば、それ以上の報奨と支援があたえられる。オミモは、兵士たちにやすらぎと慰めをあたえようと、ガリの近くの村に将校を送り、村の娘たちに贈り物をさしだした。大勢の娘たちが来ることに同意した。なぜならここの平民たちは、この事態をあまり理解しておらず、神に背くことができる者がいようとは思ってもいなかったからだ。こうした村の女たちにまぎれてルアウェイがやってきた。

女や小娘たちは、砦のまわりを走りまわり、非番の兵士たちとふざけあっていた。ルアウェイは、石畳の下の暗い通路にもぐりこみ、貯蔵室の扉をいくつも開けてみて、幸運と勇気によってわたしの居場所を発見した。わたしは、閂が動かされる音を聞いた。彼女がわたしの名前を呼んだ。わたしはやっと声をだした。「おいで！」とルアウェイがいった。わたしは扉のところまで這っていった。彼女はわたしの腕をとり、立ち上がらせ、歩かせてくれた。扉の閂をふたたびおろした。わたしたちは真っ暗な通路を手さぐりしながら進み、やがて、ちらちらと明かりがゆらめく石段が見えた。わたしたちは、松明の火に照らしだされた、娘たちや兵士たちでいっぱいの中庭に出ていた。ルアウェイは、とっさにくすくす笑い、なにやら喋りながら彼らのあいだを走りぬけた。彼女はわたしの腕をしっかりつかんでいたので、わたしも彼女といっしょに走った。ふたりの兵士がわたしたちをつかもうとしたが、ルアウェイはひらりと体をかわすとこういった。「だめ、だめ、ツキは隊長のものよ！」わたしたちは走りつづけ、通用門までやってくると、ルアウェイは番兵にこういった。「ああ、出してください、隊長、隊長、わたしはこの娘を母親のところに帰さなければならない、高熱が出て、吐いているんです！」わたしはふらふらよろめき、顔は牢屋の土や塵でおおわれていた。番兵は、わたしを見て笑い、土まみれのわたしに汚い言葉を投げつけ、門を少し開けてわたしたちを出してくれた。わたしたちは星明かりの丘を駈けおりた。

牢屋からいとも簡単に抜けだせたものよ、門をおろした扉をよく走りぬけたものよと、あなたはきっと神だったにちがいないとみんながいった。だがあのとき神はいなかった、いまもいないように。神のいなかったずっと以前にも、神がいるようになったそのあとも、すべてはこんなふうだった。それをわたしたちは偶然とか、幸運とか、運命とか、宿命とか呼んだが、それらは単なる言葉にすぎない。

それに勇気もあった。ルアウェイは、自分の心のなかにわたしがいたので、わたしを自由にしてくれた。

門に立つ番兵の姿が見えなくなると、わたしたちは歩哨が立つ道路をはずれ、田野をななめに横切り街に向かって走った。わたしたちの前には広大な斜面がたちはだかっていて、石壁が星明かりにうかんでいた。わたしは街の中心にある館の窓やバルコニーからしか、それを見たことはなかった。

わたしは遠くまで歩いたこともなかったし、課業のひとつとしてやってきた訓練のおかげで体力はあったものの、足の裏は手のひらのように柔らかだった。すぐにわたしは音《ね》をあげ、足が踏む岩や砂利の痛さに涙がぼろぼろこぼれた。だんだん息をするのがつらくなった。走ることもできなくなった。だがルアウェイはわたしの手をしっかりとつかみ、わたしたちは走りつづけた。

とうとう北の門までたどりついた。鍵がかけられ門がおろされ、治安ノ兵士たちが厳重に警護していた。ルアウェイは大声で叫んだ。「神の娘を、神の街に入れよ！」

髪の毛を振り上げ、背筋をぴんと伸ばし、肺のなかは小刀がいっぱい詰まっているようだったが、わたしは門を守る隊長に向かってこういった。「隊長よ、わたしたちを、世界の中心の館におられるわたしの母、レディ・ゼのところに連れていくがよい」

彼は年老いた将軍リレの息子で、わたしがよく知る男だった。彼もわたしを知っていた。彼はわたしをひとめ見ると、すぐさま額を親指に当て、大声で命令を発し、門は開かれた。そこでわたしたちは、わが館に向かって、兵士たちに守られながら、北東の街路を歩きはじめた。大勢のひとびとが口々に歓声をあげている。太鼓が轟きはじめる、宴を知らせる高く速い打音。

その夜、わたしの母はわたしを抱きかかえた。母がこんなことをしたのは、わたしが乳飲《ちの》み子《ご》のころ以来だった。

その夜、タズとわたしは、婚儀ノ僧を前に、花冠の下に立ち、神聖な杯から聖水を飲み、結ばれて神となった。

その夜、オミモも、わたしが去ったのを知り、軍隊の死ノ僧に、自分と、兵士と性交するためにやってきた村娘のひとりを結婚させるようにと命じた。彼の手下のうち数人はわたしを近くで見ていたが、館の外のひとびとは、だれもわたしを見たことがなかったので、どんな娘でもわたしになりすますことができた。兵士のほとんどはその娘がわたしだと信じた。彼はこう宣言した、自分は死せる神の娘と結婚し、自分と彼女はいまや神であると。わたしたちが結婚を知らせるために天使を送りだすと、彼は神の館で行なわれた結婚は偽りであるという噂を流した。妹のゼは自分とともに逃げ、ガリにおいて自分と結婚し、彼女と自分はいまやただひとりの真の神であると。そして彼は黄金の帽子をかぶり、顔に白い塗料をぬり、つぶれた片目とともにひとびとの前にあらわれ、軍ノ僧が大声で叫んだ。「見よ！　お告げは果たされた。神は白く、目はひとつなり！」

ある者たちは、この僧と使者たちの言葉を信じた。だが多くのひとびとがわたしたちの言葉を信じた。だがすべてのひとびとは、使者たちが、一度にふたりの神の誕生を布告したことに悩み、怯え、怒った、真実を知らされるのではなく、どちらを信じるか、みずから選ばねばならなかったからだ。

オミモの大軍勢は、行き着くにはわずかあと四日か五日という距離まで迫っていた。天使たちがやってきて、こう伝えた。若き将軍メシワが、都の東の豊かな海岸から治安ノ兵士を千人率いてやってくると。メシワ将軍は天使に、〝ただひとりの真の神〟のために戦いに行くと告げただけだった。その真の神とはオミモのことではないかと、わたしたちは疑った。なぜなら、わたしたちは自分たちの名になんの言葉もつけくわえなかったからだ。つまりその言葉だけが唯一の真実を意味するのだし、さもなければほかのことにはなんの意味もないからだった。

将軍たちを選び、彼らの助言に従って行動したのは賢明だった。わたしたちは都が軍勢に囲まれるのを待つより、東の軍勢がガリに到着する前に、彼らを攻撃する軍勢を送ることを決定し、源ノ川の上流の丘陵地帯で相手を待った。彼らの全勢力があらわれると、わが軍は退かざるをえなかったが、その際にその地域の産物を没収し、その地域のひとびとを都に連れ帰った。いっぽう都にいるわたしたちは、南や西の道路ぞいにある貯蔵庫に荷馬車を送り、都の穀物倉を満たした。戦争が早々におわらなければ、と年老いた将軍たちはいった、食料を確保した者たちの勝ちであると。

「溺水卿の軍隊は、東と北の道路ぞいの貯蔵庫から食料を調達するだろう」とわたしの母がいった。母はわたしたちの会議にはすべて出席していた。

「道路を破壊せよ」とタズがいった。

母がはっと息を呑むのが聞こえ、わたしはあのお告げを思い出した。道路は破壊されるべし。

「破壊するには、建設したときと同じぐらいの時間がかかる」と最長老の将軍はいったが、二番目の長老の将軍がこういった。「アルモヘイの石橋を破壊せよ」わたしたちは命じた。敵の前進を食いとめる戦いのあと、撤収する際にわが軍は千年前に築かれた大橋を破壊した。そのためオミモの軍勢は、森を抜けドミの浅瀬をわたって百五十キロ近く遠まわりをしなければならなかった。そのあいだにわが軍勢と荷馬車隊は、貯蔵庫にあったものを都に運んだ。その地域の大勢のひとびとが軍隊に従い、神のご加護を求めたので、都はそれらのひとびとでいっぱいになった。ゼのあらゆる穀物がそれを食べる口とともにやってきた。

メシワは、東の軍勢とドミで対峙するはずだったが、今回は千人という手勢とともにほうぼうの山道で待ちかまえていた。わたしたちが、神聖を冒瀆した者を罰して平和をとりもどすために助力するよう命じると、メシワは意味のないメッセージを天使にもたせてよこした。彼がオミモと結託していることは疑いなかった。「メシワは指、オミモは親指」と最長老の将軍はいって虱を潰すしぐさをした。

「神は欺かれない」とタズは厳しい声で将軍にいった。長老の将軍は額を親指に当てて恥じ入った。だがわたしは微笑をうかべた。

タズは地方のひとびとが神聖冒瀆の罪に憤激して決起し、顔を塗った神を倒してくれることを願っていた。だがそういったひとびとは兵士ではなく、戦ったことは一度もなかった。彼らはつねに、治安ノ兵士たちに守られ、わたしたちの庇護のもとに暮らしてきた。いまのわれわれの行為は旋風か地震のようなもの、彼らは力なきまま生きながらえることを願い、ひたすらそれがおわるのを待つばかりだった。わが館のひとびとのみが、その生計をわれらに頼り、その技と知識をわれらに提供してくれる。そして心のなかにわたしたちがいる都のひとびとと治安ノ兵士たちだけが、わたしたちのために戦ってくれるはずだった。

地方のひとびとはわたしたちを信じていた。信頼のないところに神はいない。疑いのあるところでは、足はよろめき、手はなにもつかめないだろう。

国境《くにざかい》の戦い、征服の戦いは、わたしたちの領土を大きくしすぎた。わたしが都や村のひとびとのことをなにも知らないように、わたしが何者であるか彼らは知らなかった。創世のころ、ババム・ケルルとバマム・ゼは、山をおりて、平民たちと肩を並べ中心の地を歩いた。広い道に最初の石をおき、古い都の巨大な石の礎《いしずえ》を築いた平民たちは、自分たちの神の顔を、毎日見ていたので知っていた。

こんなことを会議で話したあと、タズとわたしは大通りに出ていった。ときには輿に乗り、ときには歩いて。わたしたちの神性を重んずる僧や護衛に囲まれていたが、わたしたちはひとびとのあいだに入っていき、彼らの目をじっと見た。彼らはひざまずき、額を親指に当て、わたしたちを見るとみなが泣いた。通りから通りへ彼らは大声で知らせ、子供たちは叫んだ。

「神だ！」

「おまえたちは、彼らの心のなかを歩いている」とわたしの母はいった。

だがオミモの軍勢は、源ノ川に達し、あと一日でその先鋒がガリに到着する。

その夜、わたしたちは北のバルコニーにたち、ガリの丘《かた》のほうを眺めた。そこには巣に虫が群がるように、兵士たちが群がっていた。西の方は、冬の雪をかぶった山々が、暗赤色に染まっていた。コロシから、煙がむくむくと立ちのぼっている、血のように赤い煙が。

「ごらん」とタズがいって、北西を指さした。夏の幕電光のように、光が空に閃いた。「墜ちる星だ」と彼はいい、わたしはいった。「爆発ね」

夜の闇のなかを、天使たちがやってきた。「大いなる館が燃え、天から墜ちてくる」とひとりの天使がいい、もうひとりの天使がこういった。「燃えたが、川岸に建っている」

「世界の誕生日に神がいわれた言葉だ」とわたしはいった。
天使たちはひざまずいて顔を隠した。

あのときわたしが見たものは、遠い過去を見ているわたしが見ているものではない。あのときわたしが知ったことは、わたしがいま知っていることより少なくもなく、多くもなかった。わたしがあのとき見たもの、知ったことについて話そうと思う。

あの朝、わたしは、人間やトカゲのように二本足でまっすぐに立つ者たちが、広い石の道から北の門に向かってやってくるのを見た。彼らは、砂漠の巨大トカゲほどの背丈で、奇怪な手足をもち、尻尾はなかった。彼らの体は真っ白で、毛がなかった。彼らの頭部には口も鼻もなく、たったひとつ大きな光る目蓋のない目があった。

彼らは門の外で止まった。

ガリの丘には人影はなかった。みんな砦のなかか、あるいは丘の背後の森に隠れていた。わたしたちは北の門の上に立っていた。そこは、番兵を守るために胸の高さの壁が連なっていた。

街の屋根やバルコニーの上で怯えて泣く小さな声が聞こえ、ひとびとがわたしたちに向かって叫んだ。「神よ！　神よ、われらを助けたまえ！」

タズとわたしは一晩じゅう話しあった。わたしたちの母や賢者たちの言葉に耳をかたむけ、そしてわたしたちは、みなとともに心を合わせ、これからやってくる時を肩ごしに見るために、母と賢者たちをさがらせた。わたしたちは、世界の死と誕生を、その夜見た。わたしたちはすべてのものが変わるのを見た。

お告げは、神は白く、目はひとつであるといったのだ。それはまさにいまわたしたちが目の前に見ているものだ。お告げは、世界は死ぬといった。それとともに、神であったわたしたちの短い時はおわった。これこそ、わたしたちがいまやらなければならないことだ。世界を殺すのだ。神が生きるために世界は死ななければならない。館は、建っているために倒れなければならない。いままで神であった者たちは、これから来る神を快く迎えねばならない。

タズは神を歓迎するといった。そしてわたしは、門の壁ぞいの螺旋階段を駈けおりて、大門の閂を抜き――番兵に手を貸してもらわなければならなかった――門を大きく開けた。

「お入りください！」とわたしは神にいい、額を親指に当ててひざまずいた。

彼らはためらいながら、ゆっくりと重々しく入ってきた。それぞれが瞬かぬ大きな目を左右に向けた。目のまわりには銀の輪があり、それが太陽を浴びて光った。それらの目のひとつに、神の目の瞳に、わたしはわが姿を見た。

彼らの雪のように白い肌はざらざらと皺だらけで、光る刺青が見えた。神がこれほど醜いことにわたしは幻滅した。

番兵たちはあとじさって壁に背中を押しつけた。タズもおりてきてわたしのわきに立った。彼らのひとりが箱のようなものをわたしたちに向けて上げた。その箱から騒音が聞こえた。獣がそのなかに閉じこめられてでもいるようだった。

タズがまた彼らに話しかけた。彼らが来るというお告げがあったことを話し、神であったわれわれは新たな神を歓迎するといった。

彼らはそこに立ったまま、ふたたび箱が音を発した。それは、話し方を学ぶまえのルアウェイの言葉のように聞こえた。神の言葉はもはやわたしたちの言葉ではないのか？ それとも神は獣なのか、ルアウェイの仲間が信じていたように。彼らは、わたしたちに似ているというより、われらが館の動物園に住む砂漠の巨大トカゲのように見えた。

ひとりが太い腕をあげて、わが館を指さした。それは大通りの突き当たりにあり、ほかのどの家よりも高く、銅の樋や金箔を貼った彫刻が明るい冬の太陽に照り輝いている。

「さあ、神よ」とわたしはいった。「あなたの館においでください」わたしたちは彼らを館に案内し、なかに招じ入れた。

低く、長く窓のない謁見室に入っていくと、彼らのひとりが頭をとった。その下には、わたしたちと同じ頭があり、ふたつの目、鼻、口、耳があった。ほかのひとびとも同じようにした。

彼らの頭だったものを見ると、それはマスクで、彼らの白い皮膚と思われたものは、足だけではなく体全体にはく靴のようなものだった。靴のなかはわたしたちと同じで、彼らの顔の皮膚は、粘土の壺のような色をしており、とても薄く見えた。そして彼らの髪の毛はつやつやとして、ぺったりと貼りついていた。

「食べ物と酒をもってくるように」とわたしは扉の外に縮こまっている神の子供たちにいっ

た。彼らはすぐさま駈けだして、ゼの菓子と乾燥果実と冬のビールをのせた盆をもってきた。神は食べ物が並んだテーブルに近づいた。なかには、食べるふりをする者もいた。ひとりは、わたしのやり方をじっと見守り、ゼの菓子をまず額にあてがい、それから少しばかり口のなかに入れてもぐもぐと噛んで飲みこんだ。その者はほかの者たちに向かってなにかいった。グレーグラ、グレーグラ。

これは、また体の靴を脱いだ最初の者だった。そのなかには、またべつの衣やおおいがあり、その体の大部分をおおいかくしていたが、なるほどと思った。なぜなら体の皮膚も青白く、とても薄く、赤ん坊の目蓋のように柔らかだったからだ。

謁見室では、神の複座の向こうの東の壁に、神が太陽を反転させるために着用する黄金のマスクがかかっている。菓子を食べた者が、そのマスクを指さした。それからわたしを見た――その目は楕円形で、大きく、美しかった――そして空にある太陽を指さした。わたしは体でうなずいた。その者は、マスクのあちらこちらを指さし、それから天井一面を指さした。

「もっとたくさんのマスクを作らねばならない。なぜなら神はいま二方《ふたかた》以上いるから」とタズがいった。

わたしは、あの身振りは星をあらわしているのだろうと思っていたのだが、タズの解釈のほうが道理にかなっているようだった。

「マスクを作らせましょう」とわたしは神にいい、神が祭典や宴のあいだにかぶっている黄金の帽子をとりにいくように、帽子ノ僧に命じた。帽子はたくさんあった。あるものは宝石で飾りたてられ、あるものはなんの飾りもないが、どれもとても古いものだった。帽子ノ僧は、ふたつずつ運んできて、初代のゼと作物の収穫を祝う祭典が執り行なわれる、磨きあげた木と青銅の大きなテーブルの上に、それらをきちんと並べた。

タズはかぶっていた黄金の帽子を脱ぎ、わたしも脱いだ。タズは自分の帽子を、菓子を食べた者の頭にのせた。わたしは背の低い者を選び、そばに近づいてわたしの帽子をその者の頭にのせた。それから、神聖な儀式のときにかぶるのではなく、ふだんかぶる帽子を選び、神のそれぞれの頭にそれをのせた。そのあいだ彼らは立ったまま、わたしたちがやりおえるのを待っていた。

それからわたしたちは頭になにもかぶらぬまま、ひざまずき、額を親指に当てた。

神はそこに立っていた。彼らはどうしていいのかわからないのだと思った。「神は大人だが、生まれたての赤ん坊のようだ」わたしはタズにいった。わたしたちのいうことが彼らに理解できないのは確かだった。

わたしが帽子を頭においた者が、だしぬけにわたしのところにやってきて、わたしの肘に両手をかけ、ひざまずいているわたしを立ち上がらせようとした。わたしはとっさに身を引いた、触れられることに慣れていなかったからだ。そして思い出した、わたしはもはや神聖な者ではない。そこでわたしは神に触れさせた。それはなにやら身振りをしながら話した。わたしの目をのぞきこんだ。そして黄金の帽子を脱いでわたしの頭にのせようとした。わたしは身を縮めてその手を逃れ、こういった、「だめ、だめ!」神にだめというのは、不謹慎なように思われたが、わたしには分別があった。

　神はそれからしばらく、彼らと話しあっていた。そのあいだタズとわたしたちの母とわたしも話しあうことができた。わたしたちにわかったのは、こういうことだ。お告げはむろんまちがいではなかったが、理解しがたいものだった。神はたしかにひとつ目でもなく、めしいでもなかったが、どうやって見ているのかわからなかった。白いのは神の皮膚ではなかったが、彼らの心はからっぽで、無知だった。話し方も知らず、振る舞い方も知らず、なにをするかも知らなかった。彼らは、自分たちの民のことを知らなかった。

　そうはいっても、タズもわたしも、わたしたちの母も年老いた教師たちも、彼らにどうやって教えることができようか？　世界は死に、新しい世界が生まれた。その世界にあるものは、まったく新しいものなのかもしれない。あらゆるものが変わったのかもしれない。だから、どうやって見るのか、なにをなすべきなのか、どう話すのか知らないのは、神ではなく、わたしたちなのかもしれない。

　わたしはこのことを強く感じたので、ふたたびひざまずいて神に祈った。「どうかわたしたちに教えてください！」

　彼らはわたしを見て、たがいに話しあった。ブルル－グルル、グレ－グラ。

　わたしはわたしたちの母やほかの者たちを、将軍たちのもとにやって、相談させた。なぜなら天使たちが、オミモの軍隊に関する報告をもってきたからだ。タズは睡眠不足でとても疲れていた。わたしたちふたりはいっしょに床にすわりこみ、静かに話をしていた。彼は神の座のことを心配していた。「あの方たちが一度にすわるにはどうしたらよいだろう？」と彼はいった。

「もっと椅子を運ばせればいい」とわたしはいった。「さもなければ、いまはふたりがすわり、そのあとにふたりがすわればいい。彼らはみんな神、あなたやわたしのように。だからどうすわろうとそれでかまわない」

「だが彼らには女がいない」とタズがいった。

わたしは神を注意深く見たが、彼のいうとおりだった。これはわたしをじわじわと当惑させていったが、その当惑はとても深かった。神が半人間だということがありうるだろうか？わたしの世界では結婚が神を造る。これからの世界ではなにが神を造るのか？

わたしはオミモのことを考えた。彼の顔に塗った白い粘土と偽りの結婚は、彼を偽りの神にしたが、たくさんのひとびとが、彼は真の神だと信じていた。彼らの信念の力が彼を神にしたのだろうか、わたしたちが、この新しい無知な神に対して、わたしたちの力をあたえているあいだに？

オミモがもし、彼らが話し方も知らず、食べ方さえも知らぬ無力な者であるようだと知ったら、彼は、われわれの神性を恐れていたほどに彼らの神性を恐れないのではないだろうか。彼は攻撃してくるだろう。この神のためにわたしたちの兵士は戦うだろうか？

彼らが戦わないのは明らかだった。来《きた》るべきものを見すかす頭のうしろの目で、わたしにはそれが見えた。わたしたちの民を襲う苦難が見えた。世界が死ぬのが見えたが、新しい世界が生まれるのは見えなかった。男である神から、どんな世界が生まれよう？　男は子を産まぬものだ。

すべてがまちがっていた。われわれの兵士の手でいまこの神を殺すべきだという考えが、わたしの頭に強く湧いた。この世界で、彼らが未熟で弱い存在であるうちに。

それからどうするのか？　もし神を殺せば、神は存在しないことになる。わたしたちがふたたび神のふりをすればいい、オミモがそのふりをしたように。だが神性は仮のものではない。黄金の帽子のように脱いだりかぶったりするものではない。

世界は死んだのだ。そう運命づけられ、予言されていた。あの奇妙な者たちの運命は、神になることなのだ。彼らは、わたしたちがそうしたように、その運命を生きていかなければならないだろう。つまり、神の能力のひとつである肩ごしに未来を見る力がないのであれば、これからどうなるかを起きるがままに発見していくしかないのだ。

わたしはふたたび立ち上がりタズの手をとったので、彼もわたしの横に立った。「都はあなたがたのものだ」わたしはいった。「民はあなたがたのものだ。世界はあなたがたのもので、戦いはあなたがたのものだ。あなたがたに賞賛と栄光あれ、われらが神よ！」そしてわたしたちは、ふたたび彼らの前にひざまずき、親指に当てた額を深く下げ、そのまま退出した。

「わたしたちはどこへ行くのだ？」とタズがいった。彼はあのとき十二歳で、もはや神ではなかった。彼の目に涙がうかんでいた。

「母とルアウェイを探しましょう」とわたしはいった。「そしてアルジとうすのろ卿とハグを、そしてわたしたちについていきたいと思うわたしたちの民を」わたしは〝わたしたちの子供を〟といいそうになったが、わたしはもはや、子供たちの母でも父でもなかった。

「どこへ行く?」とタズが訊いた。

「チムルへ」

「山の上へ? 逃げて隠れるのか? われわれはここにとどまってオミモと戦うべきだ」

「なんのために?」とわたしはいった。


これが六十年前のことだ。

わたしがこれを書いているのは、世界がおわり、ふたたびはじまる前の神の館ではどのように暮らしていたかということを語るためだ。わたしはあのときの心になって語ろうと思っている。だがあのときもいまも、わたしの父とすべての僧たちが見て語ったあのお告げを理解することはできない。じっさいお告げのとおりのことが起こった。それでもわたしたちに神はいない、導いてくれるお告げもない。

あの異人たちはだれひとり長くは生きなかったが、オミモよりは長く生きた。

わたしたちが山へ入る長い道を登っていると、天使が追ってきてわたしたちにこう伝えた。メシワがオミモに加わり、ふたりの将軍がそれぞれの軍隊を率いて、異人たちの館と対峙した。館はソゼ川の近くの原に塔のようにそびえ、そのまわりには焼けた廃土がまかれていた。

異人たちは、オミモとその軍隊に撤退するようにと警告し、彼らの頭上に雷光を放ち、遠くの樹林に火をつけた。オミモは気にもしなかった。神を殺すことによってのみ、自分が神であることを証明できるのだ。彼は軍隊に命じて、あの高い館を攻撃させた。彼とメシワとそれを囲む百人の兵士たちは、一閃の雷光によって壊滅した。彼らは燃えて灰となった。残る軍隊は恐怖に駆られて逃げだした。

「彼らは神だ！　彼らはほんとうに神だ！」タズは、天使の話を聞くとそういった。彼はうれしそうに話した。なぜなら、わたしと同じように異人たちに疑いを抱いていたので不幸せだったからだ。しばらくのあいだ、わたしたちはみんな、彼らを信じた。なぜなら彼らは雷光を巧みに使うことができたからだ。多くのひとびとが、彼らが生きているかぎりは彼らを神と呼んだ。

わたしの考えでは、彼らは、わたしが理解する言葉の意味での神ではなかったが、大きな力をもつ不可思議な、超自然的な存在だった。しかし彼らは愚かで、われわれの世界についてはなにも知らず、すぐさまうんざりして死んでしまったのだ。

彼らはぜんぶで十四人いた。そのうちの数人が十年以上生き延びた。彼らは、われわれの話し方を学んだ。そのうちのひとりが、タズとわたしを神として崇めたいと思う巡礼たちとともに山に入り、チムリまでやってきた。タズとわたしとこの者は、何日ものあいだ話しあい、たがいから学んだ。彼らの家は竜トカゲのように空を飛んで移動していたが、翼がこわれてしまったのだという。太陽の光がとても弱い地からやってきたので、わたしたちの世界の強い太陽が彼らを病気にしてしまったのだという。体を織物でおおっていたが、それでも彼らの薄い皮膚はここの太陽の光を通してしまうので、まもなくみんな死ぬだろうと彼はいった。ここにやってきたことを残念に思うと彼はいった。わたしはいった。「あなたがたは来なければならなかった。神はあなたがたが来るのを見た。残念に思ったところでしかたがないのでは？」

あなたがたは神ではないというわたしの考えに、彼は同意した。神は空におられると彼はいった。神が住むには無益なところだとわたしたちは思った。彼らはやってきたときにはほんとうは神だったのだとタズがいった。なにしろ彼らはお告げを果たし、この世界を変えたのだから。だがいまは、わたしたちのように彼らは平民になってしまった。

ルアウェイはこの異人が気に入った。たぶん彼女自身が異人だからだろう。彼がチムルに来ると、ふたりはともに寝た。あの織物やおおいの下は同じ男だとルアウェイはいった。彼女を妊娠させることはできないと彼はいった。彼の種がわれわれの土では成熟しないからだという。たしかにあの異人たちは子供を残していかなかった。

自分の名前はビン－イ－ジンだと彼はいった。何度かチムルまで登ってきた。そして彼はいちばん最後に死んだ。彼は、自分の目の前につけていた黒い水晶をルアウェイに残した。それはものを大きくはっきりと見せる道具だった。もっともわたしの目で見ると、ものがぼんやりと見えた。彼は、自分の人生の記録をわたしにくれた。線と小さな絵でできている美しい書体でそれは書かれていた。わたしはそれを、いま書いているこれといっしょに箱のなかにしまった。

　タズの睾丸が熟れたとき、わたしたちはなすべきことをした。なぜなら、平民の姉と弟は結婚しないからだ。僧たちに相談すると、彼らはこう助言した、わたしたちの結婚は神聖であるから、結婚しなかったことにはできない。だからもはやわたしたちは神ではないが、夫であり妻であると。わたしたちはたがいの心のなかにいたから、この助言はうれしかった、そしてわたしたちはしばしばともに寝た。二度わたしは妊娠したが、流産してしまった。一度はごく早期に、一度は四ヵ月で。そしてわたしは二度と妊娠しなかった。これはわたしたちにとって悲しいことだったが、幸運でもあった。なぜならわたしたちに子供ができたら、ひとびとはその子たちを神にしようとしただろうから。

　神なくして生きていくことを学ぶには長い時間がかかる。けっして学べないひともいる。彼らは、神がいないより、偽りの神でもいたほうがよいと考える。何年ものあいだ、いまではめったにそんなこともないが、ひとびとはチムルまで登ってきて、タズとわたしに、都にもどって神になってくださいとたのみにきた。異人たちが、神としてこの国を、古い規則にしろ新しい規則にしろ治めることはないということがはっきりすると、ひとびとは、オミモのまねをしはじめ、わたしたちの血統のレディたちと結婚して、新しい神を名乗るようになった。彼らはみな、信奉者たちを見いだし、彼らはみな戦争を仕掛け、たがいに戦った。彼らにはだれもオミモの恐るべき勇気はなく、成功した将軍に従う軍隊の忠誠心もなかった。彼らはみんな、怒り落胆した不運なひとびとの手によって、悲惨な最期を遂げた。

わたしの民とわたしの土地は、世界がおわりを迎えた夜に、わたしが肩ごしに見て恐れたものとさして変わらなかった。あの広い石の道は、維持されなかった。ところどころすでにこわれていた。アルモヘイ橋は再建されなかった。穀物倉や貯蔵庫はからっぽになって朽ちていった。老人や病人は、隣人に物乞いしなければならなかった。妊娠した娘が頼るのは母親だけだった。孤児には頼る者はいなかった。西と南で飢饉があった。わたしたちはいまや空腹な民だった。天使はもはや、統治の網をはりめぐらすことはなく、土地のひとびとは、よその土地のひとびとのことはなにも知らなかった。野蛮人たちが、四ノ川をわたって荒廃を運んできたとひとびとはいう。地竜は、穀物畑に卵を産んだ。小さな将軍と顔を塗った神たちが、軍隊を作り、生命やものを浪費し、神聖な土地を汚した。

災いの時は永久にはつづかないだろう。どんな時も永久にはつづかない。わたしは神としてとうの昔に死んだ。わたしは平民の女として長いあいだ生きてきた。毎年わたしは、太陽が、偉大なるカナハドワの陰で、南から反転してくるのを見る。神が光り輝く石の舗装の上で踊ることはないが、わたしはわたしの死の肩ごしに世界の誕生日をまだ見ている。

失われた楽園

Paradises Lost

書下ろし

この震えはわたしを落ち着かせてくれる。わたしにはわかっているはず。
落ちてはなれていくのはつねのこと。それは近くにある。
わたしは目覚めるために眠る、そして目覚めをゆっくりと味わう。
行かねばならないところへ行くことによって、わたしは学ぶ。

シオドア・レトキ「目覚め」より

土球

青い部分は、たくさんの水だ。水タンクのようなものだけれど、ただもっと深い。色がついているほかの部分は土で、それは土の庭に似ているけれど、ただもっと大きい。空は、彼女には理解できないものだった。空は、土球のまわりにぴったりと貼りついている別の球だと父はいった。だがだれも、円球の模型の上でそれを指し示すことはできなかった。なぜならそれは見えないものだから。それは透明で空気のようなもの。それは空気だ。でも青い空気の球。下から見るとそれは青い。そして土球の外側にある。外側の空気。それはなんとも奇妙だった。土球の内側には空気はあるの？　いや、と父はいった、土だけだよ。きみは土球の外側で暮らしているんだよ。宇宙船の船外活動員が、船外活動をしているのと同じだ、ただきみは宇宙服を着る必要がない。きみはあの青い空気を呼吸することができる、内側にいるのと同じように。夜になればきみは、暗黒と星を見ることができる、船外活動をしているときのように、と父はいった。だが昼間は、青い色が見えるだけだ。なぜ、と彼女は訊いた。なぜなら、昼の光は星より明るいからだ、と父はいった。青い光？　いいや、その光を作っている星は黄色なんだが、空気がたくさんあるので、青く見える。彼女はあきらめた。それはとても難しくて、それにずっと昔の話だし。そんなことはたいした問題ではなかった。もちろん彼らは、ほかの土球の上に〝着陸〟することになっているのだが、彼女が年寄りになるまで、死のまぎわ、六十五歳になるまでは実行されない。そのときまでには、それが問題になるとしても、彼女には理解できているだろう。

個別の定義

この世界で生きているのは、人間と植物とバクテリアだ。

バクテリアは、人間や植物や土やほかのもののなかや外側に住んでいて、生きているけれど目には見えない。大量のバクテリアの活動が見えることもめったにないし、単にその宿主の所有物とも見える。バクテリアの生命は別の秩序によって保たれている。一般に秩序は、異なる規模の知覚を受容する器具なくしては、たがいに感知することができない。こうした器具によって見せられた世界をひとびとは驚異の目で見る。だがその器具は、ひとびとのより大きい秩序の世界を、より小さい秩序をもつ世界の前に現出させることはない。しかも小さな秩序の世界は、ガラスのスライドの上にたらした一滴がとつぜん干上がるまで、なにものにも乱されず、なにものにも気づくことなく、秩序正しく存在しつづける。相互作用は稀《まれ》だった。

ここに現出する小さいほうの秩序をもつ世界は厳格である。じくじくしたアメーバや、優雅なペイズリー模様のゾウリムシや、掃除機のような形のワムシがあらわれることもない。分子同士の衝突によりえんえんと振動しつづけているバクテリアより大きい生物は存在しない。

そして存在するのはある種のバクテリアだけだ。カビ菌も、野生酵母菌もない。ウイルス（別の系列にある）もない。人間や植物に病気をもたらすものはなにもない。必要なバクテリア、つまり掃除屋であり、消化剤であり、土壌——清潔な土壌——の製造器の役目を果たすバクテリアだけが存在する。この世界には、壊疽《えそ》もなく敗血症もない。鼻風邪もインフルエンザも麻疹もペストも、発疹チフスも腸チフスも結核もエイズもデング熱もコレラも黄熱病もエボラ出血熱も梅毒もポリオもハンセン病も、住血吸虫症もヘルペスも水疱瘡も単純疱疹も帯状疱疹もない。ライム病もない。マダニもいない。マラリア原虫もいない。蚊もいない。蚤も蠅もいない、ゴキブリも蜘蛛も、ゾウムシも蠕虫《ぜんちゅう》もいない。この世界には、二本の脚をもっているものしかいないのだ。羽をもつものはいない。血を吸うものはいない。小さな割れ目にもぐりこむものもいない、巻きひげを振るものも、物陰にちょこちょこと走りこむものも、卵を産むものも、毛皮を洗うものも、くちばしをかちかち鳴らすものも、尻尾に鼻をのせて寝ころがる前に三回まわるものもいない。尻尾をもつものはいない。この世界には、触手や鰭《ひれ》や前肢《ぜんし》や、かぎ爪をもつものはいない。この世界には、高く飛ぶものはいない。泳ぐものもいない。ごろごろ喉を鳴らすものも、吠《ほ》えるものも、唸るものも、咆哮するものも、ちっちと鳴くものも、囀《さえず》るものも、年に三ヵ月のあいだ、四分音ぶん下がる音階で、ふたつの音階をくりかえし叫ぶものもいない。一年に十二ヵ月という概念がない。月《ムーン》がない。年もない。太陽もない。時間は明るい周期と暗い周期、それに十日ごとの旬日《テンデイ》で区切られる。三六五・二五周期ごとに祝典があり、〝年〟と呼ばれる数字が変化する。現在の年は、一四一年だ。教室の時計ではそう示されている。

虎

むろん月や太陽や動物たちの写真はあり、それぞれに名前のラベルが貼ってある。ブックスクリーン上の図書館で、毛深い絨毯のようなものの上を四本脚で走りまわる大きななにかを見ることができる。そして声がいう、「ワイオミングの馬」とか「ペルーのラマ」とか。写真のいくつかは奇妙なものだ。そのなかのいくつかには、こちらが望めば触ることができる。驚くべきものもある。全身が黒と金の毛でおおわれ、ぞっとするほど澄んだ目をもつものがいる。それはこちらを好きというわけでもなく、だれなのか知っているわけでもなく、ただじっと見つめてくる。「動物園にいる虎」と声がいう。それから子供たちが、小さな〝子猫〟たちと遊んでいる。子猫は子供たちの上によじのぼり、子供たちはくすくす笑う。子猫たちは人形や赤ん坊みたいにとてもかわいい。ただし、そのなかの一匹が、こちらを見るまでは。それは虎と同じように丸い澄んだ目をもっており、こちらの名前は知らない。

「あたしはシンよ」とシンはブックスクリーンの子猫の写真に向かって大声でいう。写真の猫はそっぽを向き、シンはわっと泣きだす。

　教師がそばにいて、慰めや質問の言葉を浴びせる。「あたしはこれが嫌い、これが嫌い！」五歳の子供は泣き叫ぶ。

「あれはただの映画よ。あなたに怪我をさせたりはしない。あれはほんものじゃないの」と二十五歳の教師はいう。

　人間だけがほんものだ。人間だけが生きている。父の植物は生きている、父はそういうけれど、ほんとうに生きているのは人間だけだ。人間はおまえのことを知っている。おまえの名前も知っている。みんな、おまえが好きだ。第四学校からきたアリダのいとこの少年のようにおまえのことを知らなくても、おまえが、名を名乗れば、相手にはわかる。

「あたしはシン」

「シン」と少年はいい、彼女は、自分の名前のHsing《シン》と少年のいったShing《シン》の発音のちがいを教えてやるけれど、そのちがいは、中国人と話すのでなければ、どうでもいいことだった。

とにかくそれはどうでもいいことだ、なぜなら彼女たちは、〝大将ごっこ〟を、ロージーやレナやほかのみんなとやるつもりだったから。それにもちろんルイースもだ。

もしあなたとたいそうちがうものがなにもないのならば、
あなたと少しちがうことが、あなたとたいそうちがうということ

ルイースは、シンとはたいそうちがっていた。例をひとつあげると、彼女は陰門をもち、ルイースはペニスをもっているということだ。ある日ふたりはそのふたつを見くらべた。ルイースは、陰門《ヴァルヴァ》という言葉が好きだといった。なぜならその音が温かで柔らかで丸っこいからだ。でも膣《ヴァギナ》は、なんだかもったいぶった感じだ。「ペニス、ピー‐ニス」と彼は気どっていったが、「ピー‐ピス《しっこする》！ なんだかちょっとちっぽけで、いくじがなさそうな、つまんないものみたい。もっとましな名前にするべきだ」ふたりはもっとましな名前を考えた。ボブウォブとシンがいった。ガウボンド！とルイースがいった。それが寝ているときはボブウォブで、立ち上がったときはガウボンドということにふたりは決めて、腹が痛くなるほど大笑いした。「立て、立て、ガウボンド！」とルイースが叫ぶと、それは彼のほっそりとすべすべした腿《もも》からちょっとばかり頭をもたげる。「見ろよ、こいつは自分の名前を知ってるぞ！ 呼んでみろよ」それで彼女が呼ぶと、それは応えたものの、ルイースがちょっと手を

添えてやらなければならなかった。そしてふたりはげらげら笑い、ボブウォブ－ガウボンドだけじゃなく自分たちのほうも体じゅうぐったりするまで、床を転げまわった。下校後は、シンの部屋に行くのでなければ、いつも行くことになっているルイースの部屋の床の上でふたりは転げまわった。

服を着ること

彼女は、いつもそれを愉しみに待っていたから、その前の夜は寝つけずに、ずっと目を覚ましていた。ところがとつぜん父が、黒い長ズボンと光沢のある白いクルタという正装で、そばに立っていた。「起きなさい、ねぼすけめ、きみの儀式があるというのに眠っているつもりかい？」彼女は父の言葉を信じ、驚いてベッドから跳ねおきたので、父はすぐに真顔になってこういった。「いや、いや、ちょっとからかっただけだよ。時間はたっぷりあるんだ。まだ着替えることはない！」彼女は父にからかわれたのだとわかったが、すっかり驚いてあせっていたので、笑うこともできなかった。「髪を梳《と》かすのを手伝って！」彼女は泣き声になり、黒くふさふさとした髪のもつれあったところに櫛をさしこんだ。父はひざまずいて手伝ってくれた。

神殿に着くころには、興奮のあまり、なにもかもがふだんよりくっきりと見えて、光り輝いているようだった。広々とした部屋はふだんより広く感じられた。音楽が奏せられている、愉しい、踊るような楽の音《ね》。大勢のひとたちがぞろぞろとやってくる。裸の子供たちも、みんな正装した親に付き添われている、何人かは両親に、多くが祖父母たちに、裸の小さな弟や妹や、正装をした兄や姉に付き添われている子供も少しいた。ルイースの父もいたけれども、作業用のショートパンツと着古したランニングシャツという姿だったので、ルイースがかわいそうだと彼女は思った。彼女の母のジャエルが、ひとごみをかきわけてやってきた。ジャエルの息子のジョエルも第四象限《クワド》から母といっしょにやってきた。ふたりともそれはそれは立派な正装だった。ジャエルの服には赤いジグザグ形と火花が描かれており、ジョエルのシャツは金のジッパーのついた紫色だった。彼らは抱きあい、キスをした。ジャエルは父に包みをわたし、「あとのためにね」といった。シンは、その箱になにが入っているか知っていたが、なにもいわなかった。父は片手にもっている自分の包みを背中に隠していたが、シンはそのなかになにが入っているか知っていた。

音楽は、みんなが習ったことのある歌に変わった。全世界の四つすべての学校の七歳児がみんな習う歌だ。「わたしは大人になる！　わたしは大人になる！」両親は子供たちを前に押しだした。はにかんでいる子供たちは手を引いて前に連れていき、こうささやく。「歌って！　歌って！」そして裸の小さな子供たちはみんな歌いながら、天井の高い、丸い部屋のまんなかに集まってくる。「わたしは大人になる！　とても幸せな幸せな日！」とみんなは歌い、大人たちも声を合わせて歌う。だから歌声は大きく高く、深々とひびきわたり、シンの目にも涙が湧いてくる。「とても幸せな幸せな日！」

　年とった教師がしばらく話をし、それから若い教師が美しく高い澄んだ声でこういった。「さあ、みなさん、おすわりなさい」そしてみんなは床にすわった。「これから子供たちの名前を読みあげます。名前を呼ばれたひとは、立ちなさい。その両親と親戚もお立ちなさい、そうしたらあなたたちは家族のところに行ってよい。そして自分の服をもらいなさい。でも世界じゅうのみんなが新しい服をもらうまでは着てはなりません！　いつ着るかは先生がいいます。さあ！　用意はいいですか？　さあ！　5‐アダノ・シタ！　立って服をもらいなさい！」

　小さな女の子が、すわっている子供たちの輪のなかで跳び上がる。顔を真っ赤にして、恐ろしそうにあたりを見まわし、母親を探した。母親は笑いながら立ち上がり、美しい赤いシャツを振った。小さなシタが、母親に向かって突進したので、みんな、笑いながら手をたたいた。「5‐アルツ＝マッテウ・フランス！　立って服をもらいなさい！」それがずっとつづいて、ようやくはっきりした声がこういった。「5‐リュウ・シン！　立って服をもらいなさい！」そこでシンは立ち上がった、その目は父に注がれている。父の両脇に立っているジャエルとジョエルがぴかぴか輝いているので、父をすぐに見つけられた。シンは父のもとに駈けより、なんだか光沢のある、なんだかすてきなものを両手で受けとった。ピオニー集合住居とロータス集合住居から来たひとたちが、とくに強く手をたたいた。シンはふりかえって父の脚に体を強く押しつけ、じっと見ていた。

「5-ノヴァ・ルイース！　立って服をもらいなさい」だが彼は、その言葉がいわれる前に、もう立ち上がって父のところに行っていたので、みんながまた笑ったが、手をたたくひまはなかった。シンはルイースの視線を捉えようとしたが、彼はこちらを見ようとはしない。彼は残る儀式を真剣な顔で見ているので、シンもそうした。

「この子供たちは、第五世代の七歳の子供たち、五十四名です」円陣のまんなかに子供がひとりも残っていないのを見すますと、教師がそういった。「この子たちを、成人のあらゆるよろこびと責任のもとに迎えましょう」そして全員が歓声をあげて拍手をし、そのあいだ裸の子供たちは、あわてて慣れぬ手つきで、見なれない穴と格闘し、服の上下をあべこべにし、ボタンをいじくりまわし、ようやく新しい服、はじめての服を着ると、まばゆいばかりの輝きを放って、ふたたび直立した。

そこですべての教師と大人たちが〈とても幸せな幸せな日〉をふたたび歌い、あちこちで抱きあう者、キスする者たちがいた。シンはそうしたことを早々に切り抜けたが、ルイースはそうされるのがほんとうにうれしいらしく、よく知らない大人たちが彼を抱きしめると、彼も強く抱きかえしていた。

エドはルイースに黒いショートパンツと光沢のある青いシャツをあたえ、それを着たルイースはまったく見ちがえるようだったが、これまでの彼にちがいなかった。ローザは純白の服を着ていた、なぜなら彼女の母は天使《エンジェル》だったからだ。父はシンに濃紺のショートパンツと白いシャツをくれた。母のジャエルの包みは、水色のズボンと白い星の模様がついた青いシャツで、これは明日着ることになっていた。ショートパンツの布地は、動くたびに腿をなで、シャツはそれはそれは柔らかく、肩や腹に触れるととても心地よかった。彼女はうれしそうに踊った。父は彼女の両手をとり、おごそかに踊った。「さあ、大人になったわが娘よ！」と彼はいい、その微笑がこの日の最後を飾った。

ルイースはちがっている

ペニスと陰門のちがいは、表層的なものだった。この言葉はわりあい最近に父から教わったが、便利な言葉だった。ルイースは、彼女とだけちがっているのではないし、表層的にちがっているだけでもなかった。彼はほかのだれともちがっていた。ルイースが、「すべきだ」というときの口調は、ほかのだれもが使わなかった。彼は真実を求めた。嘘はつくべきではない。彼は名誉を重んじた。名誉というのが適切な言葉だった。それがちがいだった。彼はほかの者たちより名誉となるものをたくさんもっていた。名誉は強固で、純粋なものだ。ルイースも強固で、純粋だった。それと同時に、それとまったく同じようにルイースには思いやりがあり、穏やかな人物だった。彼は喘息で、息をするのが苦しいし、何日も寝こんでしまうような烈《はげ》しい頭痛もちでもあり、試験や公演や式典の前には具合が悪くなった。彼は傷を負わせるナイフに似ており、その傷に似てもいた。みんながルイースを尊敬し特別扱いをたし、彼のことは好きだったが、だれも彼に近よろうとはしなかった。シンだけが、彼は傷を癒す能力をもっているということを知っていた。

V

ふたりが十歳になると、教師が仮想地球《ヴァーチャル・アース》と呼び、中国《チ》・欧州人《アン》がV‐ディチュウと呼んでいるところにようやく入ることを許された。シンは圧倒され、落胆もした。V‐ディチュウは、たいそう複雑でありながら薄っぺらでもあった。それは表層的なものだった。プログラムだった。

そこにはものが無限にあったが、ひとつのくだらないほんもの、すなわち彼女の古い歯ブラシのほうが、〝シティ〟や〝ジャングル〟や〝田園《カントリーサイド》〟にあふれるものや感覚よりも、はるかに実体感があった。田園《カントリーサイド》には、いつも彼女が感じることだが、頭上の青い空気のほかはなにもなく、でこぼこの地面に絨毯のように敷きつめられた草の上をありえないほど遠くまで歩き、ありえないような形のもの（丘）を越えていき、耳には空気が速く動いていく音（風）やときどき甲高いチッチッという音（鳥）が聞こえる。風の向こうに、いや丘の上にいる、あの四本脚で歩くものたちは動物（畜牛）だということはいつもわかっているのだが、それと同じように、自分がいつも第二学校のV‐研究室の椅子にすわっていることもわかっていた。体じゅうにがらくたを装着しているが、体は騙されることを拒否する。見ているものがいかに奇妙で驚くべきもので、教育的で重要で歴史的なV－ディチュウであっても、これはまやかしだと体が主張する。夢もまた、もっともらしく、美しく、驚くべき、重要なものであるかもしれない。だが彼女は夢のなかで生きるのはいやだった。彼女は目の覚めた状態で、自分の体がほんものの布やほんものの金属やほんものの皮膚に触れることを望んでいた。

詩人

シンは十四歳のときに、英語の宿題で詩を書いた。知っているふたつの言語でそれを書いた。英語で書いた詩はこうである。

「第五世代において」

わたしの祖父の祖父は、天の下を歩いていた。
そこは別の世界だった。

わたしが祖母になるとき、とひとはいう、天の下を歩いているかもしれない、
別の世界で。
でもわたしはいま自分の世界で人生を愉しんでいる
ここ、天のまんなかで。

シンは九歳になったときから父に中国語を習っている。古典を何冊かいっしょに読んだ。父は中国語の詩を読むときは微笑んでいる。〝天下〟という漢字――〝ティエン・シア〟――という漢字を読むときも。父の微笑を見るととても幸せな気持になり、自分の学識を誇りに思い、ヤオがそれを認めてくれたことをおおいに誇りに思っている。ふたりはそれをほとんど秘密にしており、それはほとんどふたりだけで諒解していることだった。

教師は、高校二年の一学期の発表会でシンに自分の詩を、ふたつの言語で朗読するよう彼女に求めた。翌日、世界でもっとも有名な文学雑誌〈Q4〉の編集者がシンに連絡してきて、これを掲載したいと申し出た。教師がシンの詩を彼に送っていたのだ。彼は、それを音響機器用に朗読してほしいといった。「この詩にはきみの声が必要なのだ」と彼はいった。4-バス・アビーという、髭を生やした大きな男は、尊大で頑固で、影響力のあるひとだった。だれに対しても無礼だったが、シンには親切だった。録音をするとき、彼女が読みまちがえたのに、彼はこういっただけだ。「もう一度、落ち着いて、詩人さん」彼女はそのとおりに

した。

それからしばらくのあいだ、いたるところで、「わたしが祖母になるとき、とひとはいう……」と自分の声がスピーカーから聞こえてきた。学校ではほとんど知らないひとたちが声をかけてきた。「やあ、きみの詩を聞いた、すてきだったよ」天使たちは格別に、この詩が好きだと彼女にいった。

シンはむろん詩人になるつもりだった。きっとすばらしい詩人になるだろう、2－エリ・アリのように。ただ、エリの詩のようにいささか短い奇妙で難解な詩ではなく、長大な物語詩を書こうと思っていた――現時点での問題は、なにについて書くべきかということだった。ゼロ世代についての歴史的叙事詩でもいい。それは創世記と呼ばれることになるだろう。彼女は一週間ずっとそのことを考えつづけて興奮した。だがそれを書くためには、これまでざっとしか眺めたことがなかった歴史をすべてじっくり勉強しなければならないし、たくさんの本も読まなければならないだろう。そして当時の暮らしを体験するために、じっさいV－ディチュウに入らなければならないだろう。したがってその詩を書きはじめるまでに、何年もかかるだろう。

もしかしたら恋の詩が書けるかもしれない。世界文学のアンソロジーには、恋の詩がどっさりのっている。恋の詩を書くために、ひとと恋をする必要はないと彼女は思う。たぶんじっさいに真剣な恋をしたら、それは詩作の妨げになるだろう。ある種のあこがれや、学校でバス・アビーやローザに感じるようなほどほどの敬慕など、きっとその辺からはじめるのがよいのかもしれない。だから恋の詩はほんの少ししか書かなかった。でもそれを教師に提出するのはなんだか恥ずかしかったので、ルイースだけに見せた。ルイースは、彼女が詩人だと思ってはいないようだった。彼にはどうしても見せたかった。

「ぼくはこれが好きだな」と彼はいった。どれが好きなのか見るために、彼女はのぞきこんだ。

あなたのなかにある悲しみはなに
あなたの微笑に漂うその悲しみは？
その悲しみをわたしの腕に
眠る子供のように抱きしめたい。

シンはあまりいい詩だとは思っていなかった、それはとても短かったから。でもいま読むとよいものに思えた。

「これはヤオのことだろう？」とルイースがいった。

「あたしの父のこと？」シンはいった。とてもショックを受けたので、頬がかっと熱くなった。「ちがう！　これは恋の詩よ！」

「だって、きみがほんとにそんなに愛しているひとが、きみの父のほかにいるというの？」ルイースはいかにも冷静に訊いた。

「大勢いるわよ！　それに愛といっても――いろいろちがった種類のものが――」

彼はちらりと目をあげて彼女を見た。彼は考えこんでいる。「これがセックスの詩だとはいってないよ。これはセックスの詩だとはぼくは思わない」

「へえ、あなたってとっても変なひとね」とシンはいうと、いきなりさっとノートをとりかえし、〝5-リュウ・シンの創作詩〟というラベルを貼ったフォルダーを閉じた。「あなたに詩のなにがわかるっていうの？」

「きみが知ってるぐらいは知っているよ」とルイースは、超然とした態度で答えた。「でもぼくには書けないな。きみは書ける。ときにはね」

「すぐれた詩をいつも書けるひとなんか、いないわよ！」

「なるほど」――彼女の心は、彼が「なるほど」というたびにいつも沈む――「じっさい、いつもというわけじゃないかもしれない。でもよい詩は、驚くほど高い水準にある。シェイクスピア、李白、そしてイエーツ、それから2-エリ――」

「彼らのようになろうと努力するなんて無駄じゃない？」シンはぼやく。

「きみにそうしろとはいってないよ」と彼はちょっと間《ま》をおいてから、口調を変えていった。

彼女を傷つけたのかもしれないと感じたのだ。それは彼を不幸せにした。彼は不幸せなときは、とてもやさしくなる。シンには彼の気持がよくわかる。彼がなぜそう感じるのか、彼がなにをしたいのか。そして彼女も、ルイースに対して烈しい後悔の念がいっぱいのやさしい気持が胸のうちにあふれてくるのを感じる。傷のようにひりひりするやさしい気持が。彼女はいった。「いいの、あたし、そんなことちっとも気にしていない。言葉ってとてもいいかげんなものだから、あたしは数学が好き。ジムにいるレナに会いにいきましょうよ」

ふたりして通路をゆっくりと走りながら、シンの頭にこんなことがうかんだ。じっさい彼が好きな詩は、彼女がさっき考えたものじゃないのだ。あるいは彼がさっき考えたように、ローザのことを書いた詩でもない。彼、ルイースのことを書いた詩なんだ。でもそれはいかにも馬鹿げている、どうでもいいことだ。そういうわけで彼女はシェイクスピアではない。彼女は、二次方程式が好きなのだ。

4―リュウ・ヤオ

彼らはどれほど守られているか、どれほど保護されているか！　護衛に守られた王子よりも、富豪の甘やかされた子供よりも、ずっと安全だった。地球上に存在していたどの子供より安全だった。

ぶるぶる震えるような寒風が吹きこむことも、汗をしたたらせる凄まじい熱気が入ってくることもない。疫病も咳も熱病も歯痛もない。飢えもない。戦争もない。武器もない。危険もない。この世界のなかのものにはなんの危険もないが、この世界自体は危険な情況にある。危険だがそれは恒常的なものだ。実在の条件だ、したがって、その危険について考えることは難しい。ときたま夢のなかに出てくる恐ろしいイメージは別として。世界を囲む壁が変形し、ふくらみ、砕ける。音のない爆発。霧となった血しぶき、星明かりのなかに漂う蒸気の小さな汚れ。彼らはつねに危険のなかにいる、危険に囲まれている。それが安全ということの本質だ、安全ということの中核だ。危険は外にあるのだ。

彼らはなかに住んでいる。彼らの世界のなかには、強靭な壁と、強靭な法律があり、彼らを守るように形作られ、塁壁がめぐらされ、彼らを力でとりまいている。そこで彼らは暮らしている、彼らが危険をこしらえないかぎり、恐れるものはない。

「人間とは、危険なものだよ」とリュウ・ヤオは微笑をうかべていった。「植物が狂乱することはまずない」

ヤオの職業は造園だった。水栽培の処理と維持、植物遺伝子の質の管理などが仕事だ。平日は毎日、夜も頻繁に庭園に出ている。4－5－リュウの居住スペースは、愛玩植物でいっぱいだ――水の入ったガラス瓶にはひょうたんつるが、土の入った鉢には、花の咲いた灌木《かんぼく》が、通風孔や照明設備のまわりには、着生植物の花綱《はなづな》が飾られている。その多くは実験的におかれているもので、たいてい枯れてしまう。シンは、父が遺伝子エラーを悲しみ、罪悪感をおぼえ、それらを平和に死なせるために家にもちかえっているのだと信じている。ときたま、実験材料のひとつが、父の辛抱強い世話のおかげで丈夫に育ち、植物研究室に意気揚々と帰っていく。ヤオのかすかな、うしろめたそうな微笑とともに。

4－リュウ・ヤオは、背の低い、痩身の美男子で、もじゃもじゃの黒い髪は、はやばやと灰色になってしまった。彼は美男子特有の振る舞いをしなかった。控えめで、礼儀正しく、そして内気だ。よい聞き手だが、めったに喋らない低音の持ち主で、ひとりかふたり以上の人間といっしょにいると、彼はほとんど沈黙している。母の3-リュウ・メイリンや、友人の4-ワン・ユエンや娘のシンとなら、控えめながら、満足そうに話をする。彼の情熱は内に秘められているが、烈しいものだ——中国の古典文学、彼の植物、彼の娘への情熱は。彼はさまざまなことを考え、さまざまなことを感じとる。自分の考えるところをたどり、沈黙のうちに感じとることにおおむね満足している。小さな舟で大きな川を下っていき、ときどき舟の舵をとる、たいていは漂流している男のように。舟も川も崖も急流も、ヤオは、絵のなかのイメージか、詩のなかの言葉だけでしか知らない。ときどき舟に乗って川を下る夢を見るが、夢はぼんやりしている。だが土のことは知っている、ちゃんと体で知っている。土は、彼の仕事相手だ。水と空気も知っている、つまらない透きとおったもので、その目に見えない透明なものに生命が依存している。まさに奇跡だ。空気と水のドームは、乾いた黒い真空のなかに漂って星明かりを映している。彼はそのなかで暮らしている。

3-リュウ・メイリンは、ピオニー集合住居と呼ばれる居住スペースの集合体に住んでいる。通路ひとつ隔てたところに息子の居住スペースがある。彼女は、主に第二象限《クワドラント》に住む中国系のひとびとともに活動的な社会生活を送っている。彼女の専門職は化学だった。織物研究室で働いている。彼女はこの仕事が好きだったことはない。頃あいを見計らって、半日勤務にしてもらい、それから退職するつもりだった。仕事はなんでも嫌い、と彼女はいった。ベビーガーデンで赤ん坊の世話をしたり、ゲームをしたり、花の形のクッキーで賭け事をしたり、お喋りをし、笑いあい、噂話をし、お隣でなにが起こっているか探りだすのが好きだ。息子や孫娘に会うのがとても愉しみで、彼らの居住スペースに足しげく通い、おだんごや餅や噂話を運んでいく。「あんたたちも、ピオニーに越してくればいい！」と彼女は口ぐせのようにいうが、息子たちが越してこないことはわかっている。なぜならヤオは人づきあいが好きではないからだ。それはそれでいい、ただ、シンが赤ん坊を産むことを決めたときには、親族のもとで暮らしてほしいと思っている。このことは口うるさくいっている。

「シンの母親は、すばらしい女だよ、わたしはジャエルが好きだ」と彼女は息子にいった。「だけどわからないねえ、あんたはどうしてウォンの娘たちのひとりから赤ん坊を授けてもらわなかったのかね、そうすれば、その子のママは、第二クワドラントにいるのにねえ。それがみんなにとって好都合なのに。でもあんたは自分の流儀でやっていくだろうしね。それにシンが中国人の家系の血を半分しか受け継いでいないことは、だれも知らないだろうし。あの子は美人さんになるよ。恋におちるとか、子供を産むとかいうときに、あんたがみんなのようにやれるかどうか、わたしは疑ってたんだけどね。自分のするべきことがちゃんとわかっているひとなんかいないものだけど、どうやらあんたは自分のやるべきことはちゃんとわかっていたんだね。すべては運なんだよ、そうとも。若い5‐リは、シンに目をつけているよ、きのう気がつかなかったかい？　彼は二十三になるしっかりものの息子だ。ほら、あの子がきた！　シン！　あんたの髪の毛は、そうやって長く伸ばしていると、なんて美しいんだろう！　もっと長く伸ばすといいね！」母の、多くを求めない泡のようなやさしい世間話は、ヤオが心をやすんじて、ぼんやりと漂うことのできる川の流れのようだったが、それは一瞬のうちに断たれてしまった。泡がはじけてしまったのだ。脳の動脈のなかの泡が、と医者はいった。数時間のあいだ、3－リュウ・メイリンはだれも見ることのできないものをちょっと戸惑ったように見つめ、そして死んだ。わずか七十歳だった。生命はすべて危険にさらされている、外から、内から。人間とは危険なものだ。

うかんでいる世界

短い葬式がピオニー集合住居でとりおこなわれた。それから3－リュウ・メイリンの亡骸《なきがら》は、リサイクルされるために、息子と孫娘と技師たちの手でライフ・センターに運ばれた。この分解と再利用の化学的プロセスは、化学者であった彼女にはまったく見なれたものだった。彼女はなおこの世界の一部であるだろう。ひとつの実在としてではなく、果てしなく転生していくものとして。彼女はシンが身ごもる子供たちの一部になるだろう。彼らはみなそれぞれの一部なのだ。すべてのひとびとが使われ、使い、すべてのひとびとが食べ、食べられるものなのだ。

ひとつのドームのなかに膨大な空気があるにすぎない、膨大な水があるにすぎない、膨大な食べ物があるにすぎない、膨大なエネルギーがあるにすぎない――水槽のなかは、その微小な均衡活動によって自己充足している。ナマズが一匹、トゲウオが二匹、水藻が三種、大量の藻類、カタツムリが三匹、いや四匹かもしれない。だがヤゴはいない――ドームのなかでは、個体群は完全に管理されている。

メイリンは死に、ほかのものにとってかわる。だがとってかわられたにすぎない。だれでも子供をもつことはできる。ある者は、子供をもつことができないか、もつつもりはないか、もたないかだが、子供のなかには幼くして死ぬ者もいる。だからふたりの子供を望む者の多くは、ふたりの子供をもつことができる。四千という数は大きな数ではない。それは慎重に保持されている数だ。文化人類学的遺伝学者は、植物研究室のヤオのように、用心深く冷静である。だが彼らは実験はしない。ときたまその遺伝子に欠陥を見いだすことがあるが、変形や組み換えなどによって干渉することはない。そうしたスケールの大きい精密な技術は、惑星における資源の絶え間ない開発によって支えられてきたが、ゼロ世代によって置き去りにされてきた。文化人類学的遺伝学者は、すぐれたツールをもち、自分たちの仕事をよく理解している。彼らの仕事は遺伝子の維持保存なのだ。彼らは文字どおり生命の質を維持している。

子供を望む者は、子供をもつことができる。子供はひとり、多くてもふたりが限度だ。女性は母子《マザーチャイルド》をもつ。男性は父子《ファーザーチャイルド》をもつ。

この制度は男性に対して不公平だ。男性は、自分たちのために子供をつくってほしいと女性を説得しなければならない。この制度は女性に対しても不公平である。他人の子を身ごもるために一年間の四分の三を費やさなければならない。子供が欲しいのに妊娠できない女性、あるいは性生活の相手が女性である女性は、自分の子供を得るためには男性と女性の両方を説得しなければならない。この制度は二重に不公平である。この制度は、じっさい不公平だ。性的志向と公平さに共通するものはほとんどない。愛情と友情と良心と親切心と頑固さが、この不公平な制度をどうやら機能させている。ただし、不安がないわけではない、苦悩がないわけではない、そして必ずしも成功するわけではないのだ。

結婚と連結《リンク》は気楽に選択でき、しばしば、子供たちが幼いうちに選ばれる。というのも多くの女性は、父子《ファーザーチャイルド》を手放しがたくなるし、四人のための居住スペースは、贅沢きわまりないほど広いからだ。

女性の多くは、子供を身ごもることも育てることも望んでいないし、多くは自分の受精能力を特権であり義務であると感じており、優越感をもっている者もいる。ときには、父《ファーザー》子《チャイルド》の数を、バスケットボールの得点のように自慢する女性もいる。

4-スタインフェルド・ジャエルは、シンを産んだ。彼女はシンの母親だが、シンは彼女の子供ではない。シンは4-リュウ・ヤオの子供、すなわち父娘《ファーザードーター》だ。ジャエルの子供であるジョエルは、彼女の母息子《マザーサン》であり、半姉妹《ハーフシスター》のシンより六歳年上で、半兄弟《ハーフブラザー》の4-アダム・セスより二歳年下である。

各人が居住スペースをもっている。ひとりに一室半のスペース。一室が九百六十立方フィート。もっともありふれているのは、十×十二×八フィートの形だが、仕切り壁が動くので、この割合は構造空間の範囲内で自由に変えることができる。4-5-リュウのようなふたりの居住スペースは、ふつう、小さな寝室が二室と、広い共有スペースが一室ある。つまり個室が二室と共同室が一室である。複数のひとびとが連結《リンク》する場合、それぞれが子供をひとり乃至《ないし》ふたりもっていると、彼らの居住スペースはとても広いものになる。3-4-5-スタインマン・アダミ一家、つまりジャエルとジョエル、そして3-アダミ・マンハッタンの場合、ジャエルは数年のあいだマンハッタンと連結《リンク》しており、そしてマンハッタンの父《ファーザーチャイ》子《ルド》であるセスは、居住スペースとして、三千八百四十立方フィートの広さを有していた。彼らは第四クワドに住んでいたが、そこは、大勢の北米・欧州人《ノル・アン》たち、つまり北米人とヨーロッパ人の血を引くひとたちが住んでいた。ジャエルのドラマチックなものに対する好みから、外側の弧にあたるエリアを見つけた、そこに天井の高さが十フィートもある部屋があった。「空みたい！」と彼女は叫ぶ。そして天井を明るい青で塗った。「感じがちがうでしょ？」と彼女はいう。「解放感ね——自由への？」じつをいえばシンは、ジャエルのところに泊まりにいったとき、その部屋はなんだか落ち着かない感じがした。頭上のむだなスペースがだだっぴろくて冷え冷えとした感じがした。だがジャエルは、その人柄のぬくもりで、そのすばらしい疲れを知らぬ声で、きらきら輝く衣装で、その豊潤な存在で、シンたちを押し包んでくれたのだった。

　シンの月経がはじまり、避妊手段の用い方を学び、セックスについて考えはじめると、ジャエルとメイリンは、赤ん坊を授かるのは幸運なことなのだとシンに話してきかせた。ふたりの性格はたいそうちがうのだが、そのふたりが同じ言葉を使った。「またとない幸運」とメイリンはいった。「そりゃ面白いよ！　おまえの体のすべてを使う機会はほかにはないもの」そしてジャエルは話してくれた、子宮にいる赤ん坊との絆や、新生児に授乳するのはセックスの一部、延長であり完結であり、それを知ることはほんとうに幸運なのだということを。シンは、処女特有の慎み深い冷笑的な態度でそれを聞いていた。時がきたら、彼女は、そうしたことについてはなんでも自分で決めるだろう。

多くのチ・アンたちは、多かれ少なかれ暗黙のうちに、ヤオが、ほかの象限《クワドラント》の女性や祖先のちがう者に、自分の子供を産んでくれとたのむことには反対していた。ジャエルの家系の多くのひとびとは、彼女が風変わりな体験のたぐいを望んでいるのではないかと尋ねたりした。じつのところ、ジャエルとヤオは熱烈な恋におちていたのだ。ふたりは恋というものが自分たちが共有できる唯一のものだと理解するほどには大人だった。ジャエルはヤオに、あんたの子供を身ごもることができるかどうかと訊いた。心をうたれたヤオは同意した。シンは衰えることのない情熱から生まれた。ヤオがシンを連れてジャエルを訪れると、ジャエルはヤオに両腕をまきつけ、「ああ、ヤオ、来てくれたのね！」と叫び、アダミ・マンハッタンのように心から満足している男、自己満足している男しか嫉妬の苦しみから逃れられないほどの有頂天なよろこびをあらわにする。マンハッタンは毛深い巨漢だった。ヤオより十五歳ほど年上で、八インチ背が高く、ヤオよりはずっと毛深いおかげで、ヤオに嫉妬しないですむことになった。

祖父母たちは、居住スペースをもっと広げる方法を考えだした。ときには、親類や、半兄弟姉妹たち、その両親、その子供たちが、もっと大きなスペースに寄り集まる。4-5-リュウの住居から通路ひとつ隔てたとなりは3-4-5-ワンの住居――ロータス集合住居――十一戸の隣接する居住スペースがあり、仕切り壁は、中央に吹き抜けの広間ができるように動かすことが可能だ。その広間は絶え間ない雑音と活気にあふれている。メイリンが生涯住んでいたピオニー集合住居には、つねに八戸から十八戸の居住スペースがあった。ほかの先祖をもつひとびとは、このように大勢が寄り集まって暮らすことはなかった。

じっさいのところ、第五世代になると、多くのひとびとは、祖先というものに対する感覚を失っており、それは無意味なことだと考え、自分たちのアイデンティティ、あるいはコミュニティをそれらに求めているひとびとを認めなかった。評議会においては、中国人を先祖にもつ者たちの排他性に対し、しばしば異議が唱えられ、〝第一クワドの分離主義〟、さらに険悪なものだと〝人種差別主義〟だと評論家たちに指摘された。それを実践する者たちは、〝自分たちのやり方を固守する〟と発言した。チ・アンたちは、新しい学校運営法に、つまり教師たちをクワドからクワドへ転任させることによって、子供たちはほかの祖先をもつ者や、ほかのコミュニティに属する者たちに教えてもらうという運営法に抗議した。だが彼らは評議会の評決で負けてしまった。

数々の危険、損傷の可能性。ガラスのドームは、脆弱《ぜいじゃく》な世界であり、分裂の危険、陰謀の危険、異常行動の危険、狂気の、狂気による暴力の危険があった。重大事の決定が、評議もせず個人によってなされることはない。そもそものはじめから、いかなるシステムも単独で管理することは許されていない。つねに予備要員が、監視者がいた。それでも事故は起こった。ただしそのどれも、永久的なダメージはあたえていない。

だが人間の単なる日常の行動についてはどうだろう？　常軌を逸しているとはどういうことか？　だれが正気なのか？

歴史を学べと教師はいう。歴史は、われわれが何者か、われわれはどのように行動してきたか、したがってわれわれはどう行動すればよいか教えてくれると。

そうだろうか？　ブックスクリーンで見る歴史、地球の歴史は、不公平と残虐と奴隷制度と憎悪と殺人の慄然とするような記録だ——あらゆる政府や組織によって正当化され賛美されているその記録は、人間や動物の生命、植物の生命、空気の、水の、惑星の資源の浪費と悪用を記したものではないか？　それがわれわれだというなら、われわれにとって希望とはなんだろう？　歴史とは、われわれがそれを逃れてきたものにちがいない。それはわれわれだったもので、いまのわれわれではない。歴史は、もはや二度とわれわれが必要とはしないものだ。

大洋が投げあげた塩の泡。それは自由に漂っている。

われわれが何者であるかを知るには、歴史を見るのではなく、芸術を、われわれの最善のものの記録を、われわれの天性を見ることだ。失われた世紀の暗闇から、オランダ人の年老いた悲しげな顔が見つめている。母親の美しくもくすんだ色の頭が、膝の上に横たえた死んだ息子の上に垂れている。年老いた狂気の王が、殺された娘の上にかがみこんで叫んでいる。「けっして、けっして、けっして、けっして、けっして！」――哀れみ深いひとが、このうえないやさしさでつぶやく、「それは永続しない、それは満足することができない、それは存在していない」と。「ねむれ、ねむれ」と子守歌はいい、「自由にしてくれ」と奴隷の歌は切なげに叫ぶ。シンフォニーが鳴りひびき、暗闇のなかから栄光があらわれる。そして詩人たちは、狂った詩人たちは叫ぶ、「恐るべき美が生まれた」だが彼らはみんな狂っている。彼らはみんな年老いて、頭がおかしい。彼らの美なるものは恐るべきものだ。詩を読むな。彼らはつづかない、彼らは満足できない、彼らは実在していない。彼らはもうひとつの世界のことを、土の世界のことを書いた。それはあまりにも堅固な世界で、ゼロ世代のひとびとが無にしてしまった。

チ・チュウ、ディチュウ、土球。地球。〝ごみ屑〟の世界。〝廃物〟の惑星。

これらの言葉は古い歴史上の言葉で、歴史の画像にだけ貼りついている。大型容器は、〝汚い〟〝生ごみ〟でいっぱい。それを〝投げ捨てる〟ために〝ごみ収集場〟に運んでいく乗り物のなかに注ぎこまれる。それはどういう意味だろう。〝捨てる〟とはどこへ？

ロクサーナとローザ

シンは、十六歳のとき、0《ゼロ》‐フェイエズ・ロクサーナの日記を読んだ。深く自省する人物が永遠に自己の誠実さを追求するというのは、思春期の若者には魅力的だ。ロクサーナはどちらかというとルイースに似ているとシンは思ったが、でも女性だ。ときどきシンは、男性の心ではなく、女性の心に寄りそうことが必要だと思うが、レナは、バスケットボールの得点にとりつかれているし、ローザはすっかり天使になってしまったし、祖母は死んでしまった。それでシンはロクサーナの日記を読んだ。

彼女ははじめて、ゼロ世代のひとびと、世界を作ったひとびとが、子孫に膨大な犠牲を強いたと信じていることを知った。ゼロ世代があきらめたことや、地球《アース》を――ロクサーナはいつも英単語を使っていた――去るにあたって失ったものは、彼らの使命によって、彼らの希望によって、そして彼らが来《きた》るべき世代の何千というひとびとのための生命の基礎構造を作りだすために行使した膨大な力（ロクサーナはその力をよく認識していた）によって償われていた。「われわれは発見号《ディスカヴァリー》の神々である」とロクサーナは書いた。「真の神々よ、傲慢なるわれらを許したまえ！」

だが来るべき歳月を考えたとき、彼女は、自分の子孫たちを神々の子ではなく、犠牲者であると書き、恐怖と罪の意識と哀れみをおぼえて、彼らを先祖の意志と欲望の犠牲となった無力な囚人であると考えた。「どうしたら彼らは許してくれるだろう？」と彼女は嘆いている。「彼らが生まれる前に、この世界を取り上げたわれわれ――海を、山を、牧草地を、市街を、日光を、彼らのあらゆる生得権を取り上げてしまったわれわれを。われわれは彼らを、檻に、ブリキ缶に、標本箱に閉じこめ、実験室のネズミのように生きて死んでいき、月を見ることもなく、野原を駈けまわることもなく、自由とはどういうものか知ることもない存在にしてしまった！」

わたしは檻とかブリキ缶とか標本箱というものを知らないと、シンはじれったく考えたが、実験室のネズミがどんなものであろうと、わたしはちがうと思った。わたしは田園《カントリーサイド》のＶ‐野原を駈けまわっている。自由になるために、野原も丘も、そんなものはなにもいらない！　自由とはわたしたちの心が、わたしたちの魂が創りだすものだ。ディチュウの問題とはなんの関係もない。心配しないで、おばあさん！　とシンは、とうの昔に死んでしまった作者にいった。なにもかもうまくいっている。あなたはすばらしい世界を創った。あなたはとても賢く親切な神だ。

ロクサーナが哀れな恵まれない子孫のことを考えて意気阻喪するとき、彼女は同時に、目的の惑星、あるいは単に〝目的地〟と呼んでいるシンディチュウのことを考えつづける。それがどんなものか想像すると、たまには元気になるが、たいていは心配になる。その場所は居住可能なのだろうか？　そこには生命体が存在するのか？　どんな生命体が？　〝植民者〟たちはそこでなにを発見するのか、彼らは発見したものとうまくやっていけるのか、彼らはその情報を地球に送るだろうか？　それは彼女にとってとても重要なことだった。なんだかおかしい、哀れなロクサーナが、彼女の曾曾曾孫たちが二百年後に、彼らがいたこともない場所に、どんなシグナルを送るのかと心配しているなんて！　だがそんな奇怪な考えが、彼女にとっては大きな慰めなのだった。それが、彼女たちのやったことを正当化するものだった。それが理由だった。ディスカヴァリー号は広大にして繊細な虹の架け橋を宇宙にかけ、それを真の神々が歩いてわたるのだ――情報、知識という神々が。理性的な神々が。それがロクサーナがくりかえし頭に描くイメージであり、彼女の慰めだった。

シンは、彼女の神のイメージは退屈なものだと思った。唯神論者の祖先をもつひとびとは、それをのりこえることができないようだった。ロクサーナが書く小文字の比喩的神々は、歴史や文学において描かれる大文字の神よりはましだが、シンはそのどれにも我慢がならなかった。

メッセージを受けること

ロクサーナに失望したシンは、友人と喧嘩した。

「ロージー、もっとほかの本のことを話してほしいな」とシンはいった。

「わたしはただあなたと、この幸せな気持を分けあいたいと思っただけよ」とローザは、至福に満ちた声、柔らかで穏やかで、鋼鉄の主桁《しゅげた》のようにしなやかな声でいった。

「あたしたちは、わざわざ至福なんて言葉をもちださなくても、いつも幸せだったじゃないの」

ローザは、漠然とだが、とても奥深くまで傷つけるようなやさしさでシンを見つめた。あたしたちは友だちでしょ、ロージー！　とシンは叫びたかった。

「わたしたちはなぜここにいると思うの、シン？」

その質問の意味がわからなくて、彼女は答える前にちょっと考えこんだ。「あなたが文字どおりの質問をしているのなら、あたしたちがここにいるのは、ゼロ世代が、あたしたちがここにいるように決めたからよ。もしあなたが、なにか抽象的な意味で質問したのなら、あたしはその質問を底意あるものとして拒否するわ。〝なぜ？〟と訊くことは、目的を、最終的な理由を想定しているのよ。ゼロ世代は目的をもっていた——船を別の惑星に送るという目的を。あたしたちはそれを実行しつつあるんじゃないの」

「だけど、どこへ行こうとしているの？」とローザは、熱烈な甘さ、甘い熱烈さでそう尋ねたので、シンは追いつめられ、不愉快になり、守勢に立たされた。

「目的地。シンディチュウ。あたしたちがそこに着くころには、ふたりともおばあちゃんになっているわよ！」

「なぜわたしたちはそこへ行くの？」

「情報を集めて、それを送りかえすため」ロクサーナがいっていたことのほかにはなにも答えを用意していなかったのでシンはそういった。だがそのあとは言いよどんだ。ローザの質問は理にかなったものだと気づき、そして自分は一度もそんな質問はしなかったこと、それに答えたこともなかったことに気づいた。「そこで暮らすため」と彼女はいった。「発見《ディスカヴァリー》するため――宇宙について。あたしたちは――あたしたちは旅そのもの。発見の。発見号での旅」

彼女は、そういいながら、この世界の名前の意味を発見した。

「発見するため――？」

「ロージー――こんな誘導尋問は、ベビーガーデン向きだわね。〝このきれいにカールしている文字はなんという文字でしょう？〟おねがい。あたしと話をして、あたしを操るようなまねはしないで！」

「怖がることはないわよ、天使《エンジェル》」とローザはいい、シンの怒りに対して微笑んだ。「よろこびを怖がることはないの」

「あたしを天使なんて呼ばないで。あたしは、あなたでいるときのあなたが好きなの、ローザ」

「わたしは至福を知る前の自分がどんな人間だったかわからないわ」とローザはいったが、もはや微笑みもせず、シンが畏れと恥ずかしさを覚えるような純真さでいった。

だがローザのもとを去ったとき、シンは失っていた。長年にわたる友を、しばしのあいだの恋人を失ったのだ。ふたりが大人になっても、シンが夢見ていたように、連結《リンク》することはないだろう。シンはぜったい天使なんかにはならない！　だが、おお、ロージー、ロージー。彼女は詩を書こうと思った。わずか二行が頭にうかんだ。

あたしたちはいつでも会える、そして二度と会わないだろう。
あたしたちそれぞれの通路が、永久にふたりをひきはなす。

この閉ざされた世界で、離別とは、どういう意味か

それはシンのはじめての真の喪失だった。祖母のメイリンは、とても愉快で親切な存在だったし、その死は思いもかけず、ほんとうにとつぜんのことだったけれども、シンは、祖母がまったくいなくなってしまったと感じたことはなかった。祖母は通路の向こうでまだ生きているようだった。祖母のことを考えても悲しさはなく、心が慰められる。だがローザは失われてしまった。

シンは若さの活力と情熱を、はじめての悲しみにぶつけた。彼女は影のなかを歩いた。彼女の心の一部は、永久に翳《かげ》ってしまったかもしれない。自分からローザを奪っていった天使

たちに対する烈しい怒りのあまり、自分の祖先である年老いたひとびとの一部の者たちは正しかったのだと考えるようになった。祖先のほかのひとたちを理解しようとしても無駄だった。彼らはちがっているのだ。避けるのがいちばんだ。自分と同じ種類のひとたちからはなれないようにしよう。中庸《ちゅうよう》を保ちながら、道をたどれ。ヤオでさえも、植物研究室の仲間たちが、老子の本から引用した至福を説教するのにはうんざりしていた。——〝彼らは話す、彼らは知らない。彼らは知っている、彼らは話さない〟

愚か者たち

「それじゃ知っているのか？」とルイースは、彼女がそのくだりをくりかえすとそういった。

「きみたちチ・アンは？」

「ううん。だれも知らない。あたしはただお説教が嫌いなの！」

「でもたいていのひとが好きだけどな」とルイースはいった。「みんな説教が好き、説教されるのが好きなのさ。たいていの人間が」

わたしたちはちがう、と彼女は思ったが、口にはださなかった。けっきょく、ルイースは中国人が先祖ではないのだから。

「きみの顔がひらべったいからといって」と彼はいった。「それで壁を作ることはないんだよ」

「あたしの顔はひらべったくないわ。それは人種差別よ」

「そう、差別しているのはきみのほうさ。万里の長城のような壁だ。出ておいでよ、シン。ぼくだよ。雑種のルイースだ」

「あなたはあたしより雑種とはいえない」

「もっと雑種だよ」

「ジャエルが中国人だとは思わないでしょ！」と彼女はからかう。

「ああ、彼女は純粋の北米・欧州人《ノル・アン》だ。だけどぼくの産みの母親《バースマザー》は、半分はヨーロッパで、半分はインドだし、ぼくの父親は四分の一ずつが南米とアフリカで、あと半分は日本だぜ、ぼくが正しく理解しているとすればね。それがなにを意味しようとね。それが意味するところは、ぼくには祖先がいないということさ。いろんな祖先がいるというだけさ。しかしきみは！　きみはヤオときみのお祖母さんに似ているよ、彼らみたいに話すし、あのふたりから中国語を習っているし、祖先のまんなかで育ってきたんだしね。それにきみたちは、古い中国・欧州人《チ・アン》除外法を成立させようとしているじゃないか。きみの祖先は、歴史上もっとも烈しい人種差別主義者なんだ」

「そんなことないわよ！　日本人も――ヨーロッパ人も――北米人も――」

ふたりは貧弱なデータを使ってしばらく仲よく論争をしていたが、おそらくディチュウでは全員が人種差別主義者で性差別主義者、階級差別主義者で金の亡者で、不可解だけれども、歴史上ではいつどこにでも存在する要素だということで意見が一致した。ふたりは本論からはなれ、経済学の分野に踏みこんだ。ふたりとも歴史のクラスで経済学を理解しようとしていた。ふたりはしばらくお金について、愚かしい話しあいをした。

もしだれもが、同じ食べ物、衣服、家具、道具、教育、知識、仕事、権威を手に入れられるならば、蓄積は不必要になる。なぜなら、求めればなんでも手に入るからだ。そしてギャンブルは、なにひとつ失うものがないから退屈な娯楽になり、それゆえ豊かさと貧しさは、単なる隠喩にすぎなくなる――〝愛の豊かさ〟、〝精神の貧しさ〟というように――富というものの重要さをどうすればひとに理解させることができるだろう？

「ほんとに、みんなひどい馬鹿だったのよね」とシンはいい、知的な若者がいずれは到達する邪説を声にした。

「じゃあぼくたちもそうだね」とルイースはいった。そう信じているのかもしれない、信じていないのかもしれない。

「ああ、ルイース」とシンはいいながら、長く深い溜め息をつき、高校の軽食堂の壁を飾っている壁画を見あげた。いま壁面を彩っているのは柔らかな曲線を描くピンクと金の抽象画だ。「あなたがいなかったら、あたしはどうしていいかわからない」

「ひどい馬鹿になるさ」

彼女はうなずいた。

4‐ノヴァ・エド

ルイースは父親が意図したようにはならなかった。父子ともそれはわかっていた。4‐ノヴァ・エドの、その存在たるゆえんはその性器にあった。刺激と快感がさしせまった課題だったが、生殖も彼にとっては重要だった。彼は自分の名前と遺伝子を未来に受け継いでくれる息子が欲しかった。彼は自分を求めてくるどんな女性にもよろこんで子供をつくる助けをした。三度そうしたが、彼は自分の父息子《ファーザーサン》をつくるために、長いあいだ慎重にしかるべき女性を探していた。いくつかの適合図表や、遺伝子の異種交配について一句一句、丹念に研究したものの、読むことは好きな作業ではなかった。ようやくしかるべき女性を見つけたと思い、彼女が生まれてくる子の性を選択する意志があるかどうか確かめた。「子供がふたりなら、ひとりは娘でもいいが、もしひとりだけなら息子だ、いいね？」

「あなたが息子を欲しいなら息子でいいわ」と4‐サンドストロム・ラクシュミはいって、男の子を身ごもった。活動的で筋骨たくましい女だったので、妊娠の体験がとても不快で、時間のかかるものだと知った彼女は、二度と妊娠はごめんだといった。「大きな茶色のひどい目はあなたそっくりよ、エド」と彼女はいった。「もう二度とごめんよ！　さあ、どうぞ。この子はあなただけのもの」ときどきラクシュミは4‐5‐ノヴァの居住スペースに姿をあらわし、いつも一年前の、あるいは五年後のルイースにふさわしい玩具をもってきた。彼女とエドは、ふだんは彼女が記念的セックスと呼ぶものをした。そのあとに彼女はこういった。「いったい自分はなんてことをしているんだろうと思うわ。もう二度とごめんよ。彼はオーケー、そうでしょ？」

「子供はオーケーだ！」と彼の父親は心の底から、でも確信なげにいった。「あんたの脳みそと、おれの性器から生まれたということさ」

彼女は中央情報室で働いていた。エドは理学療法士で、優秀な人材だったが、彼がいうには、彼の発想はすべて自分の手のなかにあるのだそうだ。「おれがこんなによい恋人なのは、それが理由だ」と彼はパートナーに語ったが、彼のいうとおりだった。彼はまた赤ん坊にとっていい親だった。赤ん坊の抱き方や扱い方を心得ており、そうするのが大好きだった。彼には赤ん坊に対する恐怖や、あまり男らしくない男をさらに無力にするような神経質でヒステリックなところがなかった。小さな肉体の繊細さと活力は、彼によろこびをあたえた。彼はルイースを、自分の肉として、最初の二年間は、心の底から幸せを感じながら愛した。そのあとはあまり幸せではなかった。年月を経るごとに、あの純粋なよろこびも、ほかのもろもろに、あまたの恨みにおおわれ埋もれてしまった。

息子は言葉には出さぬ強い意志と気性をそなえていた。けっして降参せず、ものごとを楽観視することはなかった。彼には慢性の疝痛《せんつう》があった。歯が生えるたびに戦いだった。ぜいぜいと苦しい息づかいをした。歩く前から喋ることができた。三歳になるころには、エドの目を見張らせるようなことをいった。「くだらんことをいうな！」と彼は息子にいった。彼は息子に失望し、失望したことを恥じた。彼は仲間が、自分の分身が、ラケットボールを教えてやれる子供が欲しかったのだ。エドは、六年連続で、第二クワドのラケットボールのチャンピオンになっていた。

ルイースは、ラケットボールのやり方を義務的に学んだが、けっして上達はせず、逆に文法ごっこと呼ばれる言葉遊びを父親に教えようとしたので、エドは気が狂いそうになった。彼は学校ではきわめて優秀だった。エドはそんな息子を誇りに思おうとした。ルイースは、子供たちと走りまわるかわりに、いつもチ・アンの子供、リュウ・シンという女の子を連れてきて、ふたりは部屋のドアを閉めたまま何時間も静かに遊んでいた。エドはもちろん様子を確認した。ふたりは、子供たちならだれでもするようなことしかしなかったが、ふたりがようやく儀式に臨み服を着るようになったので安心した。ショートパンツとシャツを着たふたりは、小さな大人のように見えた。裸でいたときのふたりは、なんだか捉えどころのない理解しにくい謎めいた存在だった。

成人のルールが効力を発揮するようになると、ルイースはそれに従った。彼はまだ、がきどもよりシンという女の子のほうが好きで、しじゅう会ってはいたものの、もうドアを閉めてふたりきりになることはなくなった。ということはつまり、エドが家にいるときは、宿題をしているふたりの話し声を聞かされる羽目になった。喋って、喋って、くそ、喋りまくっている。シンが十二になるまでは。シンの祖先のルールによれば、十二になったら、男の子と会うときは公共の場で、まわりにほかのひとたちがいるときでなければならなかった。これはすばらしいルールだとエドは思った。ルイースにはほかの娘たちとも親しくしてほしい、少年たちの活動にも加わってほしいと願っていた。ルイースとシンは、第二クワドの十代の子供たちといっしょに行動していた。だがいつも最後にはどこかでふたりきりになって話をしていた。

「おれは十六のときには、三人の娘と寝ていたよ」とエドはいった。「それから野郎ともふたりばかりな」エドが意図したような具合にはいかなかった。ルイースに打ち明けて、彼を刺激するつもりだったのに、自慢か小言にしか聞こえなかった。

「ぼくはまだセックスはしたくない」と少年は、しかつめらしくいった。エドは息子を責められなかった。

「そんなごたいそうなもんじゃあないんだよ」とエドはいった。

「あんたにとってはね」とルイースはいった。「だけどぼくにとってはたいそうなものだと思うんだよ」

「いや、つまりおれがいいたいのは――」だがエドはいいたいことがいえなかった。「愉しみだけじゃないんだ」と彼はおどおどといった。

間《ま》。

「自慰よりいいぞ」とエドはいった。

ルイースはうなずいた、心底から賛成している。

間。

「ぼくはただどうすればいいか答えを出したいんだ、たぶんね。こういうことについての、自分なりのやり方というものをね」少年はいった。いつものような早口ではなかった。

「それでいいさ」と父親はいった。ふたりはたがいにほっとして別れた。この子は奥手なのかもしれない、とエドは思ったが、すくなくとも居住スペースでは、たくさんの健康的で開放的で幸せなセックスの手本を見て育ってきたはずだった。

自然について

エドが男と寝ていたというのは興味深いことだった。たぶん若者らしい実験だったのだろう。ルイースの知るかぎり、父親が男を家に連れてきたことは一度もない。だが女たちは連れてきた。おそらくどの女も父と同じ世代だったとルイースは思う。そして近ごろは、年かさの第五世代の女を連れてくるようになった。ルイースは父のオルガスムの声を諳《そら》んじている——だんだん大きくなっていく耳ざわりなハア！　ハア！　ハアッ！——そして絶頂に達した女性の絶叫、むせび泣き、吠え声、うめき、喘ぎ、咆哮などなど、考えうるあらゆる発声を、ルイースは知っている。咆哮のすごさでいちばん印象的なのは、4－イェップ・ソシ、第三クワドからやってくる理学療法士だ。ルイースが物心ついてから、しばしばやってきた。

いつもルイースに星形クッキーをもってきてくれる、いまだに。ソシはみんなと同じように、アアではじまるが、そのアアは、だんだんと大きく大きくなっていき、えんえんとつづいてとめどがない。あたりかまわぬ咆哮になり、耳をつんざくような声を出すので、あるときは通路の向こうの2‐ウォンのおばあさんが、警報サイレンだと思って、ウォン集合住居の全員をたたきおこしたこともある。そんなことでエドはいささかも恥ずかしがらなかった。

「これはまったく自然なことだからね」と彼はいった。

それは彼の大好きな文句だった。体と関係のあることは、〝まったく自然〟なのだ。心と関係のあることはそうではなかった。

それなら、〝自然〟とはなんなのか?

ルイースが考えたところでは、そして彼は高校の最後の学年にはこのことをさんざん考えたのだが、エドはまったく正しい。この世界では――この船の上では、と彼は頭のなかで訂正する、自分の頭をある習慣に慣らそうとしていたから――この船の上では〝自然〟とは人間の体のことだ。そして植物、土壌、水栽培の水、生息するバクテリアも、ある程度〝自然〟といえる。ただしそれもある程度ということだ、なぜなら、それらは技師によって厳重に管理されているからだ。人間の体よりはるかに厳重に管理されているといえる。

起源惑星の〝自然〟とは、人間に管理されていないものを意味していた。〝自然〟は、じっさいは管理される前のものだった、管理するための原料、あるいは管理を逃れてきたものだった。それゆえ少数のひとびとが住んでいたディチュウのある区域、あいにく乾燥しているか寒いか険しいところにある象限《クワドラント》は、〝天然〟とか〝荒野〟とか〝自然保護区〟とか呼ばれていた。そういう地域には、〝自然〟とか〝野生〟とかいわれる動物たちが住んでいた。人間の体の〝動物〟的機能は、したがってすべて〝自然だった〟――飲食、放尿、脱糞、セックス、反射運動、睡眠、叫び、そしてだれかにクリトリスをなめられたときに発するサイレンのような声。

そうした機能に対する管理を自然に反するとはいわない、ただしおそらくエドを別とすれば。これは文明と呼ばれた。人間は生まれるとすぐに自然の肉体を管理しはじめる。そしてそれは、ルイースの知るところでは、実質的に七歳のときにはじまる。つまり幼児集団の、野生の群れの、小さな裸の野蛮人のひとりではなく、服を着て、ひとりの住民として受け入れられるときに明確にはじまる。

すばらしい言葉！――野生――野蛮――文明――市民――

いかに文明化が進もうと、肉体は野生で野蛮で自然な状態をある程度残したままでいる。肉体は、その動物的機能を保持しなければ死ぬ。すべてを飼いならすこと、すべてを管理することは不可能だ。植物でさえ、いかにその共生機能を役立たせようと操作しても、予測不可能だし、おとなしく従うことはないと、ルイースはシンの父親から学んだ。そしてバクテリアは、「絶え間なく〝野生〟品種に変じ、ときには危険な変種になっていく。完全に管理しうるものは、無生物、この世界の物質、元素、合成物、固体、液体、気体、それらから作られた人工物だけである。

管理する者については、文明化する者自身については、その心についてはどうか？　それは文明化されているのか？　それ自体管理されているのか？

管理していないという理由はなさそうだ。しかし管理をしそんじたという事実は、歴史として教えられてきたもののなかにおおむね見いだされる。だがそれは避けられないことだったとルイースは考えた。なぜならディチュウの〝自然〟はたいそう広大できわめて強靭なものだったからだ。じっさい完全に管理しうるものなど存在しない、V‐物質を除けば。

奇妙なことに、ルイースは、仮想《ヴァーチャル》から興味深い事実を学んだ。彼は熱帯のジャングルのなかを進んでいく。そこには、飛びまわり、嚙みつき、這いずりまわり、刺し、ひっぱたき、皮膚をいためつけるものがぶんぶんと飛んでいる。悪臭を放つ、粘りつくような熱気に体力を奪われ、気息奄々《きそくえんえん》としながら、とうとうある空地にたどりつく。すると病や栄養不足や自傷のために醜悪な姿となった恐ろしい人間たちが小屋からばらばらと飛びだしてきて、彼を見ると絶叫し、吹き矢筒で毒矢を放ってくる。それは倫理的ジレンマという教科の一部で、V‐ディチュウにプログラムされた〈ジャングル〉が用いられていた。熱帯、ジャングル、樹木、昆虫、刺し傷、小屋、刺青、投げ矢などという言葉は、きのう学習した予備的用語のなかにあった。だがいまは倫理的ジレンマが目前に迫っている。彼は逃げるべきか？　交渉を試みるべきか？　慈悲を乞うか？　射ち返すべきか？　彼のV‐登場人物は、殺人兵器をもっており、厚手の衣服を着ているので、投げ矢をはねかえすことができるだろう、あるいはできないかもしれない。

これは面白い教科だった。そのあとクラスで活発な討論が行なわれた。だがあとあとまでルイースの記憶に残っていたのは、あの〝ジャングル〟の圧倒的な無法さ、野蛮な人間が偶然の存在としては取るに足りないものに見えるほどの、あの〝荒々しい自然〟、そこでは文明人は、まったく異質なものであるという事実だった。彼はあそこに属してはいなかった。正気の人間ならだれだって。疑いなく、ゼロ世代以前の人間は、あのような不利な条件に対抗して、文明と自己管理を維持するのに苦労したにちがいなかった。

管理された実験

ルイースは、天使たちの議論が、いささか愚かしく不穏なものであることに気づいたものの、あるひとつの根本的な問題については、天使たちが正しいのかもしれないと思った。この船の目的地は、この旅そのものほど重要なものではないという点だ。歴史を読み、ジャングルやインナー・シティを体験したルイースは、ゼロ世代の一部の意向は、すくなくともこの数千人の人間に、そうした恐怖から逃れることのできる場所をあたえることだったのかもしれないと思った。人間という存在を、研究室の実験のように管理しうる場所。管理下において管理された実験。

あるいは自由な状態において管理された実験？

それはルイースが知っているいちばん重要な言葉だった。

彼の頭は、さまざまな大きさと密度と深さをもつ言葉を感じとる。言葉とは、暗い星、なにか小さなぼんやりとした硬いもの、なにかはかりしれない、複雑で微妙な、それらに無限の意味をひきつける強力な重力場をもっているもの。自由という言葉は、暗い星のなかでももっとも重要なもの。

それが彼にとってどんな意味をもつか、彼は鮮明にして明確なイメージをもっていた。彼の喘息の発作はめったに起こるものではなかったが、彼の意識には生々しいものだった。十三歳のころ、体操競技で、運わるくビッグ・リンの下にいるときに、ビッグ・リンが彼の上にまともにおちてきた。ルイースの体重の二倍はあるので、リングはルイースの肺から空気をしぼりだしてしまった。えんえんと空気を求めて喘ぎつづけ、そして吸いこんだ最初の一息はひりひりとして緩慢な焼けつくような痛みをともなっていた。それこそが自由だった。吸気。呼吸したもの。

それがなければ窒息し、失神して死んでいた。

動物のレベルで生きていかなければならなかった人間は、じゅうぶんに動きまわることはできても、その思考を呼吸させるだけのじゅうぶんな空気はけっしてなかった。彼らには自由がなかった。歴史書を読んだり、歴史的なv‐世界を見れば、それは明らかだった。〝インナー・シティ2000〟は、とてもショッキングだった。なぜかというと、そこのひとびとを狂わせ、病気にし、危険におちいらせ、信じられないほど醜くしたのは、〝荒々しい自然〟ではなく、彼ら自身が文明化したはずの〝自然〟を制御する力を失ってしまったからだった。

人間的な自然。奇妙な言葉の組みあわせ。

ルイースは第三クワドの男のことを考えた。去年、その男は女を強姦し、気絶するまで殴りつけ、それから液体酸素を飲んで自殺した。彼は第五世代だった。この事件は世界じゅうのあらゆるひとびとを当惑させ、ことに彼と同じ世代のひとびとを恐怖におとしいれ、苦しめた。彼らは自問した、わたしにあんなことができるだろうか？　あんなことがわたしの身に起きうるだろうか？　だれもその答えを知らなかった。あの男、5-ウルフソン・アドは、自分の〝動物的な〟、あるいは〝自然な〟欲求を抑制できず、まったくなんの自由もなく、選択肢もなく、生きていることもできず、命をおえたのだ。たぶんある種の人間は自由をもてあますのだろう。

天使は自由についてけっして語らない。規律に従い、至福を得る。

天使は、二〇一年には、いったいなにをするだろう？

じっさいそれは興味深い問題だ。天使たちはなにをするだろう、実験室船が目的地に着いたとき、管理された実験になにが起こるだろう？　シンディチュウは惑星だ――野生物質のもうひとつの巨大な塊にして、制御できない〝自然〟。そこのルールがどんなものか知りさえしない。ディチュウでは、すくなくとも彼らの先祖は〝自然〟に親しんでおり、それをどう利用するか、どう歩きまわればよいか知っていたし、どの動物が危険で、毒をもっているか、野生の植物はどう成長するか等々についても知っていた。新しい地球については、彼らはなにも知らないのだ。

書物がそれについて語っている。多くではなく、わずかに。けっきょく彼らがそこにたどりつくにはあと半世紀はかかる。だがシンディチュウについて彼らがなにを知っていたか確かめてみるのも興味深いだろう。

ルイースが、歴史の教師の3-トラン・エチに質問すると、彼女はこう答えた。教育プログラムは第六世代に、目的地と、そこにおける生活に関する膨大な知識を教えるだろう。第五世代の人間は、そこに着くときにはほとんどがかなりの老人になっているので、それはじっさい彼らの問題ではないけれども、望めばむろん〝着陸〟することは許されるだろうと、彼女はいった。プログラムは、〝中間世代〟（「それはわたしたちのことよ」と教師はそっけなくいった）が、彼らの世界において満足のいくようにデザインされている。実用的なアプローチであり、善意あふれるものだと彼女はいった。しかしおそらくは、至福会の支持者のあいだでいま広まっている心的状態《メンタリティ》を後押しするものだろうと。

彼女はルイースに、自分の愛弟子《まなでし》に率直に話をした。そして彼も同じように率直に、自分はそこにたどりつけるのかどうか、たどりつけるなら、自分がどれほど年老いていてもいいが、自分がどこに向かっているかということは、いま知りたいのだといった。彼は理由については知っていた。方法を知る必要もなかった。だが行く先は知りたかった。

トラン・エチは、情報にアクセスする方法を教えてくれたが、現時点では第六世代のための教育プログラムにアクセスできないことがわかった。それは教育委員会が再検討している最中だった。

ほかの教師たちは彼に、高校と大学の勉学をまずおえるように、目的地について心配するのはそのあとでいいと助言した。そういうことはないだろうが。

彼は、友人ビンディの祖父である図書館長の老3-タンを訪れた。

「われわれの目的地について推測することは」とタンはいった。「不安や焦慮や、誤った期待を増すことだよ」彼はかすかに微笑した。一言一句、間《ま》をおきながらゆっくりと話した。「われわれの仕事は旅することだ。到着することとは別の仕事だね」しばし間をおいてから彼は言葉をついだ。「だが旅の方法しか知らない世代の人間が——到着する方法を、その世代の者に教えることができるだろうか？」

ガラン

ルイースは自分の興味を追求しつづけた。ひとりでジャングルにもどった。

むろん踏みならされた道をたどらなければならなかった。いかにヴァーチャル《V》・リアリティ《R》が完全に作られていたとしても、できることといえば、そこにプログラムされていることをするだけだった。それは、どんな夢にしろ、夢に似ていた、ことに悪夢に似たものだった。

ただ、選択肢があたえられることもあった。もしそれがあれば。

踏みならされた道はあった。その道をたどらなければならない。その道は、醜い劣悪な小さな野蛮人のもとに通じており、彼らは絶叫し、毒矢を放ってくるだろう。それから、彼はひとつの選択をしなければならない。ルイースは几帳面に、ひとつひとつ選択をしていった。

野蛮人を説得しようとするか、あるいは彼らから逃げだそうとすると、たちまち意識喪失におちいる、これはむろんv-死ということだ。

彼らが襲ってきたとき、彼は銃を発射し、ひとりを射殺したことがある。これは彼が想像していた以上に恐ろしかったので、銃を発射したとたんにそのプログラムから脱出した。その晩、彼は、だれも知らない、自分さえ知らない秘密の名前をもっている自分があらわれる夢を見た。いままで会ったこともない女のひとが彼のところにやってきてこういった。「あの狼にあなたの名前をつけくわえなさい」

彼はまたジャングルにもどったが、それは容易なことではなかった。もし彼が恐怖を見せず、野蛮人たちが襲ってきても銃で脅すだけでそれを発射しなければ、彼らは最後には唐突に彼を受け入れることを発見した。そのあとにまた別の選択肢があらわれた。彼は武器を誇示しつつ、野蛮人たちに〝失われた都市《ロスト・シティ》〟（それがジャングルに入りこんだ理由だという設定なのだろう）に案内せよと迫る。彼らを従わせることはできても、いつもそこに行くまでのあいだに意識喪失におちいってしまう――野蛮人たちが彼を殺したのだ。あるいは、もし恐怖を見せず、彼らを脅しもせず、なにも要求しなかったら、彼らのもとにとどまることができ、朽ちかけた小屋に住むこともできる。彼を、頭のおかしい人間として受け入れる。女たちは彼に食べ物をくれ、暮らし方も教えてくれたので、彼らの言語や習慣を学ぶようになった。それらは驚くほど複雑で因習的で魅惑的なものだった。それは単なるv－学習だった。それはある程度のところまでしかいかなかったし、おわっても多くのものを得てはいなかった。そのプログラムはそこでおわり、その意義にしたところで限られたものだった。だがわずかしか思い出せないことでも、考え方を奇妙なほど豊かにしてくれた。いつかまたあそこにもどって、最後の選択肢までたどりつき、野蛮人たちとの生活をやりなおしてみたいと彼は思った。

だがこんどは別の目的があった。ジャングルに入ったとき、できるだけゆっくりと動き、じゅうぶん奥に入りこんだところで立ち止まって、道にじっと立っていた。もはや野蛮人に出会うという恐怖はなかった。彼らのことを知ったいま、彼らのあいだで暮らしたいま、彼らが自分を威嚇し、当然のことながら絶叫し、彼を殺そうとするのを見るのは悲しいことだった。今回は会いたくなかった。彼らは人間に創られたヴァーチャル人間だ。彼は人間的なものがいっさいない世界を体験しようと思っていた。

立っているとたちまち汗が噴きだしていやなにおいが鼻をつく、まわりをぶんぶん飛びまわり皮膚に止まっては刺す生き物をぴしゃりとたたいたり、不気味な物音に耳をかたむけたりしながら、彼はシンのことを考えた。彼女はVRを体験として認めないだろう。教師に要求されないかぎり、けっしてV－ディチュウに行くことはない。彼女はv－ゲームをやったこともないし、ルイースとビンディが〝ボルヘスの庭〟をマトリックスとして使って考えだした、ほんとうに面白いゲームもやろうとはしなかった。「あたしは、別のひとの世界に入りこみたくはないの、あたしは自分の世界にいたいの」と彼女はいった。

「きみは小説を読むじゃないか」と彼はいった。

「もちろん。でもこのあたしが読むの。作家はその物語をそこにおく、そしてあとはあたしがやる。あたしがそれを創りだすの。V‐プログラマーは、彼なりの物語を創るためにあたしを使う。あたしのほかにあたしの肉体や心を使う者はだれもいないのよ。オーケー？」彼女はいつも手厳しい調子で話す。

彼女のいうことはもっともだった。だがルイースの心をうつのは、別のものだった。ジャングルの、気が狂った通路としか思えないような複雑きわまる狭い道に気を張りつめて立っているとき、樹木だと思われる巨大な物体、立っているのではなく横倒しになっているその物体の下の不気味な暗闇に、足がたくさんあるものが這いこんでいくのを見ているとき、彼の心をうつのは――これが単なる再創造、感覚域に作用するプログラムにすぎないとしても、この場所が、ただ息のつまるほど無意味な複雑さやカオスの性質をもつばかりでなく――いかに敵意をもつ場所であるかという思いだった。危険で恐ろしかった。自分はプログラマーの敵意を体験しているのか？

サディスティックなプログラムはいくらでもあった。それに魅了される人間もいた。〝自然〟はじっさいこれほど恐ろしいものかどうか、ルイースにはわかっていなかった。

たしかにもっと単純に、もっとわかりやすくディチュウを出現させるVRのプログラムはいくつもある——〝田園《カントリーサイド》〟とか〝山歩き《ウォーキング・トウ・ザ・マウンテンズ》〟とか。そして映画を見ているときに、自分が対処すべき感覚が視覚と聴覚である場合は、それが混沌としたものであっても、〝自然〟は非常に美しいと感じられる。そうした映画に魅了され、海亀が泳いでいる海や、空の鳥が飛んでいる空をいつも見ているひともいる。だが見ることと感じることは別のものだ、たとえそれがヴァーチャルな感覚でも。

だれがジャングルのようなところで一生をおえることができるのだろうか？　感覚域の不快さはずっとつづく——熱気や生き物や温度変化や、さまざまなものの、ざらざらした汚らしい表面、果てしないでこぼこがつづく状態、すなわち一歩進むごとに、自分の足がなんの上におろされるか見ていなければならないような不快さは。原住民のおぞましい食べ物を思い出す。彼らは動物を殺してその肉片を食べる。女たちはある種の植物の根をしゃぶり、しゃぶったものを皿に吐き出し、しばらくそれを腐らせておき、それからみんながそれを食べる。もしあの刺したり嚙みついたりする毒をもつ動物たちがヴァーチャルでなくほんものだったら、毒素をいっぱいもった体でジャングルから出てくることになる。たしかに野蛮人たちといっしょに暮らすという選択肢をとった場合、その身になにが起こるかといえば、なにかの蔓《つる》に手をおいたら、それは毒をもった足のない動物だったということになるかもしれない。それが手に嚙みつくと、数分で激痛と吐き気に襲われ、そして意識喪失する。いずれにしてもプログラムは終了しなければならない。これは主観的には十サイクルで、現実には十時間が過ぎている。Ｖ－プログラムに許された最長の時間だ。彼はヴァーチャルの世界で死ぬばかりでなく、目覚めたときにはじっさいに体が硬直し、飢えと渇きを感じ、疲労し、苦痛を感じている。

このプログラムは偽りのないものなのか？　ディチュウに住んでいたひとびとは、じっさいこんな悲惨な体験をしていたのか？　十サイクル／十時間だけでなく、一生のあいだ？　危険な動物に対する恐怖、敵である野蛮人に対する恐怖、ひとそれぞれの相手に対する絶え間ない恐怖、植物のトゲによる、嚙まれたり刺されたりする絶え間ない痛み、重い荷を背負うための筋肉のこわばり、でこぼこ道の表面で傷つく足、さらに大きな恐怖となる飢え、病気、骨折したり変形したりする四肢、盲目になる可能性に耐えなければならないのだ。ひとりの野蛮人といえども、赤ん坊やその若い母親といえども、健康で清潔な者はだれもいない。彼らの外傷や腫れものやかさぶたやタコ、ただれた目、ねじまがった四肢、汚れた足、不潔な髪の毛など、彼らを人間として知るようになってからはいよいよ見るに堪えなくなった。ルイースはいつも彼らを助けてやりたいと思っていた。

いまＶ－小道に、樹木や長い蔓植物やヤオのところにあるような巨大で節くれだった着生植物などに囲まれた暗がりのなかに立っていると、近くでなにやら音が聞こえる。ジャングルを構成する奇妙な密生植物のあいだにいるなにかが、騒音を発している。彼はガランを思い出しながら、いつもよりじっと静かに立っていた。

彼は以前、野蛮な種族の男たちといっしょに出かけたことがあり、彼らは〝狩り〟をしているのだということを理解した。彼らは、ちらりと見える金色の光を捉えた。男たちのひとりが、ガランという言葉をささやいたのを、彼はもどってきたときに思い出した。その言葉を調べてみたが、辞書には出ていなかった。

いまそのガランが、カオスの暗闇から姿をあらわした。数メートルほど前の道を左から右へ横切っていく。その体は長く低く、金色の皮には黒い斑点があった。それは、四本の丸っこい足でいいようのないほどのしなやかさと巧みさで歩いていた。低くした頭のあとに長く優美な体軀がつづき、尻尾の先をぴくりと動かし、ふたたび森《しん》とした静寂に包まれた闇のなか消えていった。ルイースのほうをちらりとも見なかった。

彼はその場に立ちすくんでいた。これはVRだ、プログラムだと自分にいいきかせた。ジャングルに入るたびに、ここに長いこと立っていたら、ガランが道を横切るだろう。もしそれに備えて狩りをしたいと思っていたら、ぼくのv-銃であれを撃つことができる。もしプログラムに〝狩り〟がふくまれていれば、ぼくはあれを射殺するだろう。プログラムが〝狩り〟をふくんでいなければ、ぼくの銃は発射しない。ぼくはなんでもできるわけではないのだ。ガランは歩きつづけ、静寂のうちに姿を消す。姿が消えるとき尻尾の先がぴくりと動くだけだ。ここは原野ではない。自然ではない。ここは極度に制御されている。

彼は背を向けて、プログラムの外に出た。

彼は一走りするためにジムに行くとちゅう、ビンディと会った。「ぼくは、仮想非現実《VU》の技術を磨きたいと思うんだ」と彼はいった。

「わかった」とビンディは、ちょっと考えてからいい、にっこり笑った。「いっしょにやろうや」

われわれはどこへ行くのか？

プログラム、写真、説明――ディチュウの描出はすべて疑わしかった。なぜならそれらはみなテクノロジーの産物、人間の精神の産物だからである。それらは情報を解説するものだった。起源惑星についての直接的な理解は不可能だった。

目指す惑星についての理解は、いっそう不可能だった。図書館で調べていたルイースは、ゼロ世代がなぜシンディチュウに関する情報を熱心に求めていたのかという理由を理解しはじめていた。彼らにはまったく情報がなかったのだ。

接近可能な範囲に彼らが〝地球型惑星〟と呼ぶものを発見したことが、この〝ディスカヴァリー・プロジェクト〟を推し進めるきっかけとなった。ゼロ世代以前のひとびとは、彼らの機械で可能なかぎり、それを徹底的に研究した。だがスペクトル分析でも、それだけの距離にある小さな非自己発光体のいかなる形の直接的な観察でも、彼らが知る必要のあることはわからなかった。生命は特定のパラメーター内で、普遍的で創発的なものとして成立してきたし、適用されうるすべてのパラメーターはかなり有用なものだった。それでもやはり、

『彼らはどこへ行くのか？』という古代の論文を読んでみると、〝地球〟とのほんのわずかなちがいが、〝新地球〟を人間のまったく居住不可能なところにしてしまう可能性があることがわかった。人間と同じ化学的性質をもつ生命体の化学的な相互排除作用は、そこにあるすべてのものを毒性のあるものにしてしまう。大気中の気体のバランスがわずかに異なると、人間は大気を呼吸することができなくなる。

大気は自由じゃないか、とルイースは思った。

図書館長が、近くのテーブルで読書をしていた。ルイースは彼の近くに腰をおろした。そして年老いたタンにその論文を見せた。「これには、われわれはあそこで呼吸できない可能性があると書いてありますよ」

図書館長は、その論文をちらりと見た。「わたしはたしかに呼吸はできないね」と彼はいった。一言一句にいつもの間《ま》をおいて、彼は説明した。「わたしは死んでいるだろうからね」彼はやさしい、半円形の微笑を見せた。

「ぼくが見つけようとしているのは」とルイースはいった。「ぼくたちがそこに到着したとき、彼らがぼくたちに期待しているものはなにかということなんです。どこかに指示はあるんでしょうか――さまざまな可能性のために――？」

「いまのところ」と老人はいった。「どこかにそうした指示があったにしても、それらは非公開にされているよ」

ルイースは口を開きかけたのを止め、タンの言葉の間がおわるのを待った。

「情報というものはいつも管理されているものだよ」

「だれの手で？」

「まずは、ゼロ世代の決定に従う。第二に、教育評議会の決定に従う」

「ゼロ世代はなぜ、目的地についての情報を隠そうとしているんですか？　それほど悪いものなんですか？」

「おそらくゼロ世代はこう考えたんだな、情報はきわめて少ないから、中間世代はそれについて心をわずらわす必要はない。そして第六世代が解明するだろう。そこでその情報を送りだす。これは科学的発見の旅でね」彼はルイースを見あげた。その顔は泰然としていた。

「大気が呼吸できなくとも、ほかに問題があっても、宇宙服を着れば外に出ることができる。船外活動員だ。なかで生活し、外で調査をする。観察をする。軌道上にいるディスカヴァリー号に情報を送る。それから、チ・チュウにもどる」彼は中国語のディチュウを中国語の発音でいった。「六世代ではなく、十二世代までの必需物資が備えられている。われわれがそこにとどまることができない場合のね。あるいはとどまらないという選択をした場合のだ。チ・チュウへもどる選択をした場合のね」

タンがこれをすべていおわるまでに、長い時間を要した。ルイースの頭は、この間《ま》を埋めるために、文章を絵に描くようにさまざまな想像をした。ある星に向かってゆっくりゆっくり進んでいく大きな軌跡。広大な惑星世界の表面にうかぶ小さな船の世界。宇宙服を着てぞろぞろとジャングルに入っていく小さな者たち……信じられないほど鮮やかな光景。仮想《ヴァーチ》非現実《ヤル・アンリアリティ》。

「〝もどる〟」と彼はいった。「〝もどる〟とは？　ぼくらはディチュウから来たわけじゃありませんよ。もどるも進むも、どんなちがいがあるんです？」

「〝イエスとノウにどれほどのちがいがあるのかね？　善と悪にどれほどのちがいがあるのかね？〟」老人はいって、満足そうに彼を見たが、その目の表情は、ルイースにははかりかねた。悲しみだろうか？

彼はタンが引用したその言葉を知っていた。シンとその父親ヤオはふたりとも3‐タンから学んでいた。3‐タンは、図書館長であると同時に中国の古典学者だった。三人は、老子のファンだった。第二クワドで育つあいだ、ルイースは老子の本が引用されるのを耳にしていたので、自分も負けぬようにその翻訳書を読んでいた。ちかごろそれを再読して、どれほど理解できるか確かめてみた。リュウ・ヤオは、中国の古代文字でその本をぜんぶ筆写していた。一年がかりだった。「書の練習をしているだけだよ」と彼はいった。複雑な謎めいた文字がヤオの毛筆から流れだすのを見ていると、理解しがたい翻訳の言葉に心を動かされたときよりはるかに強い感動がルイースを襲った。まるで理解しないことが、理解することだというような。

循　環

稲藁《いなわら》から創られた紙は貴重なものだった。少々の書きものは手書きで作成された。ヤオは筆写のために数メートルの紙を使う許可を得たが、彼が筆写したものはリサイクルからはずすわけにはいかなかった。チ・アンの友人たちに小さく切った書をあたえた。彼らはそれをしばらくのあいだ壁にかけておき、それからリサイクルにまわした。重要でない芸術品が命を保つのはほんの数年だった。衣服、工芸品、文章を複写した紙、玩具、すべては、リサイクルにまわされ、ときには悲しみの儀式も添えられた。愛する人形の葬式。祖父の肖像画は、電子機器のメモリ・バンクにコピーされ、原画はリサイクルにまわされた。芸術品は、実用的なもの、あるいははかないもの、あるいは無形のもので——結婚式用のワイシャツ、ボディペイント、歌、全《オール》ネット・マガジンの小説など。循環は容赦なかった。ディスカヴァリー号に乗っているひとびとは、彼ら自身が原料だった。このような世界での唯一の欠乏といえば、次元においておけるものはなにもなかった。彼らには必要とするすべてがあり、手物質に費やされるエネルギーと物質の損失か浪費、さもなければ船外投棄されてしまうものだった。

あるいは、きわめて長い期間におけるエネルギーの衰退、エントロピーだ。

その昔、皮膚科の担当者が、船体下部の装具によるかすり傷をなおすために船外活動していたところ、数メートルはなれたところにいた仲間に投げた合金の銃を、仲間が受けそこなった。〝失われた銃〟を描いた劇映画は、二年生の生態学の授業で劇的な衝撃をあたえた。

おお！　と子供たちは恐怖の叫びをあげた、銃がゆっくりと回転しながら、星々のあいだを、遠くへ遠くへと漂いながら去っていく光景を見て。ほら――見て――はなれていってしまう！　永久に行ってしまう！

星々の光がこの世界を動かしていた。ディスカヴァリー号を一定の速度で推進させている電気システムとフレズノ加速装置を動かしている小型融合炉に、水素受容器がエネルギーを供給している。この小さな世界は、外部のわずかな塵や光子によって影響を受ける。それは、外部から水素原子しか受容しない。

この小さな世界のなかは、完全なる自給、自己再生である。人間の皮膚からはがれおちるあらゆる細胞、建材や軸受から擦れておちる塵の細片、木の葉や肺から排出される蒸気のあらゆる分子は、フィルターと転換器に吸いこまれ、保存され、再結合され、再利用され、再構築され、再生させられる。システムは平衡状態にある。緊急用の蓄えはあるが、いまだかつて必要になったことはない。その備蓄とは、タンが言及したように、かわるもののない必要品で、そのうちのあるものは原料であり、そのほかは、船に複製する手段がないハイテク品だ。驚くほど少ない量がふたつの貨物室に備蓄されている。このほとんど閉じられたシステムに適用される熱力学の第二法則の効果は、皆無の状態になっている。

あらゆるものが考えられ、対応され、用意された。生命に必要なあらゆるもの。なぜわたしはここにいるのか？　なぜわたしが？　生きる目的。理由。それもまた、ゼロ世代があたえようとしたことだった。

二世紀の旅を経た中間世代にとっての存在理由とは、元気で生きているということ、船を順調に走らせること、船に新たな世代を供給すること。そうすれば船はその使命、彼らの使命、彼らがすべて肝要な存在であるという目的をまっとうすることができるのだ。地球生まれのゼロ世代にとって大きな意味をもっていた目的。発見《ディスカヴァリー》、宇宙の探査。科学的な情報。知識。

船という閉ざされた完全な世界で暮らし、死んでいくひとびとにとっては、無意味で、無益な、見当はずれの知識。

彼らの知らないことをなんで知る必要があるのか？

生活が船の内側にあることは知っている。光、温かさ、呼気、ひととの親密なまじわり。外側にはなにもないことは知っている。真空。死。静かな、即時の、完全な死。

シンドローム

〝伝染病〟は、本で読んだり、歴史記録映画のぞっとするような映像で見たりするものだ。あらゆる世代に、少数の癌患者、少数の全身性疾患患者がいた。子供は腕を骨折し、運動選手は体を酷使した。心臓やほかの臓器が悪くなり、使い古される。細胞はそのプログラムに従い、年をとり、死ぬ。ひとびとは年をとり、死ぬ。医者たちの主な責任は、死があまりつらくないよう計らうことだった。

天使たちは、そうした責任さえも医者に負わせなかった。〝積極的な死〟には自信があったのだ。つまり死というものを敬虔なる共同の修練と受け止め、死に臨んでいるひとびとを、催眠、詠唱、音楽、その他のテクニックによって誘発される恍惚状態に導く。死そのものは、忘我の法悦に迎えられる。

　多くの医者たちが、受胎、出生、死とほとんど完全にかかわってきた。〝やすやすと出て、やすやすと入る〟。病気とは教科書に出てくる言葉だった。

　だが症候群《シンドローム》というものがあった。

　第一と第二の世代では、多くの男性が三十代、四十代で、発疹、無気力、関節痛、吐き気、虚弱体質、集中不能に悩まされた。この症候群は、SD、すなわち肉体的抑鬱《ソマティック・ディプレッション》症と名づけられ、医者たちはこれを心因性であると診断した。

　専門職の特定の分野において性が制限されたのは、SD症候群に対応したものだった。対策が討議にかけられ、投票が行なわれることになった。男性は、あらゆる構造物の維持管理と皮膚科の仕事をやらされた。宇宙に接しているこの船の皮膚の修理と維持は、宇宙船外活動を必要とする、最後にして唯一の仕事だった。この世界の外側に出る仕事。

　大きな反対の声があがった。〝労働の配分〟、すなわち能力の不均衡という、あらゆる社会制度のなかでおそらくはもっとも古く、もっとも深く築かれたものが――あの不合理で、非現実的な一連の法規や禁令がいまここで再制定されるのか、命を犠牲にしても正気と均衡は保たれなければならないのか？

評議会における討議とクワドの集会が長いあいだつづいた。性の制限に関しての議論は、男性が妊娠も育児もできないかわりに、ホルモンに関係する闘争性とそれを誇示する必要性と同じように、彼らのよりきわだった筋力を高く評価する必要性が生じていることについてだった。

大勢の男性と女性が、この議論はどの点からみても支持できないことに気づいた。それより少々多いひとびとが、この議論に納得した。住人たちは、すべての船外活動を男性にかぎるほうに票を投じた。

一世代が経過すると、この取り決めにはめったに異論が唱えられることはなかった。大衆に正当だと支持された理由は、男性は生物学上は女性より消耗品であるから、危険な仕事は男性がするべきだというものだった。じっさい船外活動をして死んだ者はひとりもいないし、危険な量の放射線を浴びた者もいなかった。だが危険に対する感覚はこのルールを美化していた。活動的なスポーツ少年たちは、必要以上の人数が皮膚科を志願し、定期的な船外活動訓練がある当番を志願した。船外活動員は服装に特徴があった。茶色のキャンバス地のショートパンツ、黒地に数個の星をていねいに刺繍した袖章をつける。

SDの大流行は、やがて風土病ほどの低いレベルに安定した。この低下は、船外活動の制限に関係しているとある者はいい、またある者は関係はないといった。

第三世代は、自然流産と死産という深刻な事態に直面し、理由はついにわからなかったが、幸いなことにそれは数年で終息した。この事態は、最適条件の補充比率が回復するまで、高齢出産と子供ふたりの家族が増加する原因となった。

　第四と第五世代においては、さらに体力が衰弱する、おそらく関連性のある一連の症状があらわれた。診断を下そうにもいまだ説明がつかず、TSSという略称がつけられた触感《タクタイル・》過剰症候群《センシティヴィティ・シンドローム》である。症状は、変則的な痛みと極度の神経過敏だった。TSSを患う者は、ひとごみを避けねばならず、食堂で飲食できず、触るものすべてに痛みを感じると訴えた。彼らはサングラスをかけ、耳栓を詰め、両手両足はソックスと呼ばれるものでおおわれた。原因も治療法も見つからなかったので、これを予防する作り話ができ、民間療法が盛んになった。第二クワドは、TSSの発生が少ないとあって、チ・アンの食事スタイル——米、大豆、生姜、ニンニク——に、みながならった。家にひきこもる孤独な生活がこの症状を和らげると考えられ、TSSの人間たちは、自分の子供たちを幼稚園や学校に行かせないようにした。だがここで法律が干渉した。親が決めたことも、コミュニティや子供の福祉を損なうものとして、基本法《コンスティチューション》にのっとって教育評議会が決定しなおした。子供たちは学校に行かされたが、目に見えた影響はなかった。サングラス、耳栓、そしてソックスは、高校生のあいだで一時的な流行になったが、この病気に二十歳以下のひとびとはほとんどかからなかった。天使たちは、至福実践士はTSSにかからないと主張し、あの病気から逃れるためにみながなすべきことは、法悦を学ぶことだと断言した。

天使の先祖

0《ゼロ》‐キム・ヤンは、ゼロ世代でもっとも若く、搭乗の際は生後十日だった。0‐キム・ヤンは、長年、評議会を牛耳っていた。彼女の才能は、組織化、治安、まったく公平な管理体制などに発揮された。チ・アンのひとびとは、彼女をレディ孔子と呼んだ。彼女には、高齢出産した息子がいた。1‐キム・テリーだ。肉体的抑鬱症《SD》による発作があったので、0‐キムが七九年に死ぬまで、小学校の内《イン》ネットのプログラマーとして人目につかない生活を送っていた。キム・ヤンは地球生まれのゼロ世代の最後の生き残りだった。彼女の死は、由々しい出来事であるとみなに感じさせた。

葬式には、神殿にさえ収容しきれないほどのおびただしいひとが集まった。式は、全《オール》ネットで放映された。この世界のほとんどのひとがそれを見、したがって新しい宗教の創始を見た。

教会と政府

基本法が、宗教と政治を完全に分離することを定めているのは明らかだった。第四条では、特に歴史上非常に大きなものと考えられている一神論や、その他にもディスカヴァリー号の就航が計画された当時の、もっとも有力な複数の政府を支配していた宗教もふくまれていた。ユダヤ教、キリスト教、イスラム教、モルモン教、その他の宗派や組織が、立法府の選挙あるいは審議に対して、その信条や主義への言及によって、公然と、あるいは隠密裡に影響を及ぼそうと試みている、と宗教的操作に関する特別委員会で確認されるようなことがあれば、公式に譴責《けんせき》されるか、組織が廃止に追いこまれるか、責任ある地位を永久に剝奪されるという罰をうける可能性があった。

初期のころには、第四条について多くの問題が発生した。立案者たちは、ディスカヴァリー号の乗員を選ぶ際に意識的に、科学的に偏りのない人物と思われる者を選ぼうとしたのだが、理解力を単一モードに限定する傾向のあの一神論者がすでに、彼らの科学の多くに深く浸透していた。意図的に広範囲にわたって集められた異種混合の集団においては、他人を受け入れるという容認の実行は、美徳ではなく、むしろ必要不可欠なものであると予想されていた。しかし、ゼロ世代においては、数年の宇宙の旅のあと、宗教にあまり関心のなかったひとびとと、あるいはそれを敵視していたひとびとが、みずからをモルモン教徒、イスラム教徒、キリスト教徒、ユダヤ教徒、仏教徒、ヒンズー教徒だと自認するようになった。宗教に帰依し、修練をつむことが、地球のあらゆるひとびとから、そして地球そのものからきりはなされ、とつぜん取り消し不能の完全なる流浪の旅へとほうりだされた身にとっては、必要な支えと慰めをあたえてくれるのだと気づいたのである。

忠実な無神論者は、信仰の爆発的な流行に憤慨した。原理主義者による浄化という恐怖の記憶と、神の名のもとに行なわれた果てしない大虐殺という史実は、一般のひとびとの信仰のもっとも穏健な部分にも暗い影をおとしていた。折衷主義は、その無力な手を振った。非難が浴びせられ、異議が申し立てられた。宗教的操作に関する特別委員会が何度も何度も招集された。

だがゼロ世代以降の世代には、流浪という経験がなかった。彼らは生まれたその場所で暮らしていた。彼らの両親もそこで生まれていた。そして異種混交は、祖先の信仰を無意味なものにした。ユダヤ長老派教会のパルシー教徒が、自分の属している新教徒派のどれを選ぶかは難しい問題だった。スンニ‐モルモン‐バラモンから受け継いだ相容れない正義を捨てるのは難しいことではなかった。

0‐キムが死ぬと、第四条は、何年も取り上げられることはなかった。宗教的な儀式はあったが、宗教的な制度はなかった。儀式は、個人的なものか、家族的なものだった。ひとびとは瞑想《ヴィパッサナー》、あるいは座禅《ザゼン》の形で、導きを願い、神を賛美した。家族はキリストの誕生、歓喜天の愛情、過越し《すぎこ》の祭りの記憶を、月のない年の該当する日に祝った。あらゆる儀式のなかで、つねに公《おおやけ》に行なわれる葬式こそは、さまざまな宗教の本質的要素をもちこむと同時に宗教の美々しい装いをもちこむこともありがちだった。美しく古い言語の美しく古い言葉が話され、哀悼とやすらぎが見いだされた。

葬式と至福の誕生

0‐キムは過激派の無神論者だった。彼女はかつてこういった。「人間は、三歳の子供がチェーンソーを必要とするように神を必要とする」彼女の葬式では、神秘的なものや、聖書からの引用はまったくなかった。ひとびとは手短かに話した——ある者は短いとはいえなかったが——彼らの生活、あらゆるひとびとの生活に及ぼした彼女の影響について、彼女のカリスマ性について、清廉潔白さについて、未来の世代に対する力強い、ほんとうの親のような心あたたまる気づかいについて語った。〝地球生まれの最後のひと〟の死について感情をこめて話した。この儀式を見守っていた子供たちのそのまた子供たちは、始祖たちがあたえた使命がついに果たされるときが来たとき、まだ生きているだろう、キム・ヤンの魂はそのとき彼らとともにあるだろう、と。

おわりに慣習に従って、故人の遺子が立ち上がり、最後の言葉を述べた。

1‐キム・テリーは、白布に包まれた母親の亡骸がおさめられた棺台のかたわらに立っているひとびとの前、インネットのビデオカメラの前にある演壇に上がった。その動作には著しい緊張と、断固たる意志が感じられた。彼を知る者たちの目には、ひとが変わったように見えた——自信たっぷりで、冷静だった。涙をふくんだ声でも震える声でもなかった。彼は、神殿の床を埋めている群衆を見わたした。「彼は輝いていた」とあとになって数人の者たちがいった。

「その肉体が地球より生まれた最後の者が逝った」と彼は、力のこもった明晰な声でいった。それは、評議会のすぐれた話し手であった彼の母親を多くのひとびとに思い出させた。「あの方は、その肉体が輝ける影となる栄光のもとへと去った。ここにいるわれわれは、いま、その肉体からはなれ、その魂の領域へと入った。われわれは自由である。われわれは、暗闇、罪、地球からまったく自由である。未来の通路をとおって、わたしはこのメッセージをあなたがたにとどける。わたしはメッセンジャー、天使である。そしてあなたがた、あなたがたも天使である。あなたがたは選ばれたのだ。神があなたがたを呼ばれた、その名で呼ばれた。あなたがたは祝福された存在だ。あなたがたは神聖なる存在、清められた魂、至福のうちに生きるために召しだされた。われわれがなすべきことで残されているのは、われわれが何者であるかを知ること、われわれが天の住人であることを知ることだ。われわれは祝福された者、天で生まれた者、永遠の旅に選ばれた者。それがわれわれである。われわれのひとりひとりが、清められ、至福のなかに生まれ、さらに大きな至福のなかで死ぬのだ」彼は、驚いてしんと静まりかえった群衆に向かって、両手をあげ、威厳ある祝福の身振りをした。

彼はそのあと二十分は話しつづけた。

「悲しみで調子が狂ったのだ」と神殿を去るとき、あるいはインネットのスイッチを切るとき、何人かの人間がいった。皮肉屋が答えた。「たぶんほっとしたんだね」だが多くのひとびとが、キム・テリーが自分たちの心に吹きこんだ考えやイメージについて討論した。知らずして切望していたなにかを自分たちにあたえてくれたのだと感じた。あるいは、それといえなくても感じたのである。

天使になること

あの葬式は画期的なものだった。この世界に生きている人間で、起源惑星を覚えている者がひとりもいなくなったいま、あの惑星にいる者で彼らを覚えている者がいると考える理由はないのではないか？　むろん彼らは、基本法に詳細に定められているように、ディスカヴァリー号の航行情況に関する無線メッセージを定期的に送っているが、だれが聞いているだろうか？

第四クワドのヌベテルズというグループによって歌われ、メロディはいいが、いやに感傷的な〈虚空の孤児〉という曲が一夜にして猛烈な大流行となった。そしてひとびとは、1-キム・テリーの演説について語りあった。

ひとびとは彼と話すためにその居住スペースを訪れた、ある者は不安から、ある者は好奇心から。彼らは、隣家のひとびと、2-パテル・ジミーと2-ラング・ユウコという名の二人に迎えられた。テリーはいま休んでいるが、今夜話すことになっていると彼らはいった。彼が神殿で話すあいだ、あなたがたはあのすばらしい気持を感じましたか、と彼らは訊いた。

彼がどれほど前とちがうように見えましたか、どれほど変わったかわかりましたか？　わたしたちは彼が変化するのを見守っていた、と彼らはいった。彼が賢くなり、晴れやかになり、雄弁になるのをわたしたちは見守っていたと。彼の話を聞きにおいでなさい。彼は今夜話します。

しばらくのあいだ、至福会についてのテリーの話を聞きにいくのが一種のはやりになった。それについて冗談がかわされた。無神論者は、カルトの病的興奮や偽善的なひとりよがりを罵った。やがてひとびとはこのことを忘れ、そのほかのひとびとは、周期ごとに、年ごとに、テリー、ジミー、ユウコとの夕べの集会に出席するためにキムの居住スペースに出かけていった。ひとびとは、自分たちの居住スペースで、祝宴や歌や瞑想や祈禱の集いを開いた。彼らはこうした集会を天使の法悦と称し、みずからを至福の友、あるいは天使と呼んだ。キム・テリーのこうした信奉者たちが、自分たちの苗字に天使という称号を、一種の位のようにつけはじめると、さまざまな評議会で反対やら議論やらが高まった。天使たちは、そうしたグループの称号は不和を生ずる可能性があるといった。テリー自身は、大多数の者たちの意志に反してはならないと信奉者たちにいった。「なぜなら、われわれが知っていようといまいと、すべてのひとが天使というわけではないからだ」

ユウコ、ジミー、そしてジミーの息子のインブリスは、テリーといっしょに、テリーが母親と共有していた居住スペースに住んでいた。彼らは夜ごとの集会を主導していた。キム・テリー自身は、しだいに孤独になっていた。最初の数年は、彼もときどき第一クワド・サーカスや神殿で開かれる集会で話をしていたが、年を追うごとに、人前に出てくることはだんだん少なくなり、信奉者に向かってはインネットで話すようになった。彼の居住スペースで開かれる集会に出席した者たちの前には、ときどき姿をあらわして、祝福をあたえたり、勇気づけたりした。だが信奉者たちは、彼の肉体の存在は、彼の天使としての永遠の存在よりも重要なものではないと信じていた。肉体的な問題は至福を翳らせ、魂の欲求を翳らせた。

「わたしが歩む通路は、これまでの通路ではない」とテリーはいった。

一二三年におけるテリーの死は、彼の精力的な解釈者である3－パテル・インブリスによって示された実在の教義を奉ずる信者たちにとっては、深い哀悼の心に騒々しい病的興奮をもたらした。彼の仮死を現世への復活として祝し、それに対して船の世界は単なるアクセスの手段、〃至福の乗り物〃となったのである。

パテル・インブリスは、テリーと両親の死後、キムの居住スペースでひとりで暮らし、そこで集会を開き、訪問法悦会で語り、インネットで話し、布教してまわり、格言集や『天使から天使たちへ』という題名の瞑想録を配った。パテル・インブリスは、たいそうな知性と野望と信仰の持ち主であり、組織を束ねる才能にも恵まれていた。彼の導きのもとで法悦会は、無秩序なものでも忘我のものでもなくなり、いまではまったく静かになっていた。彼は特別な衣服――男性は色染めをしていないショートパンツとクルタ、女性は白い衣服とヘッドスカーフ――の着用を禁じた。これは多くの天使たちがこれまで着ていたものだった。ひとびとと異なる衣服を着用すれば不和が生じると彼はいった。すべてのひとが天使というわけではないからだ。

彼の統率のもと、たしかに多くのひとびとが自分は天使であると宣言した。第二世紀の最初の数十年のあいだに、多くの改宗がなされた。そのため、テリーを神とあがめる宗教的なカルトをパテル・インブリスが作って広め、かくしてカルトが現世の権威を脅かす存在となったと、そう主張するグループが、宗教的操作に関する第四条の聴聞会の招集を要請した。中央評議会は、この告発を調査する委員会を招集しようとはしなかった。天使たちは、キム・テリーを指導者として教師として崇拝してはいるが、自分たちより神聖であるとは思っていないと断言した。すべてのひとが天使というわけではないからだ。そしてパテル・インブリスは、力強く断言した。至福会による実践は、けっして政治組織や統治方式と相争うものではなく、逆にあらゆる点においてそれを支持するものだと。この世界の法と方式は、至福会の法と方式であると。ディスカヴァリー号の基本法は、聖なる文書だ。この船の生活は至福そのものである――不滅の現実の、よろこびあふれる必滅のまがいものだと。「完璧なる法に従う者が、なぜこれに従わないのか？」と彼は尋ねた。「天使の秩序を愉しむ者たちが、なぜ無秩序を求めるのか？　天に住む者がなぜ、ほかの場所を、ほかの生き方を求めるのか？」

天使たちは、じっさいまことによい住人であり、活動的であり、住民たちの義務には協力的で、共同の義務は快く果たす、委員会や評議会の勤勉なメンバーである。じっさい、当時の中央評議会のメンバーの半分以上は天使だった。非常に信心深い、パテル・インブリスに近い者たちのニックネームのように、熾天使《してんし》でも大天使でもない、平凡な天使だ。静謐《せいひつ》を愉しみ、法悦会での交歓を愉しむ。それはいまでは、多くのひとびとに親しまれ、受け入れられている生活の基本的要素である。至福会の信仰と実践が、いかなる形にせよモラルに反するものであり、天使は叛逆者であるという考えは、明らかに馬鹿げている。パテル・インブリスは、いまや七十代となったが、永遠に活動的であり、いまなおキムの居住スペースを占拠している。

〜内側と外側〜

「人間が二種類いるということがありうるか……」ルイースがシンにいった。それから長いこと黙っていたので、彼女はきびきびと答えた。「ええ。おそらく三種類いるかも。大胆な考え方をするひとなら、五種類いると仮定するかもしれない」

「いいや。二種類だけさ。自分の舌をまいてチューブのなかに入れられるひとと、入れられないひとと」

シンは彼にむかって舌をつきだした。ふたりとも六歳のときから、彼が舌をチューブにつっこんで口笛を吹け、彼女には吹けないことを知っており、それは遺伝学上の問題だということも知っていた。

「一方は」と彼はいった、「必要なもの、欠けているものがあり、あるビタミンをとらなければならない。もう一方は、とる必要がない」

「それで？」

「ビタミン信仰さ」

シンは考えこんだ。

「遺伝的なものではないんだ」と彼はいった。「文化的なもの。超有機的なもの。だけどじっさい個別には、物質代謝の欠陥なのだということが現実であり明白なんだ。ひとびとは信じることが必要か、必要でないかのどちらかさ」

彼女はまだ考えこんでいる。

「信じるひとたちは、信じないひとたちを信じない。信じないという人間がいることが信じられないんだ」

「希望は」と彼女がおずおずと提案する。

「希望は信念じゃない。希望は現実次第で発生するものさ、それがきわめて現実的でないときでも。信念は現実を退ける」

「〝あなたが口にできる名前は、正しい名前ではない〟」とシンがいった。

「きみが歩いている通路は、正しい通路ではない」とルイースはいった。

「それを信じてなにが悪いの？」

「現実と非現実を混同するのは危険だよ」と彼はすかさずいった。「希望を権力と混同するのは、自我を宇宙と混同することだ。きわめて危険だね」

「うー」彼女は彼のもったいぶった態度に顔をしかめた。しばらくして彼女はいった。「それって、テリーのお母さんがいったことじゃないの――〝人間は、三歳の子供がチェンサを必要とするように神を必要とする〟チェンサってなんなの？」

「武器じゃないかな」

「あたしは、熾天使になる前のローザといっしょに、法悦会によくいったわ。あたしはほんとは、あれが好きだった。歌がね。そしてみんなが、ものを、単なる日常のものを讃えて、おまえたちのすることはすべて聖なることだと歌うとき。あたしは、ほんとにあれが好きだったのかしらね」と彼女はいささか守勢になっていった。彼はうなずいた。「だけどそれからあのひとたちは、本に書いてある古風な記述を読むのよ、〝旅〟がじっさいはどんなものなのかとか、〝ディスカヴァリー号〟のほんとうの意味はなにかとか、そこでわたしは、閉所嗜好症になっちゃうの。もともと彼らは、外側にはまったくなにもないと言ってきたわけよね。あらゆる宇宙は内側にあるって。そこが奇妙だった」

「彼らは正しい」

「えっ？」

「われわれにとっては――彼らは正しい。外側にはまったくなにもない。真空。塵」

「星や――銀河が」

「スクリーンにちりばめられた光。そこにたどりつくことはできない。そこに行きつけない。

われわれは。われわれが生きているあいだは。われわれの宇宙はこの船なのさ」

その考えは、いつも聞きなれているたいそう平凡なものであり、非常に奇妙なものでもあったので、彼女を不安にさせた。彼女はじっと考えこんだ。

「それにここでの生活は完璧だ」とルイースがいった。

「そうかしら?」

「平和と豊かさ。光と温かさ。安全と自由」

ええ、もちろんよ、とシンは思い、その顔もそういっていた。

ルイースがさらに主張する――「きみは歴史を学んだじゃないか。あの苦しみの。ゼロ世代以前のだれが、われわれのような暮らしをしただろう? この半分でもいい暮らしを? 彼らの大部分はいつも心配していた。悩んでいた。彼らは無知だった。金や宗教のことでたがいに争っていた。彼らは病気と戦争と食料不足で死んでいった。インナー・シティ200かジャングルのようだった。あれは地獄だった。そしてここは天国だよ。天使テリーのいったとおりだ」

シンは、彼の熱弁に困惑した。「それで?」

「それで、われわれの先祖たちは、ぼくらを、ある地獄から、天国を経由して、もうひとつの地獄へ送る計画をたてたんじゃないのか? あの解決法には潜在的な危険があると思わないか?」

「そうね」とシンはいった。彼女は彼の比喩的表現について考えてみた。「そうね、第六世代にとっては、不公平に思えるかもしれない。あたしたちにとってはたいしたちがいはないわよ。あたしたちはひょろひょろしていて、船外活動なんかできるわけがないわ。そうはいっても、ひょろひょろしながらでも外に出て、外がどんなふうか見たいなあ。たとえそこが地獄でも」

「だからきみは天使じゃないんだよ。きみは、われわれの生活、われわれの旅が、外側そのものに目的があるという事実を受け入れているからね。われわれには目的地があるということを」

「そうかな？　あたしはそうは思わない。ただ、目的地があるという希望のようなものをもっているだけよ。どこかよそにいるのは面白いじゃないの」

「でも天使は、行くところはほかにどこもないと信じているんだ」

「それじゃ、シンディチュウに行き着いたら、みんな驚くでしょうね」とシンはいった。

「でもね、あたしは、みんなが……ねえ、あたし、カナヴァルの図表を作らなきゃいけないの。教室で会いましょう」

ふたりがこの会話を交わしたのは、大学の二年生、十九歳だった。大学二年生というものはいつも信仰と不信仰と存在の意義について語りあうものだということを彼らは知らなかった。

地球からの言葉

ディスカヴァリー号が惑星ディチュウ、つまり地球を出発して以来、むろん、メッセージは彼らを追ってくるか、先を越すかしていた。第一世代がいるあいだは、多くの個人的なメッセージを受け取った。ロス・ベティの子孫たちより――〝バッジャーウッドのすべての者が、あなたたちを応援しています！〟年を経るごとにこのようなメッセージはしだいに間遠《まどお》になり、ついにはなくなった。ときどき、長期間の受信中断があり、一年近くつづいたこともある。距離が伸びるにつれ、ことにこの五年間、ある理由によって、受信のひずみや遅れや部分的な消失などが慣例になってしまった。それでも、ディスカヴァリー号は忘れられてはいなかった。言葉が送られてきた。映像が届いた。起源惑星にいるだれかが、あるいはなにかのプログラムが、ニュースや情報や最新のテクノロジーや、詩や小説や、ときには、政治評論の定期刊行物、文学、哲学、評論、芸術、ドキュメンタリーなどを送りつづけてくれた。ただしあらゆる表現が変化してきており、自分たちが見ているもの、あるいは読んでいるものが創作なのか現実なのかよくわからなかった。地球の現実と地球のフィクションをどうやって見分けられるだろうか。科学は同じようにまずいことになっていた。なぜなら地球の彼らは、種々の発見を当然のものとし、彼らが使っている用語の意味を説明することも忘れていた。第一世代と第二世代は、ディチュウから受信したものの解析と解釈に、情熱と知性と多くの時間をさいた。第一クワドと第二クワドでは、哲学的‐宗教的学派らしい諸派の明らかな対立に関する報告、あるいはおそらく（アラビア語で）真実の信奉者とほんものの信奉者と呼ばれる者の、国家的または倫理的不和に関する報告について、各クワドの意見が対立していた。何千、あるいは何百万の——送信機は何十億というメッセージを送ってくるが、それは確かにひずみかエラーによるものだった——いずれにしても、ディチュウの大勢の人間が殺し、殺された。思想や信仰の衝突のために。ディスカヴァリー号では、思想とは、信仰とは、衝突とはなにかということについて烈しい論争がまきおこった。この論争は数十年つづいたが、そのために死んだ者はだれもいなかった。

第三と第四世代になると、地球から送信されてくるとはいえ一般的な内容は、たいそう不可解なものになり、一部の愛好家だけが、着実にそれを追っていた。大部分のひとびとはそれらになんの関心もはらわなかった。なにか重要なことがディチュウで起きると、だれかしらがそれに気づき、受信したものがどんなものであっても、公文書保管所に送られた。あるいはいずれ公文書保管所におさめられる手筈になっていた。

4 - カナヴァル

シンが、第一学年にとる学課を登録するために大学センターにいくと、航法学の教授、4 - カナヴァル・ヒロシが、一年目の彼のコースをとばして、二年目のコースをとるように彼女に求めていることがわかった。「わたしが航法をとるつもりがなかったら、どうするんですか?」と彼女は、この横暴な命令に憤慨して、登録係に詰めよった。だがいい気分でもあった。明らかにカナヴァルは高校の数学と天文学の授業をよく調べ、彼女に目をつけていたのである。彼女は航法2に登録した。

航法学は名誉ある学問だが、魅力ある学問ではない。船外活動員とかインネットのエンターテイナーなどの魅力はない。多くの人々にとって、航法というものは、いささか危険だった。彼らはこういっている。どんな仕事でも誤りを犯すことはあり、それはむろんトラブルを引き起こすが(ガラス・ボウルのなかのことでも、ガラス・ボウルのなかのすべてに影響をあたえる)、大気を制御し、航法を実践するような仕事では、ひとつの誤りが、ひとを傷つける、あるいは殺す——あらゆる人間を傷つけ、殺してしまう可能性がある、と。

あらゆるシステムには、安全装置やバックアップや代理機能が満載されているが、航法に安全装置を備える方法がないことは、周知の事実である。むろんコンピュータはぜったいに誤らないが、それを操作するのは人間である。軌道はつねに調整されなければならない。航法士ができるのは、自分の計算とコンピュータの計算をチェックして操作し、再チェックし、インプットとフィードバックをチェックし、再チェックし、エラーをチェックして訂正することだ。それをえんえんとくりかえす、何度も何度も何度も。計算と操作がすべて一致し、すべてのチェックに合格すれば、何事も起こらない。それをくりかえし、永久につづけるだけだ。

航法というものは、バクテリアの数を数えるようなスリルのある仕事だが、人気はない。それを学ぶために要求される数学的才能とトレーニングは恐るべきものだ。学生の多くは、航法を一年生の必修科目としてとるほかは、ぜったいにとらない。専攻しようという学生はきわめて少数である。4‐カナヴァルは、候補生を、彼についているある学生がいったように、犠牲を求めていた。

もしこの授業の不人気が、なにかもっと深い不安、それにまつわるなにかしらの恐怖――宇宙を航行すること、船の世界自体の動き、その過程、その目標――などから生じたものであるとしても――それについて語る者はだれもいなかった。だがシンはそのことをときどき考えた。

カナヴァル・ヒロシは四十代で、背は低く、背筋はぴんとしている男性だ。ごわごわした黒い髪、無愛想な顔は禅《ぜん》師の肖像画のようだとシンは思った。彼はルイースの親族で、また半兄弟だった。ときどき似ているなと、シンは思うことがある。授業では、彼はぶっきらぼうで、短気で、過ちは容赦しなかった。学生たちは不満だった。コンピュータのシミュレーションに些細な誤りがあれば、彼はすべてを、何時間もかけた仕事をほうりだす――〝役立たず〟と。彼は確かに傲慢で強迫観念にとりつかれているが、誇大妄想だという非難に対しては、シンは彼を弁護した。「これは彼のエゴじゃない」と彼女はいった。「彼にエゴがあるとは思わない。彼にあるのは、彼の仕事よ。そしてそれは正しくなくてはいけない。エラーがあってはいけない。つまり、たとえばあたしたちが重力陥没に接近しすぎてしまったとき、パーセク（三・二六光年）単位かキロメートル単位かというちがいが問題になるかしらね？」

「そうだね、でもミリメートルなら、なんの害も及ぼさないよ」とアキがいった。彼は、美しい図表を〝役立たず〟と見なされて消去されたばかりだった。

「いまのミリメートル、十年のあいだのパーセク」シンはしかつめらしくいった。アキがあきれたという顔をする。それでもかまわなかった。カナヴァルがやっていることに対する興奮や、それを正確にやることのスリル——ほぼ正確ではなく、ぜったいに正確でなければならないスリルを理解している人間は、だれもいないように思われた。完璧。それは美しい、まさに作品だ。抽象的でありながら、人間的であり、取るに足りないものでさえあった。なぜならなにを望むかということは問題ではなかったからだ。性急に進めることもできず、些細なこともすべて正しく行なわなければならない、あらゆる細部に配慮しなければならない、偉大な結果を得るために。従うべき方法があった。それをやりつづけるためには、その方法につねに一定の油断のない注意が必要だった。それはそのひとの願望やそのひとの意志に従うという問題ではなく、そのものに従うということだった。警戒せよ、つねに、意識を集中せよ。天空の航法。天の航海。あそこには無限がある。そこを通るひとつの道があった。

そしてもしこれを知っているとうぬぼれれば、ただちに否応なく自覚させられるのは、自分が完全にコンピュータに依存していたということだ。

三年生の航法の授業で、カナヴァルはいつも問題をあたえた。〝コンピュータが五秒ダウンする。座標とあたえられた設定を用い、コンピュータを使うことなく、次の五秒の針路を定めよ〟――学生たちは、数時間のうちにあきらめるか、あるいは数日間作業をし、しかるのち時間の無駄だとあきらめるかだ。シンはこの問題の解答を提出しなかった。学期のおわりに、カナヴァルはどうしたのかと彼女に訊いた。「休みになったら、あの問題をじっくり考えてみようと思っていました」と彼女はいった。

「なぜだ？」

「わたしは、計算が好きです。どれくらいの時間がかかるか知りたいのです」

「これまではどのくらいかかった？」

「四十四時間」

彼はかすかにうなずいたが、それはたぶんうなずいたのではないだろう。そして背を向けた。彼は賛成の意をあらわすことができないのだった。

しかしながら彼には愉しむ能力はあったので、なにか面白いことがあると笑った。たいていきわめて単純なことや馬鹿げたまちがいや愚かしい災難などだが。彼の笑いは大きく、子供っぽい、はっはっはっだった。笑ったあとはいつも、にこにこ顔で、「ばかばかしい！ばかばかしい！」というのだった。

「彼はほんとうは、禅の師なのよ」と彼女は軽食堂でルイースにいった。「ほんとよ。彼はザゼンを組んでいる。そのために四時に起きる。三時間。あたしもやりたいな。でも二十時に寝なくちゃならないし、それじゃ勉強ができないわ」ルイースの返事がないのを見て、彼女はいった。「あなたのV‐死体はどうなの？」

「ヴァーチャルな骸骨になってしまった」とルイースはいったが、まだ放心したような顔だった。

大学生は、三年目で職業課程を選択する。シンは航法《ナヴ》で、ルイースは医学《メド》だった。ふたりはもはや同じ授業はなにもとっていなかったが、毎日軽食堂やジムや図書館で会っていた。ふたりはもうたがいの部屋を訪れることはなかった。

ガラス・ボウルのなかのセックス

恋人たちは逃げてはいかない（どこへ逃げるというのか？）。恋人たちの出会いは公《おおやけ》の問題だ。その生殖能力が、緊急かつ真剣な社会的関心であり懸念だった。避妊は、二十五日ごとの注射で保証されている。女子は月経がはじまったときから、男子は医療関係者によって指示されたときから。定められた日時に、クリニックに避妊注射にあらわれないと、ただちに公の訊問がある。クリニックのスタッフが教室やジムや区画や通路や居住スペースにやってきて、名前を呼び、義務の不履行を大声で通告する。

ひとびとが避妊注射をせずにいることが許されるのは、次のような条件と保証がある場合である。断種、閉経、性的禁欲、あるいは厳密な同性愛であるという誓約、あるいは妊娠の意向が、男性と女性の両者によって公式に宣言された場合である。性的関係を結ばないという誓約を破った女性、あるいは公認のパートナー以外の男性によって妊娠した女性は、事後避妊注射を受けることができるが、彼女とその性交相手は、以後二年間避妊注射を受けなければならない。非公認の妊娠は中絶処置の対象となる。こうした無情な処置についての社会的遺伝学的理由は、在学中にきちんと教えられる。だがどんな理由であれ、ひとが自分の性生活を秘密にしておけるなら、こうした指令も効果はない。実行できるはずがなかった。

通路のひとたちが知っている、家族が知っている、区画のひとたちが、先祖が、クワドのあらゆるひとびとが、あなたが何者か、どこに住んでいるか、なにをしているか、だれとなにをしているかを知っており、そしてみんなが噂をする。もし完全な公開

恥辱と名誉は、強力な社会的エンジンである。もし完全な公開を強要され、さらに階層性を強要され、さらに階層性の幻想や支配欲ではなく、合理的な必要性がそれに加えられるなら、恥辱と名誉は社会を長期にわたって安定させることができるのである。

十代になり、両親の居住スペースから出て、別の区画の別の通路に独りで住む場所を見つける。あるいはクワドを変えたとする。だが新しいクワドの区画の通路にいるだれもが、その子のドアを出入りする人間がだれかちゃんと知っている。彼らは目をはなさないだろう、そして興味津々《しんしん》、注意怠りなく、好奇心を燃やし、おおむね好意的ではあるが、彼らはスキャンダルも大好きで、そして触れまわる。

ウォーン、すなわちウォーレンは、多くの若者たちが、両親の住居を出たときに移る最初の場所である。それは第四クワドの一連の通路で、大学にも近い。あらゆるスペースは独身

者用である。メイン加速装置を収納する隔壁の形状のせいで、ウォーンのすべての壁が直角になっていない。あるスペースは、標準以下の広さである。学生たちは、仕切り壁を動かし、迷路のような寝室と共有スペースを作りだしている。ウォーンは騒々しくて、乱雑で、汚れた衣服のにおいがする。そこで眠るのはときたまで、セックスはいきあたりばったり。だが例の注射のためには、全員が定刻どおりにクリニックにあらわれる。

ルイースはウォーンの近くの三人部屋に、医学生のタン・ビンディとオルティズ・アインシュタインといっしょに住んでいる。シンはまだ第二クワドの居住スペースにヤオと住んでいた。毎日往復二十分をかけて徒歩で大学に通っている。

いわゆる思春期のお試し期間を経たのち、大学に入学したシンは、純潔を誓った。避妊注射で、自分の体のサイクルを制御されたくないのだといった。それに感情によって頭脳を制御されるのもいやだった。大学を卒業するまでということではない。

ルイースは二十五日ごとに避妊注射を受けつづけ、誓約もしなかったが、友人のだれともベッドをともにすることはなかった。一度もなかった。彼の唯一の性的体験は、十代の連中がよくやる乱交だった。

ふたりともこういうことは知っていた、周知の事実だったから。ふたりでいるときもこういうことはなにも話さなかった。たがいの沈黙は会話と同じように底知れず快く、通じあうものがあった。

ふたりの友情もむろん公然のものだった。彼らの友人たちは、シンとルイースがなぜセックスをしないのか、いつになったらそこまでいくのかと、あれこれ憶測した。

ふたりの友情の下にあるものは、だれにも知られていない、友情でもないものだった。言葉であらわすのではない、体であらわす誓約だった。深遠なる結果をともなう非行動だった。彼らはたがいの秘密の場だった。どこに逃げこむ場があるか、ふたりは見つけていた。その鍵は、沈黙だった。

シンが誓約を破り、沈黙を破った。

「ヴァーチャルな骸骨になってしまった」とルイースがいった。明らかに、彼に解剖学を教えているV－死体ではない別のことを考えている。解剖用の死体は、不愉快な作者によりプログラムされた、解剖を行なっている実習生を指導し厳しく叱るためのものだ。「骨髄だ、馬鹿者めが！」その死体は動かぬ唇から、肺のない肋骨の空洞からささやく。「まさか、盲腸の切除にあたって、そいつを取るんじゃないだろうね？」シンは死体が話す言葉を聞くのが好きだ。もし誤りを犯さないと、それはときおり詩句を叫んで報いてくれる。「魂が手をたたき歌う、もっと大きな歌声を！」と死体は叫ぶ。ルイースが喉頭部を取り除いても。だが、きょうは彼女に聞かせる死体話はなく、軽食堂のテーブルの前にすわり、黙然《もくねん》と考えこんでいる。

シンがいった。「ルイース、レナが――」

ルイースはさっと片手をあげ、じっと黙りこんでいるので、彼女も沈黙し、名前をいったきり黙りこんだ。

「だめだ」と彼がいった。

とても長い間があった。

「聞いて。ルイース、あなたは自由よ」

彼の手がふたたびあがり、話をよせつけず、沈黙を守った。

彼女はなおもいった。「あなたに知ってもらいたいの、あなたは——」

「きみはぼくを自由にできない」と彼はいった。その声は、怒りか、あるいはほかの感情のために、低くなった。「そうだ。ぼくは自由だ。ふたりとも自由だ」

「あたしはただ——」

「いうな、シン！　いうんじゃない」彼は一瞬シンの目をのぞきこんだ。彼は立ち上がった。

「ほっとけよ」と彼はいった。「もう行かなくちゃ」彼はテーブルのあいだを大股で歩いていった。ひとびとがいった。「やあ、ルイース」彼は返事をしなかった。ひとびとは彼が喧嘩腰なのがわかった。シンとルイースは、軽食堂できょう喧嘩した。おいおい、シンとルイースはいったいどうした？

陰《イン》・陽《ヤン》

若い女性は、権力の座にいる年上の男の性急な性的接近に抵抗することは難しいと思うかもしれない。もし相手が魅力的だと思えば、彼女の抵抗は弱まるだろう。彼女は受け入れることの困難と受け入れることの魅力の両方を否定するかもしれない。自分の選択の自由、ほかの女性の選択の自由を守りたいと願うからだ。もし自由に対する彼女の願望が強く明確なものであれば、男の一方的な欲望に抵抗するだろうし、男の強引な力と自分の屈する力を釣りあわせたいという、「わたしを奪って！」と叫びながら彼を自分のなかに受け入れたいという、おのれの願望にも抵抗するだろう。

あるいは、彼女はそうやって屈することにおのれの自由をはっきりと見いだすかもしれない。陰《イン》が彼女の行動の指針だった。陰は否定の指針と呼ばれているが、「そうだ《イエス》」というのも陰なのだ。

卒業式がすんでしばらくしてから、ふたりはまた軽食堂で会った。ふたりとも、みずから選んだ専門課目の集中的なトレーニングの最中で、ルイースは中央病院の研修生を、シンはブリッジ・クルー《テンディ》の実習生をしていた。ふたりとも仕事でくたくたになっていた。この二、三旬日のあいだ、ふたりきりで会うことはなかった。

シンがいった。「ルイース、あたしはカナヴァルといっしょに暮らしているの」

「だれかから聞いたよ」彼はいぜんとして曖昧な口調で、放心したように、なにか硬くて頑固なものをおおっている柔らかなカバーのような話し方をした。

「先週きめたばかりなの。あなたに話したいと思った」

「きみにとって、それがいいことなら……」

「そう。そうなの。彼は結婚を望んでいるの」

「いいじゃないか」

「ヒロシは——核融合の炉心みたいなの。彼といっしょにいると興奮するの」彼女は説明しようと、彼にわかってもらいたいと熱心に話した。彼に理解してもらうことが重要だった。彼がとつぜん顔をあげ、微笑んだ。その顔はくすんだ赤に変じていた。「知的な意味でも、感情的な意味でも」と彼女はいった。

「おい、ぺちゃ顔、それがいいことならいいことさ」と彼はいった。身をのりだして彼女の鼻に軽くキスをした。

「あなたとレナは——」彼女は勢いこんでいった。

彼はちがう笑みをうかべ、静かに穏やかに、きっぱりと「ノゥ」といった。

完全性

ヒロシに欠けているものがあるというわけではない。彼は完璧だった。彼は完全なひとつのピースだった。それこそが欠けているものなのかもしれない——小説を読み、独り占いをし、寝坊して、そのほかこれまでやったことをするほかのヒロシは、彼そのものだった。ヒロシは彼のやることをやりつづけ、それをすることが彼という人間だった。

シンは考えた、若い女性が考えるように。自分の存在は、彼の人生を大きな広がりのあるものにし、それを変えるだろうと。彼と同居するようになってすぐに、この形は、自分の生活を大きく変えたが、彼の生活はまったく変わっていないということに気づいた。シンはヒロシのすることの一部になった。たしかに本質的な部分だった。なぜなら、彼は本質的なことしかしなかったからだ。ただシンは、彼がやっていることをほんとうに理解はしていなかった。

このようなことを理解したことが、彼とセックスをし、いっしょに暮らすことより、シンの考え方と人生の方向性を大きく変えた。セックスのよろこびと緊張感と発見が、彼女を魅了し、満足させ、ときに驚かせたことは否定できない。だが彼女は、セックスというものが食べることと同じく、頭脳や感情の多くを費やすことなく、すばらしい肉体的な満足をあたえてくれるものだということを発見した。頭脳や感情を占めているのは彼女の仕事だった。

そしてヒロシがもたらしてくれたこの発見、思いがけない経験は、ふたりの共同生活とはなんの関係もなかった。あるいはなんの関係もないように思われた。それは彼が、ふたりがやっている仕事と関係があった。彼らのすべての生活と。この船の世界にいるすべてのひとの生活と関係があった。

「あたしを取りこむために、あたしと同居したのよね」と彼女は、半年ばかりたってから、彼にそういった。

彼はふだんの誠実さをもって答えた――なぜなら彼がすることのすべては、隠すこと、いつまでも隠すことだったが、友人には嘘はつくまいと細心の努力をはらっていたからだ——

「いや、いや。ぼくはきみを信用していた。だが同居したから、すべてが容易になった。そうじゃないか？」

彼女は笑った。「あなたにとってはね。あたしにとっては、そうじゃない！　これまでのあたしには、あらゆるものがいつも簡単だったの。いまじゃあらゆるものが二重になった……」

彼はしばらく口を開かず、彼女を見つめていた。それから彼女の手をとり、手のひらを自分の唇にそっとあてた。彼は形式的には礼儀正しいセックス・パートナーだが、情熱に駆られると彼女の心をやさしくゆさぶる。だからふたりのセックスは信頼しあえるもので、ときにはすばらしいよろこびをもたらした。それにもかかわらず、彼にとって自分は、けっきょくは炉心——彼の最優先の要素、ひとつの目的——にすぎないのだと、わかっていた。彼女は、自分が利用されていると、騙されていると感じたことはない。なぜなら、あらゆるものが、彼自身もふくめ彼の燃料なのだということがいまはわかっているからだ。

誤り

彼が、自分の仕事の目的——自分のしていること——を彼女に話したのは、結婚して三日目のことだった。

「きみは一年前に、加速度の記録の矛盾についてぼくに質問したね」と彼はいった。ふたりは居住スペースで、ふたりきりで食事をしていた。ハニームーンとそれは呼ばれたが、ハニーもそれを作る蜂もいないこの世界、月日も、それを作る月《ムーン》もないこの世界では、たいした意味もない言葉だった。だがすてきな習慣だ。

彼女はうなずいた。「あたしがある要素を除外していることを教えてくれたわ。それがなんだったか思い出せないけど」

「まやかし」と彼はいった。

「いいえ、あなたはそうはいわなかった。一定の――」

彼はシンをさえぎった。「ぼくがいったのは、まやかしという言葉だ」と彼はいった。「故意の欺瞞だ。きみを本筋からはずすために。きみに誤りを犯したと思わせるためだ。きみのコンピュータ操作は、まったく正しかった。きみはなにひとつ除外していない。矛盾があるんだ。きみが発見したよりはるかに大きい食いちがいがあるんだ」

「加速度の記録に？」と彼女はばかみたいに訊いた。

ヒロシは大きくうなずいた。彼は食べるのをやめていた。彼がとても静かに話すときは、とても緊張しているのだと知っていた。

彼女は空腹だったので、箸をおろす前に麺をどっさり口に押しこみ、麺のあいだからいった。「わかった、なにをいいたいの？」

彼の顔はこわばっていた。彼は一瞬目をあげた、うかんでいるのは絶望の表情？　哀願の表情？——それがあまりにも彼らしくなかったので、彼女はショックを受け、セックスのときの彼の傷つきやすさのように彼女の心を揺り動かした。「どうしたの、ヒロシ？」と彼女はささやいた。

「この船は、四年以上にわたって減速しているんだ」と彼はいった。

彼女の頭は、凄まじい速度で回転し、その言葉にふくまれた意味の、解釈の、筋書のあいだを駆けめぐった。

「なにが問題なの？」と彼女はようやく落ち着いて尋ねた。

「なにも。減速は制御されている。計画的に」

彼は目の前のボウルに目をおとした。彼女のほうにちらりと目をあげ、すぐさま伏せたのを見て、彼がこちらの判断を恐れているのがわかった。彼女を恐れているのが。それでも、とシンは考える。その恐れは、彼の行動や、彼女に対する言葉にはあらわれていないだろうと。

「計画的に？」

「四年前に決定がなされたんだ」と彼はいった。

「だれによって？」

「ブリッジの四人の人間。そのあと、行政のふたり。いまではエンジニアとメンテナンスの連中が四人、このことを知っている」

「なぜ?」

その質問に彼はほっとしたようだった。おそらく反抗も難詰もなく、静かに尋ねられたからだろう。彼はいつも以上にふつうの調子で答えた、教師の確信と厳しさのようなものさえ感じられた。「なにが問題かときみは訊いたね。問題はなにもない。問題はなにもなかった。われわれはつねに定められた針路にのってきた、ほとんど異常はなかった。だがエラーが発生した。尋常でない大きなエラーだ。われわれはそのエラーを利用することになった。まさに好機だ。チエレクとぼくはそれに気づいた。重大な、進行中のエラーだ。五年前の一五四年、われわれがCG440重力陥没を通過したときにはじまった、軌道曲線の接近によるエラー。そのときになにが起こったのか?」

「スピードを失った」と彼女は無意識に答えた。

「スピードを増したんだ」と彼はいった。彼がちらりと目をあげると、信じられないというシンの目に出会った。「われわれの加速の増大は、あまりにも大きく、あまりにもとつぜんだったので、コンピュータは、ファクター10エラーと見なし、それを補正した」彼女が話についてきているかどうか確かめるためにちょっと口をつぐんだ。

「ファクター10?」

「チエレクがその数字をもってぼくのところにやってくるまで、ぼくが、それはコンピュータの補正エラーだとしか説明できないと気づくまで、われわれは〇・八二まで加速していた。これはスケジュールの四十年分の前倒しだった」

彼女はヒロシが冗談をいって、自分を騙そうとして、そんなまちがったことをいっているんだと憤慨した。「光速〇・八二は可能ではありません」と冷たくそっけない口調でいった。「いや、ちがう」ヒロシは、同じように冷たい笑みをうかべていった。「可能なんだ。これは事実だ。ぼくらはやった。ぼくらは、九十一日のあいだ、〇・八二で航行していたんだ。加速についてきみが知っているすべて、ゲガアルドの計算、質量増加の限界――すべてはまちがいだった。そこにこのエラーがあったんだよ！ 基本的な前提に！ エラーは、絶好の機会なんだ。いまではすべてが明らかだ。記録があれば、計算はできるからね。われわれがシンディチュウにたどりついたとき、すべてをディチュウにいる物理学者たちに説明できる。彼らにどこがまちがっていたか、教えることができる。ある物体を光速の十分の八の速さで動かすには、どのように重力陥没を使えばいいか彼らに教えればいい。これは発見《ディスカヴァリー》の旅なんだ。われわれはそれを八十年で達成するはずだった」彼の顔は勝利感をうかべて引き締まり、まるで征服者の顔だった。「われわれは五年以内に目標の星系に到着する」と彼はいった。「一六四年の前半のうちに」

彼女は怒りしか感じなかった。

「もしそれが真実なら」と彼女はついに口を開いた、ゆっくりと無表情に。「なぜそれをいまあたしに話すんですか？ そもそもなんであたしに話すんです？ ほかのみんなには隠してきたんですよね。なぜなの？」

彼女の胸にいいようのない怒りが、はじめに彼が恐れていた反抗心が、よくもそんなことができたわねと難詰したい思いが湧いてきたのは、彼が自分に話した事柄がもたらしたショックの大きさばかりではなく、彼の勝ち誇った表情、勝ち誇ったような口調のせいだった。だが彼女の怒りをいまや彼はなんとも思っていない。彼は、正しいという確信に支えられ、びくともしなかった。

「これはわれわれがもっている唯一の権力なんだ」と彼はいった。

「われわれ？　だれのこと？」

「天使ではないわれわれだ」

天使の数をかぞえる

第六世代のための教育予定表は改訂中なので利用できないといわれて、ルイースは、こういった。「だけど、八年前に予定表を見せてくれってたのんだときにもそういわれたんだよ」

スクリーンに映っている教育センターの母親のような雰囲気の女性は同情するように首をふった。「あら、予定表はいつでも改訂中か、検討中なのよ、天使。予定表は更新しつづけなければならないものだから」

「わかったよ、ありがとう」といって、ルイースはスイッチを切った。

老タンは二年前に死んでいたが、孫息子は頼りがいのある後任者だった。「なあ、ビンディ」ルイースは共有スペースの向こうに声をかけた。「死者は天使も数に入れるのかな？」

「ぼくが知っているはずがないだろう？」

「司書は実用的な雑学の宝庫じゃないか」

「つまり、天使はリスト化されているかということだね？　いいや。どうしてそうなってなければならないんだ。古い宗教の賛同者はリスト化されたことがない。リスト化は不和のもとだ」ビンディは祖父ほどゆっくり喋るわけではないが、同じようなリズムで、考えぶかげな小さな沈黙、四分音符ぶんの間《ま》をおいて一文ずつ話した。「至福会も宗教的な組織なのだろうと思うよ。そう定義する以外にどう考えたらいいかわからない。そうはいっても、ぼくには宗教をどう定義するかもわかっていないけれどね」

「つまり、天使が何人いるか、正確にかぞえる方法はないってことだ。こういってもいいわけだ、だれが天使でだれが天使でないか確かめる方法はないんだ」

「尋ねてみればいい」

「たしかに。そうしてみるよ」

「世界じゅうの通路という通路をめぐりあるくことになるぞ」とビンディはいった。「出会うひとごとに、あなたは天使ですか、と尋ねていくんだ」

「すべてのひとが天使というわけではないということか？」とルイースはいった。

「ときどき、そう見えるな」

「まったく、そのとおりだよ」

「それでなにをいいたいんだ？」

「そこがわからないから気になっているんだ。たとえば、第六世代のための教育プログラムさ」

ビンディは少し驚いたように見えた。「第六世代の赤ん坊を産むつもりなのかい？」

「いいや。シンディチュウについて解明したいことがあるんだ。第六世代はシンディチュウに着陸することになっている。彼らがそのための教育を受けるのは道理にかなっているように思える。予想されていることを教えられるのはね。外側での生活にどのように対処するか。惑星の表面で長期間の船外活動するための訓練を受ける。けっきょく、それが彼らの仕事になるんだ。ゼロ世代は、教育プログラムにそういう情報もふくめていたはずだ。きみのじいさんが、ゼロ世代がそうしていたと話していた。でも、どこでやるんだ？　だれが彼らを訓練することになっているんだ？」

「まあね、まだ第六世代で服を着ている者さえいないんだ」とビンディはいった。「未知の世界の話でかわいそうな小さいお馬鹿さんたちを怖がらせるのは、ちょっと早すぎるんじゃないか」

「早いに越したことはないんだ」とルイースはいった。「到着日は今から四十四年後だ。ぼくたちだって、シンディチュウで船外活動をしたくなるかもしれないんだぞ。シンだったら、前によろけながら、外側に出ていくだろうな」

「二十年ぐらいあとで、考えてもいいかな？」ビンディはいった。「いまは、こっちのちょっとした雑事をかたづけたいんでね」

ビンディはスクリーンに向きなおったが、一分ほどすると、ふたたびルイースのほうに向きなおった。「さっきの話が天使の数とどう関係があるんだい？」と彼はいったが、その声には質問した答えをかいま見た気配が感じられた。

至福の敵

シンは、5 - チン・ラモンをあまりよく知らなかった。彼はヒロシのサークルの一員であった。彼はこの二年間、管理部門評議会に所属している。シンは彼には投票しなかった。彼は中国人の先祖をもち、パイン・マウンテン集合住居に住んでいた。ここは大半がチンとリー一族だった。チン一族の多くは早いうちから天使だった。ラモンの一族は、彼らがいうように、至福会のなかで地位を上げてきた。ラモンは青白く平凡な男に見えた。多くの男性の天使のように、彼は女性に対しては、受け身の、距離をおくような、シンからみれば卑しい軽薄な態度で接した。その彼が、船が目的地に早めに到着すべく減速している事実を知っている十人——いまや十一人——の人間のひとりであることを知り、シンはたいそう驚き、同時に不愉快になった。

「するとあなたは、録音していることを告げずに、このテープをとったんですね？」と彼女は訊いた。

「そうだ」とラモンは無表情にいった。

ラモンは、良心の危機を体験していた、とヒロシがいった。5-チャッテルジ・ウマは、そのことについてシンに説明した。シンはウマが好きで、尊敬もしていた。明るくエレガントで小柄な女性で、管理部門評議会の委員に四年連続して選ばれている。シンは彼女の話を聞くべきだ。ラモンは、パテル・インブリスの側近として大天使たちに認められている。そこで聞いたことや知ったことが彼を不安にさせたので、秘密の誓いを破って、大天使たちのあいだで交わされた話をノートに書きとり、それをウマにわたしたのだと彼女は説明した。ウマはラモンの報告書をカナヴァルたちにわたした。すると彼らは、ラモンにその申し立てを証明するように要求した。そこで彼はこっそりと、大天使たちの会議をテープに録音した。

「そんなことをする人物をどうして信用できるんですか？」とシンは問いつめた。

「わたしたちに証拠を示すことのできる、それが唯一の方法だったの」とウマは同情の色をうかべてシンを見た。「偏執狂的な疑惑——航法室をのっとる、われわれの遺伝子に干渉する、水道に未試験の薬物を投入するというような陰謀——どれだけ多くの企みをわたしたちは聞いたことか！　これはラモンが、自分が偏執狂ではない、あるいは単に悪意のある人間ではないと、わたしたちを納得させうる唯一の方法だったの」

「テープなんて捏造するのは簡単です」

「捏造は簡単に見破れる」と4-ガルシア・テオが笑みをうかべていった。彼はシンが信頼をおいている、いかつい大柄な体の親切なエンジニアだった。この部屋でいっしょに働いているすべての人間に疑惑をもつのは難しい。「あれはほんものだよ」

「よくお聞き、シン」とカナヴァルがいい、彼女はうなずいたが、内心は憂鬱だった。彼女はこれを、この秘密を、嘘を、隠蔽を、謀略を憎悪した。その片棒はかつぎたくない、こういう輩《やから》といっしょにいたくない、彼らのひとりになりたくない、彼らがしっかりつかんでいる力を共有したくはない——つかんでいるのだ、なぜなら彼らはそうせざるをえない、そういいつづけなければならない。だがだれも嘘はつくべきではない。いまやっているようなことをする権利はだれにもない。知らせもせずに、あらゆるひとびとの生命を支配する権利はない。

テープから聞こえてくるさまざまな声は、彼女にはなんの意味もない。男たちの声が、彼女には理解できないなにかの仕事について話している。いずれにしても彼女にはなんのかかわりもなかった。天使たちには、天使たちの秘密をもたせておけばいい、カナヴァルとウマにも秘密をもたせておけばいい、ただわたしをまきこまないで、とシンは思った。

だが彼女はパテル・インブリスの声、柔らかな、老人の声、鋼鉄のようにしなやかな、彼女がずっと聞き慣れている声に気づいた。反抗心や盗み聞きさせられているという嫌悪感や不信感などに見舞われるなかで、彼女はあの声がこういうのを聞いた。「カナヴァルは、われわれがブリッジを味方に引きいれる前に、信用をおとすにちがいない。それにチャッテルジも」

「それにトランも」と別の声がいい、同じく評議会のメンバーである５‐トラン・ゴロも、〝おおいに感謝する〟というようなひねくれたパントマイムで、うなずいている。

「どんな戦略をたてているのですか？」

「チャッテルジは簡単だ」ともうひとつの、低い声がいった。「彼女は軽薄で尊大だ。噂を流せば、彼女の影響力などすぐにおちる。カナヴァルについては、彼の健康が問題にならざるをえない」

シンは奇妙な悪寒をおぼえた。彼女はヒロシをちらりと見た。彼は、朝の黙想のときのように平然とすわっている。

「カナヴァルは、至福の敵だ」と老人の声がいった、パテルの声だ。

「唯一の権威者の地位にある」とひとりがいい、それに対してあの低い声が答えた。「彼は配置がえすべきだ。ブリッジと、それから大学に。そのふたつの地位には優秀な人間が必要だ」低い声の持ち主の口調は穏やかで、筋の通った確信に満ちていた。

議論はつづいた。その多くはシンには理解できなかったが、いまは真剣に耳をすませ、理解しようとしていた。とつぜんテープが、言葉の中途でとぎれた。

彼女は驚いて、あたりを見まわし、ほかのひとびとを見つめた。ウマ、テオ、ゴロ、そしてラムダスは、彼女が友と思っていたひとたちだ。チン・ラモンとふたりの女性、エンジニアと評議会のメンバーは、秘密のサークルのメンバーだと知っていたが、友人だとは思っていなかった。そしてヒロシは、まだザゼンを組んでいる。彼らはウマの居住スペースに集まっていた。家はいま流行の〝遊牧民式〟で、作りつけの家具はなく、絨毯が敷かれ、明るいペイズリー模様のクッションがおいてあった。

「あなたの健康というのはなんなの？」とシンは詰めよった。「それから心臓の弁とかいっていたわね？」

「ぼくには先天的な心臓の障害があるんだ」と彼はいった。「それはぼくのH‐フォルダーにのっている」

だれでもH‐フォルダーをもっている。遺伝子地図、健康記録、学校記録、職業履歴。それには個別識別コードがついていて、だれも、本人の許可なしにH‐フォルダーを見ることはできない。本人の死後、ファイルが記録所から公文書保管所に移されるまでは。プライバシーというかなりの神秘性が、それらの個人ファイルをとりまいている。共同親か医者でなければ、H‐フォルダーを見る申請をすることはできない。だれかがコードを破るか盗むかして本人の許可なしにそれを見ることは考えられない。シンはヒロシのH‐フォルダーを見たことはなく、見せてとたのんだこともない。ふたりに子供をつくる計画はなかったからだ。なぜ彼がそんなことをいったのか、彼女には解せなかった。

「記録係は、九十パーセントが天使なんだ」とラモンが、彼女のぽかんとした顔を見ていった。

ラモンがヒロシのいったことの意味をむりやりわからせようとしたことに、彼女は腹をたてた。それにラモンの柔らかすぎる声、きりりと締まった顔にも腹がたった。ラモンがそばにいるときは、ヒロシも緊張し、口もとを引き締め、天使が引き受けたこの問題について気を揉んでいる。いまやラモンはシンをも支配し、自分を信頼しているひとびとを裏切ってまで録音したテープに耳をかたむけさせようとしている。

シンは、自分が泣きそうになっているのに気づいて狼狽した。彼女はもう何年も泣いたことがない。泣くようなことがあっただろうか？

チャッテルジ・ウマの同情するような目が彼女に注がれた。「シン」とウマは、だれかが話しはじめると静かにいった。「ラモンがノートを見せてくれたとき、わたしは彼に、出ていけといったのよ。それから一晩じゅう吐きつづけたの」

「でも」とシンはいった。「でも。でもなぜあの連中がこんなことをするんですか？」おぼつかぬ大きな声だった。みんながふりむいた。

ラモンとヒロシが答えた。「権力」とひとりはいい、もうひとりは「支配」といった。

彼女はふたりのどちらも見なかった。筋の通った答えを求めて、評議会の議長を、ウマを見た。

「なぜなら――わたしが理解したところでは――」とウマはいった。「パテル・インブリスは、天使たちに、われわれの目的地は旅の到着地点ではない――そもそもそれは存在しないと教えたの」

シンは目を見張った。「シンディチュウは存在しないと、彼らが考えているというのですか？」
「船の外側にはなにも存在しない。この旅のほかになにも存在しないと」

魂よ、死とはなにか

〝生命の旅における法悦、生命から、生命への旅、
生命は永遠に、法悦は永遠につづく。
われわれは飛翔する、おお、わが天使たちよ、ともに飛翔しよう！〟

すべての信者が、最後の行を、甘く歓喜に満ちた調子で歌った。そしてローザがルイースに微笑を向けた。彼ら、ルイースと、赤ん坊のジェリカを抱いたローザは並んですわっている。彼女の夫のルイツ・ジェンは、二歳になる自分の子ジョイを膝にのせている。天使たちは、〝家族たち〟と〝真の同胞〟、自分たちの子をもち、それぞれの子をともに育てているカップルをたいそう大事に思っていた。〝母親はやさしく慈しみ、父親は力強く導き、小さな男の子が、小さな女の子が、ともに育つ《テンディ》〟ルイースの頭は決まり文句と韻文と格言でいっぱいだった。彼は、最後の四旬日間のための天使の著作しかほとんど読んでいない。彼は『天使から天使たちへ』を二度読み、パテル・インブリスの『新評釈書』を三度読み、ほか

のたくさんの本も読んだ。彼は天使の友人や知人と話したが、自分が話すより耳をかたむけているほうが多かった。ローザに、法悦会にいっしょに行ってもいいかと訊いた。彼女はむろん、これ以上の幸せはないと彼にいった。

「ぼくは天使にはならないよ、ロージー」と彼はいった。「ぼくが参加したいのは、それが理由じゃない」だが彼女は笑って、彼の手をとった。「ああ、あなたはもう天使よ、ルイース。そのことはもう心配しないでいいの。あなたを至福のなかに導きたいだけなの」

歌のあとには、平安の集いがあり、そのあいだ信者は黙ってすわっていたが、とうとうそのうちのひとりが感動のあまり話しだした。ルイースは、こうした集いを見たくてやってきた。ここでの話はいつもきわめて短い——共有するよろこびと恐怖と悲しみを語り、共感を固く信じている。ローザとはじめてここに来たとき、彼女は立ち上がってこういった。「わたしの親友のルイースがここに来てくれたので、とてもうれしいです！」そしてひとびとはふりむいて、ふたりに微笑を送った。それからよろこびの想起と感謝に関する月並みなスピーチがあるが、ひとびとはたいてい熱烈に語った。この前の集会では、妻に死なれた老人が語った。「エイダは至福のうちに飛んでいることはわかっていますが、わたしは彼女を失ったまま通路をひとりで歩いています。もしみなさんが知っているなら、どうかわたしに教えてください、彼女のよろこびを悲しまないようにする業《わざ》を」

きょうはだれもあまり話そうとはせず、ありきたりの話をするだけだった。おそらく大天使が出席していたせいだろう。大天使は、家庭や区画で行なわれる法悦会に出席し、短い話や説教をする。大天使のなかには〈短い祈禱〉と呼ばれる歌をうたう歌手がいて、信者はそれをうっとりと聞いている。ルイースは、これらの歌が、音楽的にも知的にもすぐれた複雑なものであることに気づき、歌手の5‐ヴァン・ウイングが紹介されたときは、興味をもって耳をかたむけるつもりになっていた。

「新しい歌をうたいます」とウイングは天使らしく簡潔にいうと、ちょっと間をおいて、やおら歌いだした。無伴奏で歌う彼の声は力強いテノールだった。彼はルイースが聞いたことのない〈短い祈禱〉の歌をうたった。その調べは、よどみない忘我の奔流、二、三の結合された様式からなる、明らかに大部分が即興の曲だったが、歌詞は曲にそぐわないものだった。それらは短く曖昧な隠喩のようだった。

目よ、そなたはなにを見る？
暗闇、それは虚空。
耳よ、そなたはなにを聞く？
沈黙に、声はなく。
魂よ、死とはなにか？
沈黙、暗黒、外側。
さあ生命を清めよう！
法悦に向かい永遠に飛べ、

　おお、至福の乗り物よ！

最後の三行は、しきたりどおり、よろこびにあふれたリズムで歌われたが、その歌は、彼らの前にさしだされた言葉の上に暗く漂い、何度もくりかえされた。歌い手は恐怖におののき、その恐怖を言葉に染みこませ、ルイースもみなと同じようにそれを強く感じていた。それはすばらしい詠唱だった。ヴァン・ウイングは真の芸術家だと彼は思った。そう思いつつも、いつしか自分が、その歌に対してわが身を守り、それらの歌詞がわが身に及ぼす影響をできるだけ小さなものにしようと努力していることに気づいた。

　魂よ、死とはなにか？
　沈黙、暗黒、外側。

彼は通路の雑踏を通りぬけて第四クワドにある居住スペースに帰ったが、あの言葉が頭のなかで暗い歌をうたいつづけていた。翌朝目覚めたとき、その言葉がなにを意味しているのか彼は理解した。

ベッドに起き上がり、彼の十六歳の誕生日プレゼントにシンが作ってくれたノートに記しはじめた。ノートはいつもけちけち使っていたが、もう何年もたっているので、頁のほとんどは上から下まで端から端まで、ルイースの小さなきちんとした文字でぎっしり埋めつくされていた。あと数頁残っている。ノートの見返しの白い頁にはこう記されていた。〃ルイースの考えをしまっておく箱。シンが愛をこめて作りました〃彼女の名前は文字ではなく、古代の表意文字だった。〃**星**〃。彼はこのノートを開くとき、いつもこの献辞を読んだ。

彼は書いた。〃生活／船／乗り物／針路。死すべき者は不死をあらわす（真の至福）。目的地とは比喩的なもの——なぜなら目的地とは運命のこと。あらゆる意味は内側にある。なにものも外側にはない。外側は無だ。非実在、無、空虚。死。生命は内側にある。外側に行くことは、否定であり冒瀆〃彼はしばらくのあいだ最後の言葉を見つめていたが、やがて身をのりだしてインネットスクリーン上にオックスフォード英語辞典《OED》を呼びだした。彼は、〃冒瀆〃という言葉の定義と由来を調べた。それから〃異教、異教徒、異端〃という言葉を、それから〃正統派的信仰〃を。だがとつぜん、それを調べるのはやめ、ふたたび白紙のノートに書きはじめた。〃人類。おおいに**適応可能！**至福、精神神経症／移動中の存在の超有機的な適応——ほぼ完璧に近い恒常性。ルールに従い、内側で生きる、永久に。到着に対する不適応。到着は肉体的／精神的に死と同等のもの〃彼はここでふたたび手を止め、そして書いた。〃起こりうる議論、派閥主義、苦悩をいかに最小限にとどめるか？〃

彼は書くのをやめ、長いあいだすわったまま考えこんでいた。彼の寝室部分の大気取り入れ口から、摂氏二十二度の一定の、静かな風が吹きこみ、絶え間なく本の薄い紙をそよがせ、右方にそっと頁を送り、見返しの部分をふたたびあらわした。〃ルイースの考えをしまっておく箱〃。愛という言葉。シンをあらわす、星を意味する表意文字。話を聞いてくれる者はほかにはだれもいないのだ。

シンは、彼の最初のメッセージに答えなかった。ようやくつかまったシンはこういった。忙しくて、ごめん、いまはとっても忙しくて、仕事の手をはなせないの……彼女はもったいぶった態度をとるような人間ではない。カナヴァルは、正当な理由もないのに、やたらに尊大だった。だがそのシンがもったいぶっている、シンがはぐらかしている？　いいや。忙しい。なぜそんなに忙しい？　友人に返事するひまもないほどの仕事とはなんだ？　おそらく彼女はまだぼくを恐れているのだ。悲しかった、だがそれは新しい悲しみではなかった。それに、彼女が恐れているのは自分自身で、彼ではなく、それは彼女の問題で、彼の問題ではなかった。だから彼はいいはった。先のばしにされては困る。「あす十時にいく」そして十時に、彼はシンの居住スペースの扉の前にいた。彼女はいた。カナヴァルはいなかった。彼女はぶっきらぼうで、堅苦しい態度をとった。ふたりは作りつけのカウチに向きあってすわった。「なにかまずいことがあるの、ルイース？」

「天使について知ったことをきみに話す必要があるんだ」

ふたりのあいだに半年間沈黙があったあとに話すにしては奇妙な台詞だった。それは彼にもわかっていた。ところが彼女の返答はさらに奇妙だった。彼女は驚いたような、狼狽したような顔をした。彼女はショックを隠して口を開きかけたが、やおら疑っているような口ぶりでこう訊いた。「なぜあたしに？」

「ほかにだれがいる？」

「あたしが天使たちとどう関わっているというの？」

遠まわしな！　とルイースは思った。彼はこういっただけだった。「なにも。ただこれはめったにないことなんだ。とても重大なことでね、どうしてもきみに相談する必要があるんだ。きみがこれについてどう考えるか知りたい。きみの判断を。きみと話しあうと、いつもいい考えがうかぶんだよ」

彼女はまったく打ち解けようとはしなかった。緊張し、心配そうにしたまま、どうにかうなずいた。そしていった。「お茶を飲む？」

「いいや、けっこうだ。できるだけ早く話がしたい。ぼくのいうことがよくわからなかったら、いってくれ。ぼくのいうことが信じられるかどうかいってくれ」

「近ごろは、信じられないことってあまりないわ」と彼女は彼のほうを見ずにそっけなくいった。「じゃあ、話して。一〇四〇にブリッジにいなくてはならないの。ごめんなさい」

「三十分でいい」

その時間の半分で、彼は、いうべきことを話しおえた。まずはじめに、すくなくとも過去二十年のあいだ、教育委員会と教育評議会が、多数の天使によって変わることなく管理されているという事実に気づいたこと。ゼロ世代が第六世代のために本来計画したカリキュラムがどんなものであったか、知ることが不可能になったこと。これらの計画は明らかに削除されている――おそらく公文書保管所からも。

その可能性について考えるたびに、ルイースはショックを受けたが、自分の憂慮を最小限にとどめようという努力はしなかった。シンは、自分が感じていることを隠しつづけていた。自分がいま話したことを彼女はすでに知っているのではないかと彼は疑いはじめていた。もしそうなら、彼女は知っているということも認めようとはしていないのだ。彼は話しつづけた。

小学校と高校のカリキュラムは、シンやルイースが在学していたころとほとんど変わってはいない。もっとも驚くべき変化は、ディチュウとシンディチュウに関する情報と議論の減少である。いまの子供たちは学校で、起源惑星と目的地について学ぶ時間がほとんどない。それらに関する言葉は曖昧で、奇妙なほどそっけない感じだ。ルイースが最近見つけたふたつの文章では、〝惑星仮説〟という言いまわしが使われていた。

「しかし四十三年半以内に、われわれは、それらの仮説のひとつに到着するだろう」とルイースはいった。「われわれはそれをどう考えたものだろう？」

シンはまたも苦しそうな——怯えているような——表情をした。それをどう解釈すればいいのか、ルイースにはわからなかった。彼は話しつづけた。

「ぼくは、起源惑星や、われわれの目的地である別の惑星の重要性——その事実を否定させるような、天使の論理や信念にふくまれる諸要素を理解しようとしてきた。至福会は、それ自体として、しかもわれわれのような生活をしている者たちのための信仰形態としては、思考の首尾一貫したシステムだ。じつのところ、それが問題だ。至福は自己充足している、閉じられたシステムだ。それはわれわれの生活——船の生活——への精神的適応であり、自己充足システムという、つねにあらゆる生活必需品を供給する一定不変の人工的環境への適応だ。中間世代のわれわれは、生きて、船を動かしつづけ、針路を保つほかにゴールはない。そしてそれをすべてなしとげるために、われわれがなすべきことは、ルールに――基本法に従うことだ。ゼロ世代はそれを重要な義務、崇高な責任と見なしていた。なぜなら彼らは、それを旅全体のひとつの要素と見なしていた――その結果によって名誉を得る手段と見なしていたからだ。だが結果を見ないひとびとにとっては、手段であることはたいした名誉ではない。自衛本能とは、自己中心的なものだね。システムは閉じられているばかりでなく、窮屈なものだ――手段を、旅をいかに讃えるか――いかにルールに従うことをそれ自体の目的にするか、それがキム・テリーのヴィジョンだ。彼が見たままに、われわれの真の旅とは、宇宙の外側にある物質的世界への旅であるばかりではなく、至福という精神的世界への旅でもある――われわれはそこに、まさにここで生きることによって到達するだろう」

シンはうなずいた。

「パテル・インブリスは、最後の数十年にわたり、このヴィジョンの重要性を徐々に変えていった。ここここそがすべてなのだ。この船の外側にはなにもない――文字どおりなにもない、霊的にもなにもない。起源と目的地はいまや隠喩なのだ。それらにはなんの実体もない。旅だけが唯一の実体なのだ。旅がそれ自体の目的なのだ」

彼女はいぜんとして冷静だ。まるで彼が、自分の知らないことはなにひとつ話していないとでもいうように。だが彼女は用心している。

「パテルは理論家じゃない。彼は活動家だ。彼の大天使や彼らの弟子たちを通して彼のヴィジョンを実行している。この十年か十五年のあいだに、天使たちは、評議会で数多くの決定をしてきた。その決定の多くは、教育に関するものだ」

ふたたび彼女はうなずいたが、いぜん警戒している。

「学校は恒星間旅行の本来の目的についてはほとんどなにも教えていない——惑星を研究し、おそらくそこに移住するということも。教科書やプログラムには、宇宙——星図、恒星の種類、惑星の組成など、ぼくらが十学年で教わった知識はすべてのっている——教師と話してみたが、彼らは、そのほとんどを飛ばしているといった。子供たちが〝興味をもたない〟からだと。子供たちは〝ああいう古い物質科学の理論はよくわからない〟そうなんだ。すべての学校の理事と教師の六十五パーセント——第一クワドでは九十パーセントが——至福会のメンバーだということをきみは知っているか？」

「そんなにたくさん？」

「すくなくともそれだけの数はいる。ぼくの印象では、ある天使たちは自分の信仰をわざと隠している。自分たちの支配力があからさまになるのを避けるためにね」

シンは不安そうに、嫌悪の色をうかべたが、なにもいわなかった。

「その一方で、大天使の教えは、〝外側〟を危険と同一視している。肉体的にも精神的にも、——罪であり、悪であり——死につながるものとして。ほかにはなにもない。船の外側にはなにもよいものはない。内側は肯定し、外側は否定する。純粋な二元性——最近は皮膚科を学ぶ若い天使は多くないが、若干の年輩の天使たちは船外活動をしている。彼らは、エアロックを通るやいなや、清めの儀式をする。きみはこのことを知っている？」

「いいえ」と彼女はいった。

「これは除染と呼ばれている。古い物質科学の理論の言葉に新しい意味をもたせる。魂が、沈黙の黒い外側によって汚染されるんだ……いや、このことはおいておこう。天使たちはルールに従うことに熱心だ。なぜなら、立派に生きぬいた一生は、永遠の幸福へとまっすぐわれわれを導いてくれるから。彼らは、われわれがみなルールに従うよう熱心に説く。われわれは至福会の船のなかで生きている。われわれは至福を逃すことはできない。われわれがあの新しいルールを破らないかぎり。あの大きなルールを。この船は止まれないというルールを」

彼は口をつぐんだ。シンは怒っているように見えた。心配したり、悩んだり、怖がったりするときはいつもそうだった。

天使の教えの変化や、さまざまな評議会に及ぼしている天使の支配の広がりを徐々に発見したものの、それは彼を脅かしはしなかった。彼はそれを問題と見なした。検討しなければならない深刻な問題だと。その解決法は、それをみなに知らしめ、天使たちに彼らの方針を説明させ、非天使たちに、パテル・インブリスがルールを変えようとしていることを、そうするために内々に権力をふるっていることを気づかせるのだ。非天使たちがそれに気づけば、反抗するだろう。危機を招く必要はないのだ。

「われわれにはあと四十三年半ある」と彼はいった。「話しあうにはじゅうぶんの時間だ。ものごとの均衡をとりもどすという問題だよ。急進的な天使たちは、われわれには目的地があるということを認めねばならない。ひとびとは、そこでは船外活動をしなければならない、それにはつねに船外活動の訓練が必要となる。それを罪と見なすなどもってのほかだよ」

「それより悪い」とシンがいった。うちひしがれた、厳しい表情がまたもどってきた。彼女は跳びあがり、部屋を向こうまで歩いた——こぎれいな、簡素な部屋。彼女がこれまで住んでいた散らかった巣のような部屋とはちがう——そして彼に背を向けて立っている。

「ああ、そうだね」とルイースはいった。彼女の言葉の意味がよくわからなかったが、なんであれ口を開いてくれたので元気がわいた。「われわれはみんな訓練が必要だ。到着するときは、ぼくたちは六十代になっている。もしその惑星が居住可能であるなら、すくなくともわれわれのうちのだれかがそこに住む——残留するという考えに慣れなくちゃいけない。われわれのある者はおそらく反転して、ディチュウに帰還するだろう……ちなみに天使たちはそのことにはけっして触れない。インブリスは、無限に向かって伸びている直線のようにしかものごとを考えないらしいからね。彼の論理の欠陥は、物質である船に永遠の旅が可能であると考えていることだ。エントロピーの概念は至福会の論理にはあてはまらないらしい」

「ええ」とシンはいった。

「以上だ」彼はしばらくしていった。彼女からなんの反応もないのが不思議だったし、心配でもあった。彼はしばし間をおいてこういった。「これは話しあうべきことだと思う。だからきみのところに来た。これについて話しあうために。それにきみは、管理部門やブリッジの非天使たちとこれについて話しあいたいのではないかと思ってね。彼らも、われわれの使命がこんなふうに修正されていることに関心をもたなくちゃいけないよ」彼は口をつぐんだ。

「おそらく彼らはすでに懸念を抱いているのかもしれないね」

「ええ」と彼女はふたたびいった。だがふりむこうとはしなかった。

ルイースはあまり怒りっぽい気性ではなかったし、憤懣《ふんまん》をぶちまけるようなたちでもなかったが、すっかり気落ちしてしまった。シンの背中を、彼女のピンクの長衫《チョンサン》と、たいらな尻と短足と（彼女はチ・アンである自分の体型の特徴をそう説明していた）、肩のところでまっすぐに切り揃えてある艶やかな黒い髪を見つめ、彼はまたもや痛みをおぼえた。心の奥深くにあるひりひりするような烈しい痛み。

「ぼくの論理にも欠陥があったと思う」と彼はいった。彼は立ち上がった。

シンがふりむいた。彼が思ってもいなかった憂慮の表情だった。天使の考え方がいかに強力な影響を及ぼしているか、彼が理解するまでに長い時間がかかった。自分が発見したことのすべてをすぐに彼女にぶつけたのに――それはなにひとつ彼女を驚かせなかった。それなのに、この反応はなんだ？　彼女はなぜそれについて話そうとはしないのか？

「どんな欠陥？」と彼女は問い返したが、まだ不信の面持ちで逡巡している。

「べつに。ただきみと話したかったんだ」

「わかってる。航法の仕事は、ちっとも楽にならないわね」

シンは彼を見ているのに、じつは見ていなかった。彼にはそれが耐えられなかった。

「だから。そういうわけさ。ぼくの心配ごとを話しただけだよ、平安の集いで話すように。時間をさいてくれてありがとう」

彼が戸口までくると、彼女がいった。「ルイース」

彼は立ち止まったが、ふりかえらなかった。

「このことについてはもっと話しあいたいの、たぶんあとであなたと」

「いいとも。あまり心配しないでくれ」

「このことをヒロシに話さなくてはならないの」

「いいとも」と彼はふたたびいって、通路に出た。

彼はどこかほかの場所に行きたかった、通路4‐4ではなく、どこの通路でもなく、どこの部屋でも、彼の知っているどこの場所でもなく。だが彼が知らない場所はなかった。この世界に場所はなかった。

「外に行きたい」と彼はひとりごとをいった。「外側に」

沈黙、暗黒、外側。

ブリッジにて

「きみの友だちに怖がらないようにいいたまえ」とヒロシはいった。「天使たちがのっとっているわけではない。われわれがいるかぎりは」

彼は仕事にもどった。

「ヒロシ」

彼は答えなかった。

彼女は、航法室の彼の席の近くに立っている。その視線は、ディスカヴァリー号の〝窓〟のひとつに注がれていた。窓とは一メートル四方のスクリーンで、表皮センサーから送られてくるデータが明るい画面に表示されている。暗黒。明るい点の数々、暗い点の数々、靄《もや》。近辺の星域、左下のすみにははるかかなたの大銀河系の円盤。

小学校の三年生は、この〝窓〟を見学させられる。

あるいはさせられていた。

「あそこに見えるのはじっさいにあるものなんですか?」とシンはさほど遠い昔ではない過去にテオに訊いたものだ。彼は微笑んで答えた。「いいや。いくつかは、われわれの背後にある。これはぼくが作った映画なんだ。これはスケジュールどおりに動いていたら、われわれがいるべき場所なんだ。だれかが気づいた場合にそなえてね」

シンはいまそれを見つめながら、ルイースの言葉を思い出していた。VU。仮想非《ヴァーチャル・アン》現実《リアリティ》。

ヒロシのほうを見ずに、彼女は話しだした。

「ルイースは、天使たちが支配していると思っている。あなたは自分が支配していると思っている。あたしは、天使たちがあなたを支配していると思うの。あなたは、われわれがスケジュールより数十年も先をいっていることをみんなに話そうとしない。なぜならもし大天使たちが知ったら、彼らはブリッジを占拠して、あの惑星に到達しないように針路を変えるだろうから。でもあなたがこの事実を隠しつづけるなら、われわれがその惑星にたどりついたとき、彼らがとってかわることを保証しているようなものだわ。あなたはなんというつもり？　〝さあ、着いたぞ！　びっくりしたかい！〟天使たちはきっとこういうでしょう、〝この者たちは頭がおかしい、彼らは航法に誤りを犯し、それを隠蔽しようとした。われわれはシンディチュウにいるのではない——四十年早すぎる——ここは別の太陽系だ〟そして彼らはブリッジを占拠し、あたしたちはそのまま進みつづける。さらに。どこでもない場所に」

長い時間がすぎた。それで彼女は、ヒロシが聞いていなかったのだと思った、彼女の言葉が聞こえなかったのだと。

「パテルの配下はきわめて多勢だ」と彼はいった。その声は低かった。「きみの友人が気づいているように……これは容易に決められることじゃないんだよ、シン。われわれには、これまでなしとげた事実のほかには、なんの力もないんだ。希望的な考え方に逆らう現実があるんだ。われわれは到着する、周回軌道に入る、そしてわれわれはこういう。〝ここに惑星がある。これは現実だ。われわれの仕事はひとびとをここに上陸させることだ〟。だがいまそのことをみなに話したとする……四年だろうが、四十年だろうがちがいはない。パテルを信じる者たちは、われわれを信用しない。われわれを交替させ、針路を変え、そして……きみがいうように……どこでもない場所へ進んでいく。〝至福〟に向かって」

「だれがあなたを信じると、支持するというの？　最後の瞬間まで彼らに嘘をついていたとしたら。ふつうの人間がよ。天使ではなく。彼らに真実を話さないことに、どんなまっとうな理由があるというの？」

彼はかぶりを振った。「きみはパテルを過小評価している」と彼はいった。「ぼくらは、ぼくらにあるひとつの利点を捨て去るわけにはいかない」

「あなたこそ、あなたを支持しているひとたちを過小評価していると思うわ。彼らを過小評価して軽視している」

「この問題に人間の個性は関係ない」と彼はとつぜん厳しい声でいった。

彼女はヒロシを凝視した。「人間の個性？」

全体評議会

「ありがとう、議長。ぼくの名前はノヴァ・ルイースです。ぼくは、宗教的操作に関する特別委員会の設立について審議するよう評議会に要請しました。さらに教育カリキュラムについて、公記録や公文書保管所に存在するある資料の内容と入手許可について、そして十四の委員会とスクリーンに記されている審議権を有する組織体の構成についてもです」

４－フェリス・キムがすぐさま立ち上がった。「宗教的操作に関する委員会は、基本法に従って招集することは可能です。ただし、立法府の選挙、あるいは審議に限られます。学校のカリキュラム、公記録や公文書保管所に保存されている資料と、スクリーンに列挙された委員会と評議会は、審議権のあるものとは認められませんので、調査からははずされます」

「基本法委員会がその点については決定を行ないます」この会議の議長をつとめるウマがいった。フェリスは満足した顔で着席した。

ルイースはふたたび立ち上がった。「問題の宗教は、至福会の信仰です。議長には、基本法委員会は偏りがあるものとお考えくださるよう要請します、六人の委員のうち五人が至福会の信仰を奉じるメンバーですから」

フェリスがふたたび立ち上がった。「信仰？　宗教？　いったいなにを誤解しているのでしょうか？　われわれの世界に信仰やカルトは存在しません。そうした言葉は単に古代史の模倣です。われわれがとうに捨て去った、不和の原因となる誤謬です」彼の低い声が、のんびりとやさしい声になる。「この空気をご自分が呼吸しているからといって、〝信仰〟と呼びますか、ドクター？　あなたが生活しているからといって、生活を〝宗教〟と呼びますか？　至福はわれわれの存在の基盤であり目標です。われわれのうちのある者は、その知識に法悦を見いだしています。ほかの者たちの愉しみは未来にあります。だがここには宗教はありません、敵対する宗派は存在しません。われわれは、ディスカヴァリー号の仲間としてひとつに結ばれているのです」

「そしてその目標は、ディスカヴァリー号のための基本法に示されている。そしてディスカヴァリー号に乗っている者たちは、宇宙の一部を通過し、ある惑星に向かって旅をしている。その惑星を調査し、可能ならそこに植民し、それに関する情報をわれわれの起源惑星、ディチュウ、地球に送ることになっている。われわれはみな、その目標に達するべく団結しているのですよ。これにはご賛成ですか？　フェリス評議員？」

「全体評議会は、語学上の理論や知的理論について、つまらぬ詮索をする場所じゃないでしょうが？」フェリスは議長に対してやんわりと抗議した。

「宗教的操作という申し立ては、つまらぬ詮索とはいえませんね、評議員」とウマがいった。「この問題は、わたしの諮問評議会で討議しましょう。これは次の評議会の協議事項とします」

スープは濃くなる

「どうやら」とビンディがいった。「ぼくらはスープ鉢に糞《くそ》を入れてしまったね」

彼らは、トラックを走っていた。ビンディはもう二十周していた。ルイースは五周だった。

走る速度が遅くなり、呼吸も苦しそうだ。「至福のスープだ」と彼は喘ぎながらいった。

ビンディも速度を緩めた。ルイースも喘ぎながら立ち止まった。立ったまましばらくはあはあいっていた。「畜生」と彼はいった。

ふたりはタオルを取りにベンチに近づいた。

「シンに話したとき、シンはなんといったんだ？」

「なにも」

しばらくしてビンディがいった。「ねえ、ブリッジにいるやつらとウマの諮問評議会は、大天使と同じくらい厄介だぞ。彼らはたがいに話しあうが、ほかの者とは話さない。やつらも党派だよ、大天使と同じく」

ルイースはうなずいた。「まあね、だから、ぼくらは第三の党派だ」と彼はいった。「糞野郎の党派だ。スープは濃くなっていくぞ。往古の歴史はくりかえす」

一六一年、八八日の大法悦会《グレート・リジョイシング》

教育カリキュラムにおける観念的偏りと公記録ならびに公文書保管所における情報の隠蔽や破棄について調査するため、全体評議会が宗教的操作に関する委員会を招集することを発表した二日後に、パテル・インブリスが、大法悦会《グレート・リジョイシング》の開催を呼びかけた。

神殿に大勢が詰めかけた。だれもがいった。「0-キムが死んだときもこんなふうだったなあ」

　老人が朗読台に立った。黒く皺ひとつない顔が、薄い皮膚から骨が浮きだしている体が各居住スペースのスクリーンに大きく映しだされた。彼は両手をあげて祝福した。

　群衆が吐息をついた。それは林を吹き抜ける風のような音だったが、彼らはそんな音は知らなかった。林を吹き抜ける風の音を聞いたことがなかった。彼らは、自分たちとマシンが発する声のほかは、吐息も声も聞いたことがなかった。

　彼は一時間近く話をしていた。はじめは、基本法に規定され学校で教えられる生活のルールを学ぶこと、それに従うことの大切さを語った。それらのルールを正しく守ることが、正義と平安と幸福をすべてのひとびとに保証するのだと情熱をこめて彼は主張した。清潔さについて、リサイクルについて、親であることについて、運動競技について、教師と指導について、専門的な研究について、実験室での仕事や農作業や保育などの平凡な職業の重要性について話した。彼のいう〝質素な生活〟のなかに見いだされる幸福について語るとき、彼は若々しく見えた。黒い目が輝いた。「至福は、どこにでも見つかるものだ」と彼はいった。

　それは彼のテーマになった。〝発見《ディスカヴァリー》〟と呼ばれる船、生命の船、それは死の虚空を旅していく、至福の船。

　船のなかでは、ルールや法律や指針があたえられている。それによって、生きている者たちは、死ぬまでつづく和合と幸福のなかで生きることを学びながら、真の目的地に達する道を知るだろう。

「死というものはない」と老人がいうと、円型ホールを埋めつくす命の林をふたたびあの吐息が吹き抜けた。「死は無である。死は零《ゼロ》である。死は虚空である。生命がすべてなのだ。死すべき生命は先へ進む、つねに進む、まっすぐに、その針路に忠実に、永遠につづく生命と光と悦《よろこ》びに向かって。われらが先祖は、暗黒のなかに、痛みのなかに、苦難のなかにあった。あの災いの暗黒の地で、あの恐るべき場所で、賢明なるわが先祖たちは、真の生活が、真の自由がどこにあるかを悟っていた。そして彼らはわれわれを、彼らの子たちを先へと送りだした。暗黒から、大地から、重力から、消極性から解き放ち、永遠に光へと向かう旅へ送りだしたのだ」

彼はふたたびひとびとを祝福した。ひとびとは彼の説法がおわったと思ったが、彼は自分の言葉に新たなエネルギーをあたえられたかのようにふたたび話しだした。「われわれが発見に至る目的地を見誤ってはならぬ、われわれの人生の目的を！　現実に対する表象と隠喩を見誤ってはならぬ！　われらが先祖が、われわれをこの偉大なる旅に送りだしたのは、はじまりの場所にもどるためではない。彼らが、われわれを重力から解放してくれたのは、重力にふたたび沈めるためではない。彼らは、われわれが別の地球へたどりつくために、地球から解放したのではない！　これは文字どおりの意味だ――科学的原理主義――恐ろしいほどの心の視野の狭さ。われわれの起源は、たしかに惑星上に、暗黒と悲惨さのなかにあった。だが、それはわれわれの目的地ではない！　そんなことがあろうはずがないではないか？

わが祖先は目的地というものを、ひとつの世界として捉えていた。なぜなら、彼らはほかになにも知らなかったからだ。彼らは暗黒のなかで、不潔のなかで、恐怖のなかで、重力によってひっぱられて暮らしてきた。彼らが至福を想像したとき、よりよい、より明るい世界を想像したにすぎなかった。そこで彼らはそれを〝新地球〟と呼んだ。だがわれわれは、その曖昧な表象の意味が理解できる。それを真実の言葉にいいかえることができる。惑星ではない、世界でも、暗黒の地でもない、恐怖でも、苦痛でもなく、死でもない——必滅の生命が、永遠の生命に至る輝ける旅であると。絶え間なく、永遠につづく巡礼の旅、不断につづく永遠の至福の世界に到達するための巡礼の旅であると。おお、わが同胞の天使たちよ！　われわれの旅は聖なるものだ、それは永遠につづくのだ！」

「ああ」林の葉むらが吐息をついた。

「ああ！」とルイースはいった。彼は自分の居住スペースでビンディとほかの数人の友人たち、糞野郎グループと自称する連中といっしょに視聴していたのである。

「はっ！」とヒロシはいった。彼は自分の居住スペースでシンとともに視聴していた。

ブリッジにて、一六二年、一〇一日

「ディアマントがきのう、加速度の数字の逸脱に気づいたと、あたしに質問したきたわ。彼は二旬日《テンディ》ほどそれを追跡していたのよ」

「彼の目をそらせてやれ」とヒロシは、ふたつのセットの数字を見くらべながらいった。

「いやです」

数分後に彼はいった。「きみはどうするつもりだ？」

「なにも」

彼の両手が作業台の上でぴくぴく動いた。「わたしに任せろ」

「そうしたいのでしたら」

「そうせざるをえない」

彼は仕事をつづけた。シンも仕事をつづけた。

彼女は仕事の手を止め、こういった。「十歳のころ、怖い夢を見たの。あたしは貨物室のひとつにいて、なかを歩きまわって、壁に、船の皮膚に、小さな穴があるのを見つけたの。世界に開いた穴。とっても小さかった。まだなにも起こっていなかったけど、あたしにはなにが起こるかわかっていた。だって外側は真空なんだから、空気はぜんぶその穴から勢いよく出ていってしまうはずだわ。船の外側は無なのだから。あたしの手はその穴をふさいだ。手をはなしたら、空気がまた外に漏れていくのよ。あたしは大声で呼んで、呼んで、でもだれも近くにはいなかった。だれにも聞こえなかった。そしてとうとう、あたしは、助けを求めにいかなければと思った。そして手を穴からはなそうとした、でもはなせなかった。手はそこにぴったりはりつけられていた。外側にある無によって」

「恐ろしい夢だね」とヒロシがいった。シンが話すあいだに、彼は作業台からはなれ、彼女と向かいあい、両手を膝の上におき、背筋をぴんと伸ばして無表情にすわっていた。「いまそれと同じ状態にあると感じているから、そんなことを思い出したのか？」

「いいえ。あなたがそれと同じ状態にいるのがわかるの」

彼はこの言葉を聞いてしばらく考えていた。「それでその状態から抜けだせる方法が、きみにはわかるのか？」

「大声で助けを呼ぶ」

彼はかすかに頭を振った。

「ヒロシ、学生かエンジニアのだれかが、あなたがいましていることを探って、それを公《おおやけ》にしようとしているわ。あなたが彼らをあざむいたり、引きいれたり、黙らせたりしないうちに。じっさい、それは進行していると思うわ。ディアマントはこのことを追及している。なにかを証明しようとでもいうように。彼はとても頭がいいし、極端な反権威主義者よ——あたしは彼といっしょのクラスだったのよ。彼をあざむくのも引きいれるのも容易じゃないわ」

彼は答えなかった。

「あたしがそうだったみたいに」と彼女はそっけなくいったものの、悪意はなかった。

「大声で助けを呼ぶとは、どういう意味だ？」

「彼に真実を話す」

「彼にだけか？」

彼女はかぶりを振った。そして低い声でいった。「真実を話しなさい」

「シン」と彼はいった。「きみが、われわれの計画は誤りだと考えているのはわかっている。きみがめったに示さない意見の相違をもちだしてくれたことには感謝する、それもぼくにだけね。なにが正しいかという点で意見が一致すればいいんだが。だがぼくは、われわれの針路を変える力をあの狂信者どもの手にはわたせないんだ。彼らがそうするには、もう手遅れだというときまではね」

「それはあなたが決めることじゃない」

「きみはその決定権をぼくから奪うのか？」

「だれかが奪うわ。そしてそのときには、あなたが長年嘘をついていた事実が発覚する。あなたとあなたの友人たちが、権力を独占するために。彼らにとって、ほかにどんな見方ができるというの？　あなたは面目を失うわ」彼女の声はなおも低く苦しげだった。ちょっと間をおいて、彼女は唇を嚙んでこうつけくわえた。「いまのあなたの質問は無礼だわ」

「言葉のあやだよ」と彼はいった。

ふたたび長い沈黙があった。

彼がいった。「無礼だった。あやまるよ、シン」

彼女はうなずいた。すわったまま両手を見おろしている。

「どうすればいいと思う？」彼は訊いた。

「タン・ビンディ、ノヴァ・ルイース、グプタ・レナに話しなさい——特別委員会が後ろ楯のグループよ。彼らは、パテルの策謀を暴露しようと動いている。彼らに、これまでの経緯を、あなたの好きなように話すといいわ、でも、われわれが三年以内に目的地に到着することは話すのよ——パテルが阻止しないかぎり」

「あるいはディアマントがね」と彼はいった。

彼女は顔をしかめた。彼女はさらに用心深く、さらに辛抱強くいった。「危険は、ディアマントみたいな人間じゃないのよ、ヒロシ。ほんの二分のあいだに、針路計算機を破壊して不能にするためにブリッジに立ち入るような狂信者よ——いままでだってつねにその可能性はあったけど、いまはだれかがそれを実行する理由があるわ。いまや彼らは、到着することをけっして望んでいない。すくなくとも、パテルの演説があってから、その意思を表明している。だからこそいま、到着が近づいていることを公表すべきなのよ。だって到着を実現させるためには、あらゆる支持が必要だから。われわれは支持を得なければならない。あなたひとりで、世界の穴に手をあてているわけにはいかないのよ！」

ノヴァ・ルイースの名前を出したとき、彼がひるむのがわかった。彼女は弱気になり、話すうちにますます雄弁になり、切迫した調子になった。最後は哀願になっていた。待っていたが、彼は返事をしなかった。やがて彼女の熱弁も無感動な平板なものになっていた。

とうとう彼女は、そっけなくきっぱりといった。「たぶんあなたならできるわね。でもあたしは、仲間や友人に嘘をつきつづけるわけにはいかない。あなたを裏切るつもりはないけれど、これ以上あなたと結託するのはいやなの。ただあたしはだれにもなにもいうつもりはないわ」

「べつに特別な計画じゃないんだ」彼はいい、硬い笑みをうかべて彼女を見あげた。「辛抱してくれよ、シン。ぼくがたのむのはそれだけだ」

彼女は立ち上がった。「恐ろしいのは、あたしたち、おたがいに信頼しあっていないということね」

「ぼくはきみを信頼している」

「してないわ。あたしを、あたしの沈黙を、あたしの友人を。嘘は信頼を押しだしてしまうのよ。無へと」

ふたたび彼はなにもいわなかった。やがて彼女は背を向けて、ブリッジを去った。しばらく歩いてから、彼女はいつのまにか自分が第二クワドの、分岐点2‐3にいて、昔の居住スペース、父親がひとりで住んでいる家に向かっているのに気づいた。彼女はヤオに会いたかったが、いま父親に会うのは、ヒロシへの裏切りであるような気がした。そこで向きを変え、第四クワドの、カナヴァル・リュウの居住スペースのほうへ引き返した。通路は狭く、ひとでぎっしり埋まっているように思われた。話しかけてきたひとと彼女は話した。ヒロシに話すことなど思いもしなかった、昔のあの悪夢の一部がよみがえった。世界の壁の穴は、外側からのなにか、塵か岩石の小片によって作られたのではなかったのだ。彼女はそれを見たときには知っていた。それは船が作られたときからずっとそこにあったのだと、夢のなかではわかっていたように。

驚くべき重大事の発表、一六一年、二〇二日

全体評議会の議長は、インネット上に〝驚くべき重大事〟の発表を二十時に行なうと告示した。前回のこうした発表は、十五年前にあったが、それは、職業の割り当て変更の必要性を説明するものだった。

ひとびとはそれを聞くために、居住スペースや集合住居や集会所や職場などに集まった。

全体評議会が開会した。

チャッテルジ・ウマがかっきり二十時にスクリーンにあらわれ、話しだした。「宇宙船ディスカヴァリー号の乗員のみなさん、われわれは、大きな変更を覚悟しなければなりません。今晩より、われわれの生活は変わります――一変することになるでしょう」彼女は微笑した。その笑みは魅力的だった。「恐れることはありません。これは法悦を感じるべき事柄です。われわれの旅のおおいなる目的地、この船とその乗員が旅の最初から目指していた目標が、われわれが夢見ていたよりも近くなったのです。われわれの子供ではなく、われわれ自身が、新しい世界に一歩を記す者になれるかもしれません。では、カナヴァル・ヒロシ航法長が、ブリッジ担当の彼とその仲間たちがなしとげた偉大なる発見を、そしてそれが意味するもの、

われわれが期待できるものについて話してくださいます」

ウマにかわってヒロシがスクリーンにあらわれた。その黒々とした太い眉は、ときには恐ろしげな表情に、ときには物問いたげな表情にもなった。だがその声は、落ち着きはらった、穏やかな、自信に満ちた、いささか学者めいたものだった。彼の話は、五年前に船が大きな宇宙塵帯の近くにある重力陥没を通過したときに、なにが起こったかを説明するところからはじまった。

自分たちの住居の居間でひとり彼を見守っていたシンには、彼がいつ嘘をつきはじめるかわかっていた。なぜなら彼女は、じっさいの数字と日時を知っていたからだけでなく、彼が嘘をつきはじめると、さらに権威的になり、説得力が増すからだった。嘘は、加速と減速の比率、コンピュータ・エラーを発見した日時、そして航法士たちの反応に関する部分だった。

日時については特定せずに、ヒロシは、船の加速度が異常ではないかという疑惑が、一年たらず前にはあったことを示唆した。コンピュータ・エラーの規模と、その意味は、徐々に明らかになった。彼は、疑い深いが恐れを知らぬ人間が、コンピュータからその秘密を懸命に探りだそうとした経緯をかいつまんで説明した。つまりコンピュータのプログラミングは、本来の数値の読みちがえに対する反応を無効にしようとし、航法士たちは、その膨大な過剰補正を補正するため計器をだまそうとし、船がすでに出していたとほうもない速度を落とした、と。

いまのいままで、その闘いはまったく不確かなものであり、これまで起こったこと、起ころうとしていたことにまったく自信がなかったので、これを公表するのは賢明ではないと感じていたと、ヒロシはいった。「時期尚早の、あるいは不正確な事柄を公表してパニックを起こすことを避けるのが、われわれの主な関心事でした。いまはもうパニックを起こす理由はないことがわかっています。まったくありません。われわれの作戦は完全に成功しました。加速度が危険な値を超えたように、われわれは、予期以上に早く、大幅な減速を行なうことができたのです。われわれは正しい針路を進んでおり、しかるべく制御しています。ただひとつの変更は、われわれがスケジュールよりずっと先に進んでいることです」

彼はスクリーンの外を見るとでもいうように顔をあげたが、その黒い目は窺いしれなかった。彼はゆっくりと、慎重に、やや単調に話を進め、文章をひとつひとつきわだたせるように話した。「われわれは減速しつづけており、三・二年間はそれがつづきます。一六四年の後半に、われわれは目的地の惑星、シン・ティ・チュウ、すなわち新地球をめぐる軌道に入るでしょう。

この航程の終了は、周知のように、二〇一年が予定されていました。われわれの発見の旅は、ほぼ四十年早まったことになります。われわれの長い旅のおわりを見られるのです。われわれは幸運な世代です。われわれはゴールに到達するのです。

この二年間には、やるべき仕事はたくさんあります。心と体が、この小さな世界を去り、広い新しい大地の上を歩くための準備をしなければなりません。新しい太陽の光に、われわれの目と魂を向ける準備をしなければなりません」

真の道

「わけがわからないわ、ルイース」とローザがいった。「こんなこと、なんの意味もないわ。ゼロ世代のひとたちはまったく理解しなかったのよ。理解できるはずがないじゃない？　彼らはこう思っていたのよ、われわれはあまりにも罪深いから天国に永久に住むことはできないって。彼らは現世《アースン》の人間よ、それはどうしようもない。だから彼らは考えたのよ、わたしたちも同じように現世にいなければならないって。でもわたしたちはそうじゃない——だってそうでしょ、ここで、旅のとちゅうで生まれたのよ？　わたしたちがどうして、ここじゃないほかの場所で生きたいと思うかしら？　彼らはここを完璧に作ったわ。わたしたちを天国へ送ったのよ。わたしたちのためにこの世界を作ってくれた、だから死にゆく至福のなかで生きることによって、至福の生活を永遠につづける方法を学ぶことができたのよ。土《アースン》できた黒い世界みたいなところで、どうやって学べるというの？　外側で、守られもせず、導きもされずに？　もしこの真の道を去るようなことになったら、わたしたちはどうやってふたたびこの道をたどることができるというの？　土の上にとどまって、どうやって天国に到達できるというの？」

「うん、たぶんそれはできないね、でもわれわれはなすべき仕事をするんだよ」とルイースはいった。「彼らは、あの地球について学ぶためにわれわれを送りだした。そしてわれわれが学んだことを彼らに伝えるために。学ぶということは彼らにとって大事なことなんだ。発見。彼らはぼくらの船を発見《ディスカヴァリー》と名づけたじゃないか」

「そうですとも！　至福の発見よ！　真の道を学ぶことよ！　大天使たちは、わたしたちがずっと学んできたことを送信しているでしょ、ルイース。わたしたちは彼らに道を教えている——彼らが望んだように。ゴールというのは魂のゴールよ。わからないの、わたしたちが目的の地へ到達したのが？　なぜわたしたちはこの美しい旅をやめて、どこかの、災いをもたらす惨めな土の場所で、船外活動をしなければならないの？」

選挙、一六二年、一一一日

5－ノヴァ・ルイースは、全体評議会の議長に選ばれた。過去半年の紛争のあいだに、調停者、交渉者、仲裁人として彼がかちえた多くの信頼は、彼の選出を避けえぬものとし、天使たちのあいだでさえ人気があった。一年間の在職期間は、たしかに、和解と癒しの年となった。

死、一六二年、二〇五日

齢八十七にして、4－パテル・インブリスは、重篤な脳卒中に襲われ、涙ながらの祈り、歌、法悦の絶え間ない狂乱に囲まれながら瀕死の床にあった。十三日のあいだ、信者たちは、インブリスが誕生し、生涯を過ごした第一クワドのキムの居住スペースを囲むあらゆる通路に詰めかけた。危篤の状態は何日もつづき、悲嘆にくれる法悦信者たちの疲労は増し、緊張は高まった。ひとびとは、〝到着〟の告知のあとに起きたような突発的な病的興奮や暴動を恐れた。第一クワドの非天使である住人たちは、ほかのクワドの友人や親族たちのもとに泊まりにいった。

師父がついに永遠の至福へと召された、と大天使が発表すると、通路では大勢のひとびとが涙にくれたが、暴動は起きなかった。第四クワドの5－ガル・ジョイフルという男が、その妻と娘を殴り殺した事件を除けば。「こうすれば妻と娘は、師父とともに永遠の至福に入ることができる」と彼はいった。ただし、彼は自殺はしなかった。

神殿は、パテル・インブリスの葬式に参加するひとびとでいっぱいだった。多くの追悼の辞があったが、その口調はどれも抑制されていた。パテル・インブリスには、最後の追悼の辞を述べる遺子はいなかった。大天使のヴァン・ウイングが〈短い祈禱〉の暗い歌、〈目よ、そなたはなにを見る?〉を式の最後に歌った。群衆は疲労困憊し、黙々と散っていった。その夜は通路からひとけがなくなった。

誕生、一六二二年、一二三日

5－カナヴァル・ヒロシの子供を、5－リュウ・シンが産み、父親によって6－カナヴァル・アレジョと名づけられた。

ノヴァ・ルイースは評議会の議長の任期のあいだは、医療に携わってはいなかったが、シンが出産に立ち会ってくれるよう彼にたのんだので、彼は立ち会った。それはまことに順調な分娩だった。

彼は翌日、自分の患者であるシンたちを見舞いにやってきて、しばらくそこにすわっていた。ヒロシはブリッジにいた。シンの母乳はまだ出なかったが、赤ん坊は、母親の乳房でもなんでも、あたえられたものにはせっせと吸いついていた。「ぼくになにをしてもらいたいんだ？」とルイースはいった。「きみは、ぼくなんかより、赤ん坊の育て方はよく知っているじゃないか」

「わかったつもりでいたのね」と彼女はいった。「実践することで学べ！——三年生のときのミミ先生を覚えている？」彼女はベッドに起き上がっていたが、まだけだるそうな、勝ち誇ったような表情で、穏やかな顔を紅潮させていた。彼女はたいそう細い黒髪におおわれた小さな頭を見おろした。「なんて小さいの、同じ種《しゅ》だとは思えない」と彼女はいった。「あたしの乳首から出ているこれはいったいなんと呼ぶの？」

「初乳だよ。彼の種だけが飲めるものさ」

「すばらしい」と彼女はいって、黒い綿毛に指の背をそっと触れた。

「すばらしい」とルイースも厳粛に賛成した。

「おお、ルイース、ほんとうに——あなたにここに来てもらって。あなたが必要だったの」

「おやすいご用だ」と彼は相変わらず厳粛にいった。

赤ん坊がぴくぴくと体を動かしたが、少しばかり大便をもらしたのだとわかった。「よくやった、よくやった。いずれ、糞野郎グループのメンバーになるだろう」とルイースはいった。「こっちによこせよ。きれいにしてやるよ。これを見るかい？　ボブウォブだ！　真のボブウォブだよ！　すばらしい標本だね」

「ガウボンドね」とシンはささやいた。彼が見あげると、シンは泣いていた。

ルイースは、清潔なおむつをつけた赤ん坊をシンの腕にもどしたが、シンは泣きつづけていた。「ごめんなさい」とシンはいった。

「新しい母親というのは、泣くんだよ、ぺちゃ顔」

彼女は少しのあいだ激しく泣いたが、やがてしゃくりあげながら、自分を抑えた。

「ルイース、なにか——ヒロシのことでなにか気がついていない——」

「医者としてか？」

「ええ」

「ああ」

「あのひと、どこか悪いの？」

彼はしばらく無言だったが、やがていった。「彼は医者に行こうとしないから、それできみはぼくに一応の診断をしてほしい——そうだね？」

「そうだと思う。ごめんなさい」

「いいんだ。彼はこのごろ特に疲れやすいことはないか？」

彼女はうなずいた。「先週、二度も失神したの」彼女は声をひそめた。

「そう、ぼくが推測するには、鬱血性心不全じゃないかと思う。ぼくはそれについてはくわしいんだ、喘息患者のぼくにもその傾向があるからね。でもぼくはまだそれを克服していない。その病をもったままでも長生きできるんだよ。薬もあるし、治療法もいろいろあるし、養生法もあるからね。病院のレジス・チャンドラに診察をたのめばいい」

「そうしてみる」と彼女は小声でいった。

「そうするんだ」ルイースは厳しくいった。「息子をもつ父親なんだからと、彼に教えてやれ」

彼は帰ろうと立ち上がった。シンがいった、「ルイース——」

「安心しろ、心配はないよ。きっとだいじょうぶ。こいつは、うまくやっていくよ」

「ルイース、あたしたちが着陸したら、あなたは外側へ行くの？」

「もちろんだよ、できるならね。ぼくが、いままでこの教育を受け、実習を主張してきたのはなぜだと思う？　モニターで宇宙服を着た船外活動員たちが走りまわるのを見るためか？」

「大勢のひとがここに残りたいと思うんじゃないかしら」

「まあ、着いてみればわかるさ。面白いことになるだろうね。いまもすでに面白いことになっている。D倉庫の全区画がどうなっているかわかったんだよ。かなり厳重な防護壁がつけられていると思っていたんだけど、それにしてもその部品が大きすぎる。臨時の居住スペースだったんだ。とにかくそいつを組み立てて、そのなかで暮らせるんだよ。それからふくらませることのできる円筒体があってね、ボースはそれが水にうかべるためのものだと考えている。船だね。その船をうかべるだけのじゅうぶんな水があったらと想像してごらんよ！　いいや。その世界で水が見つからなかったらたいへんだ……あしたのぞいてみるつもりだ」

到着に際しての意志の登録

一六三年の最初の四半期に、十六歳以上のすべてのひとびとは、インネットの公開登録に、到着時の意志を通知するよう求められた。意志の決定はいつでも変更することができた。それは最終的な決定の瞬間まで、その惑星の居住適性調査が完了しじゅうぶんな分析が行なわれたと告知されるまで彼らを縛るものではなかった。

彼らは質問された。

当惑星が居住可能と判明した場合、あなたは、惑星表面におりたつ情報収集チームの一員になる意志はありますか？

船が軌道上にとどまるあいだ、当惑星で暮らしたいと思いますか？

船が立ち去ったあとも、当惑星に植民者としてとどまる意志がありますか？

彼らは、意見を述べることを求められた。

惑星上のひとびとをサポートするため、船はいつまで軌道上にとどまるべきだと思いますか？

そして最後に、もし当惑星が接近不可能、あるいは居住不可能であった場合、あるいは、あなたが船上にとどまることを選び、当惑星への滞在も植民も望まない場合——

船が立ち去るとすれば、起源惑星にもどるべきか、あるいは宇宙を航行しつづけるべきか？

地球への帰途の旅は、カナヴァルらによれば、重力陥没によるフライバイがくりかえされるならば、最短でも七十五年を要するかもしれないそうだ。エンジニアのなかには懐疑的な者もいたが、航法士たちは、一世代ないしは二世代のあいだには地球に帰還できると信じていた。この主張には、航法士のあいだだけでなく、ほかにも少数の賛同者がいた。

到着に際しての意志についての公開登録は、インネット上でたえずアクセスが可能であり、その登録数は、興味深い変動を示した。はじめは、惑星におりたちたいと、あるいは船が軌道上にいるあいだ、そこで暮らしてみたい――訪問者《ヴィジター》と彼らは呼ばれた――というひとびとの数がかなり多かった。しかしながら、船が去ったあともそこにとどまりたいという人間はきわめて少なかった。こうした頑強な抵抗者は、外側者《アウトサイダー》というあだ名を奉られたが、彼らはその名を受け入れた。

ここまでの最多数は、惑星にはぜったい上陸せず、できるだけ速やかに旅をつづけたいというひとびとだった。二千人以上のひとびとが、すぐさま〝旅人《ヴォイジャー》〟として登録した。

天使たちの意志は、きわめてかたく、最後の決定がどうなるかということはまったく問題にならなかった。ディスカヴァリー号は、目的地を回る軌道にはとどまらない、起源惑星にももどらない、ひたすら永遠に向かって進む。

生活物資の枯渇、経年変化、事故とエントロピーなどについて緊急の議論が闘わされ、一部の旅人志願の者たちを動揺させた。だが大多数の者たちの、至福に生き、死して至福に至るという意志はゆるがなかった。

このことが明らかになると、惑星上に永久にとどまるという意志を示す者の数は増えはじめ、さらに増えつづけた。天使たちの大多数は、聖なる旅をつづける意志はかたく、惑星周回軌道に長くつなぎとめることはできないだろう。少数だが天使たちのあいだには、惑星に上陸し、その表面を探査することを選ぶ者もいた。多くは大天使の教えに従い、船を去ることはすこぶる危険であると――肉体的な危険ではなく、不滅の魂を犠牲にして不必要な知識を得ようという誘惑の危険、罪を犯す危険があると、友人たちを説得しようと試みた。

選択肢は徐々に狭まっていき、絶対的なものになった。暗黒のなかへ出ていき、そこにとどまるか、あるいは明るい果てなき旅をつづけるかだった。未知のものか、既知のものか。危険か、安全か。流浪か、故郷か。

その年の末までに、登録を訪問者から外側者に変える者が千人を超えた。

一六三年の後半、シンディチュウの星系の主星である黄色の星が、マイナス二等の明るさとして肉眼で見えるようになった。学校の児童たちは、〝窓〟からそれを見るためにブリッジに連れていかれた。

教育カリキュラムは、根本的に改訂された。天使である教師たちは、新しい教材に熱心でなかったり、敵意を示したりしたので、目的地がどのようなものかという情報をあたえるために〝素人の教師〟が採用された。旧地球のVR——ジャングル、インナー・シティなどなど——は、伝えられるところによれば劣化してしまい廃棄されてしまっていた。だが多くの教育映画が救いだされ、またなかには、将来植民する者たちによって使われるときを倉庫で待っていたものが発見された。

訪問者あるいは外側者として登録した者たちは、学習グループを結成し、そこでそれらの映画や教科書などを見て勉学し、議論しあった。辞書類は、誤った知識や用語についての議論などを解決するために多く使われた。もっともときには議論が果てることはなかった。谷間《ラヴイーン》とは、食料を必要とするという意味なのか、あるいは地面が沈下して穴になっているところという意味なのか？　辞書には、峡谷、雨溝、小峡谷、深い谷、割れ目、深淵などという言葉が並んでいる……とするとどうやら地面の低いところらしい。食料がたいそう必要な状態は、飢《ラヴァナス》えているという。だが、なぜそれほど食料が必要になるのか？

実用主義者

「ああ、ぼくは船を去るつもりはないよ」

ルイースは登録スクリーンを見つめた。そこの旅人リストにタン・ビンディの名前を発見したのだ。彼は友のほうをふりかえり、そしてスクリーンをふたたび見た。

「去るつもりはないのか？」

「ああ、一度もなかった。なぜ？」

「もちろんきみは天使じゃない」ルイースはとうとうばかみたいにいった。

「だがきみはそうじゃないさ。ぼくは実用主義者だ」

「だがきみは懸命に練習してきたじゃないか……船外活動をするための……」

「もちろんさ」一分ほどして彼は説明した。「ぼくは嫌いなんだよ、争いとか、不和とか、強制的な選択とか。そういうことは、生活の質をおとす」

「きみは、興味がないのか？」

「ない。もし惑星上の生物がどんなものか知りたいなら、訓練用のビデオやホロを見ればいい。それから図書館にある旧地球に関する本をぜんぶ読めばいい。惑星上の生物がどんな形をしているか、なぜ知りたいのかね？　ぼくはここで生きている。ぼくはここが好きだ。ぼくがすでに知っているものが好きだし、自分はなにが好きか知っている」

ルイースは、なおも啞然とした顔をしている。

「きみには義務感がある」ビンディは、やさしく彼に語りかけた。「先祖としての義務感――それは新世界を探しにいくため……科学的な義務感――それは新しい知識を発見するため……扉が開いたら、そこを通ることがきみの義務だと感じている。扉が開いたら、ぼくは、ためらわずにそれを閉める。もしいまの生活がよいものであれば、ぼくはそれを変えることを求めない。いまの生活はいいよ、ルイース」彼は、いつものように、文と文のあいだに、わずかな間をおいて話している。「きみがいなくなれば寂しいよ、ほかの大勢のひとたちも。だがぼくは天使たちに退屈するだろう。きみは、あの土球の上ではきっと退屈はしないよね。だがぼくには義務感というものはないしね、どちらかというと退屈を愉しむほうなんだ。平穏な生活を送りたい。危害はあたえたくないし、あたえられたくもない。そして映画や本で判断したところでは、あらゆる宇宙のなかで、ここは最適の場所だよ。こういう生活を送るにはね」

「それは支配の問題だよね、最終的にはそうだろう」とルイースはいった。

ビンディはうなずいた。「われわれは支配権をもっている必要がある。天使たちもぼくも。きみはそうじゃない」

「われわれは支配されてなんかいないよ。だれもね。いまだかつて」

「わかってる。だがよくできた模造品がここにはある。ぼくにとっては、VRでじゅうぶんだ」

死、一六三年、二〇一日

再発性疾患の数度の発現を経たのち、航法士カナヴァル・ヒロシは、心臓発作のため死亡した。妻のリュウ・シンと赤子の息子と、大勢の友人、航法室のスタッフ全員、全体評議会の評議員全員が、葬式に参列した。彼の同僚の4‐パテル・ラムダスが、仕事における彼の輝かしい才能について述べ、涙とともに話をおえた。5‐チャッテルジ・ウマは、彼が、ばかげたジョークにも大笑いしたことを語り、彼が大笑いしたそのジョークを披露した。彼女は、ヒロシが息子をもてたことは幸せだったと語った、ほんの短いあいだだったとはいえ。彼女最後に彼の弟子のひとりが、実子にかわって挨拶をし、彼は厳しい師であったが、偉大なひとだったと語った。それからシンは、リサイクルのため、ライフ・センターへ運ばれる彼の亡骸に、技術者たちとともに付き添った。シンは式では挨拶をしなかった。技術者たちはしばらく彼女をひとりにした。彼女はヒロシの頬にそっと手をあて、死の冷たさを感じた。シンはひとことささやいた。「さようなら」

目的地

一六四年、八二日、ディスカヴァリー号は、惑星シンディチュウ、シン・ティ・チュウ、すなわち新地球をめぐる軌道へと入った。

船が、まず四十回の軌道周回をすませると、探査機が惑星表面におろされ、膨大な情報をもたらした。しかし、その多くは、船上でそれを受け取ったひとびとにはまったく理解できないか、ほとんど理解できないものだった。

しかしながら、彼らは、すぐに確信をもって宣言することができた。つまりひとびとは、人工呼吸器も宇宙服も装着せずに惑星表面で船外活動ができるだろうと。この惑星には、長期にわたる居住が可能であることを証明する大量の情報があった。つまりひとびとは、そこで生活できるということだ。

一六四年、九三日には、最初の、船から地上への乗り物が、惑星表面の第八クワドラントと呼ばれる区域への着陸に成功した。

これ以後は、さらなる小見出しは必要ない。なぜなら世界は変わり、名前は変わり、時間もこれまでのようには測定されず、そして風はあらゆるものを吹きとばしてしまうからだ。

船を去ること、エアロックから着陸船に乗りうつること、これは理解できる——恐ろしく、胸の高鳴る、究極の、限界を超えた大胆な確認行動。最後の行動。着陸船をはなれること、惑星表面までの五歩をおりること。それは理解して得た知識を背後においてくること、理性を失い、狂うということ。言葉がないところの言語に翻訳するということ——地面、空気——背反、肯定——行為、行動——これらは意味がわかる。言葉のない世界。意味というものがない。定義されていない宇宙。

たちまち壁を知覚した福者には、壁だけが、着陸船の側壁だけが必要だった。彼女は、壁に背中をぴたりとつけたが、すぐさまふりかえって顔をぴったりそれにつけたので、彼女はそれを、壁を、湾曲している金属を、堅固な、境界となっているものを見ることができたが、ほかのものは見えなかった、壁も、無辺の広がりも見えなかった。彼女は赤子を自分の体に、その顔を自分の胸にしっかりと押しつけた。

ひとびとがみんないっしょにいた、彼女のかたわらに、壁に体を押しつけて。だが、彼女はぼんやりと彼らに気づいているだけだった。彼らはみんな体を寄せあっているのに、はなればなれになっているようにも感じた。ひとびとが喘ぎ、嘔吐する音が聞こえた。彼女自身は目がまわって気分が悪かった。呼吸することができなかった。換気装置が作動しなかった。扇風機が強すぎる。弱めてくれ！　スポットライトが彼女を照らしている、頭と首にあたるその熱を感じることができる。目を開けると壁の表皮を照らしだすそのまばゆい光が見えた。

壁の皮膚、船の表皮。彼女は船外活動をしている。それだけのことだ。彼女は小さいときからいつも船外活動員になりたいと思っていた。いま船外活動をやっている。これがおわれば、あの世界にもどることができる。彼女は世界の皮膚につかまろうとしたが、それはすべすべしたセラミックで、つかむことはできなかった。冷たい母親、厳しい母親、死んだ母親。彼女はまた目を開けて、足もとにいるアレジョの滑らかな黒い頭を見おろし、土の上に立っている自分の足を見た。そして土から足を引き抜こうとした、土のなかを歩いてはいけないからだ。幼いころ父親がよくいったものだ。いけないよ、土の庭を歩くのはよくない、植物には庭がぜんぶ必要なんだから、おまえの足は小さな植物を踏みつけてしまうかもしれない。だから彼女は壁からはなれ、土の庭から出ようとした。でも土の庭しかなかった。土と植物がいたるところにある、どこへ足をおこうと。彼女の足は植物を傷つける、土は彼女の足の裏を傷つける。彼女は、廊下を、通路を、天井を、壁を必死に探し求め、壁から目をそらしたが、見えたのはまばゆい光の中央でぐるぐるまわっている緑と青の巨大な渦だった。目が眩《くら》んで、バランスを失い、彼女はがっくりと膝をつき、赤ん坊の顔のかたわらに顔を隠した。恥ずかしくて泣いた。

風、はやく、烈しく動く空気、絶え間なく吹きつけて、あなたを寒くさせ、だからあなたは震える、がたがた震える、熱が出たかのように。風は止まったり、吹いたり、落ち着かない、頑固で、予測がつかない、常軌を逸して、狂暴で、憎たらしい、厄介なもの。あれを消して、止めてくれ！

風、穏やかに動く空気、丘に生えているほっそりとした草を波のように動かし、遠くのほうから香りを運んでくる。だからあなたは頭をあげて、香りをかぐ、それを吸いこむ、この世界の奇妙な、甘く、苦いにおいを。

林のなかの風の音。

空気のなかの色を動かす風。

いままではさほど重要ではなかったひとびとが重きをもつようになり、尊敬され、たえず必要とされる。4-ノヴァ・エドは、テンスについてはよく知っていた。彼はテンスをどううまく開くか解決した最初の人間だった。合成布や紐がごちゃごちゃと絡みあっていたものが奇跡的に立ち上がって壁になった。風を閉めだす壁になり——部屋になり、あのすばらしい見なれた壁面であなたを囲ってくれる部屋となり、頭の上の天井となり、足の下には滑らかな床があり、静かな空気があり、均一のまぶしくない光があった。テンスがあること、居住スペースがあること、そのなかに入れるとわかっていること、なかに入ること、内側にいるということ、それはすべてを変えてくれた。生活を容易なものにしてくれた。

「これはテントだ」とエドはいったが、ひとびとには、昔からもっと聞きなれた言葉があったので、彼らはそれを相変わらずテンスと呼んだ。

十五歳になるリー・メイリは、足をおおうものがなんと呼ばれているか、古い映画を見て覚えていた。ひとびとは、もっていたシンドローム・ソックスをはいてみたが、それは薄くて、すぐに擦りきれてしまった。彼女は備蓄品の山を、上陸者たちが、船から運びおろして積み上げた備蓄品の日増しに大きく複雑になっていく迷路のあいだを探しまわり、〝靴〟とラベルを貼った木箱を見つけた。靴は、一生のあいだ絨毯の上を裸足《らそく》で歩いていたひとびとの柔らかい足を痛めつけたが、ここの床よりは痛くはなかった。地面。石。岩。

だが4-パテル・ラムダス、ディスカヴァリー号を軌道にのせ、最初の着陸船を船から地上へと導いた技能の持ち主は、片手に読書灯をもち、もう一方の手にそのコードとプラグをもち、巨大な植物、すなわち〝樹木〟の黒ずんだ皺だらけの壁のような表面を見つめている。彼はその下にテンスを広げたのだ。彼は電気のコンセントを探している。彼の目は、ぼんやりとして悲しげだった。やがて体を起こした彼の表情は冷笑的だった。彼は灯りをもって備蓄倉庫に歩いてもどった。

5‐ラング・ティルザの三カ月になる赤ん坊は、ティルザが建設現場で働いているあいだ、星明かりの下に寝かされていた。赤ん坊に食物をあたえるためにもどってきた彼女が悲鳴をあげた。「この子は目が見えない！」赤ん坊の目の瞳孔は、小さな点になっていた。発熱して赤い顔をしている。顔面と頭皮に水ぶくれができている。痙攣をおこし、昏睡状態になった。その晩赤ん坊は死んだ。赤ん坊を土のなかでリサイクルしなければならなかった。ティルザは、赤ん坊が埋められている土の上に横たわった。その土に口をつけて泣いた。大きなうめき声をあげながら、顔をあげると、その顔は茶色の湿った土でおおわれていた。土からできた恐ろしい顔だった。

星ではない。太陽。われわれが知っている星の光――安全で、やさしく、遠くにある。太陽は、近すぎる星だ。この太陽は。

わたしの名前は星。シンは胸のなかでいった。星だ、太陽ではない。

彼女は闇の周期にあるテンスのなかから身をのりだして、自分の名前となっている安全で、やさしく、遠くにある星を見た。輝く星、ビン・シン。小さな輝く点。たくさん、たくさん、たくさん。ひとつではない。だがそれぞれが……彼女の思考は持続しない。とても疲れていた。空の広大さ、数えきれぬ星。彼女は内側に這いもどった。テンスの内側に、ルイースの横の寝袋の内側へ。ルイースは、疲労のあまり、身動きひとつせずぐっすりと眠りこんでいる。彼女は無意識に、彼の呼吸に耳をかたむけた。穏やかな、自然な呼吸。アレジョを両腕で抱えこんだ。そして土の内側にいるティルザの子供のことを考えた。土球の内側の。

彼女は、アレジョがきょうのように草の上を走っていくさまを、太陽の光を浴びて走っていくさまを、走るのが愉しくて歓声をあげるさまを考えた。日陰に入るようにと、彼女は大急ぎで彼を呼びもどした。だが彼は陽光の温かさが好きだった。

ルイースは、持病の喘息を船の上においてきた、といったが、偏頭痛のほうはときどきひどくなった。大勢のひとたちが頭痛を、副鼻腔《ふくびくう》の痛みを訴えた。それは空気中の微粒子、土の微粒子、植物の花粉、この惑星の成分、分泌液、呼気などによって引き起こされる。彼は、日中の暑さがつづくときは、長い時間をかけて痛みがひいていくあいだ、テンスのなかに横たわり、この惑星の秘密について考え、この惑星が息を吐きだし、恋人みたいにシンの息を吸いこんでいたように、その息を吸っているのを想像する。それを吸いこみ、それを飲みこむ。それになる。

あの川を見おろしているが、近くはない。あの丘の中腹は、植民地を作るには最適の場所のように思われる。川まで安全な距離があるので、子供たちは、あの大きな急流に、深い水のかたまりのなかに落ちる心配がない。ラムダスは距離を測り、一・七キロだといった。水を運ぶひとびとは、これまでとはちがう距離というものの定義を知った。一・七キロは、水は運ぶには長い距離だ。水は運ばなければならなかった。地面に水道管はないし、岩に水栓はついていない。水道管も水栓もないというのに、水がつねに必要なことに、否応なしに必要なことには気がついた。天使たちが夢想だにしなかった、すばらしい、崇敬すべき、喜悦であり、至福だった。ひとびとは渇きというものを知った。喉が渇いたときに飲むということを！　そして洗うこと──清潔にすること！　土の汚れでべたべたしたり、じゃりじゃりしたりする皮膚ではなく、これまでずっとそうだったように、つねに清潔でなければ！

シンは父親といっしょに野原から歩いてもどった。ヤオはちょっとかがんで歩いている。両手は黒ずみ、ひびわれて、土が染みこんでいる。父親が船内の土の庭で作業していたときのことを彼女は覚えている。細かい柔らかな土が彼の指にくっつき、関節のしわや指の爪に詰まったりしたけれど、それは作業しているあいだだけのことだ。両手を洗えば、きれいになった。

汚れたときにいつでも洗えること、いつでも飲むのにじゅうぶんな水があるということは、なんとすばらしいのだろう。集会では、備蓄倉庫からはなれても、川の近くにテンスを移すことにみなが賛成した。水はなによりも重要なものだ。子供たちは気をつけることを学ばなければならない。

だれもが、どこでも、いつでも気をつけることを学ばねばならない。水を漉《こ》す、水を沸騰させる。なんと面倒な。だが独自の文化を身につけた医者たちは、譲らなかった。土着のバクテリアが、人間の分泌物から作られた中膜で繁殖した。感染することはありうる。

便所を掘る、汚水溜めを掘る、なんという重労働、なんと面倒な。だがマニュアルをもつ医者たちは譲らなかった。汚水溜めや腐敗槽のマニュアルは（二世紀前にニュー・デリーにおいて英語で印刷された）前後関係から推測しなければならないような言葉ばかりでとても理解しにくい。排水、砂利、基礎、浸透などなど。

かまうな、気をつけろ、注意しろ、労を惜しむな、ルールに従え。けっして！　つねに！　覚えておけ！　するな！　忘れるな！　さもないと！

さもないと、どうだというのだ？

あなたは死ぬ。この世界はあなたを憎んだ。この世界は異物を憎んだ。

いまでは赤ん坊が三人、十代の若者がひとり、成人がふたり。みんな、最初の小さな骸《むくろ》、ティルザの赤ん坊が埋められているあの場所の土の下にいる。あの子が地下への案内役。内側への。

食べるものはふんだんにあった。備蓄倉庫の食料の区画を見ると、木箱の巨大な壁と通路は、千人の人間が永久に食べつづけることができるほどの量にちがいない。それを彼らにもたせてくれた天使たちの寛大さはすごいと思う。それから備蓄倉庫の向こう、新しい小屋の数々をすぎたところに、大地が、えんえんと広がっているのを見て、頭上に空がどこまでもどこまでも広がっているのを見てから、木箱の山をふりかえって見ると、それはとてもとても小さく見えた。

リュウ・ヤオが集会で、「われわれは土着の植物が食用に適するかどうか、分析をつづけなければならない」といった。そしてチョウドリ・アルヴィンドがこういった。「これからは菜園を作るべきだ、季節はめぐる――一年のこの時期はもっとも都合のいい時期だ――成長する時季だ」

食べられるものはたくさんないことが判明する。これからもずっと食べつづけられるものはたくさんないかもしれない。つまり(豆は花をつけなかった、米は土から芽を出さなかった。遺伝子実験は成功しなかった)食べるものはじゅうぶんにはないかもしれないということだ。そのうちに。時間はここでは同じではない。

ここでは、あらゆるものに季節がある。

医者である5－ノヴァ・ルイースは、土壌技術者だった5－チャン・ベルトの死体のわきにすわった。彼は、踵《かかと》の水泡から敗血症を起こして死んだ。ルイースはとつぜん、ベルトのテンス仲間に向かって叫んだ。「彼はこれを無視したんだ！　あんたたちは彼を無視したんだ！　これが感染症だということはわかったはずだ。なぜこんなことになったのか？　われわれが無菌の環境にいるとでも思っているのか？　聞いていなかったのか？　ここの土が危険だということがわからないのか？　わたしに奇跡が起こせるとでも思ったのか？」そして彼は泣きはじめた。ベルトのテンス仲間たちはみんな、死んだ仲間とともにあそこに立ちつくしていた。そして泣きつづけるルイースは、恐怖と屈辱と悲しみのために口がきけなかった。

生き物たち。生き物はそこらじゅうにいた。この世界は生き物でできていた。唯一生きていないものは岩だけだった。ほかのすべてのものが生き物とともに生きていた。植物が土をおおい、水を満たし、植物には限りない種とその数があった（植物分析研究室で臨時の職員として働いている４－リュウ・ヤオは、ときどき、疲労困憊の靄を通して、信じがたいよろこび、限りない豊かさ、大声で叫びたい衝動を感じていた――ほら見て！　これを見て！　なんと驚くべきものだ！）――そして動物についても、限りない種とその数があった（４－スタインフェルド・ジャエルは、外側者として真っ先に署名をしたひとりだが、彼女は永久に船にもどらざるをえなかった。地上を這いずりまわる無数の小さな生き物、空中を飛びまわる生き物、それらが見える、それらに触れられるという抑制しがたい恐怖に駆られて、がたがた震え、悲鳴をあげるという発作に襲われつづけた）。

ひとびとは、はじめはそれらの生き物を、牛、犬、ライオンなどと呼んだ。地球の書物やホロに出てくる言葉を思い出して。マニュアルを読んだひとびとは、シンディチュウにいる生き物はすべて、牛や犬やライオンよりずっと小さく、ディチュウでは昆虫、蜘蛛形類動物、蠕虫《ぜんちゅう》などと呼ぶものによく似ていると主張した。「ここでは、なにものも脊柱というものを生みださなかったのね」と若いガルシア・アニタがいった。彼女は生き物に魅せられて、地球の生物学の古文書を、電気技師という仕事の合間に研究していた。「この世界のこの地域ではどれもね。だけど、すばらしい殻は生みだしている」

緑色の羽をもつ長さ一ミリの生き物、人間にしつこくまとわりつき、肌の上を這ったり、ちくちく刺したりするその生き物は、犬と呼ばれるようになった。その虫たちは、人間についているし、犬というのは人間の最良の友だと思われていたからだ。アニタがいうには、その虫は人間の汗のなかの塩分が好きで、なつくというほどの知能はもちあわせなかったが、ひとびとはその虫を犬と呼びつづけた。いたっ！　おれの首についているのはなんだ？　ああ、犬さ。

この惑星は星のまわりを回転していた。

だが夕方になると太陽は没した。同じものだが、同じようにはいかない。沈んでいく太陽は色を帯び、彩られた雲が風に吹かれて空中を動いていく。

夜明けに太陽がのぼると、この世界にたえず変わっていく生き生きとした微妙な色彩をもたらし、世界はふたたびよみがえり、生まれかわる。

ここの継続性は、人間に依存してはいなかった。人間は継続性に依存しているかもしれないが。それはまた別の話だ。

船は進みつづけていた。そして行ってしまった。

船外で生活することについて、心変わりをした外側者たちは、ほとんどが最初の数旬日《テンディ》のあいだに船にもどっていった。全体評議会は、大天使の5-ロス・ミンヒが議長をつとめており、彼が、ディスカヴァリー号は一六四年の二五六日にこの軌道を去ると発表すると、植民地の多くのひとびとは、永遠の流罪という最終的な状態、あるいは船外生活の苦難の現実に耐えかねて、船にもどしてもらいたいと申し出た。船に居残ると申し出ていた者の多くは、おわりのない巡礼の空しさ、あるいは大天使たちの支配を受け入れられず植民地に加わると申し出た。

船が去るとき、惑星にいた九百四人が、そこにとどまることを選んだ。そこで死ぬことを。そのうちの何人かはすでにそこで死んでいた。

彼らはそれについてはあまり語らなかった。話すこともあまりなかったし、疲れたときに彼らが望むのは、ただ食べて寝袋にもぐりこんで眠ることだった。船が進みつづけるのは大事件のように思われていたが、事実はそうではなかった。いずれにしても地上から船を見ることはできなかった。船が去る予定日の何日も前から、無線とフックネットは、至福への旅についておおいに語り、地上にいるひとびとに、あなたがたはまだみな天使であり、至福の世界にもどってくることを歓迎するという説教を流しつづけた。そしてとつぜん、個人的なメッセージや弁解や祝福の言葉や別れの言葉が錯綜した。やがて船は去っていった。

長いあいだディスカヴァリー号は植民地に情報やメッセージを送りつづけていた。出生や死や説教や祈りの言葉や、だれしもが味わっている旅のよろこびなども。個人的なメッセージが、植民地から船へと返信され、それといっしょに、地球に送られた情況報告や科学的な報告書なども送られた。返信の際の対話の試みはめったに成功せず、数年後にはほとんど放棄された。

基本法の指示に従い、植民者たちは、自分たちで集めたシンディチュウに関する情報を整理して、生き残るための仕事の合間をぬっては、起源惑星にそれを送った。委員会は、植民地の丹念な記録をとって、それを送りつづけた。ひとびとはまた、観察したことを、考えたことを、印象や詩を送った。

だれかがそれに耳をかたむけているのだろうかと、だれしもがつい考えてしまう。だがそれはいまにはじまったことではなかった。

船への送信は、植民地の受信機に入りつづけていた。ディチュウのひとびとが到着の第一報を聞くのは何年も先のことだろうし、彼らの応答がこちらに届くのにも数年はかかるだろう。メッセージの受信は、じっさい混乱がつづいており、ほとんどまったく意味をなさぬものになり、理解することがどんどん困難になっていった。考えや言語が変わっていくためである。さしひかえたE・Oとはなにか、なぜミラクでは、それについて騒動がおこったのか？　フェアリング・テクノロジーとはなにか？　パンコジーンズにおける四対十の比率を知ることが肝心だと彼らがいうのはなぜか？

言語の問題は、こと新しいものではなかった。船のなかの生活で知った言葉は、なんの意味もなかった。あの世界ではなんの意味もない言葉。雲、風、雨、天候というような言葉。詩人の言葉、頁の下端の注釈で説明される言葉、あるいは、映画で見せられる短い映像のようなもの、ときにはVRで感じさせられる感覚のようなものだ。言葉による現実とは、想像上のものであり、仮想のものでしかなかった。

だがここでは、意味のない言葉、内容のない概念が、仮想の言葉だった。ここではなにものも仮想ではない。

雲は西からやってくる。西というのは別の現実だ。方向だ――あなたが迷子になる可能性のある世界では、決定的に重要な現実だ。

雨はある種の雲からおちてくる。雨はあなたを濡らす、あなたは濡れる。風は吹く、あなたは寒い。風は吹きつづけ、やむことはない、なぜならそれはプログラムではないからだ、それは天候だからだ。それは存在しつづける。だが人間はそうはいかない、雨のなかから出たり入ったりする感覚を味わえるまでは。

おそらく地球のひとびとはすでにそのことを知っているのだろう。

大きく太く高さのある植物、樹木は、きわめて珍しく貴重な木という物質からおもにできており、船上《オンシップ》（〝船上〟は一語）の機械や装飾品の材料だった。木製のものはめったにリサイクルされなかった。なぜなら、それにかわるものがなかったからだ。プラスチックの複製品は、まったく性質のちがうものだった。ここではプラスチックはめったにない貴重なものだが、木は、丘や谷のいたるところに立っている。着陸用資材のなかにあった特別な古代の道具を使えば、倒れている木を小さく切ることができる。（チェンサという言葉の意味は見なおされ、マニュアルではチェーンソーと綴《つづ》られている）樹木の切片はみな硬い木だ。建築資材としてはすぐれた材料で、それはまた、あらゆる種類の有用な装置を作りだすことができる。それに木には火をつけることもでき、暖をとることもできる。

この非常に重要な発見は、地球ではニュースになるのだろうか？

火。溶接トーチの尖端にあるもの。ブンゼンバーナーの使用中の尖端。たいていのひとびとは、火が燃えているところを見たことがなかった。みんながそのまわりに集まった。さわるな！　だが空気は冷たく、雲は厚く、風は強く、天候は変化にあふれている。火の暖かさは心地よい。ルン・ジョー、植民地に最初の発電機を備えつけた彼は、木片を集めて自分のテンスのなかに積み上げ、火をつけると、暖をとるようにと仲間たちを招きいれた。やがてみんな、咳きこんだり、喉をつまらせたりしてテンスからぞろぞろと出てきた。それは幸運だった。なぜなら、火は、木が好きなようにテンスも好きで、その赤く黄色い舌でなにもかも食べつくしてしまい、雨の下、あとに残ったのは黒い悪臭を放つ汚物だった。災難。（さらなる災難）。それにしても、彼らがもくもくした煙のなかで涙をこぼしながら、ごほごほ咳をしているさまはおかしかった。

雲。煙。言葉にはぎっしりと意味が、さまざまな意味が詰めこまれている。生死の意味、生命をあらわし、死をあらわす。詩人たちはけっきょく、仮想の事柄を描いていたわけではなかったのだ。

わたしは雲のようにひとりでさまよう……

あごひげのなかの天気はどうだろう？

そこは風の吹きすさぶ、いささか奇妙なところ……

燕麦《えんばく》の0－2変種が土のなかから芽を出した。芽を出して、どんどん伸び、葉を出して、美しくうなだれる穀粒の頭は緑色になり、黄色になり、収穫された。種は、指のあいだを、磨いたビーズのように流れだし、貴重な食べ物の山になる。

突如、船から受け取るもののなかに、個人的なメッセージや情報のたぐいがなくなり、キム・テリーによる録音された三回分の話や、パテル・インブリスの話、さまざまな大天使による説教などになり、男性の聖歌隊の歌の録音が、くりかえしくりかえし流された。

「あたしはなぜ、6《シックス》・ロ・メイリンなの？」

その子が母親の説明を理解すると、彼女はいった、「でもそれは船上《オンザシップ》だったときのことでしょ。あたしたちはここで生きている。あたしたちはみんなゼロじゃないの？」

5-ロ・アナは、集会でこの話をし、それはすべてのコミュニティに広がって、みなを愉しませた。黄金の糸でふちどられた透明のうすい羽をもつ生き物たちが飛んでいくように。だれしもあの生き物を見あげて、仕事の手を休め、「ほら、見て！」といった。マリポーサ、とだれかがそれを呼び、そのかわいい名前がそれにつけられることになった。

寒い天気のあいだ、仕事が長くつづかないとき、ものの名前について多くの話が交わされていた。ものに名前をつけることについて。たとえばあの犬のように。ひとびとは、ものに名前をつけるときは、真剣にやらなければならないということで意見が一致した。だが、記録を探したり、あるいはディチュウで、こういう茶色の生き物に似た生き物がいたことを発見して、われわれもそれをカブトムシと呼ぼうとするのはだめだということになった。それはカブトムシではなかった。それはそれ自体の名前をもたなければならない。木を這うもの《ツリー・クロウラー》、かちかち音をたてるもの《クリック・クリッカー》、葉を吸うもの《リーフ・チュウワー》。それならわれわれについてはどうだ？　アナの子供のいうことは正しいんじゃないか？　4-とか、5-とか、6-とか——そんなものが、いまここでなんの意味がある？　天使どもは、100-までいけるだろう……やつらが10-までいけば幸運というものだが……ゼリンの赤ん坊はどうした？　彼女は6-ラヒリ・パドマじゃない。彼女は1-シンディチュウ-ラヒリ・パドマだ……彼女はただのラヒリ・パドマかもしれない。われわれはなぜ、世代を数える必要があるのか？　われわれはどこかへ行こうとしているわけではない。彼女はここにいる。彼女はここで生きていく。ここはパドマの世界だ。

彼女は、ルイースを西の集合住居の裏のパティ園で見つけた。彼の休診の日だった。初夏の美しい日。彼の髪の毛は陽光に輝いていた。あの銀色の光輪で彼とわかった。

彼は土の上に、地面にすわりこんでいた。休診の日は、小さな溝や、堀や、水門などの灌《かん》漑《がい》システムの当番だった。それは定期的にやらなければならないが、労力のいらない監督とメンテナンスの仕事だった。パティは水をやれば、やりすぎなければ、よく育った。その根茎は、そのまま焼いたり、臼でひいたりするが、リュウ・ヤオが食用に適した変種を育てることに成功して以来、常備食料となった。土着の実や穀類を消化するのが困難なひとびとは、パティで生き延びた。

十歳か十一歳の子供たち、老人たち、怪我をしたひとびとが、灌漑システムの当番をこなした。力はいらず、根気だけが必要だった。ルイースは、西の川からの流れを主水路システムの一方に流入させる水門の近くにすわっていた。ほっそりとした茶色の脚は伸ばされ、彼の松葉杖はかたわらにおいてあった。ついた両肘に体をあずけ、手のひらはぺったりと黒い地面につき、顔は太陽に向け、目は閉じていた。ショートパンツをはき、だぶだぶでぼろぼろのシャツを着ている。彼は年をとり、体も不自由だった。

シンは彼のわきにきて、名前を呼んだ。彼はうめき声をあげたが、ぴくりとも動かず目も開けなかった。彼女はルイースのかたわらにしゃがみこんだ。しばらくすると彼の口がとても美しく見えたので、体をのりだして、その唇にキスした。

彼は目を開けた。

「眠っていたのね」

「祈っていたのさ」

「祈る！」

「礼拝かな？」

「なにを礼拝するの？」

「太陽？」と彼はためらいがちにいった。

「あたしに訊かないで！」

彼はシンを見た、まさしくルイースの目、やさしく、好奇心に満ち、曖昧で、率直な目。ふたりが五歳のころから、彼はこんなふうにシンを見てきた。彼女のなかをのぞいていた。

「ほかのだれに訊けばいいの？」と彼は訊いた。

「祈りと礼拝のことなら、あたしに訊かないで」

彼女は、用水路ぞいの平らな地面にすわりこんで楽な姿勢になり、ルイースと向きあった。肩にあたる太陽が暖かだった。彼女は、ルイシタが藁を不器用に編んでこしらえてくれた帽子をかぶっていた。

「堕落した語彙だ」と彼はいった。

「信憑性を疑うイデオロギー」と彼女はいった。

その言葉を聞いて彼女はなんだか愉しくなった。たいした言葉――語彙！　イデオロギー――会話で使うのはみんな短くて小さくて重い言葉――食物、屋根、道具、得る、作る、救う、生きる。もはや彼らが使わなくなった大きな言葉、長い空疎な言葉は、彼女の心を一瞬マリポーサのように舞い上がらせ、心は風にのってひらひらと飛んだ。

「さあね」と彼はいった。「ぼくにはわからないよ」彼は考えこんでいる。彼女は考えこむ彼を見守った。「膝をこわしたとき、寝ころんでぼんやりしていなければならなかった」と彼はいった。「よろこびもなく生きているのは無駄だとぼくは思ったね」

しばしの沈黙のち、彼女はそっけない調子でいった。「至福？」

「いいや。至福は仮想非現実のひとつの形態だ。いや、ぼくがいうのは、よろこびだ。船上ではよろこびというものを知らなかった。ここだけにある。ときおりね。絶対的な存在を感じる瞬間。よろこび」

シンは吐息をついた。

「なかなか得られないものね」と彼女はいった。

「ああ、そうとも」

ふたりはしばらくのあいだ黙然《もくねん》とすわっていた。南風がさっと吹き、またやんで、そしてふたたびそっと吹いた。それは湿った土と豆の花のにおいがした。

ルイースがいった。

「〝わたしが祖母になるとき、とひとはいう、天の下を歩いているかもしれない、
別の世界で〟」

「ああ」とシンはいった。

彼女はもう一度深い深い吐息をつき、ちょっとしゃくりあげて息がつまった。ルイースは手を彼女の手に重ねた。

「アレジョは子供たちといっしょに、上流に釣りにいったわ」と彼女はいった。

彼はうなずいた。

「あたしはとても心配」と彼女はいった。「そのよろこびが去ってしまうのが心配」

彼はまたうなずいた。やがて彼はいった。「でもぼくは考えていた……祈りを捧げているとき、まあなんでもいいが、ぼくが考えていたのは、土のことさ」彼はぼろぼろとした黒い氾濫原の土を手のひらにすくいとり、それをまた落とし、その落ちるさまをじっと見ていた。

「ぼくは考えていた、もしできるなら、立ち上がって、この土の上で踊ろうって……ぼくといっしょに踊って」と彼はいった。「いいだろう、シン？」

彼女は一瞬そのままでいたが、すぐに立ち上がった——低い平らな地面から立ち上がるのは膝に力がいった。彼女の膝はちかごろあまり調子がよくない——そして彼女はじっと立っていた。

「なんだかばかみたい」と彼女はいった。

両腕をあげ、羽を広げるように左右に腕を伸ばし、足もとの土を見おろした。サンダルを脱ぎ、それを押しのけ、裸足になった。左にステップを踏み、そして右に、前に、後ろにステップを踏んだ。手のひらを下に向け、両手を前に伸ばし、踊りながら彼に近づく。彼はその手をとり、彼女は彼をひっぱりあげる。彼は笑った。彼女はほとんど微笑んではいない。体を揺らしながら、素足を土からあげ、またおろす。そのあいだ彼はシンの両手をつかんでじっと立っている。そんなふうにしてふたりで踊った。

ル・グィンおぼえ書き

評論家
高橋良平

自転車通学の通り道にあり、毎日のように立ちよる古本屋で、バンタム・ブックス版〈ドック・サヴェッジ〉シリーズの一冊と、寸たらずのエース・ブックスでUrsula K. Le Guinの*City of Illusions*（1967）を手にいれたのは、高校二年の夏休み直前だった。

そのころは、駅前の大型書店でも、専用ラックに収まったペンギン・ブックスくらいしかお目にかかれず、ＳＦの洋書など夢のまた夢だった。それでも時々ペイパーバックが古本屋に流れてくることがあり、Playboyのパーティジョーク集とか内容に見境なく買いこみ、ようやく十点ほど溜めこんだものの、ジュディス・メリルの年刊傑作選をのぞけば、Emil Petajaとか聞いたこともなければ発音もわからぬ作家の通俗ＳＦばかり。値五十セント＝金五十円也の『妄想都市』と仮題をつけたLe Guinの長篇もその伝に思え、ジャック・ゴーアンのやる気のない表紙絵をながめ、裏表紙の内容紹介・宣伝文句を読んで見当をつけると、いつものように第一ページだけ目を通した。う～ん、なんだかヴァン・ヴォクトみたいだなと感想をもらしてカタをつけ、少ない蔵書棚にならべて、あとは放置。

やがて上京して大学生活をおくるうち、ままよ、積読状態だったペイパーバックをまとめて売っ払ったとたん、〈SFマガジン〉のヒューゴー・ネビュラ賞特集でル・グィン（ようやく読み方を知る）の「九つのいのち」が初紹介され、原書を手放したことを後悔するが、あとの祭り。しばらくして、長篇部門史上初、ヒューゴー＆ネビュラ賞のダブル・クラウンに輝く『闇の左手』がハヤカワ・SF・シリーズで出て一読するや、氷河期にある惑星ゲセンの両性具有人という思考実験に大衝撃（購書ノートには、「女性にしか書けない大傑作。SF!」と記す）。同じころ試写で観たリリアーナ・カヴァーニ監督の《愛の嵐》とともに、女性ならではの才能に啓発・脱帽させられたものだ。

さらに、岩波書店〈少年少女の本〉シリーズから〈ゲド戦記〉三部作が出はじめると、児童向けファンタジイながら大人にまで圧倒的好評で迎えられる。そして、《スター・ウォーズ》が火をつけた折りからのSFブームのなか、多岐にわたる著作が各社から続々翻訳され、ル・グィンは現代屈指のSF＆ファンタジイの旗手（文学的魔法をくりだす〝西の善い魔女〟）として絶大な人気をえていった。

その一方、本国アメリカでは、ふたたびヒューゴー＆ネビュラ両賞受賞の『所有せざる人々』が刊行された一九七〇年代なかばころから、SF講座や創作講座をもちSF批評が隆盛となった大学アカデミズムの側から、ル・グィン作品は、フィリップ・K・ディックの諸作とならび、多くの評論の対象にされたばかりか、SFやファンタジイのジャンルを越え、現代アメリカ文学のなかに位置づけられるようになる。

たとえば当時、一九九〇年にサウス・カロライナ大学出版局から刊行された、ミズーリ大学ローラ校の英文学准教授（当時）エリザベス・カミンズ著の *Understanding Ursula K. Le Guin* は、同出版局発行の Understanding Contemporary American Literature（「現代アメリカ文学読解」というか「よくわかる現代米文学」）という学生向け虎の巻シリーズの一冊で、ル・グィンは、バーナード・マラマッド、ジョン・ホークス、トマス・ピンチョン、ウラジーミル・ナボコフ、ジョイス・キャロル・オーツ、レイモンド・カーヴァー、ジョン・バース、フィリップ・ロスらと肩をならべており、既刊の二十六点にSF作家は採りあげられていない（ただ、その代わり、トマス・D・クレアスン著、一九二六年から一九七〇年までの作家とその時代を扱った現代SF概論の巻がある）。

カミンズ准教授は、そのテキストで、人と作品を概観したのち、「アースシー」「ハイニッシュ・ワールド」「オルシニア」「ウエスト・コースト」の四章にわけ、それぞれの小説世界を考察、一九七四年の『所有せざる人々』の刊行を分水嶺に、SFとファンタジイに傾注した前期、自分の名アーシュラ由来に命名した架空の東欧国「オルシニア」を舞台にした初の長篇『マラフレナ』（サンリオSF文庫）を経て、『オールウェイズ・カミングホーム』（平凡社）を代表とする現代あるいは未来のアメリカ西海岸を舞台にしたユートピア探究作品群の後期と、作風の変遷を大きくふたつに分類しているが、皮肉なことにその分類に反し、還暦に近づいたル・グィンは、東西冷戦終結によるひとつの歴史の終焉と新たな時代の胎動に敏感に呼応するかのように、SF&ファンタジイ世界に意欲的に復帰する。

一九〇年の〈ゲド戦記〉の第四巻、ネビュラ賞受賞の『帰還』がその狼煙《のろし》だった。二一世紀にはいると、〇一年にシリーズ第五巻の『アースシーの風』と作品集『ゲド戦記外伝』（以上岩波書店）を刊行。そして、『なつかしく謎めいて』（03年）、『ギフト』（04年）、『ヴォイス』（06年）、『パワー』（07年）から成る〈西のはての年代記〉三部作、『ラウィーニア』（08年）、そして評論集『いまファンタジーにできること』（09年）など、やつぎばやに発表された著作が、〇五年から年刊ペースで河出書房新社から翻訳出版され、ファンタジイ作家としての新たな面は、広く知られるようになった。

かたや、SFのほうはというと、デビュー長篇『ロカノンの世界』にはじまる『辺境の惑星』『幻影の都市』の初期三部作、金字塔たる『闇の左手』と『所有せざる人々』などの長篇群に加え、ヒューゴー&ネビュラ賞の候補／受賞作がひしめく傑作中・短篇――作品集『風の十二方位』に収録された「セムリの首飾り」「冬の王」「帝国よりも大きくゆるやかに」「革命前夜」、『世界の合言葉は森』の表題作ノヴェラ――が属する宇宙未来史、〈ハイニッシュ・ユニヴァース〉の新たな物語が書きつがれてゆく。

百万年から五十万年前、惑星ハインの知的人類は宇宙に進出し、さまざまな居住可能惑星に植民するが、銀河帝国の興亡のごとく文明の衰退が訪れ、母星と切り離された各植民惑星人は適応進化して独自の文明を築いてゆく。何世紀もの後、再興したハイン人は友好的な大宇宙連合（エクーメン）を形成し、辺境の植民惑星を再訪した使節は異質な文明との善隣外交を試み、エクーメンへの加盟を働きかける……というのが、ご存じ〈ハイニッシュ・ユニヴァース〉の背景設定である。

新〈ハイニッシュ・ユニヴァース〉シリーズにおいて、SF作品集『内海の漁師』（94年）収録の「ショービーズ・ストーリイ」「踊ってガナムへ」「もうひとつの物語——もしくは、内海の漁師」では、物体の瞬間移動を可能にするチャーテン理論という革新的宇宙航法が追求され、ローカス賞受賞の長篇『言の葉の樹』（00年）では、惑星アカを舞台に文化人類学的・社会政治学的考察をさらに深化させ、ずっしりとした感動をよぶ。

二〇〇二年、ハーパーコリンズ刊の本作品集では、収録八篇のうち〈ハイニッシュ・ユニヴァース〉に属するのは六篇（＊）、改めて本書所収の各篇の初出・初訳を記すと——

「愛がケメルを迎えしとき」"Coming of Age in Karhide"＊
初出　グレッグ・ベア編 *New Legends*（1995）
初訳〈SFマガジン〉一九九七年七月号
「セグリの事情」"The Matter of Seggri"＊ティプトリー賞受賞
初出〈クランク！〉誌第三号（一九九四年春号）／本書初訳
「求めぬ愛」"Unchosen Love"＊
初出〈アメージング・ストーリーズ〉誌一九九四年秋号／本書初訳
「山のしきたり」"Mountain Ways"＊ローカス賞・ティプトリー賞受賞
初出〈アシモフスSF〉誌一九九六年八月号／本書初訳
「孤独」"Solitude"＊ネビュラ賞受賞

初出〈F&SF〉誌一九九四年十二月号
初訳〈SFマガジン〉一九九六年四月号／再録『SFマガジン700【海外篇】』
「古い音楽と女奴隷たち」“Old Music and the Slave Women”＊
初出　ロバート・シルヴァーバーグ編 *Far Horizons* (1994)
初訳『SFの殿堂　遙かなる地平1』（二〇〇〇年九月刊）
「世界の誕生日」“The Birthday of the World”　ローカス賞受賞
初出〈F&SF〉誌二〇〇〇年六月号／本書初訳
「失われた楽園」“Paradises Lost”
書下ろし／本書初訳

付言すると、絶頂期のグレッグ・ベアの編んだ *New Legends* はハードSFをテーマにした書下ろしアンソロジーで、巻末にグレッグ・イーガンの「ワンの絨毯」を収録。〈クランク！〉は、ラファティの著作などを出していた小出版社ブロークン・ミラーズ・プレス発行のリトル・マガジンで、第四号（一九九四年秋号）で終刊。『SFの殿堂　遙かなる地平』は、数々の賞に輝く当代の人気作家十一人が、自作を代表するシリーズの中・短篇を書下ろしたアンソロジーで、邦訳は二分冊で出版された。

さて、収録された各篇の内容について触れるべきだが、ル・グィンの作品集恒例の作者による序文が付されており、それがなによりのガイダンスなのだから、贅言《ぜいげん》するまでもないだろう。ただ、一言のべると、書下ろしの「失われた楽園」の原題は、ミルトンの長篇叙事詩

『失楽園』のそれと酷似しているが、楽園が複数形になっているのがミソで、しっとりと心にしみるラストの文章は、本書の掉尾《ちょうび》を飾るにふさわしい。

アーシュラ・K・ル・グィン――叡智にあふれ、大胆不敵に穏やかならぬ思考実験を試みる稀代のストーリーテラーのSFは、いまや説話文学的な深遠さをいや増し、心かき乱す衝撃と深い感動を読者にもたらさずにはおかず、本書が早川書房七十周年文庫企画「ハヤカワ文庫補完計画」七十点中の一点に選ばれたのも、むべなるかな。現代SFの実り豊かな収穫として、広く長く読まれることを願ってやまない。

二〇一五年十月記

PS　ル・グィンの近況として、今年の春先におきた、『忘れられた巨人』をめぐるカズオ・イシグロとのファンタジイ論争を話題にしようかと思ったが、早川書房版邦訳書の解説もル・グィンの名前を出さずボカしているので、深追いはやめておく。作品自体の評価はともあれ、ル・グィンの論難は真っ当であり、カズオ・オシグロのおよび腰が気にはなったのだけれどね。詳しくお知りになりたい方はネットで検索のこと。

（※明記のない書籍はすべて、ハヤカワ文庫SF刊）

グレッグ・イーガン

〈キャンベル記念賞受賞〉
順列都市〔上〕〔下〕
山岸 真訳

並行世界に作られた仮想都市を襲う危機……電脳空間の驚異と無限の可能性を描いた長篇

〈ヒューゴー賞／ローカス賞受賞〉
祈りの海
山岸 真編・訳

仮想環境における意識から、異様な未来までヴァラエティにとむ十一篇を収録した傑作集

〈ローカス賞受賞〉
しあわせの理由
山岸 真編・訳

人工的に感情を操作する意味を問う表題作のほか、現代ＳＦの最先端をいく傑作九篇収録

ディアスポラ
山岸 真訳

遠未来、ソフトウェア化された人類は、銀河の危機にさいして壮大な計画をもくろむが⁉

ひとりっ子
山岸 真編・訳

ナノテク、量子論など最先端の科学理論を用い、論理を極限まで突き詰めた作品群を収録

SF名作選

泰平ヨンの航星日記〔改訳版〕
スタニスワフ・レム／深見弾・大野典宏訳
東欧SFの巨星が語る、宇宙を旅する泰平ヨンが出会う奇想天外珍無類の出来事の数々！

泰平ヨンの未来学会議〔改訳版〕
スタニスワフ・レム／深見弾・大野典宏訳
未来学会議に出席した泰平ヨンは、奇妙な未来世界に紛れ込む。異色のユートピアSF！

ソラリス
スタニスワフ・レム／沼野充義訳
意思を持つ海「ソラリス」とのコンタクトは可能か？　知の巨人が世界に問いかけた名作

地球の長い午後
ブライアン・W・オールディス／伊藤典夫訳
遠い未来、人類は支配者たる植物のかげで生きのびていた……。圧倒的想像力広がる名作

〈人類補完機構〉ノーストリリア
コードウェイナー・スミス／浅倉久志訳
地球を買った惑星ノーストリリア出身の少年が出会う真実の愛と波瀾万丈の冒険を描く

フィリップ・K・ディック

アンドロイドは電気羊の夢を見るか？

浅倉久志訳

火星から逃亡したアンドロイド狩りがはじまった……映画『ブレードランナー』の原作。

偶然世界

小尾芙佐訳

くじ引きで選ばれる九惑星系の最高権力者をめぐる恐るべき陰謀を描く、著者の第一長篇

ユービック

浅倉久志訳

予知超能力者狩りのため月に結集した反予知能力者たちを待ちうけていた時間退行とは？

〈ヒューゴー賞受賞〉

高い城の男

浅倉久志訳

日独が勝利した第二次世界大戦後、現実とは逆の世界を描く小説が密かに読まれていた！

〈キャンベル記念賞受賞〉

流れよわが涙、と警官は言った

友枝康子訳

ある朝を境に〝無名の人〟になっていたスーパースター、タヴァナーのたどる悪夢の旅。

SFマガジン700【海外篇】

山岸 真・編

〈SFマガジン〉の創刊700号を記念する集大成的アンソロジー【海外篇】。黎明期の誌面を飾ったクラークら巨匠。ティプトリー、ル・グィン、マーティンら各年代を代表する作家たち。そして、現在SFの最先端であるイーガン、チャンまで作家12人の短篇を収録。オール短篇集初収録作品で贈る傑作選。

ハヤカワ文庫

訳者略歴　1955年津田塾大学英文科卒，英米文学翻訳家　訳書『闇の左手』ル・グィン，『われはロボット』アシモフ，『偶然世界』ディック，『アルジャーノンに花束を』キイス，『書店主フィクリーのものがたり』ゼヴィン（以上早川書房刊）他多数

HM=Hayakawa Mystery
SF=Science Fiction
JA=Japanese Author
NV=Novel
NF=Nonfiction
FT=Fantasy

世界《せかい》の誕生日《たんじょうび》

〈SF2037〉

二〇一五年十一月二十五日　発行
二〇一八年　四　月　十五　日　二刷
（定価はカバーに表示してあります）

著者　アーシュラ・K・ル・グィン
訳者　小《お》尾《び》芙《ふ》佐《さ》
発行者　早川　浩
発行所　株式会社早川書房

郵便番号　一〇一‐〇〇四六
東京都千代田区神田多町二ノ二
電話　〇三‐三二五二‐三一一一（大代表）
振替　〇〇一六〇‐三‐四七七九九
http://www.hayakawa-online.co.jp

乱丁・落丁本は小社制作部宛お送り下さい。
送料小社負担にてお取りかえいたします。

印刷・株式会社亨有堂印刷所　製本・株式会社川島製本所
Printed and bound in Japan
ISBN978-4-15-012037-5 C0197

本書は活字が大きく読みやすい〈トールサイズ〉です。